Scarlet
스칼렛

Scarlet

스칼렛

쇼윈도 부부

SCARLET ROMANCE STORY Show window couple

정이연 장편소설

쇼윈도 부부

contents

1부
봄, 여름, 가을, 겨울······
또다시 봄

프롤로그

아름다운 보석과 화려한 화장으로 치장해 앳된 얼굴을 감춘 여인은 감정을 잃은 사람처럼 무표정했다. 마스카라만으로 올린 속눈썹은 부채처럼 화려하게 펼쳐져 있었으나, 그 밑에 숨어 있는 눈동자는 생기로 빛나지 않았다.

죽어 버린 사람처럼 아무것도 담겨 있지 않은 갈색의 눈동자. 눈동자는 화려한 대리석 테이블을 향해 있었으나, 생각은 다른 곳으로 향해 있었다.

"그래서 하고 싶은 말이 뭔데."

서늘한 목소리에 여인의 어깨가 움찔 떨려 왔다. 남자의 말에 순식간에 여인의 눈망울에 눈물이 맺혔다. 툭 건드리기만 해도 또르르 흘러내릴 듯한 묵직한 무게가 느껴졌지만 어찌 된 일인지 여인이 고개를 들어 남자와 눈을 마주했을 땐 눈물은 흔적도 없이 사라진 뒤였다.

여인은 예쁜 핑크빛 립스틱을 발라 놓은 입술을 달싹였다. 남자의 말에 답을 주어야 했지만, 그녀는 쉽게 제 속뜻을 내뱉지 못했다.

'어떻게 하지?'

이미 몇 날 며칠을 생각하고 또 생각했던 문제. 그 문제의 답은 너무나 쉽고 간편한 것이었으나 그녀는 지레 겁을 먹고 말하지 못했다. 남자의 입에서 나올 답이 너무나 두려웠기 때문이다.

하지만 여인은 힘을 내어 말했다.

"우리…… 이혼해요."

목소리가 조금 흔들렸던가? 그래, 그랬던 것 같다. 2년이란 짧다면 짧고, 길다면 긴 시간을 마무리하자는 그 말. 그녀의 눈망울이 흔들리며 슬픔으로 번뜩였지만, 남자는 여전히 무표정한 얼굴이었다.

들고 있던 신문을 내려놓은 뒤 기다란 다리를 꼬며 자세를 잡은 남자의 얼굴은 서릿발보다 더 시린…… 감정이 없는 얼굴이었다.

찌릿.

가슴이 아파 왔다. 심장은 너무나 저려 큰 병이라도 걸린 것 같았다. 하지만 그의 시선이 자신에게 닿아 있으니, 여인은 손을 들어 심장 부근을 꾹 누르지도 못했다. 그저 일자로 굳게 닫힌 그의 입에서 나올 말만 기다렸다.

"그랬으면 좋겠어?"

남자의 말은 너무나 담담했다. 그랬기에 그녀는 결국 눈물을 떨굴 수밖에 없었다. 후다닥 눈물을 닦을 생각도 하지 못한 채, 토닥토닥 눈물을 흘린 그녀는 천천히 고개를 끄덕였다.

"네, 당신만 보면…… 이젠 아픈 기억들이 먼저 떠올라요."

"그래, 그렇다면 어쩔 수 없지."

남자의 말은 너무나 가벼웠다. 하지만 지금 두 사람은…….

"이제 연극을 마무리할 때가 됐나 보군."

오랫동안 함께한 연기를 마무리할 때가 됐다며 대화를 나누고 있었다.

남자는 여전히 감정이 없었고, 여자는 여전히 아파하고 있었다.

이 관계를 시작했던 때, 그때의 모습과 별반 다르지 않은 두 사람은 서로 마주 보고 있었다. 같은 주제로 이야기를 나누고 있었으나, 전혀 다른 것을 답하고 있었다.

"네, 이젠…… 그만하고 싶어요."

"좋아."

짧게 답한 남자는 처음 두 사람의 관계가 시작되었던 그때 적어 둔 한 장의 서류를 가지고 와 그녀의 앞으로 밀어 놓았다. 그리고 종이를 힐끗 보며 말한다.

"이대로 진행하는 걸로 하지. 부동산 문제는 시간이 조금 걸리겠지만."

"……감사합니다, 사장님."

지난 2년 동안 부부로 살았지만 호칭만은 여전히 사장님이었다. 사적인 관계가 아닌 공적인 관계에서나 사용되는. 하지만 두 사람은 뭐가 잘못됐는지도 모른 채 한참이나 서류를 내려다보고 있었다.

"어차피 다음 주부터 미국 출장이 있으니, 서류는 그때 정리하면 되겠군. 그때까지 이곳에서 지내도록 해. 그다음엔 적당한 곳을 알아봐 줄 테니까."

"……네."

여인은 순종적으로 답했다. 그리고 그 익숙한 모습에 남자는 고개를 끄덕이며 늘 자신이 지냈던 서재로 향한 뒤, 소리 없이 문을 닫았다.

남자가 사라진 그 자리를 멀뚱멀뚱 바라보던 여인의 눈에서 어느 순간 눈물이 흘러내린다. 양 뺨을 타고 흘러, 흘러……. 이젠 지겨울 법도 한 눈물을 쏟아 낸 뒤 자리에서 일어났다. 그리고 그녀가 이 집에 들어온 순간부터 지냈던 안방으로 들어갔다.

그렇게 두 사람은……
2년 동안 지속되었던 관계를 그렇게 끝냈다.

너무나 깔끔하고, 심플하게.

1화

만나다

[1]

"뭐? 그게 진짭니까?"

늘 차분하고 냉정한 표정을 유지하던 장태하도 이 이야기에만은 평정심을 유지할 수 없는지 놀란 얼굴로 되물었다.

그가 현재 지내고 있는 아파트. 그곳에서도 자로 잰 듯 딱 맞는 슈트 차림을 고수하고 있던 그는 갑자기 목이 막혀 오는지 넥타이를 손으로 늘이며 자리에서 벌떡 일어났다. 그리고 자신에게 핵폭탄보다 위력이 더 큰 말을 던진 차우진 기업 전담 변호사를 보며 인상을 우지끈 구겼다.

"정말 할아버지께서 그런 유언장을 남기셨단 말입니까?"

"물론입니다. 그리고 유언장 공개일은 장태하 사장님의 서른여섯 번째 생일입니다."

"……왜 하필 이때입니까?"

태하는 그렇게 반문했다. 그것은 눈앞에 있는 차우진 변호사를 향한 것이기도 했고, 이미 수십 해 전 타계한 장철기 회장을 향한 것이기도 했다.

그 물음에 우진은 하얗게 센 머리카락을 쓸어 넘기더니, 혼란스러운 눈동자로 한강을 내려다보고 있는 태하의 뒷모습을 바라보며 말했다.

"예상하셨던 것 아닐까요?"

"뭐가 말입니까."

"태룡이 이렇게 될 줄을요."

우진의 말에 태하는 생전 철기의 모습을 떠올렸다. 작은 섬유 회사부터 시작해 지금의 태룡이 되기까지, 모태가 되는 전자를 직접 세우고 키우신 분이었다. 괄괄한 성정에 의리 하나만 믿고, 현재엔 먹히지 않을 사업 수완으로 많은 사람의 지지를 받았던 분. 하지만 그 의리 때문에 일을 이렇게 만들다니, 태하는 당장이라도 철기의 관 뚜껑을 열어서 물어보고 싶을 지경이었다.

'왜 그러신 겁니까, 왜!'

하지만 그리 물어도 철기는 답해 주지 못할 망자가 되었다.

"그래서…… 몇 프로나 됩니까?"

"2프로입니다."

그 순간 태하는 깊은 한숨을 내뱉으며 눈을 감았다.

100 중 2라고 하면 대부분의 사람들은 하찮은 숫자라 생각한다. 하지만 태하를 사장 자리에서 끌어내리고, 대신 차남인 태준을 그 자리에 올리려는 사람에게 있어선 그 2%는 그 어떠한 숫자보다 큰 것이었다. 경영권 싸움에서 무엇보다 중요한 것은 본인의 편에 선 자들이 얼마나 많은 주식을 가지고 있냐는 것이니까. 그 알지도 못

하는 여자의 주식이 태준의 앞으로 넘어가면 상황은 심각해지는 것이다.

그렇게 잠시 고심하던 그가 읊조리듯 낮은 목소리로 말했다.

"먼저 나서야겠군요."

"하지만 전(前) 회장님의 유언은……."

"어차피 지금 그 여자 앞으로 주식이 있는 거 아닙니까? 그렇다면 볼 것도 없습니다. 굳이 할아버지의 유언을 따를 필요 없습니다."

"……."

"예전의 동료에게 고마운 마음에서 이런 일을 하셨겠지요. 하지만 용납 못 합니다, 전. 모르는 여자와 결혼하는 짓."

아니, 모르는 여자뿐만이 아니다. 그는 결혼 자체에 회의적인 사람이었다.

독신주의자.

이에 대한 생각은 철이 들었던 스무 살 그 이래로 변한 적이 없었다.

그래서 그는 당장에 그 여자를 찾아가 현재 제일 약점이 되는 부분을 파고들기로 했다.

"현금 좀 준비해 주십시오. 그리고……."

말끝을 늘인 태하는 한참이 지나서야 말했다.

"그 여자에 대해 조사 좀 해 주시고요."

내게 무슨 일이 일어난 것일까?

그 생각을 마치기도 전에 담인 부르튼 제 손을 움켜쥐었다. 그리고 눈앞에 있는 남자를 보며 긴장된 어조로 말했다.

"그러니까…… 그 말씀은 지금……."

그녀가 말을 더듬거렸다. 그럴 수밖에 없었으니까.

승승장구하던 아버지의 사업이 망한 것은 어쩔 수 없는 일이었다. 아버지가 운명을 달리하기 몇 달 전부터 안색이 많이 좋지 않은 것을 알았기에, 회사에 문제가 있다는 것은 어느 정도 눈치를 챘었다. 하지만…….

"보, 보지 마. 담아! 얼른 나가!"

어머니 정숙이 비명처럼 외치며 공중에 떠 있는 아버지의 다리를 끌어안는 일이나, 곧이어 터져 나오는 통곡은 그녀가 전혀 예상하지 못했던 일이다.

피라냐처럼 달려든 투자자들이 회사를 공중분해시키고, 공장에 있던 작은 부품 하나까지 팔아넘겨 길거리에 나앉은 것, 이에 충격을 받은 어머니가 정신을 놓아 버린 것 또한.

그리고 눈앞에 있는 남자도…….

담은 남자의 잘생긴 얼굴을 보았다. 새하얀 피부는 한동안 햇볕을 받지 못했는지 창백하기까지 했다. 만약 다른 남자들이 창백하리만치 하얀 피부를 가지고 있었다면 유약해 보인다 생각했겠지만 눈앞의 남자는 그렇지 않았다. 새하얀 피부와 대조되는 붉은 입술은, 아무것도 바르지 않았지만 마치 예쁜 립스틱을 발라 놓은 것처럼 보였다. 쌍꺼풀 없는 눈매는 날카로웠지만, 그가 가진 위치와 직업과 제법 잘 어울렸다. 말 그대로 사업가의 것처럼 보였으니까. 높은 코는 매끄러운 곡선으로 뻗어 있었고, 검은 눈동자는 그 속을 들여다볼 수 없을 만큼 비밀스러워 보였다. 어디 그뿐인가. 여자인 그녀도 알고 있는 최고급 남성 슈트를 걸치고 있는 몸은 단단하고 태산처럼 커 보였다.

보이는 것도, 보이지 않는 것도 멋있는 남자. 그녀의 주위에는 없는 부류. 말 그대로 낯선 분위기를 가진 사람이었다.

"태룡전자 사장 장태하입니다. 정담 씨 아버지께서 저희 태룡전자에서 기술자로 일하신 것은 알고 계십니까?"

"네, 30년 넘게 근속하셨다고……."

담이 더듬더듬 말하자 태하는 그럼 설명하기가 쉽겠다는 듯 고개를 끄덕였다.

"그 공로를 인정하여 장 전 회장님이 돌아가시기 전에 남긴 주식이 있습니다."

"네……?"

담은 눈을 깜빡이며 남자의 이야기를 알아듣지 못하겠다는 듯 되물었다. 어찌 되묻지 않을 수가 있겠는가. 태룡전자라면 대한민국에서 가장 크다는 태룡그룹의 모태가 되는 회사였다. 그곳에서 기술자로 일하셨던 아버지가 수십 년 전 죽은 장 전 회장에게 할당받은 주식이 있었고, 잠들어 있던 그 주식이 어느새 그녀의 어머니 이름 앞으로 와 있다는 것이었다.

"이정숙 님 앞으로 주식이 양도되긴 했지만, 법적인 보호자는 정담 씨니까 태룡전자 주식 중 2프로가 정담 씨 앞으로 와 있다는 말입니다."

"2, 2프로요?"

태하는 여전히 어리바리한 얼굴로 눈을 깜빡이는 여자를 보았다.

"그, 그걸 지금까지 몰랐다는 게 말이 되나요?"

어떻게 그 많은 주식이 아버지 앞으로 와 있는데도, 주식 관리를 거미줄처럼 촘촘하게 하고 있다는 태룡에서 모를 수가 있지?

담의 얼굴 위로 의문이 떠오르자 무표정으로 이 상황을 일관하던 태하는 노란 서류철 하나를 그녀의 앞으로 밀어 놓으며 말했다.

"지난 10년간 주식의 주인을 찾으려고 백방으로 뛰어다녔지만 찾지 못했습니다. 보니 중간에 한 번 개명을 하셨더군요."

"아……."

아버지의 이름이 좋지 않다는 점쟁이의 말에 중간에 한 번 개명을 했던 깃이 떠올랐다. 길을 막는 이름이라나 뭐라나. 하지만 그것으로도 이 상황을 다 이해하기엔 어려웠다.

담이 손을 들어 진땀이 나는 이마를 닦자 순간 남자의 표정이 변했다가 원래로 돌아왔다. 그것은 아주 찰나의 순간. 그래서 담은 이를 눈치채지 못했다.

태하는 힐끗 서류를 곁눈질하며 마른세수를 하는 담을 보았다. 혼란스러워하는 그녀에게서 주식을 빼앗는 것은 그 무엇보다도 쉬운 일이었다. 그러니 그가 숨기고 있는 일이 세상에 드러나기 전에 서둘러 이 일을 처리해야 했다.

그는 조금은 조급함이 담긴 목소리로 말을 꺼냈다.

"현 시세에서 두 배를 쳐 드리겠습니다."

"……두, 두 배요?"

"정담 씨가 좀 더 이해하기 쉽게 말씀 드리죠. 아버지가 돌아가시면서 빼앗겼던 집을 다시 가져올 수 있습니다. 강원도 촌에 계시는 어머니를 좀 더 좋은 요양원으로 옮길 수도 있고, 당신이 그만뒀던 공부도 다시 시작할 수 있겠죠."

태하의 이야기가 이어질수록 담의 눈이 점점 커졌다. 어떻게 다 알고 있지? 담은 마치 귀신에 홀린 사람처럼 태하를 보았고, 그는 여전히 감정이 실리지 않은 목소리로 말했다.

"어떻습니까, 정담 씨. 이젠 제 제의가 조금은 이해가 되십니까?"

남자의 말에 담은 완전히 다 이해를 한 것도 아니면서 고개를 끄덕였다. 왠지 그렇게 해야 할 것만 같았다.

"좋습니다. 그럼 주식 양도는……."

태하가 만족스런 미소를 입술 끝에 걸고 이 상황에 대해 마무리를 하려고 할 때였다. 이제껏 멍하니 그의 말에 고개를 끄덕이던 담이 입술을 달싹인 것은.

"저……."

누군가 제 말이 끝나기도 전에 잘라 먹는 것을 싫어하는 태하는 저도 모르게 표정을 굳혔다. 그리고 우물쭈물 말을 꺼내는 담을 보며 앞으로 곧게 세우고 있던 허리를 소파에 편히 기댔다. 가게 상호도 낯선 싸구려 카페의 소파는 그의 사무실 의자보다 못했지만 짜증스런 기색을 억누르기엔 적당했다. 하지만 곧, 그는 그녀의 입술에서 맑고 청아한 목소리가 흘러나오자 짜증스레 미간을 굳혔다.

"저 혼자 결정할 문제는 아닌 것 같아요. 어떻게 보면 아버지가 마지막으로 남겨 주신 유산인데…… 저, 어머니와 상의하고 연락드려도 될까요?"

남자의 인상이 갈수록 구겨지고 있다는 것을 담도 알고 있었음에도 쉬이 말을 멈출 수 없었다. 말 그대로 그녀 혼자 결정할 문제는 아니었다. 주식은 제 것이 아닌 아버지의 것이고 현재는 어머니의 것이니까.

일자로 굳게 닫혀 있던 남자의 입술이 곡선을 그리며 부드럽게 휘는 것이 보였다. 순간 담은 태하가 비웃음을 짓고 있다는 것을 알고 있었음에도 자신도 모르게 멍하니 바라보게 되었다.

"정담 씨가 앱니까?"

"네……?"

날카로운 어조에 담은 저도 모르게 되물었다. 그러자 방금 전까지만 해도 비웃음을 짓고 있던 태하의 얼굴이 다시 무심하게 변했다. 아니, 차갑게 변했다. 손가락을 툭 가져다 대면 손끝조차 얼 것처럼 냉랭했다.

"이런 일 하나 결정 못 하는 어린아이냐, 이 말입니다."

"아, 그게……."

담이 막 변명 아닌 변명을 늘어놓으려고 할 때였다. 매끄러운 동작으로 외투 속주머니에서 명함 한 장을 꺼낸 태하가 그녀의 앞으로 밀어 놓았다. 그리고 더 이상 이곳에 앉아 있을 생각이 없다는 듯 손목시계를 한 번 확인한 뒤에 단호한 어조로 말했다.

"생각하실 시간을 드리겠습니다. 하지만 길게 드리진 못합니다. 시간이 길어질수록 당신이 받을 수 있는 금액은 적어질 겁니다."

"네, 네……?"

"하루빨리, 조속히 결정 내리란 말입니다."

윽박지르는 말에 담의 어깨가 움찔 떨렸다. 어투도 어투였지만 표정 때문에 심장이 잔뜩 쪼그라드는 느낌이었다. 태하는 담의 고개가 재빨리 끄덕여지자 그제야 굳혔던 표정을 원래대로 돌리며 자리에서 일어났다.

"그럼 연락 기다리고 있겠습니다."

다시 예의 바른 모습으로 돌아온 남자는 작게 고개를 까딱인 뒤

낡은 커피숍을 빠져나갔다.

담은 그의 모습이 점처럼 작아져서야 자리에서 일어났다. 그리고 그가 입도 대지 않은 커피를 내려다보며 멍한 목소리로 읊조렸다.

"아버지가……?"

한 번도 들은 적 없는 주식에 대한 이야기.

그랬기에 그녀의 눈빛은 온통 혼란으로 가득했다.

"이야기는 잘되셨습니까?"

태하는 자신의 뒤를 졸졸 따르며 이 비서가 묻자 자신도 모르게 인상을 와작 구겼다. 평소 감정 표현을 하는 것에 질색팔색하는 그였지만 단 두 사람에게만은 예외였다. 바로 지금 그의 사무실에 있는 차우진 변호사와 이재권 비서.

두 사람은 그가 회사 내에서 믿는 유일한 자들이었고, 그의 오른팔과 왼팔이라고 할 정도로 긴밀하게 사용하는 자들이었다.

"어떨 것 같아?"

차갑게 내뱉은 그는 서랍장에서 한 묶음의 종이를 꺼낸다. 종이의 가장 겉면에는 클립에 고정되어 있는 사진 하나가 있다. 최근의 것이 아닌 몇 년 전의 것으로 정담, 그 여자가 대학 캠퍼스에서 활짝 웃으며 카메라를 보고 있었다.

"다르군."

"그럴 만도 하죠. 모든 걸 잃었는데, 이때처럼 웃을 수 있겠습니까?"

우진의 말에 태하는 고개를 끄덕였다.

한때는 행복했던 여자.

이렇게 반짝반짝 웃을 수 있던 여자.

그 여자가 지금은 시든 나무처럼 죽어 가며 음울한 빛을 띠고 있다.

태하가 손가락으로 사진을 툭툭 두드리며 고민에 빠져 있자 우진이 다가와 서류 하나를 내밀었다. 그곳에는 눈이 어지러울 정도로 0이 많이 붙은 숫자들이 좌르륵 나열되어 있었다.

"빚이 많더군요."

태하가 눈살을 찌푸렸다. 빚……? 그가 앞서 받은 보고에는 없던 사실이었다.

"이정숙 씨에게만 계속 연락이 됐었던 것 같습니다."

정신을 놓고 병동에서 시간을 죽이는 정숙에게 사채업자들의 손길이 닿았다는 사실을 듣자 태하가 조소를 지었다. 그의 미소는 잔혹해 보이기까지 했다.

"좋군."

"네?"

알 수 없는 읊조림에 우진이 눈을 깜빡이며 묻자 태하는 입꼬리를 비틀며 말한다.

"그 여자를 설득할 방법이 또 하나 생겼군요."

[2]

근처에 공원이 있어서 그런지, 금요일 저녁이 되자 편의점 안은 공원에서 간단하게 캔 맥주를 즐기려는 손님들로 가득 차 눈코 뜰 새 없이 바빴다. 연인과 혹은 친구들과 간단하게 한잔하기 위해 들어온 사람들.

삑- 삑-

담은 재빠르게 바코드를 찍어 계산한 후 활짝 웃었다.

"감사합니다."

"수고하세요!"

오늘 이 말을 몇 번이나 했을까. 새벽 1시경, 이제는 조금 한산해진 편의점 안을 둘러보며 담은 그제야 한숨을 돌렸다. 그리고 턱을 괴며 잔디밭에 모여 앉은 사람들을 보았다.

"부럽다……."

세상 사람들은 저마다 제 짝을 이룬다. 그리고 이곳에 모인 사람들도 가족 혹은 연인, 친구와 함께였다. 홀로 그 모습을 바라보는 것은 그녀뿐. 그래서였을까. 단단히 마음먹고 살아가겠다고 결심했던 그녀조차도 오늘은 뒤숭숭한 마음이 들었다.

그때, 또다시 종소리가 울리며 멀끔한 차림의 남자가 가게 안으로 들어왔다.

"어서 오세요."

"레종 한 갑 주세요."

"레드로 드리면 되나요?"

담의 물음에 남자가 고개를 끄덕였다. 서둘러 고양이가 그려진 담배를 꺼내 바코드를 찍은 담이 남자에게서 현금을 받았다. 그리고 잔돈을 거슬러 주려던 찰나, 그녀의 주머니에서 휴대전화가 울렸다.

디링디링-

"어머, 죄송합니다."

"아닙니다."

사장이 휴대전화를 사용하는 것을 싫어해 늘 꺼 두었는데, 오늘은 깜빡하고 미리 꺼 두지 못한 것이다.

문을 열고 나가는 남자의 뒷모습을 보며 담은 서둘러 한쪽 벽 구석에 설치되어 있는 CCTV를 바라보았다. 그리고 주머니에서 휴대전화를 꺼내 재빨리 전원 버튼을 눌러 껐다.

"후."

다음 날 CCTV를 본 사장이 자신에게 잔소리를 늘어놓지 않길 바라며 그녀는 또다시 문을 열고 들어오는 손님을 향해 상냥하게 웃어 보였다.

팔다리가 부서진 것처럼 아팠다. 집으로 돌아오니 새벽 6시. 그녀는 눈 밑에 가라앉아 있는 어둠을 지워 내기 위해 손등으로 문질러 보았지만, 피곤은 깊게 박혀 지워질 생각을 하지 않는다.

아버지가 돌아가신 후 그녀의 생활 패턴은 늘 그랬다. 지방의 한 요양원에 계신 어머니의 병원비와 간병비를 마련하기 위해 다니던 학교까지 그만두고 낮 1시부터 새벽 5시까지 아르바이트를 했다.

대학도 졸업하지 못하고, 특출 난 재능도 없는 그녀가 할 수 있는 일은 한정적이었다. 그리고 시급과 월급이 짠 것들이 대부분이었다.

다섯 평 남짓한 고시원으로 들어온 그녀는 들고 있던 배낭을 바닥에 내려놓은 후 주머니를 뒤적여 휴대전화를 꺼냈다. 피곤이 온몸을 엄습해서 당장이라도 씻고 잤으면 했지만, 아르바이트를 할 때 걸려 왔던 전화의 발신자가 간병인이기에 신경이 쓰였다.

맑은 소리와 함께 휴대전화가 켜지자 담의 얼굴이 돌이 갈라지듯 쩌저적 갈라졌다.

[부재중 12통/문자메시지 3통]

그녀는 떨리는 손끝을 주체하지 못한 채 버튼을 눌렀다. 그러자 마침표까지 꼭꼭 찍은 문자가 보였다.

[담아, 왜 전화를 안 받아? 문자 보면 곧장 전화 줘.]

빠르게 문자를 읽던 담이 눈을 깜빡였다. 그녀의 어머니를 돌봐주고 있는 간병인은 그녀를 친딸처럼 알뜰살뜰 보살폈다. 그리고 그녀의 어머니인 정숙도.

그녀의 사정을 알게 된 간병인은 제때 임금까지 올리지 못한 채 거의 24시간을 정숙의 옆에 붙어 있었는데, 그녀가 밤늦은 시각에 연락을 한 적은 단 한 번도 없었다. 늦은 밤까지 담이가 일을 한다는 것을 알기 때문이다.

하지만……

[무슨 일 있니? 왜 연락이 안 돼? 빨리 전화해.]

[담아…… 어머니가 위독하셔. 빨리 와 줘야겠다.]

문자는 거기까지 와 있었다. 모두 짧은 문자였지만 그 의미만은 정확히 전달되어 담의 가슴을 내려쳤다.

탁.

휴대전화를 바닥에 떨어뜨린 담이 사지를 오들오들 떨어 댔다.

"아, 안 돼……"

커다랗고 맑은 눈에 맺힌 눈물. 그녀는 지금 길을 잃은 꼬마아이마냥 그 자리에 멈춰 몸만 떨어 댈 뿐이었다.

담의 눈에 아슬아슬하게 매달려 있던 눈물이 아래로 후두둑 떨어져 내린다. 그리고 그와 함께 그녀의 심장 또한 덜컹 내려앉았다.

"엄마까지 가면…… 저 이대로 못 견뎌요."

현실이…… 지옥과 같은 현실이…… 그녀의 몸을 할퀴고 지나갔다.

환한 창을 통해 햇살이 쏟아져 내린다. 한쪽 벽면이 모두 창으로 되어 있는 방 안에는 가구만 단출하게 놓여 있었지만, 원목 색을 그대로 살린 것 때문일까 중후함이 흘러 이곳의 주인이 높은 지위의 양반이라는 것을 말해 주고 있었다.

묘한 공기가 흐르는 곳. 역시나 가죽의 결이 그대로 살아 있는 소파에 건장한 남자 둘이 앉아 있었다.

"유언장에 대해 들었을 게다."

상석에 앉아 있는 장 회장이 말했다. 그의 말엔 감정 한 털 담겨 있지 않다. 보통의 사람이라면 그런 그의 어투에 괜스레 가슴이 쪼그라들어 어깨를 움츠렸겠지만, 장 회장의 오른편에 앉아 있는 태하는 역시나 만만치 않은 기운을 뿜으며 감정을 다스렸다.

"생각 없다고 몇 번이나 말씀 드렸습니다."

"이 일에 네 생각 따윈 중요하지 않아."

장 회장과 태하 사이로 서늘한 기운이 내려앉았다. 두 사람 다 소리 없이 잔을 들어 안에 들어 있는 향긋한 차를 한 모금 맛보았지만, 여유로운 티타임과는 멀어 보이는 표정을 유지한 채였다.

들고 있던 잔을 내려놓은 태하는 자신의 이야기를 기다리는 장 회장을 보았다. 아무렇지도 않은 척 굴고 있었으나 태하가 누구인가. 그의 씨를 물려받은 사람이었다. 오랫동안 후계자 수업을 받아 온 태하는 장 회장이 지금 하고자 하는 말들을 미리 머릿속에 새기며 천천히 말했다.

"요즘이 쌍팔 년도입니까?"

감정이 담겨 있지 않은 목소리와는 달리 거친 어투. 이미 이 일에 대해 입이 아프도록 설명하고 또 설명했던 그다.

자신은 결혼 생각이 없다. 다른 멍청한 치들처럼 사업을 위해 아내를 받아들일 마음 따위는 없다.

하지만 누구보다 아들을 잘 알고 있는 장준국 회장은 그의 말을 귓등으로도 들어 주지 않았다.

"제 가정 하나 이끌어 가지 못하는 놈에게 어떻게 회사를 맡겨? 직원 또한 네 가족이다. 그들의 생계를 책임져야 하는 가장은 장차 내 뒤를 이을 아들놈이고."

"······."

"책임감을 모르는 녀석에게 물려줄 수야 없지."

"······결혼과 사업은 별개입니다, 회장님."

태하의 말에 장 회장의 입가에 비웃음이 머물렀다. 그는 들고 있던 뜨거운 찻잔을 내려놓은 뒤, 등을 소파에 편하게 기대었다. 그리고 애송이에 불과한 멍청한 제 아들 녀석의 얼굴을 보며 말한다.

"자신의 세를 불리는 것에 결혼만큼 빠르고 정확한 것은 없다. 아들아, 넌 아직도 이 자리에 앉기엔 부족한 점이 많아. 아, 이 자리뿐만 아니지. 태준이 녀석보다 멍청해."

재작년 배다른 동생 장태준은 '잇새일보'의 장녀와 결혼식을 올렸다. 행복한 가정생활은 아니더라도 그 사이에 딸까지 낳았으니, 어쩜 이쪽 세계에서는 꽤나 멀쩡하게 결혼 생활을 유지하는 쪽에 속했다.

태하는 태준과 자신을 비교하는 장 회장의 말에 속에서 열이 끓어올랐지만 애써 눌러 담았다. 장 회장은 지금 자신의 화를 건드려 분위기를 제 쪽으로 이끌어 가려 했지만, 어디 장태하가 호락호락

한 인간인가. 찔러도 피 한 방울 안 나올 것처럼 서늘한 미소를 지은 태하는 재고할 여지도 없다는 듯 무심한 어조로 말한다.

"그런 야만적인 짝짓기 행위에 동참할 생각 없습니다."

"네 애미와 나도 각자의 이득을 위해 결혼했다."

"덕분에 어머니는 반송장으로 사시다가 돌아가셨죠."

"하자가 많은 여자였다. 나와 가정을 이뤘을 때도 다른 놈을 옆에 끼고 살았지."

"그건 아버지도 마찬가지십니다."

"그래, 그러니까 네 애미와 난 똑같다 이 말이다. 네가 날 그렇게 비난할 필요는 없단 말이지."

장 회장의 표정은 여전히 여유롭다. 부모의 결혼 생활에 대해 차갑게 일갈하는 아들의 모습에도 눈썹 하나 까딱하지 않는다. 그래, 저 성격 덕분에 그는 차남임에도 불구하고 장철기 회장의 눈에 띄어 대한민국 최고의 자리에 앉지 않았던가. 그의 앞에서는 아무리 천하의 장태하라 하더라도 햇병아리에 불과했다.

"그래도 전 싫습니다, 결혼은 제 인생에 없습니다."

"그럼 네놈 자리는 정해져 있구나."

그 말에 태하의 눈썹이 꿈틀거렸다. 늘 냉철하던 그의 얼굴에도 서서히 균열이 간다.

"2인자."

"회장님!"

태하의 고함에도 장 회장은 말을 멈추지 않았다. 아니, 오히려 더 느긋하고 여유만만한 표정으로 재고의 여지도 없는 일이라는 듯 말한다.

"잘 생각해 보거라. 아주 쉬운 일이 아니냐. 남들은 다 하는, 그저 그렇고 그런 일."

"……."

"만약 나만의 고집이었다면 네 녀석도 무시할 수 있었겠지. 하지만 아버님의 유언장에도 쓰여 있다. 태룡의 후계자는 결혼을 하여 가정을 꾸린 자만이 될 수 있다고."

손이 워낙 귀한 집안이다 보니 나름 장철기 회장은 걱정이 되어 대책을 마련한 것이겠지만, 태하가 보기에는 조선시대의 낡은 풍습으로밖에 느껴지지 않았다. 요즘이 어떠한 세상인가? 능력만 되면 혼자서도 잘 먹고 잘 살 수 있는 세상에서 결혼 여부가 1순위라니. 그에게는 도통 이해가 되지 않는 것이나, 이 일로 인하여 태하는 자신이 이제껏 쌓아 왔던 것들이 한순간에 무너질 것을 염려했다.

"경영권 방어는 잘 준비되어 있겠지? 태준이 그 녀석, 칼 품었던데. 네놈 주식이랑 태준 놈 주식이랑 별반 차이 나질 않으니, 나도 이번 싸움은 꽤나 재미있게 관전할 수 있을 것 같다."

꿈틀, 태하는 제 속에 있는 무언가가 움직이는 것을 느꼈다. 그것의 움직임에 따라 감정을 고스란히 드러냈던 얼굴 또한 평소대로 돌아왔다.

태하는 빈정대는 장 회장의 얼굴을 보며 입술에 부드럽게 호를 그렸다. 그러자 차갑고 날카로웠던 인상이 부드러워지고, 보는 사람으로 하여금 가슴이 뛸 만큼 매력적인 얼굴로 바뀐다.

"기대하셔도 좋습니다."

"그래? 네놈이 드디어 결심을 굳힌 듯하구나. 안 그래도 이번에 서희가 귀국을 했다고 한다. 한번 만나서 밥 먹고……."

"아닙니다."

태하는 저절로 떠오르는 화사한 여자의 얼굴을 머릿속에서 지운 뒤, 장 회장의 말을 잘라 냈다. 그리고 자신의 꿍꿍이를 알아내기 위해 게슴츠레하게 바라보는 제 아비의 눈을 똑바로 마주했다.

"제 아내는 제가 구합니다."

"뭐? 너 마음에 둔 사람이라……."

"아니요, 지금 상황에서 가장 필요한 사람을 찾을 겁니다. 김서희, 솔직히 괜찮은 여자죠. 똑똑하고 아름답고. 김명진 의원 또한 장인으로 들이면 언젠가는 도움이 될 겁니다. 하지만 그뿐입니다."

"뭐, 뭐? 너 지금……."

이번에는 꽤나 당황한 것인지 장 회장의 목소리가 흔들렸다. 그러자 태하의 웃음은 더욱더 진해진다.

"기왕이면 현재 저의 경영권을 방어해 줄 태룡전자 주식을 가지고 있는 사람이 저에겐 더 득이 되지 않겠습니까?"

"너, 너 설마……."

"그럼 회장님, 조만간에 며느릿감 데리고 한번 인사 올리겠습니다."

아주 재미있을 겁니다, 아버지.

"자, 장태하! 너 이 녀석!"

서늘한 얼굴로 장 회장에게 말한 태하는 곧장 회장실을 벗어났다. 뒤에서 연신 그를 부르는 목소리가 들렸음에도 싹 무시하고선.

회장실을 빠져나온 뒤 자신을 기다리고 있는 우진에게 다가갔다.

"워싱턴 출장 때문에 이야기가 길어지신 겁니까?"

우진이 서둘러 묻자 태하는 고개를 저었다.

"아니요, 그건 아닙니다. 다른 이야기였습니다."

지난 일주일간 미국 출장을 떠나 있던 그였다. 그사이에 일어난 일들로 인해 우진은 혹 제가 잡은 장태하라는 동아줄이 썩은 줄이 되지 않을까 노심초사하는 얼굴이었다.

우진의 표정이 심상치 않자 태하는 미간을 찌푸리며 말했다.

"무슨 일이십니까?"

"지금 당장 강원도로 가셔야겠습니다."

"네?"

스무고개를 하는 것처럼 정확한 답을 주지 않은 채 말을 돌리는 우진의 모습에 태하는 슬슬 짜증이 나려던 찰나였다.

"저, 이정숙 씨 기억하십니까?"

"어떻게 기억을 못 하겠습니까? 할아버지의 장난질에 거론되는 사람인데요."

"그게…… 돌아가셨습니다. 4일 전에."

"……."

우진의 말에 순간 말문을 잃은 태하가 입을 굳게 다물었다. 그러자 우진은 제가 알고 있는 사실을 요목조목 털어놓았다.

"정담 씨가 홀로 장례를 치르고 현재는 요양원에 있는 짐을 정리하는 중이라고 합니다."

"흠…… 그렇습니까?"

"네, 강원도로 가셔서……."

그는 한순간에 고아가 된 그녀가 안타까운지 목소리엔 습기가 역력했다. 그 또한 그녀만 한 아이가 있으니 어느 정도 담의 심정에 대해 공감하고 있는 듯 보였다.

하지만 장태하, 그는 아니었다. 고민에 빠진 얼굴로 제 턱을 쓰다듬으며 그는 이 상황에 어떻게 대처할까, 고민하고 있었다.

순간, 그의 입가가 비틀렸다.

"좋은 타이밍이긴 합니다만, 아쉽게도 오후에 임원진 회의가 있습니다."

"……네? 그게 무슨……."

그가 이해하지 못하겠다는 듯 고개를 기울이며 묻자, 태하는 기발한 생각이 난 사람처럼 눈을 빛냈다.

"홧김에 회장님께 드린 말씀인데…… 적당한 사람을 찾을 필요도 없겠습니다."

제 생각을 말한 그가 턱을 쓰다듬던 손을 내린 뒤 구겨진 소매를 탈탈 털었다. 그리고 평소의 냉정한 사업가로 돌아가 고저 없는 목소리로 말했다.

"차 변호사님은 장태준이 아닌 제 곁에 서신 겁니다. 제가 믿어도 되겠습니까?"

"물론입니다."

"그럼 공증을 서 주셔야겠습니다. 아주 비밀스럽게……."

좁은 고시원으로 돌아온 그녀는 멍한 눈망울을 깜빡였다.

끔뻑끔뻑.

정숙이 갑작스레 죽은 이후로 그녀의 시간은 더디게만 흘러갔다.

한강만큼이나 눈물을 쏟아 내서인지 눈망울이 아프자 담이 눈을 꼭 감았다. 그러자 헐레벌떡 찾아간 요양원에서 본 하얀 이불, 비죽 튀어나와 있는 맨발, 그리고 경찰관이 다가오던 장면들이 어지러이 눈앞에 펼쳐졌다.

"이정숙 씨 따님 되십니까?"

그 물음에 담은 자신도 모르게 고개를 끄덕였다. 그녀의 눈은 여전히 하얀 천 조각을 향해 있었다. 이불 밖으로 나와 있는 발은 생명력을 잃은 사람 특유의 빛깔이었다. 창백하고 고무처럼 느껴지는 그것. 그래서 담은 순식간에 하나밖에 남지 않은 가족의 죽음을 받아들일 수 있었다.

"강태란 님께서 발견하셨을 때는 이미……."

현장에 나온 경찰은 끝까지 말을 잇지 못했다. 그녀의 눈에서 비처럼 쏟아지는 눈물 때문이었다. 어머니는 목을 매셨다고 했다. 아버지의 모진 결정을 그대로 따른 것이다.

부검을 해서 자세히 알아봐야 한다고 했지만, 경찰의 말론 아마 조만간에 자살로 판정이 될 것이라 했다. 자살의 경우 추후 수사는 없으니 바로 장례를 치르면 된다고…….

그때 경찰관 앞에서 쏟았던 눈물보다 훨씬 많은 양의 눈물이 지금 그녀의 눈에서 소나기처럼 후두둑 떨어졌다. 아버지와 똑같은 방법으로 뒤따라갔다는 말에 원망만 들었던 그때와는 달리…… 이젠 홀로 남아 버렸다는 그 사실에 그녀는 주체할 수 없는 슬픔을 느꼈다.

후두둑, 후두둑.

그렇게 눈물만 쏟아 내며 어머니 가신 길, 마지막 배웅을 했다.

[3]

입안이 바싹바싹 마르고 식도는 무언가에 덴 듯 타들어 가는 느낌이다. 담은 어머니의 장례식이 끝난 후 물 한 모금 마시지 않은 채 3일 내내 잠만 잤다. 어머니를 지키기 위해 밤낮 없이 일을 했던 피로가 한꺼번에 몰려와서이기도 했지만, 현실에서의 외로움을 느끼고 싶지 않아서이기도 했다.

하지만 머리가 두 동강이 날 것 같은 괴로움에 담은 결국 침대에서 일어날 수밖에 없었다. 그리고 몽롱한 시선으로 좁은 고시원 방을 훑으며 껍질이 일어난 입술을 달싹였다.

"무울……."

순간 목이 찢어질 것 같은 느낌에 담이 입을 꾹 다물었다. 그 짧은 단어 하나를 내뱉는 데에도 고동이 느껴졌다. 부스럭 자리에서 일어난 담이 막 빈 물통을 들고 밖으로 나가려고 할 때였다.

똑똑.

노크 소리와 함께 곧 들려오는 목소리.

"402호 아가씨? 안에 있어요?"

고시원 관리인 아주머니의 목소리에 입술을 달싹이던 담이 입을 꾹 다물었다. 방금 전의 고통이 떠올라서다.

재빨리 문으로 다가간 그녀가 문을 빼꼼 열었다. 그러자 고시원 주인은 가슴을 쓸어내리며 말했다.

"아니, 요즘 아가씨가 통 연락을 안 받아서…… 난 또 잘못된 줄 알았지. 그런데 어디 아파요?"

창백한 피부와 부르튼 입술. 이마엔 땀으로 달라붙은 머리카락을 보며 관리인이 걱정스레 물었다. 그러자 담은 자신도 모르게 씨익 미소 지은 뒤 작게 고개를 끄덕였다. 그리고 최대한 목에 힘을 주어 목소리를 짜낸다.

"감기에 걸린 것 같은데…… 지금은 괜찮아요. 걱정하지 마세요."

"아, 그래? 어휴! 무슨 이 날씨에 감기야, 감기는?"

후텁지근한 여름에 가까운 날씨였던지라 관리인은 타박처럼 그렇게 말했다. 그리고 걱정스러운 얼굴로 한참이나 담의 얼굴을 내려다보더니 뭔가 퍼뜩 떠오른 듯 손뼉을 치며 말했다.

"어머어머, 내 정신 좀 봐! 밑에 손님 와 있어요."

"손님……이요?"

올 사람이 누가 있던가? 어머니의 장례 때문에 아르바이트를 하던 곳에는 모두 그만둔다고 일러뒀던 터다. 학교도 휴학한 지 반년이나 되어 친구들과 모두 연락이 끊긴 상태였다.

외톨이.

그래, 그녀는 현재 외톨이였다. 고시원으로 찾아올 사람 하나 없는.

"어, 되게 멀쩡하게 생긴 신사던데?"

"아…… 네."

누군지 몰라 천천히 고개를 끄덕이며 답한 담은 어느새 볼일이 끝났다는 듯 관리인실로 향하는 두툼한 엉덩이를 보며 한숨을 쉬었다.

곧이어 담은 한 층에 한 대씩 있는 정수기 쪽으로 걸음을 옮겼다. 그리고 물통에 물을 가득 담은 뒤 숨도 쉬지 않고 들이켰다.

꼴깍꼴깍, 시원한 물은 가뭄이 든 듯 메마른 식도에 차가운 단비를 내렸다. 그제야 담은 조금 정신이 돌아오는 것 같았다.

"누구지……?"

관리인이 말한 손님을 만나기 위해 한 손에 물통을 들고 가던 담은 문득 벽에 걸린 거울에 비친 제 모습에 화들짝 놀라 걸음을 멈췄다. 억, 소리가 날 만큼 끔찍한 모습을 보던 담은 고개를 저은 뒤 재빨리 제 방으로 향했다. 간단히 세수와 양치를 하고 누군지 모를 손님을 맞이해야겠다고 생각하며.

얼마의 시간이 흘렀을까. 초스피드로 세수와 양치를 끝마친 담은 모자를 대충 눌러쓰고 손님이 있을 1층으로 향했다. 낡은 계단을 걸어 내려온 그녀는 고시원 입간판 앞에 서 있는 남자의 뒷모습을 발견했다.

멋인지 아니면 염색을 할 시간이 없는 것인지, 남자의 머리칼은 군데군데 세월에 바래 하얗게 변해 있었다. 하지만 폼이 잘 맞는 양복과 그에 맞춰 신은 검은색 구두는 남자의 직업이 사람을 많이 만나는 것이란 걸 알려 주었다.

멀쩡하게 생긴 신사.

담은 걸음을 옮겨 자신을 기다리고 있는 남자에게로 다가갔다. 그녀의 인기척을 느낀 것인지 남자가 고개를 돌려 그녀와 얼굴을 마주했다.

"차우진이라고 합니다."

"아, 네. 그런데 무슨 일로 찾아오셨어요?"

맑고 청량한 목소리에 남자가 주위를 둘러보았고, 곧이어 멀지 않은 곳에 있는 커피숍을 손을 뻗어 가리켰다.

"아주 긴 이야기일 것 같으니, 차나 한 잔 하시죠."

"네……?"

"태룡전자 장태하 사장님께서 보내서 왔습니다."

그 말에 담은 순간 머릿속을 스치는 생각에 아차 싶은지 눈을 깜빡였다.

'아, 주식…….'

갑작스런 정숙의 일로 한동안 잊고 지냈던 일. 그 생각 다음으로 떠오른 것은 차갑지만 잘생긴 한 남자의 얼굴이었다.

우진의 뒤를 따르며 그녀는 바닥에 떨어져 있는 돌을 발끝으로 툭툭 찼다. 주식 매입을 위해 오늘 신사가 그녀를 찾아온 것 같았지만, 그녀는 그 어떠한 것도 결론을 내리지 못한 상태였다.

'아니, 아니야.'

속으로 그렇게 생각한 담은 고개를 저었다.

정숙이 죽기 전, 결론은 이미 내렸었다. 아버지가 남긴 소중한 주식을 팔아 정숙과 행복하게 살기로. 하지만 그러한 결정을 내릴 수 있게 만들어 준 사람은 이제 더 이상 이 세상 사람이 아니었다.

찌르르.

또다시 가슴 한 켠이 아팠다.

우진을 따라 자리에 앉은 담은 눈을 깜빡였다. 우진은 제법 많은 서류를 들고 있었는데, 그중 몇 개엔 그녀의 이름도 있었다. 그는 본격적인 이야기에 들어가기 전, 상태가 좋아 보이지 않는 그녀를 위해 따뜻한 우유를 한 잔 시켜 주었다. 그의 몫인 아메리카노와 그녀의 몫인 따뜻한 우유가 테이블 위에 놓이자 우진은 한 템포 호흡을 늦춘 후 조심스럽게 이야기를 꺼냈다.

"이미 저희 사장님과는 만나 뵈었다, 이야기를 들었습니다."

"네……."

"어떻게, 마음의 결정은 하셨습니까?"

우진의 직설적인 물음에 담의 입술이 꼭 다물렸다. 갑자기 하늘에서 똑 떨어진 주식을 그녀는 어떻게 해야 할지 몰랐다.

'그냥 줘 버릴까?'

잠시 그렇게 생각하던 담이 작게 고개를 저었다. 아버지가 남긴 것이니, 그렇게 함부로 처리할 수는 없었다. 그 신호를 거절이라고 받아들인 것인지 우진의 미간이 찌푸려졌다.

"혹시 조건이 마음에 들지 않는 것이라면 말씀해 주십시오. 원하는 대로 맞춰 드리겠습니다."

"원하는 거요……?"

담이 더듬더듬 물었다. 눈동자를 보니 어딘가 혼이라도 놓아두고 온 듯한 얼굴이었다.

"네, 무엇이든 말씀하십시오."

그녀의 끔찍하게 갈라진 입술이 달싹여졌다. 몇 번이고, 몇 번이고…….

그리고 이내 힘겹게 말을 투해 냈다.

"가족이요, 내 편. 내 편…… 내 사람……. 전 그게 필요해요."

실핏줄이 터져 붉어진 눈동자가 번들거린다. 유리알처럼 투명한 눈동자에 투명한 막처럼 눈물이 덮여 쌌다.

그녀의 세상은 온통 눈물이었다.

"주실 수…… 있나요?"

"뭐? 가족?"

"네."

2분기 태룡전자 매출표를 들여다보고 있던 태하의 시선이 자연스레 우진으로 향했다. 그 또한 이 상황이 곤란한 것인지 잔뜩 일그러져 있었다.

"그게 아니라면 군이 팔 이유가 없다고요. 자신은 그렇게 큰돈을 쓸 곳이 없답니다."

"흐음……."

한숨처럼 소리를 낸 태하가 자리에서 일어났다. 그리고 사무실 한쪽 벽, 통유리로 되어 있는 곳으로 천천히 걸음을 옮긴다.

한강이 한눈에 내려다보이는 장소. 아름다운 야경은 눈이 멀 것처럼 반짝인다.

"어떻게 할까요?"

뒤에서 그의 답을 재촉하는 목소리가 들려왔다.

이미 내려진 결론. 그래, 뜸 들일 필요는 없다. 곧 있으면 주주총회였고, 곧이어 할아버지의 그 말도 안 되는 장난이 세상에 드러날 테니까.

"재미있네."

"네?"

저도 모르게 읊조린 말에 우진이 이해할 수 없다는 듯 눈을 깜빡였다. 그러자 창을 향해 있던 시선을 돌려 초조한 기색이 역력한 우진을 보며 웃음기 담은 목소리로 말했다.

"그 여자 재미있다고요."

"……사장님."

"내일 그 여자 데리고 사무실로 가겠습니다. 준비는 완벽하게 마쳐 주십시오."

"전 지금 사장님이 무슨 생각을 하시는지……."

이제 50대를 바라보는 우진은 적어도 태하보다는 오랜 인생을 살았다. 인생의 지혜라는 것도 있었지만 탁월한 사업가의 머리를 가진 그의 생각은 읽지 못한 것인지 우진은 그의 답을 독촉했다. 그러자 태하는 무심한 얼굴과 몸짓으로 말했다.

"그 여자랑 결혼하려고요."

그의 입에서 나온 말과 그 표정엔 괴리감이 있었다. 그래서였을까. 우진은 쉽게 그 말을 받아들이지 못하고 되묻는다.

"그게 무슨 말씀이십니까?"

"가족을 달래잖습니까? 내 것을 내어 줄 수는 없지만, 결혼으로 나누어 줄 수는 있죠."

"하지만……."

"그럼 굳이 주식을 매입하지 않아도 됩니다. 이보다 더 좋은 조건이 어디 있습니까?"

그의 머릿속엔 이미 모든 플랜이 세워져 있었다.

하늘에서 비가 추적추적 내렸다. 낡은 납골당. 처음 아버지의 유골을 모셨던 곳 바로 옆자리에 어머니의 것까지 모시게 된 담은 이 모든 일이 꿈처럼 느껴졌다.

'그래, 꿈이야, 꿈일 거야…….'

그녀는 최근 반년 사이 자신의 인생에 일어난 모든 일들을 꿈처럼 여기고만 싶었다. 그렇게라도 하지 않으면 견딜 수가 없을 것 같으니까. 그렇게라도 생각하지 않으면…… 온몸이 갈가리 찢겨지고 부서지는 이 고통에 질식해 죽어 버릴 것 같았다.

"하아……."

거친 숨을 토해 내던 담은 눈을 천천히 깜빡여 보았다. 이젠 눈물조차 말라 버린 눈동자는 건조해 뻑뻑하게 느껴졌다. 마치 누군가가 눈에 사포질을 해 버린 것처럼.

한참이나 웃고 있는 사진을 바라보던 담이 비척비척 자리에서 일어났다. 사진 속의 세 사람은 너무나 행복하게 웃고 있었다. 따뜻했던 가정, 자신을 보호해 주고 든든한 울타리가 되어 주셨던 부모님. 하지만 지금의 그녀에게 남아 있는 것은 없었다.

비척비척 걸음을 옮겨 납골당을 빠져나가려고 할 때였다. 가방에 든 휴대전화가 요란한 소리를 내며 울었다. 삐쩍 마른 손을 가방에 찔러 넣어 휴대전화를 꺼낸 그녀는 생전 처음 보는 번호에 고개를 기울였다. 그러다가 별 망설임 없이 전화를 받는다.

"여보세요?"

―아, 정담 씨?

담은 자신도 모르게 침을 꼴깍 삼켰다. 남자의 목소리는 간담을 서늘하게 함과 동시에 달콤하고 매력적이다. 그렇기에 그녀는 단번에 자신에게 전화를 걸어온 사람이 누구인지 알아차렸다.

"네, 장태하 사장님. 무슨 일로 제게 전화를 주셨나요?"

그녀의 물음에 태하는 잠시 말이 없었다. 두 사람 사이에 짧은 침묵이 흘렀고, 곧이어 태하는 웃음기 하나 섞이지 않은 건조한 목소리로 말했다.

―결혼합시다.

"……네?"

―자세한 이야기는 만나서 합시다.

알 수 없는 그의 말에 그녀는 흡, 숨을 들이 삼킨다.

이건 또 무슨 이야기일까?

천천히 걸음을 옮겨 납골당 밖으로 나온 담은 따스한 햇살에 눈을 감으며 말했다.

"장난이 지나치세요."

그래, 단 한 번 만난 사람들이 결혼이라니. 장난이 지나치다. 잘 알지도 못하는 사람에게 청혼을 받은 그녀는 기가 막힌 듯 코웃음을 살랑살랑 쳤다. 그럼에도 전화 속 상대는 진심인 듯 조곤조곤하고 또박또박하게 말했다.

-장난 아닙니다. 전 정담 씨와 결혼하기로 마음을 굳혔습니다.

"네……? 누구 마음대로요."

-물론 제 결정입니다.

태하의 어조엔 확신과 자심감이 넘쳤다. 하지만 그와 반대로 담은 당황한 듯 입을 꾹 다물었다. 그에게 뭐라고 거절의 말을 해야 할 텐데, 제안하는 일이 너무나 허무맹랑하고 말이 되지 않는 것이라 그녀는 거절의 말조차 어떻게 해야 할지 몰라 한참이나 우물쭈물거렸다. 그러자 태하가 더 이상 기다려 줄 수 없다는 듯 그녀를 독촉했다.

-지금 당신 뒤에 검은 차 보이십니까?

"네."

-그 차를 타고 곧장 태롱전자 본사로 오십시오. 자세한 이야기는 그때 하겠습니다.

그러고선 전화는 뚝 하고 끊겼다. 허망한 눈으로 휴대전화 액정을 보던 그녀가 깊은 한숨을 내쉴 때다. 정말로 그녀의 뒤에 서 있던 검은 차량에서 검은 양복을 입고 있는 젊은 남자가 내렸다. 마치 저승사자처럼 머리에서 발끝까지 검은 칠을 한 남자는 곧장 그녀에게 다가와 허리를 숙였다.

"사장님께서 모시고 오라고 하셨습니다."

그녀를 지켜보던 그림자가 드디어 움직였다.

빠르게 달리던 차는 고개를 한껏 들어야 그 끝을 볼 수 있는 빌딩 앞에 멈춰 섰다.

정중한 자세로 문까지 열어 준 남자는 곧장 그녀를 건물 안으로 안내했고, 단단한 몸으로 로비를 지키고 서 있던 경비원까지 쉽게 재낀 후 임원 전용 엘리베이터로 향했다. 그러곤 익숙한 듯 이곳에서 가장 꼭대기에 위치한 사장실로 향하는 S버튼을 눌렀다.

거의 진동이 느껴지지 않는 엘리베이터가 부드러운 카펫이 깔려 있는 층에 서기 전, 검은 정장의 저승사자가 예의 바른 어조로 말했다.

"사장님께서는 자신의 의견에 토를 다는 사람을 싫어합니다."

"······네?"

마치 그의 말이 어마어마한 협박으로 들려 그녀는 벙찐 얼굴로 되물었다. 그러자 그는 열리는 문을 손바닥으로 가리켜 그녀를 안내하며 마지막으로 그녀에게 신신당부했다.

"눈앞에서 단칼에 거절하지 마십시오."

큰코다치십니다. 그렇게 뒷말을 붙인 남자는 곧장 사장실로 향해 앞에 서 있던 비서에게 눈짓했다. 그러자 그녀는 인터폰을 눌러 담이 도착했다는 사실을 알렸고, 커다란 문을 열어 주며 허리를 숙였다. 얼떨떨한 얼굴로 사장실 안으로 한 걸음 옮긴 그녀는 순간 코를 타고 훅 들어오는 시원한 향에 몸을 움찔 떨었다.

"오셨습니까?"

"아, 네."

태하는 창가를 보며 뒤돌아 있던 몸을 돌려 담을 보았다. 여전히 주머니에 양손을 꽂은 채 조금 삐딱한 시선으로 바라보고 있었지만 얼굴에는 오랫동안 다듬어 온 가면이 씌워져 있었다. 그 표정에 담은 자신도 모르게 더듬더듬 뒤로 걸음을 물렸다. 남자가 풍기는 분위기만으로도 위험을 감지했기 때문이다.

"오셨으면 이리 앉으시죠. 이야기가 길어질 텐데."

남자가 매끈한 동작으로 그녀에게 다가왔다. 그리고 대리석으로 만들어진 테이블 위에 있던 인터폰의 수화기를 든 그가 여전히 문 앞에 서 있는 담을 힐끗 보며 말했다.

"차는 뭐로 하시겠습니까?"

"아, 아…… 괜찮습니다."

그의 시선이 자신에게 닿자 그제야 정신을 차린 담이 천천히 걸음을 옮겨 테이블 쪽으로 향했다. 몸을 폭 감쌀 만큼 커다란 소파에 조심스레 앉은 그녀가 들고 있던 가방을 제 무릎 위에 올려 두었다. 그리고 바싹 마른 손을 꾹 움켜쥐며 자신의 맞은편에 앉는 남자를 멍한 시선으로 보았다. 태하 역시 차 생각이 없는 것인지 수화기를 내려놓은 뒤다.

"여기까지 오는 길에 제가 드린 제의는 잘 생각해 보셨습니까?"

태하는 마치 동네 구멍가게 계약을 하는 것처럼 무심한 어조로 말했다. 그래서 담은 방금 전 그녀가 들었던 말이 환청 혹은 꿈처럼 느껴졌다.

"결혼…… 말이에요?"

"네."

'꿈도, 환청을 들은 것도 아니구나.'

그렇게 생각하며 담은 고개를 끄덕였다. 처음 전화를 받았을 때만 해도 그가 장난을 하고 있다고 생각했으나 진지하고 곧은 눈길과 명료한 어투에 그가 진심으로 그리 말하고 있다는 것을 깨달았다.

'그런데 왜 나랑……?'

그러자 또 다른 의문이 불쑥 머릿속에 차올랐다. 그러자 이번에 그녀는 제법 용기 내어 물었다.

"전…… 어, 그러니까."

"장태하 사장이라 부르시죠."

말을 이어 가던 담이 당황한 이유를 정확히 캐치해 낸 그가 말했다. 그러자 담은 고개를 끄덕인 뒤 계속 말을 이었다.

"사장님께서 왜 결혼하자고 하시는지, 전혀 이해할 수가 없어요."

그래, 어느 누가 이해하겠는가?

하지만 태하의 자신만만한 표정을 보니, 그는 그녀를 설득할 만한 충분한 이유를 가지고 있는 것 같았다.

자리에서 일어난 그가 곧장 제 자리로 향했다. 두툼한 원목으로 만들어진 책상 제일 밑 서랍에서 서류를 하나 꺼낸 그가 곧장 앉아 있던 자리로 되돌아왔다. 그는 소리 없이 자리에 앉은 후 테이블 위에 파일을 내려놓은 뒤 그녀에게 내밀었다.

"봐도 정담 씨는 무슨 말인지 잘 이해가 안 가실 겁니다."

그의 무시하는 말에도 담은 화를 낼 수가 없었다. 파일을 펴 안의 내용을 읽어 보았지만 도통 무슨 말인지 알아들을 수가 없었기 때문이다.

"지금 정담 씨 앞으로 되어 있는 채무액입니다."

"아……."

한글로 적혀져 있던 내용들이 그의 말을 듣자 이젠 어느 정도 알아볼 수 있었다. 아버지가 사업을 하며 이리저리 자금을 끌어다 쓴 것인지 갚아야 할 돈은 눈이 돌아갈 정도로 어마어마했다.

"저, 전 몰랐던……."

"어머니 이정숙 씨 쪽으로 계속 연락이 갔었습니다. 빚을 갚기 위해 사채까지 썼더군요."

담은 한숨을 내뱉을 수가 없었다. 현실을 원망할 수도 없다. 이미 모든 일은 벌어진 뒤고, 그녀 홀로 감당할 수 없는 산에 첩첩이 둘러싸여 있었다.

"채무는 정담 씨 홀로 감당할 수 있는 금액이 아닙니다."

"그렇……네요."

"재산상속을 포기하면 되지만, 그렇게 하면 아버님이 남기신 주식 또한 포기를 해야겠죠. 주식을 팔고 빚을 갚는다? 물론 좋은 방법이긴 합니다만, 정담 씨에게는 현재 재산을 상속받을 때 쓰일 상속세가 없겠죠."

"……."

그가 그녀에게 최선의 솔루션을 이야기해 주려 애를 쓰고 있는 듯했지만, 담인 이 현실이 모두 받아들여지지 않아 눈앞이 깜깜하기만 했다.

정신을 반쯤 놓고 그의 이야기를 흘려들을 때였다. 목소리조차 멀어진다고 생각이 되었을 때, 눈앞에 나타난 또 하나의 종이.

"계약서입니다."

그의 말에 자연스레 시선은 종이로 향했다. 종이 제일 위에 적혀 있는 글자 '혼인 계약서'였다.

"상속세? 내 드리겠습니다. 다만 주주총회 때 저의 편에 서 주셔야 합니다. 저와 결혼하시면 원하는 것들은 모두 드리죠. 가족을 원한다고 하셨습니까? 그까짓 가족, 그거 되어 드릴 수도 있습니다."

"그까짓……."

담은 입술을 달싹였다가 이내 다물었다. 그의 이야기가 계속 귓가에 흘러들었기 때문이다.

"정담 씨 앞으로 40평대의 아파트, 현금, 차, 뭐든 드리겠습니다. 다만, 조건이 있습니다."

그의 이야기는 마치 소설 속의 작가가 지어낸 것처럼 현실감이 없었다. 하지만 그녀는 물을 수밖에 없었다.

"조건이요?"

"결혼을 1년 이상만 유지하면 됩니다. 그 기한만 유지해 주시면 그 뒤론 언제든 이혼해 드리지요. 그 후, 제가 정담 씨에게 제의한 것들, 모두 이행하겠습니다."

"……"

"어떻습니까?"

담은 말을 잃었다. 어찌 잃지 않을 수가 있겠는가. 그녀의 입장에서 결혼이란 사랑하는 사람이 만나 아름다운 한 가정을 이루는 것이다. 사랑의 유효기간이 짧다 하였는가? 뜨거운 연인들의, 젊은 이들의 사랑이 아니라 하더라도 부부만의 끈끈한 사랑이 있다. 하지만 눈앞에 있는 남자는 이 모든 문제와 중요한 것을 차지하고 금적적인 것만 늘어놓고 있었다.

그래서 그녀는 갑자기 반발심이 생겨 버렸다. 지금의 그녀는 앞으로도 뒤로도 걸어갈 수 없는 상황에 놓였음에도 불구하고.

그렇게도 가지고 싶은…… 그렇게도 원하는 것들을 아무렇지도 않은, 그냥 잡다한 것들 중 하나라는 것처럼 말하는 그의 모습에 화가 난 것인지도 모른다.

"가정은…… 사랑하는 사람이 만나 이루는 거예요. 전…… 사장님에 대해 아무것도 모릅니다. 그런 사람과 결혼 생활을 할 수는 없어요."

그녀의 말에 태하의 눈썹이 꿈틀거렸다. 어느새 고개를 들어 검은 눈동자를 당당히 마주한 그녀는 태하의 표정이 점점 차가워진다는 것을 알면서도 말을 멈추지 않았다.

"전 사랑하는 사람과 만나 연애를 하고, 그리고 가정을 이루고 싶어요. 제가 원하는 가족은…… 그런 거예요."

길지도 짧지도 않은 말이 끝났다. 그리고 뒤이은 그녀의 말보다 더 긴 시간의 침묵. 그 침묵에 담은 숨이 막히는 것을 느꼈다. 어느새 팔짱을 끼고 편안히 소파에 등을 기댄 태하가 꼬고 있던 기다란 다리를 풀었다. 그리고 그녀를 한껏 내려 보며 비웃는 얼굴로 말한다.

"연애? 사랑? 결혼?"

평소의 장태하 같지 않다. 평소의 그라면 이렇게 말하지 않았을 것이다. 하지만 쥐뿔도 없는 그녀가 그의 말에 반기를 들자 배알이 꼴려 견딜 수가 없었다.

밟아 주고 싶었다. 그리고 알려 주고 싶었다. 자신에게 닿은 그 맑은 시선을 보자 현실이 어떠한지, 이 사회가 어떠한지.

약육강식이라곤 겪어 본 적도 없는, 일이라곤 보잘것없는 아르바이트만 전전한, 제 앞으로 쌓인 빚은 잘나가는 직장인이 20년은 꼬박 모아야 하는 어마어마한 금액인 이 여자가 자신에게 훈계를 놓듯 말하자 그의 속에 있던 무언가가 꿈틀거렸다.

꼬고 있던 팔을 푼 그가 자리에서 천천히 일어났다. 그리고 허리를 숙여 테이블을 손으로 짚은 그가 잘난 얼굴을 그녀의 앞으로 들이밀었다.

"정담 씨?"

훅- 하고 그의 체향이 풍겨 온다. 청아하고 시원한 그 향기에 순간 취한 듯 담은 멍한 눈을 천천히 깜빡였다.

"당신 재미있네."

"어, 얼굴 치워 주세요."

"왜? 당신이 원하는 게 이런 거라며."

짧게 말한 태하는 그녀의 메마른 입술에 입을 맞췄다. 그러곤 자신의 입술에 닿았던 거친 느낌에 입술 끝을 비틀었다.

"연애? 좋아, 그거 못 할 것도 없지."

"……"

"하지만 결혼한 뒤에 할 거야."

"제, 제가…… 원하지 않아요."

그녀는 부르르 떨리는 손을 맞잡으며 고개를 옆으로 돌렸다. 태하의 눈앞에 나타난 새하얀 목선. 부드러운 곡선을 그리는 것이었지만 비쩍 마른 몸 때문인지 유혹적이라기보단 볼품이 없었다. 하지만 부드러운 선에서 시선을 떼지 않은 그는 몸을 좀 더 숙여 그녀의 귓가에 속삭이듯 말했다.

"내가 원하니까, 그러면 된 거야."

[4]

손발이 저렸다. 너무나 꼭 쥐고 있어, 피가 통하지 않는다. 하지만 담은 얕은 담벼락 너머로 보이는 횅한 마당에서 시선을 떼지 못한 채 주먹을 말아 쥐고 있었다.

아버지가 그녀의 여덟 번째 생일 선물로 준 나무 그네와, 봄이고 여름이고 가을이고 볕이 좋을 때면 함께 나와 바비큐를 해 먹었던 테라스가 한눈에 보였다. 마당 한 켠에는 사고가 있기 네 달 전에 만든 텃밭까지 그대로 있었다.

　가족이 함께 살았던 집은 모든 것이 그대로였다. 마치 시간이 멈춘 듯. 그 속에 살고 있는 사람과 그 속에 살았던 사람들이 현재 이 세상에 없다는 것, 그것만이 달랐다.

　뜨겁게 내려쬐는 햇살에 순간 머리가 핑 도는 느낌이었지만 담은 다리에 힘을 주고 버텼다. 가족의 추억들을 마지막으로 마음에 새기고 싶었다.

　"그립다."

　어느 날, 어느 시각에 기억이 닿아 있는지는 모르나, 담의 입가에 진한 미소가 머물렀다.

　그렇게 한참을 서 있던 그녀는 세상이 검푸른 어둠으로 뒤덮였을 때야 비척거리며 앞으로 나아갔다. 그리고 그녀의 행복했던 기억이 머물러 있는 곳에서 얼마 떨어지지 않은 고시원으로 쏙 들어갔다.

　"아가씨 왔어요? 요즘 왜 이렇게 바빠요?"

　반갑게 인사를 건네는 관리인의 말에 담은 얼굴을 일그러뜨렸다.

　"아참, 이번 달 월세요⋯⋯."

　"그래, 안 그래도 그 이야기하려던 참이었어요."

　역시나.

　담은 입가에 씁쓸한 미소를 걸며 주머니를 뒤적였다. 그리고 어머니의 장례를 치르고 그녀의 수중에 마지막 남은 돈들 중 대부분을 관리인 손에 쥐여 주었다.

　"방 빼려고요."

　"방을 왜 빼요? 아가씨 어디 가요?"

　"네, 부모님을 따라 다른 곳으로 이사를 가게 되었어요."

"많이 아쉽네요."

고개를 끄덕이며 관리인은 그렇게 말했다. 겉치레 인사말이란 것을 잘 알고 있었으면서도 담은 진심으로 감사하다는 듯 허리를 숙였다.

"감사했어요, 정말."

토요일 오전 8시. 태롱 패밀리는 일주일에 한 번 토요일 아침 식사를 같이하곤 했다. 특히나 6월과 12월에는 대규모 아침 식사가 있는데, 태롱에서 일을 하고 있는 가족은 모두 참석해야 하는 자리였다. 이 자리에서 장 회장의 마음이 가끔 바뀌곤 해, 주요 사업을 제외한 나머지 사업체들의 대주주가 바뀌기도 했다. 최근 후계자로 거론되고 있는 태하는 물론이고, 주주총회를 요청한 태준 또한 겉으로는 표현을 안 하고 있었지만 속으로 오늘 장 회장의 마음이 어느 쪽으로 기울여져 있는지 알기 위해 촉각을 곤두세우고 있었다.

화려한 진수성찬으로 커다란 테이블이 가득했지만, 그들은 몇 점 맛보지 않았다. 열댓 명의 사람들이 모여 있었지만, 그들이 먹은 것은 고작 5인분 정도. 토요일 아침 식사 이후 또다시 각자 미팅이나 골프 약속 등이 잡혀 있었기에 대부분 이날은 음식들이 버려져 나가기 일쑤였다.

식탁이 말끔하게 치워지고 과일과 향긋한 꽃차를 내오자, 장 회장이 후루룩 차를 맛보며 말했다.

"그래, 태하 넌 요즘 주주들 만나느라 바쁜 것 같더구나."

아무렇지도 않은 목소리에 주위에 있는 강단 약한 것들은 어깨를 움찔 떨어 댔지만, 태하만은 아무렇지도 않은 척 들고 있던 찻잔을 식탁 위에 올려 두었다.

"하룻강아지가 물기는 했는데, 꽤나 아파서 말이죠. 이쪽에서도 확실히 준비해 놔야 주둥이를 뭉개고 다시는 이런 일이 없도록 하지 않겠습니까, 회장님."

"뭐야? 장태하, 너!"

태하의 맞은편에 앉아 있는 태준이 이를 악물며 외쳤다. 테이블까지 내려치며 거세게 말하는 것을 보니 그 하룻강아지가 자신이라는 것은 알고 있는 듯 보였다.

멍청한 놈.

외가 쪽 사람들의 지시에 따르기만 하는 태준이 오늘 더 멍청하게 보인 것은 담의 감시를 맡겼던 이 비서의 전화 한 통 때문이리라.

"이사를 하는 것 같습니다. 짐을 모두 뺏습니다."

"어디로?"

"그게…… 짐은 모두 버리고, 지금 납골당으로 향하는 중입니다."

오늘 아침, 본가로 막 출발하기 전 받은 전화를 마지막으로 아직 이 비서에게서 따로 연락 온 것은 없었다. 하지만 태하는 지금 이 시각, 이 비서는 별일이 없어 연락을 안 하는 것이 아닌, 뭔가 큰일이 있어 연락을 못 하는 것이라 확신했다.

분을 삭이고 있는 태준과 다른 생각에 잠겨 있는 태하를 바라보던 장 회장이 큼큼 헛기침을 내뱉었다. 주위 사람들의 시선을 모은 장 회장이 말했다.

"다음 달에 전(前) 회장의 유언장 공개가 있다."

그 말에 사람들이 웅성거리기 시작했다. 하지만 이미 이 모든 일에 대해 알고 있던 태하는 여유로운 모습으로 장 회장의 이야기를 듣고 있었다.

"그곳에 전(前) 회장의 태룡전자 주식 2%에 대한 것과 회장님이 각자에게 남긴 선물이 적혀 있지. 그래서 주주총회는 유언장 공개 다음 날로 했으면 한다. 다들 이의 없겠지?"

장 회장의 말에 열댓 명의 사람들이 입을 꾹 다물고 서로의 눈치만 보았다. 이 자리에는 태하의 편에 선 자들도, 그리고 태준의 편에 선 자들도 있었다. 본처의 자식인 태하의 편에 선 자들은 요즘 들어 회사 내에서 독보적이던 태하의 위치가 흔들리자 염려를 하고 있었고, 태준의 편에 선 자들은 혹여나 태준이 왕좌에 앉지 못했을 시 본인들의 처지가 어떻게 될 줄 잘 알고 있기에 긴장하고 있었다.

모두가 눈치를 보며 어쩔 줄을 몰라 하자, 장 회장의 곁에 앉아 있는 태하가 무심한 시선으로 태준을 보며 말했다.

"저야 언제든 상관없습니다. 하지만 아우의 생각은 모르겠군요."

"……저도 괜찮습니다."

태준의 답이 곧이어 나오자 태하가 입술을 비틀어 웃었다. 유언장의 존재 여부만 알고 있는 태준의 답을 너무나 손쉽게 받아 냈기 때문이다. 이미 그의 측에서 지분 2%를 가지고 있는 여자와 접촉을 했다는 걸 훗날 알게 된다면, 태준은 지금 이 순간에 너무도 순순히 주주총회 날짜를 바꾼 것에 대해 땅을 치고 후회할 것이다.

"좋다. 두 녀석 다 합의한 걸로 알고 주주총회 날짜를 뒤로 미루도록 하자."

장 회장이 그렇게 이야기의 결론을 내리며, 정면을 주시하고 있던 몸을 옆으로 틀어 태하를 향해 말했다.

"김명진 의원이 보자고 한다. 같이 식사나 하자고."

"……제가 나갈 자리는 아닌 것 같습니다."

후루룩, 이미 미지근하게 변해 버린 차를 한 모금 마신 그가 뒤늦게 답했다. 그러자 장 회장은 그의 답이 제 마음에 들지 않는 것인지 미간을 찌푸린 뒤 중역들의 관심과 시선을 느끼며 말했다.

"서희도 나올 거야. 그러니 너도 자리해."

"후."

태하의 입에서 깊은 한숨이 흘러나왔다. 가족들이 모인 자리에서 장 회장이 공개적으로 '서희'의 이름을 거론하는 이유를 태하 또한 잘 알고 있었다. 이 자리에 있는 사람이라면 정식으로 후계자로 인정받기 위해서는 가정을 꾸려야 한다는 사실을 모두 알고 있었고, 태준과 달리 태하는 아직도 혼자였다. 이에 곧 태하 또한 4선이나 한 김명진 의원의 딸, 김서희와 결혼 이야기가 오고 가고 있으니 태준의 뒤에 선 이들 모두 긴장하라는 뜻이었다.

장 회장의 생각대로 태준의 얼굴에 긴장감이 흘렀다. 그 모습에 태하는 피식, 작은 웃음을 흘린다. 아직 제 감정을 숨기지도 못하는 주제에 어찌 태룡의 가장 위에 앉으려는 것인지. 멍청한 녀석.

태하가 점점 굳어지는 태준의 모습에 한마디 쏘아붙이려고 할 때였다.

띠릭띠릭-

"아, 죄송합니다."

그의 주머니에 들어 있던 휴대전화가 요란한 소리를 내며 울렸다. 액정에는 이 비서의 전화번호와 함께 아침 식사 시간이라는 것을 알고 있음에도 급히 보낸 문자가 떠 있었다.

[지금 당장 와 주셔야겠습니다.]

짧은 문자 한 줄. 하지만 이 문자에 태하는 자리에서 벌떡 일어났다. 그리고 의아한 시선 수십 개가 따라붙는 것을 느끼며 장 회장에게 허리를 숙여 인사했다.

"죄송합니다, 급한 약속이 생겨 먼저 가 봐야겠습니다."

"뭐야?"

태룡 패밀리에게 있어 토요일 아침 식사 시간은 법과도 같은 것이다. 절대 빠져서는 안 되고, 아주 중요한 일이 아니고서야 중간에 일어나서도 안 된다. 그것을 누구보다 잘 알고 있는 태하가 이리 행동하자 장 회장의 얼굴엔 언뜻 당황하는 기색마저 비쳤다.

"약혼녀가 많이 아프답니다."

태하의 한마디는 이곳에 있는 모든 사람을 혼란 속으로 빠뜨리기 충분했다. 그리고 그중 가장 당황한 사람인 태준과 시선을 맞춘 그는 아주 느리고 또박또박한 어조로 답했다.

"태룡전자 개국공신의 딸입니다. 평생 태룡을 위해 일하셨던 분이라, 전 회장님께서도 무척이나 아끼시는 분의 따님이시죠. 조만간에 가족 여러분께도 인사 올리겠습니다."

"……"

태하의 시선이 이번엔 장 회장을 향해 있었다. 입술이 하얗게 질리도록 악문 것을 본 그가 속으로 콧방귀를 뀌었다. 이렇게 당황하는 아버지의 모습이라니. 장태하 인생에서 본 적이 없는 것이었다.

"그럼 먼저 자리에서 일어나겠습니다."

아무리 바쁜 일이 있다 하더라도 장태하는 뛰는 법이 없었다. 자신의 몸짓 하나에 수많은 사람의 시선이 따른다는 것을 너무나 잘 알기 때문이다.

평온하고 무(無)에 가까운 표정. 그랬기에 그를 힐끗 보며 얼굴을 붉히는 간호사는 지금 그가 속으로 얼마나 많은 욕과 짜증을 내고 있는지 알지 못했다.

제일 구석진 병실. 외부의 시선을 극히 꺼리는 VVIP를 위해 마련된 병실은 은밀했고, 인적도 드물었다. 담당 간호사와 의사 외에 출입이 엄격히 제한된 곳. 그곳으로 곧장 걸음을 옮긴 태하는 병실 앞을 지키고 선 이 비서의 모습에 그제야 칼날처럼 서늘한 표정을 드러냈다.

"무슨 일이야."

그와 눈이 마주치자마자 이 비서는 허리를 꾸벅 숙인 뒤 그에게 재빨리 다가왔다.

"자살을…… 시도하셨습니다."

"뭐?"

"아침부터 납골당에 가기에 이상하다고 생각은 했지만……. 사장님, 차라리 모든 걸 터놓고 주식을 양도하라고 하는 게 어떻습니까?"

순간, 태하의 얼굴에 비웃음이 서렸다. 똑똑한 놈인 줄 알고 곁에 뒀건만. 그의 생각과는 달리 아직은 제 나이 또래처럼 어리숙한 놈이었나 보다.

"이재권, 주제넘게 날 가르치려 드는 것처럼 보인다."

그 서늘한 말에 이 비서의 몸이 움찔 떨렸다. 태하의 목소리는 갈수록 낮고 어두워졌다.

"저 여자가 영악하다면? 사실대로 말해서 저 여자가 장태준을 찾아가기라도 하면 어떻게 할 거지?"

"……그럴 사람으로는 안 보였……."

이 비서가 미처 말을 끝맺기도 전에 태하는 저 멀리서 다가오는 우진을 힐끔 보고 곧장 병실 문을 열고 안으로 걸음을 옮겼다. 침대 위에 앉아 처연한 표정으로 창밖을 내다보고 있는 담의 모습이 보인다. 그녀는 창백하게 질린 얼굴과 움켜쥐면 바스러질 듯 유약한 모습으로 그렇게 앉아 있었다.

달칵, 문이 닫히는 소리에도 담의 고개는 옆으로 돌아오지 않았다. 그에겐 오직 뺨이 움푹 파인 옆모습만 보여 주고 있었다.

그녀는 지친 기색이 역력했다. 몸이 아닌 마음이 많이 아파 보이기도 했다. 하지만 잔혹하리만치 냉혹한 태하는 그 모든 것을 알고 있으면서도 침묵으로 그녀를 비난했다.

그의 시선을 느낀 것일까. 돌아보지 않았음에도 한달음에 온 남자가 장태하라는 것을 알았을까. 담은 웃음기가 섞인 목소리로 읊조렸다.

"다른 사람에게 피해를 주기 싫어서…… 고시원에서 죽지를 못했어요. 목을 매달 장소를 찾아봤는데, 깊은 야산까지 올라갈 힘은 없고, 땅을 팔 힘도 없더라……고요."

그녀는 간간이 목이 아픈 것인지 더듬더듬 말을 내뱉었다.

"칼로 생살을 뚫을 용기도 없고…… 손목을 그으면 아플까 봐 그러지도 못하겠고……. 높은 곳에서 뛰어내리면 창자가 다 튀어나온다는 이야기를 들은 적이 있거든요. 그래서 뛰어내리지도 못하겠고……. 지하철이나 차에 뛰어들면 그 또한 너무 큰 민폐니까…… 그러질 못했고."

"정담 씨."

부름에 담의 고개가 천천히 그를 향했다. 그녀는 텅 빈 눈을 연신 깜빡이며 말을 이었다.

"……여름이라 강가나 바다에 사람들이 많아서 물에 뛰어드는 것도 안 되고……. 그래서, 그래서요."

"……."

"약을 먹었는데…… 그랬는데…… 죽지를 않아요. 눈을 뜨니 다시 현실이에요, 너무 끔찍하고 힘든."

그녀의 말이 멈췄다. 그리고 그녀의 이야기를 침묵으로 일관하며 들어 주던 그의 입은 더욱 굳게 닫혔다. 그는 그녀를 비난하지도, 그리고 제 제안을 거절하고 죽으려 했다는 것에 화를 내지도 않았다. 그저 무심하고 무표정하게, 제3자인 듯 그녀를 대하고 있었다.

하지만 그녀는 달랐다.

"죽여…… 주세요. 죽고 싶어요."

죽여 주세요, 제발. 저 죽여 줘요. 죽지도 못하겠어요. 그럴 용기도 없다고요.

그렇게 끊임없이 말하며 그에게 부탁했다.

"……."

"……그러면…… 이 현실에서 벗어날 수…… 있겠죠?"

담의 목소리가 간헐적으로 떨렸다. 눈이 감겼고 곧이어 언제 맺힌 것인지 눈물이 후두둑 떨어졌다. 멍청한 제 모습에 화도 나지 않는다. 눈을 뜨고 병원 천장이 보이자 좌절하고 애타했던 마음도 사라져 이젠 텅 비어 버렸다.

그런 그녀의 모습을 한참이나 바라보던 태하가 걸음을 옮긴다. 뚜벅뚜벅, 잘 닦인 구두가 침대맡에 멈춘다. 그는 천천히 허리를 숙여 그녀의 둥근 어깨를 잡았다. 그러자 손바닥에 도드라진 뼈가 잡힌다.

그녀는 볼품이 없을 정도로 말라 있었다. 도저히 여자로서의 매력을 느낄 수 없을 정도로 끔찍하게. 그래서였을까. 그는 더욱 차갑고 무심한 모습으로 그녀를 똑바로 마주할 수 있었다.

"1년, 1년만 살아. 그 뒤엔 더 이상 붙잡지 않을 테니까. 네가 어디서 자살을 하든 사고를 당하고 죽든, 눈 하나 깜짝하지 않을 거야."

"아……."

신음처럼 그렇게 내뱉은 그녀가 태하의 시선을 피해 고개를 아래로 떨어뜨렸다. 하지만 태하는 그녀를 압박하고 재촉하듯 말을 이었다.

"하지만 지금은 곤란해. 싫더라도 살아야 해. 나에게 아주 중요한 결전이 남아 있거든."

"중요한 결전……?"

"당신을 살린 사람은 나야. 그러니까 1년 동안 봉사한다고 생각하고 내 곁에 있어."

독선적인 그의 말이 끝나자마자 곧이어 말끔한 차림의 우진이 안으로 들어왔다. 그는 곧장 걸어와 태하에게 노란 파일과 인주를 건넸다.

"자, 도장 찍어."

담의 시선이 아래로 떨어졌다.

『혼인 계약서』

그 글자가 눈앞에서 어지럽게 늘어졌다가 사라진다. 담이 눈을 꾹 감았다. 그러자 단단하고 커다란 손이 그녀의 손을 붙잡아 인주로 가져간다. 엄지손가락에 잠시 차가운 기운이 닿았고, 곧이어 바스락거리는 소리와 함께 종이와 제 손가락이 부딪히는 걸 느꼈다.

그는 더 이상 필요가 없어진 그녀의 손을 놓은 뒤, 서류를 뒤에 있는 우진에게 건넸다. 그러면서 그녀에겐 차디찬 한마디를 건넨다.

"축하해, 앞으로 우린 부부군."

2화

전야제

[1]

　담은 썰렁하기만 한 아파트 내부를 한눈에 휘이 둘러보았다. 집 안은 지나치리만큼 가구가 없었고, 반들반들 빛이 났다. 가구나 가전제품 모두 새것처럼 깨끗했고, 사람이 사용한 흔적은 없었다. 그녀의 멍한 눈이 빠르게 움직이는 것을 보던 태하는 걸음을 옮겨 소파에 앉았다. 그리고 기다란 다리를 꼬고 평소처럼 거만한 눈빛으로 그녀를 보았다.

　"앞으로 당신과 내가 살게 될 집."

　평소처럼 서늘하기만 한 목소리는 아니었다. 그리고 평소처럼 제 뜻만 내세우며 그녀를 몰아붙이지도 않았다. 담이 또다시 재빠르게 오피스텔을 훑어보자 그가 미간을 찌푸리더니 자리에서 벌떡 일어 났다.

　"왜? 좁아서 그래? 당신 뜻이 그렇다면……."

"화초를 두고 싶어요."

담의 말에 태하의 미간이 거짓말처럼 펴졌다. 그는 순식간에 제 감정을 수습하고, 멀뚱히 거실을 둘러보는 담의 모습을 의아하게 바라보았다.

그가 현재 지내고 있는 아파트는 서른 평대의 좁은 것이었다. 집이라기보단 잠을 자는 곳으로 주로 이용했기에 지나치게 넓은 것은 오히려 그의 생활 패턴을 방해만 할 뿐이다. 이제 결혼을 하게 된다면 집에 대한 부분은 전적으로 그녀에게 맡길 참이었다. 넓은 곳이 좋다면 옮길 것이고, 주상복합처럼 모든 것이 갖춰져 있는 곳을 원한다면 그곳으로 옮길 참이었다. 마당이 있는 집이라면 그녀가 모든 것을 관리한다는 조건으로 구입할 수도 있었다. 하지만 담의 입에서 나온 말은 너무나 뜻밖이었다.

그래서 그는 되물을 수밖에 없었다.

"왜지?"

"……그냥. 집을 보니까 당신은 자주 들어오지 않을 것 같아서요."

이해할 수 없는 말이었다. 그래서였을까. 그는 입을 꾹 닫은 채 한참이나 담을 내려다보고 있었다.

그녀는 모든 삶의 의욕을 잃고, 자신의 물건을 모두 정리했다. 마지막 가는 순간까지도 남에게 피해를 주기 싫다며 흔적을 지운 그녀가 현재 걸치고 있는 것은 모두 그가 구입해 준 것이었다.

비쩍 마른 몸을 감춘 노란 원피스는 지나치게 커 보였고, 머리카락을 묶은 끈엔 보석이 박혀 반짝였지만, 윤기를 잃은 머리카락에 달려 있어 그런지 싸구려처럼 보였다. 어디 그뿐인가? 창백한 안색과 움푹 파인 뺨은 마치 관 속에 들어갔다 나온 사람처럼 보였다.

그녀는 지난 반년간 밤낮을 잊고 일했다 했다. 반년 전 작은 자동차 부품 공장을 운영했던 아버지가 자살로 운명을 달리하자, 그 현장을 목격한 어머니를 모시기 위해 시급 4,500원밖에 되지 않는 알바를 전전했다 했다. 설상가상, 목을 매달고 죽은 아버지를 내리기 위해 안간힘을 썼던 그녀의 어머니가 그 기억으로 정신이 온전치 못하자 병원비를 대기 위해 몸이 부서져라 일했고, 요양원에 들어간 지 한 달도 지나지 않아 하루가 멀다 하고 심장발작을 일으키는 어머니 덕에 응급실 비용만 해도 수천이 깨졌다 했다.

눈앞에 있는 여자는 그랬다. 자신의 가족을 지키기 위해 하루하루 돈 걱정만 하며 달달거리며 살아왔다고 했다. 그래서 그는 처음 이런 사정을 가진 사람이 주식을 가지고 있다 보고받았을 때 기뻐했다. 돈 만 원이 궁한 사람에게 일확천금을 쥐여 주면 앞뒤 가리지 않고 그에게 필요한 모든 것을 내어 놓으리라 생각했으니까.

일주일 전 부모의 뒤를 따르겠다며 수면제를 한 움큼 삼키고, 위세척을 받은 여자가 지금은 화초를 키우고 싶다, 라……. 그는 혹시나 담이 정신을 놓은 것은 아닐까, 생각했다. 하지만 곧이어 그에게 닿는 갈색 눈동자에 생각을 거두었다. 어차피 그와 상관없는 문제였다. 그녀의 삶이 어떠했든, 지금 그녀의 상태가 어떠하든 그는 이 여자를 곁에 두고 주주총회를 잘 준비하는 것만 생각하면 되었다.

"사람을 붙여 주지. 그 사람과 함께 필요한 물건이 있으면 사."

"아…… 그렇게까지 하실 필요는 없어요."

담이 양손까지 흔들며 그의 호의를 거절하자 태하의 미간이 또다시 구겨졌다. 이 여자는 이상한 버릇을 가지고 있었다. 그 버릇은 꽤나 귀찮은 것으로, 꼭 그의 입에서 같은 이야기가 두 번씩 나오게 만들었다.

"당신의 의사는 중요하지 않아. 나랑 결혼하기로 했지? 그럼 후줄근한 모습으로 외출하는 것은 절대 허용 못 해. 앞으로 당신의 일거수일투족을 감시하는 파파라치가 따라붙을 거고, 간부의 눈이 따를 거고, 내 약점을 캐내려 혈안이 되어 있는 사람들의 감시가 붙을 거야."

"아…… 어렵네요."

담이 멍하니 말하며 고개를 끄덕였다. 그러다가 이내 생각을 마쳤는지 얼음처럼 차가운 그의 얼굴을 보며 입술을 무의식적으로 부드럽게 휘었다.

"당신의 뜻이 그렇다면 그런 거겠죠."

"뭐……?"

"1년간만…… 있으면 되겠죠?"

그러면서도 또 웃는 담의 모습에 태하는 순간 속에서 무언가가 울컥울컥 올라오는 것을 느꼈다. 하지만 그럴수록 그의 얼굴은 더 차갑고 냉랭해졌다.

곧이어 그의 입술이 그녀를 따라 비틀렸다. 하지만 그녀가 짓는 것과는 조금 다른 것이었다. 그는 위협적이리만큼 날카로운 시선으로 그녀를 내리찍듯 보았다. 그리고 고저 없는 목소리로 천천히 짓씹듯 말을 내뱉었다.

"그래, 1년 뒤엔 당신이 어떠한 모습으로 살든 상관하지 않겠어. 하지만 지금은 달라. 내 말에 따라. 그렇게 계약했으니까."

그는 그녀에게 순종을 요구했다. 그 말에 그녀는 잠시 생각에 잠겼다. 그러다가 예의 그 미소를 지으며 말한다.

"네."

짧은 대답이 들려오자 그는 곧바로 팔을 들어 시간을 보았다.

4시 30분.

곧장 사무실로 들어가 몇 주 뒤에 있을 유언장 공개 시 일어날 파장에 대해 이야기를 나누어야 했다. 그는 아직 태룡을 지키는 중이었고, 얼마 후엔 잔가지를 쳐 내야 했다.

그는 어느새 또다시 시선을 돌려 집 안을 훑어보는 담을 향해 말했다.

"회사에 들어가 봐야 해. 오늘은 늦을 테니 기다리지 마."

그는 그녀의 답을 듣기도 전 곧장 현관으로 걸어가 가지런히 벗어 둔 구두를 신었다. 뒤돌아 그를 배웅하기 위해 다리를 옮기던 담은 순간 고개를 든 그와 시선이 마주치자 걸음을 멈췄다.

"나오지 마, 그럴 것 없어."

짧고 냉랭한 말. 그 말에 그녀는 온몸이 얼어붙을 것 같은 착각을 느꼈다. 그래서였을까, 그가 나가고 곧이어 들어온 이 비서에게 평소처럼 인사를 건넬 수가 없었다.

이 비서는 이젠 익숙한 담에게 허리를 숙여 인사했다. 그리고 커다란 눈을 깜빡이는 여인을 안쓰러운 눈으로 바라보며 씁쓸한 미소를 지었다.

"앞으로 잘 부탁드립니다, 사모님. 이재권이라고 합니다."

"아…… 제가 잘 부탁드려야죠."

웃음기가 있는 목소리로 말한 그녀는 곧이어 말을 이었다.

"사장님께서 물건을 사 오라고 하셨어요. 허름한 모습으론 밖에 나가지 말래요. 지금 제 모습 괜찮나요?"

이 비서는 비쩍 말라 볼품없는 담의 모습을 머리에서부터 발끝까지 훑어본 후 고개를 끄덕인다.

"예쁘십니다."

"다행이에요."

후, 하고 한숨을 뱉은 그녀는 부르튼 양손을 서로 맞잡은 뒤 그를 향해 어색한 미소를 보낸다.

"그런데 제가 수중에 가진 돈이 별로 없는데 어떡하죠?"

"사장님의 개인 카드를 가지고 있습니다. 밖에 차가 준비가 되어 있으니 나가시죠."

그 말에 담은 희미하게 웃으며 입에 붙은 그 한마디를 꺼낸다.

"감사합니다."

'백화점에 마지막으로 언제 왔더라?'

그러한 생각을 하며 담은 화려한 조명으로 빛나는 백화점 내부를 훑어보았다. 1층은 머리가 띵할 정도로 강한 향수 냄새와 화장품 냄새로 진동했다. 그 냄새에 취해 버린 듯 그녀가 한 발자국도 움직이지 못하자 그녀의 뒤에서 기사처럼 서 있던 이 비서가 한 걸음 다가와 물었다.

"무슨 일이십니까?"

"아…… 뭘 사야 할지 모르겠어요. 저 지금 바보 같죠?"

담이 웃으며 그렇게 말했다. 어디서부터 뭘 얼마나 사야 할지 도통 감이 서질 않았다. 그때서야 그녀는 의문에 대한 답이 떠올랐다. 백화점에 마지막으로 온 것은 1년 전. 쇼핑도 5개월 전 아버지가 돌아가시고 나서 한 번도 한 적이 없었다. 그럴 돈도, 시간도 없었으니까.

그녀가 어색한 표정으로 자신을 올려다보자 이 비서는 주머니에서 하얀 종이를 꺼내 담에게 내밀었다. 종이를 받자마자 펼친 그녀는 정갈한 서체에 눈을 깜빡였다.

〈생필품은 모두 있으니 필요한 것만 사. 속옷, 화장품, 향수. 의류는 사람이 올 거다.〉

"이게 뭐예요?"

종이를 읽고서도 담은 이해가 되지 않는지 눈을 깜빡였다. 그러자 이 비서는 이제까지와는 달리 제법 다정한 어조로 말했다.

"사장님은 꼼꼼하신 분입니다. 그리고 상대방의 성향을 파악하는 것에 익숙하시고요."

"네?"

"사모님께서 백화점 앞에서 당황하시면, 그때 건네주라고 하셨습니다."

이 비서의 말에 깜짝 놀란 고양이처럼 동공이 커진 담은 한참이 지나서야 놀란 표정을 지우며 부드럽게 미소 지었다.

"점쟁이네요."

"가끔은 저도 그렇게 느낍니다."

그의 장난 같은 말을 듣던 그녀가 다시 종이로 시선을 돌렸다. 그리고 다시 안에 적힌 내용을 읽으며 조용한 목소리로 말했다.

"덕분에 쇼핑이 조금 수월해지겠어요."

빠르게 변하는 창밖의 세상을 바라보는 그녀의 주위만 시간이 멈춘 듯 보인다. 눈을 깜빡이는 것도, 간혹 입술을 달싹이는 것도

아주 느린 속도. 그녀는 높은 담벼락에 둘러싸여 있는 고급 맨션을 마치 영상에서 보는 것처럼 감흥 하나 없는 얼굴로 보았다.

그렇게 또다시 얼마의 시간을 달렸을까. 그녀는 제 무릎 위에 올려져 있는 세 개의 쇼핑백을 힘주어 잡더니 움찔 놀라며 외쳤다.

"저, 저기! 멈춰 주세요!"

끼이익, 그녀의 말에 답보다 행동이 먼저 나온 이 비서는 놀란 눈으로 고개를 돌렸다. 무슨 일이냐고 묻기도 전에 차 문을 열고 밖으로 나가 버리는 담의 행동에 그는 두 번 놀랐다.

서둘러 차에서 내린 이 비서는 차가 달려온 길을 빠르게 되돌아가는 담의 뒷모습에 대고 외쳤다.

"사, 사모님!"

무슨 일이 있어 저렇게 꽁지가 빠져라 뛰는 것일까. 그는 짧은 원피스가 펄럭이며 앙상한 허벅지가 드러나는 것도 모른 채 뛰는 그녀의 뒤를 빠르게 따랐다. 그리고 그녀가 한껏 고개를 치켜 올려야 그 끝을 볼 수 있을 정도로 높다란 담벼락 앞에 멈춰 서는 것을 보며 거친 호흡을 내뱉었다. 그녀는 어느새 자리에 쪼그리고 앉아 노란 원피스를 더럽히고 있었다.

"무슨 일……."

야옹—

마치 이 비서의 말에 답을 해 주듯 고양이 울음소리가 들렸다. 조금 더 다가가자 그녀의 어깨너머로 어린 고양이가 보였다. 고양이는 길에서 흔히 볼 수 있는 종으로, 새하얀 색에 검은색 커다란 점박이였다.

고양이 때문에 여기까지 미친 듯이 달려온 것인가?

그는 순간 허탈함을 느낌과 동시에 오십만 원이 훌쩍 넘어가는 원피스에 발톱을 박는 녀석을 원망스러운 눈으로 바라보았다.

"새끼 고양이예요. 다쳤나 봐요."

그녀는 새끼 고양이를 공중에 들어 한쪽 다리를 보여 주었다. 차에 치인 것인지 아니면 뛰어내리다 다친 것인지, 흰 털 위로 붉은 피가 묻어 있었다. 담은 안쓰러운 눈으로 한참이나 새끼 고양이 머리를 쓰다듬더니 제 시야에 가득 담으며 고개를 기울였다.

길에서 흔히 볼 수 있는 종, 평범한 가죽을 가진 고양이였다. 하지만 담의 눈에는 그렇지 않았는지 얼굴의 양쪽으로 마치 구레나룻처럼 보이는 검은 점을 보며 밝게 웃었다.

"앙드레, 넌 앙드레가 좋겠다. 고상하고. 너도 좋지?"

야옹―

새끼 고양이는 마치 답을 하듯 그렇게 울었다. 그러자 그녀는 방금 길에서 만난 새끼 고양이와 마음이라도 통했다고 느꼈는지 꺄르르 웃었다.

그 모습을 이 비서는 뒤에서 말없이 보고 있었다. 그녀를 어떻게 뜯어말려야 할지 감조차 잡고 있지 못하는 모습이다. 그러다가 갑자기 들려오는 담의 목소리에 화들짝 놀라 버렸다.

"얘도 절 필요로 하겠죠?"

"네?"

목소리가 찢어지고 갈라졌다. 그의 반응에 담은 작게 웃음을 내뱉은 뒤 여전히 웃음기 가득한 목소리로 말했다.

"얘도 절 필요로 하겠죠, 라고 물었어요."

말 중간에 '얘도'라는 말이 거슬려 그가 다시 한 번 되물었지만 잘못 들은 것이 아닌지 그녀가 정확히 다시 한 번 말해 주었다. 이 비서가 어떤 말을 해야 할지 몰라 당황한 기색이 역력한 얼굴로 그녀의 모습만 내려다보자 담은 그의 시선을 느끼며 천천히, 속삭이는 어조로 말했다.

"사장님처럼…… 그렇죠?"

"아……."

어떠한 말을 해야 할까. '그래서 사장님 곁에 계시는 겁니까? 그분이 당신을 필요로 하는 것 같아서?' 라고 물어봐도 되는 것일까. 이 비서는 감을 잡지 못했다. 그래서 한참이나 새끼 고양이를 안고 머리를 쓰다듬어 주는 그녀를 내려다보고만 있었다.

그의 혼란스러운 눈빛이 다시 원래의 상태로 돌아올 때쯤, 담은 무언가 결심한 얼굴로 자리에서 일어났다. 그리고 재권의 시선을 똑바로 마주한다.

"이 근처에 동물병원이 있을까요?"

온몸이 피곤에 찌들어 버린 듯했다. 끔찍한 몸 상태에 비척비척 집 안으로 들어온 그는 머리 위로 센서가 켜지는 것을 느끼며 서둘러 신발을 벗어 던졌다. 그리고 늘 이용하던 안방 대신 서재로 향했다. 문을 열고 들어가자마자 곧장 외투를 벗어 던진 그가 힘없이 침대에 쓰러지듯 누웠다. 곧이어 들려온 것은 그의 가지런한 숨소리뿐.

그러다 또 얼마의 시각이 흘렀을까.

조심스럽게 서재 문이 열리더니 자그마한 얼굴이 안으로 쏙 들어왔다. 그녀는 침대 위에 잠들어 있는 태하의 동태를 살피는 듯 한참이나 기척을 살피더니 살금살금 게걸음으로 그에게 다가왔다.

그리고 기절한 듯 잠든 태하의 얼굴을 보며 안도의 한숨을 내쉬었다.

그의 얼굴 위로 손바닥을 펴 몇 번 휘저어 보던 그녀는 그제야 안심이 됐는지 서재를 나와 곧장 안방으로 향했다. 그리고 한쪽 벽면에 쳐져 있는 커튼을 걷어 베란다 창문을 벅벅 긁고 있는 새끼 고양이를 보며 피식 웃었다.

"앙드레, 안 들켰다."

그녀는 하얀 점박이 고양이와 비밀을 공유하는 것처럼 작게 속삭인 뒤 조심스레 문을 열고 베란다 안으로 발을 들였다. 그리고 곧장 자신의 품으로 파고드는 새끼 고양이를 가슴 위에 올려놓고, 제 앞발을 그루밍하는 것을 보며 씨익 웃었다.

"조금만 버티자, 알았지?"

담의 목소리는 다정다감했고 따뜻했다.

그날 그녀는 갑작스레 찾아온 낯선 친구와 함께 차디찬 바닥에서 함께 밤을 보냈다.

"언제까지 숨기실 겁니까?"

이 비서는 담이 차에 오르자마자 곧장 물었다. 그리고 담은 찰떡같이 그의 질문을 알아듣곤 걱정스런 목소리로 말했다.

"원장님이 아픈 아이는 입양이 안 된다고 하시잖아요. 품종이 있는 고양이도 아니고."

어제 들었던 내용을 담은 앵무새처럼 그대로 전했다. 뒷다리는 일주일 정도 연고를 바르고 치료하면 괜찮을 수준이었지만, 당장 그 아이가 갈 곳이 없었다. 돈을 주고 동물 병원에 맡기는 것만큼 좋은 방법도 없었지만, 안타깝게도 앞으로 두 달 동안 입원실은 물론 동물 호텔도 예약이 꽉 찼다는 것이다. 이에 그녀는 하는 수 없이 태하 몰래 앙드레를 자신의 방 안에 숨겨 두었다. 앙드레를 위해 화장실과 새끼 전용 사료까지 완벽하게 구비해 놓고.

"일주일만요. 사장님은 아주 바쁘신 분이니까 들키지 않을 수도 있어요."

그녀는 어떠한 사명감에 사로잡혀 그렇게 말했다.

길에서 만난 어린 고양이.

마치 갑작스레 길거리로 나앉게 된, 상처받은 그녀 자신의 모습만 같아서 그냥 지나칠 수가 없었다. 더욱 이런 고급 주택가에선 쓰레기봉투를 찢고 주위를 어지럽히는 고양이를 눈엣가시처럼 여겼고, 어린 생명체는 아직 제 몸을 지킬 수 없을 것만 같았다.

"네? 이 비서님. 그때까지만 비밀로 해 주세요."

그녀의 애원에 이 비서는 어쩔 수 없다는 듯 고개를 끄덕였다. 태하가 알게 되면 어떠한 파란이 올지 알고 있었음에도. 바쁜 생활에 고양이를 발견하지 못할 수도 있다는 그 말도 안 되는 확률을 믿고 그녀의 부탁을 들어줘 버린 것이다.

그의 고갯짓에 담은 기분이 좋아진 것인지 푹신한 소파에 등을 기대며 물었다.

"오늘은 어디 가는 거예요?"

"다음 달에 있을 중요한 행사를 위해 부티크에 가셔야 합니다. 그리고 그곳과 얼마 떨어지지 않은 곳에 위치한 복합샵에서 헤어와 피부 관리, 네일을 받으신 뒤에 곧장 집으로 돌아오시면 됩니다. 전담 코디네이터가 관리해 주실 거니, 사모님께서는 걱정하실 것 없습니다."

이 비서는 하나부터 열까지 잘 설명해 주었다. 그래서일까. 그녀는 방금 전까지 긴장감에 굳어 있던 몸을 편히 누이며 웃었다.

"좋아요. 기대되는 스케줄이네요."

짜증이 역력한 얼굴로 현관문을 열고 안으로 들어온 그는 곧장 걸음을 옮겨 서재로 향했다. 생각보다 주식 매입이 순조롭지 못했고, 예상보다 많은 사람이 태준의 편에 섰다. 어디 그뿐인가, 최근 세계 불황으로 인해 태룡전자의 주식이 떨어지자 그의 입지까지 흔들리고 있는 상황이었다. 담이 가진 주식 2%가 그의 손에 들어왔다 하여 안심할 수 없는 상황에 최근 혼이 나갈 정도로 많은 만남과 회의가 이어졌다.

이젠 정말 한계다. 그렇게 느끼며 그가 잠시 눈을 붙이기 위해 집을 찾았다.

그가 서재 문을 열고 안으로 들어가려던 찰나,

야옹—

"……."

그의 귓가를 붙잡는 소리가 들렸다. 그는 게슴츠레한 눈으로 소리가 난 곳을 바라보았다. 분명 소리는 안방에서 난 것이었다.

야옹—

또다시 소리가 울리자 이번엔 그가 직접 행동으로 옮겼다. 망설임 없이 안방 문을 열고 안으로 들어간 그는 고양이 울음소리와 함께 무언가를 긁는 소리가 들리자 곧장 베란다 커튼을 걷었다.

"골고루 하는군."

그는 주먹보다 작은 고양이가 유리창을 긁고 있는 것을 보며 미간을 찌푸렸다.

❖   ❄   ❖

화려한 옷과 아름다운 장신구. 언제 했는지 기억도 나지 않는 염색을 하고 대학 시절 때 마지막으로 신었던 하이힐 위로 탑승했다. 그러자 볼품없이 말라 보였던 몸도 이젠 가냘프고 여리여리하게 보였다. 그녀가 이렇게 환골탈태하기까지 족히 5시간은 걸렸지만, 그래도 그 시간을 들인 것이 아깝지 않을 정도로 그녀는 어느새 상류층의 모습에 한 걸음 다가가 있었다.

그녀는 귀에 걸린 진주 귀걸이를 만지작거리다가 손을 내려 시폰 원피스를 쓸었다. 생전 이런 옷을 입어 본 적이 없는 그녀였지만, 앞으로 이러한 옷에도 화려한 귀걸이에도 익숙해져야 했기에 별말 없이 인형처럼 앉아 있을 때였다.

그녀가 어색해한다는 것을 알아서일까. 운전을 하던 이 비서가 저 멀리 보이는 집을 보며 말했다.

"사모님 아주 아름다우십니다. 사장님께서도 만족하실 겁니다."

"그래요? 이젠 밖에도 자유롭게 나가도 되고, 다른 사람들의 눈에 띄어도 괜찮나요?"

그녀의 말에는 가시가 숨어 있었다. 이를 눈치채지 못할 이 비서가 아니기에 순간 입을 꾹 다물었고, 담은 장난이었다는 듯 눈을 반달로 휘며 말했다.

"한번 사장님처럼 말해 보고 싶었어요. 카리스마가 철철 흐르잖아요."

"……사모님과는 어울리지 않으십니다."

"그래요? 역시나."

그녀 또한 동감한다는 듯 고개를 끄덕인 뒤 멍한 시선으로 이젠 그녀의 집이 된 아파트를 보았다.

"저도 알아요, 어울리지 않는 거."

차가 부드럽게 멈춰 서자 그녀는 이 비서가 문을 열어 주기도 전에 먼저 차에서 내렸다. 그리고 이 비서가 뒤에서 따라오는 것을 느끼며 서둘러 엘리베이터로 향했다. 앙드레가 잘 지내고 있을지 걱정이었다.

그녀는 빠르게 숫자가 올라가는 것을 눈으로 좇다가 땡, 소리와 함께 문이 열리자마자 곧장 현관문으로 향했다. 그리고 급히 비밀번호를 누른 뒤 안으로 들어간다.

띠리리, 뒤로 도어락이 잠기는 소리가 들렸다. 하지만 담은 쉬이 걸음을 옮기지 못하고 있었다.

"제가…… 문을 열어 두고 외출했나요?"

그녀가 뒤에 서 있는 이 비서에게 물었다. 그러자 이 비서는 안방 문이 열린 것을 보며 고개를 저었다.

"아니요."

그의 답이 떨어지자마자 그녀는 신발을 벗지도 않은 채 재빨리 방으로 달려갔다. 또각또각, 나무 바닥과 힐의 굽이 부딪히는 소리가 요란하게 들렸지만 그녀는 신경도 쓰지 않고 안방 베란다로 향했다. 커튼을 젖힌 뒤 안을 보자 앙드레도, 그리고 잠시의 동거를 위해 마련한 화장실도, 사료도, 그 어느 것도 없었다. 그녀는 순간 다리에 힘이 풀리고 몸이 휘청거리는 것을 느꼈다.

"사모님!"

그녀의 몸을 서둘러 받친 이 비서의 시선도 역시나 베란다를 향해 있었다.

"사장님이…… 다녀가셨나 봅니다."

그 말에 정신이 번뜩 들었다. 그래서일까, 지나치게 큰 데시벨의 목소리가 터져 나온다.

"그 사람! 그 사람 번호 알죠?"

"사모님……."

"가르쳐 주세요, 제발!"

그녀의 눈가에 순간 눈물이 맺혔다. 감정이 격해진 것인지 실핏줄이 터져 붉어진 눈으로 이 비서의 앞섶을 잡고 흔들 기세로 몸을 비틀 때였다. 뒤에서 서늘한 목소리가 들려온 것은.

"무슨 소란이야?"

천천히, 아주 천천히 몸을 돌리자 안방 앞에 삐딱하게 서 있는 태하의 모습이 보였다. 그는 그녀의 모습을 머리에서 발끝까지 쭉 훑어보더니, 집 안에서 신발을 신고 있는 담의 모습에 미간을 찌푸렸다. 하지만 그녀는 개의치 않았다. 늘 차갑고 냉정한 그의 앞에서 주눅 들어 있던 그녀와는 달랐다.

"고양이는요?"

그녀는 물었다.

앙드레는 지금 어디에 있어요? 당신이 데리고 간 거죠?

그러자 태하는 잠시 그녀의 안색을 살피더니 한숨을 내뱉었다. 그리고 속주머니에서 파란 카드를 하나 꺼내더니 그녀의 앞에 내밀었다.

"화초라도 키우든가."

"아…… 안 돼요. 어디에 버린 거예요, 네?"

그에게 성큼성큼 다가간 담은 그의 손을 양손으로 붙잡으며 말했다. 아니, 애원했다. 제발 그 작은 아이를 어디로 데리고 간 것인지 말해 달라고. 그러자 그의 시선이 그녀의 손이 닿아 있는 팔로 향하더니, 미간이 와자작 찌푸려졌다. 그는 그녀의 손을 털어 내고 종잇장처럼 구겨진 이마를 손으로 꾹꾹 눌렀다.

"당신 하나로 족해. 성가신 건."

"어, 어디에…… 어디에 있냐고요."

그의 말이 귀에 들어오지 않는 것인지 담이 눈물이 글썽글썽한 얼굴로 물었다. 그러자 그는 더 이상 그녀의 징징거림 따위 들어줄 수 없다는 듯 냉정히 뒤돌아선 뒤 서재로 들어가 버렸다. 잔혹한 한마디는 잊지 않고서.

"서울 바닥 다 뒤져 보든가."

"아아……."

순간 다리에 힘이 풀린 듯 담이 자리에 풀썩 주저앉았다. 그러자 뒤에서 이 상황에 어쩔 줄 몰라 당황하고 있던 이 비서가 서둘러 달려와 그녀를 일으켜 세웠다.

"사모님, 우선은……."

사시나무 떨리듯 떨리는 몸에 이 비서가 쉬는 것이 좋겠다고 말을 하려고 할 때였다. 갑자기 담이 그의 팔을 털어 낸 뒤 현관으로 달려갔다.

또각또각!

거친 소리가 들렸다. 날카로운 그 소리는 서재에 있는 태하에게도 닿을 정도로 컸지만 그는 문을 열지 않았다. 그리고 곧이어 쾅 소리와 함께 거칠게 문이 닫히는 소리가 들리자, 당황해 얼어 있던 이 비서가 서둘러 그녀의 뒤를 쫓는다. 하지만 이미 한발 늦어 버린 것인지 엘리베이터는 빠르게 아래를 향하고 있었고, 이 비서는 발만 동동 굴리며 엘리베이터가 서둘러 위로 올라오길 기다렸다.

그리고 그가 밖으로 나왔을 때, 담은 아파트 주위 화단을 둘러보고 있었다. 뛰다가 벗겨진 것인지 얼마 떨어지지 않은 곳에 화려한 주얼리 장식이 있는 하이힐이 삐딱하게 누워 있었고, 그녀의 다리를 감싸고 있던 스타킹은 엉망으로 찢어진 채였다.

그 모습에 차마 가까이 다가가지 못해 걸음을 멈춘 이 비서가 얼굴을 일그러뜨렸다.

"안 돼…… 안 돼…… 어딜 간 거야, 어딜!"

그녀는 괴로움에 그렇게 외쳤다. 그리고 여전히 떨리는 몸으로 화단 속으로 파고들며 새끼 고양이를 찾기 위해 사력을 다했다.

"앙드레, 앙드레! 나야! 응? 어디 있어? 어디에 있니? 내가 도와줄게! 맛있는 것도 먹여 줄게! 내가 살려 줄게! 그러니까, 그러니까 제발……."

내 앞에 나타나라고. 제발.

제 처지를 닮아 불쌍하게 여겼던 앙드레.

하지만 자그마한 몸집의 새끼 고양이는 그 어디에서도 보이지 않았다.

[2]

발바닥은 아스팔트에 갈리고 찢겨 엉망이었다. 양발 모두 하얀 붕대로 칭칭 감아 두고서 허망한 시선으로 베란다를 바라보는 그녀의 눈빛엔 아무것도 담겨 있지 않다. 메마른 모습에 이 비서는 그녀가 너무나 가엽게 느껴졌다. 지금의 모습은 마치 유리로 만든 인형처럼 조심스럽게 다뤄야 할 것만 같다. 그러지 않으면 깨질 것 같으니까.

그녀가 천천히 눈을 끔뻑이는 모습을 한 걸음 떨어져 바라보던 이 비서가 안방을 벗어났다.

어떻게 해야 하지……?

그는 이 상황에서 자신이 어떻게 대처를 해야 할지 몰라 당황하고 있었다. 짧지 않은 시간을 태하를 보필해 왔지만, 단 한 번도 그가 결혼을 할 것이라 생각하지 못했기에 이럴 땐 어떻게 해야 하나, 생각해 본 적이 없어서였다.

그래서였을까. 그는 문을 열고 들어오는 태하의 모습에 허리를 숙여 인사한 뒤 평소라면 꺼내지 않았을 말을 내뱉었다.

"사모님께서 많이 아프십니다."

"그래서?"

태하는 별로 관여하고 싶지 않다는 듯 서재로 향하는 걸음을 멈추지 않으며 말했다. 그러자 이 비서는 포기하지 않고 재빨리 그 뒤를 따른다.

"사모님…… 잘 좀 대해 주십시오."

건방지리만큼 직설적인 말에 드디어 태하의 걸음이 멈췄다. 이 비서가 원하던 일이었지만 막상 닥쳐서일까. 그는 몸을 움찔 떨며 날카로운 태하의 눈을 피했다.

태하는 그 어느 때보다도 피곤한 얼굴을 하고 있었다. 요즘 그가 어떠한 상황에 놓여 있는지 잘 아는 자신이, 그의 말에 토를 다는 사람을 누구보다 싫어한다는 것을 잘 알고 있는 자신이 한 직언에 그는 짜증이 울컥 솟은 듯 보였다.

태하는 이 비서의 생각대로 화가 났다. 화가 나자 표정은 더욱 냉혹해지고 온몸을 짓누를 듯 서늘한 기운을 내뿜는다.

"이재권."

"네."

"네가 상관할 바가 아니야. 내 아내가 될 사람이니까. 그리고……."

입술 끝을 비틀어 내뱉는 그의 모습은 마치 저승사자처럼 보였다. 서늘해지는 간담에 이 비서가 침을 꼴깍 삼켰다. 말끝을 늘인 그가 이번엔 매혹적인 얼굴을 살짝 옆으로 기울였다.

"내 아내가 될 사람이라면 징징거리는 것 따위 해선 안 돼. 내가 싫어하니까."

"……사장님."

"벌써 그 여자 사람이 다 됐군, 이재권. 하지만 이건 명심해야 돼."

짧게 자른 말에는 힘이 있었다. 그리고 꼭 그래야 한다는 명령이 담겨 있었다. 이 비서는 그 말과 힘에 저도 모르게 고개를 숙였다.

"내 심기를 거스르지 마."

태하는 안방 쪽으론 시선도 주지 않은 채 서재로 들어가 버렸다. 달칵, 문이 닫히는 소리가 들리자 이 비서는 그제야 고개를 들었다. 그리고 방금 전까지 태하, 그가 서 있던 자리를 보며 속삭이듯 읊조렸다.

"하지만 사장님……."

그가 말을 끝맺지 못하고 잠시 입을 다물었다. 그러다가 말을 잇는다.

"이대로 두다간 사모님이 가루가 되어 사라질 것 같습니다."

이 비서가 눈을 감았다. 그리고 그녀가 부모의 유골이 모셔져 있는 납골당에서 한참이나 무릎을 꿇고 눈물을 쏟아 내던 것을 떠올렸다.

"……원망은 하지 않을 거예요. 어머니……."

간헐적으로 떨리던 목소리. 그와 함께 쏟아지던 눈물.

그 모습을 멀리서 그림자처럼 지켜보았던 이 비서는 그녀가 내뱉은 마지막 말에 심장이 시큰하게 아파 오는 것을 느꼈다.

"제가…… 제가…… 어머니를 지켜 드리지 못한 거예요. 어머니는…… 힘든데도…… 그런데도 날 위해 힘겹게 살아 주었는데. 난…… 어머니를 지켜 주지 못했어요. 미안해요…… 미안해요…… 미안해요, 엄마. 미안해……."

모든 것을 자신의 탓으로 돌리던 가녀린 뒷모습. 그리고 곧이어 주머니에서 하얀 통을 꺼내 입에 털어 넣던 모습. 모든 것들은 마치 영화의 한 장면처럼 현실감각이 느껴지지 않았다. 슬로우 화면처럼 보이는 모습에 이 비서는 한동안 그 자리에 못 박히듯 서 있었다. 그가 정신을 차린 것은 입 안 가득 넣은 알약을 그녀가 우적우적 눈물과 함께 씹어 삼킬 때였다.

눈을 번뜩 뜬 그는 안방 문과 서재 문을 번갈아 보았다. 그리고 처음부터 잘못된 저들의 모습에 한숨을 삼킨다.

"무얼 위해…… 일을 이렇게 만드신 겁니까, 사장님."

오랫동안 수분을 공급받지 못한 화초처럼 그녀는 힘없이 누워만 있었다. 아무 생각도 하지 않고, 어떤 것도 먹지 않고, 아무것도 마시지 않고. 그냥 죽은 사람처럼 혼자 사용하기엔 지나치게 넓은 침대 위에서. 멍한 눈을 깜빡깜빡 움직이며, 콩닥콩닥 천천히 뛰는 심장을 느끼며, 째깍째깍 시간이 흘러가는 것을 느끼며. 물처럼, 공기처럼 그러고만 있었다.

그런 그녀가 정신을 차린 것은 새벽이라고 하기에도, 아침이라고 하기에도 애매한 시간이었다. 담은 밖에서 들려오는 인기척에 상체를 일으켰다. 순간 머리가 핑 도는 느낌에 서둘러 이마를 손으로 짚었다.

"아."

짧은 신음이 흘러나왔다. 세상이 이리저리 흔들리고, 속이 미식거렸다. 아무래도 너무 오랫동안 누워 있었던 것인지 그녀는 잠시 동안 정신을 차리지 못하고 관자놀이를 손가락으로 꾹꾹 눌렀다. 그러자 뿌연 세상이 조금은 제 빛으로 돌아온다.

스르륵, 이불과 살결이 부딪히는 소리가 들림과 동시에 담은 조심스럽게 발바닥을 땅에 짚었다. 순간 까진 발바닥이 따끔따끔했지만 그녀는 고통에 익숙해지기도 전에 걸음을 옮겨 안방을 나섰다. 거실로 나오니 멀끔한 차림의 태하가 서 있었다. 그는 집에서도 넥타이까지 완벽한 모습으로 하고 있었기에 그가 지금 막 일어난 것인지, 아니면 지금 들어온 것인지 담은 감을 잡을 수가 없었다.

그녀의 표정을 읽은 것일까. 그녀의 맑은 눈동자를 보던 태하는 시선을 내려 하얀 붕대가 감겨 있는 그녀의 양발을 보더니 무심한 어조로 말했다.

"나가는 길이야."

"참…… 바쁜 사람이네요."

더듬더듬 그렇게 말한 담은 더 할 말이 남아 있음에도 하지 못해 망설이는 눈치였다. 역시나 어설프게 웃는 입술이 달싹이는 것을 보며 그러한 기색을 눈치챈 태하였지만, 시계를 본 뒤 한숨을 내뱉었다. 두 시간 뒤면 전세기가 뜰 시각이었다. 여기서 더 이상 미적거릴 시간이 없다 느낀 것인지 그가 고저 없는 목소리로 말했다.

"오늘부터 다음 주 주말까지 중동에 있을 거야. 이번에 태룡전자 해외 지사가 들어서거든."

"아……."

"말은 미리 해 둬야겠지."

우린 이제 부부가 될 거니까. 그의 뒷말을 들으며 담이 고개를 끄덕인다.

그래, 우린 부부가 될 사이니까……. 사랑이 없다 하여도 그렇게 하기로 했으니, 어찌 됐든 부부였다. 담은 그러한 생각에 잠겨 있었다. 그러다, 바닥에 놓여 있던 커다란 가방을 들고 길쭉한 다리를 움직여 현관으로 향하는 그의 뒷모습에 번뜩 정신을 차리며 외쳤다.

"미안해요!"

지나치게 큰 목소리다. 감정 조절이 되지 않아 그녀가 듣기에도 거슬릴 정도로 갈라지고 엉망인 목소리가 튀어나왔다. 하지만 어찌되었든 그가 발길을 멈추고 그녀를 돌아보았으니, 그녀는 놀란 마음에 입을 가리고 있던 손을 내렸다.

"뭐가 미안하지?"

"앙드레…… 아, 고양이요. 당신에게 허락도 받지 않고 들여서요. 일주일만 돌보고…… 보내려고 했어요."

"……."

"정말 미안해요. 그냥 저는…… 그러니까……."

천천히 더듬더듬 말하던 그녀가 순간 입을 다물었다. 이야기를 하면 할수록 변명처럼 느껴졌기 때문이다.

그녀가 앙다문 입술을 달싹였다. 그는 여전히 표정 변화 하나 없이 담을 바라보고 있었다.

"조금 외로웠나 봐요."

아…… 그렇구나. 내가 외로웠구나. 그녀는 말한 순간 알았다. 자신이 외로웠다는 것을. 그래서 생전 키우리라 생각해 보지도 않았던 새끼 고양이를 길에서 만났다는 그 이유 하나만으로 그렇게 집착을 했다는 것을.

이번엔 자신의 솔직한 심정을 그대로 털어놓은 담은 한숨을 내쉬었다. 그런 뒤에 조금은 애처로운 미소를 지으며 무심한 눈빛으로 자신을 내려다보는 태하를 올려다보았다. 그는 한동안 말없이 그녀를 보고 있었다. 그 눈빛은 완전한 타인을 보는 것이었는데, 평소와 별반 다를 것이 없었다.

그래서였을까. 그녀가 쓸데없는 말을 내뱉은 것은.

"그러니까 그렇게 보지 마세요."

그의 표정이 순간 와자작 구겨졌다. 감정이 없었던 얼굴에 짜증이라도 서리자 그녀는 그나마 숨통이 트이는 듯 멈추었던 숨을 훅, 하고 내뱉었다.

"정담."

"네, 말씀하세요."

서늘한 그의 목소리에 그녀는 웃는 얼굴로 말했다. 그녀의 입술에 부드러운 미소가 걸렸지만, 그는 오히려 그 모습이 더 보기 싫은 것인지 비틀린 입술로 말했다.

"징징거리지 마."

움찔.

차가운 그의 말에 그녀의 몸이 떨렸다.

그는 이제껏 그녀에게 내뱉은 말 중 가장 진심을 담아 그렇게 이야기했다. 그리고 그녀를 향해 있던 몸을 돌려 현관으로 향했다. 그가 반듯하게 놓여 있던 신발을 신고 밖으로 나가 버리자, 그녀의 눈동자가 찰나의 순간 수많은 감정으로 뒤덮였다.

"징징거리는 거 아닌데……."

어스름한 빛이 깔린 아침. 아직은 아침이라고 할 수 없는 그 시각. 그 하늘.

그것과 같은 목소리, 그것과 같은 색의 마음, 그것과 같은 관계.

따스한 햇살이 필요한 그녀의 위로 드리운 그것은 천천히 그녀를 좀먹고 있었다.

홀로 남은 그녀는…… 정말 외로웠다.

수많은 손길이 그녀에게 달라붙었다. 그녀는 아침 7시에 집에서 나와 곧장 피부과를 들러 전신 마사지를 받은 뒤 미용실을 찾았다. 그곳에서 미리 선택해 둔 메이크업과 머리 세팅까지 완벽하게 마치고 부티크를 찾아가 얼마 전 예약을 해 두었던 드레스로 갈아입었다. 그리고 완벽한 모습으로 차에 올랐다. 장장 4시간이나 자신의 본판을 가리고 전쟁터에 들어가는 준비를 했다. 하지만 그녀는 떨리는 기색을 감추지 못한 채 예쁜 색의 매니큐어가 발려 있는 손톱을 내려다보며 연신 손가락을 꼼지락거렸다.

이런 그녀의 심정을 알고 있는 것인지 이 비서는 백미러로 그녀의 모습을 살피며 물었다.

"떨리세요?"

"떨릴 수밖에요."

"별것 아닙니다. 그냥 사장님 곁에 붙어 계시기만 하면 됩니다."

이 비서의 말에 담은 피식 웃음을 내뱉었다.

오늘은 그와 그녀가 결혼한 이유이자 전부인 날이었다. 이날을 위해 그는 그녀를 지나가는 똥개만큼도 취급하지 않으면서 발이 푹푹 꺼지는 그곳에서 끄집어냈다.

그리고 그녀는…….

"도착하셨습니다."

"네."

그녀를 필요로 하는 사람을 위해 기꺼이 그 무대 위에 올랐다.

많은 사람이 모인 회의장은 어수선한 분위기였다. 오늘은 태하의 생일이자 장 전(前) 회장의 유언장이 공개되는 날이었다. 회의장 안은 장 전 회장이 생전에 남겼다는 유언장 공개로 인해 긴장된 분위기가 흘렀다. 직계 태룡 패밀리에겐 모두 유산을 남겼다 했으니 제 몫이 무엇인지 긴장된 마음으로 기다리고 있었다.

그중 태하는 손목시계를 확인하고 있었다. 그가 막 휴대전화를 꺼내 이 비서에게 연락을 하려고 할 때, 장내에 우진의 목소리가 울렸다.

"지금 장철기 전 회장님의 유언장 공개가 있을 테니 모두 자리에 착석해 주십시오."

그의 말에 평소 질서란 없는 사람들조차도 빠르게 의자에 착석
했다. 장내에 모인 이들은 스무 명 남짓. 그 사람들 중 가장 긴장한
얼굴로 앉아 있는 것은 태준이었다. 현재 태하와 후계자 경쟁에 있
었고, 오늘 유언장 공개와 함께 나누어질 유산으로 인해 승패가 갈
릴 수도 있으니 더욱 긴장하는 것이리라.

그 꼴을 보고 있던 태하가 막 시선을 앞으로 돌릴 때였다. 그의
곁에서 오랜만에 한 넥타이가 불편한 것인지 연신 끄르고 있는 태
경이 비식 웃은 뒤 말했다.

"형, 유언장 내용 알고 있지?"

"뭐?"

"그게 아니면 형이 주주총회를 미룰 리가 없잖아."

태경은 평소 '밥 먹었어?' 정도의 일상적인 대화를 나누듯 편안
한 어조로 말하고 있었다. 하지만 현재 태하와 태준 사이에서 일어
나고 있는 싸움을 정확히 보고 있는 것인지 말엔 확신까지 어려 있
었다.

태하의 시선이 태경에게로 향했다. 그는 총명한 사촌동생의 눈동
자와 마주하더니 한쪽 입술을 비틀며 말했다.

"넌 사업을 했어야 해."

"지금도 하고 있어."

"그런 작은 구멍가게 말고. 아, 아니다. 네가 사업을 하겠다 설
치면 골치가 아파질 테니 그 자리에 있어."

그의 말에 태경이 어깨를 으쓱이더니 앞을 바라보았다. 우진은
사람들의 이름을 호명하며 장 전 회장이 남긴 유언과 유산을 차례
로 이야기하고 있었다.

"장국진 씨의 앞으로는 강원도 골프장과 강남 사거리에 있는 해륜빌딩을 남기셨습니다."

"뭐? 그럴 리가 없어! 큰아버지가 내 앞으로 고작 그것밖에 안 남겨 놨단 말이야?"

현 회장의 사촌 동생이자, 최근 출판사를 차린 국진은 제 앞으로 와 있을 거라 생각했던 태룡마트 주식에 대해선 일언반구도 없자 자리에서 벌떡 일어나 항의했다. 순간 회의장 안이 소란스러워졌지만, 곧이어 칼날 같은 장 회장의 일갈에 엄숙해진다.

"지금부터 이곳에서 큰 소리 내는 것들이 있으면 콩고물이라도 싹싹 닦아 낼 테니 그렇게들 알아."

목소리를 높인 것도, 욕을 섞은 것도 아니었다. 하지만 서릿발 날리는 그 말에 사람들은 저마다 입을 꾹 다물었고, 얼마 없는 유산이라도 지키기 위해 몸을 움츠렸다. 장내가 또다시 엄숙해지고, 장 회장이 자신을 바라보자 우진은 마지막 장을 보며 한숨을 쉬었다.

이게 세상에 공개되었을 때, 이곳의 사람들은 과연 어떠한 반응을 보일까. 두려우면서도 그는 기대감이 역력한 얼굴로 말했다.

"그럼 마지막입니다."

웅성웅성.

그의 말에 좌중들이 깜짝 놀라 속삭였다.

"마지막? 마지막이라고?"

"태하랑 태준이 둘 다 아직 발표 안 되지 않았어?"

모두들 작지만 건물 한 채라도 받았기에 당연히 두 사람에게도 그 정도의 유산이 남겨져 있을 것이라 생각했다. 하지만 그렇지 않았다. 우진은 '마지막' 이라 말했고, 그럼 둘 중 하나는 유산을 상속받지 못한다는 말이었다.

긴장감에 시끄러워졌던 좌중은 또다시 입을 닫았다. 태하와 태준, 둘 뒤에 서 있는 사람들은 지금 우진의 입에서 저들이 손을 든 자의 이름이 나오길 빌었다.

"우선 회장님의 유언부터 공개하겠습니다. 앞의 유서와 마찬가지로 친필로 남겨 주셨고 공증도 완벽하게 받았습니다. 법적인 문제는 없습니다."

우진의 말에 스크린에 장 전 회장의 유언장이 떴다. 앞에 것과 마찬가지로 생전 장 전 회장의 서체가 맞았다. 사람들은 개미만큼 작은 서체를 보기 위해 눈을 게슴츠레 뜬 뒤 힘을 주었다. 하지만 워낙 작았기에 글귀는 보이지 않았다.

좌중이 스크린에 집중하자 우진은 태하의 얼굴을 바라보았다. 그는 팔짱을 끼고 느긋한 시선으로 고개를 끄덕였다.

"태룡마트 주식 1%는 장준국 회장에게……."

현 회장의 이름이 거론되자 사람들은 저마다 고개를 끄덕였다. 그럼 가장 중요한 태룡전자 주식 2% 또한 그에게 남긴 것인가, 사람들의 머릿속이 복잡해진다. 우진은 태하의 얼굴을 보았다. 그리고 비어 있는 그의 옆자리를 보며 말을 이었다.

"그리고 태룡전자 주식 2%는 태룡전자 초기 최고 기술자셨던 정현철 씨 앞으로 남기셨습니다."

"뭐? 뭐라고?"

"그게 누구야!"

사람들의 말 사이로 국진의 비명이 들렸다. 그들은 생판 알지도 못하는 사람의 이름이 불리자 전혀 예상하지 못한 듯 당황하는 모습이었다.

내일이면 태룡그룹의 대주주총회가 있었다. 그때의 승부를 판가름할 주식이 처음 들어 보는 사람의 손에 들어가 있다니! 여기저기서 새하얗게 질린 얼굴의 사람들이 자리에서 벌떡 일어났다.

"정현철 씨는 태룡전자의 기본 모태가 되는 기술을 개발하신 분으로, 퇴사 후에 장 전 회장님께서 인센티브로 주식을 남겼다고 하셨습니다. 하지만 정현철 씨는 반년 전……."

인센티브로 통 크게 몇 백억, 아니, 몇 천억은 되는 주식을 남기고 떠난 장 전 회장. 그는 지금의 태룡이 있기까지 많은 도움을 준 그에게 선물로 생전 살아 있을 때 주려 했지만 현철의 연락처를 알 수 없어 발만 동동 굴렸다. 그리고 3대 후계자가 정해질 때쯤 그 자리싸움이 치열할 것을 예상하고, 그들에게 현철을 찾아 이 선물을 전해 주라 남겼다. 그리고 붕 떠 있던 그 주식의 주인을 이번에 찾았다. 다름 아닌 장태하가.

그때 문이 끼이익 열리더니 검은 원피스를 입은 여자가 회의장 안으로 들어왔다. 어수선한 분위기가 지나간 자리엔 순식간에 숨이 막힐 듯 조용한 침묵이 내려앉았고, 수많은 시선은 긴장된 얼굴로 걸음을 옮기는 담에게로 향했다.

장 회장은 그녈 본 순간 알 수 있었다. 아니, 아들의 행동을 보고선 확신할 수 있었다.

태하는 자리에서 일어나 여유로운 걸음을 옮겨 담의 앞에 섰다. 그리고 긴장된 눈망울로 자신을 바라보는 담에게 손을 뻗었다. 폭풍의 핵으로 들어온 그녀를 그는, 손수 맞이했다.

그녀는 바들바들 떨리는 손을 들어 커다란 그의 손을 마주 잡았다. 그 순간, 그녀는 마치 자석에 붙는 고철처럼 자신의 몸이 그의 품으로 빨려 들어감을 느꼈다.

"정현철 씨의 따님입니다."

고저 없는 그의 목소리가 그녀의 머리 위에서 울린다. 그리고 곧이어 들려오는 말에 그녀는 심장이 왈칵 내려앉는 것을 느꼈다.

"약혼녀입니다. 곧 결혼식도 올릴 예정입니다."

천천히 고개를 들자 달콤한 미소를 짓고 있는 그의 얼굴이 보인다. 아니, 아니다. 달콤한 미소가 아니다. 그는……

"얼굴들 볼만하군."

자신을 바라보는 사람들을 모두 비웃으며 승리에 도취되어 있었다.

무슨 정신에 그의 곁에서 의식적으로 미소를 짓고 있었는지 모른다. 장 전 회장의 유언이 모두 공개되고, 초미의 관심사였던 태룡전자 주식이 태하의 손에 들어갔다는 걸 아는 순간, 기쁨에 도취되는 사람도, 절망에 땅을 치는 사람도 있었다.

담은 자신을 노려본 뒤 손을 내밀던 남자를 기억했다.

"형수님 되실 분이라고? 앞으로 잘 부탁드립니다, 장태준입니다."

그의 동생이라 소개한 남자는 태하와 비슷한 듯 비슷하지 않은 분위기의 사내였다. 날카롭게 번들거리는 눈동자로 자신을 해부할 듯 바라보던 남자의 손을 마주 잡으려던 담을 태하가 막아섰다. 넓은 등, 단단해 보이는 어깨. 그녀는 자신의 앞에 선 태하의 뒷모습을 멍하니 보았다.

"불쾌한 눈빛 치워."

태하는 그렇게 말했다. 그리고 태준은 이죽거리며 눈앞에서 사라
졌다.

방금 전의 일을 멍하니 떠올리던 담은 눈을 깜빡였다. 어느새 회
의장은 텅 비어 있었고, 이제껏 앉아 사람들의 이야기를 들으며 방
관자처럼 굴던 남자가 일어나는 것을 보았다.

태룡그룹 사람들은 죄다 잘생겼구나……

기분 나쁜 눈빛만 제외한다면 태준 또한 모델처럼 멋져 보였다.
역시 돈으로 매일 관리를 받는 사람들답게 무표정한 얼굴로 다가오
는 남자 또한 차가운 기운만을 제외한다면 한순간 사랑에 빠질 수
도 있을 것같이 잘생겼다.

남자는 곧장 다가와 담의 앞에 섰다. 그리고 태하에게는 시선도
주지 않은 채 움찔 몸을 떠는 담을 향해 웃어 보인다.

"반갑습니다, 장태경이라고 합니다. 태하 형의 사촌동생입니다."

"아, 네……"

"앞으로 형 잘 부탁드립니다. 아시겠지만 제멋대로인 인간이어서
요. 저렇게 보여도 사람이니 너무 겁은 먹지 마시고요."

태경은 가벼운 어조로 농담을 건넸다. 긴장했던 담의 얼굴이 부
드럽게 풀리려던 찰나, 곁에서 팔짱을 끼고 태경이 하는 꼴을 보던
태하가 무거운 어조로 경고했다.

"장태경."

"알았어, 그만 기어오를게. 하지만 사실이잖아?"

그렇게 툭 내뱉은 태경은 무표정한 얼굴로 자신을 바라보고 있는 태하에게 시선을 돌렸다. 그러다 무언가 떠오른 듯 얼굴을 와자작 구기며 불만이 가득한 목소리로 외친다.

"걔는 언제 데리고 갈 거야? 집 안의 가구란 가구는 죄다 긁었다고!"

가구 회사의 오너인 태경은 자신이 손수 만든 가구들에 난장질해 놓은 작은 동물에게 분노를 느꼈던지 힘 있고 낮은 목소리로 읊조리듯 말했다. 어조엔 힘이 들어가 있어 그가 지금 얼마나 화가 나 있는지 알려 주었다. 하지만 그녀의 눈에는 지금 태경이 얼마나 화가 나 있는지 보이지 않았다. 그저 그가 했던 말들 중 귀에 쏙쏙 들어오는 말을 끄집어내어 머릿속에 되새겼다.

가구를 긁어……?

담의 놀란 시선이 태하를 향했다.

"앙드레예요?"

"걔 이름이 앙드레예요? 헐."

볼품없이 비쩍 마른 새끼 고양이를 떠올리며 태경이 입을 쩍 벌렸다. 태하는 괜한 소리를 한 태경을 슥 곁눈질하더니 고저 없는 어조로 말했다.

"난 털 알레르기가 있어. 그리고 끝까지 책임을 못 질 거면 키우지 않는 게 좋아. 너한테도, 그리고 그 망할 털 뭉치한테도 좋지 않으니까."

"아……."

담의 눈동자가 흔들린다. 그저 자신이 거두어들여야 한다는 그 생각만으로 멍청하게 굴었던 그녀와는 달리 그는 책임감을 강조하며 끝까지 새끼 고양이를 키울 수 있는 사람에게 분양해 준 것이다.

그녀의 눈망울이 흔들렸다. 차갑고 냉정한 인간이라 생각했던 그에게서 다른 점을 발견하자 그녀의 머리가 단단한 무언가로 얻어맞은 것처럼 띵- 하고 울렸다.

"누군 끝까지 책임진대?"

태경이 항의하듯 외쳤지만, 곧 태하의 입에서 흘러나온 말에 벼락을 맞은 듯 자리에서 팔짝 뛰었다.

"네 그 꼬마가 고양이를 좋아한다지?"

"형!"

태하는 태경과 더 이상 상대할 마음이 없다는 듯 그녀의 팔을 끌어 자연스레 에스코트해 주었다. 회의장 앞 이 비서가 있는 곳으로 걸음을 옮기던 그는 곁에서 멍한 시선으로 자신을 올려다보는 담에게 무심한 시선을 던지며 말했다.

"그런 의미에서 당신이 혼자 자립할 수 있을 때까진 옆을 지킬 거야. 어떻게 되었든 내 조력자니까. 난 결혼 생각이 없으니까, 당신이 떠나고 싶을 때, 그때 떠나. 떠날 준비가 완전히 끝나면."

그의 말이…… 더 이상 예전처럼 상처로만 다가오지 않는다.

[3]

침대에 누워 오지 않는 잠을 청하던 담은 결국 부스스 자리에서 일어났다. 며칠 전부터 몸 상태도 부쩍 좋아지고 넘어가지 않던 음식도 조금씩 먹으며 예전의 컨디션을 찾아가고 있었지만 잠만은 들지 못했다. 담은 잠이 부족해 지끈 아픈 머리를 손바닥으로 꾹 누른 뒤 한숨을 쉬었다. 그때 밖에서 부스럭거리는 인기척이 들려왔다.

고개를 기울인 담은 벽에 걸린 시계를 보았다. 새벽 6시. 아직은 어딘가에 나가기엔 이른 시간이었지만 밖에서 들려오는 소리는 부산스럽기만 하다.

다시 침대에 누울까, 생각하던 담은 결국 문을 열고 밖으로 나갔다. 그러자 머리부터 발끝까지 검은 먹물을 뒤집어쓴 태하가 냉장고 앞에 서 있었다. 간단하게 요기를 하고 나갈 참인지 그의 손엔 우유와 함께 식빵이 들려 있었다.

그 모습을 담이 멀뚱멀뚱 바라보자 갑작스런 그녀의 등장에 잠시 행동을 멈췄던 태하가 말했다.

"당신도 먹겠어?"

왜 이 시각에 일어났냐, 잠이 안 오냐, 그런 달콤한 말 대신 안부 인사처럼 아무렇지도 않게 던진 말. 그 말에 퍽퍽한 식빵이 먹힐 리 없다는 생각을 하면서도 담은 고개를 끄덕였다. 그리고 덧붙인다.

"고마워요."

담의 답이 떨어지자, 그는 식탁 의자를 눈짓한 뒤 토스트기로 향했다. 그리고 몇 장 남지 않은 식빵을 구워 낸 뒤 미리 내려 둔 원두커피를 머그잔에 따라 그녀에게 내밀었다.

동선이든 동작이든, 무엇 하나 망설임이 없었고 익숙해 보였다. 군더더기 없이 식빵을 구워 내고 잼과 우유까지 앞에 놓아둔 그는 그녀의 맞은편에 앉은 뒤 커피를 한 모금 마셨다.

그녀는 무표정한 그의 얼굴을 보았다. 그리고 까칠한 피부를 보며 묻는다.

"이렇게 일찍 나가세요?"

"어."

"일이 많이 바……."

"이제 당신도 내가 바쁘다는 것쯤은 알지 않나?"

날카롭게 툭 내뱉어진 그 말. 그 말에 담은 입을 다물었다. 그리고 메마른 눈동자를 천천히, 아주 천천히 끔뻑였다. 그는 차갑게 일갈한 뒤로 식빵을 적당한 크기로 뜯어 입안으로 밀어 넣었다. 그를 따라 그녀 또한 바삭바삭하게 잘 구워진 토스트를 입안으로 밀어 넣은 뒤 아작 씹었다. 입안에 거친 빵 가루들이 휘몰아치듯 돌아다닌다. 아무 맛도 나지 않는, 그저 식감만 있는 식빵을 우적우적 씹는 두 사람 위로 침묵이 내려앉았다.

아작.

또다시 빵을 크게 한 입 베어 문 그녀는 제 정수리에서 시선을 느끼며 고개를 들었다. 어느새 무심한 눈동자가 자신에게 닿아 있었다.

"왜요?"

왜 그렇게 봐요? 그녀가 물었다. 그러자 그는 제 앞에 놓인, 입을 대지 않은 커피와 우유를 동시에 그녀의 앞으로 밀어 놓으며 말했다.

"마셔."

"……아."

그녀가 깜짝 놀란 눈으로 마실 거리와 그의 얼굴을 번갈아 보았다. 예상치 못한 호의를 받았으니까. 그녀가 커다란 눈을 깜빡이며 자신을 바라보고 있다는 걸 알고 있음에도 태하는 마지막 조각을 입안으로 밀어 넣은 뒤 자리에서 벌떡 일어났다.

자신의 움직임을 따라 움직이는 눈동자를 느끼며, 그가 곧장 현관으로 향하려다 말고 걸음을 멈춘다. 그는 여전히 의자에 앉아 멀뚱멀뚱 바라보는 그녀를 마주했다.

"집에 오는 전화는 무조건 받지 마."

"무조건이요?"

"그래, 무조건."

짧게 일갈한 그는 말 잘 듣는 아이처럼 고개를 끄덕이는 담의 모습이 만족스러웠던지 발걸음을 움직인다. 그때서야 정신을 번뜩 차린 담이 자리에서 일어났다. 그리고 재빨리 다리를 움직여 그가 현관문을 열고 나가기 전 허리를 숙여 인사했다.

"조심히 다녀오세요."

외로움을 많이 타는 강아지처럼 눈을 빛내며 자신을 올려다보는 담의 모습에 태하는 문손잡이를 잡고 있던 손을 바닥으로 뚝 떨어뜨렸다. 그리고 여전히 자신과 시선을 마주하는 여린 그녀의 모습에 한숨을 내뱉었다.

왜 이렇게 짜증이 나는 건지. 속에서 왜 불끈불끈 무언가가 솟아올라 터질 것만 같은지. 오랫동안 갈고닦아 온 표정이었건만 그녀의 앞에만 서면, 그녀를 대하기만 하면 여지없이 무너지고 제 기분을 드러내고 만다.

"그렇게 보지 마."

"네?"

담의 고개가 옆으로 기울었다. 그러자 그는 미간을 찌푸렸다. 동글동글한 눈이 그의 성미를 건드린다.

"그런 눈으로 보지 말라고. 뭔가 바라는 표정으로 보지 마."

'보지 말라'. 그 말을 두 번이나 반복하는 태하의 모습에 눈을 크게 떴다. 그에게 자신이 어떻게 보는지 물어보려 했으나, 태하는 제가 할 말은 끝났다는 듯 문을 쾅 닫고 나가 버렸다.

한참 고개를 갸웃대던 담은 현관에 있는 전신 거울에 제 얼굴을 비춰 보았다.

"어떻다는 거지?"

"그래, 승리한 기쁨이 어떠냐?"

"원래 내 것이니, 기쁘지도 슬프지도 않습니다."

장 회장은 무뚝뚝한 태하의 말에 고개를 끄덕였다. 그래, 원래 이런 놈이었지. 어릴 적, 갓난아이 때부터 한 번 제 손에 쥔 것은 절대 놓지 않는 아이였다. 어디 그뿐인가. 제 것으로 만들겠다 생각하는 순간 들소처럼 달리는 녀석이다.

그런 아들 녀석의 마음 하나 읽지 못해 장 회장은 부러 무심한 척 고개를 끄덕였다. 그 뒤 어제 회의장에서 보았던 볼품없는 여자를 떠올리며 물었다.

"어젠 경황이 없어서 네 녀석의 의중을 묻지 못했구나."

태하가 찻잔을 향해 있던 고개를 들어 장 회장을 보았다. 어디 한번 말씀해 보시라는 얼굴이다. 그래서였을까. 태하의 기분 하나까지도 알아내기 위해 빛났던 장 회장의 눈빛이 조금 죽어 들어간다. 장 회장이 어떠한 말을 물을 것인지, 태하는 알고 있었다. 하지만 장 회장은 태하의 입에서 나올 답을 몰랐다.

"어제 그 여자 말이다."

"그 여자가 아니라 앞으로 회장님의 며느리가 될 사람입니다. 이미 조사까지 끝내셨을 텐데요."

차가운 어조에 장 회장이 헛기침을 내뱉었다. 그의 말이 옳다. 이미 정한철의 딸, 정담에 대해선 조사를 끝낸 뒤다.

이런 또 허를 찔렸군. 장 회장은 안타까운 마음이 들었지만 한층 눈빛을 더 빛내며 강한 어조로 호통을 치듯 말했다.

"그래, 말 잘했다. 그럼 내가 그 아이를 받아들일 것 같으냐. 아니, 그전에 넌 진심이기나 하고?"

"결혼합니다."

"장태하! 넌 서희가 안쓰럽지도 않아?"

장 회장의 언성이 높아지자 태하는 그제야 긴장감에 굳혔던 몸에 힘을 뺐다. 태하는 장 회장이 한 번 이성을 잃기 시작하면 어떻게 되는 줄 잘 알고 있었기에 조금은 여유로운 기분이 되었다.

그는 부러 만들어 보인 미소를 입에 걸었다. 몇 달 전에 출간된 여성 잡지의 '최고의 독신남' 편에 실린 얼굴과 똑같았다. 마치 공장에서 만든 양산형 제품처럼.

"내 것을 지키기 위한 하나의 도구가 바로 정답입니다. 내 것을 지키기 위해 선택한 여자죠. 하지만 김서희는 지금 제게 아무런 도움이 되지 않습니다. 회장님껜 도움이 될지는 몰라도요. 굳이 회장님께 그 여자를 인정해 달라고 말하지도 않을 겁니다. 무슨 말을 하든 회장님께서 인정하지 않으리란 건 잘 알고 있으니까요."

"……너, 지금 그걸 말이라고 해? 서희는 널 진심으로……."

"장 회장님."

태하가 자신의 아비를 불렀다. 그리고 크흐흠, 헛기침을 내뱉는 그를 보며 고저 없는 목소리로 말했다.

"저희 세계에서 사랑으로 이루어지는 결혼은 없다고 가르치신 게 회장님입니다. 그 말을 제게 하셨을 때가 어머니의 장례식 때였지요. 그렇게 저에게 알려 주고 가르쳐 주신 분이 김서희의 마음엔 참으로 큰 걱정을 하십니다."

"크흠!"

"전 정담이랑 결혼합니다. 그리고 태룡을 완전히 집어삼킬 겁니다, 회장님."

그의 말은 진심이었다. 최대한 빠른 시일 내에 장 회장을 끌어내리고 왕좌에 앉을 것이다.

"오셨어요?"

이 비서는 문을 열고 안으로 들어오자마자 들리는 밝은 목소리에 자신도 모르게 걸음을 멈췄다. 집 안은 평소와는 달리 고소한 참기름 냄새로 가득했는데, 그가 태하의 옆에서 일한 이후로 처음으로 그의 집에서 나는 생소한 것이었다.

부엌 쪽에서 빼꼼 튀어나오는 담의 얼굴엔 밝은 기색이 가득했다. 그것 또한 이 비서가 처음 보는 것이다. 늘 주눅 들어 있던 그녀가 오늘은 무슨 일인지 얼굴에 웃음까지 달고 있었다. 그녀는 위생장갑을 낀 양손을 허공에 어색하게 든 채 말했다.

"식사하셨어요?"

"아, 아니요."

"잘 됐네요. 들어오세요."

태하와 함께 살더니 닮아 가는 것인가. 그녀는 답도 듣지 않고 또다시 부엌 안으로 쏙 들어가 버렸다. 그 모습을 멀뚱멀뚱 보던 이 비서는 부엌에서 '얼른요!' 라고 외치는 소리에 서둘러 구두를 벗고 안으로 들어섰다. 부엌으로 향하면 향할수록 참기름 냄새는 더욱 강해진다.

"이게 뭡니까?"

"갑자기 김밥이 먹고 싶어서요."

생긴 것은 물만 먹고 살 것 같으면서 손은 무지막지하게 크다. 산처럼 쌓여 있는 김밥을 보며 이 비서는 말을 잃었다. 하지만 담은 아무렇지도 않은 듯 냄비 속에서 보글보글 끓고 있는 어묵국을 그릇에 가득 퍼 담으며 말했다.

"전재산을 탈탈 털었어요. 식재료를 산다고. 다행히 냄비나 접시는 다 있더라고요. 난 집이 모델하우스 같아서 아무것도 없을 줄 알았더니."

"아……."

"그리고 사장님께서는 아무것도 안 드시잖아요. 서서 뭐해요, 앉지 않고?"

달그락. 그릇을 식탁 위에 올려 둔 담이 앉았다. 그리고 맞은편을 가리키며 말한다. 담의 말에 더듬더듬 의자를 끌어 앉은 이 비서가 눈썹을 꿈틀거렸다. 그리고 속 재료가 두둑하게 들어가 있는 김밥을 보며 물었다.

"도대체 몇 줄이나 싸신 겁니까?"

"오십 줄이요."

그녀는 마치 고급 참치집에서처럼 즉석에서 김밥을 썰어 이 비서의 앞에 밀어 두었다. 그는 또다시 즐거운 기색으로 김밥을 썰어 작은 입에 쏙 넣는 그녀를 보았다. 먹고 싶은 음식을 먹은 그녀는 어깨까지 들썩였다.

"사모님은…… 감을 잡을 수 없는 사람입니다."

"네? 제가요? 에이, 설마요."

우적우적 썰어 먹던 그녀의 시선이 김밥으로 향한다. '흠, 역시나 너무 많이 쌌나?'라고 읊조리던 그녀가 어색하게 웃었다.

"갑자기 몸을 막 움직여야 할 것 같은 기분이 들더라고요. 직접 싼 김밥이 먹고 싶기도 했고. 아침에 음식이 뱃속으로 들어갔더니 미칠 듯이 허기가 지기도 했고요."

"그렇습니까?"

"네. 다른 사람과 함께 먹으니, 제가 싼 거지만 정말 맛있네요."

그러면서 후후, 그녀가 웃었다. 그 모습을 멀뚱멀뚱 바라보던 이 비서가 고개를 숙여 삐뚤빼뚤하게 썰린 김밥을 하나 집어 입에 넣었다. 그녀의 말대로 정말 맛있었다. 누구와 함께 먹는 김밥은. 특별한 날, 특히 소풍날 먹는 음식인 이 검고 길쭉한 것은 그도 초등학교 시절 마지막 소풍 이후 먹어 보질 못했다. 물론 식당에서 파는 김밥은 바쁠 때 종종 먹곤 했지만, 아는 사람이 직접 싼 것은 오랜만이다.

"그렇네요, 같이 먹으니 맛있습니다."

이 비서의 말에 그녀가 고개를 몇 번 끄덕였다. 하지만 고갯짓과는 달리 그녀는 더 이상 김밥을 먹지 않았다. 그저 이 비서가 어묵국과 함께 김밥을 먹는 모습만 턱을 괴고 바라보았다.

누군가와 함께 여유롭게 밥을 먹는 게 얼마만인가. 늘 홀로 밥상 앞에 앉아 끼니를 때웠던 모습을 떠올리며 그녀는 씁쓸하게 웃었다.

"전 이렇게 함께 밥을 먹는 사람이 있으면 했어요. 어머니가 그렇게 되시곤 누군가와 함께 밥을 먹어 본 지가 까마득했거든요. 막상 어머니가 돌아가시니까, 가장 먼저 생각나는 건 다 함께 둘러앉아 밥을 먹는 모습이었어요."

"……."

"그래서 가족이 가지고 싶었어요. 늘 함께 밥을 먹고 오늘 하루는 어땠냐, 즐거운 일은 뭐가 있었냐, 나쁜 일은 뭐가 있었냐…… 그렇게 묻고 답해 주는 가족이요."

"아……."

이 비서가 고개를 끄덕였다. 그 또한 자취를 한 지 오래되어 그녀의 마음이 어느 정도는 이해가 되었다. 동감이 된다 고개를 끄덕였으나 그녀의 말에 장단을 쳐 주는 것에 그쳤다. 그녀는 누군가와 함께 밥을 먹고 싶은 것과 동시에 다른 이들에게 자신의 이야기를, 대화를 나누고 싶었던 건지 말을 멈추지 않았다.

"그래서 사장님께 가족이 필요하다고 했더니, 사장님은 식사를 잘 안 하시는 거예요. 무척 바쁜 사람이어서 아침도 대충, 저녁도 대충. 사장님이 그렇게 바쁜 걸 보면 사장님의 가족분들도 참 바쁘실 것 같아요."

"음…… 많이들 바쁘십니다."

"그래요? 역시나."

또다시 짧게 웃음을 내뱉은 담은 고개를 끄덕이며 말을 이었다.

"그 사람이 생각하는 가족과 제가 생각하는 가족이 조금…… 다르다고 느꼈거든요."

그녀의 얼굴에 씁쓸한 기운이 번졌다. 그는 자신의 가족이 되어 준다고 했다. 그리고 곧 가족이 될 터다. 그는 최대한 빠르게 식을 올릴 것이라 말했고, 사람들의 앞에 자신을 약혼녀라 소개했다.

그래, 이젠 가족이 될 사람.

하지만 그녀가 필요로 했던, 가지고 싶었던 가족은, 늘 함께 있고 늘 함께 웃으며 늘 함께 하루를 시작하고 마무리하는 관계였다.

담의 이야기를 가만히 듣고 있던 이 비서가 젓가락을 내려놓은 뒤 그녀를 바라보았다. 그는 어느새 그녀가 싼 김밥 한 줄을 깨끗하게 먹은 뒤다.

이 비서는 잠시 뭔가를 고민하듯 콧잔등을 찌푸렸다. 지금 자신의 머릿속을 맴도는 말을 연신 필터링하다가 이내 아주 조심스런 목소리로 말했다.

"저도 잘 모르지만…… 태룡그룹이 현재 3대째 경영세습에 들어가면서부터 분위기가 좋지 못한 걸로 압니다. 너무 많은 것을 가졌으니까……. 그러니까 사모님께 가족은 소중하고 행복한 추억일지는 모르겠지만 사장님께는 적일 뿐입니다."

"아……."

그녀의 입에서 신음과 같은 소리가 터져 나왔다.

"외롭겠군요."

그리고 고개를 끄덕이며 그렇게 말했다.

하지만 그녀의 말에 이 비서는 너무나 당연하다는 듯 고개를 저었다.

"아니요, 외롭지 않으십니다."

"네?"

"태어나셨을 때부터 그러셨으니까요."

"……."

"본인이 외로운 사람이라는 것도…… 모르고 계실 겁니다."

늦은 밤. 시곗바늘은 어느새 열심히 한 바퀴 돌아 정상에서 조금 떨어져 있을 때다. 비밀번호를 누르는 소리와 함께 현관문이 열리

더니 아침에 나갈 때와는 달리 조금 구겨진 양복을 입은 태하가 안으로 들어왔다. 센서가 번뜩이자마자 신발을 벗고 안으로 들어온 그는 순간 몸을 움찔 떨었다.

코끝을 스치는 고소한 참기름 냄새.

그의 발걸음이 자연스레 부엌으로 향했다.

식탁 위에는 그녀가 말아 둔 김밥이 투명한 비닐에 덮여 있었다. 잠시 이게 뭔가 바라보던 그는 옆에 뚜껑으로 덮어 놓은 접시를 보며 눈썹을 꿈틀거렸다. 손이 자연스레 뚜껑으로 향했다.

꿈틀.

또다시 눈썹이 꿈틀거린다. 접시에는 잘 썰어 놓은 모양 좋은 김밥이 쌓여 있었다. 손은 자동적으로 김밥을 쥐고 있었다.

깻잎향이 가득한 김밥을 입안에 넣은 그의 눈썹이 어느새 제자리로 돌아왔다. 부드럽게 풀린 표정으로 아삭아삭 단무지를 씹던 그의 손이 또다시 김밥으로 향한다. 하나를 입안 가득 넣은 그가 우적우적 씹어 댔다.

접시는 순식간에 비워졌다.

"으음."

부스스 자리에서 일어난 담은 눈을 깜빡이며 잠을 몰아냈다. 시계를 보자 아직은 그가 출근하기 전. 얇은 이불을 옆으로 밀어낸 그녀가 비틀거리며 밖으로 나왔다. 곧장 부엌으로 온 그녀는 식탁 앞에서 걸음을 멈췄다. 어제 놓아둔 접시가 없자 눈을 깜빡였다.

"어?"

자신도 모르게 툭 말한 그녀는 싱크대 쪽으로 향했다. 그러자 어제 김밥 두 줄을 썰어 놓았던 접시가 싱크대 안에 들어 있었다.

그녀의 입술이 부드럽게 휜다. 눈은 반달로 휘어 있었다.

"더 썰어 놓을 걸 그랬나?"

허리를 조금 숙인 그녀는 누군가에게 들키는 것이 싫다는 듯 연신 작게 웃음을 내뱉었다.

3화
서로 마주 보기

[1]

태하는 자연스럽게 걸음을 옮겨 부엌으로 향했다. 요즘 들어 아
침에 일어나 출근 전 식탁 의자에 앉는 일은 아주 자연스러운 일과
중 하나가 되었다. 그는 새벽녘 김밥을 먹고 난 다음 날 곧장 현관
으로 향하는 자신을 붙잡던 목소리를 떠올렸다.

"김밥 남았는데, 드실래요?"

하루를 푹 묵힌 김밥은 딱딱해져 있었고, 그걸 나름 계란에 묻혀
전으로 구운 담은 태하가 김밥전만 뚫어져라 보자 어색하게 웃었
다.

"역시나 너무 많이 했나 봐요."

그 이후로 그녀의 표정은 점점 밝아졌다. 태하 또한 그녀가 집에 있다는 것을 당연하게 받아들였고, 결국 이틀 내리 입에서 단무지 냄새가 빠지지 않을 때까지 모두 먹어 치웠다.

그날부터 담은 그보다 일찍 일어나 아침을 준비했다. 바쁜 그를 위해 간단하게 먹을 수 있는 것을 주로 준비했는데, 아무리 간단한 것들이라 하더라도 담은 평소보다 한 시간은 일찍 일어나야 했다. 그리고 그건 그 또한 마찬가지였다.

의자에 앉은 그는 늘 그랬던 것처럼 싱크대 앞에서 부산스럽게 움직이는 뒷모습을 보았다.

정담.

이상한 이름에 맛있는 김밥을 만드는 여자.

그는 무심한 눈초리로 담이 뽈뽈 빠르게 몸을 놀리는 것을 보다가 시선을 내려 신문을 펴 들었다. 어느새 그녀는 자신보다 부엌에 서 있는 것이 더 자연스러워 보였다.

달그락. 식탁과 그릇이 부딪히는 소리와 함께 세 번째 경제면을 보던 그가 신문을 고이 접어 옆에 두었다. 참기름 냄새가 코끝을 훅- 하고 스치자 그의 시선이 자연스레 접시를 향했다가 맞은편에 앉는 담에게로 향했다.

'이게 무슨 짓이지?'

그는 그렇게 묻고 싶었다. 동그란 주먹밥은 한 입에 쏙 들어갈 정도로 작은 크기였다. 여느 때와 다름없는 쉽고 간단한 메뉴. 밥알과 김, 참기름과 여러 야채가 들어간 아주 평범한 주먹밥. 하지만 계란과 피망이 뚜렷한 이목구비를 만들고 있었고, 머리로 보이는 곳에는 당근이 뿔 모양으로 꽂혀 있었다.

주먹밥은…… 화를 내고 있었다.

"안 드세요?"

모양을 이따위로 한 건 무슨 저의야? 그는 그렇게 묻는 대신 말간 담의 얼굴을 보았다. 처음 보았을 때와는 달리 조금 살이 오른 볼과 생기가 도는 입술. 마치 걸어 다니는 시체처럼 보였던 과거와는 다르게 지금의 그녀는 조금은 사람다워진 모습이었다.

순수하게 빛나는 눈을 바라보던 그가 주먹밥 하나를 집어 입에 넣었다. 화를 내고 있던 주먹밥에게 복수를 하듯 우적우적 씹어 댄다. 그러자 밥알 사이에 있는 작게 썬 단무지가 아삭아삭 씹혔고, 주먹밥 가운데 있는 참치와 마요네즈를 섞은 내용물이 톡 하고 터졌다.

다음 것을 입에 넣자 이번엔 볶음김치가 씹히는 것이 느껴졌다. 겉으로는 모두 화를 내고 있는 이 녀석들이 속에 품은 것들은 가지각색인 듯했다.

"맛은요?"

"생긴 게 마음에 들지 않아."

그가 짧게 일갈했다. 그러자 그녀는 이상하다는 듯 고개를 기울였다.

"그래요? 사장님이랑 똑같이 만들어 봤는데."

"뭐……?"

그녀의 표정을 살피던 그가 미간을 찌푸렸다. 그녀는 아무것도 모르겠다는 듯 고개를 기울이고 있었으나 눈엔 장난기가 서려 있었다.

당황했으나, 그는 겉으로 표현하지 않기 위해 시선을 내리깔아 버렸다. 며칠 전까지만 해도 다 죽어 가던 담이 이젠 자신의 눈을 똑바로 바라보며 이야기를 했다.

'이젠 좀 살 만한가 보군.'

그래서 그런 것이다. 평소라면 화를 내고 네 주제를 알라 쏘아붙였을 테지만 지금은 그러지 않았다. 그저 무표정하게 담을 바라보며 이 상황을 긍정적으로 받아들이기로 했다. 매일 침대 속에 처박혀 안방 밖으로 한 발자국도 나오지 않던 그때보단 나았으니까.

어찌 되었든 계속 결혼을 유지해야 하기에 그녀가 조금은 편안하게 제 곁에 있길 바랐다. 그래야 신경 쓰지 않아도 될 테니까.

"생활비는?"

"아, 이 비서님이 그때그때 카드로 계산해 주세요."

"……."

이 비서가 계산을 해 준다 하니 별로 할 말이 없었다. 또다시 주먹밥 하나를 입에 넣은 그가 우적우적 씹었다. 그러다가 문득 떠오른 말을 물었다.

"하루 종일 집에 있는 거야?"

"음, 요 앞 마트를 가는 것 말고는요."

"……."

"……."

침묵.

태하는 또다시 말없이 주먹밥을 먹었고, 담은 그 모습을 멀뚱멀뚱 바라보고만 있었다.

침묵을 깬 것은 계속 말을 걸던 태하가 아니었다. 담은 동그란 눈으로 태하를 바라보며 이상하다는 듯 고개를 기울이더니 입술에 부드러운 미소를 걸며 말했다.

"오늘따라 말이 많으시네요."

그 말에 입술에 참기름까지 묻히며 주먹밥을 먹던 그가 고개를 들어 담과 시선을 마주했다. 이번에 담의 눈동자에 서린 것은 의문이었다. 그래, 생각해 보니 평소 같지 않게 오늘은 많은 말을 했다. 그 사실을 그 또한 깨닫자 그는 곁에 있는 갑 티슈에서 휴지를 한 장 뽑아 입을 닦았다. 그리고 자리에서 벌떡 일어나 곧장 소파에 올려 둔 가방을 들고 현관문으로 향한다.

그는 자신의 뒤를 담이 따른다는 것을 알았으나 평소에 했던 다녀오겠다는 인사도 없이 문을 열고 밖으로 나가 버렸다.

쾅.

그의 등 뒤로 문이 닫힌다. 하지만 그는 걸음을 옮길 수가 없었다. 손에 들고 있는 가방을 힘주어 쥐고 그 자리에 박힌 듯 서 있더니 꼭 눈을 감았다.

숨을 쉰다. 그에 콧속에서 고소한 참기름 냄새가 훅- 하고 빠져나온다.

고소하다, 고소해. 너무나 고소한 그 냄새에 그는 미간을 찌푸렸다.

"뭐야."

그는 누구를 향한 말인지 알 수 없는 그 한마디를 내뱉은 뒤 빠르게 걸음을 옮겼다.

이 비서는 바닥에 무릎까지 꿇고 앉아 기다란 넥타이를 연신 만지작거리는 담을 보았다. 그녀는 꽤나 난감하고 어려운 적수를 만난 사람처럼 한참이나 검은색에 문양이 없는 넥타이를 쥐고 혼자

끙끙거리고 있었다.

그 모습을 멀리서 바라보던 이 비서가 고개를 기울였다. 며칠 전부터 그녀의 알 수 없는 행동이 계속되고 있었으나 이번 모습은 그도 처음 보는 것이었고, 그녀가 왜 넥타이와 씨름을 하고 있는지 도통 이해를 하지 못했기 때문이다.

"이 비서님?"

"아, 네?"

멀찍이서 자신을 바라보는 시선을 진즉에 느끼고 있던 담은 잘 묶어 놓은 넥타이를 보더니 고개를 갸웃댔다. 그러다 고개를 돌려 이 비서를 바라본 그녀가 그를 불렀다.

이 비서가 천천히 다가와 그녀 앞에 섰고, 그녀의 눈짓에 따라 마주 보고 무릎 꿇고 앉았다.

담은 서둘러 묶어 놓은 넥타이를 푼 뒤 이 비서가 매고 있는 넥타이를 보았다. 아무 문양이 없는 파란색 넥타이였다.

"넥타이 풀어 보세요."

"네?"

이번엔 이 비서도 꽤나 놀랐던지 목소리가 높아졌다. 그러자 그녀는 배시시 웃은 뒤 얼른 풀라는 듯 눈짓했고, 그는 더듬거리는 손으로 단번에 넥타이를 풀어냈다.

담은 무릎으로 그에게 좀 더 가까이 다가간 뒤 이 비서의 목에 넥타이를 둘렀다. 그녀의 손길이 언뜻 옷깃을 스치자 그의 몸이 폴짝 뛰어올랐지만, 담은 온 정신을 집중해 넥타이 매듭을 짓느라 그 몸짓을 보지 못했다.

그녀는 아련한 기억 속에 잠겨 조금은 텅 빈 눈을 부드럽게 휘었다.

"어릴 적 어머니가 아버지 넥타이를 매번 매 주셨던 게 기억나요. 넥타이는 전쟁터에 나가는 남자의 무기라고 항상 응원하는 마음에서 해 준다고 하셨어요."

"아……."

"이제 제가 사장님께 도움을 드릴 수 있는 건 아무것도 없잖아요. 주주총횐지 뭔지, 그 어려운 일도 끝났고……. 그러니까 사장님께 도움을 드릴 수 있는 일을 하나둘 해 보려고요. 자, 다 됐다!"

수다쟁이처럼 끝없이 말을 잇던 그녀가 완벽하게 매어진 넥타이를 바라본 뒤 웃었다.

"어때요? 사장님께 해 드릴 정도의 실력은 되나요?"

그녀의 말에 이 비서는 시선을 한껏 내려 조금은 삐뚤게 매어진 넥타이를 보며 작게 읊조렸다.

"분명…… 좋아하실 겁니다."

뭐든지 똑바로, 바르게. 태하의 모습은 그랬다. 늘 흐트러진 모습 하나 보여 주지 않고, 셔츠가 구겨진 것도 잘 보지 못했다. 그가 솜씨 없게 묶인 넥타이를 어떻게 받아들일지 이 비서는 잘 알고 있었다. 분명 바로 풀어 버리거나 그녀에게 독설을 할지도 모른다. 하지만 그는 그렇게 말했다. 좋아할 거라고. 초롱초롱한 그녀의 눈을 보자 그렇게 말할 수밖에 없었다.

❖   ❖   ❖

저녁 8시. 해가 저물고, 어떠한 이들은 편안히 TV 시청을 하며 피곤했던 하루를 정리할 시각. 이 시각이면 그녀 또한 늘 새벽이 되어서야 퇴근하는 그를 기다리며 하루를 정리했다.

욕실 앞에는 속옷과 옷가지가 아무렇게나 떨어져 있었다. 홀로 그녀가 있는 시간이 늘어나자 자연스레 풀린 모습이 나온다. 그가 있을 때는 되도록 씻지 않고, 그가 없는 틈을 타 최대한 오랫동안 편안하게 샤워를 즐기곤 했다. 특히나 오늘은 더욱 그랬다. 욕조에 물을 가득 받고, 예전이라면 사치라고 생각했을 입욕제까지 풀어 온몸을 물에 불렸다. 따뜻한 물이 미지근해질 때까지.

미지근한 물을 손으로 휘저은 담은 몸이 차갑게 식어 가자 상체를 일으켰다. 그리고 바닥을 막아 놓은 마개를 뺀 뒤 자리에서 일어났다. 그리고 샤워 부스 앞에 서서 손잡이에 걸려 있는 샤워볼에 바디클렌져를 짰다. 그 순간 코끝을 가득 메우는 시원한 향기에 그녀의 몸이 움찔 떨렸다.

"아……."

그와 처음 만났을 때 지독하게도 인식되던 그 향.

"바디클렌져였구나……."

처음엔 향수인가 했던 그것의 정체를 이제야 알게 된 그녀가 막 봉긋하게 솟아오른 가슴 위로 볼을 문질렀다. 그러자 상큼하고 시원한 그 향은, 아니, 그의 체향과도 같은 그 향에 담의 손이 움찔 멈췄다.

왜 얼굴이 붉어지는 것일까. 왜 갑자기 손이 바들바들 떨리고 부끄러워지는 것일까.

몇 번이고 이 바디클렌져로 샤워를 했던 그녀인데, 왜 그의 몸에 가득했던 향이 이것이라는 생각이 들자 더 이상 사용할 수 없게 된 것인가.

담은 얼굴을 붉히며 흐르는 물에 볼을 씻고, 사용했던 욕조까지 깨끗하게 정리한 뒤 가운을 입고 밖으로 나왔다. 수건으로 젖은 머리를 톡톡 닦던 그녀가 바닥에 떨어져 있는 속옷을 막 주우려던 찰나였다.

띠리릭.

도어록이 풀리는 소리가 들렸다. 평소라면 절대 이 시간에 열리지 않을 문이 열린다. 그리고 아침에 나갔던 때와 별반 다를 것이 없는 태하가 집 안으로 들어섰다. 그의 손에는 서류가 한 무더기들려 있었는데, 그중 몇몇은 태하와 담의 결혼 기사였다.

"……."

두 사람의 눈이 마주했다.

갑작스러운 상황 연출에 두 사람 모두 놀란 듯 눈을 떴다. 하지만 곧 태하는 평소의 예의 그 무표정한 얼굴로 돌아갔다. 두근두근뛰는 심장과는 달리.

담은 허둥지둥하며 가운의 앞섶을 붙잡았다.

"감기 걸려. 머리 말려."

"네? 아……."

집 안으로 들어온 그가 던진 무심한 어조의 말에 담은 토끼처럼 커진 눈을 깜빡이더니 고개를 끄덕였다. 그리고 서둘러 이 자리를 피해야겠다는 듯 걸음을 옮기려다 바닥에 떨어진 속옷을 발견했다. 새하얀 레이스가 달린 속옷. 이것은 그가 처음 쇼핑을 하고 오라고 했을 때 구입한 것으로, 평범한 디자인과 달리 재질이 속이 훤히 비치는 것이었다. 그녀의 취향과는 동떨어진 것이었지만 점원의 말에 덜컥 구입한 속옷을 그에게 들켜 버린 것이다.

붉어진 얼굴과 발발 떨리는 손으로 허리를 숙인 그녀가 속옷을 주워 들었다. 그녀의 움직임에 순간 앞섶이 벌어져 두부처럼 하얗고 말랑말랑한 가슴이 드러났다. 그의 표정이 순식간에 굳어지고 사지가 **뻣뻣**해졌지만, 당황한 그녀는 이 사실을 알지 못했다. 차마 그의 얼굴도 바라보지 못했으니까.

그녀가 재빨리 안방으로 뛰어 들어가자, 그 모습을 조금 떨어진 곳에서 바라보던 태하는 부러 짓고 있던 굳은 표정에 힘을 풀었다. 그러자 그의 얼굴에 당황한 기색이 번진다.

"……."

그는 방금 전까지 그녀가 서 있던 곳과 뛰어 들어간 안방 문을 번갈아 보더니 이내 머리를 거칠게 쓸어 올렸다.

"뭐야."

갑자기 닥친 상황에 당황하는 한편, 그는 아랫배가 팽팽하게 당겨지는 것을 느끼며 작게 욕설을 내뱉었다.

"젠장."

"어쩌지……."

지난밤 내내 그녀는 한잠도 자지 못한 채 침대에서 일어나야 했다. 지금쯤 부엌으로 가서 그에게 줄 아침을 준비해야 했지만, 한 걸음도 밖으로 내딛을 수 없었다.

"좀 조심 좀 할걸."

그렇게 말하면서도 그녀는 그를 탓했다. 왜 생전 일찍 들어오지도 않던 사람이 그 시각에 집에 왔냐고. 왜 하필 내가 씻고 나왔을 때 딱 들어온 것이냐며. 그녀는 태하를 원망하고 또 원망했다. 하지만 그 원망도 잠시, 그녀는 밖에서 인기척이 들리자 재빨리 고개를 들었다. 시계를 보니 어느새 그가 아침을 먹을 시각이었다.

그녀의 몸이 자동적으로 튀어 오른다. 재빨리 안방 문을 열고 밖으로 나간 그녀는 늘 앉아 있던 식탁 의자에 앉아 신문을 보고 있는 태하의 뒷모습에 미간을 찌푸렸다.

그는 아무렇지도 않은 것인가?

그 생각을 하자 그녀는 순간 울컥거리는 감정을 느꼈다.

너무 빠르지도, 너무 느리지도 않게 걸음을 옮긴 그녀가 태하의 곁에 섰다. 그의 시선은 여전히 신문을 향해 있었지만 입에선 무심한 목소리가 흘러나왔다.

"왜?"

고저 없는 목소리. 그는 그녀와는 달리 어제 있었던 일을 아무렇지도 않게 받아들이는 것이 분명했다. 내가 여자로서 매력이 없나? 그와 동시에, 이렇게 잘난 남자가 가운을 입은 자신의 모습을 보았다고 해서 흔들릴 리가 없다는 생각이 들었다.

그녀의 마음 깊은 곳에서 반발심이 올라왔다. 그랬기에 평소라면 하지 않았을 그 말을 던졌으리라.

"사장님, 일어나 보세요."

마치 명령을 하는 것처럼 딱딱하고 엄격한 어투였다. 그제야 그의 시선이 신문에서 떨어져 나와 그녀에게로 향한다.

"왜?"

또다시 묻는 말. 그리고 지금 뭐하는 짓거리냐는 눈빛. 하지만 그녀는 어서 일어나라는 듯 눈짓했다.

드르륵, 의자가 끌리는 소리와 함께 그가 자리에서 일어서자 시선이 급격히 높아진다. 그녀는 속으로 긴장된 숨을 삼키며 손을 뻗었다. 그리곤 단정하게 매어 있던 넥타이를 푼 뒤 애써 떨리는 손을 진정시키며 어제 수십 번, 수백 번을 연습한 대로 신중을 기해 넥타이를 맸다. 그런 그녀의 모습을 그는 별말 없이 가만히 서서 내려다보고 있었다.

얼마의 시간이 흘렀을까. 길어 봤자 3분도 안 되는 시각. 하지만 그 3분이 3시간처럼 느껴진 두 사람은, 그녀의 손이 그의 목깃을 마지막으로 정리해 준 뒤 내려가자 몸을 더욱 굳혔다.

"다 됐어요."

그의 눈빛이 평소와 조금 다르게 느껴지는 것은 그녀의 착각일까. 검은 눈동자 속에 일렁이는 감정의 동요를 언뜻 본 그녀가 뒤돌아섰다. 그의 시선을 똑바로 바라보고 있을 정도로 그녀는 강심장이 아니었다.

"아침 금방 준비할게요. 잠시만 기다려 주세요."

그녀는 다시 싱크대 쪽으로 걸음을 옮겼다. 오늘은 미숫가루에 간단한 시리얼로 아침을 때워야겠다는 생각을 애써 하며.

[2]

"인사이동은 이걸로 마무리하죠."

태하는 인사부 권윤식 이사에게 서류철을 내밀며 무심한 어조로 말했다. 서류에는 주주총회 이후로 그에게 등을 돌리고 태준 쪽에 선 사람의 이름이 대부분 올라 있었다. 자신의 자리를 위협한 자들. 그들을 태룡그룹의 지주회사인 전자 쪽에 더 이상 둘 수 없었기에 이번에 칼을 빼어 든 것이다.

그 칼은 너무나 날카롭고 길어서 이사진들에게까지 닿았다. 서늘한 그의 어조엔 태어날 때부터 높은 곳에만 있는 자들 특유의 권위 의식이 묻어난다. 그래서였을까. 아니면 그의 성정을 잘 알고 있어서였을까. 윤식은 고개를 끄덕이며 그가 원하는 대로 시행하겠다 말했다.

"네, 알겠습니다."

"좋습니다."

그가 만족스러운 듯 고개를 끄덕이자 이번엔 마케팅 이사가 서류철을 내민다. 철을 열자 며칠 뒤 발표될 그의 결혼 기사가 네 가지 형식으로 정리되어 있었다. 이미 그가 몇 번씩은 검토했던 것이었지만, 제일 마지막에 있는 기사의 경우 새로 작성되어 올려진 것이었다.

눈으로 빠르게 기사를 읽던 그의 미간이 와자작 구겨졌다. 평소와 달리 그가 감정을 고스란히 얼굴에 드러내자 마케팅 이사가 긴장한 듯 침을 꼴깍 삼켰다.

"이건 너무 구태의연하지 않습니까?"

"하지만 사람들은 신데렐라 스토리에 열광을 합니다, 사장님."

기사 초안은 결혼 기사라기보단 소설에 가까웠다. 처음부터 끝까지 사실 따윈 하나도 없는.

장태하가 힘겹게 살아가던 정담을 우연히 만나 첫눈에 반했고, 주위 사람들의 반대에도 힘겹게 사랑을 이루어 가고 있다는 것이었다. 그리고 다음 달이면 행복한 결실을 맺는다는 이야기.

〈태롱전자 사장! 핑크빛 로맨스!〉

헤드라인 카피를 보던 그가 고개를 끄덕였다. 마케팅 부에서 몇 날 며칠 골머리를 앓고 작성한 것이니 전문가들의 의견을 따르겠다는 듯.

그제야 마케팅 이사의 안색이 조금은 밝아졌다.

"그럼 이렇게 진행하는 걸로 합시다. 며칠에 기사가 나갑니까?"

"요즘은 인터넷 뉴스로 빠르게 올라가기는 합니다. 인터넷 신문사엔 내일 오전에 알릴 생각이고, 오프라인 신문사의 경우 다음 주 월요일에 알릴 예정입니다. 그전에 사진 촬영과 세부기사 조율을 하면 됩니다."

"그럼 차질 없이 스케줄 진행해 주십시오."

태하가 고저 없는 목소리로 말하며 고개를 끄덕인다. 그러면서 마지막 글귀를 읽는다.

〈일반인으로 알려진 정담 씨는 불우한 일을 겪으며 장태하 사장과의 사랑을 더욱 돈독히 하였고, 누구보다 행복한 가을의 신부가 될 예정이다.〉

행복한 가을의 신부라……

얼마나 유치한 말인가. 그의 입가에 비웃음에 가까운 미소가 번졌다.

"사진 스케줄은 이틀 뒤로 합시다."

"네. 콘셉트는 정해서 올리겠습니다."

지난주부터 시작된 세일로 백화점 안은 서울 시민이 모두 몰려왔다고 생각될 정도로 붐비었다. 하지만 대부분의 사람들이 명품관에 모여 있어 중저가 브랜드는 한산했다.

그곳에 담이 있었다.

그녀는 코발트블루색의 넥타이와 짙푸른색의 넥타이 두 개를 이 비서에게 대 보며 고민에 빠졌다. 결국 이 비서가 큼큼 헛기침을 내뱉으며 말했다.

"제 생각에는 오른쪽이 사장님껜 더 잘 어울릴 것 같습니다."

"그렇죠? 제 생각에도 그래요."

그녀가 오른손에 들려 있던 짙푸른색의 넥타이를 내려놓으며 코발트블루색의 넥타이를 이 비서의 가슴께에 가져다 댄다. 이 비서의 볼이 점점 붉어지려던 찰나, 그녀는 미리 골라 둔 검은색의 넥타이와 짙푸른색의 넥타이를 들어 직원에게 주었다.

"이 두 가지만 계산해 드리면 되겠습니까?"

흰 셔츠에 검은색 바지를 입은 직원의 말에 담은 고개를 저으며 제 손에 들려 있던 코발트색의 넥타이까지 내밀었다.

"이것까지 같이 계산해 주세요. 두 개는 종이가방에 넣어 주시고, 지금 이건 하고 갈게요."

"네, 알겠습니다."

직원은 코발트블루색의 넥타이에 있던 택을 제거한 뒤 다시 담에게 건넸고, 담은 미리 받아 둔 카드를 건넨다. 직원이 계산기 쪽으로 쪼르르 걸음을 옮기자 담은 들고 있던 넥타이를 의아한 표정을 짓고 있는 이 비서에게 내밀었다.

"이건 선물이에요."

"네?"

"둘 다 재미없는 넥타이만 하고 다니니까…… 특별한 날에 하세요."

그렇게 말한 담이 카운터로 향하자 이 비서는 그녀가 건넨 넥타이를 보았다. 여러 가지 색의 크리스털이 박혀 있는 넥타이는 화려했다. 이 비서는 담이 계산하는 사이 거울에 비친 자신의 모습을 보았다.

짙은 색의 피부와 잘 빗어 넘긴 머리카락은 태하처럼 화려한 얼굴은 아니었으나 듬직했고, 눈가에 진 잔잔한 주름은 보통 또래보다 많아 그가 평소 사적인 자리에선 웃음이 많고 유쾌한 사람이라는 것을 알려 준다.

그는 제 얼굴을 보며 목에 넥타이를 살짝 대 본 후 웃었다.

태하는 식사가 끝난 후 자신에게 다가와 넥타이를 푸는 담의 모습을 보았다. 그녀는 그의 목에 감겨 있는 잿빛 넥타이를 푼 뒤 팔목에 걸려 있던 넥타이를 매어 주었다. 그리고 부드럽게 웃으며 자신을 바라보는 시선을 마주하곤 말했다.

"이건 선물이에요. 뭐, 사장님 돈으로 사기는 했지만."

그는 자신의 취향과는 먼 화려한 디자인의 넥타이에 미간을 찌푸렸지만 그녀의 손길을 막진 않았다. 그녀가 너무나 진지하게 넥타이를 매어 주고 있었기 때문이다.

그녀는 이젠 제법 익숙하게 넥타이를 매 준 후, 한 걸음 뒤로 물러났다. 그러곤 너무나 멋진 태하의 모습에 활짝 웃었다.

"잘 어울리세요."

담의 말에 태하는 자신의 목을 내려다본다. 조명에 빛나는 은빛 자수는 화려하지도, 심플하지도 않았지만 늘 무거운 분위기를 유지하고 있던 그에게는 낯선 것이었다. 태하는 손으로 넥타이를 들어 은색 자수를 보며 말했다.

"내 취향은 아니군."

"그래도 오늘 하루는 해 주세요. 주위의 평판도 좋을 거예요. 아마 만나는 사람이 넥타이 칭찬부터 할걸요?"

"……그래."

그 말을 믿지는 않았으나 그는 짧게 말한 뒤 바닥에 있던 가방을 들었다. 그러곤 자신의 뒤를 졸졸 쫓아오는 담의 인기척을 느끼며 현관으로 향했다. 잘 닦여 있는 구두를 신은 그는 반짝반짝 눈을 빛내며 자신을 올려다보는 그녀의 모습에 미간을 찌푸렸다.

원하는 게 뭐지?

그는 요즘 들어 담을 볼 때마다 한 번씩 그러한 생각을 했다. 이 여자가 자신에게 무엇을 원하기에 항상 이렇게 바라보는 것인지. 그녀는 처음 만났을 때와는 너무나 다른 모습이었다. 마치 처음 그녀에 대해 보고받았을 때 사진 속에 있었던 그 모습처럼. 너무나 당당하게 자신의 얼굴을 보고 웃는다. 그래서 물을 수밖에 없었다. '넌 나한테 도대체 원하는 게 뭐야?' 라고.

"왜 그렇게 보지?"

"음? 제가 지금 어떻게 보는데요?"

담이 손을 들어 제 뺨을 만지며 어색하게 물었다. 그러자 태하가 미간을 찌푸렸다.

"원하는 게 있으면 솔직히 말해."

돈을 원하면 줄 수 있었다. 그녀가 자신에게 안겨 준 것을 생각하면, 그녀와 결혼함으로 당당히 후계자의 자리에 오를 수 있을 것을 생각하면 얼마라도 줄 수 있었다. 하지만 담은 그의 말에 그제야 자신이 원하는 것을 찾는지 눈을 도르륵도르륵 굴렸다. 그러다가 뭔가 번뜩 떠올랐는지 씨익 웃는다.

"지금처럼만 지냈으면 좋겠어요."

"……뭐?"

"지금처럼요. 아침에 함께 밥을 먹고, 지금처럼 하루 간단한 안부 정도 물을 수 있으면 정말 좋을 것 같아요."

"……."

"……사장님도 지금 저처럼 노력하고 있는 거 맞죠?"

담이 눈을 깜빡이며 그렇게 물었다. 그러자 태하는 잠시 동그란 눈에 담긴 진심을 살피더니 피식 웃음을 내뱉었다.

"그래, 그 정도라면 들어줄 수 있지."

그가 처음으로 진심을 다해 웃었다. 그래서였을까, 담은 잠시 벙찐 얼굴이 되어 그의 얼굴을 올려다보다가 이내 기쁨을 가득 담은 얼굴로 고개를 끄덕였다.

둘 사이에 처음으로 조금은 따뜻한 분위기가 흘렀다.

"사장님, 좋은 아침입니다."

태하는 엘리베이터에서 내리자마자 들리는 인사에 고개를 끄덕였다. 조 비서는 그의 곁에서 일한 지 5년이 넘은 여비서로 한국 스케줄의 대부분은 그녀를 통해 관리하고 있었다. 그가 여유로운 걸음을 옮겨 곧장 사장실 안으로 들어서려고 할 때였다. 조 비서는 문을 열어 주다 말고 눈을 깜빡이더니 핑크색 립스틱을 예쁘게 발라 놓은 입술을 부드럽게 휘며 말했다.

"넥타이 잘 어울리세요."

"뭐……?"

"예쁜 약혼녀가 생겼다고 회사에 떠들썩하더니 넥타이부터 바꿔 네요."

조 비서가 밝은 목소리로 말하더니 조금은 놀란 태하의 눈을 바라보며 웃었다.

"차는 무엇으로 드릴까요?"

"커피."

"네, 바로 준비해 드리겠습니다."

사장실로 들어온 태하는 정면에 있는 유리벽에 비친 제 모습에 눈을 찌푸렸다. 집을 나서기 전 오늘 가장 먼저 만나는 사람이 넥타이 칭찬부터 할 것이라는 그녀의 말이 떠올랐기 때문이다. 은색의 수를 보던 그가 피식 웃었다.

"강남역에 돗자리라도 깔아 줘야겠군."

그의 입가에 미소가 머물렀다가 사라진다.

새벽 2시가 넘어서야 집에 온 태하는 서재 문을 열고 곧장 안으로 들어섰다. 넥타이를 끌러 푼 그는 늘 그랬던 것처럼 의자 위에 걸쳐 두려다가 잠시 내려다보았다. 하루 종일 넥타이에 대한 언급만 수백 번은 들었던 그다. 나중에는 짜증이 나서 넥타이를 바꿔하고 싶을 정도였다.

평소와는 전혀 다른 스타일의 넥타이를 보던 그가 옷장을 열어 수백 개의 넥타이가 걸려 있는 곳 제일 위에 걸어 두고 문을 닫는다. 그리고 단추를 풀어 셔츠를 벗은 뒤 곧장 욕실로 향했다. 그리고 실오라기 하나 걸치지 않은 몸으로 샤워기 앞에 섰다.

거울에 조각처럼 갈라진 그의 등이 보였다. 아름다운 선을 그리는 근육과 날개뼈는 마치 아름다운 예술품이라 느껴질 정도로 딱딱

맞아떨어져 눈을 어지럽힐 정도였다.

뜨거운 물 아래서 몸을 노곤노곤하게 만든 그는 물기를 닦으며 욕실을 나섰다. 그러곤 서재 한쪽에 있는 화장대 앞에 서서 스킨로션을 얼굴에 바르고 곧장 침대로 향했다.

그녀가 집에 온 뒤 구입한 침대는 두세 명이 누워도 될 정도로 넓은 것이었다. 매트리스 또한 늘 잠이 부족한 그가 가장 신경 쓰는 것으로 안방에 있는 것과 같은 제품이었다.

그는 깃털이 들어 있는 이불이 제 몸을 폭 하고 감싸자 온몸에 힘이 풀리고 순식간에 몰려온 피곤에 잠식당한다.

태하가 곤한 숨을 내뱉을 때쯤이었다. 문이 조심스럽게 열리더니 담이 고개를 쑥 빼내어 태하의 동태를 살폈다. 그는 오늘도 반실신 한 것처럼 잠들어 있었다.

숨소리까지 죽인 그녀가 살금살금 다가와 침대맡에 쪼그리고 앉았다. 그녀는 기다란 속눈썹을 내리깔며 잠든 태하의 얼굴을 보았다. 그러다가 소리 없이 쿡쿡 웃더니 턱을 괴며 그의 얼굴을 감상하기 시작한다.

"장태하 씨…… 오늘도 자는 모습이 참 멋있네요."

그녀가 조용한 목소리로 태하를 불렀다. 하지만 그에게선 답이 없었다. 밝은 어조로 말하던 담은 순간 가면처럼 뒤집어쓰고 있던 밝은 얼굴을 지웠다. 그러면서 음울한 눈빛으로 읊조리듯 말했다.

"애초에 자신이 외롭다는 것도 모르는 바보 같은 남자. 그 남자의 곁에서 위로를 하고 함께 행복하고 싶다면……."

"……."

"지금 너무 과분한 것을 바라는 걸까요?"

그렇게 말한 담은 굳게 닫혀 있는 태하의 눈이 떠지지 않길 바라며 그의 얼굴을 살폈다.

얼마의 시간이 흘렀을까. 담은 슬슬 제 다리가 아파 오자 자리에서 벌떡 일어나 조심스레 방을 빠져나갔다. 달각, 거의 들리지 않는 작은 소리로 문이 닫혔다. 순간, 태하의 눈이 거짓말처럼 떠지더니 그녀가 나간 문을 말없이 바라보았다. 그러다가 갑자기 자리에서 벌떡 일어나 욕실로 들어가 차가운 물 아래에 선다.

그가 입고 있던 옷이 차가운 물에 젖어 들어 간다. 그는 짜증이 가득한 얼굴로 머리를 거칠게 쓸어 올리더니 욕지기를 내뱉는 것처럼 이를 악물며 말했다.

"도대체 언제부터 지켜본 거야?"

한밤에 도둑고양이처럼 제 방을 그녀가 찾았다는 사실을 알자 그는 속에서 들끓는 욕망을 주체하지 못해 온몸이 얼음장처럼 얼 때까지 물 아래에 서 있어야 했다.

[3]

바뀐 것은 없었다. 둘은 여전히 함께 아침을 시작하고 밥을 먹으며 각자의 방에서 잔다. 하지만 서로가 한 공간에 있다는 것을 당연하게 받아들이고, 집의 공간을 나누고, 그 사람의 하루가 언제 시작하고 언제 끝나는지 알게 되며 서서히 서로에게 맞춰 패턴이 변화하고 있었다.

대부분 자신의 생활을 바꾼 것은 정담, 그녀였으나 그 또한 그녀를 그의 곁에 두는 것만으로도 많은 것을 용인하고 있었다.

태하는 잡티 하나 없는 피부에 부드러운 톤으로 화장을 하고 있는 담을 뒤에서 바라보고 있었다. 메이크업 샵에 끌려온 뒤로 그녀를 관찰하듯 팔짱까지 끼며 바라보고 있으니 괜스레 메이크업 디자이너나 그를 따라온 임원진들의 얼굴에 긴장감이 흘렀다.

태하는 벽에 몸을 비스듬히 기댄 뒤 거울을 통해 마주친 담의 눈을 바라보았다. 그러자 담은 립글로즈를 손에 묻혀 자신의 입술에 바르는 디자이너의 손길을 느끼며 히죽 웃었다.

"사진 콘셉트는 캐주얼인가요?"

담은 거울 속 자신의 모습과 태하의 모습을 번갈아 보며 말했다. 태하는 평소의 딱딱하고 격에 맞춰진 슈트 차림이 아닌 캐주얼 차림이었다. 그냥 라운드의 하얀 티셔츠는 문양이 없는 심플한 것이었지만 철저한 자기 관리로 인해 조각처럼 빚어진 몸 때문인지, 그 평범한 또한 멋있었다. 어디 그뿐인가. 바지 또한 길거리에서 쉽게 구입할 수 있는 평범한 색상과 디자인이었지만, 그의 단단한 허벅지 때문에 그것 또한 특별하게 만들어 버린다.

"평범한 데이트를 하는 거."

"평범한 데이트요? 흠…… 그거 어렵네요."

미간을 살풋 찌푸린 담은 이번엔 자신의 모습을 본다. 역시나 그처럼 평범한 차림새였지만 그와 같은 특별함은 느껴지지 않았다.

"다 됐습니다."

연신 담의 얼굴을 주물럭대던 디자이너가 한 걸음 떨어지자 그녀는 자리에서 일어났다. 오히려 한 듯 안 한 듯 은은한 메이크업이 시간이 더 오래 소요된다더니 장장 두 시간 동안 의자에 앉아 있어야 했다.

그 긴 시각, 끈기 있게 그녀를 기다린 태하는 기대고 있던 몸을 곧게 세운 뒤 담에게 다가왔다.

"왜 그렇게 봐요?"

"흠."

태하는 담을 내려다보더니 그녀의 주위를 한 바퀴 빙 돌았다. 눈은 빠르게 움직이고 있었고 손은 습관처럼 턱을 긁적이고 있었다. 그가 갑자기 팔을 뻗어 부드럽게 웨이브진 머리카락을 만졌다. 커다란 손바닥 위에서 찰랑이는 물결. 갑작스런 스킨십에 담은 눈을 깜빡이며 그를 올려다보았고, 태하는 여전히 그녀의 머리카락을 보고 있었다.

그는 엄지손가락으로 천천히 머리카락을 어루만졌다. 그 손길은 갑작스럽고도 당혹스러운 것이었지만 그녀는 피하지 않았다. 그저 그의 입에서 어떠한 말이 나올까 궁금한 것인지 그의 입술만 올려다보았다.

"묶는 게 좋겠군."

"사장님, 제가 이 머리를 위해 몇 시간을 투자한 줄 아세요?"

담은 미간을 찌푸리며 그렇게 말했다. 뾰족하게 튀어나온 입술이나 빵빵해진 볼은 힘겹게 한 웨이브 머리를 사수하겠다는 의지로 결연해졌다. 하지만 태하는 그녀의 이야기를 귓등으로도 듣지 않은 채 그녀의 뒤로 걸어갔다.

사락. 목 자락에 그의 손끝이 닿는다. 그는 어설픈 솜씨로 머리카락을 한데 끌어 모은 뒤 앞에 있는 디자이너를 보았다.

"묶는 게 역시나 더 좋지 않겠습니까?"

담은 바싹 긴장한 얼굴로 침을 꼴깍 삼켰다. 그리고 그의 말에 디자이너가 하얀 셔츠와 청바지를 입고 있는 그녀와 어울릴 법한 비즈 장식의 머리끈을 가져왔지만, 태하는 고개를 저었다. 그러곤 디자이너 손목에 감겨 있던 검은 머리끈을 손가락으로 가리키며 말한다.

"그게 좋겠습니다."

"아, 아, 네! 역시 사장님은 감각이 탁월하세요!"

디자이너가 알랑방귀를 뀌었지만 태하의 시선은 여전히 담을 향해 있었다. 디자이너가 머리를 바싹 끌어 묶는 것을 보며 그는 만족스레 고개를 끄덕였다.

"됐습니다. 마음에 듭니다."

마치 물건을 구입하는 사람처럼 그렇게 말한 태하는 눈을 깜빡이며 묶인 머리카락 끈을 쭉쭉 잡아당기는 담에게 다가섰다. 그리고 그녀의 어깨에 자연스레 팔을 두른 뒤 깜짝 놀란 시선과 마주하자 부드럽게 웃었다.

"지금부터 해야지. 다정한 약혼자 연기."

"……."

그의 입에서는 차가운 독설과 같은 말이 흘러나왔지만 담은 자신의 어깨에 닿은 든든한 팔 때문인지 바짝 얼어 있었다. 둘은 함께 거리로 나갔다.

찰각찰각.

셔터가 터지는 소리가 들린다. 하지만 태하와 담은 아무것도 모르는 척 길거리에 있는 좁은 커피숍에서 커피를 마시고 있었다. 담은 슬쩍 고개를 들어 태하의 턱을 보았다. 날카롭지만 남성적인 턱선. 고개를 숙이자 단단해 보이는 목과 볼록 튀어나온 아담스애플이 보인다.

담이 차마 그와 마주하지 못한 채 시선을 이리저리 피하자 부러 만들어 보인 미소를 지우지 않은 채 고개를 숙였다. 그는 그녀의 귓가에 달콤한 표정과는 달리 뼈가 시릴 만큼 차가운 어조로 속삭인다.

"웃어."

짧은 말은 간담이 서늘할 정도였다. 하지만 담은 멀뚱멀뚱 그를 바라본 뒤 멍하니 읊조렸다.

"사장님도 웃으세요."

"뭐?"

"……우리가 사랑하는 사이처럼 보여야 한다고 했잖아요."

담은 잠시 망설였으나 그렇게 말했다. 서늘하게 자신을 내려다보고 있는 태하에게. 그는 놀란 듯 눈을 크게 뜨더니 잠시 뒤 입술을 비틀었다. 그녀의 말에 전혀 동조하지 못하겠다는 듯.

"웃고 있어."

"웃고 있지 않아요."

"뭐?"

태하가 짜증스레 물었다. 그러자 담은 손을 뻗어 그의 눈을 가렸다.

"지금은 웃고 있네요."

그는 자신의 시야를 가로막는 손바닥을 내렸다. 그리고 계속 알 수 없는 말을 지껄이는 담을 내려다본다. 그의 눈에 서늘한 기운이 돌았다. 찰칵찰칵, 어디선가 또다시 셔터가 터지는 소리가 났지만 그는 자신이 지금 무슨 일을 하고 있는지도 잊은 채, 또렷한 시선으로 자신을 올려다보는 동그란 눈을 보았다.

눈에 담겨 있는 것은 진심. 그를 비꼬려거나 화가 나게 하려고 일부러 그런 것이 아니다. 그래서였을까? 너무나 솔직하게, 직선적으로 말하는 담의 모습에 더욱 화가 나 버린다.

"정담."

"네, 왜요?"

"까불지 마."

그의 목소리엔 진심이 담겨 있다. 그가 함부로 내보이지 않는. 그 진심을 숨기기 위해 오랫동안 노력하고 감정을 죽여 온 과거와는 달리.

몸이 떨리고 무서울 정도로 냉담한 시선을 한참이나 바라보던 담이 미소 띤 얼굴로 말한다.

"싫어요."

"뭐라고?"

태하는 자신이 잘못 들은 것인 줄 알고 그렇게 물었다. 하지만 담은 지금 자신이 어떠한 생각과 마음으로 그를 마주하고 있는지 말했다.

답은 망설임이 없다.

"싫다고요."

"정담."

그가 짧게 그녀의 이름을 불렀다. 평소 주눅 들어 태하 눈치를 보던 정담이 아니었다. 그녀는 마치 주위에서 일어났던 끔찍한 일이 있기 전 그때로 돌아간 듯 생기 있는 눈으로 따박따박 말했다.

"앞으로 제가 하고 싶은 말을 할 거고, 제가 느낀 그대로 말할 거예요."

"……."

태하는 생기로 빛나는 그녀의 눈을 마주했다. 방금 전처럼 독한 기운은 모두 사라진 뒤였다. 그러자 그녀는 그 모습이 제법 마음에 들었던지 활짝 웃었다.

"웃고 있진 않지만 멋있네요."

"……."

놀라움에 그의 눈이 벌어지는 것을 보며 담은 다시 한 번 제 감정을 솔직히 말했다.

"사장님, 오늘 멋있어요."

"아…… 우리 이날 결혼해요?"

의자에 앉아 있는 태하는 신문을 가져다주다 말고, 1면에 실린 제 사진에 눈을 깜빡이는 담을 보았다. 그녀는 기사로 처음 자신의 결혼 날짜를 알았는지 눈을 깜빡였다. 신문에 적혀 있는 두 사람의 결혼식은 다음 달 초순, 약 보름밖에 남지 않았다. 그래서였을까, 그녀는 지금 화가 나는 것이 아닌 당황한 상태다.

"우리 다음 달 2일에 결혼한대요."

"어, 맞아."

"맞아요?"

그는 담에게서 신문을 받아 든 뒤 1면을 보았다. 마케팅 부서에서 그에게 건넨 허무맹랑한 헤드카피와 함께 그날, 커피숍에서 찍었던 사진이 함께 올라 있었다. 태하는 문득 그들이 그날 했던 대화를 떠올렸다.

"그러니 사장님도 협조해 주세요."

"뭘?"

"우리가 진정한 가족이 될 수 있게요. 자주 웃으라고요."

앙큼한 말. 마치 그에게 도전하듯 빛나던 두 눈. 그녀는 무언가

133

생각을 바꿔 먹은 것인지 그에게 직접 요구했고, 그 또한 그 말에 '알았다' 라는 답만 했을 뿐이다. 결혼 생활을 먼저 하자고 한 것은 그니까. 그 또한 1년이란 시간을 답답함과 짜증 속에서 보내고 싶지 않았다. 그래서 그녀가 기어오를 때마다 속에 있는 말 대신 최대한 동조해 주었다.

그건 지금도 마찬가지였다. 그는 제 앞에 놓인 호두 한 알을 주워 아작아작 씹으며 답했다.

"어."

"이런 건 당사자가 제일 먼저 알아야 하는 거 아닌가요?"

"아, 말 안 했었나?"

그러고는 또다시 견과류를 먹은 그가 아작아작 씹어 댄다.

그는 담에게 시선도 주지 않은 채 빠르게 신문의 다음 장을 넘겼다. 경제면 기사를 읽으며 하루를 시작하는 건 그의 오래된 습관이자 버릇이었다. 사업을 하는 사람으로서 대한민국의 경제가 어떻게 돌아가야 하는지는 알아야 한다는 것이 그의 지론이자 장 전(前) 회장의 지론이기도 하다.

담은 그가 자신에겐 시선도 주지 않은 채 빠르게 눈으로 신문을 훑는 것을 보며 심통이 난 듯 볼을 빵빵하게 부풀렸다.

"사과는요?"

"무슨 사과?"

"이런 중요한 일을 미처 말하지 않았으니, 사과 정도는 하셔야죠. 사장님 혼자 결혼하는 거 아니잖아요. 저랑 결혼하는 거잖아요."

그녀가 빠르게 쏘아붙였다. 그녀가 한꺼번에 이렇게 말을 많이 하는 것은 처음 보았던 그는 눈을 게슴츠레 뜨며 담을 보았다. 눈에는 평소 자리한 냉기 대신 의아함과 궁금증이 떠올라 있었다.

"뭐?"

"기왕 하는 거 제대로 하고 싶어요. 사장님은 제가 필요해서 결혼을 하자고 하셨잖아요. 그럼 제가 원하는 것도 들어주세요."

갑작스런 그녀의 변화에 따라가지 못한 태하가 입을 꾹 다물었다. 이럴 땐 어떻게 반응을 해야 할지, 그는 몰랐다.

태하는 그녀의 진심을 알기 위해 담을 머리서부터 발끝까지 쭈욱 훑어보았다. 그리고 그녀의 눈망울에 비친 자신의 모습에 서둘러 표정을 굳혔다.

'뭘 당황하는 거야? 저 여자가 하는 말에.'

그렇게 생각한 그는 고저 없는 목소리로 무심히 말한다.

"그래서, 원하는 게 뭔데?"

"뭐든 들어주실 거예요?"

"내가 해 줄 수 있는 한. 하지만 그 이상을 바라면……."

그가 막 차가운 말을 쏟아 내려 할 때. 이젠 그냥 듣고만 있지 않겠다는 듯 담은 고개를 끄덕여 그의 말을 막는다.

"앞으로 생기면 차차 말할게요. 지금은."

그녀가 중요한 말이 나오려던 순간 끊자, 그가 자리에서 일어났다. 그리고 아주 느릿하게 묻는다.

"지금은?"

"웃어 주세요."

"뭐?"

"웃어 주세요. 지금은 그거면 됐어요."

그렇게 차갑게 바라보지 말아요.

그거면…… 지금은 만족해요.

일이 급하게 되었다. 그녀는 아침에 자신의 결혼식 날짜를 신문 지면으로 알게 되었고, 곧이어 태하를 통해 오늘부터 피부 관리샵에 다녀야 한다는 사실을 알았다. 이미 두어 번은 가 본 샵이 있었기에 그녀는 별 어색함 없이 〈쏠 피부샵〉 안으로 들어섰다.

〈쏠 피부샵〉은 유명 연예인부터 시작하여 상류층에 속한 여성과 남성이라면 한 번쯤 다녀가는 곳으로, 모든 서비스가 고가였다. 이들은 훌륭한 서비스는 물론이고, 스스로가 비밀조항을 만들어 회원들의 사생활에는 입을 꾹 다무는 등 일반인들은 잘 모르는 그들의 삶을 지켜 주어 많은 회원을 유치했다. 그리고 태하가 그녀를 이곳 사회에 맞게 만들기 위해 가장 먼저 등록을 한 곳도 이곳이었다.

문을 열고 안으로 들어가자 검은색의 정장을 입은 매니저가 허리를 꾸벅 숙였다. 그리고 손바닥으로 정중하게 그녀를 위해 마련해 놓은 공간으로 안내한다.

"오늘은 수분 라인을 받으실 겁니다."

"아, 네."

답과 표정은 어색했지만 매니저가 건넨 가운을 받아 들고 탈의실로 가는 걸음은 이젠 제법 익숙하다. 그녀 또한 하나둘 깨닫고 있었다. 이들의 삶을. 그리고 장태하가 얼마나 많은 사람의 주목을 받는지도.

담은 탈의실로 가는 길, 자신에게 닿는 시선들을 느꼈다. 무리를 지어 커피를 마시며 이야기를 나누고 있는 사람들의 시선은 하나같이 담에게 닿아 있었다. 뒤에서 속닥거리는 소리에 담은 어깨를 옹

크렸다.

"장 사장이랑 결혼한다는 그 여자?"

"생각보다 평범하네."

"집은 더 평범하고 말이야."

하나둘 던지는 말엔 악의가 있다. 모두들 그녀가 들으라며 큰 소리로 말한다.

담은 화려한 피부샵을 훑었다. 장태하, 그 사람을 만나기 전에는 언감생심 오겠다고 생각을 해 보지 못했을 정도로, 아니, 그 사람을 만나기 전엔 다니겠다고 생각조차 못 했을 공간이었다.

그녀의 삶과는 어울리지 않는. 그녀와는 다른 세상.

담은 계속 자신의 귓가에 닿는 사람들의 목소리에 천천히 걸음을 옮겼다. 가운을 쥐고 있는 손엔 힘이 들어가지 않아 조금만 기울이면 아래로 뚝 떨어뜨릴 것만 같았다.

탈의실로 들어가기 전, 담은 제 앞을 가로막는 검은색 하이힐을 보았다. 시선을 들자 짧은 커트 머리에 아이라인 꼬리를 날카롭게 뺀 여자가 눈에 들어온다.

"정담 씨?"

목소리 또한 날카롭다. 담은 여자를 머리에서 발끝까지 훑어보더니 고개를 올려 여인의 얼굴을 다시 바라보았다. 핑크색 립스틱을 발라 놓은 입술 끝을 부드럽게 올리며 웃었다.

"구경은 끝났어요?"

"네?"

"내 구경, 끝났냐고요."

여자의 말에 어떻게 해야 할지 몰라 담이 입을 꾹 다물었다. 그러자 여자는 짧게 웃음을 내뱉더니 손을 내밀어 악수를 청했다. 담이 그녀의 손을 잡자 여자는 자신만만한 웃음을 짓는다.

"김서희입니다. 장태하, 그 인간이랑 결혼하신다고요?"

낯선 서희의 입에서 나온 태하의 이름에 담은 깜짝 놀란 듯 눈을 깜빡였다. 그러자 서희는 담의 손을 털어 낸 뒤 말한다.

"깜짝 놀란 얼굴이네? 장태하랑 저 친구예요. 유치원 때부터 시작해서 지금까지."

"아……."

"축하해요. 그 인간을 차지한 것. 위에서 고고하게 세상을 내려다보는 여자들에겐 그 남자, 참으로 탐나는 사람이거든요."

서희가 말했다. 그리고 웃는다. 그녀의 말에 귀를 기울이고 있던 담은 얼떨떨한 얼굴로 고개를 끄덕인다. 그 모습에 서희가 고개를 기울였다.

정말 장태하가 선택한 여자가 맞는 거야?

그녀는 그렇게 생각했다. 너무나 어려 보이는 얼굴, 어리숙한 표정과 자신감 없는 몸짓, 답답할 정도로 말을 아끼는 여자. 장태하의 취향은 아닌 것은 둘째 치더라도 그 사람을 감당하지도 못할 것만 같았다.

그래서였을까. 평소의 서희라면 하지 않았을 그 말이 입을 통해 나온 것은.

"수고해요."

"무슨 말씀이세요?"

갑자기 서희의 입에서 흘러나온 말을 이해할 수 없는 것인지 담이 되물었다. 그러자 서희는 방금 전까지 짓고 있던 당당한 표정은 지웠다. 그리고 어색하게 웃었다.

"그 사람 참 피곤한 사람이거든요, 내가 곁에서 오랫동안 지켜본

바로는. 어른들은 그 사람이랑 내가 결혼하길 바라는 것 같지만, 난 원하지 않아요."

"……."

"백조처럼 고고하긴 하죠. 멋있고. 하지만 수면 밑에서 허덕이는 걸 옆에서 본 사람이라면 누구든 원치 않을걸요? 멍청해요, 그 남자. 너무 병신 같아서 옆에 있으면 그 기운이 나한테까지 옮아올 것 같아요."

서희의 입에서 흘러나오는 독설에 담의 인상이 점차 찌푸려졌다. 하지만 서희는 이걸 알면서도 말을 멈추지 않았다.

"그렇게 하자가 많은 남자를 내가 왜? 굳이? 다른 사람 똥차, 내가 치우긴 싫어요. 가진 것보다 가지지 못한 남자……."

"말씀이 지나치시네요."

담이 날카로운 어투로 서희의 말을 막았다. 이에 뒤에서 이 장면을 보며 속닥이는 사람들도, 앞에서 놀라움에 눈을 크게 뜨는 서희도 그녀의 눈에는 들어오지 않았다. 담은 이해하지 못했다. 저들이 이 장면을 두 눈으로 똑똑히 목격하고 있음에도 태하를 까 내리는. 아니, 아니다. 이해한다.

"김서희 씨가 가지지 못하면 그 사람이 하자가 있는 게 되는군요? 참 아쉽게 되었어요. 김서희 씨가 이렇게 태하 씨를 좋아하는 걸 알았다면 처음 만났을 때 위로의 말을 건넬 수 있었을 텐데. 하지만 이제 알아 버렸네요."

"뭐, 뭐……?"

"미안해요. 사과는 해야겠네요. 제가 태하 씨를 차지했으니, 얼마나 상심이 컸겠어요. 하지만 김서희 씨는 그 사람을 제게 빼앗겼다고 생각하시는 것 같은데, 아니에요. 그 사람은 저와 처음 만나는 순간부터 제 것이었어요."

서희의 손끝이 파르르 떨렸다. 당당하게 말하는 작은 여자의 모습에 자존심이 상한 듯. 아니, 담의 이야기가 모두 맞다는 듯. 그래서 담은 좀 더 용기 있게, 그리고 당당한 어조로 말했다.

"오늘은 그 사람이랑 자축이라도 해야겠어요. 세상에서 가장 멋진 남자를 제 손에 넣게 되었으니. 그럼 전 이만 가 볼게요."

"너, 너……!"

"너 아닙니다. 정담입니다. 앞으로 자주 뵙게 될지도 모르는데 예의는 지켜 주세요."

또각또각, 탈의실로 향하는 그 짧은 시간. 그녀는 제 걸음에 맞춰 울리는 소리에 만족스레 웃었다. 삐끗하면 발목이 부러질 것처럼 높은 하이힐에 처음에는 기가 질렸었는데, 그녀는 지금 이 순간에 와서야 여자들이 왜 최대한 높고 화려한 하이힐을 좋아하는지 알게 되었다.

당당한 걸음 소리. 그 소리가 담은 참 마음에 들었다.

[4]

담은 부산스럽게 움직이는 스태프를 바라보던 시선을 돌려 수십 벌의 드레스를 신중한 눈으로 살피는 태하의 뒷모습을 보았다. 얼굴은 볼 수 없었으나 넓은 등만 보아도 지금 그가 얼마나 고민하고 있는지 알 수 있다.

그러다 급격히 돌려지는 그의 몸에 담은 피식 미소 지었다. 태하는 고민이 끝났는지 두 벌의 드레스를 들고 그녀에게 다가오고 있었다.

"뭐가 더 좋아?"

태하는 골반 라인을 아름답게 드러내는 우아한 드레스와 무릎까지 쫑긋 올라오는 미니드레스를 들고 있었다. 담은 하얀색의 소파에 앉아 그가 들고 있는 드레스를 보았다. 눈에 감탄하는 빛이 어렸다.

"둘 다 너무 예쁘네요."

"그러니까 둘 중에 뭐가 더 예쁘냐고."

태하는 빨리 고르라는 듯 드레스를 잡은 손을 흔들었다. 그러자 담은 미니드레스를 손가락으로 가리키며 말했다.

"전 이쪽이 좋을 것 같은데요?"

"흐음, 그래?"

"네."

미니드레스를 보고 있던 담이 시선을 돌려 그의 오른손에 들려 있는 우아한 드레스를 보았다. 그러면서 콧잔등을 장난스럽게 찡그려 보았다.

"그것도 예쁘긴 한데, 저같이 난쟁이 똥자루가 입으면 하나도 안 예쁠 거예요."

그녀의 말에 태하가 망설임 없이 고개를 끄덕인다.

"애가 엄마 옷 뺏어 입은 것 같긴 하겠군."

"뭐예요?"

버럭 소리를 지른 담이 자리에서 벌떡 일어난다. 그녀는 자신이 뒤꿈치를 들어도 그의 턱 언저리에도 닿지 않는 키가 절망스러운 것인지 다시 자리에 털썩 주저앉는다. 그러자 태하의 입술이 부드럽게 호를 그린다.

담은 그의 얼굴을 한참이나 보았다. 그리고 뭔가에 홀린 듯 읊조렸다.

"처음이랑 생각이 조금 바뀌었어요."

"뭐가?"

태하는 뒤에 있던 스태프에게 웨딩드레스를 건넨 뒤 다시 그녀를 바라보았다.

검은 눈동자. 얼마나 깊은지, 얼마나 속이 넓은지 알 수 없는 그 눈빛을 바라보며 그녀는 자그마한 미소를 건넨다.

"사장님이랑 하는 결혼 생활, 그렇게 힘들진 않을 것 같아요."

눈썹이 꿈틀거렸다. '그렇게 생각하고 있었던 거야?' 라는 눈빛과 표정이다. 예전이라면 몸을 움츠렸겠지만, 지금은 달랐다.

"재미있을 거 같아요."

❖　❖　❖

공식적으로 초대된 사람만 1,200명. 그 외에 기자와 TV 보도국에서 온 사람과 해외 언론까지 포함한 사람이 200명. 국내 최고의 호텔이라 불리는 곳에서도 가장 넓은 홀을 빌렸지만, 식장은 미어터질 듯 많은 사람으로 바글거렸다.

태하는 눈앞에서 플래시가 터짐에도 눈 하나 깜짝하지 않은 채 허리를 숙여 하객들을 반겼다. 아주 의식적으로 행해지는 행동으로 몸짓엔 군더더기 하나 없었다.

그리고 그의 곁에 서 있는 중년의 여인은 주름 하나 없는 얼굴에 손바닥을 가져다 댄 채 축하해 주는 사람들에게 가식적으로 웃음을 뱉고 있었다. 사람들이 모두 식장으로 들어가고, 곧 있으면 식이 시작될 시간. 그는 자신에게 다가오는 새어머니 미현의 모습에 웃음을 지웠다.

"얼마나 비싼 얼굴인지. 신부 대기실에도 못 들어가게 하니?"

태준의 친모. 하지만 태하의 친모는 아닌 사람. 태준에게 회사를 물려주려 혈안이 되어 있는 미현에게 담을 따로 소개시키지 않은 태하는 여전히 곁에서 알짱거리는 기자들을 의식한 듯 부드러운 호를 입가에 그렸다.

"앞으로도 보지 못할 겁니다."

"싸가지 없이 말하는 것치고 표정이 아주 좋구나."

미현은 악의를 담아 그렇게 말했다. 자신의 아들이 후계자의 자리에 오르는 데 큰 걸림돌이 되는 자. 어디 그뿐인가? 사생활조차 작은 틈도 없어서 흠을 잡기조차 어려운 아들이었다. 제 속으로 낳지 않아 더 속을 모르는. 그래서 미현에게는 껄끄럽고 얼굴에 난 여드름처럼 계속 신경이 쓰이는 남자. 미현은 제 인생에서 그만 아웃되길 바라는 태하의 얼굴을 바라보며 말했다.

"그래도 며느리 될 사람은 미리 소개를 시켜야 예의에 맞지 않겠니?"

"상대가 예의를 차릴 리가 없는데, 어떻게 미리 소개를 시키겠습니까?"

"네가 이렇게 나올수록 그 아이를 난 받아들이기 힘들지 않겠어?"

"그래 봤자 저에게 좋은 게 뭐가 있겠습니까?"

질문엔 질문으로, 의문엔 의문으로 답한다. 상대에게 속 시원한 답을 해 줘 봤자 속만 들킨다는 것을 너무나 잘 알고 있는 태하는 고운 한복을 입고 교양 있는 미소를 짓는 미현을 보았다.

속에 구렁이 수백 마리를 키우고 있는 미현은 태하의 기에 눌리지 않았다.

"그래도 고아는 너무 심하지 않니? 그런 아이를 어떻게 우리 집에 들일 생각을 한 거야?"

"아주 성공한 것 같지 않습니까?"

태하는 원래라면 신랑의 아버지가 서 있어야 할 자리를 보았다. 장 회장은 그곳에 없었다. 마음에 들지 않는다는 것을 이렇게 표현한 제 아버지의 모습이 유치하게만 느껴졌지만, 그 또한 그의 만족을 더해 주는 행동일 뿐이다.

"두 분의 심기를 제대로 건드리지 않았습니까? 전 그것으로 만족합니다."

"뭐?"

미현의 목소리가 날카롭게 올라갔다.

"제대로 엿 먹인 것 같아서 좋습니다. 절 당신들의 생각대로 움직이게 만든다면 앞으로 상상 그 이상의 일이 날지도 모릅니다."

"……."

미현이 할 말을 잃고 태하를 바라보고 있을 때였다. 멀리서 대기하고 있던 웨딩홀 직원이 걸어와 태하의 곁에 섰다.

"식이 시작될 시간입니다."

"네."

"신부님께서 기다리고 계십니다."

태하는 미현을 스쳐 신부대기실 쪽을 향했다. 새하얗게 굳어 있는 미현의 얼굴에 걸음을 옮기는 태하의 얼굴에 만족스러운 미소가 머물렀다.

담은 신부 대기실에 홀로 외로이 앉아 있었다. 부모가 있는 여자들이라면 친정어머니가 떨리는 신부들의 마음을 다독였을 것이고,

친구들이 많은 사람이었다면 옆에서 연신 '너무 예쁘다!'를 외쳐주었을 것이다. 하지만 담의 곁엔 아무도 없었다. 그 흔한 친구 하나조차도.

담이 부케를 쥔 손에 힘을 주었다. 썰렁한 신부대기실 안은 그녀의 긴장감만 더욱 불러일으킨다.

"신부님, 시간 다 되었습니다."

아래위로 검은 정장을 입은 여인이 다가와 담에게 말했다. 그 순간 긴장이 되는 것인지 담의 어깨가 움찔 떨렸다.

떨리는 눈빛. 하얗게 질린 얼굴. 무릎 위로 깡충 올라오는 미니드레스를 입은 담은 마지막으로 리본이 달린 기다란 면사포로 갈아주는 손길을 느끼며 눈을 깜빡였다.

"왜 이러지……?"

"네?"

"아, 아니에요."

왜 갑자기 떨리는 것인지, 자신도 모르게 흘러나온 말에 직원이 물었다. 담은 아무것도 아니라는 듯 고개를 저은 뒤 깊은 호흡을 내뱉었다. 후아후아. 긴장이 되어 사지가 바들바들 떨릴 지경이다. 긴장감을 이기지 못한 담이 당장이라도 웨딩드레스를 끄르고 홀 밖으로 뛰쳐나갈까 고민할 때였다.

달칵, 문이 열리고 검은 턱시도를 입은 태하가 안으로 성큼성큼 들어왔다.

담은 떨리는 눈으로 태하를 보았다. 멋지고 아름다운 남자. 잘생긴 남자는 오늘 이후로 그녀의 남편이 될 터였다.

"준비됐어?"

그가 허리를 곧게 세운 채 손을 내밀며 물었다. 그러자 담은 피식 웃으며 자리에서 일어나 그의 손을 잡았다.

"물론이죠."

두꺼운 신부화장은 그녀를 완벽히 바꿔 놓았다. 가녀리고 불안해하던 모습을 지우고 아름다운 신부로 탈바꿈시켰다.

태하는 하얀 미니드레스를 입고 자신의 손을 잡고 있는 담의 얼굴을 바라보다가 고개를 옆으로 돌려 버렸다.

두근.

심장이 뛰었다.

껍질을 벗고 밖으로 나온 담은 아름답다. 아름다웠기에 그는 지금 이 순간 심장이 잠시 착란을 일으켜 뛰는 것이라 생각했다. 아름다운 여인 앞에서 심장이 뛰는 것은 당연하다 생각하며.

그렇게 두 사람의 결혼식은 너무나 성대하게 치러졌다.

눈 깜짝할 사이에.

4화

닿지 못할 마음을 깨달았을 때

[1]

제주도 바다가 한눈에 보이는 창은 마치 바다를 사진 속에 담아 놓은 것처럼 보이게 만든다. 방만 세 개인 룸은 세계적으로 저명한 인사들이 묵는다는 곳으로, 벽에는 그들의 발자취가 남겨져 있었다. 천천히 걸음을 옮기던 담은 창가 쪽에 있는 액자 앞에 멈췄다. 그리고 내일이면 미국으로 출장을 떠나야 해서 마지막으로 브리핑 자료를 읽느라 바쁜 그를 향해 말했다.

"사장님 것도 있어요!"

"뭐, 제주도에 올 때마다 묵는 방이니까."

그는 아무렇지도 않다는 듯 말했다. 마치 단골을 위해 반찬 하나 더 내어 주는 것처럼 가벼운 어투였다. 무표정하게 앞을 바라보고 있는 사진 속 그는 지금보다 조금 앳된 얼굴이었다. 하지만 입고 있는 것이나 짓고 있는 표정은 세월의 흐름을 전혀 느낄 수 없을 정도로 지금과 같았다.

그 모습을 뚫어져라 보던 담이 멍하니 읊조렸다.

"멋있어요."

각국의 재상들과 전 세계에서 손에 꼽히는 부호들, 예술계 인사들. 그리고 알 수는 없지만 그들의 세계에서는 유명한 사람들. 그들과 나란히 붙어 있는 그의 사인과 사진은 그녀의 가슴마저 들뜨게 할 정도였다. 그녀의 목소리를 들었던지 영어로 적혀 있는 브리핑 내용을 빠르게 훑던 그가 고개를 들어 담을 보았다. 여전히 사진에서 시선을 떼지 못하고 있는 뒷모습을 보며 고저 없는 목소리로 말했다.

"신혼여행은 이걸로 되겠어?"

"사장님은 바쁜 사람이니까요."

그러니까 이해를 한다는 말이었다. 다시 시선을 서류로 돌린 그가 다음 장으로 넘겼다.

"내일 새벽 비행기로 먼저 떠날 거야. 당신은 좀 더 있다가 와."

"네……? 새벽에 간다는 이야기는 없으셨잖아요."

"음, 그랬나?"

그가 그게 큰 문제가 되냐는 듯 말했다. 그러자 그녀가 성큼성큼 다가와 그가 보고 있던 서류 위에 손을 짝 펼쳐 내려놓았다. 그녀의 돌발행동에 태하가 시선을 들었다. 찌푸려진 미간에는 짜증이 서려 있었다. 하지만 담은 지지 않고 그에게 제가 할 말을 했다.

"짧더라도 명색이 신혼여행이라고요. 제가 사장님을 배려해 줬으면 사장님도 절 배려해 주셔야죠."

"……미안하군."

그가 서류를 놓고 자리에서 일어났다. 그를 따라 그녀의 시선도 위로 향했다. 그는 자그마한 그녀의 얼굴을 보았다. 눈동자에 서린 불만에 그가 깊은 한숨을 내뱉으며 걸음을 옮긴 뒤, 문을 열고 테라스 밖으로 향했다. 그는 테라스 테이블 위에 올려져 있는 와인과 치즈, 장미꽃을 보았다. 와인을 든 그는 어느새 허리에 손까지 얹고 얼른 사과하라는 담을 향해 말했다.

"한잔하겠어?"

"지금은 다른 말을……."

"미안해. 그러니까 한잔하고 풀라고."

그의 입에서 흘러나온 '미안하다' 그 한마디에 담은 깜짝 놀라 눈을 크게 떴다. 평소 사과의 말 하나 못 하는 사람처럼 굴던 그와는 달랐다. 얼굴엔 여전히 표정 한 자락 없었으나, 입에서 나온 그 말 한마디로도 방금 전까지 무럭무럭 자라나던 미움이 순식간에 지워지고 다른 감정이 자리한다.

"저한테 맞춰 주시네요?"

"음?"

그가 막 코르크를 따며 그녀를 보았다. 그러자 담은 멍한 목소리로 읊조렸다.

"감사해요."

"……."

"가슴이 뛰네요."

오만한 남자가 조금이라도 제 마음을 생각해 주고 행동해 준다는 게, 말해 준다는 게 이렇게 가슴이 뛰는 일인지 몰랐다. 그녀가 팔을 들어 제 가슴에 손을 얹는 것을 보던 태하가 미간을 찌푸렸다. 그녀가 지금 하는 말에 어떠한 뜻이 담겨 있는지 몰라서이리라.

투명한 잔에 와인을 따라 그녀에게 다가간 태하가 잔 하나를 건

냈다. 와인 잔은 그녀의 얼굴만큼 커다란 것으로 반쯤 붉은 와인이 담겨 있었다. 이미 취한 듯 몽롱한 시선으로 아래를 내려다보던 그녀는 그가 팔을 뻗어 잔을 부딪치는 것을 보았다.

쨍, 그 소리에 제 안에 있는 무언가가 콩닥콩닥 뛴다. 잔 속에서는 붉은 물결이 일고, 약한 유리잔이 찌르르 울렸다.

"앞으로 잘 부탁드려요."

"나야말로."

짧게 말을 자른 그가 와인 잔을 들어 그녀의 눈앞에 가져다 놓으며 말한다.

"훌륭한 남편은 되어 주지 못해. 1년의 반 이상을 출장과 야근으로 집에 들어가지 못할 수도 있어."

"……."

"하지만 노력은 하지. 짧은 결혼 생활이 적어도 불행하지 않게는 해 주겠어."

"어떻게요?"

그녀는 말간 눈으로 물었다. 그러자 태하는 한숨처럼 말했다.

"그것 또한 지금부터 노력해서 생각을 해야겠군."

담이 팔을 뻗어 그의 잔에 잔을 부딪친 후 숨도 쉬지 않고 와인을 꼴깍꼴깍 마셨다. 한 병에 수백에 달하는 와인이었지만, 그녀는 맛을 음미하지 않았다. 아니, 못 했다. 나누어 마시며 입안에서 와인을 굴려 풍미를 즐기기보단 목을 타고 부드럽게 들어가는 시큼한 맛을 느꼈다.

그녀는 자신을 멀뚱멀뚱 내려다보는 태하의 시선을 느끼고 고개를 들었다. 그는 순식간에 붉어지는 담의 얼굴이 신기한 듯 내려다보고 있었다.

"놀라울 정도로 술을 못하죠?"

"그래, 놀랍네."

"부모님 모두 술을 못하셨어요. 그래서 저도 못하는 것 같아요. 대학에 다닐 때도 허구한 날 술자리에 끌려 다니며 마셔 보기는 했는데, 도통 안 늘더라고요."

그는 고개를 끄덕인 뒤 와인을 한 모금 마셨다. 피곤한 몸에 알코올이 들어가자 몸이 느른하게 풀리는 것 같았다. 그의 굳었던 표정이 부드럽게 풀어졌다. 그는 테라스로 걸어가 테이블 위에 올려 두었던 와인을 가지고 나왔다. 그리고 빈 그녀의 잔을 채워 주었다.

담은 빈 자신의 마음이 그로 인해 채워지는 것처럼 투명한 와인 잔이 붉어지는 것을 보며 물었다.

"우리는 어떤 사인가요? 부부긴 한데, 부부는 아니잖아요."

"어떻게 되고 싶은데?"

"음, 얼마 동안 함께 있을지는 모르겠지만…… 그냥 평범한 부부처럼 지냈으면 좋겠어요."

달칵, 테이블 위에 와인을 올려 둔 그가 제 잔을 들었다. 그리고 붉은 와인을 입안에 머금은 뒤 혀로 한 번 굴려 보았다. 향긋한 장미향이 코에 가득 찬다.

"평범한 부부라……."

"네, 이유가 있어서 만났지만…… 그랬으면 좋겠어요."

천천히 뜸을 들인 그녀는 다시 한 번 잔에 있는 와인을 모두 마셨다. 술을 마시면 긴장감이 조금 가실까 싶어서.

"요즘은 외롭지가 않거든요."

부드러운 미소가 번지는 그녀의 얼굴을 보자 태하는 손끝이 차가워지는 것을 느꼈다. 코끝으로 퍼지던 장미향이 어느새 걷히고,

그녀의 체향으로 가득 찬다. 아랫배가 팽팽하게 당겨지는 느낌이다. 오랫동안 알지 못했던 긴장감이 몸으로 번지자 그는 잔을 내려놓은 뒤 그녀에게 다가갔다.

그는 허리를 숙이며 그녀의 손에 들려 있는 와인 잔을 빼앗았다. 보지도 않고 테이블 위에 잔을 올려놓은 그는 자신에게서 떨어지지 않는 담의 시선을 똑바로 마주하며 천천히 허리를 숙였다.

그의 입술 끝에 그녀의 입술이 닿았다. 입술에 발려 있던 립글로즈가 찐득하게 두 사람의 입술을 본드처럼 하나로 만든다. 바짝 얼어 있던 담은 그의 물컹한 혀가 입술을 가르고 제 속으로 미끄러져 들어오는 것을 느꼈다. 제 치열을 훑고 제 속에 숨을 불어넣는 입술은 눈물이 날 정도로 달콤하고 따뜻했다.

스르륵 눈을 감은 담의 얼굴에 눈물이 흐른다. 자신의 볼에 닿는 뜨거운 눈물에 입술을 떼고 천천히 몸을 뒤로 물린 태하는 한쪽 눈을 찌푸리며 그녀를 내려다보았다. 담은 여전히 눈을 감고 있는 채였다.

"요즘 제가 왜 이러고 있나…… 라는 생각을 했었거든요."

운을 뗀 그녀가 천천히 눈을 떴다. 늘 텅 비어 있던 그녀의 눈에 실린 감정은 더 이상 외로움이나 우울함이 아니었다. 반짝반짝 빛나며 무언가를 갈구하는 눈빛이었다.

"그래서?"

"제 곁에 당신이 있어 주니까, 그러니까…… 이젠 괜찮아진 것 같아요."

말을 마친 담은 여전히 무표정하고 차가운 그의 눈빛에도 환하게 웃었다.

"제 삶을 지탱할…… 그 무언가를 찾은 것 같아요."

그녀의 말에 태하의 눈빛이 흔들린다. 의무적으로만 대하리라 생각했던 상대가 자신의 마음을 거침없이 파고들어 오자 그는 제 마음에 당황하면서도 아무렇지도 않은 목소리로 말했다.

"그거 다행이군."

욕망이 가득 묻어난 목소리. 하지만 태하는 주먹을 부르르 쥐며 담에게서 몇 걸음 떨어졌다. 담은 검은 눈동자에 일렁이는 감정의 정체를 알고서 침을 꼴깍 삼킨다. 믿을 수 없을 만큼 그는 뜨거운 눈으로 담을 보고 있었다. 그는 입술이 하얗게 질릴 정도로 이를 악물며 거친 목소리로 말했다.

"자축은 여기까지만 해야겠어. 그럼 쉬어."

태하는 그녀의 답도 듣지 않은 채 가장 큰 룸으로 들어갔다. 미닫이 형식으로 되어 있는 문을 닫지도 않은 그가 곧장 욕실 쪽으로 향하는 것을 멀뚱멀뚱 바라보던 담은 다리에 힘이 풀린 듯 자리에 주저앉았다. 그리고 방금 전 뜨거운 키스를 나눴던 입술을 손을 들어 만지작거리며 혼이 나간 목소리로 말했다.

"어쩌면 좋아……."

그의 눈빛과 마찬가지로 제 몸도 뜨겁게 달아오른 것을 느끼며 그녀는 물기 묻은 목소리로 읊조렸다.

담은 2시간이 훌쩍 지나도록 열리지 않는 욕실 문을 뚫어져라 보고 있었다. 그녀는 어느새 베개까지 끌어안고 그를 기다리고 있었다.

방금 전 느꼈던 그 육체의 끌림. 그녀는 그 실체에 다가가고 싶었다. 그와 평범한 부부처럼, 평범한 첫날밤을 보내고 싶었다.

"욕심일까……?"

그가 자신을 거절할지도 모른다. 방금 전 보았던 것은 모두 허상이라며.

그러한 생각이 들자 용기가 자취도 없이 사라지고, 그 자리에 두려움만이 가득 찼다.

그녀가 자리에서 일어나 작은 방으로 가려고 할 때였다. 거짓말처럼 문이 열리고 셔츠와 바지를 완벽하게 갖춰 입은 태하가 머리를 툴툴 털며 밖으로 나왔다.

담의 걸음이 멈췄고, 태하의 팔이 멈췄다.

"돌아가."

"싫……어요."

담이 목에 힘을 주어 힘겹게 말했다. 그러자 태하는 제 속에 있는 무언가가 툭 끊어지는 것을 느꼈다. 그가 들고 있던 수건을 바닥에 내려놓았다. 그러면서 당당하게 자신을 바라보는 그녀의 눈빛을 보며 경고가 가득 담긴 어조로 말했다.

"후회할 수도 있어."

"……뭘요."

"모든 걸 다. 나란 놈을 만난 것조차 후회할 수도 있어."

"……그럴 리 없어요. 그러니 걱정하지 마세요."

담의 말에 결국 그의 이성이 부서져 내린다. 와장창 깨지고 부서진 조각은 하나로 이을 수 없을 만큼 형체조차 알 수 없었다. 그가 평생을 만들어 온 것이었건만.

태하는 한 손으로 그녀의 어깨를 잡은 뒤 다른 손으로 그녀가 입고 있는 셔츠의 단추를 톡톡 풀어냈다. 순식간에 그녀의 속살이, 평범한 면 재질의 속옷이 드러난다. 섹시하지 않은 속옷이었지만, 브래지어에 감싼 가슴이 볼록한 둔덕을 이루고 있는 것에서 시선을 떼지 못했다. 그가 손을 뻗어 그녀의 가슴을 움켜쥔다.

"아."

"……그만하고 싶으면 지금이라도 말해. 멈출 테니까."

태하의 고저 없는 목소리에 그녀가 떨리는 시선을 아래로 내렸다.

그만하고 싶다? 원하지 않는다면 지금이라도 그의 손길을 막아내고 당당하게 말하면 된다. 하지만 그녀는 눈을 질끈 감으며 고개를 저었다.

"아니요, 안아 주세요."

두 사람은 오늘 부부가 되었다. 백년가약을 맺는 일이었으나, 두 사람에겐 기한이라는 것이 정해져 있다. 1년 이상일 것, 그리고 그녀가 원할 때면 언제든 이혼할 수 있다는 것. 그가 원하는 물건을 주는 대신 그녀가 얻은 것은 남편. 곁을 지켜 줄, 자신의 편. 차갑고, 자신을 사랑하진 않지만 그는 남편이었다. 잘생긴 얼굴에 많은 돈을 가진, 남들이 부러워할 만한 완벽한 남자.

그를 완벽히 자신의 것으로 만드는 것에 그녀는 주저하지 않았다.

태하가 담을 벽으로 밀어붙였다. 등에 차가운 기운이 닿자 담은 눈을 감는다. 커다란 손이 브래지어를 들추고, 정점을 입안에 머금었다. 혀를 굴려 달콤한 살결을 입에 머금은 그가 쪽 빨아 당겼다. 그러자 담의 몸이 움찔 떨린다.

"음!"

그가 게걸스러우리만치 그녀의 가슴을 집요하게 핥으며 새하얀 살결에 입을 맞출수록 담은 제 속에서 요동치는 감각에 정신을 차릴 수가 없었다. 다리가 흐물흐물하게 풀리며 풀썩 주저앉을 것만

같았다. 담은 팔을 뻗어 그의 든든한 어깨에 손을 얹어 몸을 바르
작 떨어 댔다.

"아아……."

입술이 떨렸다. 눈물이 터질 것만 같았다. 한 손으로 가슴을 찰
흙 주무르듯 만지며 다른 손으로 그녀의 치마를 들추고, 입고 있던
스타킹과 속옷 사이를 한꺼번에 파고들었다. 그 커다란 손은 어느
새 그녀의 여성을 손가락 끝으로 살살 문지르고 있었다.

"뜨거워요……."

몸이 점차 달아올랐다. 숨을 헐떡이며 고개를 숙여 그의 목에 훅
하고 숨을 뱉어 낸 그녀가 허벅지를 오므려 그가 더욱 깊숙이 파고
드는 것을 막으려 했다. 하지만 태하는 그녀의 가슴을 움켜쥐고 있
던 손까지 아래로 내려 그녀의 허벅지를 벌렸다.

투명한 윤활유가 그의 손가락을 적신다. 순식간에 충분히 준비를
끝낸 그녀의 여성 안으로 손가락을 밀어 넣은 태하가 천천히 그녀
를 약 올리듯 손을 움직였다.

찰박거리는 소리가 그녀의 귓가에서 울리는 것만 같다. 그의 손
가락을 꽉 조이는 여성과 그 안을 적신 액체의 소리는 음란하기만
했다.

"그, 그만요."

그녀가 애원하듯 말한다. 허벅지는 벌써부터 파르르 떨리며 그녀
의 몸이 충분히 준비가 끝났다는 것을 말해 주었다. 뚫어질 듯 날
카로운 눈으로 그녀를 내려다보고 있던 태하는 흥분해 어쩔 줄 모
르는 담을 보았다.

담은 혀를 내밀어 제 입술을 할짝였다. 그 모습이 신호탄이 되었
던 것일까. 여성의 안을 헤집던 손을 빼내어 그녀의 무릎 밑으로

팔을 찔러 넣었다.

단숨에 번쩍 자신의 몸이 들리는 것을 느끼며 담은 눈을 질끈 감았다. 양팔은 그의 목을 휘어 감고 입술은 움푹 파인 그의 쇄골에 거친 숨을 토해 낸다.

"그만해."

"네?"

그는 발걸음을 옮기며 그렇게 말했다. 끊임없이 목에 숨을 뱉어 내는 그녀의 행동에 이미 아랫도리는 툭 건들면 액체를 쏟아 낼 듯 우뚝 선 상태였다. 이에 불만을 가지고 말한 것이나 담은 전혀 이해하지 못하는 듯 보였다. 그는 한 손으로 그녀의 엉덩이를 받친 채 문을 열고 안으로 들어가며 말했다.

"침대에서 울고 싶지 않으면 그만하라고."

그 말에 그녀는 그의 목을 더욱 힘껏 끌어안았다.

새하얀 침대 위, 몸을 웅크리고 잠들어 있던 담은 눈을 스르르 떴다. 지난 새벽까지 그녀의 몸을 따뜻하게 데워 준 그가 누워 있던 자리는 어느새 비어 있었다.

"으음."

몸을 일으켜 크게 기지개를 켠 그녀가 찌뿌둥한 허리를 주먹으로 콩콩 내려치며 앓는 소리를 냈다. 하지만 곧 자리에서 일어나 테라스로 향했다.

반짝반짝 빛나는 난간에 손을 얹은 그녀는 찰랑찰랑 파도치는 제주도의 아름다운 바다를 보며 미소 지었다. 그리고 어젯밤, 끊임없이 그녀의 몸을 더듬던 그의 손길을 떠올렸다.

"오늘의 당신은 날 미치게 해."

거친 목소리로 말하던 그. 열기로 젖어 있던 눈망울. 그리고 끊임없이 제 몸에 입을 맞추던 입술. 그때를 떠올리자 그녀의 몸이 또다시 후끈하게 달아올랐다.

담은 아름다운 바다를 눈에 가득 담았다.

마음과 몸은 충족감으로 행복했다.

제 인생에서 점차 멀어졌던 그 감정이 자신을 향해 성큼성큼 걸어오자 그녀는 지금 이 순간에도 눈물이 날 것만 같았다.

그래서 몰랐다. 행복에 젖어 있어서.

그 행복이 그녀에게 독이 될 것이라는 것은……

그때의 그녀는 몰랐던 사실이다.

침묵이 흐르는 식탁.

장 회장은 숭늉으로 입안을 마무리하며 곁에서 들려오는 목소리에 눈살을 찌푸렸다.

"태하는 바로 미국 출장을 갔다면서요? 애가 어쩌면 그렇게 냉랭한지. 어떻게 며느리 될 아이를 한 번도 소개를 안 시켜 주냐고요."

미현은 불만이 상당한 것인지 언성을 높였다. 장 회장이 뭐라고 한 마디 하려고 할 때였다. 그의 눈치를 보고 있던 태준은 연신 이야기를 늘어놓는 미현의 말을 막았다.

"어머니, 형도 다 생각이 있겠죠. 갑자기 결혼이 진행되기도 했고."

"그래, 집에 소개를 안 시킨 것은 그렇다고 쳐. 거짓말만 가득한 기사를 실었으면 끝까지 그런 척이라도 해야 하는 거 아니니?"

그렇게 말한 미현은 기사 초안으로 보이는 종이와 푸르른 배경으로 활짝 웃으며 걷고 있는 담의 사진을 함께 식탁 위에 올려놓았다. 게슴츠레하게 눈을 뜬 장 회장은 사진 속 담을 보았다.

그녀는 혼자였다. 그리고 헤드카피 또한 신혼여행지에서 하루 만에 떠나간 태하의 행동에 의문을 품는 것이었다. 최근 최고의 로맨티스트로 급부상한 그의 행적이 이상하다고 지적한 기사에는, 앞서 보도된 기사 또한 태룡전자에서 직접 초안을 작성해 보낸 것이라는 것까지 적혀 있었다.

인상을 찌푸린 장 회장이 사진에서 시선을 떼며 말했다.

"이 녀석 언제 돌아오지?"

"다음 주 주말이요. 어휴, 그럴 거면 결혼을 좀 늦추지. 이런 이야기까지 나오는데 그 앤 일이 된대요?"

"오는 즉시 보자고 일러 둬."

으흠, 헛기침을 내뱉은 장 회장이 자리에서 일어나자 태준 또한 들고 있던 컵을 내려놓으며 따라 일어났다. 장 회장이 부엌을 빠져나가 곧장 서재로 향하자 태준이 자리에 앉는다. 달칵, 조용한 소리와 함께 문이 닫히자 태준의 시선이 미현에게로 향했다.

"이제 어쩌시려고요?"

"어쩌긴 어째. 그 여자랑 태화 그놈을 떼어 놔야지."

"결혼까지 한 사람을 이제 어떻게 떼어 놓으시게요?"

태준의 물음에 미현은 너무도 쉬운 문제라는 듯 가벼운 어조로 말한다.

"방법은 많지 않겠니?"

❖　❁　❖

노력을 하면 한 발자국 앞으로 다가갈 수 있었다. 노력을 하면 두 걸음 정도는 더욱 다가갈 수 있다. 하지만 처음으로 장기 출장을 떠난 그가 곁에 없는 지금, 그 어떠한 노력을 하더라도 다가갈 수가 없다.

그가 없기 때문에.

담은 오늘도 울리지 않는 자신의 휴대전화와 집 전화를 무심하게 보았다. 그녀는 뒤에 기척 없이 서 있는 이 비서에게 말했다.

"많이 바쁜 거겠죠?"

"네, 그러신 겁니다."

"그래도 일주일 동안 연락이 없다니…… 너무한 거 맞죠?"

"……네, 사장님께서 너무하신 겁니다. 하지만……."

담은 불만스러운 눈으로 전화기를 바라보던 시선을 옮겨 이 비서를 보았다. 어디 한번 뒤에 멈춘 말을 계속해 보라는 듯. 그녀의 눈빛에서부터 독촉이 느껴지자 이 비서는 머릿속에서 몇 번이고 굴린 말을 천천히 했다.

"전화를 해야 한다는 생각조차 못 하고 계실지도 모릅니다."

"네?"

"장기 출장을 떠났을 때 이제껏 단 한 번도 연락을 따로 해야 하는 사람이 없었기 때문에…… 사모님께서 연락을 기다린다는 생각도 하지 못하실 수도 있습니다."

"흐음……."

그녀가 미간을 찌푸리며 콧소리를 냈다. 그러다가 다시 시선을 돌려 울리지 않는 전화기를 바라보았다.

"그럼 지금 제가 전화를 한다고 해서 폐가 되는 건 아니겠죠?"

"물론입니다."

이 비서의 말에 담은 고개를 끄덕였다. 누군가에게 따로 전화를 해 주어야 한다는 생각도 못 하는 사람이라면 자신에게 연락을 해 줄 리 만무했다. 그렇다면 그녀가 먼저 하면 그만이다. 자존심이 상할 일도, 그에게 미안해할 일도 아니니까.

조심스레 손을 뻗은 담은 몇 번이고 보고 또 보았던 그의 번호를 너무나 쉽게 기억해 내곤 눌렀다.

로밍으로 넘어가는 신호음과 함께 통화음이 울렸다. 긴장을 숨기지 못해 눈을 껌뻑껌뻑 감던 그녀는 끝끝내 그가 전화를 받지 않자 시무룩한 얼굴로 전화기를 원래 있던 자리에 놓아두었다.

그녀의 입에서 깊은 한숨이 흘러나왔다. 그러자 지금까지 제 속 깊은 곳에 숨어 있던 자괴감이 불쑥 치고 올라온다.

"이 비서님……."

"말씀하십시오."

담은 잠시 말을 잇지 못했다. 그녀는 썰렁한 기운이 흐르는 공기에 양팔로 제 몸을 감싸 안으며 씁쓸하게 읊조렸다.

"전 말이에요, 주위에 아무도 없다는 생각에 견딜 수가 없었어요. 그런 저에게 나타난 게 사장님이에요."

"……."

"그 사람이…… 갑자기 나타나서…… 당황하긴 했지만, 좋았어요."

천천히, 아주 천천히, 말을 처음 배우는 사람처럼 그리 말했다. 담은 제 마음속에 있는 말들을 그렇게 꺼내 보였다.

"외로움이 익숙해졌었던 때도 있어요. 아니, 내가 외로운 것이 당연하고 생각했던 때가 있었거든요. 누군가 곁에 없다는 것이 아주 당연하게, 당연하게 받아들여지던 때가. 그런데 이젠 아니에요. 이젠…… 그러면 조금 힘들어요."

이 비서의 미간이 찌푸려졌다. 그녀는 한 번씩 이렇게 제 마음을 터놓을 때가 있었다. 그땐 낯선 상황에 조금씩 익숙해져 가는 게 힘들다는 말, 용기를 내야 할 때가 아주 많아졌다고 말하긴 했지만, 지금처럼 씁쓸한 표정을 짓지는 않았다.

밝았다, 최근의 그녀는. 처음 그녀를 감시하고 뒤를 쫓았을 때와는 달리 조금씩 조금씩 밝아져 가는 모습에 그 또한 마음 한편으로는 기뻤던 적이 있었다. 집에 오는 자신을 반겨 주고 같이 밥을 먹자 조르는 모습에, 이 사람이 이제 조금씩 적응을 해내 가는구나, 차가운 태하 곁에서도 꿋꿋하게 잘 해내고 있구나, 라는 생각을 한 적이 있었다. 그런데 지금은 아니었다.

그녀는 다시 예전으로 돌아간 것처럼 어둡고 침울한 표정을 짓고 있었다.

"사장님이 날 봐 줬으면 하는데…… 너무 과한 기대죠? 그렇죠?"

그렇지 않다며, 노력하면 사장님의 시선이 당신에게 향할 수 있노라, 그렇게 거짓말이라도 해야 한다는 것을 이 비서는 알고 있었지만 하지 못했다.

이 비서가 아무 말도 하지 못한 채 자신을 바라보자 담은 씁쓸하게 웃었다.

"욕심이 생겨요, 멍청하게도. 이런 욕심을 부리면 안 된다는 것을 알면서도, 사장님이 싫어한다는 것을 알면서도…….."

그러면서 후후후, 웃음을 뱉던 담은 이번엔 얼굴에 표정을 완전히 지우며 읊조렸다.

"제가 여자로서 매력이 없나요? 물론 그 사람한테는 부족하다는 것을 알지만, 그래도…….."

"아닙니다."

가만히 담의 이야기를 듣고 있던 이 비서가 그녀의 말을 중도에 잘랐다. 날카롭게 파고드는 그의 말에 어느새 아래로 뚝 떨어뜨린 시선을 든 그녀가 말간 눈을 깜빡인다.

이 비서는 하얗게 빛나는 담의 얼굴을 보았다. 어느새 살이 오른 뺨은 딱딱했던 선을 부드럽게 만들었다. 퀭했던 눈빛에도 생기가 돌고 늘 껍질이 올라와 있던 입술엔 핑크색의 립스틱이 발려 있었다.

"만약 제가…… 사모님을 평범하게 만났더라면 분명 사랑에 빠졌을 겁니다."

"네?"

담이 눈을 크게 떴다. 그리고 자신의 눈을 똑바로 마주하고 있는 이 비서에게 되물었다. 그러자 그는 부끄러운 듯 양 뺨을 붉히며 시선을 피했다.

"그러니까 그런 표정을 짓지 말라고요."

"아……."

놀란 그녀가 눈을 깜빡이다가 피식 웃음을 내뱉는다. 입술엔 어느새 미소가 머물러 있었다.

"감사해요, 이 비서님. 위로하는 데에 아주 탁월한 재능을 가지신 것 같아요."

'위로가 아닙니다.' 라고 말하려던 이 비서가 말을 삼켰다. 밝아진 그녀의 표정을 보니 됐다고 생각하며.

"사장님 오시면 혼 좀 내야겠어요. 감히 아내의 전화를 안 받다니."

"꼭 그렇게 하십시오."

둘의 대화는 결국 실없는 농담으로 끝이 난다.

태하는 늦은 시각까지 이어진 미팅에 곤죽이 되어 호텔로 돌아왔다.

지친 기색이 역력한 얼굴로 잘 고정되어 있던 머리를 쓸어 올린 그가 뚜벅뚜벅 걸음을 옮기며 곧장 넥타이를 풀었다. 평소의 그라면 상상할 수 없을 정도로 엉망으로 외투와 양말까지 벗어 던진 그는 셔츠 소매를 끌어 올리며 곧장 부엌으로 향했다. 미국으로 출장을 온 지 일주일. 그는 어느새 체력적으로도, 정신적으로도 한계에 달해 있는 상태였다.

조그마한 냉장고에서 물통을 꺼내 입을 대고 꼴깍꼴깍 마신 그가 곧장 한숨을 뱉어 낸다. 답답했던 속이 조금이나마 풀리자, 회의 석상에서 내내 입씨름을 벌이며 받았던 스트레스도 모두 날아가는 것 같았다. 그제야 그는 멍해졌던 정신을 다잡으며 식탁 위에 놓여 있던 휴대전화를 들었다. 하루 종일 미팅을 하느라 살펴보지 못했던 메시지들을 확인하던 그는 담에게 와 있는 부재중 전화를 보며 미간을 찌푸렸다.

"뭐야?"

부재중 전화는 단 한 통이었다. 태룡전자 본사에서 와 있는 전화는 수십 통에 달해 있었지만, 가장 신경이 쓰이는 것은 그녀의 전화다. 회사에서 중요한 문제가 있어 전화를 한 것이겠지만 그보다 더 신경 쓰이는 그녀의 존재. 태하는 태룡전자 마케팅 이사에게서 온 전화를 무시한 채 그녀에게 먼저 전화를 걸었다. 로밍이 된다는 신호와 함께 잠시의 통화음 끝에 잠기운이 묻어 있는 그녀의 목소리가 들려왔다.

-으음, 사장님……?

"왜 전화했어?"

무심하고 무뚝뚝한 목소리에 태하는 자신도 모르게 미간을 찌푸렸다. 너무 냉정한 목소리가 아닌가 생각하며. 하지만 담은 아무렇지도 않게 잠을 물리치며 말했다.

-보고 싶어서요.

그녀 역시나 아무렇지도 않은 목소리였다. 태하의 말문을 막아 버린 말이었다. 하지만 전화 속에서는 잠시 바스락거리는 소리가 들리더니 곧 또렷한 담의 목소리가 흘러나왔다.

-침대에 누웠었는데, 제 옆에 사장님이 없으니까 쓸쓸하게 느껴졌어요. 이상하죠? 원래는 당연한 것이었는데, 한 번 몸을 나누었다고 해서 이러한 기분이 드는 게…….

"정담……."

찢어지고 갈라지는 목소리. 하지만 낮고 그윽하다. 목소리엔 욕망이 묻어났다. 전화 너머에서 후후 웃는 그녀의 목소리가 들린다. 그러자 그의 정신은 더욱 엉망이 되고 눈빛조차 음탕한 빛으로 물들었다.

-빨리 오세요. 외로워요.

"……."

-오면 꼭 안아 주세요. 뼈가 으스러질 정도로.

"원한다면. 그렇게 해 주지."

통화는 그렇게 끝났다. 하지만 호텔방 안에서 그는 홀로 열기에 휩싸여 있었다. 잠시 전화를 내려다보고 있던 그가 걸음을 옮겨 바로 향했다. 그러곤 그는 평소 즐기던 술을 골라낸 뒤 잔에 콸콸 따라 부었다. 가득 찬 술을 숨도 쉬지 않고 들이켠 그가 바에 쾅 소리 나게 잔을 내려놓았다.

"젠장."

그는 진정이 되지 않는 아래를 내려다보며 욕설을 지껄였다. 그리고 곧장 욕실로 향했다.

욕실 안에선 곧 쏴아아- 물소리가 흘러나온다.

비행기 안, 한국 신문을 보고 있는 태하는 스포츠 신문 1면에 실린 기사에 미간을 찌푸렸다.

〈정말 사랑하는 사이 맞나? 결혼식 다음 날 홀로 남은 신부!〉

헤드카피 밑으로 실린 사진에는 제주도의 푸른 바다에서 쓸쓸하게 홀로 바람을 맞고 있는 담이 담겨 있었다. 태하는 우울하게 눈을 빛내고 있는 담을 보았다. 그러다가 휴대전화 저편에서 제 이야기를 기다리고 있는 마케팅 이사에게 말했다.

"기사를 막지 못한 이유는요?"

─저희 쪽에 아예 신문사에서 연락이 오질 않았습니다. 아마
도······.

"본사 쪽에서 막았겠군요."

이런 기사가 그들의 허락도 없이 나올 리가 없었다. 그렇다면 일
부러 본사에서 이 기사를 막지 않은 것이 분명하다.

태하는 말이 없는 마케팅 이사의 모습에 그러한 생각을 더욱 굳
혔다.

"공항에 기자들은 얼마나 있습니까?"

─공식적으로 나온 숫자만 해도 스무 명이 넘습니다. 파파라치까
지 합치면 오십 명은 넘을 겁니다.

"좋습니다. 그럼 조금 있다가 공항에서 뵙겠습니다."

─네.

짧은 답을 들은 태하는 곧장 전화를 끊은 뒤 등을 편안히 의자에
기댔다. 눈을 감은 그가 지끈지끈 아파 오는 머리를 손가락에 힘을
주어 꾹꾹 눌렀다. 그렇게 전세기는 빠른 속도로 한국으로 향하고
있었다.

담은 자신의 뒤에서 터지는 플래시에 미간을 찌푸렸다. 많은 사
람이 자신을 보고 있다고 생각하자, 그녀는 오늘도 역시 샵에 들
러 몇 시간씩이고 한 머리와 화장이 갑자기 신경 쓰이기 시작했
다. 그녀의 생각을 눈치챈 이 비서가 곁으로 다가와 조용히 속삭
였다.

"아름다우십니다."

"정말요? 다행이에요. 이렇게 기자들이 많이 나올 줄은 몰랐어

요. 역시나 그 기사 때문이겠죠?"

"아마도요."

이 비서의 망설임 없는 답에 담이 이맛살을 찌푸렸다. 속에서 울컥 답답함이 올라왔다.

"사장님이 화 많이 낼 것 같아요. 구설수에 오르지 말라고 하셨는데……."

담이 속상한 듯 미처 말을 맺지 못하고 입을 꾹 다물었다. 삐죽 튀어나온 입술이 조금 떨리는 것을 보면, 그가 화를 내면 어쩌나 걱정마저 하고 있는 듯 보였다.

이 비서가 막 그녀에게 무언가 말을 늘어놓으려고 할 때였다. 입국장 문이 열리고 철갑처럼 딱딱한 느낌의 슈트를 입은 태하가 걸어 나왔다. 한 치의 흐트러짐 없는 모습과 당당한 걸음. 그는 누가 보아도 최상위 포식자의 모습처럼 강렬한 포스를 풍기고 있었다.

그는 잠시 고개를 돌려 공항 안을 쭉 훑어보더니 이내 담을 발견하고 천천히 걸음을 옮겼다.

담은 순식간에 자신의 앞으로 걸어온 태하의 모습에 당황한 듯 눈을 깜빡였다. 그러면서 제 뒤로 터지는 플래시에 어색한 듯 말했다.

"아이돌 스타라도 된 기분이에요. 미국은 잘 다녀오셨……."

그녀의 실없는 소리를 듣고 있던 태하가 팔을 뻗어 그녀의 뺨을 감싸 쥐었다. 그리고 그녀가 눈을 깜빡이는 것을 내려다보며 고개를 틀어 입을 맞추었다.

부드러웠다. 그리고 따뜻했다. 많은 사람 앞에서 입을 맞췄다는 사실이 무색해질 정도로 몸에 따뜻한 기운이 돌았다.

"……음."

키스는 사실 뽀뽀에 가까웠다. 아주 짧았고 심플했다. 욕정이 담긴 것은 아니었다. 하지만 태하의 갑작스런 키스에 담은 놀랐고 뒤에서 그들의 모습을 찍고 있던 기자들도 놀랐다.

"보고 싶었다."

달콤한 말에 심장이 뛰었다.

콩닥콩닥.

심장 소리는 마치 아름다운 노래 가사 같았다.

"저도요."

"……그거 다행이군. 나만 안달나지 않았으니까."

담은 떨리는 눈동자로 태하를 올려다보았다. 그러자 그는 담의 손을 붙잡은 뒤에 사람들의 시선을 느끼며 빠르게 걸음을 놀렸다. 보폭 자체가 다른 두 사람이었지만, 마음만은 같았다.

두 사람은 모두 다 서둘러 이곳을 벗어나 집으로 가고팠다.

촤르륵.

운전석과 뒷좌석이 암막커튼에 의해 가려졌다. 커튼을 친 것은 태하였다. 그리고 그는 정해진 순서처럼 그다음엔 양 창문의 커튼까지 쳤다.

담은 빠르게 변하던 창문 밖 세상이 어두운 커튼으로 가려지는 것을 보다가 다시 시선을 올려 자신의 배 위에 올라타는 잘생긴 남자를 보았다. 그는 방금 전과는 달리 흐트러진 머리와 반쯤 넥타이를 끄른 상태였다.

"너무 급해요, 집에 가서……."

담은 그의 다리 사이에 갇힌 제 허벅지를 비틀며 작은 목소리로 말했다. 벌써부터 팬티 속이 축축하게 젖어 가는 것이 느껴졌으나 앞에서 이들의 대화를 듣고 있을 이 비서를 생각하자 제 마음대로 그를 품을 수가 없었기 때문이다. 하지만 그의 생각은 달라 보였다.

"내 성격 급한 거, 몰랐나?"

그렇게 말한 그는 그녀가 움직이지 못하도록 무릎 위에 앉은 뒤 손을 뻗어 블라우스를 위로 들쳐 올렸다. 흠칫, 그녀의 몸이 떨렸지만 그는 망설임 없이 손을 찔러 넣은 이후 브래지어를 들춰냈다. 뽀얀 가슴이 그의 눈앞에 드러난다. 정점은 이미 꼿꼿하게 서 있다. 차가 덜커덩 튀어 오름과 동시에 그의 몸도 뛰어올랐지만, 그는 개의치 않고 정점을 손가락으로 살살 문질렀다.

"으음."

"당신은 역시 잘 느끼는군."

가슴의 정점, 특히 그곳이 성감대라는 것을 그는 이젠 잘 알고 있었다. 양 손가락으로 집요하리만치 젖꼭지를 공략했다. 손가락 마디 사이에 끼워 비틀기도 하였으며, 손가락으로 꼬집어 비틀기도 했다. 그러자 담은 엉덩이를 통통 튕기며 사지를 꿈틀거렸다.

"음!"

"제대로 할 마음이 생겼어?"

"……짓궂어요."

그녀가 콧소리를 내며 앙앙거렸지만, 태하는 무겁고 짙은 시선을 그녀에게서 떼지 않으며 말했다.

"마음은?"

"……사장님."

그녀가 답을 하지 못하자 그가 위에서 내려왔다. 곁에 앉은 그는 그녀를 보았다. 그러면서 그녀의 팔을 움켜잡아 끈 뒤, 자신의 무릎 위에 올려 두었다. 순간적인 힘에 태하의 무릎에 앉게 된 담이 커다란 눈을 깜빡였다. 당황해 어쩔 줄 몰라 하는 기색이 역력하였으나 한쪽 허벅지를 반대편으로 가져온 그는 그녀를 자신과 마주 보고 앉게 만든 뒤 입술을 비틀어 올렸다.

"내가 하고 싶은 마음이 생겼어."

"뭐, 뭐예요?"

그녀가 몸을 바르작거리다 말고 말을 멈췄다. 그녀의 엉덩이에 느껴지는 불룩한 남성은 이미 터질 것처럼 부풀어 있었다. 담의 얼굴이 붉어진다. 그리고 욕망으로 찌들어 있는 그의 눈동자를 보며 침을 꼴깍 삼켰다. 그는 조심스레 팔을 뻗어 그녀의 귓불을 만지작거리며 말했다.

"지금 폭발하기 직전이라고. 당신이 이렇게 만든 것이니 책임을 져야겠지?"

"사, 사장님……?"

그가 담의 치마를 걷어 올린 뒤에 스타킹과 팬티를 한꺼번에 벗겼다. 그리고 혹여나 누가 볼까 싶어 다시 치마를 내린다. 손이 그녀의 여성에 닿고 겉을 살살 만지며 다른 손으로는 상의 속을 파고들어 동시에 가슴을 만졌다.

"읍!"

그녀는 터져 나오는 신음을 꾹 눌러 참았다. 얼굴이 붉어졌다. 혹 앞에 있는 이 비서가 이 소리를 듣고 있을까 싶어. 하지만 그의 손길에 강물처럼 흘러나오기 시작한 애액은 그녀의 몸 상태를 아주 적나라하게 보여 주었다.

흥분은 사람의 자제력을 잃게 만든다. 그녀의 이성을 날려 버리고, 그의 이성은 앗아 가 버린다.

그녀가 준비를 마치자 그는 벨트와 단추를 풀고 바지를 허벅지

밑으로 내렸다. 그녀는 자연스레 허벅지를 세워 그의 남성을 자연스레 집어삼킨다.

"으응……."

담은 만족스런 신음을 내뱉었고, 태하는 숨을 훅 하고 내뱉었다.

찰박거리는 소리와 함께 온몸이 들끓자 담의 눈이 촉촉하게 변하고 이마엔 땀이 맺혔다. 그녀가 신음을 내뱉지 않기 위해 손을 입에 넣은 뒤 악물자, 그는 엉덩이를 쥐고 있던 손 중 하나를 들어 그녀의 뒤통수를 움켜쥐었다. 그녀의 머리를 어깨 쪽으로 끌어 놓은 그는 그녀가 제 어깨에 이를 박는 것을 느끼며 신음을 삼켰다.

"흐윽. 사, 사장님……."

그의 어깨가 그녀의 침과 함께 눈물로 번져 간다. 그녀의 엉덩이를 들었다가 내리찍으며 손가락 자국이 새겨질 정도로 세게 움켜쥔다.

생전 처음 느껴보는 육체적인 감동. 그 감동에 그는 자신이 점점 어디론가 빨려 간다는 것을 느꼈다. 그리고 그 상대를 뼛속까지 집어삼키고 싶다는 지독한 생각을 하며 그녀가 허리를 돌리는 것에 몸을 푸르르 떨었다.

"윽……."

그녀의 속에 제 것을 모두 풀어 놓은 그는 그녀가 어깨에 얼굴을 묻고 있자 부드럽게 머리카락을 쓰다듬었다.

"당신 달콤하군."

첫 경험과 마찬가지였다. 그 경험과 마찬가지로 그녀와의 관계는 그에게 지독한 만족감을 주었다. 차가 이미 멈춰 섰다는 것을 알았지만, 그는 곁에 있는 티슈를 뽑아 그녀의 여성을 손수 닦아 주고 옷까지 매무새를 챙겨 주었다. 흐트러진 머리카락을 손으로 대충

빗겨 준 그는 촉촉하게 젖어 있는 시선이 자신의 눈가에 닿자 매혹적으로 웃었다.

"올라가지."

❖　❀　❖

담은 아랫도리가 쓰린 것을 느끼며 눈을 떴다. 그러자마자 보이는 태하의 얼굴에 그녀는 화들짝 놀라 신음을 내뱉을 뻔했다. 서둘러 입을 꾹 틀어막은 그녀는 흐트러진 모습으로 자신을 보는 태하를 쳐다보며 눈을 깜빡였다.

"일어났어?"

그는 그녀가 일어나길 기다리고 있었던 듯 보였다. 밖은 어느새 환한 빛이 찾아온 뒤였다.

결혼 후 처음으로 맞는 함께하는 아침, 주말. 태하와 담은 여유로운 마음이 되어 한참이나 침대에서 벗어날 줄을 몰랐다.

담은 태하가 또다시 눈을 감는 것을 보았다. 얼굴에 내려앉은 피곤은 그의 미국 출장이 녹록치 않았다는 것을 대변한다. 하지만 그 밑에, 뺨에 떠 있는 생기는 지난밤 그 또한 만족스러운 관계를 나누었다는 것을 알려 주었다.

어제 몇 번이나 안겼더라?

헤아릴 수 없을 정도로 많은 횟수를, 그리고 오랜 시간을 안겼다. 따뜻하고 든든한 그의 품 안에서 몇 번이고 절정에 달아오르고 신음을 뱉으며 눈물을 흘렸다.

그는 자신에게 황홀감을 주었고, 또 가슴 한 켠에 또 다른 욕심을 심어 놓았다.

처음에는 날 필요로 하는 사람이 있다면 이 절망적인 세상에서 살아갈 수 있지 않을까, 하는 마음이었다.

날 필요로 하는 사람을 마음에 품었을 때는 삶의 이유가 생겼다고 좋아했다.

그리고 그 사람이 날 바라보지 않는다는 것을 깨달았을 땐…….

"좋아해요."

날 좋아해 달라 조르기 시작했다.

[2]

눈물이 흐른다. 애처롭게 사랑을 갈구하는 지금 이 순간, 그녀는 왜 이렇게 많은 눈물이 흐르는 것인지 알지 못했다. 비참해서 그런 것은 아니었다. 심장이 지끈거리는 것도 참을 만했다.

"좋아해요."

"……."

"사랑해요."

"……."

"원하는 것 다 들어준다고 하셨죠? 저 사장님 좋아해요. 사랑해요. 그러니 저한테 사랑을 주세요."

"뭐……?"

"뭐든지 다 해 주겠다고 하셨잖아요."

하지만 당혹한 그의 얼굴을 보니 참을 수 없었다. 제 감정을.

닦을 생각도 하지 못한 채 흐르는 눈물로 베개를 적셨다. 태하는 어느새 몸을 일으킨 채였다.

그는 이불을 젖히고 자리에서 일어나 바닥에 떨어져 있던 속옷을 입었다. 그리고 얼마 떨어져 있지 않은 곳에 있는 바지까지 입으며 잠시의 시간을 벌었다.

담 역시 그를 따라 몸을 일으킨 뒤 이불로 실오라기 하나 걸치고 있지 않은 몸을 가린다. 뒷모습만 보아도 지금 장태하, 그가 얼마나 놀랐는지 알 수 있을 정도였다. 도로 슈트를 입은 그는 헝클어진 머리를 거칠게 쓸어 올린 뒤에 뒤를 돌았다.

태하는 눈물로 얼룩진 눈을 똑바로 마주했다. 어느새 당황한 기색은 모두 지워진 채로.

"다신 그런 이야기 하지 마."

"왜죠……?"

"그건 내가 줄 수 없는 거니까."

그의 말에 담의 얼굴이 와자작 구겨졌다. 눈에선 눈물이 연신 흘러내렸다. 멍한 표정으로 그를 올려다보던 그녀는 잡고 있던 이불 자락을 놓쳐 제 가슴이 그의 눈에 고스란히 드러난 사실도 깨닫지 못하고 있었다.

그녀의 봉긋한 가슴을 보자 그는 이를 악물며 말했다.

"당신은 이제까지 훌륭한 아내였어. 하지만 지금은 아니군."

"뭐가요……? 제가 어째서 훌륭한 아내였고…… 지금은 아니라는 거죠?"

그녀가 떨리는 목소리로 물었다. 그러자 태하는 냉담한 목소리로 읊조렸다.

"당신은 내가 필요한 것을 주었지. 거기에 욕정까지 풀 수 있다니. 이 얼마나 완벽한 아낸가? 하지만 내가 줄 수 없는 것을 바라는 지금, 당신은 내게 더 이상 완벽한 아내가 아니야."

"아……."

"다시는 그 이야기 입에 담지 마. 또다시 담으면…… 말로는 끝

175

나지 않아."

경고하는 어조로 말한 그가 빠르게 방을 벗어난다. 담은 빠르게 사라지는 그의 뒷모습을 바라보다가 쾅, 하고 문 닫는 소리가 울리자 고개를 숙여 이불에 얼굴을 묻었다.

그녀는 소리도 내지 못한 채 눈물을 쏟아 냈다. 가련한 어깨가 들썩들썩, 마치 즐거운 이야기를 들은 사람처럼 흔들렸다.

"대낮부터 무슨 술이야?"

태경은 자신을 대낮부터 불러낸 태하가 마음에 들지 않는 것인지 짜증이 서린 얼굴로 투덜거렸다. 그리고 텅 빈 바 안을 보며 한숨을 내뱉는다.

"선우 형 또 불러낸 거야?"

"음, 뭐."

바 〈블루〉의 주인인 하선우는 태하의 오랜 친구이자 태경도 잘 알고 있는 사람이었다. 어둠의 세계를 지배하는 자들과 위에서 합법적으로 사업하는 이들 사이에는 뚜렷한 색의 차이가 있었지만, 그만큼 밀접한 관계를 유지하고 있는 사이이기도 했다.

장태하와 하선우가 그랬다. 두 사람은 초등학교 시절부터 친구이자 오랫동안 연락을 하지 않아도 바로 어제 만난 사이처럼 굴곤 했는데, 최근 선우가 보이지 않음에도 늘 그랬던 것처럼 어디선가 삽질만 하고 있겠지, 생각하며 넘겼다.

태경은 아무렇지도 않은 얼굴로 잔을 기울이는 태하에게 물었다.

"선우 형은 요즘 어때?"

"여기 가게에 먼지 쌓인 거 보면 모르겠어?"

"아…… 음. 알 만하군. 누나, 미국 갔다고 그랬지?"

태하는 고개를 끄덕이는 것으로 태경의 물음에 동조했다.

두 사람 사이에 침묵이 내려앉았다. 그의 결혼 생활이 어떠한지 두 사람 모두 잘 알고 있었기에 누구 하나 입을 떼는 사람은 없었다. 한참 술만 마시던 두 사람은 병이 비자 자연스럽게 바로 걸어가 새 병을 꺼내 왔다.

"그래서 날 부른 이유는?"

태경의 말에 태하는 별일이 없다는 듯 고개를 저었다. 하지만 그의 얼굴 위로 내려앉는 고민은 어둡고 음울했다. 평소 감정 변화가 거의 없는 얼굴이 티가 날 정도로 어두워지자 태경은 속으로 한숨을 삼켰다. 거의 같이 자라 오다시피 했기에 알 수 있었다. 그의 마음에 자리 잡은 고민이 이번에는 제법 크고 무겁다는 것을.

"말 안 할 거면 술만 마셔 주고."

태경의 말에 태하의 입술에서 비식 웃음이 터져 나왔다.

"장태경."

"왜."

태경은 잔에 있던 얼음이 흔적도 없이 녹자 얼음 통에서 집게로 몇 개 꺼내 담았다. 달그락, 소리와 함께 얼음이 서로 부딪히고 소리 낸다. 잔을 공중에서 흔들어 미지근했던 술잔을 차갑게 만들던 태경은 태하가 운만 떼고 말이 없자 술을 꼴깍꼴깍 마셨다. 순간 식도가 후끈해지며 따가웠다.

태하가 다시 운을 뗐을 때는 태경이 두 번째 잔까지 비웠을 때였다.

"난 말이다, 태경아."

"어."

"어떻게 해야 할지 모르겠다."

알 수 없는 말에 태경의 고개가 옆으로 기울었다. 하지만 태하의 입이 싱싱한 조개처럼 또다시 꾹 다물어지자 그는 한숨을 쉰 뒤 또다시 잔을 기울인다.

따리리─

몇 분 전부터 끈질기게 울리는 전화벨에 담은 어떻게 해야 할지 몰라 걸음을 옮겼다. 전화기 앞에서 걸음을 서성이던 그녀는 끊겼다가 다시 울리기 시작한 전화를 보며 한숨을 내뱉었다.

"집에 오는 전화는 무조건 받지 마."

처음 이 집에 들어왔을 때 태하가 그렇게 말했었다. 그 이후로는 집에 아무리 전화가 울려도 받지 않았었다. 그땐 그가 그렇게 하라니까 당연히 따랐다. 하지만 이젠 아니었다. 집으로 오는 전화가 시댁에서 오는 전화일 수도 있다. 그는 굳이 본가에 인사를 안 드려도 된다고 했지만, 그녀의 생각은 조금 달랐다. 결혼식장에서 잠시 뵈었던 시어머니의 표정에서 이죽거리던 것이 느껴졌지만 그래도 어찌 되었든 시어머니였다. 그의 어머니였고. 그런 사람에게 인사도 드리지 않은 채 없는 사람처럼 사는 것은 그녀의 상식으로는 말이 안 되는 이야기였다.

결국 용기를 낸 담이 걸음을 옮겨 전화를 받으려고 할 때였다.

마치 마법처럼 끊긴 전화는 그 이후로 울리지 않았다.

"후우—"

다짐한 대로 전화는 받지 못했지만 전화가 끊긴 것만으로도 그녀는 안도감이 든 것인지 가슴을 쓸어내렸다.

다행이다, 그렇게 생각하고 있을 때 이번에는 초인종이 울렸다. 그러자 또다시 담의 얼굴이 사색으로 변했다.

"으으."

어제, 공항에서 돌아오던 길에 차 안에서 있었던 일을 떠올리자 얼굴이 붉게 달아오른다. 곧 터질 것처럼. 이 비서가 자신을 어떻게 바라볼지 몰라 쿵쿵거리는 심장을 쓸어내리던 그녀는 곧 도어록이 풀리는 소리와 함께 문이 열리자 천천히 현관 쪽으로 걸음을 옮겼다. 먼저 초인종을 누르고 문을 열고 들어오는 것은 이 비서가 그녀에게 준비를 하라는 의식적인 행동으로, 오늘따라 그 습관처럼 된 행동이 고마울 따름이었다.

이 비서가 신발을 벗는 것을 보던 담이 얼굴을 붉혔다.

"저기……."

어떤 말을 해야 할지 몰라 밍기적거리는 담의 모습에 이 비서는 양손을 허벅지 위에 붙인 딱딱한 자세로 말했다.

"오늘은 차 변호사님과 같이 왔습니다."

그의 말에 담의 시선이 이 비서 뒤로 향했다. 그러자 40대 중반의 남자가 하하 웃으며 집 안으로 들어서고 있었다.

그날 이후로 처음이었다. 그가 자신에게 찾아와 주식을 팔라고 했던.

그땐 정말 죽고만 싶었는데 이젠 조금 바뀌어서 그럴까. 우진을 맞이하는 그녀도, 그리고 그녀를 만나러 오는 우진의 표정도 어둡지만은 않았다.

"어서 오세요."

"네, 안녕하셨습니까, 사모님?"

"아주 버라이어티했지만 좋아요."

거실로 우진을 들이며 그녀는 그에게 자리를 권했다. 우진이 소파에 앉는 것을 보며 담이 말했다.

"차는 뭐로 하시겠어요?"

"아, 녹차가 좋겠습니다."

"이 비서님은요?"

뒤에서 멀뚱멀뚱 서 있던 이 비서가 고개를 저었다.

"저는 괜찮습니다."

"정말요?"

담은 바짝 마른 그의 입술을 보며 되물었다. 그러자 이 비서가 어색하게 웃으며 말한다.

"그럼 물 한 잔 얻어 마실 수 있겠습니까?"

"물론이죠."

이 비서와 담은 곧장 부엌으로 향했다. 담은 먼저 커피포터에 물을 올린 뒤 냉장고에서 오렌지주스를 꺼내 잔에 따라 이 비서의 앞에 놓아 주었다. 그는 오렌지주스를 보며 고맙다고 말했고, 담은 웃은 뒤 녹차 두 잔을 준비해 거실로 나갔다.

차가 준비되는 사이 우진은 테이블 가득 종이를 정리해 올려놓고 있었다. 수십 장에 달하는 서류를 눈으로 훑고 있는 우진의 앞에 잔을 내려놓은 담이 맞은편에 앉으며 말했다.

"이게 다 뭐예요?"

"아…… 결혼도 하셨으니 세부 계약 조항에 대해 조율을 해야 하지 않습니까."

그렇게 말한 우진은 먼저 구멍이 **뻥뻥** 뚫린 종이를 담의 앞으로 밀어 놓았다.

"정담 씨 앞으로 와 있던 빚은 모두 청산하였습니다. 거기에 사장님께서 여윳돈을 조금 넣어 두라고 하셔서 입금까지 시켜 둔 상태입니다. 이건 카드입니다."

담은 빚이 말끔하게 정리되었다는 것을 다시 한 번 증명하기 위해 **뽑**아 온 증빙서류를 보며 눈을 깜빡였다. 그러다가 그가 넣어 두었다는 여윳돈의 액수에서 눈을 크게 뜨며 깜빡였다.

"헉…… 이게 다 얼마……."

뒤에서 0을 몇 번이나 헤아려 보았던가. 담은 몇 번이고 당황하여 다시 처음부터 몇 번이나 헤아려야 했다.

"5억입니다."

"……여윳돈이요?"

"사모님."

담이 당황해서 어쩔 줄을 몰라 하자 우진은 아직 끝이 아니라는 듯 또 다른 종이를 내밀며 말했다.

"태룡전자 주식 2%도 사모님 앞으로 모두 옮겨 뒀습니다. 사모님께서는 이제 태룡전자 대주주이십니다. 그리고 이건 강남 사거리에 있는 빌딩 계약서와 청담에 있는 120평형 빌라, 그리고 이건 제주도에 있는 땅문서입니다."

"……."

담은 말을 잃었다. 눈앞에 펼쳐진 것에 대해 어떠한 말을 해야 할지 몰라 입을 꾹 다물었다. 그러자 우진은 한숨을 쉬곤 심장이 왈칵 쏟아질 것처럼 발발 떨고 있는 담을 보며 말했다.

"앞으로 사모님 앞으로 더 많은 것이 떨어질 겁니다."

"이, 이것보다 더 많아요?"

"물론입니다. 현재 사모님 앞으로 형성된 자산보다 훨씬 많은 것이 더 조성이 될 겁니다. 하지만 사모님, 이것만은 기억하십시오."

깜짝 놀라 눈을 깜빡이는 담을 보며 말했다.

"사장님께서는 본인의 자리를 위협하는 것을 용납하지 못하십니다. 태룡에 관한 것만 조심하시면 됩니다. 물론……."

우진은 또 다른 서류를 내려다보았다. 거기엔 태룡 주식을 이혼 후에도 일절 지급하지 않겠다는 문구가 적혀 있었다.

"서명해 주시면 됩니다."

담이 벌벌 떨리는 손으로 서류에 사인을 했다. 그녀 또한 태룡을 탐내거나 만약 이혼을 하게 된다고 하더라도 더 큰 것을 달라고 조르지 않을 것이다. 태하가 이 서류에 사인을 해야 마음을 놓는다 하면 백 번이고 해 줄 수 있었다.

우진이 서류를 챙기는 것을 보며 담은 자신의 앞에 있는 문서들을 보았다.

"전 이렇게 많은 건 필요 없어요……."

"사모님, 이제부터 사모님이 살아가실 세상은 이전과는 아주 다른 곳일 겁니다."

"……아."

"이곳은 돈이 있는 자가 힘이 있는 곳입니다. 사모님도 이에 적응을 하셔야 합니다."

"……."

"사장님은 필요로 의해 사모님을 만났다 하더라도 최소한의 예의를 갖추겠다고 하셨습니다. 사모님께서 지금부터 갖추셔야 하는 것은…… 사장님이 준 것으로, 본인을 가꾸고 더욱 당당해지는 것입니다."

담은 아직은 완전히 이해하지는 못했으나 천천히 고개를 끄덕였다. 그리고 자신의 앞으로 떨어진, 이전에는 감히 상상도 못 했던 것들을 보며 떨리는 손을 맞잡았다.

"네, 그럴게요."

❖　　❀　　❖

세상에 어둠이 내려앉았다. 지저귀던 새들도 진즉에 잠자리에 들었을 시각. 담은 늦게까지 들어오지 않는 태하를 기다리다가 결국 먼저 잠에 들어 버렸다.

하얀 이불 속, 도톰한 이불 속에 폭 파묻혀 잠에 들었던 담이 몸을 뒤척이며 자세를 바꾸었다. 그녀의 방 안엔 새근새근 숨소리만 들릴 뿐 고요한 침묵이 내려 앉아 있었을 때다. 갑자기 밖이 소란스러워지더니 안방 문이 벌컥 하고 열렸다.

잠에 들어 있던 담이 화들짝 놀라 몸을 일으키자, 태하가 비척비척 그녀의 곁으로 다가오더니 옆에 누워 버린다.

"윽, 술 냄새."

담이 코를 움켜쥐며 콧잔등을 찌푸렸다. 하지만 술에 떡이 된 태하는 곧장 잠들어 버린 것인지 일정하게 숨소리를 내뱉으며 눈을 감고 있었다.

"후."

이래서 여자들이 결혼을 하면 바가지를 긁는 것이군. 씻지도 않고, 옷도 갈아입지 않은 채 술 귀신이 든 태하가 잠들어 버리자 담이 자리에서 일어나 그의 발로 다가가 양말을 벗겼다. 그리고 그녀의 몸보다 3분의 2는 큰 그의 몸에서 슈트를 벗기기 위해 온갖 힘을 다 동원해 끙끙거려야 했다.

이마에 땀이 삐질 맺힐 때쯤, 겨우 그의 재킷을 벗겨 낸 그녀가 숨을 몰아쉬었다. 바지가 구겨질까 염려되어 그것까지 벗길까 고민하던 담이 얼굴을 붉히며 손을 들어 양 뺨을 가려 버린다.

"그건 너무 간 것 같아."

그렇게 읊조린 담은 양팔을 벌리고 잠들어 있는 그의 품속으로 파고들었다.

"으음."

그가 작게 소리를 내며 몸을 비틀더니 그녀를 꼬옥 품에 안는다. 술 냄새가 진동하며 순식간에 공기를 탁하게 만들었지만, 담은 뭐가 그리도 좋은 것인지 씨익 웃은 뒤 태하의 품으로 더욱 깊숙이 파고들었다.

"좋다."

차가운 그의 성정과는 달리 품은 너무나 따뜻했다.

그래서 이 품을…… 그녀는 놓고 싶지가 않았다.

그가 자신을 좋아하지 않는다고 하더라도…… 육체적으로만 끌린다 하더라도…….

그녀는 자신이 잡은 이 줄을 놓고 싶지 않았다.

"윽."

신음을 내뱉은 태하가 눈을 번뜩 떴다. 상체를 일으킨 그는 순간 머리가 쪼개질 것 같은 느낌에 몸을 비틀며 악 소리를 냈다.

"도대체 얼마를 마신 거야?"

어제 태경과 함께 바에 있는 술을 모두 마실 것처럼 굴었던 것이 마지막 기억이다. 어떻게 집에 들어왔는지, 어떻게 잠들었는지도 기억나지 않았다. 그는 주위를 둘러보았다. 안방의 풍경. 그에겐 익숙한 것으로 담이 오고 나서는 내준 방이었다.

태하는 옆에 잘 걸려 있는 재킷을 보며 제 몸을 내려다보았다. 역시나 어제 입고 있던 옷 그대로. 옷은 하루 이상 입지 않는 그다. 하지만 이 옷은 벌써 3일째 몸에 걸치고 있었다.

미간을 찌푸린 그는 곧장 안방에 딸려 있는 욕실로 들어갔다. 얼마의 시간이 흐르지 않아 물이 쏟아지는 소리가 들렸고, 물줄기가 아래로 내리꽂히는 소리는 10분여간 계속되었다.

욕실의 문이 열리고 물기가 뚝뚝 떨어지는 머리를 툴툴 털며 태하가 나왔다. 편안한 추리닝 바지에 티셔츠 하나만 걸친 모습으로 집에서도 쉬이 볼 수 없는 풀어진 모습이었다.

일요일 아침, 그는 조금 늦은 시각에 일어나 씻었고 조금은 풀린 모습으로 부엌으로 향했다. 그곳엔 고소한 냄새와 함께 담이 엉덩이를 씰룩거리며 부엌 안을 종횡무진하고 있었다.

걸음을 멈춘 그는 수건을 어깨에 걸친 뒤 의자를 끌어다 앉았다.

"일어났어요?"

"으음."

"어제 얼마나 놀랐는 줄 알아요? 술을 얼마나 마신 건가요?"

태하가 미간을 찌푸렸다. 마치 바가지를 긁는 여느 아내들처럼 구는 모습에 잠시 당황을 했기 때문이다. 그러다가 이내 담과 결혼했다는 사실이 떠올랐던지 그는 식탁으로 시선을 돌리며 말을 우물쭈물 내뱉었다.

"조금."

"어머, 그게 조금이라고요?"

식탁 위에는 갖가지 반찬과 함께 갓 지은 것인지 윤기가 도는 밥이 놓여 있었다. 태하는 담이 막 자신의 앞에 북엇국을 내려놓는 것을 보았다. 보기만 해도 속이 시원하게 풀릴 것처럼 고춧가루가 팍팍 뿌려진 것이었다. 자신의 그릇까지 내려놓은 담이 수저를 그에게 내밀며 말했다.

"사장님은 지금부터 그 조금이란 단어에 대해서 심각하게 고민할 필요가 있으실 것 같아요. 어젠 완전히 술독에 빠졌다가 나온 사람 같았다고요."

"알았어. 알았으니까 이만 밥 좀 먹으면 안 되나?"

그가 툴툴거리자 담이 눈을 깜빡였다. 그러다가 이내 피식 웃으며 이번만 봐줬다는 식으로 말한다.

"좋아요. 이 집에서 함께하는 제대로 된 첫 식사이니 이번만 봐드릴게요."

담은 턱을 괴며 국을 떠먹는 태하의 모습을 눈에 담았다. 그러다가 자신도 수저를 들어 국을 맛보며 피식 웃음을 내뱉는다.

"왜 웃어?"

"좋아서요."

태하가 숟가락을 멈추며 담을 보았다. 그러자 그녀는 젓가락으로 진미포를 적당히 집어 그의 숟가락 위에 올려 주며 헤헤 웃었다.

"지금 이 풍경, 너무 좋네요."

[3]

이 비서는 부엌에서 바쁘게 돌아다니는 담의 뒷모습을 보고 있었다. 태하가 출근을 한 뒤, 그녀는 태하에게 가져다줄 도시락을 싸

186

기 위해 분주히 움직였다. 3단 도시락에 완벽하게 계란국까지 준비한 그녀는 이 비서에게 도시락을 싸다 남은 부분을 주곤 안방으로 뛰어 들어갔다.

부산스럽게 움직이던 그녀가 사라지자 이 비서는 제 앞에 놓인 각종 김밥을 내려다보더니 하나를 집어 입에 밀어 넣었다. 그러다가 숟가락으로 계란국까지 한술 떠먹는다. 속이 따뜻해지는 기분에 그의 입가에 미소가 머물렀다가 사라진다.

얼굴은 우울하고 슬펐다. 무슨 생각을 하는지 기계적으로 김밥을 입안으로 옮기며 후루룩 국을 먹는다. 입안에서 뒤섞이는 다양한 재료들. 그리고 그의 마음에 떠오르는 다양한 감정들. 그는 갑자기 찌르르 아파 오는 가슴에 눈을 끔뻑이다가, 곧 문을 열고 나오는 담의 모습에 숨을 삼켰다.

"어때요?"

사랑에 빠진 여자는 그 무엇보다 아름다웠다. 막 피어난 꽃봉우리처럼 수줍게 얼굴을 붉히는 모습도, 막 딱딱하게 굳어진 땅을 뚫고 올라오는 새싹처럼 생기가 돋는 눈빛도. 그래서 이 비서는 잠시 그녀의 물음에 답하지 못한 채 멍하니 담의 모습을 바라보고만 있어야 했다.

"……예쁩니다."

"정말요? 정말 예뻐요?"

"네."

그의 목소리는 낮고 어두웠다. 하지만 사랑에 취해 반짝이는 그녀의 눈에 그러한 것이 들어올 리가 없었다.

테이블 위에 어지러이 널린 도시락은 거의 손도 대지 않은 것이었다. 김치를 품고 있어 붉은 것도, 깻잎이 빗장을 치듯 두르고 있어 녹색인 것도, 치즈가 녹아내려 노란 것도 있는 도시락은 눈을 어지럽게 만들 정도로 화려하고 군침이 돌지만 지금 태하의 눈엔 들어오지 않았다.

　그는 그녀의 팔을 이끈 채 유리벽으로 밀어붙였다.

　"아."

　새신부의 것처럼 새하얀 원피스를 입은 그녀는 기대감에 젖은 눈을 깜빡였다. 그가 뒤에서 밀어붙여 창가에 닿은 뺨에 한기가 서린다. 하지만 그녀는 투명한 유리창에 세상 모든 사람이 자신을 바라보고 있다는 착각에 빠져 얼굴을 붉히며 허벅지를 꼬았다.

　"여, 여기서요?"

　담은 그렇게 물었다. 이곳은 그가 업무를 보는 사무실이었고, 이성적인 장소였다. 하지만 그는 벌써부터 텐트를 치기 시작한 아랫도리의 열기와 욕망에 이성을 모두 상실한 얼굴로 치마를 들치고, 그 속의 속옷과 팬티스타킹을 한 번에 잡아 아래로 내렸다.

　"왜 그런 얼굴이지?"

　짧게 물은 그가 손가락을 엉덩이 사이 골로 밀어 넣었다. 힘을 주어 몇 번이고 쓰다듬고 부드럽게 훑자 담의 몸이 바르작바르작 떨린다. 마치 가녀린 새처럼.

　"누, 누가 들어올지도……."

　"감히 내 사무실에? 허락도 없이?"

　"그럴 수도 있잖…… 아!"

　"신혼부부가 밀폐된 공간에 있을 때 들어올 눈치 없는 놈은 내

회사엔 없어."

그렇게 일갈한 그는 그녀가 엉덩이를 음란하게 흔들며 몸을 낮추자 무릎을 꿇고 앉아 엉덩이 골 사이로 혀를 밀어 넣었다.

"으읍!"

그녀는 혹여나 밖으로 신음이 새어 나갈까 두려워 입술이 하얗게 질리도록 악물었다. 그러면서도 기대감에 뜨거워지는 하체를 어떻게 하지 못해 그에게 고스란히 내맡긴 상태였다.

담은 자신의 사타구니 사이에서 맴도는 혓바닥에 눈물을 머금었다. 그러다 폭풍처럼 휘몰아치는 감각에 그녀는 자신의 몸을 어떻게 해야 할지 몰라 눈물을 후두둑 떨어뜨렸다.

혀로 숲을 헤집고 안으로 밀어 넣은 그는 할짝이는 음탕한 소리에 또다시 몸을 바르작 떠는 그녀의 모습에 몸을 일으킨 뒤 서둘러 벨트를 풀었다.

"하악!"

그녀가 결국 신음을 참지 못해 내질렀다. 거침없이 제 안으로 뚫고 들어온 묵직한 이물감에 담이 파르르 떨며 상체를 위로 들어 올리자, 태하는 뒤에서 그녀를 껴안으며 옷 사이로 손을 밀어 넣었다.

몽글한 가슴의 정점을 비튼 그는 그녀의 뺨을 가로지르며 흘러내리는 눈물을 혀로 핥으며 귓가에 속삭였다.

"좋군."

완벽하게 맞아떨어지는 몸의 감각은 그에게도 엄청난 충족감을 주었다.

그는 한동안 그녀가 주는 이 감각에서 빠져나오지 못하리라, 그렇게 생각하며 제 안의 모든 것을 밖으로 분출했다.

몇 번이나 사정을 했을까. 태하는 자신의 책상에 누워 거친 숨을 내뱉는 담을 보았다. 그의 정액으로 엉망이 된 사타구니와 잇자국이 나 있는 목덜미는 그들이 함께한 정사가 얼마나 적나라하고 욕망에 찌든 것인지 보여 주고 있었다.

티슈를 몇 장 뽑아 시큼한 냄새가 나는 정액을 닦아 내던 그는 여전히 눈을 감고 책상 위에 누워 있는 담을 보며 말했다.

"자?"

"키스해 주면 일어날 거예요. 지금은 잠자는 숲속의 공주라도 되고 싶은 심정이니까요."

그녀는 몸에 힘 한 자락 없다는 듯이 공중에 팔을 허우적거리며 말했다. 휴지를 쓰레기통에 던져 버린 그가 입술을 내려 입을 맞춘다. 가벼운 접촉은 또다시 깊은 교감으로 이어지고 두 사람의 혀가 거침없이 얽혀 들었다. 두 사람의 타액이 그녀의 턱을 타고 흐를 때였다. 양팔 사이에 그녀를 가두고 있던 그가 천천히 몸을 일으킨 뒤 눈을 반짝이는 담을 내려다보며 말했다.

"오늘은 늦게 들어갈 거야."

"많이 바빠요?"

"으음."

그는 긍정도, 부정도 하지 않았다. 그리고 그건 그 어떠한 답보다 강력한 긍정으로 그녀에게 다가왔다. 몸을 일으킨 담은 가슴까지 올라와 있던 옷을 내리고, 바닥에 떨어져 있던 팬티와 스타킹을 주워 신으며 말했다.

"일찍 들어오면 좋을 텐데……."

"다음 달부턴 조금 괜찮아질 거야."

"그래요? 그럼 이번 달만 참아 드릴게요."

씨익 웃은 담은 테이블 위에서 점점 딱딱하게 굳어 가는 음식을 힐끗 보며 말한다.

"다 드셔야 해요. 엄청 힘들게 만든 거니까. 그럼 전 이만 가 볼게요. 이 비서님이 밖에서 기다리고 계세요."

"그래."

담은 태하가 커다란 책상으로 가 어지러이 널려 있던 서류를 추스르는 것을 보다가 걸음을 옮겨 사장실을 나왔다. 혹 방금 전까지 있었던 정사를 누군가 들은 것은 아닐까 긴장하며 조심스레 걸음을 옮길 때, 반대편에서 걸어오던 남자랑 눈이 마주쳤다.

"어? 이게 누구십니까? 뵙기가 대통령보다 힘들다는 형수님 아니십니까?"

이죽거리는 말과 비틀린 입술. 웃음기가 묻어 있는 목소리로 말하고는 있으나 눈은 웃지 않고 있었다. 담은 당황스러운 마음에 걸음을 멈춘 뒤 태준을 바라보았다. 잘생긴 얼굴이었으나 그의 주위를 맴도는 분위기에 흠칫 몸부터 떨게 된다.

"안녕하세요."

"어머니께서 꼭 형수님을 뵙고 싶어 하더라고요. 물론 형이 마음에 들어하지 않는 일이지만, 세상에 며느리 인사 한 번 제대로 못 받아 본 시어머니라니, 말이 됩니까? 그걸로 주위에서 말도 많은 것 같고……."

"아……."

"자신이 인정하지 않은 아들의 아내라니, 이건 좀 어딘가 이상하지 않습니까?"

태준은 담의 흔들리는 눈빛에 한마디 덧붙이려다가 입을 꾹 다물었다. 어느새 비서에게 보고를 받은 것인지 태하가 문을 열고 나와 그를 서늘하게 바라보고 있었다.

"자세한 이야기를 더 나누고 싶지만, 형이 기다려서요. 그럼 다음에 본가에서 뵙겠습니다."

태준은 그녀만 들을 수 있도록 낮은 목소리로 말한 뒤 저를 기다리고 있는 태하에게로 다가갔다. 얼음처럼 굳어 있던 담은 뒤에서 문이 닫히는 소리가 들리자 그제야 멈췄던 숨을 하— 하고 뱉어 냈다.

태준이 이죽거리며 한 말이 하나도 틀린 것이 없자 그녀의 고민이 더욱 깊어졌다.

"어쩌지?"

담은 거실 가득 울리는 전화벨 소리에 손을 움켜쥐었다. 날카로운 소리는 그녀의 뇌 속을 꿰뚫다 못해 심장까지 뚫어 버릴 정도로 강력했다. 무시해도 됐지만, 그녀는 낮에 들었던 태준의 말 때문에 쉬이 거실을 벗어날 수도, 전화 코드를 뽑아 버릴 수도 없었다.

그녀가 한참을 흔들리는 눈으로 전화를 보고 있을 때였다. 뒤에서 있던 이 비서가 성큼성큼 걸어오더니 전화 코드를 뽑아 버렸다. 거친 그 행동에 담이 화들짝 놀라 자리에서 벌떡 일어나며 외쳤다.

"무슨 짓이에요?"

음성은 지나치게 컸고 높았다. 정말 놀란 것인지 동공까지 커진 채 자신을 바라보는 담의 눈동자에 이 비서는 무채색의 넥타이를 거칠게 끌어 내며 답답하다는 듯 더듬더듬 말했다.

"숨…… 안 막히십니까?"

"······네?"

"사모님은······ 숨이 안 막히시냐고요."

"전 지금 이 비서님이 무슨 이야기를 하는 건지 모르겠······."

"사장님께 다 말씀 하십시오. 혼자 고민하지 마세요. 사모님께서 혼자 고민한다고 해서 해결될 문제도 아닙니다. 가족을 만들고 싶다고 하셨습니까? 마음을 나누고, 하루의 일상을 나누는. ······그건 혼자 노력한다고 해서 얻어지는 게 아닙니다."

"이 비서님······."

담은 흔들리는 이 비서의 눈동자를 보았다. 그는 거친 감정의 소용돌이에 휘말려 있었다. 눈동자엔 걱정과 슬픔····· 그리고 분노가 담겨 있다. 그 수많은 감정을 담은 완전히 다 이해할 수 없었지만 멍했던 표정을 지우고 미소를 띠었다. 누군가가 자신을 진정으로 걱정해 준다 생각하자 마음 한 켠이 찌릿찌릿했다.

"감사해요."

"······."

"이 비서님이 제 곁에 있어서······ 정말 다행이에요."

담의 말에 이 비서의 입술에 쓸쓸한 미소가 머문다.

"어머니께 계속 전화가 와요."

태하는 아침 식탁에 올라온 미역국을 보던 시선을 올려 담을 보았다. 그게 별일이냐는 듯 수저를 든 그가 미역국을 한 입 맛보았다. 소고기가 들어간 미역국은 맛있었다. 그리고······ 그가 생전 처음 먹어 본 것이었다.

태어난 날이 아니면 잘 먹지 않게 되는 것. 태하는 초등학교 1학년, 여덟 살 무렵 어머니가 돌아가시고 나서는 미역국을 먹어 본 적이 없었다. 간혹 집에서 일하는 여주댁이 챙겨 주기는 했지만 그뿐. 밥상에 미역국이 차려져 있어도 한술 뜨지 않았었다.

그는 미역국을 한 입 더 맛보며 말했다.

"무시해."

"……저 사장님 댁…… 그러니까 시부모님께 인사 안 드려도 돼요? 사실 저도 마음에 걸리던……."

"난 본가에 널 소개시켜 줄 마음이 없어."

"……네?"

태하의 냉랭한 말에 순간 담은 당황했다. 그는 들고 있던 숟가락까지 내려놓고 자신을 보고 있었다. 그가 팔짱을 끼며 제 앞에 앉아 있는 담을 본다. 그녀는 평소 아침과 전혀 다른 복장을 하고 있었다. 태하는 지금 그녀의 마음과 비슷할 검은 치마 정장을 보며 짧게 일갈했다.

"그렇게 알아."

"……싫어요. 왜 전화를 받으면 안 되는지, 왜 본가에 가면 안 되는지 설명해 주세요. 제가 알아들을 수 있게."

담은 당차게 말했다. 그에게서 합당한 말을 듣지 않으면 절대 한 발자국도 뒤로 물러서지 않겠다는 모습이었다. 고집스러운 얼굴에 그의 입에서 깊은 한숨이 터져 나온다. 어떻게 해야 저 여자를 설득시킬 수 있을지…… 그의 고민은 짧고도 냉랭했다.

"당신이 알 필요 없어."

자리에서 일어난 태하가 곧장 현관으로 향했다.

담은 그의 말에 충격을 받았던 마음을 추스르며 뒤늦게 따라가 보았지만, 이미 쾅, 소리와 함께 문이 닫히고 그의 모습은 자취를 감춘 뒤였다.

그녀가 허망하게 문을 바라보았다. 왜 자신에게 말해 주지 않는지…… 속 시원히 말해 주지 않는 것인지…… 무슨 사정이 있기에 지금 나에게 그토록 잔혹하고 매정한 말을 하고 간 것인지…… 그는 말하고 싶지 않아했다. 그래서일까. 그녀가 입고 있는 검은 정장이 오늘따라 더욱 짙고 어둡게 보였다.

또로록, 도어록이 풀리고 문이 열린 것은 10분이 채 흐르지 않은 시간. 담은 조금 기대감에 찬 얼굴로 문을 보았다. 하지만 그곳에는 그녀가 기대하는 사람이 아닌…… 다른 이가 서 있다.

"오셨어요?"

"네, 사모님."

이 비서는 슬픔이 뚝뚝 떨어지는 담의 모습에 허리를 숙여 인사했다. 다시 허리를 펴고 촉촉하게 젖어 있는 담의 시선과 마주한 이 비서는 집 안으로 한 걸음도 옮기지 못하고 그 자리에 못 박히듯 서 있었다.

잠시의 침묵. 그녀가 숨을 헐떡이는 소리만 가득한 공간. 그 소리만을 제외하고선 모든 것이 멈춰 버렸다 착각이 들 정도로 고요한 시간이 흐른 후, 그는 그녀의 입에서 흘러나온 말에 미간을 찌푸렸다.

"실패……했어요."

"……"

"마음을 나누는 일은…… 참으로 힘든 것 같아요."

그녀는 슬픔에 가득 찬 목소리로 읊조렸다.

담은 빠르게 변하는 창밖의 세상을 멍하니 보고 있었다. 어딘가 조금은 지친 기색. 이 비서는 간간이 백미러로 담의 모습을 바라보며 빠르게 차를 내달리고 있었다.

얼마나 달려왔을까. 그녀가 갑자기 고개를 돌리더니 앞에서 부드럽게 핸들을 돌리고 있는 이 비서를 향해 말했다.

"납골당은 이쪽 길이 아닌데요?"

오늘은 그녀의 어머니 정숙의 생일이었다. 아침부터 손수 미역국을 끓여 어머니의 몫은 창가에 놓아두었다. 그녀의 전부였던 어머니가 매정하게 목숨을 끊어 버린 그날 후, 그리고 그녀의 삶마저 끊어 버리려고 했던 그날 이후, 그녀는 부모님의 납골당을 찾은 적이 없었다. 그녀의 결정에 하늘에서 가슴 아파할 부모님을 떠올리자, 차마 찾아뵐 수가 없었다.

그땐 어쩜 그런 생각을 했는지…… 부모님이 뻔히 보고 있다는 사실을 알면서도 그 앞에서 스스로 수백 알의 약을 삼켰는지. 지금에 와서는 그녀조차 이해하지 못할 일이었다.

하지만 그녀가 부모님의 납골당으로 향하는 길을 잊을 리가 없었다. 교외로 빠지는 차를 보며 담이 물었고, 이 비서는 몰랐냐는 듯 눈을 깜빡이며 말했다.

"사장님께 이야기 못 들으셨습니까?"

"네? 무슨 이야기요?"

"결혼식 직후 납골당도 옮겼습니다. 최근에 재벌가 묘를 파헤쳐서 돈을 요구하는 사례들이 많다고요."

"아……."

"그래서 경기도 용인에 있는 태룡가(家) 묘에 안장했습니다."

이 비서의 말이 이어질수록 담의 눈이 커다랗게 변하더니 곧 놀라운 기색을 가득 담고 '허!' 하며 숨을 내뱉었다. 전혀 알지 못했던 이야기다. 심장이 빠르게 뛰기 시작한다. 그녀가 신경 쓰지 못했던 부분까지 그가 세세하게 챙겨 주었다고 생각하자 차갑게 얼었던 가슴에 따스한 바람이 부는 것만 같았다.

"집안의 반대도 있었지만…… 주위의 눈 때문에 결국 안장하게 되었습니다."

"그렇……군요. 그런데 사장님은 왜 제게 말씀해 주지 않으신 거죠?"

담의 말에 이 비서는 저 멀리 보이는 커다란 문을 바라보았다. 이곳은 대대로 태룡가의 사람이 마지막으로 영면하는 곳이었다. 몇 해 전에 유골이 도난되는 사건이 있으면서부터 유골을 모신 납골당은 묘 형태로 만들어 철저하게 관리하고 있었고, 봉분들 또한 한 시간에 한 번씩 사람들이 순찰을 돌며 지키고 있는 곳이었다. 관리인에게 신분증을 넘긴 이 비서는 곧이어 커다란 문이 열리자 부드럽게 운전해 안으로 향했다. 주차장 또한 크고 넓었으며 주차되어 있는 차는 없었다.

이 비서는 떨리는 눈으로 자신을 바라보는 담을 보았다. 그리고 아직도 장태하 사장에 대해 잘 모르는, 그의 속에 어떠한 것들이 담겨 있는지 몰라 당황하는 담을 보며 말한다.

"그분은 평생…… 침묵이 미덕이라고 배워 온 사람입니다. 사업가는 자신의 마음을 들키면 안 된다고. ……그래서 그러시지 않겠습니까?"

"……."

"도착했습니다, 사모님."

이 비서가 먼저 차에서 내려 뒷문으로 돌아왔다. 그리고 차 안에 앉아 있는 그녀를 위해 문을 열어 주며 멍한 눈을 깜빡이는 담을 보았다.

"부모님께 잘 살고 있다고 인사를 드려야 하지 않겠습니까?"

담은 관리인이 커다란 자물쇠를 열어 주는 것을 보았다. 끼이익, 끼릭. 단단한 철문은 신음을 내뱉으며 열렸고, 곧이어 캄캄하지만 습도와 온도가 잘 유지되고 있는 작은 납골당이 눈앞에 펼쳐진다.

대부분 안장을 원했기에 안에 모셔져 있는 유골은 몇 함 되지 않았다. 모두들 언제 태어나 언제 돌아가셨는지 작은 비가 세워져 있고, 투명한 유리창은 2중 보안이 되어 있어 자물쇠를 세 개나 열어야 함을 만져 볼 수 있었다.

"열어 드릴까요?"

"아니요, 괜찮습니다."

"그럼 밖에서 기다리고 있겠습니다."

듬성듬성 흰 머리가 나 있는 관리인이 작은 납골당 밖으로 나가자 담은 높은 하이힐이 신겨져 있는 발을 움직여 커다란 유리관 안에 같이 모셔져 있는 부모님에게로 다가갔다. 그 주위에는 생화가 가득하다. 그 생화들은 하루에도 몇 번씩 갈아 주는 것인지 싱그러웠고 부끄러운 제 속을 터뜨려 화려해 보이기까지 했다.

붉은 꽃을 제외한 모든 색의 꽃에 파묻혀 있는 유골함. 그 속의 고급스러운 항아리를 바라보던 담의 눈에서 눈물이 후두둑 비처럼 쏟아졌다.

정현철

이정숙

작은 담의 어깨가 파르르 떨리고, 다리 또한 비틀거렸다. 담이 옆으로 쓰러질 것 같자 이 비서가 단걸음에 다가와 그녀의 어깨를 붙잡는다. 담은 이젠 익숙한 그의 손길에 별 반응 없이 읊조리는 목소리로 속삭였다.

"이러면…… 내가 그 사람을 어떻게 놓을 수가 있겠어요?"

"……."

"점점 미움과 함께…… 그 사람에 대한 고마움이 커져 가는데…… 내가 어떻게 그 사람의 손을 놓을 수가 있겠냐고요."

기한이 정해져 있는 부부 생활.

그 장벽에 가로막혀 다가갈 수 없는 마음.

담은 그 사실이 오늘따라 뼈에 사무치게 아파 오자 닭똥 같은 눈물을 뚝뚝 흘리며 고개를 숙였다.

피로감에 온몸의 근육이 녹아내릴 것만 같았다. 하지만 태하는 눈앞에 있는 장 회장의 모습에 애써 표정 관리를 하며 커다란 찻잔에 얼굴을 감춘다. 뜨거운 차가 식도를 타고 몸 안으로 파고들자 그는 조금 살 만하다는 생각을 했다. 어깨에 무거운 돌덩이를 얹은 것만 같았던 기분도 조금은 풀린 상태다.

그의 표정을 자세히 살피고 있던 장 회장이 기습적으로 이야기를 꺼냈다.

"내 앞으로 되어 있는 태룡전자 주식, 태준이 녀석한테 넘길 생각이다."

"……무슨 생각을 하시는 겁니까?"

요즘 들어 장 회장보다 우의를 차지하고 있다고 생각했던 그다. 하지만 태룡전자 주식만은 달랐다. 태룡전자를 차지한 자만이 태룡의 주인이다. 그러한 말을 사람들이 공공연하게 할 정도로, 태룡의 후계자는 꼭 태룡전자의 사장 자리에 앉아 그룹 전체를 집어삼켰다.

태준의 앞으로 되어 있는 주식이 2%. 태하의 앞으로 되어 있는 주식이 5%. 그리고 장 회장의 앞으로 되어 있는 주식이 3%다. 만약 장 회장이 태준에게 태룡전자 주식을 모두 넘긴다면 태준과 태하가 가진 주식이 같아진다.

그리고 외부 사람들에게는 후계자 구도의 변화로 보일 것이었다.

태하는 굳은 얼굴로 찻잔을 기울이는 장 회장을 보았다. 속에 구렁이 수천 마리는 키우고 있는 사람이라는 생각은 어릴 적부터 했다. 하지만 그가 이렇게 나올 줄은 몰랐기에 태하는 속에서 신물이 올라오는 것을 느끼며 눈에 힘을 주었다.

"주위에서 이야기가 나올 수 있으니 너에겐 P랜드 주식과 태룡시멘트 주식, 태룡마트 주식 1%를 줄 생각이다."

"그런 잔챙이는 필요 없습니다."

그가 잘라 말하자 장 회장은 작게 웃음을 몇 번 내뱉더니 유리알처럼 투명한 눈에 사리사욕을 가득 담으며 말했다.

"나와 거래를 하는 건 어떠냐?"

평범한 부자 사이에서는 절대 나올 수 없는 말이었다. 하지만 장 회장과 장태하 사이에선 익숙한 말. 그의 인생 전부가 장 회장과의 거래의 연속이었다. 그래서 그는 잠시 뜸은 들였으나 곧이어 말을 이을 수 있었다.

"……조건이 뭡니까."

"내년에 김명진 의원이 대선에 출마할 거다. 야당이기 때문에 승리할 가능성이 크지. 난 거기에 베팅을 할 생각이다."

"……."

"하지만 사람 마음이란 것이 그렇듯, 자신이 높은 곳에 올라가면 저 혼자 이루어 낸 것이라 자만을 하지. 김명진 의원 또한 다르지 않아. 내가 뒤에서 받쳐 주었다는 사실은 까맣게 잊게 될 거다."

거기까지 이야기가 나오자 태하는 장 회장이 자신에게 어떠한 '조건'을 걸 것인지 알아차렸다. 그리고 그 사실을 깨닫자마자 심장에 무거운 돌덩이가 쿵! 하고 내려앉는 느낌이 들었다.

태하는 장 회장의 입술을 바라보았다. 그의 입에서 그 말이 나오지 않길 바라며.

"그래서 결혼으로 그 약속을 김명진 의원에게 인식시키려 한다."

"그 말씀은…… 김서희랑 지금 재혼이라도 하라는 말씀이십니까?"

"그래. 지금 네가 장난감처럼 데리고 있는 그 아이는 내치고."

그의 눈썹이 꿈틀거린다. 빠르게 펌프질을 하던 심장도 순식간에 차갑게 식어, 그의 얼굴을 창백하게 만든다.

장 회장은 아들의 안색이 변하는 것을 단번에 눈치챘다. 제 씨를 이어받아 태어난 자식인데 그것을 모를 리가 없었다. 하지만 그는 누구보다도 냉정하고, 누구보다도 차갑게 제 아들을 몰아붙였다.

"이제까지와는 달라. 너희 두 놈 중 누가 이 자리에 적격한지 재던 것과는 다르다. 난 이번에 한 놈 손을 들어 줄 생각이야. 안사람은 당연히 태준의 손을 들어 주라 말하지. 하지만 내 생각은 다르다."

"……."

"나에게 거대한 권력을 주는 놈, 그놈을 이 자리에 앉힐 생각이다. 그리고 난 5년 뒤 이곳에서 자연스럽게 물러날 거야. 그럼 그놈이 태룡 왕국을 차지하게 될 것이다."

"……김서희와 이야기는 된 겁니까?"

"물론이야. 그 아이도 동의했다."

장 회장의 말을 언제나 그랬던 것처럼 무시하고 싶었다. 하지만 태하는 그럴 수가 없었다. 그의 목표이자 평생의 바람으로 향하는 길을 제시하는 장 회장의 말에 모른 척 고개를 돌릴 수가 없었다.

그 자리에 오르기 위해 무슨 짓이든 했다. 제 사생활을 모두 포기하고 회사 일에만 매달린 것이 벌써 10년이 넘었다. 어디 그뿐인가. 마음에 없는 여자와 결혼까지 하지 않았던가. 이제 겨우 고지 앞에 섰건만, 장 회장은 서희와 결혼하지 않으면 그 자리를 태준에게 물려주겠다, 협박하고 있었다.

어떡하나…….

예전이라면 그냥 무시할 수도 있었다.

하지만 이젠 제 아내가 된 여자를 예전처럼 쉬이 무시할 수가 없다.

어쩌지…….

어떻게 해야 하지……?

그는 고민하는 기색이 역력한 얼굴로 장 회장을 바라본다. 그리고 그는 제 아들의 흔들림을 알아차린 채 단호한 기색으로 말했다.

"그래, 이제 네 녀석 결정만 남았다. 서희와 결혼할 테냐?"

5화
격랑

[1]

"고마워요."

금요일에서 토요일로 넘어가는 날, 새벽 4시가 넘은 시각. 그 시간까지 자지 않고 태하를 기다리던 담은 그가 현관문을 열고 안으로 들어오자마자 인사부터 건넸다. 태하는 그녀가 깨어 있으리라 생각하지 못했던지 거칠게 넥타이를 풀던 손을 멈추고 깜짝 놀란 듯 담을 보았다.

"뭐가?"

그러다가 물었다. 그녀의 입에 늘 습관처럼 붙어 있는 '고맙다'는 말. 하도 들어서 이젠 이력이 생길 정도였다. 그의 물음에 담은 눈을 부드럽게 휘며 웃었다.

"저희 부모님 옮겨 주신 거요. 감사해요. 말씀해 주셨으면 진즉에 감사했다고 말씀드렸을 거예요."

그는 아무 말 없이 고개를 끄덕였다. 굳이 숨기려고 한 것은 아니었지만, 이야기를 할 타이밍을 놓쳐 그녀에게 미처 말하지 못했다. 그렇게 생각하던 그는 어느새 오늘 아침 검은 정장을 입고 있었던 그녀를 떠올렸다.

검은 치마 정장. 밖에 꺼내어져 있던 구두도 검은색 힐로 아무 문양이 없는 것이었다.

그녀를 전담하고 있는 스타일리스트는 화려한 색감을 즐기는 여자였고, 담의 몸이 말랐다며 그의 앞에 펼쳐 준 옷들도 대부분 원색의 컬러풀한 것들이었다. 그런 그녀가 검은 옷을 입고 있을 땐 특별한 날이라는 걸 직감부터 했었어야 했는데.

태하는 자신의 직관력이 흐트러진 것은 아닐까, 고민했다. 하지만 이내 고개를 저었다. 그녀는 늘 그의 예상을 빗나가는 일들을 했다. 언행 또한 그랬다. 그가 전혀 생각지 못한 부분의 허를 찌르곤 했다. 그래서 이번 일 또한 그 '허'를 찔린 것이라 생각했다.

"그럼 납골당에 다녀왔던 거야?"

"네, 오늘 엄마 생일이에요."

담의 얼굴에 언뜻 슬픈 기색이 어린다. 하지만 '날 위로해 주세요'라는 말이나 '나 지금 정말 슬퍼요'라는 말 같은 것은 하지 않았다. 그가 귀찮아한다는 것을 알아서라기보단 그녀의 성격이 그랬다. 정작 가장 중요한 문제는 입 밖으로 내뱉지 않고 속으로 끙끙 앓는다. 하지만 이젠 희미한 그녀의 웃음만 보아도 그녀가 지금 어떠한 생각에 잠겨 있는지 알 수 있었다.

태하는 힘주어 손을 말아 쥐었다. 뼈마디에서 우두둑거리는 소리가 났다. 담은 시선을 내려 그의 손을 바라보더니 셔츠 소매 자락에 묻은 잉크가 의외였던지 고개를 기울였다.

"오늘 무슨 일 있으세요?"

그녀의 말에 태하의 몸이 움찔 떨린다. 무슨 일? 물론 있었다. 눈앞에 있는 여자와 이혼하라는 종용. 그리고 자신의 곁을 맴돌며 조잘거리는 여자와 재혼하라는 이야기도 들었다.

"왜? 아무 일도 없었어."

그의 입에서 전혀 다른 이야기가 흘러나왔지만 담은 작게 웃음을 내뱉더니 손가락으로 그의 소매 자락을 허공에서 콕콕 찌르며 말했다.

"평소 사장님은 절대 옷을 더럽히지 않잖아요. 오늘 무슨 일 있었죠?"

"……."

"말씀해 주기 싫으면 하지 않으셔도 돼요."

예전에는 이러한 말을 내뱉을 때 담의 표정은 엉망이었다. 괴로워 보이기도 했고, 어딘가 아파 보이기도 했다. 하지만 오늘은 달랐다. 그녀는 장난스럽게 웃었다.

"하지만 셔츠는 벗어서 바로 주세요. 드라이클리닝을 맡겨야 할 것 같으니까."

"……어."

태하가 곧장 서재 쪽으로 걸음을 옮겼다. 그러자 그녀도 그의 뒤를 졸졸 쫓아온다. 서재 문을 열고 안으로 들어가려던 태하는 자신이 걸음을 멈출지 몰랐던지 등에 콩 하고 코를 박는 담의 모습에 미간을 찌푸렸다. 고개를 돌린 그는 '왜 따라와?'라는 얼굴로 담을 내려다보았다.

"왜요? 들어가면 안 돼요?"

그녀의 물음에 태하가 구겨졌던 얼굴을 폈다. 가만히 생각해 보니 그녀가 옷을 갈아입는 모습을 본다 하여 문제 될 것은 없었다. 거기까지 생각이 닿자 태하가 먼저 방 안으로 쏙 들어갔다.

그녀는 살짝 열린 문틈을 보며 부드럽게 웃었다. 마치 조금 열린 그 문틈이 그의 마음의 틈처럼 느껴졌다. 그래서 담은 즐거운 마음으로 문틈 사이를 비집고 안으로 들어갔다.

태하는 어느새 셔츠를 벗고 바지까지 벗고 있었다. 담이 뒤에서 멀뚱멀뚱 바라보고 있자, 그는 그 시선을 느끼며 말했다.

"왜, 같이 씻을래?"

조금은 장난처럼 던진 말. 그녀의 시선이 너무나 뜨겁게 느껴져 한 말이었다. 괜스레 해 본 말. 하지만 그의 말이 떨어지자마자 담이 성큼성큼 걸어와 발뒤꿈치를 들어 그의 입술에 쪽 하고 입을 맞춘다. 태하는 순간 뇌 속이 꼬여 버린 느낌이었다. 그리고 예쁘게 웃는 담을 내려다보는 순간 그 느낌마저 사라져 버린다.

"입욕제도 풀어 드릴까요?"

그는 욕조에 몸을 담그며 느긋하게 목욕을 즐기는 스타일은 아니었다. 반신욕을 간혹 하기는 했으나 일 년에 한두 번 정도 있는 일이었다. 평소 같으면 그녀의 말에 됐다며 거절을 했을 것이다. 하지만 그는 거절을 할 수가 없었다. 그녀의 목소리가 너무나 달콤하게 느껴져서.

"그래."

"금방 준비할게요."

빠르게 걸음을 옮기는 담의 뒷모습을 보던 태하는 자신도 모르게 침대에 주저앉았다.

"멍청한 놈."

누구를 향한 욕인지 모른다. 하지만 욕설을 내뱉는 그 목소리는 진이 빠져 버린 듯 힘이 없었다.

은은한 장미향과 몸을 나른하게 풀어 준다는 아로마향.

두 가지 향이 섞여 정신을 몽롱하게 만들고 이성 또한 흩뜨려 놓는다.

태하는 자신의 가슴을 간질이는 장미 꽃잎을, 물결을 일으켜 담 쪽으로 밀어 놓았다. 그러면서 자신의 다리 사이에 앉아 있는 그녀의 엉덩이가 연신 발에 닿자 미간을 찌푸렸다.

담은 그의 미간에 져 있는 일정하지 않는 주름에 고개를 기울였다.

"왜 그래요?"

그녀의 젖꼭지에 꽃잎이 닿았다 떨어진다. 그녀의 피부와는 대조되는 붉은 꽃잎. 하얀 살결 위에 연신 닿았다 떨어지는 그 모습은 그 어떠한 영상보다 자극적이고 아름다웠다.

담의 물음에 태하는 자신도 모르게 팔을 뻗어 우유 푸딩처럼 말랑말랑하고 탄력 있는 가슴을 움켜쥐었다. 담의 몸이 위로 펄쩍 뛰어올랐다가 아래로 떨어지자 격랑이 일었다.

"알면서 물어보는 거야, 아니면 정말 순진하게 모르는 거야?"

"네?"

태하가 이를 악물며 읊조리듯 말했다. 욕망이 그득한 그의 눈은 물로 촉촉하게 젖어 있는 그녀의 얼굴에 닿았다가 아래로 떨어졌다. 수면 아래로 은은히 보이는 몸. 처음 그녀를 만났을 때는 비쩍 말라 마치 사내아이처럼 보였으나, 요즘의 그녀는 아니다. 여성의 모습을 완전히 되찾아 적당하게 살이 올랐고 한 입 깨물어 보고 싶을 정도로 달콤한 색채를 냈다.

태하는 참지 않았다. 그녀의 팔을 이끌어 몸을 돌린 뒤 제 품으로 끌어당겼다.

담은 자신의 등 뒤에 닿는 꼿꼿한 남성을 느끼며 얼굴을 붉혔다. 터지기 일보 직전으로 부풀어 있는 위험한 그 불기둥은 담의 몸을 갈라 그 속을 엉망으로 만들어 놓을 것처럼 위협적이게 느껴졌다. 하지만 태하는 서두르지 않았다. 그녀의 머리카락을 한 손으로 말아 올린 뒤 부드러운 곡선을 이루는 어깨에 이를 박고 부드럽게 빨아 당겼다.

"으응."

담의 입에서 달콤한 신음이 터져 나왔다. 몸을 바르작 떨기도 했다. 뒤에서 팔을 뻗어 한 손으로 그녀의 가슴을 움켜쥔 그는 손가락에 힘을 주어 정점을 살살 문지르며 흥분을 일으켰다. 순간 그녀의 몸에 찌릿한 전기가 흐르고 뜨거운 피가 빠르게 흐르기 시작한다.

"아!"

그녀가 고개를 그의 어깨에 기댔다. 그러자 촤르륵 물이 흩어지는 소리와 함께 태하가 자신의 무릎에 그녀를 올려놓은 뒤 본격적으로 맛보기 시작했다.

혀끝을 세워 입욕제 맛이 나는 그녀의 가슴을 힘껏 맛보았다. 뒤에서 핥는 것이라 자세가 불편할 법도 하건만, 그는 그녀의 가슴을 맛보기 위해서라면 그 정도 불편함은 감수했다.

그녀의 사타구니 사이로 침범한 손가락은 이미 젖을 대로 젖은 그녀의 여성을 가르고 안으로 들어갔다. 순간 물이 그녀의 여성 안으로 들어온다.

"이, 이상해요!"

처음 느껴 보는 것에 담은 당황했다. 여성 안으로 들어온 물은 그의 손길에 따라 찰방거리며 안으로 파고들었다가 빠지길 반복했다. 그녀가 몸을 바르작 떨자 천천히 흔들리던 수면 또한 격하게 움직이며 그들의 감정과도 같은 파동을 일으켰다.

담이 몸을 푸르르 떤다. 입에선 '아아……' 힘없는 신음이 터져 나오기도 했다. 그러자 태하는 그녀의 몸을 일으켜 반대쪽 욕조를 붙잡게 한 뒤 자신 또한 자리에서 일어났다.

촤르륵-

그와 그녀를 타고 올라왔던 물이 아래로 후두둑 떨어진다. 하지만 뺨을 발그레 붉힌 담도, 그리고 남성을 잡고 그녀의 안으로 들어갈 준비를 마친 태하도 이 소리를 듣진 못했다. 뒤에서 수줍게 벌린 여성에 남성 끝을 살살 문지르던 태하가 안으로 한 번에 쏙! 밀어 넣었다. 갑작스런 침입자에 화들짝 놀란 여성이 수축과 팽창을 반복하며 그의 남성을 꽉 물고 놓아주지 않았다.

태하는 좁은 그녀의 등을 보며 눈을 질끈 감았다.

"윽!"

평소의 그라면 그녀를 실컷 맛보고 가지고 논 뒤에 모든 것을 풀어 놓았을 것이다. 하지만 왜일까. 그는 벌써부터 사정을 할 것처럼 그녀의 안에 자신의 것을 찔끔 쏟아 놓았다.

위험해.

그는 그러한 생각을 했다.

바로 사정을 할 것 같은 기분 때문이 아니다.

"왜, 왜요? 사, 사장님 저……."

담이 울먹이며 그렇게 말했다. 벌써부터 파르르 떨리는 허벅지는 조금만 건드려도 툭 무너져 버릴 것만 같았다.

"젠장."

멍청한 자식, 멍청한 자식!

그는 속으로 몇 번이고 욕설을 내뱉은 후 빠르게 허리를 움직였다.

찰박찰박!

그의 욕망과 같이 빠르게 살결이 부딪히는 소리가 욕조 가득 울렸다. 그와 함께 좁은 욕실 안에 그와 그녀의 신음이 앙상블을 이루며 울려 퍼진다.

"아아, 아아악!"

담의 입에서 절정에 오른 소리가 터져 나온다. 눈에는 이미 눈물을 잔뜩 머금고 있었고, 몸은 땀인지 혹은 물인지 모를 것들이 잔뜩 맺혀 있었다. 앞으로 고꾸라질 것처럼 느껴지자 태하는 뒤에서 그녀의 팔을 잡아 당겨 일으켜 세웠고, 곧 중력을 무시한 채 그녀의 안으로 더욱 깊숙이, 깊숙이 파고들었다.

"으음, 음!"

탱글탱글한 그녀의 젖가슴이 움직이고 이에 그의 마음도 위로 튀어 올랐다 아래로 꺼지길 반복했다. 이대로 계속하다간 그녀의 몸이 두 동강으로 갈라질 것만 같았을 때, 담은 헐떡이며 애원했다.

"사, 사장님. 그만요, 그만해 주세요. 네?"

"아직 멀었어."

짧게 일갈한 그는 그녀와 자신의 몸을 연결하고 있던 남성을 빼내었다. 그러곤 욕조에 그녀를 눕힌 후, 공기에 적시고 있던 액체가 증발해 버린 듯 뻑뻑한 그녀의 여성을 보았다. 손가락으로 숲을 열어 안을 보자 늘 예쁜 핑크색을 띠던 여성이 붉게 부풀어 있었다. 꽤나 아팠을 듯 보이자 태하가 혀를 세워 그녀의 여성을 맛있는 아이스크림을 먹는 것처럼 할짝이고 빨아들였다.

"으음!"

그가 훅 하고 빨아들이자 조개처럼 생긴 그곳에서 윤활유가 서서히 새어 나오더니, 곧 빨아들이면 추르릅 소리가 나올 만큼 많은 양이 흘러나온다.

"끄응."

담이 앓는 소리를 내며 허벅지를 푸들푸들 떨어 댔다. 흥분에 자신의 몸을 가누지 못하는 모습이었다. 상체를 들어 그가 자신의 것을 잔뜩 빨아들이는 모습을 본 그녀는 곧 기절이라도 하듯 상체를 욕조에 눕혔다. 그녀의 몸이 흐느적 늘어지자, 태하는 굽히고 있던 무릎을 세워 곧장 그녀의 안으로 파고들었다.

"아아아……!"

그는 평소보다 그녀를 더욱 몰아붙였다.

그리고 평소보다 더 오래, 더 많이 그녀를 안았다.

마치 그녀의 속에 자신을 각인해 놓으려는 듯.

몇 번이고, 몇 번이고…… 그는 그녀의 안에 제 씨를 뿌리며 사정했다.

빛이 어둠을 물려 낸 지 한참이 지난 시각. 서재 문을 열고 안으로 들어오는 담의 걸음걸이는 어딘가 이상했다. 마치 기름을 제대로 칠하지 않은 로봇처럼 삐그덕삐그덕. 걸음을 옮기는 것이 힘이 든지 그녀의 콧잔등엔 평소엔 잘 볼 수 없는 주름이 져 있다.

그녀는 침대에서 쿨쿨 잠을 자고 있는 태하가 원망스러운 것인지 팔짱을 끼며 잠시 내려다보았다. 눈을 꼭 감고, 방금 전까지 자신이 베고 있던 베개를 꼭 끌어안고 잠든 모습은 평소의 그와는 달리 어딘가 많이 편안해 보였다.

"쳇, 봐줬다."

저렇게 곤히 자고 있는 모습이라니. 아침에도 늘 피곤이 내려와 있던 눈 밑의 어둠까지 물러간 모습이라니. 담은 그에게 복수하고 싶은 마음이 들면서도 까치집이 생긴 머리가 귀여운 것인지 피식 웃음을 내뱉으며 그에게 다가갔다. 한쪽 무릎으로 침대 위로 올라간 그녀는 태하의 넓고 단단한 어깨를 흔들며 말했다.

"주말이라고 해도 너무하잖아요."

"음?"

태하가 한쪽 눈만 뜨며 되물었다. 목소리는 갈라져 있었고, 뜬 눈에도 잠이 가득한 모습이었다.

"벌써 10시라고요."

그녀의 말에 태하가 '끙!' 하며 앓는 소리를 냈다. 평생 늦잠 한 번 자 본 적이 없는 그다. 아무리 주말이라 하더라도 평일처럼 새벽에 일어나 하루를 시작하던 그가 아닌가. 좀 더 침대에 있고 싶은 마음이 굴뚝같은지 잠시 비비적거리던 그가 상체를 벌떡 일으켰다. 그리고 맑은 모습으로 자신을 바라보는 담에게 말했다.

"씻고 나갈게."

"얼른 나와요. 김치찌개 끓였어요."

"어."

담은 욕실을 향해 비척비척 걸음을 옮기는 태하의 뒷모습을 바라본 뒤 피식 웃음을 내뱉었다. 그러고는 서둘러 부엌으로 가 냄비 안에서 보글보글 끓고 있는 김치찌개와 이미 가지런히 썰어 놓은 계란말이, 그리고 고슬고슬 잘된 밥을 차례대로 식탁 위에 올려놓고, 밑반찬들 또한 접시에 적당히 덜어 놓았다.

뜨거운 물과 차가운 물을 적당히 섞어 미지근한 물까지 그가 앉을 자리에 놓아두었을 때다. 서재에서 머리를 툴툴 털며 태하가 나온 것은.

그는 곧장 부엌으로 와 늘 자신이 앉는 자리에 앉았다.

"찌개를 해 봤는데…… 먹죠?"

"나도 사람이야."

그가 차갑게 말했지만 이젠 그러한 모습이 꽤나 익숙했던 것인지 담이 피식 웃으며 맞은편에 앉았다. 그리고 수저를 들어 찌개를 한 입 맛보았다. 칼칼한 김치찌개는 자극적이었지만 맛있었다. 생전 찌개류를 몇 번 먹어 보지 못한 그에게도.

태하가 고개를 끄덕이자 담은 기쁜 얼굴로 자신 또한 숟가락을 들었다. 그리고 새벽, 과한 운동을 해 배가 많이 고파 그가 자신을 바라보고 있다는 사실도 모른 채 크게 밥을 떠먹었다.

태하는 입안 가득한 밥을 먹으며 계란말이를 집어 드는 담을 보았다. 소식을 하는 그녀가 평소와 달리 잘 먹고, 자신과 눈이 마주치자 잘 웃는 모습에 그는 자신도 모르게 툭 하고 내뱉었다.

"좋네."

"네?"

그녀가 되묻자 그는 그제야 자신이 어떤 말을 내뱉었는지 알았다. 늘 부정적인 말만 하던 그의 입에서 긍정적인 말이 나왔다. 그는 깜짝 놀라 눈을 깜빡이는 담의 모습을 보며 피식 웃었다. 이 또한 냉랭하게 웃던 과거의 모습과 많이 달랐다.

그는 서서히 변하고 있었다. 그건 눈에 보이지 않을 정도로 아주 작은 변화들.

하지만 그 변화들이 모이고 모여 쌓이자, 그는 놀랍도록 예쁘고 매혹적인 미소를 지었다.

"지금 이 풍경. 좋다고."

언젠가 그녀가 그에게 했던 말. 그 말을 이제는 그가 하고 있었다.

차가운 바람이 분다. 그러고 보니 어젠 첫 서리가 내렸다고 방송에서 떠들어 대기도 했다. 태하는 쓸쓸한 분위기가 감도는 봉분 앞에 못 박힌 듯 서 있었다. 그는 죽어 버린 잔디 때문에 더욱 외롭고 스산한 분위기를 풍기는 묘를 보며 천천히 눈을 깜빡였다.

"시간이 참 빠르게…… 흘러갑니다, 어머니."

태하의 목소리는 무심했다. 눈빛 또한 그랬다. 그는 감정을 느끼지 못하는 사람처럼 제 친어머니 묘 앞에 서 있었다.

그래, 시간이 참으로 빠르게 흘렀다. 자신이 아내를 맞이한 것이 여름이었으니 벌써 6개월이나 흘렀다. 그리고 제 어머니가 세상을 떠난 지도 벌써 30년이 흘렀다. 그런데 그는 몰랐다. 눈 깜짝할 사이에 시간이 흘러가 그가 벌써 30대 중반을 넘었다는 것도, 아내가 자신의 곁을 지킨 것이 벌써 반년이 훌쩍 넘었다는 사실도 몰랐다.

태하는 여덟 살, 그 어린 나이로 돌아가 그날 있었던 일을 떠올리며 천천히 눈을 깜빡였다. 그의 주위로 차가운 바람이 불어닥친다.

"그런데도…… 감정이라는 게 참 신기합니다. 한 번 박혀 버리면 변하지 않으니까요."

독백을 하듯 읊조리는 목소리. 누군가를 향한 말. 하지만 이 말에 대답해 줄 이는 이 세상을 떠난 지 오래다. 이미 몸도 썩고 문드러져 알갱이로 변해 버린 뒤다. 그런데 왜일까. 그는 왜 이렇게 무표정하고 차디찬 얼굴로 원망을 풀어내고 있을까. 그건, 태하 그도 모른다.

"……전 어머니가 밉습니다, 여전히."

이미 30년 전의 일. 이젠 잊을 법도 하건만 어릴 적부터 똑똑하고 총명했던 그는 잊지 않았다. 가슴에 새기고, 일부러라도 잊지 않도록 노력하며 살아왔다.

그는 제 감정을 쉬이 잊지 못한다.

그래서 그는 결심했다. 앞으로의 모든 일들을.

그걸 그 자신도 너무나 잘 알고 있었기에…….

"제발 제 인생에서 사라지십시오."

그렇게 애원했다.

저, 이젠 조금…… 행복하고 싶다고.

똑똑.

문을 두드리고 안으로 들어간 태하는 미간을 찌푸리는 장 회장의 얼굴을 보았다. 안에서 말을 하지도 않았는데 그가 무례하게 문부터 벌컥 열고 들어오자 장 회장의 얼굴에 분노가 서렸다.

"이게 무슨 짓이야?"

그가 서릿발처럼 차가운 말을 던졌다. 그럼에도 태하는 발걸음의 속도를 늦추지 않은 채 장 회장의 앞까지 걸어왔다. 쾅, 장 회장이 테이블을 거칠게 내려치며 자리에서 벌떡 일어났다. 하지만 태하는 그의 앞에 가서야 걸음을 멈추며 목례를 했다.

고개를 든 태하의 눈빛은 단단했다. 흔들리지도 않았고, 시선 또한 곧았다.

"회장님, 전 욕심이 많은 놈입니다."

"하고 싶은 말이 뭐야?"

장 회장의 눈빛이 흔들렸다. 태하의 이런 표정을 본 것은 참으로 오랜만이다. 태준이 놈과 경쟁을 시킨다 했을 때, 그때 딱 한 번 보았던 눈빛. 그리고 이러한 눈빛을 보여 준 후로 정말 빠른 시일 내에 회사를 장악해 나갔다. 간혹 간부들 사이에서 곧 장 회장이 뒷방 늙은이로 밀려난다는 소리가 나올 정도로.

그래서 장 회장은 당황할 수밖에 없었다. 도전적으로 자신을 바라보는 아들놈의 눈빛에.

"한 번 손에 쥔 여자입니다. 놓을 생각 없습니다."

"뭐? 그럼 넌 모든 걸 포기하겠다, 이 말이냐?"

장 회장이 물었다. 네가 그렇게도 가지고 싶어 하던 것을 손에서 놓을 거냐고. 그 말도 안 되는 여자를 가지기 위해 그렇게 큰 것을 포기할 생각이냐고. 그러자 태하는 입술 끝을 비틀며 차갑게 웃었다. 자신만만한 표정에 장 회장의 눈썹이 찌푸려질 정도였다.

"증명해 보이겠습니다, 내 손으로. 그깟 결혼, 안 해도 충분히 보여 드릴 수 있습니다. 장태준? 회장님께 주식을 받는다 하더라도 이 자리까지 못 기어 올라옵니다."

"……"

"어떻게 이렇게 확신하냐고요?"

태하가 한 템포 숨을 멈췄다. 그러다가 자신의 이야기를 기다리고 있는 기색이 역력한 장 회장이 아닌, 테이블에 있는 '아틀란타 Z4 모델'이라 적혀 있는 보고서를 바라보며 말했다.

"이번에 태룡전자에서 최대 매출을 올릴 참입니다. 그럼 간부들도 회장님이 태준이 놈 손을 들어 준다 해서 쉽게 마음을 바꾸지 못하겠지요."

"……네가 생각하는 것처럼 사업이 만만하지는……."

장 회장이 어두운 낯빛으로 이야기를 이어 나가자 태하는 중도에 말을 갈랐다. 늘 그랬던 것처럼 감정이 없고 무심한 목소리로. 완벽에 가까운 사업가의 모습으로.

"자신 있습니다. 능력만으로도 모든 것을 손에 넣을 자신, 있단 말입니다."

"뭐, 뭐야?"

"태준이 그 자식 뒤에 섰던 간부들, 이번에 다 불러 모을 참입니다. 태룡전자에서 내몰았던 자들까지요. 대의를 이루기 위해선 적까지 품을 줄 알아야겠지요."

"……."

"기대하십시오."

말을 마친 태하는 이번에도 역시나 장 회장에게 작게 목례해 보인 후 빠르게 회장실을 벗어났다.

"다음 주부터 미국 출장이야."

그의 말에 담은 수저질을 하다 말고 행동을 멈췄다. 시선은 자연스레 그를 향했지만, 시원한 뭇국을 먹고 있는 그의 정수리만 보일 뿐, 그녀가 좋아하는 그의 붉은 입술은 보이지 않는다.

담이 우울한 얼굴로 시선을 내려 숟가락으로 국을 마구 휘저었다. 요즘 들어 태하와 함께 있는 시간이 많이 늘어나 속으로는 좋아했던 그녀였는데, 또다시 오랫동안 떨어져 있을 생각을 하니 벌써부터 외로워지는 마음이었다.

고개를 든 그는 담이 정신 사납게 숟가락을 움직이는 것을 보며 한숨을 내뱉었다. 그러다가 그녀의 생각을 다른 곳으로 돌리기 위해 뜬구름 잡는 이야기처럼 묻는다.

"평소엔 뭐 해?"

그가 자신에 대해 궁금해한다는 생각을 해서일까, 담은 숟가락을 내려놓으며 턱을 괴었다. 그리고 가지볶음을 날름 주워 먹는 그의 모습을 바라보며 말했다.

"음…… 미술관도 다니고, 가끔 쇼핑하러 나가기도 해요. 뭐 대부분 마트에 간다고 외출하는 게 대부분이지만."

"미술관? 아…… 그러고 보니 당신 미술 전공이었지."

태하가 고개를 끄덕이며 말했다. 처음 그녀에 대해 조사했을 적 미대를 휴학했다는 보고를 용케 떠올린 것이다. 하지만 담은 그가 그런 것까지 기억을 하고 있었다는 사실에 놀랐는지 눈을 깜빡였다.

속을 알 수 없는 검은 눈동자와 맑은 갈색의 눈동자가 마주했다. 그들에겐 이젠 익숙해진 아침 식사 시간. 처음 간단한 것들로 채워졌던 그 식탁은 이젠 한식이 대신 자리하고 있었다. 최대한 오랫동안 그와 함께하기 위해 그녀는 더욱 일찍 일어나 그를 위해 직접 아침을 준비했고, 그도 그런 그녀의 마음을 잘 알고 있다는 듯 아주 천천히 꼭꼭 씹어 밥을 먹었다.

익숙해진 시간이었지만 오늘 그들의 대화는 여느 날보다 한 보 진보해 있다. 그의 관심에 그녀가 놀라고, 그는 그녀의 놀라움에 딱 딱했던 표정을 느른하게 푼다.

"나중에 미술관을 하면 되겠군."

"나중에……요?"

미래의 이야기를 아무렇지도 않게 하는 태하의 모습은 처음이었 다. 그래서 그녀는 깜짝 놀라 그를 바라보았고, 그는 아무렇지도 않 게 답했다.

"어, 나중에."

담의 눈에 눈물이 맺혔다. 행복함에 가슴은 풍선처럼 부풀어 오 르고, 늘 차가운 바람이 불었던 마음에 따스한 봄볕이 내리쬔다. 그 녀는 자신만을 향해 있는 그의 검은 눈동자를 바라보며 웃었다.

"네, 아주 작은 미술관이면 좋을 것 같아요. 누구나 들어와서 잠 시 그림을 보고 가는. 그런 것이라면 참 좋을 것 같아요."

결국 무게를 이기지 못한 눈물이 아래로 후두둑 떨어진다.

그리고 그 눈물을 보며 태하는 작게 미소 지으며 한숨처럼 말을 내뱉었다.

"울보네."

사람들의 발걸음이 정신 사납게 돌아다닌다. 수많은 인파 속에 파묻혀 있던 담은 자신의 팔을 잡아당기는 손길에 시선을 들었다.

적갈색의 트렌치코트를 입고 있는 태하는 너무나 멋있었다. 그의 뒤로 후광이 비치는 것 같은 착각이 들 정도로. 그리고 이런 생각은 자신만 하는 것이 아닌지 지나치는 사람들 대부분이 그를 바라본 뒤 고개를 돌린다. 그것은 남녀를 가리지 않았다.

"들어가야 해."

"진짜 보고 싶을 거예요."

담이 솔직하게 말했다. 반짝반짝 빛나는 눈동자로. 그러자 태하는 힘겹게, 조금은 망설이는 어투로 말했다.

"다녀오면…… 여행이라도 가자."

"네?"

"제주도가 좋겠군."

함께 신혼여행을 갔던 장소. 그곳에서 담은 처음으로 그에게 안겼었다.

이 모든 행복의 시작이 되는 곳.

제주도는 그녀에게는 너무나 좋은 기억으로 가득한 곳이었다.

담이 웃으며 고개를 끄덕인다.

"좋아요."

그의 제안을 거절할 이유는, 전혀 없었다.

[2]

미국 맨해튼 태룡전자 지사는 5년 전 처음 설립된 곳으로, 현재는 미국에 걸려 있는 각종 소송과 함께 마케팅, AS 등의 업무를 맡고 있었다. 5년 전만 해도 미국 시장을 집어삼키던, 가전제품과 휴대기기 분야에서 최고를 달리던 피올(P-all)은 무섭게 치고 올라오는 태룡전자를 견제하며 각종 소송을 걸기 시작했고, 이에 태하는 직접 이곳까지와 소송에 대한 진척과 이번에 이루어질 프로모션을 함께 처리하고 한국으로 돌아가야 했다.

말 그대로 눈이 돌아갈 정도로 바쁜 일정. 지금쯤 프로모션 담당자와 함께 비즈니스 빌딩에 가 있어야 했던 태하는 갑작스러운 방문자로 인해 본사 1층에 있는 커피숍으로 향했다.

그는 눈앞에 있는 아름다운 여인을 보았다. 화려한 장미와 같은 분위기를 뿜어내는 여인은 몸에 착 달라붙은 검은 드레스와 빨간 하이힐로 멋을 낸 채 그의 앞에서 커피를 호로록 마시고 있었다.

"시간이 많나 보다."

"내가? 설마. 나 당신만큼 바쁜 여자야."

서희가 피식 웃음을 내뱉었다. 장태하를 처음 만난 것은 초등학교 입학하면서였다. 그들만의 리그를 위해 어릴 적부터 교류하는 사람들이 모인 자리에서 그녀는 처음 장태하를 만났고, 그 후로 그와 그녀가 각자 유학을 떠나기 전까지는 늘 같은 학교에 다녔다. 어릴 적, 그녀는 장태하와 결혼을 하겠다는 생각을 해 본 적이 단한 번도 없었다. 그리고 그건 지금 또한 마찬가지다.

"어떻게 할 거야?"

"뭘."

"결혼 말이야, 결혼. 바쁜 내가 왜 이곳까지 널 만나러 왔겠어? 그 이유밖에 더 있겠어?"

태하는 빠르게 이야기를 쏟아 내는 서희를 보았다. 그러면서 잠시 대화의 템포를 늦추기 위해 앞에 놓여 있던 커피를 한 모금 마셨다. 성격 급한 서희가 이러한 행동을 참지 못한다는 것을 알면서도. 일부러 그녀의 신경을 긁어 놓고, 그녀를 안달복달 못하게 만든다.

그의 예상대로 먼저 이야기를 꺼낸 것은 김서희였다. 그녀는 자신의 마음을 고스란히 그에게 드러냈다.

"나도 이 결혼 원치 않아. 다른 여자의 남자가 됐던 사람, 내 쪽에서 거부라고."

"그럼 어른들한테는 왜 그렇게 말했어?"

"내가 뭘 말했다는 거야? 난 아무 말도 하지 않았어. 그냥 그 멍청한 치들이 지레짐작했겠지."

"……."

"제발 확실히 네 쪽에서 잘라 줄래? 나 진짜 요즘 괴로워서 못 살겠거든? 멍청한 여자들이 나만 보면 쑥떡거리고, 아주 짜증이나 미치겠다고!"

서희가 버럭 소리를 지르자 태하가 피식 웃음을 내뱉는다. 그러자 순간 서희가 행동을 멈추고 멍하니 그의 얼굴을 보았다.

장태하가 웃어? 이 인간이 웃을 줄도 알아?

그러한 서희의 생각을 읽은 태하가 잔을 테이블 위에 놓으며 말했다.

"나도 웃을 줄 알아."

"……내 생각 읽지 마, 기분 나빠."

"너무 솔직한 네 표정이 문제지."

"장태하!"

서희가 버럭 소리를 지르자 태하는 뒤로 기대고 있던 등을 바로 세우며 테이블 위에 손을 올려 두었다. 그의 네 번째 손가락에서 결혼식날 함께 나눠 낀 다이아몬드 반지가 반짝이고 있었다. 담의 손가락에 끼워져 있는 반지의 알이 더 크고 반짝였으나, 몸에 뭔가 주렁주렁 달고 다니는 것을 싫어하는 태하가 반지를 끼고 다닌다는 그 사실 하나만으로 반지의 존재는 더 크고 영롱한 빛을 띠는 것 같았다.

　서희가 그의 손에 끼워진 반지를 보았다. 결혼식 이후 그를 처음 보는 것이라 결혼반지 또한 처음 보는 것이었다. 그녀의 시선이 제 손을 향해 있다는 것을 안 그는 저도 시선을 내려 반지를 바라보며 말했다.

　"원하지 않았는데…… 이렇게 되어 버렸다. 장 회장님껜 이미 너와 결혼하지 않겠다고 말해 뒀어."

　"아……."

　"조만간에 다 정리가 될 거다. 그때까진 불편하더라도 감수해. 평생 네 손으로 돈 한 번 벌지 않았음에도 그 정도로 살 수 있는 건 이 정도의 불편함을 감수하는 대가니까."

　그의 말에 서희가 곧추세웠던 허리에 힘을 풀었다. 그리고 늘 굳어 있던 그의 얼굴에 서린 여유로움을 보며 피식 웃었다.

　"좋아?"

　그녀의 말엔 주어가 없었다. 뭐가 좋은지. 하지만 태하는 찰떡같이 알아들으며 잠시 고민하는 기색으로 얼굴을 찌푸리더니 이내 굳었던 입술에 힘을 풀며 말했다.

　"글쎄, 어때 보이는데?"

　태하의 물음에 서희는 망설임 없이 말했다.

　"무척 좋아 보여, 너."

　그녀의 말에 그 또한 동의하는지 고개를 끄덕인다. 그러면서 그는 서희에게도 경고처럼 들리는 말을 내뱉었다.

　"어, 편해, 요즘은. 그러니까 난 지금의 생활을 깨뜨릴 생각, 추호도 없다."

❖   ❈   ❖

담은 제 무릎 위에 올려져 있는 휴대전화에서 시선을 떼지 않고 있었다. 그 행동은 꽤나 오랫동안 지속이 되었는데, 움직임조차 없어서 시간이 흘러가는지조차 알아차리기 힘들 정도였다.

어둠이 내려앉고, 불을 켜 놓지 않은 거실 안조차 그 어둠이 침입했을 때다. 뒤에서 담을 바라보고 있던 이 비서가 '후' 하고 한숨을 내뱉자 그의 인기척을 느낀 담이 불만에 가득 찬 목소리로 말했다.

"사장님이 돌아오시면 전화하는 법부터 가르쳐야겠어요."

"많이 바쁘실 겁니다. 그래서……."

이 비서가 그녀를 위로하고 있을 때였다. 담의 무릎 위에 올려져 있던 휴대전화가 지이잉 소리를 내며 진동하더니 곧 벨소리가 울렸다.

깜짝 놀란 담이 이 비서를 올려다보자 그 또한 꽤나 놀란 눈치였다. 액정에는 태하의 번호가 떠 있었다.

"어?"

그토록 기다렸던 전화였건만 막상 오자 담이 당황해 버렸다.

"받으세요."

그리고 이 비서의 말이 들려와서야 그녀는 서둘러 전화를 받았다. 그는 담의 목소리가 들려오기도 전에 먼저 말했다.

-잘 지내고 있어?

"사장님은요?"

-피곤하지만, 좋아.

좋다는 그 말에 담의 입술에 부드럽게 미소가 번진다. 미국에서의 일이 잘 풀리고 있나 보다. 그는 자신에게 일에 대해서는 특별히 말하진 않아 출장을 떠난 일이 얼마나 힘들고 고된 일인지는 몰랐으나 그가 좋다고 말하니 그녀 또한 좋았다.

간단히 일 이야기를 물은 그녀는 이번엔 가장 궁금한 점을 물었다.

"언제 와요?"

─흐음, 이번 달 말일쯤.

"그럼 크리스마스는 함께 못 있겠네요. 아쉬워요."

그녀가 아쉬움이 뚝뚝 떨어지는 목소리로 말하자, 태하는 말이 없었다.

"함께하는 첫 크리스마스라 꼭 같이 있고 싶었는데."

이런 말을 하면 태하가 좋아하지 않는다는 걸 알면서도 담은 말했다. 그게 지금 그녀의 솔직한 심정이니까. 연인과 가족과 함께인 크리스마스, 작년 이날에는 그녀 홀로 아르바이트를 했었다. 그때의 심정이란. 외로움에 가슴이 사무친다는 느낌이 어떤 것인지 그때 처음으로 깨달았었다. 그래서 올해만큼은 꼭 그와 함께 있고 싶었던 그녀가 한숨을 내뱉자, 한참 말이 없던 태하가 힘주어 말했다.

─노력해 볼게.

"네?"

─그전에 갈 수 있도록, 노력해 본다고.

그의 입에서 처음으로 나온 '노력'이란 말. 그 말에 그녀는 고개를 뚝 떨군 후 속삭이듯 작은 목소리로 말했다.

"지금 당신이 무척 보고 싶어졌어요. 얼른 돌아와요."

행복에 가슴이 차오른다. 이 행복이 언제까지 갈진 몰랐으나……
지금은 그러한 불안감도 잊을 정도로 너무나 행복해 눈물이 나올 것만 같았다.

❖　❖　❖

거실의 중앙에 자리한 원목 가구는 크고 두툼했으며 위엄이 넘친다. 장 전 회장의 취향이 고스란히 반영된 가구는 태경이 처음 가구 디자인을 하고 나서 그가 생전에 선물한 것으로, 나뭇결이 그대로 살아 있는 오동나무로 만든 것이었다.

침대 매트처럼 푹신한 방석에 앉아 이슬차를 마시던 미현은 곁에서 들리는 아들놈의 목소리에 찻잔을 내려놓았다.

"정말 이런 걸로 되겠어요? 얼마나 철저한 놈인데."

"그런 사람일수록 믿음이 부서져 나가는 걸 견디지 못해. 그리고 그게 얼마나 소중한 것인지 알지도 못하고."

미현은 형인 태하를 '놈'이라 표현한 태준을 나무라지 않았다. 아주 익숙한 단어 선택인 듯. 그러면서 그녀는 태준보다도 더 독한 말을 늘어놓는다. 그녀의 말에 태준이 의심스럽다는 듯 눈을 게슴츠레 뜨며 말했다.

"흐음, 그래요?"

그는 동감하지 못하는 말이었다. 3년 전에 집에서 짝지어 준 여자와 결혼하고 예쁜 딸까지 낳았지만 그 모든 것이 그에겐 장신구 이상의 느낌은 주지 못했다. 그냥 당연히 사랑하지도 않는 여자와 결혼했고, 별 애정 없는 아이를 낳아 기르고 있다. 그래서 사랑이란 감정도, 믿음이란 감정도, 태준 그에겐 별 감흥이 없는 것들뿐이었다.

"그런 애들은 오히려 강한 바람에 무너지지 않아. 살살 불어오는

227

바람에 녹아 버리지."

미현이 정확한 분석을 내놓으며 찻잔을 들 때였다. 딩동, 집이 울릴 정도로 커다란 초인종 소리가 울린다. 기다리던 사람이 왔다는 소리였다. 그 소리가 꽤나 만족스러운 것인지 미현은 집안일을 봐주는 여주댁이 빠르게 달려가는 것을 보며 입술을 비틀었다.

"왔나 보구나."

아들 부부를 어떻게 갈라놓을지, 그들의 감정을 철저히 부숴 놓을지 미현의 머릿속에는 이미 모든 계획이 잡혀 있었다. 최근 자신 쪽으로 매수한 남자가 전해 준 몇 가지 정보를 떠올리던 미현은 집 안으로 들어서는 차우진 변호사의 모습에 입술을 비틀었다.

"차 변호사님, 이리 와서 앉으세요."

"아, 아, 네."

우진은 더듬더듬 걸음을 옮겨 미현의 반대쪽 의자에 앉았다. 우진은 푹신한 의자에 엉덩이가 아래로 꺼지는 것을 느꼈지만, 자리가 무척이나 불편하게 느껴졌다. 그건 반대편에 앉아 있는 미현의 얼굴이 욕심으로 번들거린다는 것을 알기 때문이다.

왜 불렀지?

그는 미현의 전화를 받고 나서도 계속 그 의문이 머릿속에 떠돌아다녔다. 자신이 장태준 사장의 쪽에 선 것을 그녀 또한 알고 있었기에 자신을 따로 부를 일이 없었다.

우진은 자신의 앞에 놓인 녹차를 보았다.

"오늘 내가 왜 부른 건지 궁금하죠?"

"아, 네. 무슨 일로 절……."

우진이 더듬더듬 말했다. 갑작스레 날아든 그녀의 물음 때문이었다. 미현은 곱게 립스틱을 발라 놓은 입술을 휘더니 들고 있던 잔을 내려놓았다.

"태하, 그 아이가 어떻게 지내고 있는지 궁금해서요. 내 전화는 통 안 받으니, 얼마나 궁금하겠어요, 내가? 그 아이랑은 잘 지내요?"

우진은 미현의 말에 잠시 고민했다. 그녀가 묻고자 하는 것이 태하의 소식이 아니라는 것을 알았기 때문이다. 왜 이러한 질문을 하는 거지? 무슨 속셈이지? 그렇게 생각하던 우진이 더듬더듬 입을 열었다.

"사장님께서…… 사모님을 좋아하고 계신 듯합니다. 진심으로요. 요즘 회사에서도 가끔 멍한 표정을 지으시거나, 일이 바쁜데도 부르시는 경우가 있습니다. ……요즘 사장님을 뵈면 예전의 모습은 상상조차 할 수 없습니다."

"그래요? 그거 다행이네요."

"네?"

"그럼 그 아이가 더 괴로울 거 아니에요."

미현이 비식거리며 말하자 곁에 앉아 있는 태준이 크게 웃음을 터뜨렸다. 정말 즐거워 미치겠다는 듯. 그때 미현이 우진의 앞에 사진 네 장을 내려다놓았다. 사진 속에는 태하와 서희가 호텔 안으로 들어가는 모습이 찍혀 있었다. 태하의 일정을 자세히 알고 있는 사람이라면 이곳이 태하가 묵고 있는 호텔이라는 것을 알겠지만, 아무것도 모르는 사람이 본다면 마치 둘이 관계를 즐기기 위해 이곳을 찾는 것처럼 보였다.

"이, 이건……."

"언론에 기사가 나갈 거예요, 곧."

"사모님!"

우진이 버럭 소리를 질렀다. 미현이 태준을 태룡의 후계자 자리에 올려놓으려 한다는 것은 그도 너무나 잘 알고 있는 사실이었다. 그랬기에 태하의 이미지를 망치는 일이라면 무엇이든 망설이지 않을 것이라는 것도. 하지만 방금 전 자신이 한 말 뒤에 곧바로 이러한 사진을 내어 놓는 것은 그의 상식에선 이해할 수 없는 부분이다.

"기사 막지 말아요. 그리고 이건 그 아이에게 전해 주고. 조 비서가 그 멍청한 아이를 위해 가져다주는 것처럼, 최대한 안타까운 모습으로 말이에요."

그렇게 말한 미현이 이번에는 흰 봉투를 그의 앞에 밀어 놓았다. 꽤나 두툼한 것으로, 반투명한 봉투 너머에서 5만 원권의 신사임당이 인자한 웃음을 짓고 있었다.

그 봉투를 보자 우진은 잠시 망설였다. 애초 태하의 편에 선 것도 모두 이 돈 때문이 아닌가. 최근 아이가 유학을 가고 감당할 수 없을 만큼 어마어마한 학비가 들자 돈도 마침 궁한 상태였다.

돈을 내려다본 우진이 침을 꼴깍 삼키며 말했다.

"하지만…… 이건 사장님의 이미지뿐만 아니라, 태룡 전체 이미지에도 막대한 손실을……."

"이거면 충분하지 않을까요, 차 변호사님?"

우진이 망설이는 기색을 보이자 이번엔 미현이 아닌 태준이 나섰다.

"제가 만약 후계자 자리에 오른다면 장태하, 그 인간이 제시한 것보다 더 큰 것을 드릴 수도 있습니다. 그러니 잘 생각해 보십시오."

태준이 고저 없는 목소리로 말하며 비열하게 웃어 보인다.

❖　◈　❖

　온 가족이, 혹은 연인과 함께하는 크리스마스이브. 담은 홀로 쓸쓸히 테이블에 앉아 케이크에 산타클로스 초를 꽂아 놓고, 샴페인 잔을 바라보고 있었다. 눈빛은 멍했고, 얼굴엔 아쉬운 기운이 뚝뚝 떨어진다.

　"많이 바쁘신 거겠죠?"

　그녀는 혼잣말처럼 읊조렸으나 뒤쪽에 그림자처럼 서 있던 이 비서가 답했다.

　"네."

　"그래도 전화도 안 받다니, 너무해요."

　담이 입술을 삐죽하게 내밀더니 투덜거린다. 되도록 일을 마치고 빨리 오겠다던 그의 목소리가 귓가에 웅웅 울리자 그에 대한 미움은 조금 더 커져 간다.

　담이 샴페인 잔 하나를 이 비서를 향해 들었다. 그러자 이 비서가 조심스럽게 다가와 잔을 들었다. 그 잔은 태하를 위한 것이었다. 하지만 그가 없으니 잔은 자연스레 이 비서에게 돌아갔다. 담은 자신의 잔까지 든 채 자리에서 일어났다. 그리고 멍하니 제 움직임을 눈으로 좇는 이 비서에게 한 걸음 다가가 잔을 부딪쳤다. 쨍, 하고 맑은 소리가 마치 종소리처럼 들렸다. 그래서일까. 담은 조금은 서운한 기색을 지우고 밝은 어조로 말한다.

　"정말 감사했어요. 이 비서님이 없었다면…… 지금까지 버티지 못했을 거예요."

　외로울 뻔했던 크리스마스이브에도 그가 있으니 조금 마음의 안정을 찾는다. 그는 그녀에게 초와 같은 존재였다. 뜨겁게 만들어 주진 않았으나 잔잔하게 제 마음을 데워 주고 온기를 불어넣는 사람이었다.

담의 얼굴을 보던 이 비서가 조심스럽게 말했다.

"아닙니다, 저야말로 감사합니다. 사모님을 모시게 되어…… 정말 기쁩니다."

이 비서는 웃고 있었으나 목소리는 씁쓸했다. 하지만 담은 이를 눈치채지 못하고 잔을 조금 들어 웃음이 가득한 목소리로 말했다.

"첫 잔은 원샷이에요. 알죠?"

말을 마친 담이 샴페인 잔을 기울여 막 마시려고 할 때였다. 도어록이 풀리는 소리가 들리더니 곧 문을 열고 태하가 들어왔다.

"어? 사장님?"

담이 깜짝 놀라 그를 보았다. 얼굴에 피곤한 기색이 역력한 태하의 손에는 커다란 캐리어가 하나 들려 있었다.

"뭐 하는 거야, 두 사람?"

집에 들어오다 말고 태하는 마주 보고 서 있는 두 사람을 보았다. 이 비서의 얼굴에 서린 놀란 기색. 그건 담의 얼굴에 서린 것과는 조금 다른 것이었다. 그리고 태하는 그러한 표정을 놓치지 않았다.

담은 들고 있던 잔을 테이블 위에 내려놓고 태하에게 달려갔다. 그녀의 머리카락이 휘날리자 이 비서의 시선이 자연스레 그녀의 뒷모습에 닿는다. 그녀는 망설임 없이 태하의 품으로 뛰어든 뒤 단단한 허리에 팔을 둘렀다.

"미리 연락해 주시지! 그럼 조금 늦게 시작하는 건데."

그녀가 기쁨에 찬 목소리로 말했지만 태하의 시선은 여전히 이 비서에게 향해 있었다.

두 사람의 시선이 날카롭게 부딪혔다. 방금 전까지만 해도 불편한 기색이었던 이 비서의 표정 또한 태하의 것만큼 날카롭고 차가웠다.

태하가 그녀를 안고 있는 팔에 힘을 주며 이 비서를 보았다.

"이 비서, 그만 퇴근하지."

그의 목소리엔 경고가 담겨 있었다. 그리고 그 경고를 이 비서는 한 번에 눈치챘다. 들고 있던 잔을 내려놓은 그가 성큼성큼 현관 쪽으로 다가오자 담은 그의 품에서 조금 빠져나와 아쉬운 얼굴로 말했다.

"파티할 건데…… 지금 가셔야 해요?"

"네, 사모님. 그럼 26일 날 뵙겠습니다."

허리를 숙여 인사한 이 비서가 재빨리 현관문을 열고 나서자 담이 시무룩한 얼굴로 말했다.

"아쉬운데…… ."

"내가 왔는데도 아쉽다는 거야?"

"네?"

담은 거친 그의 어조에 깜짝 놀라 고개를 들었다. 그러자 그의 눈동자에 뒤섞인 묘한 감정을 발견한다. 그에게선 볼 수 없었던 불꽃. 그래서였을까. 담은 여우 짓을 하는 여자처럼 고개를 젓고 그의 허리를 껴안고 있던 팔에 힘을 주었다.

"그럴 리가요. 저 지금 정말 기쁜데요?"

그녀의 말에 굳었던 그의 표정이 그제야 느른하게 풀려 간다. 그의 표정에 변화를 느낀 담은 캐리어를 받아 먼저 집 안으로 들어서며 말했다.

"씻고 나오실래요? 우리 크리스마스 파티해요."

그녀의 크리스마스는 이제부터 시작이었다.

"케이크 있는데 드실래요?"

담은 머리를 툴툴 털며 밖으로 나오는 태하를 보며 물었다. 그는 머리를 말리던 수건을 어깨에 걸친 뒤 말했다.

"좋지."

그러면서 성큼성큼 그녀에게 다가온 태하는 테이블 위에 올려져 있는 생크림 케이크를 보았다. 가장 정상에 꽂혀 있어야 할 딸기가 하나 사라진 모습을 그가 멀뚱히 바라보고 있자 담은 어색하게 헤헤 웃으며 말했다.

"미안해요, 먼저 먹어 버렸어요. 요즘 과일이 왜 이렇게 먹고 싶은지 몰라요."

"과일?"

그의 물음에 담이 고개를 끄덕이더니 말을 이었다.

"네. 원래 과일을 좋아하는 편이 아니었는데 요즘은 유독 땡기더라고요. 이상하죠?"

그러면서 또다시 헤헤 웃는 담의 모습에 태하가 피식 웃음을 터뜨렸다. 다음에 퇴근할 때 과일바구니라도 하나 사 들고 들어와야겠다고 생각하며.

곧이어 담이 케이크 칼을 들자, 태하가 그녀의 손을 막았다. 담이 커다란 눈을 깜빡이며 물었다.

"응? 케이크 먹는다면서요?"

"먹을 생각이야."

"아, 그냥 젓가락으로 잘라서 드시게요?"

그러면서 담이 자리에서 일어났다. 포크로는 먹기 힘드니 부엌에서 젓가락을 가져와야겠다 생각하며. 하지만 이 생각 또한 틀렸는지 태하는 팔을 뻗어 그녀의 손을 붙잡으며 고개를 저었다.

"아니."

이젠 정말 그의 의중을 읽지 못하겠다는 듯 담이 눈을 깜빡였다. 속이 워낙 깊은 사람이다 보니 그의 생각을 읽기가 하늘의 별따기보다 힘들었다. 담이 고개를 기울이자 그는 그녀의 손을 잡고 있던 팔에 힘을 주어 잡아당겼다. 순식간에 그녀가 소파 위에 철푸덕 누웠다.

담이 눈을 깜빡였다. 갑자기 무슨 일이 일어난 거지? 갑작스러운 일에 정신을 차리지 못하는 모습이었다. 하지만 태하는 너무나 태연스럽게 그녀가 입고 있던 옷을 벗기고 속옷마저 너무나 쉽게 벗겨 냈다. 그가 손을 움직일수록 심장이 더욱 거세게 쿵쾅거리고 발가락이 저릿저릿했다.

"사장님, 저 지금 사장님께서 무슨 이야기를 하시는 건지 잘 모르겠……!"

그녀가 빠르게 말했다. 하지만 태하는 그녀의 이야기를 귓등으로도 듣지 않으며 손가락에 생크림을 묻혀 그녀의 발가락 끝에 문질렀다. 담이 화들짝 놀라 그를 바라본다.

"사장님!"

그녀가 벼락처럼 외쳤다. 태하가 어느새 그녀를 뚫어져라 바라보며 혀끝을 꼿꼿하게 세워 발가락을 입안에 머금었다.

"으흥!"

그가 천천히 혀를 놀려 발가락을 핥을수록 그녀의 몸이 위로 팔짝팔짝 뛰어올랐다. 여성의 깊은 속이 뜨거워지며 간질간질했고,

235

손은 저절로 주먹이 쥐어졌다.

"읏!"

숨이 막혀 제대로 숨을 쉴 수가 없었다. 숨을 헐떡이며 그녀가 거친 신음을 연신 뱉어 냈다. 하지만 태하는 아직 만족스럽지가 않은지 이번에는 그녀의 젖꼭지에 생크림을 살짝 올려 둔 뒤 자신의 손가락을 핥으며 말했다.

"케이크 먹겠다고 했잖아."

그러면서 고개를 숙인 그가 빳빳하게 선 젖꼭지를 혀로 굴리며 장난스럽게 말했다.

"엄청 큰 케이크라 다 먹으려면 시간이 걸리겠는데?"

[3]

담은 배를 손으로 꾹 누르며 화장실을 나섰다. 뒤로는 변기에서 물이 내려가는 소리가 시원하게 들려왔지만, 그녀는 뒷일을 제대로 보지 못했는지 얼굴에 주름을 잔뜩 잡고 있었다. 배가 찌르찌르 아팠고, 변기에 앉아도 개운하지가 않으니 답답함에 짜증이 울컥 솟았다. 담이 아랫배를 손으로 꾹 누르며 고개를 기울였다.

"이상하다? 왜 이렇게 아프지?"

병원에 가 봐야 하는 것은 아닐까, 생각하던 담이 곧장 현관으로 향했다. 어제 새벽, 당일 일정으로 홍콩 출장을 간 태하는 오늘 저녁이 되어서야 한국으로 입국할 예정이었다. 신문을 읽을 주인이 없다 하더라도 테이블에 미리 준비를 해 두는 것이 좋았다. 현관 앞주머니에 꽂혀 있는 네 종류의 신문을 들고 안으로 들어온 담이 테이블 위에 신문을 올려놓으려다 말고 손을 멈췄다.

〈태룡의 황태자, 결혼 생활에 적신호?〉
〈장태하 사장, 김명진 의원 딸과의 핑크빛 로맨스?〉

호텔 안으로 들어가는 태하와 서희의 사진이 대문짝만하게 실린 기사가 한둘이 아니었다. 집에서 받아 보는 신문에 나 있는 기사는 하나같이 자극적인 제목이었고, 기사 내용 또한 뜬구름 잡는 '~카더라'가 아닌 정확한 일정과 시간까지 기입해 신빙성을 더하고 있었다.

깜짝 놀란 담이 눈을 깜빡였다. 눈을 천천히 감았다 뜨던 담이 손을 부르르 떨며 신문을 구겨 버렸다. 그때 그녀가 미처 알아차리기도 전에 문을 열고 이 비서가 안으로 들어왔다.

그는 곧장 담에게 달려와 그녀가 들고 있던 신문을 빼앗았다. 그러자 담의 입에서 신음이 흘러나온다.

"아……."

"보지 마십시오, 믿지 마십시오!"

헐레벌떡 달려온 이 비서가 거친 목소리로 외쳤다. 담의 시선이 이 비서에게 닿는다.

담은 이 비서의 모습을 보자마자 웃음을 내뱉었다. 늘 깨끗하고 깔끔한 모습을 유지하던 그가 오늘은 달랐다. 바람에 따라 흐트러진 머리와 붉어진 코, 입에서도 연신 거친 숨소리가 흘러나왔다. 그 모습을 눈에 담은 담이 또다시 웃음을 터트린 후 아무렇지도 않은 목소리로 말했다.

"그 사람…… 김서희 씬가요? 한 번 본 적이 있어요."

아무렇지도 않은 목소리로 말하는 담의 모습에 이 비서의 얼굴이 일그러졌다. 얼굴은 웃고 있었으나 눈동자는 텅 비어 있었다.

부스럭, 이불과 살갗이 부딪히는 소리와 함께 담이 자리에서 일어났다. 얼굴엔 잠이 가득했으나 텅 비어 있는 옆자리를 바라보는 눈은 음울했다.

시선을 돌려 창을 보자 창밖엔 이미 해가 떠올라 있었다. 평소보다 늦게 일어난 그녀였지만 여전히 눈엔 잠이 그득했다. 찌뿌드드한 몸을 풀던 그녀가 고개를 돌려 자리에서 일어나려고 할 때였다. 문가에 세워져 있는 캐리어를 본 그녀의 어깨가 움찔 떨렸다.

"어?"

지난밤, 그가 집에 들어왔던 것일까? 담이 이불을 걷고 자리에서 벌떡 일어나 안방을 나섰다. 텅 비어 있는 거실을 빠르게 눈으로 훑던 그녀가 서재로 향했다. 서재 문을 열자 깔끔하게 정리된 침대가 보였다.

"어디 갔지?"

캐리어가 있다는 것은 그가 집에 왔다는 뜻인데 가방을 제외하곤 다른 흔적은 보이지 않았다. 힘이 빠진 그녀가 소파에 털썩 주저앉아 지끈지끈 아픈 머리를 손가락으로 꾹 눌렀다. 기쁨에 커다랗게 부풀었던 마음이 바람 빠진 풍선처럼 쪼그라들어 버렸다.

가슴은 허하고 머리는 어지러웠지만 그녀는 또다시 밀려오는 잠에 몸을 휘청거렸다. 정신을 차리지 못하고 연신 몸을 휘청거리던 담이 순식간에 잠에 빠져들어 몸을 가누지 못하고 있을 때였다.

띠띠띠—

도어록이 풀리는 소리와 함께 문이 열렸다. 그 소리에 담이 눈을 번뜩 뜬 후 자리에서 일어난다. 그녀의 예상과 같이 태하가 문을 열고 들어오고 있었다.

"어디 다녀오셨어요? 가방이 있어서…….."

"음, 일이 많아. 돌아오자마자 회사 갔었어."

태하의 말에 담이 고개를 끄덕였다. 그가 그렇다면 그런 것처럼. 담은 태하가 자신에게 외투를 건네자 그걸 받아 들었다. 그리고 잠이 그득한 눈동자로 그를 올려다보았다. 서재로 향하려던 그는 담의 시선에 잠시 걸음을 멈추더니 그녀를 보자마자 하리라 마음먹었던 말을 꺼냈다.

"기사는…….."

태하가 운을 떼자 담은 고개를 끄덕이며 그의 말을 잘랐다. 평소라면 절대 하지 않았을 행동이었다. 다급한 마음에, 그의 입에서 어떠한 말이 나올지 몰라 두려움에 그리한 것이다.

"믿어요, 사장님. 별일 아니죠? 그냥 우연히 찍힌 거죠?"

그녀가 고개를 끄덕이며 말하자 태하는 잠시 입을 다물었다. 그러다가 천천히 말했다.

"그래."

"그럼 됐어요."

담이 웃는 것을 보던 태하가 고개를 끄덕인다.

그녀의 말을…… 그녀의 웃음을…… 그녀의 연기를…… 그는 너무나 멍청하게 믿어 버렸다.

그는 홍콩에서 돌아오고 나서도 무척이나 바쁜 일정들을 소화해

내야 했다. 그녀와 약속했던 제주도 여행은 이미 까맣게 잊혀진 뒤. 하지만 담은 불만 하나 없이 홀로 침대에서 잠들었고 아침에 일어 났다. 가끔 태하의 비서를 불러 그의 옷가지와 속옷을 챙겨 주는 것이 아내로서 하는 유일한 일이었다. 그리고 그날도 그랬다.

이 비서가 출근하기도 전에 초인종이 울리자 그녀는 미리 준비해 둔 종이가방을 챙겨 들고 현관으로 나섰다. 그의 곁을 꽤 오랜 시간 지켰다는 조 비서가 웃으며 기다릴 것이라고 생각한 것과는 달리 문을 열고 밖으로 나가자 우진이 서 있었다.

"어? 차 변호사님? 이 시간엔 무슨 일이세요?"

담이 눈을 깜빡이며 물었다. 우진이 자신을 찾아올 일이 없기 때문이다. 우진은 의아한 얼굴로 자신을 바라보는 담의 모습에 잠시 망설였다. 하지만 곧 늘 그랬던 것처럼 사람 좋은 얼굴로 웃으며 말했다.

"잠시 이야기 괜찮으시겠습니까?"

"그럼요, 들어오세요."

담이 옆으로 비켜 주자 우진이 어깨를 움츠리며 안으로 들어왔다. 그리고 부산스럽게 몸을 움직이는 담의 뒷모습을 보다가 더듬 더듬 소파에 앉았다.

"죄송해요. 집이 조금 어지럽죠? 차는 뭐로 드릴까요?"

고개를 돌려 깨끗하기만 한 집을 보던 우진이 고개를 저었다.

"아니요, 괜찮습니다. 금방 들어가 봐야 합니다."

"사장님도 요즘 많이 바쁘시던데 차 변호사님도 그러신가 봐요."

담이 웃으며 우진의 맞은편에 앉으며 말했다. 그러자 우진이 어색하게 웃으며 고개를 끄덕인다.

그의 마음은 여전히 전쟁 중이었다. 미현이 지시한 대로 해야 할까 아니면 장태하 사장과의 의리를 계속 지켜 나가야 하는 것인가. 집에 가 열어 본 봉투에는 꽤나 큰 금액이 들어 있었다. 봉급쟁이인 그는 감히 만져 볼 수도 없는 금액.

봉투를 받아 들고 집으로 오면서도, 그리고 답과 마주한 지금에도 그는 끊임없이 고민했다. 그리고 그녀의 앞에 사진을 놓아두는 순간, 장태하 사장의 가장 큰 적이 되어 지금 제 자리를 위협할지도 모른다. 그러다가 우진은 고민하는 얼굴로 자리에서 일어나는 순간 미현이 한 말이 떠올랐다.

"우리가 장태하, 그 아이에게서 당신을 지켜 주지 못할 수도 있겠죠. 하지만, 태룡그룹 고문 변호사 자리보다 더 높은 자리를 보장할 수도 있습니다. 그 자리가 어떤 곳인지…… 당신은 궁금하지 않습니까?"

"그게…… 뭡니까?"

"C&C 로펌에 상임 변호사 자리가 비었다더군요. 부장 변호사 자리가 비었다고 하고요. 태룡그룹 고문 변호사처럼 파리 목숨 직도 아니고, 페이도 지금의 것보다 세 배라고 들었습니다. ……잘 생각해 보세요."

C&C 로펌이 어떤 곳인가. 대한민국에서 최고로 꼽히는 로펌이 아닌가. 변호사 수가 기하급수적으로 늘어나면서 한 달에 2, 300만 원 버는 것도 힘들다고는 하나, C&C 소속 로펌에 속한 변호사들에겐 다른 세상의 이야기였다.

미현의 제안을 떠올린 우진의 입안이 바짝바짝 말라 갔다. 그는 지금 이 순간까지도 어찌할 바를 몰라 혀를 내밀어 입술만 적실 뿐이었다.

그의 모습에 담이 고개를 기울였다. 아침 댓바람부터 찾아와 아무런 말도 하지 않는 우진의 모습이 이상해서이리라.

담이 우진에게 물을 참이었다. 그때, 결심이 섰는지 그가 서류가방에서 봉투 하나를 꺼내 담의 앞으로 내밀었다.

"이게 뭔가요?"

"사모님이 아셔야 할 내용인 것 같아서 찾아왔습니다."

우진의 이야기를 들으며 담이 봉투 안을 살펴보았다. 안에는 사진이 들어 있었다. 손을 넣어 사진을 꺼낸 담이 눈을 깜빡였다.

"아……."

"사장님을 모시고는 있지만…… 그래도 사모님께서도 알아야 할 일 같아서요."

담의 손끝이 파르르 떨렸다. 기사에 나온 사진보다 더욱 클로즈업되어 있는 사진 속의 태하는 멋있었다. 검은색 트렌치코트를 입고 있었고, 손에도 멋스런 가죽 장갑을 끼고 있었다. 하지만 그것보다 멋있는 것은 옆에 있는 여인을 바라보고 있는 눈빛이었다.

그는 웃고 있지는 않았으나 늘 타인에게 세워 두는 벽을 세우고 있지 않았다. 그걸 담은 한눈에 알 수 있었다. 그의 세계 안에 담아둔 사람이라는 걸.

김서희…… 그 여자였다.

"이 세계는 그러한 세계입니다, 사모님. 결혼했지만 배우자가 아닌 다른 여인을 품어도 되는…… 마음이 통해 결혼한 것이 아니기에 이 세계에서의 배우자는 단순한 사업파트너입니다. 아마도 사장님께서는 사모님께서 생각하시는 그러한 가족이 되어 주시지 못할 겁니다."

담이 말문을 잃고 눈만 깜빡였다. 눈동자는 무거운 빛으로 일렁였다. 그 모습을 가만히 보던 우진이 결국 고개를 숙여 버렸다.

처음 그녀를 만났을 때, 그녀가 했던 말이 아직도 가슴에 사무쳐 있었다. 그 또한 사랑하는 아내와 처자식이 있기에 그녀의 말에 너무나 감동을 받았다.

내 편, 내가 무슨 짓을 하든, 어떠한 죄를 짓든 내 편이 되어 줄 사람.

차우진은 자신의 이러한 선택을 자신의 가족은 이해하고 자신의 편이 되어 주리라 생각하며 한숨을 내뱉었다.

"차 변호사님, 감사해요. 그런데…… 저, 조금 피곤해서요. 자야겠어요."

한참이 지나서야 담은 웃는 얼굴로 그렇게 말했다. 평소처럼 아무렇지 않는 얼굴로. 그러자 우진이 더듬더듬 자리에서 일어났다.

"죄송합니다, 사모님. 이런 이야기를 사모님께 전해 드리고 싶지는……."

"아니에요, 차 변호사님. 감사합니다."

짧게 말한 그녀가 한숨처럼 말한다.

"정말 감사해요."

담은 우진이 현관문을 열고 밖으로 향하자 비척거리는 발걸음으로 안방으로 향했다.

탁.

문이 닫히는 소리만 집 안 가득 울렸다.

이 비서는 열리지 않는 안방 문을 보고 서 있었다. 말없이, 움직임 없이 문만 바라보고 있는 그의 눈빛에 언뜻 걱정이 비친다. 그렇게 몇 시간이 지나도 문이 열리지 않자 걱정에 거실 안을 이리저리 서성였다. 그러다가 그가 다시 안방 앞에 멈춰 섰다. 담은 오늘 하루 종일 안방에서 나오지 않고 있었다. 그가 밖에 있다는 것을 알면서도. 그리고 이렇게 걱정하리라는 것을 알면서도.

"후우."

이 비서의 입에서 깊은 한숨이 흘러나왔다. 노크를 하고 안으로 들어가 볼까, 고민하고 또 고민하고 있을 때다. 안방 안에서 부스럭거리는 인기척과 함께 비명이 터져 나온 것은.

"꺄악!"

담의 비명에 깜짝 놀란 이 비서가 문을 벌컥 열고 안으로 들어갔다.

푹신해 보이는 하얀 침대 이불 위, 눈물을 가득 머금고 이 비서를 올려다보는 담은 절망이 가득한 얼굴이었다. 눈물을 후두둑후두둑 쏟는 그녀의 모습에 이 비서가 안으로, 안으로 더듬더듬 들어갔다.

그의 눈앞이 어지럽게 변한다. 하얀 침대시트 위, 장미 꽃잎처럼 붉지만 위험한 색채가 어지러이 널려 있다.

"사모님!"

재권이 비명처럼 외쳤다.

툭.

눈물이 흘렀다.

투둑투둑.

그 눈물이 그녀의 가슴을 적신다.

투둑, 투두둑…….

그리고 그녀의 모든 것을 슬픔으로 물들인다.

담은 멍한 눈으로 창밖을 보았다. 창밖은 온통 어둠이다. 짙은 그 어둠은 그녀의 마음까지 잠식할 정도로 한 치 앞도 보이지 않는 색이었다.

코끝을 찌르는 소독약 냄새. 그리고 살갗에 차갑게 닿는 병원복.

몸이 아래로 꺼질 것만 같은 기분에 어깨가 아래로 처지고, 찌르르 아픈 가슴에서는 살점이 떨어져 나간 것처럼 끔찍한 고통이 느껴졌다. 그녀는 까슬까슬한 입술을 달싹이며 옆에 있는 재권에게 물었다.

"사장……님은요?"

"부산에서 급히 올라오고 계십니다."

"그 말은…… 네 시간 전에도 하셨어요."

담이 고개를 돌려 재권을 보며 후후 웃었다. 입에서는 웃음소리가 흘러나왔으나 눈과 입술은 웃고 있지 않았다. 텅 비어 버린 그녀의 몸을 두드리면 텅텅 소리가 날 것만 같았다. 내용물이 전혀 없는 그런 빈 깡통과 같은 소리가.

"아…… 아…… 아픈데…… 빨리 와 줬으면…… 좋겠는데…….
사장님은…… 오늘 같은 날에도 참 바쁘시네요."

담이 꺽꺽거리며 말했다. 눈물은 흘리지 않았으나, 괴로움을 토해 내지는 않았으나, 가뭄에 쩍쩍 갈라진 논바닥처럼 끔찍한 목소리는 재권의 마음도 할퀴고 지나갔다.

재권이 그녀에게 다가가 위로의 말을 하려고 할 때였다. 벌컥, 소리와 함께 병실 문이 열리더니 굳은 얼굴의 태하가 성큼성큼 걸어왔다. 걸어오는 그사이, 재권과 눈이 마주치자 태하는 그에게 경고의 눈빛을 보냈다. 당장 이 자리에서 꺼지라는 뜻이었다.

재권이 허리를 숙인 후 병실을 나가자 태하는 그를 보자마자 무게를 이기지 못한 눈물을 후두둑 떨어뜨리는 담에게 다가갔다. 그녀는 안아 달라는 듯 팔을 뻗었다.

안아…… 주세요. 나 좀 안고…… 위로해 줘요.

그녀는 눈빛으로 그렇게 말했다. 제발 날 끌어안고 이 현실을 잊게 해 달라는 듯. 하지만 태하는 몇 걸음 떨어져 있는 그곳에서 차갑고 냉랭한 눈으로 담을 내려다보았다. 온몸이 얼 듯 차가운 그의 몸짓과 눈빛을 그제야 보았는지 담이 서서히 팔을 내렸다. 그리고 한숨에 슬픔을 담아 훅, 뱉어 냈다.

축축하게 젖은 눈에서 눈물을 털어 내던 담을 바라보며 태하가 이를 악물었다. 남성답고 잘 빠진 턱이 움찔거리며 그의 화가 어느 정도 되는지 잘 보여 주고 있었다.

그는 상처받은 담에게 천천히 걸음을 옮겨 다가갔다. 눈동자엔 맹수의 것처럼 거칠고 잔혹한 빛이 담겨 있다. 그의 눈빛에서 불길한 빛을 발견한 그녀가 엉덩이를 움직여 뒤로 더듬더듬 물러났다. 하지만 태하는 그녀가 피하는 것을 절대 용서하지 않겠다는 듯 그녀의 어깨를 부서져라 움켜쥐며 말했다.

"누구의 아이지?"

"아!"

그에게 잡힌 어깨가 아픈 것인지 담이 몸을 파르작 떨어 댔다. 이미 그녀의 몸은 무엇 하나 견딜 수 없을 정도로 끔찍한 상태였으나 태하에겐 자비란 없었다.

"누구 아이냐고 물었어."

그가 경고가 가득 담긴 목소리로 말했다. 읊조리듯 아주 작은, 고저가 없는 목소리였다. 그래서였을까. 담은 그의 냉담함에 두 눈 가득 눈물을 매달았다.

"당신 아이예요."

"그럴 리가 없어!"

"당신 아이라고요! 지금 무슨 소릴 하시는 거예요?"

그의 고함에 담 역시 고함으로 맞섰다. 몸이 휘청일 정도로 엄청나게 큰 목소리로.

"당신 아이예요! 당신 아이가 아니라면 누구 아이라는 거예요!"

그렇게 악을 쓰고 또 써 댔다. 자신을 의심하는, 그리고 세상에 태어나지도 못한 채 떠나간 그 아이를 의심하는 그에게 진정으로 화가 나서. 하지만 태하는 여전히 굳은 얼굴로 마치 배신을 당한 사람처럼 그녀에게 말했다.

"그럴 리가 없다고 몇 번이나 말했나? 지금이라도 솔직하게 털어놔. 그렇지 않으면 너에게 두 번의 기회는 없어."

"기회……요?"

"그래, 기회. 용서받을 수 있는 기회."

뭘 용서받는단 말인가. 아이를 지키지 못한 그 죄에 대한 용서? 아니, 그는 그런 용서를 말하는 것이 아니야. 그 불쌍한 아이를…… 꽃 피워 보지도 못한 그 아이를 의심하고 있는 거잖아? 자신의 아이가 아니라고! 그러고 있는 거잖아!

심장도 뛰던 그 아이…… 사랑스러운 그 아이…… 나와 내가 사랑하는 장태하의 아이……. 그 아이의 존재를 부정(不正)하고 부정(不貞)하고 부정(不淨)하고 부정(否定)하잖아, 지금!

그녀의 가슴 깊은 곳에서 분노가 치밀었다. 모든 것을 부정하기만 하는 그에게 화가 나 미칠 것만 같았다.

이 일에는 당신의 탓도 있어! 그래, 내 탓만은 아니야! 내 탓만은 아니라고!

그러한 비명이 머릿속에서 끊임없이 울리고 울려 그녀의 몸을 진동하게 만들고 지옥 속으로 처넣었다.

"당신의 아이가 아니라면요?"

분노에 세상이 뿌옇게 변했다. 분노에 눈물이 멈추고 몸의 떨림도 사라진다. 그녀의 말에 태하는 '역시나'란 표정을 짓더니 입술끝을 비틀었다. 비틀린 그의 마음만큼이나.

"그래도 넌 날 떠날 수 없어."

그의 말에 담은 몸에 힘이 쭉 빠지는 것을 느꼈다. 그와 같은 이야기를 하고 있었으나 전혀 다른 대화를 나누고 있는 것처럼 느껴졌다.

담이 힘없는 목소리로 말한다.

"왜죠?"

"내 아내니까."

그렇죠……? 날 아내라고 생각은 해 주는 거죠……? 그렇게 생각하던 담이 또다시 비집고 올라오려는 눈물을 삼켰다. 그리고 그가 진실을 믿어 주길 바라며 말했다.

"네, 전 당신의 아내죠. 그 아이도 당신의 아이였어요."

"그럴 리가 없어!"

"왜 믿지를…… 믿지를 못해요……."

난 당신의 모든 것을 믿었는데…… 그 말도 안 되는 기사에 대해서도 그냥 믿어 줬는데, 결국 그런 사진까지 보게 만들었으면서! 무조건 믿어 줬는데 왜 당신은 날 믿지 않는 거냐고요!

그녀는 그렇게 소리치고 싶었다. 하지만 그녀가 입술을 달싹일 때 그가 먼저 소리쳐 말했다.

"난 지금 아이를 가질 수 없는 몸이니까! 수술을 했어! 아이 따윈 필요 없어서!"

태하의 비명은 비수가 되어 담의 심장에 꽂혔다.

아이가 필요 없어서 자신 몰래 수술을 했다는 그 말은, 그가 자신이 다른 남자의 품에 안겼다는 의심을 하는 것만큼이나 아프게 다가왔다.

"그럼 병원에 가서 검사를 해 보세요. 아니에요, 제 인생에 남자는 당신뿐……."

"미안하지만 두 달 전에 가서 검사를 해 봤어."

유산한 아이가 10주 째였으니 말도 안 된다는 이야기였다.

그는 자신의 말을 믿지 않았다. 그 아이의 존재에 대해서도.

어디서부터 어디까지 잘못된 것일까?

아니, 아니야…….

그렇게 생각하던 담이 눈을 질끈 감아 현실을 가린다.

"우린…… 뭔가 잘못되어 있어요. 아니, 처음부터 잘못됐어요."

그래서 이제 와 어떻게 할 수 없을 정도로 엉켜 버렸다고요.

"그래서…… 나의 간절한 이야기조차 당신은 믿지 않는 거겠죠?"

담의 이야기에 태하는 넓고 단단한 등을 그녀에게 보여 주며 차갑게 꾸짖었다.

"연기하지 마. 보는 눈이 많으니 병실 밖으론 한 발자국도 나오지 말고."

"……."

"이 일에 대해선 추후에 묻도록 하지."

이젠 차가운 눈동자조차도 그녀에게 닿지 않는다.

[4]

서늘한 정적이 맴도는 VVIP전용 병실 병동 복도. 다른 이들의 인적은 찾아볼 수 없는 이곳에 두 남자가 마주 보고 서 있었다. 한 명은 몸을 웅크린 상태였고, 하나는 꼿꼿하게 허리를 편 채 자신의 앞에 서 있는 남자를 보고 있었다.

태하는 화를 잔뜩 머금은 목소리로 말했다.

"이재권, 내가 왜 널 정담 옆에 붙여 놨는 줄 알아?"

"죄송합……."

재권이 양손을 모은 채 고개를 숙였다. 태하가 왜 자신을 담의 곁에 붙여 놨는 줄 안다. 틈만 보이면 물어뜯기 바쁜 이곳에서 말없이 자신의 일만 묵묵히 하는 사람이었기 때문이다. 믿는 사람. 그래, 믿는 사람이었다. 지금은 아니지만.

무표정한 얼굴로 시선을 내리고 있는 재권을 바라보는 태하의 눈동자가 흔들렸다. 그에게선 잘 볼 수 없는 감정의 동요. 만약 다른 이가 그의 뒤통수를 쳤다면 이 정도로 흔들리지 않았을 것이다. 이재권, 그가 자신에게 등을 돌렸기 때문에 그는 더더욱 화가 났다.

그는 지금 이 순간 재권에게 묻고 싶었다.

아이의 아빠가 누구야. 설마 너냐?

그렇게…….

하지만 태하는 재권의 입에서 어떠한 말이 나올지 몰라 두려움에 묻지 못했다. 그 대신 지금 이 순간 자신의 마음을 가장 잘 대변할 수 있는 말을 꺼냈다.

"널 그나마 믿었기 때문이다."

태하의 목소리가 아프게 복도를 울린다. 이에 재권은 아무런 말도 하지 못했다. 태하는 재권을 묵묵히 바라보다 이내 고개를 돌려 고저 없는 목소리로 말했다.

"내일부터 나오지 마. 다시는 내 눈에 띄지 마라."

해고였다. 하루아침에 직장을 잃은 재권은 태하에게 사과의 말을 건네거나 무고하게 그만두게 되는 것이라며 화를 냈어야 했다. 하지만 재권은 목을 죄고 있던 검은색의 넥타이를 손으로 끌어냈다. 그러더니 곧 허리를 숙여 인사한 뒤 태하와 시선을 맞추며 웃었다.

"감사합니다."

"뭐……?"

"제 지옥을 끝내 주셔서…… 감사합니다, 사장님."

속이 후련하다며 웃는 재권의 모습에 태하의 눈빛이 흔들렸다. 하지만 태하는 멀어져 가는 재권의 뒷모습에도 차마 그를 붙잡지 못한 채 부르르 떨리는 주먹을 말아 쥐기만 할 뿐이다.

담은 그가 굳이 경고하지 않았더라도 병실 밖으로는 한 발자국도 나갈 마음이 없는 듯 보였다. 홀로 있는 병실. 큰 창문만 바라보는 그녀는 7개월 전으로 돌아가 있었다. 세상에 대한 미련 따윈 모두 놓아 버리고, 홀로 이 거친 세상을 살아갈 힘조차 잃었던 그때. 바삭바삭 생기를 잃은 풀잎처럼 가만히 누워만 있던 그때로.

아무것도 하지 않았고 아무것도 마시지 않았으며 아무것도 먹지 않았다. 생각조차 하지 않으며 그렇게 시간이 흘러가길. 그리고 죽이고 또 죽였다, 시간을, 그녀를. 끔찍한 생각이 떠오르려는 머리를.

그렇게…… 그렇게…….

가만히 있었다. 마치 죽은 생물처럼.

어느새 병실 안으로 들어온 태하가 담의 옆모습을 바라보고 있었다. 그 또한 예전으로 돌아가 있었다. 그녀에게 마음을 열기 전, 빗장을 열기 전으로. 차갑고 매서운 눈빛으로 그녀를 한참이나 보고 있던 그가 걸음을 옮겨 그녀에게 다가갔다.

"일어나."

"아……."

그가 미처 들어온 것을 몰랐다는 듯 담이 작게 소리 낸 뒤 비척비척 자리에서 일어났다. 그러다가 자신의 평평한 배를 손으로 만지더니 비식 웃었다.

"이상하죠? 순식간에 많은 게 변해 버렸어요."

"헛소리할 거면……."

"이곳에서 숨 쉬던 아이도 없어졌고…… 당신이 날 바라보던 눈빛도 변했어요. 너무나 순식간에."

"정담!"

"다 변해 버렸어요."

그녀가 병실에서 지냈던 일주일간, 그는 단 한 번도 그녀를 만나러 오지 않았다. 그녀의 얼굴만 보면 지금처럼 속에서 그 크기를 알 수 없을 만큼 엄청난 화가 치솟았기 때문이다. 태하가 버럭 소리를 지르며 분노로 번뜩이는 눈동자로 그녀를 보았다. 그 분노는 그녀를 더욱 상처 내라며 종용한다. 잔혹한 그놈은 아가리를 벌려 당장이라도 그녀를 집어삼키겠다며 그의 속에서 크르렁거렸다.

그랬기에 태하는 입을 다물 수밖에 없었다. 이 화가 그녀에게 미치는 순간, 그녀의 마음이 얼마나 산산이 부서질지 알기에 그는 침묵으로 그녀를 탓했다.

하지만 담은 다르게 받아들였던지 들고 있던 짐을 태하에게 건네며 말했다.

"이 비서님이 안 보여요. 당신이 그렇게 조치한 거죠?"

"그래."

그의 입에서 망설임 없이 흘러나온 답에 담의 한쪽 입술이 비틀렸다.

"그 사람을 의심하는 건 아니겠죠?"

"······."

"말을 하지 못하는 걸 보니 그렇게 생각하시는 건가 보네요."

읊조리듯 말한 담이 후후 웃음을 내뱉었다. 어쩜 그런 오해를 할 수 있냐 그에게 묻고 싶었지만 그러지 않았다. 다만, 지금 그녀의 심장에 난 것만큼은 아니더라도 그 비슷한 크기의 상처를 그에게 주고 싶었다.

"······이 비서님은 이곳에 오고 나서 저의 유일한 친구였어요. 그런 사람을······ 제게서 빼앗아 가셨네요."

"정담!"

그가 버럭 소리를 지르자 그녀는 그에게서 등을 돌렸다. 그리고 그녀 안에 자리 잡은 악마가 속삭이는 대로 말해 버렸다.

"좋네요, 사장님이 아파하는 얼굴. 좋아요."

그녀가 천천히 걸음을 옮기자 뒤에서 참다못한 태하가 팔을 뻗어 담을 돌려세웠다. 그녀의 가느다랗고 연약한 어깨를 붙잡고 있는 손이 분노에 떨렸다.

그가 그 깊이를 알 수 없을 만큼 어두운 눈동자로 그녀를 바라보며 말했다.

"날 더 이상 화나게 하지 마, 정담."

"……왜죠? 사장님은 저 아프게 해도 되고, 전 그러면 안 되나요?"

담이 미간을 찌푸리며 말했다. 그러자 태하는 무슨 말을 해야 할지 몰라 입을 꾹 다문다. 말문이 막힌 그의 모습이 뭐가 그리도 재미있는지 담은 잠시 정신이 나간 사람처럼 꺄르르 웃었다. 그러다가 갑자기 웃음을 뚝 멈췄다.

그녀는 자신의 어깨를 붙잡고 있는 그의 손을 털어 내며 말한다.

"병원 가 보세요. 비뇨기과를 가든 아니면 정신과를 가든."

아픔은 그녀를 강하게 만든다. 단단하게 만든다. 자신을 보호해야 한다는 그 마음이 발동하자 눈앞에 있는 남자를 더욱 몰아붙인다.

"꼭. 가 보세요."

어둠만 가득한 공간. 이 공간 안에 그녀 홀로 얼마나 오랜 시간을 있었던가.

담은 그에게 안겼던 안방에 홀로 누워 있기 싫어 새벽 내내 거실에 있는 소파 위에 양 무릎을 끌어안고 제 얼굴을 묻고 있었다.

병원에서 돌아온 이후, 그는 집에 돌아오지 않았다. 다음 날 집으로 찾아온 사람은 그를 곁에서 오랫동안 모셨다던 조 비서. 30대 후반의 여성은 꼼꼼하게 그녀를 챙겨 주려 하였으나 담은 더 이상 다른 이들이랑 마음을 나누길 거부했다.

어차피 다 떠나갈 사람들.

그에 의해 휘둘리는 사람들.

그런 사람들이라면, 그녀의 인생에 발을 디뎌 봤자 또다시 가루처럼 사라질 것이 분명했다.

이재권, 그 남자처럼.

그녀의 숨소리만이 간간이 들리는 거실 안. 보통 크기의 거실이었지만 지금의 그녀에겐 너무나 크고 넓은 공간. 담은 천천히 호흡을 내뱉으며 계속해 내려앉는 침묵을 물리기 위해 부단히 노력했다.

그때였다.

띠띠띠―

도어록이 풀리는 소리가 들리더니 곧이어 달칵 소리와 함께 문이 열렸다. 센서가 켜지고 태하가 안으로 들어오는 것을 느꼈다.

작은 인기척이 들리자 담이 고개를 들어 어둠 속에서 자신을 내려다보고 있는 남편을 보았다. 아니, 남편이라고 할 수조차 없는 남자. 담은 담담히 그를 올려다보며 자신의 귀에도 끔찍하게 들리는 목소리로 말했다.

"……아이가 가지고 싶어요."

"요즘 당신은 내가 들어줄 수 없는 것만 바라는군."

냉담한 목소리. 서늘한 분위기가 풍기는 남자.

예전에는 이 남자가 자신의 가족이 되어 주리라 생각했다. 그리고 부탁했다. 나의 가족이 되어 달라고. 말을 하고 난 뒤에 그녀는 아주 부단히 노력했다. 그의 마음이 자신에게로 향하기를. 하지만 남자는 자신을 믿지 않았다. 날 받아들여 주지 않았다.

아무리, 아무리, 노력해도.

"사장님은 제가 원하는 건 하나도 들어주시지 않는군요."

담이 담담한 목소리로 말하자 태하는 말없이 걸음을 돌려 서재로 향했다.

탁.

문이 닫힌다.

그와 그녀 사이를 커다란 문이 가로막는다.

아니, 그것보다 더 큰 무언가가 가로막아 버린다.

텅 비어 있던 담의 눈에 눈물이 차올랐다.

"너무해요, 정말."

그대만이 내 세상이었는데…… 나의 모든 것이었는데…… 당신이 아니면 난 또 예전의 그 끔찍했던 모습으로 돌아가야 하는데……!

현실은 지옥보다 더 끔찍해져 갔다.

그리고 조금씩, 조금씩, 그녀의 마음을 좀먹어 간다.

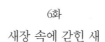

6화

새장 속에 갇힌 새

[1]

여름, 가을, 겨울, 봄, 그리고 또다시 여름……

1년의 시간은 눈 깜짝할 사이에 지나갔다.

그와 부부가 된 여름. 그와 함께한 1년이란 시각. 다음 달이면 결혼기념일이었다. 보통의 부부라면 첫 결혼기념일에 가슴이 뛰고 행복하겠건만…….

"후우─"

담은 숨을 크게 들이마셨다가 내뱉었다.

그 여름이 다가오자 담은 밤에도 쉬이 잠을 이룰 수가 없었다.

너무나 빠르게 흘러가 그간 있었던 일들이 일일이 떠오를 것 같지 않았는데, 그녀는 세세히 모든 걸 기억하고 있었다.

좋았던 일도, 그리고 슬펐던 일도.

"한동안은…… 좋았…… 던 것 같은데."

거실에서 홀로 멍하니 앉아 있던 담이 작게 읊조린 뒤 천천히 자리에서 일어나 서재로 향한다. 그곳은 깨끗하지만 그만큼 사람이 사용한 흔적이 없었다.

그녀의 걸음이 더듬더듬 움직인다. 한 걸음 내딛는 것도 힘겹다는 듯 아주 조심스레 다리를 옮기고 있었다. 담이 힘겹게 걸어간 곳은 침대였다. 넓고 아주 큰.

늘 그에게 안겼던 침대가 보이자 담의 눈이 흔들렸다.

"답답해."

담이 작게 속삭이듯 말했다. 모든 것이 한순간에 깨졌다. 그가 자신에게 한 그 모진 말들에. 그는 자신을 믿고 있지 않았다. 어쩌면 그녀가 했던 모든 행동을 부정한 것인지도 모른다. 다가가기 위해 노력했던 지난날. 그란 남자를 손에 쥐고 놓지 않았던 1년여의 시간. 시간이 부족했던 것일까? 믿음을 쌓기엔……?

"미워요."

담이 툭 내뱉었다. 무심한 어조로. 그리고 어느새 그와 닮아 버린 차가운 어조로.

"왜 날 믿어 주지 않는 거죠?"

너무나 시린 여름이 지나가고 있었다. 자신을 밀어낸 그 남자를 잡지 못한 손을 허공에 들어 말아 쥐었다 펴길 반복하던 그녀가 힘없이 팔을 뚝 떨어뜨린다.

"당신도…… 그리고 아이도…… 한꺼번에 떠났네요."

그녀의 곁엔 아무도 없었다.

"총각파티치고는 너무 우울한 거 아니야?"

태경은 커다란 룸에 태하와 단둘이 앉아 있다는 사실이 마음에 들지 않는지 앞에 있는 술을 마시면서도 투덜거리는 것을 멈추지 않았다.

"형, 진짜 왜 그래? 입에 본드라도 발랐어?"

"……조용히 하고 술이나 마셔."

"아, 글쎄, 눈앞에서 그렇게 죽상을 하고 있는데 술이 넘어가게 생겼어? 형수가 바가지라도 긁어? 얼굴이 왜 그래?"

태경은 말없이 술을 들이켜는 태하의 모습에 결국 입을 꾹 다물어 버린다. 아무리 조잘거려 봤자 답이 되돌아오지 않으니 더 이상 떠들 힘도 없었기 때문이다. 흥, 하고 콧방귀를 뀐 그가 막 자신의 잔에 술을 채웠을 때다. 태경은 뭔가 생각이 났다는 듯 잔을 채우다 말고 물었다.

"아, 근데 형 요즘 집에 안 들어가?"

이번 물음은 꽤나 태하의 구미를 당기는 것인지 그의 눈이 곧장 태경에게로 향했다. 태경은 그게 무슨 이야기냐는 듯 바라보는 시선에 어깨를 으쓱이며 말했다.

"회사 근처에 오피스텔 구했다며? 회사 내에 소문이 자자하던데."

"……후."

"무슨 일이 있었는지는 모르겠지만, 그래도 유부남이 딴살림을 차리는 건 정말 아니라고 본다. 형수가 혼자 얼마나 쓸쓸하겠어? 가족도 하나 없이."

태경의 말에 태하는 별말 없이 다시 한 번 한숨을 내신 뒤 술잔을 기울이기에 여념이 없었다. 답답한 속을 술로 푸는 태하를 보며 태경이 혀를 끌끌 찼다. 분명 무슨 일이 있는 건 확실한 것 같은데 입을 열지 않으니 그의 마음까지 다 답답할 지경이었다.

스트레이트 잔을 든 태경이 단숨에 술을 털어 낸다. 그러면서 짜증이 조금 담긴 말을 내뱉었다.

"형은 그게 정말 문제야. 속에 담아만 두지 마. 그게 얼마나 짜증나는 건지 알아? 당하는 사람 입장에서는 정말 미치고 팔짝 뛰거든?"

"……그런가?"

"그런가? 그런가? 지금 형 그런가, 라고 했어?"

버럭 소리를 지른 태경이 말을 이었다.

"직접 경험해 보지 못한 사람은 모를 거다. 형수도 알게 모르게 정말 속에서 곪아 썩고 있을걸? 상대방이 화를 내. 내가 마치 죽을 죄를 진 것처럼. 근데 뭣 때문에 화가 났는지는 말을 안 해. 말하라고 소리를 치는데도 아무 말도 안 해 줘. 그럼 내가 무슨 잘못을 한 것 같기는 한데, 그 이유를 모르니까 막 위축되다가 나중에는 상대방한테 화까지 난다니까?"

"……."

"그러니까 제발 말 좀 하고 사세요, 형님. 그러다 이혼당하지 마시고."

아무것도 모르는 태경마저도 그렇게 말했다. 태하는 몇 번이고 그 여자가 나에게 더 큰 죄를 지었다, 라고 말하고 싶었으나 말하지 않았다. 제 속에 있는 분노를 꺼내 보이기 두려웠다. 그걸 꺼내는 순간 자신도 어떻게 변해 버릴지 몰랐기에 그저 술잔만 기울이며 속으로 제 이야기를 꾹꾹 억눌렀다.

태경은 태하의 모습을 한참이나 바라보다가 한숨을 내쉬었다. 그러다가 빠르게 또다시 잔에 술을 채우는 태하의 모습에 서둘러 병을 빼앗으며 소리쳤다.

"술 못 먹고 죽은 귀신이라도 붙었어? 그만 마셔!"

"줘⋯⋯."

"아, 거참. 진짜 그만 마시라니까? 형 취했어."

"안 취했어, 그러니까 줘."

태하가 공중에서 손을 허우적거리는 것을 본 태경이 한숨을 쉬며 병을 내주었다. 그러면서 태하가 또다시 술잔에 갈색 액체를 채우는 것을 무거운 시선으로 바라보았다.

"형수 때문이라면⋯⋯ 빨리 화해해. 시간이 길어질수록 점점 더 말하기 힘들어져. 알지?"

그 말에 태하는 끝끝내 아무 말도 하지 못했다.

세상은 둘이 되고 셋이 된다. 그 중간의 한 점, 그곳을 찾기 위해 앞을 노려보던 태하가 비척이며 비밀번호를 누르고 안으로 들어선다. 그러자 머리 위에서 센서가 켜지고 곧 시야가 밝아졌다. 그 순간, 그의 앞에 서 있는 담이 시야에 들어온다. 태하는 자신도 모르게 정색하며 그녀에게 물었다.

"네가 왜 여기에 있어?"

"⋯⋯제 집이니까요. 아닌가요? 아, 당신 집이군요."

날카로운 목소리에 태하의 눈빛이 어두워졌다. 그 뒤로 담은 별말은 안 했지만 뚫어져라 바라보는 눈동자에는 그를 향한 비난과 힐난이 실려 있었다.

태하는 담의 갈색 눈동자와 마주했다. 얼마 만에 보는 담의 모습인가. 그의 마음에 반가움과 동시에 분노가 섞여 들었다.

그녀가 다른 남자와 잤다는 그 사실에 태하는 견딜 수가 없었다. 마음 한구석에 잘 쳐 놓은 둑이 와르르 무너져 내리는 것을 느꼈다. 그는 팔을 뻗어 얼마 떨어져 있지 않은 담의 팔목을 움켜쥐었다. 그녀의 눈이 순식간에 겁에 질렸다. 하지만 태하는 성큼성큼 걸음을 옮겨 안방으로 향했다.

"사, 사장님…… 이거 놓아주세요."

"정담."

크르릉. 그녀의 이름을 부른 그가 낮은 분노를 쏟아 냈다. 그러면서 그녀의 몸을 침대 쪽으로 거칠게 밀쳐 버린다. 등에 이불이 닿았지만, 그녀는 마치 바다로 떠밀린 것처럼 눈을 크게 떠 버렸다. 상체를 들어 그를 바라보자 어느새 그는 넥타이와 외투를 벗어 던진 상태였고, 소매의 단추를 끄르고 있었다. 그가 막 셔츠 단추를 완전히 풀었을 때였다.

"하지 말아요, 날 더 이상 실망시키지 마세요…… 제발!"

그녀가 거칠게 외쳤지만 그는 거칠게 셔츠를 벗어 던진 뒤 조각상처럼 완벽한 상체를 드러내며 그녀에게 다가왔다. 그리고 양 무릎으로 그녀를 가두고, 낮고 음울한 눈빛으로 마음을 가둔 뒤 입술을 내린다.

"아!"

두 사람의 입술이 거칠게 부딪혔다. 그의 이빨에 생채기가 난 것인지 비릿한 피 맛이 났다. 하지만 그는 거칠게 그녀의 입술을 빨아 당겼고, 숨을 쉬지 못할 정도로 호흡을 불어넣어 그녀의 혼을 쏙 빼놓았다.

그녀의 입술이 피와 타액으로 얼룩졌을 때다. 이미 반쯤 녹아 버린 상태로 침대에 누워 있는 그녀의 브래지어가 올라갔다.

새하얗게 드러난 가슴. 그리고 차가운 공기와 만나 꼿꼿하게 선 젖꼭지.

부드러운 우유 푸딩처럼 달콤할 그 가슴을 그는 맛보지 않은 채 뚫어지게 쳐다만 보고 있었다. 그 눈빛이 얼마나 강렬한지 눈을 질끈 감고 있는 그녀조차 알 수 있을 정도였다.

무거운 침묵.

그 침묵이 얼마나 되었을까.

그녀는 몸을 내려 자신의 귓가에 사랑의 세레나데를 하는 남자처럼 달콤하게 속삭이는 그 목소리에 온몸에 소름이 오소소 돋는 것을 느꼈다.

"네 남편은 나야! 나라고!"

그의 목소리가 이명처럼 멀어진다.

웅웅. 세상이 울렸다. 그리고 두 겹에서 세 겹으로, 세 겹에서 네 겹으로 갈라지고 나누어지던 세상은 가루가 되어 흩어져 내린다.

바닥이 무너지는 기분이었다.

어스름 새벽이 찾아왔다. 기절하듯이 잠들어 있던 담이 눈을 떴고, 곧 텅 빈 옆자리를 무심한 눈으로 바라보았다.

"내게 왜…… 왜 이래요……."

내가 무슨 큰 죄를 지었다고……. 나한테 그러는 건가요……?

비척 자리에서 일어난 담이 걸음을 옮겨 욕실로 향했다. 천천히 눈을 깜빡이며 욕실 벽에 달린 거울을 바라보던 담은 천천히 시선을 내려 칫솔꽂이에 꽂혀 있는 눈썹 깎는 칼을 보았다.

"날…… 절벽으로 몰아넣지 말아요. 그러지 말아 주세요, 제발……."

담은…… 그렇게 죽어 가고 있었다.

❖　❖　❖

담은 오랜만에 화장대에 앉았다. 깨끗하게 물로 씻어 낸 얼굴 위로 스킨, 로션을 정성스럽게 펴 바른 뒤 햇볕을 대비해 선크림과 BB크림도 발랐다. 그리고 그 위로 피부 톤과 맞는 파우더를 바르고 아이라인도 그렸으며 저녁에 씻을 때마다 짜증을 냈던 마스카라로 속눈썹도 곱게 올렸다. 그리고 마지막으로 볼터치와 립글로즈, 하이라이터로 피부 톤을 화사하게 만들자 방금 전까지만 해도 푸르죽죽하게 보이던 얼굴이 생기를 되찾는다.

몇 번 눈을 깜빡이던 담이 거울 속 자신의 모습에 만족한 것인지 자리에서 일어나 미리 꺼내 두었던 화사한 색상의 투피스를 입고 다시 한 번 거울에 모습을 비춰 보았다.

"됐나?"

무심한 어조로 말한 담은 더 이상 지체할 시간이 없다는 듯 문을 열고 밖으로 나섰고, 그곳에 서 있는 조 비서의 모습에 담이 슬쩍 입가에 미소를 띠며 말했다.

"준비 끝났어요. 가요."

"네, 사모님."

비척비척. 걸음을 옮긴 그녀가 현관문으로 향한다. 그리고 미리 준비해 두었던 화려하고 높은 하이힐에 올라 조 비서가 열어 준 문틈 사이로 걸음을 옮겼다.

엘리베이터를 타고 아래로 내려온 담은 훅 끼쳐 오는 따뜻한 바람에 잠깐 발을 멈추었다.

"한동안 밖에 안 나왔더니 그새 더워졌네요."

"어제부터 기온이 많이 올라갔습니다."

조 비서가 말을 덧붙이자 담은 고개를 끄덕인 뒤 서둘러 차가 세워져 있는 곳으로 걸음을 옮겼다.

시간도, 마음도, 그리고 그도 잡을 새도 없이 빠르게 흘러 흩어지고 사라졌다.

"엄마, 아빠 저 왔어요."

담은 들고 있던 백장미 꽃다발을 바닥에 내려 두었다. 평소엔 당연하다는 듯이 하얀 국화꽃을 사 가지고 왔는데, 오늘만은 뭔가 특별한 것을 부모님 앞에 내려 두고 싶어 꽃집에서 갑자기 눈에 들어온 백장미를 산 것이다.

그녀는 멍하니 부모님의 유골함을 보았다. 그리고 뒤에서 느껴지는 인기척에 시선을 돌리지 않은 채 말했다.

"조 비서님, 잠시만 나가 계시겠어요? 혼자 있고 싶어요."

"네, 그럼 밖에서 기다리고 있겠습니다."

달칵, 탁. 뒤에서 단단한 철문이 닫히는 소리가 들렸다. 그러자 담은 순간 다리에 힘이 풀린 듯 자리에 주저앉았다.

"왜…… 저 혼자만 두고 가셨어요. 기왕 모진 선택하실 거면 같이 데리고 가지."

코끝에 장미향이 훅- 치고 들어왔다. 향긋하고 달콤한 내음. 그 내음에 담은 눈물을 후두둑 흘렸다.

"다 꿈이었으면…… 좋으련만."

늦은 밤이었다. 어둠이 내려앉고, 대부분의 직장인들은 퇴근 후에 편안하고 안락한 집에서 휴식을 취하고 있을 그 시각. 태하는 홀로 사무실에 앉아 밀려드는 업무에 밤을 하얗게 지새우고 있었다.

그의 예상대로 새로운 휴대전화 모델은 전 세계적으로 선풍적인 인기를 끌고 있었다. 홍콩에서의 프로모션도 좋았고, 미국에서의 프로모션 또한 신세계를 열었다는 평을 들을 정도로 좋았다. 태룡전자의 이번 분기 매출은 사상 최대 흑자를 달리고 있었고, 그건 앞으로도 한동안 계속될 터였다.

평소의 그라면 이 모든 일에 만족하며 한 번쯤은 집에서 편안하게 휴식을 취할 법도 했다. 그만큼 그 스스로가 생각하기에도 모든 일은 성공적이었으니까.

하지만 그는 현재 혼자 사무실에 남아 업무를 보고 있었다. 집에 가도 편안한 휴식을 취할 수 없었고, 일을 하지 않으면 그의 생각이 다른 쪽으로 향하니 일거리를 붙잡고 있을 수밖에 없는 것이다.

한창 그가 결재 서류에 서명을 하고 있을 때였다. 태룡전자 본사의 직원들 또한 대부분 퇴근을 했을 그 시각. 누군가가 사장실 문에 똑똑 노크를 해 온 것은.

똑똑.

"들어오십시오."

그의 음성이 떨어지자마자 문이 열리고 우진이 안으로 들어왔다. 의외의 인물에 태하가 뭔가 말을 하려고 할 때였다. 우진은 성급하게 느껴질 정도로 빠르게 그에게 다가오더니 외투 속주머니에서 흰 봉투를 꺼내 태하의 앞으로 밀어 놓았다. 봉투에 쓰인 글자에 태하의 눈썹이 꿈틀거렸다.

사직서

차우진이 그의 곁을 떠나려 하고 있었다.

"이게 뭡니까?"

"……그리고 이것도 받아 주십시오."

무심하리만치 차가운 목소리에 돌아온 것은 반투명한 봉투에 담긴 돈. 태하의 눈썹이 하늘을 향해 치켜 올라갔음에도 우진이 부연 설명 없이 곧장 제 말만 늘어놓았다.

"사모님께 받은 것엔 턱없이 부족한 금액이지만, 그래도 나름대로는 최대의 금액을 넣었습니다."

"사모님?"

"청담동 사모님 말입니다."

미현을 뜻하는 것이리라. 그 말을 단숨에 알아들은 태하의 눈살이 잔뜩 찌푸려졌다.

"……사장님 사모님께서 그렇게 되리라 생각하지 못했습니다. 그렇게까지…… 충격이 크실 줄은 몰랐습니다. 그걸 알았다면…… 그러지 않았을 겁니다."

그러면서 우진이 꺼내 놓은 것은 사진이었다. 몇 달 전 신문에 대문짝하게 실린 스캔들 기사에 실린 것과는 또 다른.

우진이 한 말과 그 사진에 태하의 머릿속이 빠르게 움직이기 시작했다. 그가 몰랐던 진실을 알게 되는 순간, 태하는 끔찍한 생각들이 머릿속을 뒤섞자 호흡기가 고장이라도 났는지 숨이 헉, 하며 막혀 왔다.

"정말 죄송합니다."

그러면서 우진이 털썩, 무릎을 꿇는다.

"차 변호사님, 지금 전 차 변호사님께서 무슨 이야기를 하시는 건지……."

벌떡 일어난 태하가 자리에서 비틀거렸다. 무슨 이야기를 한지는 다 알고 있다. 우진, 그가 무슨 잘못을 한 것인지 고해성사처럼 털어놓은 그 말들이 어떠한 뜻을 담고 있는지 모두 다 알아들었다! 하지만, 하지만, 아니길 바랐다. 제발…… 제발 아니길 바랐다.

태하가 눈을 질끈 감았다. 사진을 보지 않기 위해. 현실에서 눈을 감고 싶어서.

"사모님께서 유산하셨던 그날…… 찾아뵈었었습니다."

그렇게 말한 우진이 붉어진 눈에 눈물을 가득 머금더니 말한다.

"사장님…… 죄송합니다. 하지만 떠나기 전 한 말씀만 드리고 싶습니다."

"……."

"태룡가에서 알게 된…… 태룡가의 손에 닿는 곳에서 알게 된 그 무엇도 믿지 마십시오."

그의 말에 태하는 무너지듯 의자에 주저앉았다.

태하는 평소 태룡 일가의 건강을 책임져 주는 〈태룡 대학병원〉이 아닌 일반 병원을 찾았다. 아주 작은 비뇨기과는 허름한 시설 때문에 사람들의 발길이 끊긴 지 오래인 듯 예약을 하고 얼마 되지 않아 모든 진료를 받을 수 있을 정도로 모든 것이 열악한 곳이었다.

문에 달린 종 안에 방울조차 떨어져서 울리지 않는 곳. 그곳의

문이 열리더니 밖으로 나온 이는 깔끔하고 고급스러운 슈트 차림의 태하였다. 하지만 그는 몸을 완전히 밖으로 빼내지 못했다. 문손잡이를 손에서 놓으면 바닥에 쓰러질 것처럼 힘주어 잡았다. 그의 손이 하얗게 질리고 손등의 혈관이 불룩 튀어나왔다. 그리고 손잡이를 놓는 순간, 그의 예상대로 몸이 비틀리고 세상이 뒤틀린다.

"아악……."

그는 목에 무언가 꽉 막힌 듯 소리를 내지르지 못했다. 허리를 숙여 속에 있는 것들을 속 시원히 털어 내고 싶었으나 그러지 못했다. 붉어진 눈과 부들부들 떨리는 손. 그 모든 것은 지금 장태하가 얼마나 지옥 속에 있는지 잘 알려 준다.

"젠장, 젠장!"

그가 손을 들어 얼굴을 가린다. 그리고 손바닥 사이로 신음을 내뱉었다. 으으, 괴로움에 찬 소리.

끔찍한 진실을 마주한 그는 온몸을 바들바들 떨어 댔고…… 슬퍼했다.

갈 곳을 잃은 슬픔은 와르르 쏟아지고, 그의 마음은 절벽 끝으로 밀려났다.

"젠장!"

[2]

태하는 천천히 눈을 깜빡이며 푸르른 잔디가 자라난 봉분을 보았다. 봉분 앞에 세워져 있는 묘비는 태룡가 사람만이 묻힐 수 있는 묘라고는 생각할 수 없을 정도로 작고 볼품없었다. 하지만 태하는 묘비에는 시선조차 주지 않은 채 봉분을 뚫어져라 바라보고 있었다. 두 눈은 붉어져 있고 몸은 얼어 버린 것처럼 딱딱하게 굳어 있었다.

"너무하십니다."

태하가 짧게 일갈했다. 그리고 어릴 적 기억을 천천히 되돌리듯 눈을 깜빡인다.

친어머니가 돌아가셨던 여덟 살, 그리고 어머니가 살아 계셨던 그전의 기억.

어린 시절에 있었던 일이라고는 믿기지 않을 정도로 생생한 부모님의 다툼.

"사랑해요, 그 남자! 사랑한다고요! 날 놓아줘요, 제발⋯⋯!"

아버지에게 간절한 목소리로 빌던 어머니. 여전히 젊음을 유지하고 있던 어머니는 세상에서 가장 아름다운 여인이라 생각될 정도로 예뻤다. 어린 그의 눈에도 그리 보일 정도로. 젊은 시절 브라운관을 누볐던 어머니는 답답한 재벌가의 삶에 적응하지 못했다. 그리고 아버지와 가장 친한 사람과 눈이 맞아 이혼을 요구했다. 당연히 아버지는 어머니의 말을 단번에 잘라 내었다. 그리고 아버지에 맞서 그녀가 선택한 것은 날카롭고 차디찬 칼을 꺼내는 일이었다.

어머니는 자신이 보고 있다는 것을 알면서도 하얗고 곧게 뻗은 목에 칼을 가져다 대며 외쳤다.

"이혼해 주지 않으면 죽을 거예요! 당신이 싫어요! 남편? 웃기지 말라 그래! 당신은 내 남편이 아니야! 덫이고, 지옥이야!"

다른 사람을 마음에 품었다는 이야기를 너무나 당당하게 하던 사람. 그런 사람이 나의 어머니였다. 나에게 자궁을 내어 준 사람. 나에게 젖을 물려 준 사람. 그런 사람이 나의 어머니였다. 나의 어머니! 나의 어머니!

"어머니!"

그가 비명을 내질렀다. 봉분만이 간간이 자리 잡고 있는 공동묘지. 그곳에서 그는 눈물을 쏟아 내며 제 어미를 원망했다.

"왜 절 이런 사람으로 만들었나요! 왜! 왜!"

형체가 없는 이를 향한 비명. 그 비명은 실체를 찾지 못해 되돌아와 그의 가슴을 갈기갈기 찢어 놓는다.

그래, 어머니가 잘못한 것은 없다. 잘못한 것이 있다면…….

"어떻게 해야…… 어떻게 해야 그 사람의 마음을 되찾을 수 있나요."

사랑하는 방법도, 사랑하는 사람에게 믿음을 주는 방법도 가르쳐 주지 않은 죄. 그 죄뿐이다.

늘 단단하던 그의 무릎이 털썩 꿇린다. 얼굴은 눈물로 뒤덮인다. 끔찍한 생각과 자신의 죄에 몸은 걸레처럼 너덜너덜해진다.

"어떻게…… 어떻게 해야 합니까…….."

그의 애달픈 음성이 공기와 함께 흩어진다.

답을 주는 이는 없다.

그 스스로 찾아야 하는, 해답이다.

더듬더듬 걸음을 옮겨 본다.

잘못 발을 디디면 아래로 추락을 할 것처럼.

담은 바르작 마른 몸을 휘청거리며 화장실로 향했다. 잠시 변기
에 주저앉은 담이 무심한 눈동자로 욕조를 보았다. 새하얀 욕조는
그녀의 몸을 담그고도 남을 정도로 컸다. 물을 잔뜩 틀어 놓으면
제 몸은 물론이고 호흡기까지 모두 막아 버릴 수 있을 정도였다.
한참 욕조를 바라보던 담이 피식 웃음을 내뱉었다.

"나쁜 사람……."

그리고 너무나 지독한 사람. 애초부터 가질 수 없었다는 그 사실
을 깨달았을 때의 절망감은 어떻게 대처하고, 어떻게 생각해야 할
지 모를 정도로 모든 것을 부수고 망가뜨려 버렸다.

그건 나 자신. 그건 내 마음. 그건 나의 믿음.

조금은 행복하게 살 수 있을 것이라 생각했는데…… 지금 와서
생각해 보니 애초에 그럴 수 없는 것이었다. 장태하, 그 사람
은…… 그런 사람이었으니까. 조금의 틈을 보여 준다 생각하면 어
느새 목을 두꺼운 껍질 안에 숨기는 그런 사람이었으니까.

애초에…… 그 사람을 가질 수 없었던 것이다. 난 멍청하게 그걸
가질 수 있을 것이라 생각했고.

후후, 웃음을 내뱉은 담이 뼈마디가 툭툭 튀어나온 손을 들어 마
른세수를 했다. 그리고 그 참에 눈물도 닦아 낸다.

천천히 손을 내린 담이 욕조로 다가갔다. 그리고 욕조 바닥에 있
던 구멍을 고무마개로 막고 몸이 빨갛게 익을 정도로 뜨거운 물을
틀었다. 콸콸 쏟아지는 물줄기를 담은 즐거운 눈으로 보았다.

"입욕제는 뭐가 좋을까?"

장미향? 딸기향? 로즈마리?

곰곰이 생각하던 그녀는 로즈마리향 입욕제를 집어 들더니 뜨거

운 물에 풀었다.

"잠이 잘 오겠지?"

그렇게 말하는 담의 입가가 푸르르 떨렸다.

하지만 곧이어 하얀색 심플한 원피스를 입은 채 욕조 안에 몸을 담그는 그녀의 표정은 편안하기만 했다. 물을 틀어 놔 연신 바닥으로 물이 넘치는 소리가 들렸고, 수도꼭지에서 나는 소리가 소음처럼 들렸지만, 그녀는 물을 끄지 않았다. 보랏빛의 물이 점점 옅어지는 걸 바라보던 그녀가 숨을 꾹 참은 뒤 물속에 가라앉았다.

힘겹게 눈을 뜨자 안구가 따가웠다. 물속에서 눈을 뜬 것은 처음. 때문에 잠시 익숙하지 않아 게슴츠레 눈을 떠야 했다. 하지만 곧이어 엄마의 자궁 속에서 보호받고 자라났던 그 시절의 기억을 몸이 기억해 낸 것인지 은은하게 빛나고 있는 천장의 조명과 기이학적인 문양을 또렷이 바라볼 수 있을 정도가 되었다.

꼬르륵꼬르륵.

가라앉고 또 가라앉았다. 갑자기 숨이 턱 하니 막힐 땐 팔을 뻗어 손잡이를 붙잡고 위로 튀어 올라오지 않으려 애를 쓰기도 했다. 하지만 삶의 본능이 무엇인가. 담은 손을 놓으며 몸을 위로 벌떡 일으켜 세웠다.

"콜록콜록!"

폐부에 들어찬 물을 밖으로 쏟아 낸 담은 허리를 굽혀 거친 기침을 연신 내뱉었다.

촤르륵—

물소리가 이명처럼 귓가에서 멀어졌다. 홀딱 젖은 몸과 머리칼. 그리고 그녀의 마음.

담은 멍한 눈을 깜빡이다 눈가에 맺힌 쓸데없고 아프기만 한 것을 털어 냈다.

"죽을 것 같아……."

쿵쿵.

무언가 얹힌 듯 가슴이 답답했다.

쿵쿵!

"죽을 것 같아……! 죽을 것 같다고! 죽을 것 같아!"

답답함은 곧 숨을 쉴 수 없을 만큼 커진다. 누군가 자신의 목을 죄고 있는 것만 같았다.

담이 당황함에 눈을 깜빡거리며 목이 빨갛게 변할 정도로 가슴을 내려쳤다.

쿵, 쿵!

쿵, 쿵…… 쿵!

가슴을 두드리는 손에 힘이 들어가고 소리는 더욱 커진다. 급기야 손톱을 세운 담은 몸을 거칠게 긁는다. 그녀의 손톱에 생채기가 생긴다. 하지만 담은 그것조차 깨닫지 못한 채 목을 벅벅 긁으며 눈물을 후두둑 쏟아 냈다.

현관문 앞을 서성이던 태하가 걸음을 멈췄다. 들어갈까 말까, 고민하는 기색이 역력한 얼굴이었다. 늘 단정한 머리카락에 각 잡힌 모습을 유지하던 그가 오늘만은 달랐다. 넥타이는 느슨하게 풀려 있었고, 늘 자신감에 차 있던 눈동자는 혼란스러움에 흔들렸다. 마치 길을 잃은 사람처럼 불안한 눈동자였다.

어떻게 해야 할 줄 몰라 하다 손바닥에 찬 땀을 바지 자락에 슥슥 문질러 닦았다. 그러곤 무언가 단단히 결심한 듯 비밀번호를 누르고 집 안으로 들어갔다.

집 안은 조용했다. 거실에 텔레비전이 켜 있긴 했지만 음소거가 눌러져 있어 영상만 어지럽게 넘어갈 뿐 작은 소리 하나 내뱉지 않는다.

쥐 죽은 듯 조용한 집. 그곳을 눈으로 훑어보던 태하는 욕실에서 나는 물소리에 천천히 걸음을 옮겼다. 또 한 번 찾아온 긴장. 하지만 그는 용기 내어 똑똑 노크를 한 뒤 말했다.

"씻어?"

그의 목소리가 순간 불안하게 들렸다면 그건 착각일까?

두근두근, 빠르게 뛰는 심장을 느끼며 태하는 안에서 인기척이 들려오길 바랐다. 얼마나 기다렸을까. 짧은 시간이 영원처럼 느껴진다 생각했을 그때, 안에서 물소리를 가르며 담의 목소리가 들려온다.

"네, 씻어……요."

"할 말 있어. 기다리고 있을게."

태하는 그렇게 말한 뒤 걸음을 물려 거실로 향했다. 소파에 앉아 어지럽게 머릿속을 떠도는 생각들을 정리하며 손가락을 연신 꼼지락거렸다.

미안……하다고 가장 먼저 말을 해야 해. 그리고…… 용서해 달라고도.

그리고…… 그리고…… 아이는…….

태하의 눈이 질끈 감겼다. 자신의 인생에선 없을 것이라 생각했던 그 존재가 불쑥 튀어나오자 그는 생각의 끝조차도 맺지 못했다. 눈에는 당황스러움이 가득하다. 그들의 아이가 너무나 빨리 별이 되었다는 걸 알게 되었을 때 느낀 그녀의 슬픔이 그의 마음을 아프게 후려쳤다.

그러니까…… 위로를…… 해야겠지.

겨우겨우 생각을 마친 그가 고개를 들어 벽에 걸린 시계를 보았다. 그가 집에 도착한 지 벌써 40분이나 흘러 있었다. 생각이 그렇게 길었던가? 찰나인 것 같았는데. 그렇게 생각하던 태하의 고개가 욕실로 향했다.

"젠장."

자리에서 벌떡 일어난 태하가 서둘러 욕실로 달려갔다. 얼굴에는 다급함이 비쳤다. 마치 무언가를 예상한 사람처럼 욕실 문을 열고 안으로 들어갔다. 그러자 그는 눈앞에 펼쳐지는 광경에 자신도 모르게 읊조렸다.

"너…… 뭐하는 짓이야?"

담의 답은 들려오지 않는다. 붉은 욕조. 그곳에 누워 편안하게 눈을 감고 있는 그녀가 답을 할 리가 없었다. 창백하게 질린 그녀의 얼굴에 태하가 천천히 걸음을 옮겼다. 숨이 막혔다. 가슴이 답답해 어떻게 해야 할지 몰랐다. 그래서 애달픈 목소리로 그녀의 이름만 불렀다.

"정담…… 담아…… 담아……."

수도꼭지에선 연신 뜨거운 물이 흘러나왔다. 욕조에 있던 물이 차고 넘쳐흘러 욕실 바닥조차 온통 물바다다. 하지만 욕조에 담긴 물은 핏빛. 그녀가 얼마나 많은 피를 흘렸는지 알려 준다.

손을 뻗자 아직은 따뜻한 살결이 만져졌다.

태하가 그녀를 단숨에 번쩍 안아 들었다. 슈트가 젖어 가는 것도 모른 채 축 늘어진 담을 품에 안고 재빨리 걸음을 옮겼다. 신발을 신어야 한다는 것도, 그녀의 손목에서 피가 길을 만들어 바닥을 적신다는 것도 몰랐다. 그는 붉어진 눈가에 습기를 머금으며 빠르게 그녀를 안아 들고 집을 벗어났다.

"제발······."

애원하며.

❖　❀　❖

살려 주세요, 제발! 그렇게 외쳤던가. 아니면, 당장 살려 내! 라고 소리쳤던가.

태하는 집에서 가장 가까운 병원으로 곧장 달려와 응급실 침대에 그녀를 눕힐 때까지, 아니, 그녀가 1인 병동으로 들어가 편안한 호흡을 내뱉는 지금 이 순간까지 어떠한 일을 했는지 기억이 통으로 날아가 버렸다.

"정담······ 미안해. 홀로 남겨 둬서······ 미안하다."

어디서부터 어디까지가 잘못된 것일까. 아니, 애초부터 모든 게 잘못되어 있었다. 처음부터 잘못된 관계, 그 관계를 이제 와 바로잡으려 애를 써도······ 그게 가능이나 할까?

그녀의 속에 자리 잡은 고통을, 태하는 감히 상상조차 하지 못했다.

담은 눈을 뜨자마자 보이는 새하얀 천장에 신음을 삼켰다. 코끝을 스치는 지독한 소독약 냄새로 보아, 이곳이 어디인지 그녀는 너무나 쉽게 유추해 낼 수 있었다.

서서히 몸을 일으키던 담은 손목에서 느껴지는 끔찍한 고통에 몸을 움찔 떨었다. 그러다가 피식 웃음을 내뱉었다.

"또 날 살려 낸 건가요?"

그녀는 어둠 속에 숨어 있는 태하의 존재를 느끼며 그렇게 물었다. 그러자 태하는 말없이 그녀를 보는 것으로 비난을 대신한다.

담이 등을 침대 머리받이에 기댄 뒤 고개를 돌려 태하를 보았다. 그는 늘 그랬던 것처럼 태산 같은 모습으로 그곳에 서 있다. 너무나 높은 곳에 있어 감히 손을 뻗어도 닿을 수 없는 그러한 곳에.

그녀는 지옥 속에 던져졌다. 그리고 그 지옥에서 또다시 끄집어낸 것은 그녀를 그 구렁텅이로 밀어 넣은 자. 그 사람을 눈에 담으며 그녀는 천천히, 아주 천천히 읊조렸다.

"이곳이…… 제겐 더 지옥이에요. 그러니 절 이만 놓아줘요."

살아 있는 것이 지옥이라면…… 죽는 게 더 좋지 않을까.

"멍청한 선택 따위, 해서는 안 됐어."

그의 차디찬 비난에 담은 천천히 죽어 버린 시선을 아래로 내리깔았다. 부채처럼 풍성한 속눈썹이 그녀의 눈동자를 가린다. 그리고 감정마저도. 하지만 그녀는 너무나 순순히 자신의 잘못을 인정한다.

"저도 알아요."

"……내가 어떻게 해 주길 바라?"

잠시 뜸을 들이며 나온 물음.

그 물음에 그녀는 이번에도 역시나 그와는 시선을 맞추지 않은 채 답했다.

"……내 앞에서 사라져 주세요."

[3]

"재미있네요."

태하는 뒷짐을 지고 창밖을 바라보고 있었다. 오랫동안 태하의 건강을 책임지던 유 박사는 갑작스런 그의 부름에 사단이 났다는 것을 알아차렸다. 처음 청담동 큰사모님이 건넨 봉투를 받아 들 때에도 알고 있었다. 이 모든 사실이 드러나는 순간 장태하 사장이 자신에게 어떻게 나올지. 그리고 꽤나 오랜 시간을 투자해 그날이 오면 어떻게 대응할지 모든 걸 생각했었다. 하지만 막상 경험하자 오금이 저리고, 손발이 부들부들 떨려 입술을 달싹일 수조차 없었다.

"왜 그러셨습니까. 아무리 돈이 좋더라도 의사로서의 소신까지는 버려선 안 됐습니다."

유 박사는 이곳에 오기 전 생각해 뒀던 수많은 변명을 하나둘 떠올려 보았지만 막상 입 밖으로 나오는 말은 없었다.

"죄, 죄송합니다."

"죄송……?"

태하의 목소리가 낮게 가라앉았다. 고저 없는 목소리는 무(無)에 가까웠다. 화가 나면 날수록 감정을 숨기며 상대의 목을 죄는 그의 습관이 그대로 나왔다.

태하가 눈을 천천히 감았다가 떴다. 순간 그의 마음 한 켠에 묵직한 무언가가 내리찍는 것만 같은 착각이 들었다.

"누구의 아이지?"

그따위 말까지 해 버렸는데…….

죄송하다는 말로 될까? 죄송하다는 그 쉬운 말로 모든 게 해결된단 말인가.

유 박사는 천천히 뒤도는 태하를 바라보았다. 그가 온몸에서 내뿜는 무거운 기운에 시선을 돌리지 못했다. 무언가 보이지 않는 기운이 그의 몸을 옴짝달싹 못하게 만드는 것만 같았다.

"유 박사님, 제가 이해할 수 있도록 설명해 주십시오."

어릴 적부터 그의 건강을 봐 주던 사람이다. 그의 가족사를 알고 있었기에 14년 전 정관수술을 하겠다고 말했을 때에 별말 없이 고개를 끄덕이던 사람이기도 했다. 그리고 이 사실은 유 박사와 그, 두 사람만의 비밀이기도 했다.

그런 비밀까지 청담동의 그 여자에게 말하고, 수술 여부까지 거짓말을 한 이 사람에게 어떠한 벌을 내려야 할까. 나를 기만한 이 사람을.

태하는 서서히 차오르는 분노에 주먹을 말아 쥐었다. 그러면서 천천히 걸음을 옮겨 유 박사 앞으로 다가갔다. 장 회장보다 나이가 많은 사람이었다. 돌아가신 장 전 회장 때부터 태룡가의 건강을 책임졌으니 당연했다. 하지만 세상을 더 오래 산 그조차도 지금 태하가 온몸으로 뿜어내는 분노에는 어떻게 반응해야 할지 몰라 몸을 부들부들 떨어 댔다.

그의 눈동자가 붉어진다. 실핏줄이 터진 눈은 지옥의 사신의 것과 같았다.

유 박사의 앞까지 성큼성큼 다가온 그가 걸음을 멈춘다. 그리고 유리알처럼 번뜩이는 눈으로 유 박사를 찍어 누르듯 위에서 바라보았다.

"얼마에 양심을 저버리셨습니까?"

"네, 네?"

"그게 얼마든…… 그것보다 더 큰 금액을 잃게 되실 겁니다."

"사, 사장님!"

유 박사가 기겁하여 외쳤다. 장태하는 한 번 한다면 하는 사람이었다. 그랬기에 미현에게 돈 봉투를 건네받을 때도 이 부분을 가장 두려워했다. 하지만 이미 엎질러진 물. 눈앞의 돈을 탐한 대가로 그는 앞으로 더욱 큰 것을 잃을 것이다.

하지만 태하는 자비가 없었다. 어깨를 웅크리며 고개를 숙이는 유 박사의 모습을 무심한 눈으로 내려다보던 그가 읊조리듯 작은 목소리로 말했다.

"학자로서의 지위까지 잃기 싫으시다면 스스로 물러나십시오."

"아……."

"평생의 명성까지 잃고 싶지 않으시다면…… 그곳에서 스스로 내려오라, 이 말입니다."

"사, 사장님…… 전 그러니까, 청담동 큰사모님이 그렇게 하지 않으면 절……."

유 박사가 그제야 제가 미리 생각해 두었던 변명을 하나둘 꺼내기 시작한다. 하지만 태하는 그 말은 귓등으로도 듣지 않은 채 말한다.

"소신을 잃은 의사 따위를 더 이상 태룡병원 병원장 자리에 앉혀 놓을 수 없습니다."

"사장님!"

"스스로 모든 것을 내려놓는 것이 가장 힘드실 겁니다. 하지만 모든 걸 잃는 것보단 좋으리라 생각합니다."

"……."

"박사님께 드리는 마지막 자비입니다. 절 더 이상 화나게 하지 마십시오."

차가운 태하의 말에 유 박사의 고개가 아래로 뚝 떨어진다. 하지만 태하는 또다시 몸을 돌려 창밖을 바라보았다. 아름다운 조명들, 자동차 헤드라이트. 멀리서 보면 이렇게나 아름다운 것들. 예전만 해도 그는 이곳에서 내려다보는 모든 것을 발아래 두고 싶은 적도 있었다.

하지만…….

"현재 가지고 계신 것에서 만족하셨다면 좋았을 겁니다."

태하가 제법 힘 있는 목소리로 말했다. 하지만 그 말은 유 박사를 향한 것인지, 자신을 향한 것인지, 애매한 말이었다.

달칵.

얼마의 시간이 지나지 않아 문이 닫히는 소리가 들렸다. 천천히 등을 돌린 태하는 방금 전까지 유 박사가 서 있던 자리를 보더니 휴대전화를 집어 들었다.

그는 상대가 전화를 받자마자 가타부타 설명 없이 본론부터 꺼냈다.

"시작하십시오."

붉은 눈은 원망을 담고 있다. 원망의 깊이를 알 수 없을 정도로 깊고 어두웠다. 아침에 일어나자마자 텅 빈 침대를 바라보던 담은 멍하니 눈을 깜빡였다. 병실에서 태하에게 모진 말을 쏟아 낸 뒤로, 그는 더 이상 자신을 찾지 않았다. 팔목에 나 있던 상흔이 지워지고, 병실에서 퇴원하고, 그리고 계절이 바뀔 때까지도…….

그의 이야기를 차 비서에게 전해 듣는 일이 종종 있었는데, 그녀는 아주 조심스러운 목소리로 위로 아닌 위로를 해 주곤 했었다. 그때 뭐라고 했더라? 사장님이 많이 바쁘셔서 날 찾지 못하는 것이라고 했었던가?

며칠 전의 이야기를 떠올리던 담이 후후 웃음을 내뱉었다. 그리고 자리에서 일어나 창가로 향했다. 유리창을 손으로 짚자 서늘한 기운이 손가락을 타고 올라왔다.

"시간이 참…… 빨리 간다."

읊조리듯 작은 목소리로 말하던 담은 지난밤 꼭 껴안고 있었던 휴대전화가 침대 위에 아무렇게나 굴러다니는 것을 보며 막 주워 들려던 찰나였다.

위이이잉-

진동이 울림과 함께 커다란 벨소리가 울렸다.

액정에 태하의 번호가 번쩍이고 있었다.

깜짝 놀란 담이 서둘러 전화를 받자 서늘한 태하의 목소리가 들려왔다.

-오늘 시간 괜찮아?

"지금이요?"

-그래.

딱딱하고 서늘한 목소리에 담은 자신도 모르게 침을 꼴깍 삼켰다. 그러고는 그와 통화하고 있다는 것을 알면서도 고개를 끄덕이며 답한다.

"네, 어디로 가면 될까요?"

긴장감과는 달리 목소리는 메마르고 차가웠다. 그래서였을까. 태하는 잠시 말문이 막힌 듯 말이 없더니 곧이어 힘겹게 말을 이었다.

-집 앞이야.

"네……?"

담이 눈을 깜빡였다. 그의 말을 순간 이해할 수 없었기 때문이다. 그러자 태하가 다시 한 번 말했다.

-앞이라고. 집 앞.

그 말에 여전히 귀에 휴대전화를 댄 채 그녀가 천천히 현관으로 향했다. 소리 없이 움직이는 발걸음. 창백하게 질린 얼굴은 살아 있는 사람의 것처럼 보이지 않았다. 그저 숨을 죽이고, 제 마음을 죽이고 살고 있는 그녀의 모습은 마치 걸어 다니는 시체 같았다.

문을 연 담은 순간 깜짝 놀라 눈을 크게 뜨더니 이내 텅 비어 버린 웃음을 지었다.

"오랜만이에요."

담은 현관문 앞에 서 있는 그를 보며 말했다. 그러자 태하는 비쩍 곯아 버린 담의 모습을 바라보더니 통화 종료 버튼을 누르고 휴대전화를 주머니 안에 넣으며 희미하게 웃었다. 하지만 얼마나 힘껏 억지로 입꼬리를 올렸던지 끝이 파르르 떨린다. 그 모습이 자신조차도 멍청하게 보였던지 태하가 미간을 찌푸린 뒤 오랜만에 보는 아내를 눈동자 속에 담았다.

그러다가 고개를 내려 그녀의 팔목에 감겨 있는 새하얀 붕대를 보았다. 상처는 많이 아물어 있었다. 마음의 상처와는 달리.

하지만 담은 여전히 붕대를 풀지 못하고 있었다. 그날의 기억을 가려 놓은 채.

그의 시선이 어디에 닿아 있는지 잘 알고 있다는 듯 담이 서둘러 팔을 뒤로 숨겼다. 눈엔 당황한 기색이 역력했다. 그녀의 얼굴이 창백하게 질리는 것을 바라보던 태하가 희미한 웃음을 입가에 띄었다.

"차 한 잔…… 주겠어?"

태하는 자신의 앞에 놓인 찻잔을 바라보았다. 노란 찻물 위에 떠
있는 흰 꽃. 꽃잎은 작고 여러 잎으로 연결된 것이었다. 천천히 손
을 뻗어 차를 맛본 그가 소리 없이 찻잔을 내려 두었다. 그의 시선
은 여전히 테이블을 향해 있었으나 담의 시선이 제게 닿아 있다는
사실은 알고 있었다. 담은 잔뜩 경계심을 안고 자신을 바라보고 있
었다. 그의 입에서 비난이 날아오리라는 것을 예상하고 있다는 듯.

그랬기에 태하는 그녀를 원망하는 말을 쏟아 낼 수가 없었다. 멍
청한 그녀의 행동을 탓할 수도 없다. 그저 겁에 잔뜩 질려 몸을 웅
크리고 있는 그녀를 바라보지도 못한 채 천천히 이야기를 시작했을
뿐이다.

"오랜만이야."

"네……."

"몸은?"

"괜찮아요."

잠시 일상적인 것을 묻던 태하가 말을 멈췄다. 그리고 이곳에 와
하기로 했던 말들을 하나둘 떠올렸다.

'우리는 어떻게 해야 하는 걸까?'

그녀에게 그리 물어보아야 했다. 하지만 그녀가 자신을 차디찬
곳으로 밀어 넣었던 것이 떠오르자 두려움에 입 밖으로 차마 그 말
이 나오지가 않았다.

그 물음의 답을 그는 이미 알고 있었기 때문이다.

"결혼한 지 얼마나 되었지?"

"음…… 일 년 3개월 정도 되었네요."

담은 가을이 찾아온 창밖을 보았다.

처음 그를 만났던 초여름, 그리고 결혼식을 올렸던 여름. 행복했던 가을과 겨울. 그리고 새싹이 피어나는 봄부터 엉망이 된 그들의 관계. 그리고 그의 앞에서 손목을 그었던…… 여름. 그들의 결혼기념일 날, 그녀는 그에게 절망을 안겨 주기 위해 모진 선택을 했다.

그로부터 3개월 후, 두 사람이 드디어 마주했다.

태하가 그녀를 보았다. 처연하게 창밖을 바라보는 그녀의 옆모습에서는 그 무엇도 발견할 수가 없었다. 그래, 그 무엇도. 어떠한 감정도. 그녀는 점차 죽어 가고 있었다. 아니, 이미 그녀는 죽었다. 자신의 앞에서 절망적인 그 모습을 보였을 때부터. 아이를 거부하고 그녀를 내칠 때부터, 그녀는 이미 죽은 사람이나 마찬가지였다.

그녀가 가장 바라는 것을 그는 알고 있었다. 하지만 그는 그것을 주지 못했다. 결혼을 하며 약속했는데. 그까짓 가족, 되어 주겠다고.

"벌써…… 그렇게 됐군."

"……네, 시간이 참 빠르게 흘러가요. 눈 깜짝할 사이에."

담의 시선이 자연스럽게 태하를 향했다. 그녀는 그의 얼굴 위에 떠올라 있는 시린 감정에 눈을 내리깔며 말했다.

"우리가 약속했던…… 1년도 지났어요."

"……그래. 넌 이제 얼마든지 이혼할 수 있어. 나와의 약속을 지켰으니까."

"이혼……이요?"

담이 떨리는 목소리로 고개를 퍼뜩 들며 말했다.

차가운 그의 얼굴을 보자, 그녀는 가슴 깊숙한 곳에서 무언가 울컥 치솟아 오르는 것을 느꼈다. 그의 눈동자는 자신을 힐난하고 있었다. 그리고 멍청하다고 생각하고도 있었다. 집에서 제 목숨을 스스로 끊어 버린 그녀의 행동을 그렇게 비난하고 있었다.

두근두근.

그의 눈빛을 보자 그녀의 심장이 빠르게 뛰기 시작했다. 심장이 피를 빨아들이고 재빨리 내뿜었다.

쿵쾅쿵쾅!

그리고 온몸이 달달 떨릴 정도로 격한 감정은 그녀의 혈관을 타고 빠르게 온몸으로 퍼져 나간다.

바들바들, 두려움에 떨던 그녀가 외쳤다.

"그런 눈으로 보지 말아요."

"내가 어떻게 보는 것 같은데?"

"내가 한 모진 선택을…… 그냥 욕을 하세요, 차라리! 제발 그렇게 바라보지 말아요!"

담이 온몸을 비틀며 소리쳤다. 그를 지옥 속에 몰아넣으려던 그녀였다. 하지만 그와 함께 지옥에 빠져 버렸다. 그녀는 그만 상처 주고 싶었는데. 그것이 양날의 검이라는 것을 그녀는 몰랐다.

담이 비쩍 마른 손을 움켜쥐었다. 그러면서 떨리는 목소리로, 속삭이듯 작은 목소리로 말했다.

"그렇게 보지 말라고요……."

갈라지고 엉망이 된 목소리. 지금 그녀의 마음을 고스란히 담은 목소리에 태하의 눈가가 붉게 불타올랐다. 담의 고개가 아래로 뚝 떨어졌다. 그리고 그와 동시에 그의 눈가에 눈물이 맺힌다.

"그때의 난……."

담이 잠시 말을 멈췄다.

"모든 걸 끝내고 싶었어요……. 당신이 나로 인해 상처를 받았으면…… 하는 생각도 들었어요. 당신이 상처받는 일이라면 무엇이든 할 수 있을 것 같았어요. 그리고 당신을 할퀴고, 상처 내고……."

마치 고해성사를 하는 사람처럼 이야기를 꺼내는 담의 모습을 태하가 뚫어져라 바라보았다. 그녀의 말을 막거나 호응해 주지 않는다. 그저 그녀가 마음에 담아 놓은 시커멓고 더러운 것을 모두 꺼내길 바라며 일자로 굳게 입을 다물었다. 아니, 악물었다.

"알아요, 내가 너무 큰 잘못을 했다는 거. 부모님이 그렇게 모진 선택을 하고 떠났는데…… 제가 왜 모르겠어요. 너무나 잘 알죠. 그래서 사장님께 너무…… 그게 너무 미안해요."

"……."

"그런데…… 사, 사장님 말을 들으니 이제야 알았네요. 헤어지는 방법도 있다는 걸……. 그 방법을 저는 몰랐어요."

그렇게 말한 그녀가 고개를 들어 태하의 눈을 마주했다. 두 사람의 눈동자는 똑같은 색으로 물들어 있었다.

"이렇게 쉽게 끝날 관계라면…… 조금 더 빨리 끝낼 걸 그랬나 봐요."

마음이 너무 아프기 전에. 내 모든 걸 홀라당 다 당신에게 줘 버리기 전에.

"두 사람 다 아프고 지치기 전에."

다 끝낼 것을 그랬어요.

담의 이야기를 가만히 듣고 있던 태하의 눈에서 눈물이 툭툭 떨어졌다.

투둑, 투둑—

투두두둑—

무너진 둑처럼 급격히 쏟아지기 시작한 눈물에 담이 천천히 눈을 감았다가 떴다.

"미안……해."

"……."

"내가 너무…… 바보 같았어. 독선적이고, 잔인해서…… 당신을 밀어붙이기만 했어."

　미안하다, 그 말 한마디. 어쩌면 쉬운 한마디인지도 모른다. 하지만 그 말을 전혀 생각지도 못했던 사람에게서 듣자 담은 몸이 딱딱하게 굳어 아래로 떨어지는 투명하고 맑은 눈물에서 시선을 떼지 못하고 있었다. 수도꼭지를 돌려 튼 것처럼 태하의 눈에서는 연신 눈물이 떨어졌다.

"……앞으로 다시는 그런 모진 선택하지 마."

　더듬더듬 말을 꺼내던 태하는 숨이 막히는 것인지 목을 쥐어짜 내며 겨우겨우 말을 이어 나갔다.

"아……."

　그녀의 입에서 신음이 터져 나온다. 자신 때문에 상처받은…… 제가 받은 것과 같은, 어쩌면 더 크고 깊은 상처를 받았을 그에게 어떠한 말을 해 줘야 할지 몰라 담은 잠시 그의 얼굴만 바라보고 있었다.

　그러다가 천천히 태하에게 손을 뻗어 그의 뺨을 타고 흐르는 눈물을 손가락으로 닦아 주었다.

"나처럼 보잘것없는 사람 때문에 울지 말아요."

　그러면서 담이 입가를 파르르 떨며 미소 짓는다.

"힘내…… 볼게요. 그러니까 정말 그만 울어요. 나까지 울고 싶어져요."

"……조금만, 조금만 더 곁에 있어. 모든 일이 끝나면…… 그땐 널 놓아줄게."

그 말에 담은 천천히 고개를 끄덕였다.

푸른 조명이 은은하게 비치는 바 〈블루〉는 오늘도 일반 손님을 받지 않았다. 족히 100평은 되는 커다란 장소였지만 그곳에 자리한 사람은 둘. 태하와 바의 주인 선우 두 사람만이 쓸쓸한 그 공간을 채우고 있었다.

두 사람의 앞에는 각자의 잔이 놓여 있었다. 그리고 저마다의 취향에 맞는 양주병이 하나씩 놓여 있다. 본격적으로 마실 참인지 잔을 비운 뒤 스스로의 잔을 채우던 태하는 곁에서 흙빛에 가까운 얼굴로 잔을 기울이는 선우를 보았다.

"고맙다."

갑작스런 태하의 말에 선우는 어깨를 으쓱였다. 그에겐 딱히 큰 돈이 아니라는 듯. 어둠의 세계의 대부분 자금이 그의 손을 통한다고 할 정도로 선우는 많은 현금을 보유하고 있었고, 이번에 태하가 빌린 금액은 그중 5분의 1에 해당하는 금액이었다.

지옥까지 쫓아가 이자까지 다 받아 내는 선우가 이번에는 우정이란 이름으로 그에게 무이자로 모든 것을 내놓았다. 그러면서도 고개를 돌려 태하의 얼굴을 보며 눈살을 찌푸리며 걱정의 말을 늘어놓는다. 물론 선우의 평소 성격처럼 길지 않은 걱정이었다.

"얼굴 많이 안 좋다."

"너도 마찬가지야."

두 사람이 후후 웃었다. 하지만 웃음소리는 길지 않았다.

선우는 또다시 제 잔에 술을 따르는 태하의 옆모습을 보며 직언했다. 그의 사정을 정보통을 통해 속속들이 알고 있는 그였기에 굳이 주어를 붙이진 않았다.

"넌 미련하게 보내지 마라."

평소 잘 웃지 않는 태하가 입꼬리를 부드럽게 휘며 웃는다. 비틀린 미소는 아니었으나 씁쓸한 미소. 태하는 커다란 언더락 잔을 들어 그 속에 있는 세상을, 손목을 비틀어 흔든다. 잔 속에 든 술이 휘청거리며 춤을 춘다.

"다 끝낼 생각이야."

"뭘?"

선우는 태하가 지금 무슨 이야기를 하는지 다 알고 있었으나 되물었다. 그 짧은 물음으로 제 세상을 모두 깨부수려 하는 그의 마음이 조금은 바뀌길 바라며.

"그냥…… 음, 다……."

하지만 태하의 마음은 바뀌지 않았다.

오히려 술을 마실수록 또렷해지는 시야에 더 많은 술을 제 속으로 흘려보냈다.

강남의 한 좁은 골목에 위치한 고급 일식집 다미락.

수개월 전에 예약을 해야만 음식을 맛볼 수 있다는 그곳에서 가장 구석진 룸 안. 태룡가에서 한 자리씩 차지하고 있다는 사람들이 모여 중식을 즐기고 있었다.

미현은 사람들의 앞에 자리한 접시가 빈 것을 보더니, 우아한 몸짓과 교양 넘치는 목소리로 말했다.

"오늘 이 자리에 와 주신 분들은 우리 태준이 편에 서 주신 분들이라 생각해요. 또 다른 말로 하면 요즘 태하 그 아이가 멀쩡한 이사들까지 잘라 내며 횡포를 부리고 있는데, 이에 더 이상 두고 볼 수 없는 분들이기도 하죠. 그 아이가 태룡의 후계자 자리에 앉는 순간 회사의 매출은 올랐지만 예전처럼 가족적인 분위기는 사라졌다는 걸 알아요. 그게 장 회장님의 안사람인 저는 마음이 아프고요."

미현이 한 사람, 한 사람, 일일이 눈을 마주쳤다. 그녀가 지금부터 꺼낼 이야기는 이 자리를 한순간에 쑥대밭으로 만들 수 있는 것이었으나 그녀는 긴장한 기색 하나 없다.

"장 회장님도 최근 몸이 많이 좋지가 않아요. 우리에게 시간이 얼마 남지 않았다는 거겠죠."

그녀의 말에 좌중의 웅성거림이 커졌다. 최근 장 회장의 업무 대부분을 태하가 한다는 것을 알고는 있었다. 하지만 미현의 입에서 장 회장의 건강에 적신호가 켜졌다는 이야기를 들으리라곤 전혀 생각하지 못했다.

미현은 웅성거리는 소리를 가르며 말했다.

"우릴 도와줄 사람이 생겼어요. 그 사람이 오늘 이 자리에 나오기로 했습니다. 태하, 그 아이를 무너뜨릴 수 있는 인물이죠. 그 아이의 최측근에 있는."

미현이 입술을 달싹이며 말을 이으려 할 때였다. 드르륵 미닫이 문이 열리더니 곧 어수룩한 표정의 우진이 안으로 들어온다. 그는 순간 자신에게 모인 시선이 어색한지 불편한 표정을 지었다. 하지만 미현은 자리에서 일어나 우진에게 다가간 뒤 싱긋 미소 지었다.

"차우진 변호사입니다. 장태하, 그 아이를 흔들 총알이죠."

찬란한 미래를 떠올리는 그녀의 눈빛은 욕심으로 번들거렸다.

[4]

멍한 눈을 깜빡이는 담의 옆모습을 바라보던 태하가 손을 뻗었다가 다시 거두어들였다. 팔을 뻗는 그 행동조차도 너무나 조심스러워 보였고, 거둬들이는 것조차도 그녀가 알까 싶어 아주 느리고 천천히, 그녀가 인기척을 알지 못하도록 하였다.

그의 시선이 담에게서 버진로드를 걷는 태경에게로 향했다.

또 다른 커플의 시작. 태경은 너무나 어린 신부의 손을 잡고 천천히 비단 길 위를 걷고 있었지만, 두 사람 모두 행복해 보이지 않았다.

마치 지금 태하와 담처럼.

오늘의 담은 신부보다 더욱 아름다워 보였다. 신부를 위해 흰색은 피한 의상. 노란색의 원피스 위에 붉은색 코트를 매치한 그녀는 마치 한 송이의 꽃처럼 아름다웠다. 방금 전까지 병원에 있었던 것이 믿기지 않을 정도로.

태하의 시선이 이번엔 그녀의 왼쪽 팔목으로 향했다. 그곳에 늘 감겨 있었던 붕대는 이미 사라진 뒤. 하지만 아픈 각인처럼 그의 눈에, 머릿속에, 가슴속에 새겨진 것인지 오래전에 푼 그 붕대가 눈앞에 아른거리며 그의 마음을 할퀴고 지나간다.

"고마워요…… 사장님. 당신 덕분에 많은 것을 배웠어요."

담의 시선은 여전히 신랑신부에게로 향해 있었다. 주례사가 시작되고 있었지만 담도, 그리고 그녀를 바라보고 있는 태하도 이야기에 집중할 수가 없었다.

오랫동안 서로를 믿으며 한 가정을 이루라.

그 말을 하고 있었지만 지금의 그들에게 그러한 이야기가 들릴 리는 없지 않은가.

태하는 천천히 눈을 깜빡이며 그녀의 목소리에 귀를 기울인다.

"……애초에 믿음이 없다면 어떠한 식으로든 가족이 될 수 없다는 것. 무조건적인 내 편이 되어 주지 않는다는 것도요."

"담아……."

"사랑보다, 뜨거운 연애보다 더 중요한 것이 믿음이라는 걸 사장님을 통해 알았어요."

그가 처음으로 성을 떼고 그녀의 이름을 부른다. 이에 텅 빈 눈동자가 슬쩍 호를 그린다.

"너무 감사합니다, 사장님."

담은 너무나 씁쓸하게 웃고 있었다.

"그리고 미안……해요."

그의 눈이 질끈 감겼다.

붙잡고 싶었으나 잡지 못했다.

그의 곁에 있으면서 끔찍한 고통을 겪은 그녀를 그가 어떻게 잡을 수가 있겠는가.

그래서 그는 멀어지려는 이성을 붙잡으며 시선을 돌려 새로운 부부가 될 두 사람을 보았다.

"이런 식으로 시작하지 않았으면 좋았을 뻔했어."

"음."

짧게 소리를 낸 담이 고개를 끄덕였다.

"저도 동감이에요."

담은 늘 당당하던 남자가 자신과 눈을 마주하다 옆으로 치우는 것을 보며 조금은 서글프게 웃으며 말했다.

"내일 집에 잠시 들러 줄래요?"

"내일?"

"네, 꼭 드릴 말씀이 있어요."

그녀가 할 말이 무엇인지 태하는 이미 모두 예상을 한 듯 고개를 옆으로 돌려 버렸다.

"바빠, 못 갈 수도……."

"그럼 제가 회사로 찾아뵐게요."

담이 재빨리 그의 말을 가르며 말했다. 그러자 태하가 턱을 움찔 거리더니 이내 이를 짓이기며 말했다.

"시간 내서 가도록 하지."

"감사해요."

그를 향해 있던 시선이 다시 새로운 부부에게로 향한다. 저들 또한 오늘 결혼함으로 인해 새로운 인생 선상에 섰을 것이다. 그리고 담과 태하는…… 조금 다른 방법으로 새로운 출발선에 설 생각이었다.

그가…… 끊어 내지 못한다면, 그녀라도 끊어 내야 했다.

좀먹는 이 관계를.

두 사람이 만난 지 2년이란 시간이 흘렀다. 주식 때문에 만났던 봄의 끝자락. 따스했던 그날을 떠올리던 태하는 하얗게 서리가 껴 있는 창을 보며 들고 있던 신문을 펼쳐 들었다. 일상처럼 아침이면 신문을 읽곤 했지만 오늘은 그 익숙한 행동을 하기가 쉽지가 않다. 깨알 같은 글씨 중 그의 눈에 들어오는 것들은 단 하나도 없었으니까.

"……."

거실 안엔 침묵이 돌고 있었다. 두 사람이 이렇게 마주 보고 앉은 것도 얼마 만이던가.

태하는 시선을 돌려 긴장한 얼굴로 자신을 바라보고 있는 얼굴을 보았다.

처음보다…… 조금 더 여성스러워진 건가? 아니, 아직은 어리다. 이제야 겨우 20대 중반에 이른 그녀는 아직은 성인과 학생 그 중간에 서 있는 느낌이었다.

담은 태하의 얼굴을 보며 무슨 생각을 하고 있는 것인지 말을 잇지 못하고 거친 호흡을 내뱉었다. 그러다가 곧 감정을 잃은 사람처럼 무표정한 얼굴로 돌아갔다.

죽어 버린 사람처럼 아무것도 담겨 있지 않은 갈색의 눈동자. 눈동자는 화려한 대리석 테이블을 향해 있었으나, 생각은 다른 곳으로 향해 있었다.

"그래서 하고 싶은 말이 뭔데."

그의 목소리에 담의 어깨가 움찔 떨린다. 서늘한 음성. 많이도 들어왔던 목소리였지만, 마지막이란 생각 때문이었을까. 주눅 든 모습으로 고개를 숙인 그녀는 잠시 생각을 고르는 것인지 말이 없었다. 그리고 얼마의 시간이 흐른 후, 천천히 고개를 들어 그를 바라보았다. 사업가의 아내로 근 2년을 살더니 담 또한 사업가가 다 되어 있었다. 감정을 죽인 표정은 그조차도 쉽게 읽을 수가 없었다.

아니, 장태하, 말은 똑바로 해. 이 여잔 항상 내 생각과는 반대로 튀던 여자잖아.

그렇게 생각하던 찰나 핑크빛 립스틱을 예쁘게 발라 놓은 담의 입술이 달싹여졌다.

"우리…… 이혼해요."

담의 말에 순간 태하의 얼굴이 차갑게 굳어졌다. 들고 있던 신문을 테이블 위로 던지듯 내려놓은 그가 자세를 바꾸어 그녀를 노려보았다.

결국은…… 결국은……!

속에서 부글부글 화가 끓어올랐으나 태하는 아무렇지도 않은 얼굴로 읊조리듯 말했다. 최대한 담담한 목소리로.

"그랬으면 좋겠어?"

그 마음, 바꿀 생각 따윈 없는 거야?

그의 말에 담의 눈에서 눈물이 후두둑 떨어졌다. 그녀는 눈물을 닦을 생각도 하지 못하는 모습이었다. 그저 간혹 코를 훌쩍이고 커다란 눈물방울로 무릎을 적시며 그의 모습을 두 눈에 가득 담고 있었다.

"네, 당신만 보면…… 이젠 아픈 기억들이 먼저 떠올라요."

서걱서걱 심장이 갉아 먹히는 것도, 그리고 언제나 서류 한 장이 우리 관계의 모든 것을 대변해 준다는 사실에도 가슴이 아팠어요. 잘못된 시작…… 그렇다면 그 관계를 끝내야죠.

"그래, 당신이 그렇다면 어쩔 수 없지. 이제 연극을 마무리할 때가 됐나 보군."

자리에서 벌떡 일어난 태하가 옆에 놓아두었던 서류 가방에서 문서를 하나 꺼내 그녀의 앞으로 밀어 놓았다.

『혼인 계약서』

펼쳐 든 종이 밑에는 흔들리고 명확하지 않은 지장이 찍혀 있었다. 지장을 바라보던 태하의 얼굴근육이 순간 움찔 떨렸다. 아아…… 저것을 받아 내던 날이 떠올랐다.

괴로움에 모든 것을 놓아 버린 그녀를 찾아가 손을 끌어 직접 서류에 도장을 찍었다. 그녀가 1년만 유지하고 싶다고 했던 결혼을 구질구질하게 끌었던 것은 그다. 어디 그뿐인가? 상처받은 그녀를 돌보지 못하고, 그녀를 믿지 못하고, 이 모든 관계를 깨 놓은 것도 그다.

"네, 이젠…… 그만하고 싶어요."

"좋아. 당신이 그렇다면 어쩔 수 없지."

짧게 답한 남자는 자리에서 일어나 처음 두 사람의 관계가 시작되었던 그때 적어 둔 한 장의 서류를 가지고 와 그녀의 앞으로 밀어 놓았다. 그리고 종이를 힐끗 보며 말한다.

"이대로 진행하는 걸로 하지. 부동산 문제는 시간이 조금 걸리겠지만."

"……감사합니다, 사장님."

담의 시선이 서류로 향해 있는 것을 보던 그는 눈을 질끈 감았다가 떴다. 제 인생에 멋대로 끌어들인 여자. 막상 저 여자를 이 세계로, 자신이 있는 곳으로 잡아당길 땐 어떠한 인생을 살든 상관하지 않으리라 마음먹었다.

하지만 이젠…… 아니었다.

이별을 말하는 지금 이 순간에도…… 그는 그녀의 미래를 떠올리고 있었으니까.

"어차피 다음 주부터 미국 출장이 있으니, 서류는 그때 정리하면 되겠군. 그때까지 이곳에서 지내도록 해. 그다음엔 적당한 곳을 알아봐 줄 테니까."

"……네."

담의 대답에 태하가 자리에서 벌떡 일어나 그녀와 함께 이 집에서 살던 그 시절 지냈던 서재로 향했다. 문을 벌컥 열고 안으로 들어가자 1년 전 그대로 머물러 있는 서재의 풍경이 눈 안에 들어온다.

먼지 하나 내려앉아 있지 않은 책상. 깔끔하게 펴져 있는 침대보.

"정담……."

그 속에서 그는 절망을 담은 눈을 깜빡이며 그녀의 이름을 불러 보았다.

"잘 참았어, 정담."

담은 자신의 앞에 놓여 있는 서류를 보며 멍하니 읊조렸다. 2년 전에도 그렇고 지금도 그렇고, 저기 쓰인 것들이 얼마나 대단한 것인지 담은 몰랐다. 그저 이렇게 해야 그의 마음이 조금 편한 것인가 생각하며 슬픔에 점점 아래로 꺼지는 심장을 애써 위로 끌어 올리며 씨익 웃었다.

"잘했어."

그렇게 말하던 담이 서류를 한쪽에 밀어 놓은 뒤 자리에서 일어났다. 그러자 태하는 서재 안에서 물건 몇 개를 챙겨 밖으로 나왔다. 담은 벌써 돌아가려는 태하에게 다가가며 말했다.

"식사하셨어요?"

"……아니."

"마침 저도 먹을 참이었어요. 같이 드실래요?"

담이 같이 밥을 먹자는 이유를 몰라 그녀만 멀뚱멀뚱 내려다보자, 그녀가 서둘러 말을 덧붙였다.

"혼자 먹는 밥은…… 아직도 씁쓸해요. 도통…… 적응이 안 되더라고요."

"……바빠. 다시 회사에 들어가 봐야 해."

그의 말에 담은 아쉽다는 듯 입맛을 다시더니 성큼 그에게 다가가 현관문으로 향하는 길 앞을 막았다. 그러곤 잠시 뜸을 들이며 태하의 얼굴을 올려다보았다. 담의 눈동자는 맑고 거짓 없이 순수했다. 슬픔에 얼룩진 얼굴이었으나, 지금 이 순간 담의 얼굴에 서린 용기 때문일까. 그녀의 표정은 예전처럼 씁쓸하지만은 않았다.

"우린…… 대화가 참 부족했던 것 같아요. 자주 이야기를 할 수 있었으면 훨씬 좋을 뻔했어요."

"……뭐?"

태하가 깜짝 놀란 눈으로 자신을 내려다보자 담은 있는 힘껏 웃어 줬다. 이젠 마지막이니, 앞서 웃어 주지 못했던 것만큼 웃어야 했다. 그의 기억 속 자신이 너무 어둡지만은 않길 바랐으니까.

"미안해요, 사장님께 그런 상처를 드려서……. 내 마음을 주지도 않았는데, 계속 떼만 써서 미안했어요. 그리고…… 이젠 조금은 행복해져요."

"……여기 있으라고 하면……."

담이 작게 고개를 저은 뒤 처음으로 시선을 아래로 내렸다. 얼굴엔 또다시 감정이 사라지고 긴장한 기색만 조금 흐른다. 몇 번이고 연습했던 말. 마지막으로 꼭 그에게 들려주고 싶었던 다짐. 긴장감에 얼굴은 딱딱하게 굳어졌고, 말 또한 뚝뚝 끊겼지만 태하는 가만히 듣고만 있었다.

"우리는 좀 더 일찍 헤어졌으면 더 좋았을 거예요. 함께 있으면…… 서로에게 상처만 될 뿐이니까. 나도 강해질게요, 사장님. 누군가의 한 사람이 되어, 그 사람을 따뜻하고 단단하게 품어 줄 수 있는 사람이 될게요."

슬며시 미소 지은 담은 생기를 담은 눈을 들어 그를 바라보았다. 그리고 진심을 다해 빌었다.

내가 당신의 가슴속에 박아 넣은 비수는 모두 잊어 주세요. 낯짝 두껍고 이기적인 부탁이라고 해도, 제발 그래 줘요.

"염치없는 말이겠지만…… 저의 과오는 모두 잊어 주세요, 사장님. 그땐 제정신이 아니었어요. 모두 내 잘못이란 걸 알았는데, 다른 누군가의 탓으로 돌려야 했어요."

힘겹게 사과의 말을 꺼낸 담이 웃었다. 그녀의 얼굴을 가만히 바라보고 있던 태하의 얼굴이 순식간에 찌푸려진다. 검은 눈동자가 격랑을 일으킨다.

혼란스러움이 가득한 얼굴로 담을 한참이나 내려다보던 그 또한 이 순간이 마지막이라는 것을 알았을까. 작지만 단호한 어조로 말했다.

"마지막으로 부탁이 있어."

"뭔가요?"

"……한 번만 이름을 불러 줄 수 있어?"

그의 말에 담이 깜짝 놀란 듯 눈을 크게 떴다. 그러다가 이제껏 참아 왔던 눈물로 얼굴을 적시며 신음처럼 울음을 내뱉었다. 결국 또 울어 버리고 만다. 마지막까진 웃어 주고 싶었는데.

그가 자신의 이기심을 곁에서 지켜보면서도…… 다 알고 있었으면서도…… 그저 묵묵하게 제 원망만 받아 냈다는 생각을 하자 명치가 찌르르 아파 와 울음을 참을 수가 없었다.

"태하 씨."

미안해요, 정말 미안해요…….

"이젠…… 각자 제자리로 돌아가야 할 시간이에요."

에필로그

　많은 사람으로 북적이는 인천 국제공항 안. 다양한 피부색을 가진 사람들 사이에서 태하가 손목시계를 보며 연신 시간을 체크하고 있었다.

　내일부터 한 달간 그는 미국 LA 본사에 출근하면서 그곳에서 주요한 업무들을 봐야 했다. 아니, 대외적으로는 그렇게 알려져 있었다. 급한 업무를 보기 위해 태롱그룹의 후계자이자 태롱전자 사장 장태하가 미국으로 장기 출장을 떠나게 된 것이라며. 하지만 미국 출장은 갑자기 잡힌 것이 아닌, 그가 일부러 두 달 전에 잡은 것이었다. 물론 극비로.

　태하는 들고 있던 신문을 내려다보았다. 그곳에는 다섯 달 전 태하의 지시를 받고 미현에게 접근한 차우진 변호사가 양심선언을 한다며 태롱그룹의 비리에 대해 낱낱이 파헤쳐 놓은 기사가 실려 있었다.

〈태룡그룹 정치인 21명에게 정치자금 상납!〉

자극적인 헤드라인과 함께, 정치에 관심이 없는 이들이라도 알 만한 의원들의 이름이 거론되어 있었다. 다음 장으로 넘기자 이번에는 세금과 관련된 기사들이 잔뜩 실려 있었다.

〈태룡그룹에만 쏟아지는 세금 특혜?〉
〈태룡건설 3조 원대 가짜 세금계산서 발행 무더기 적발〉
〈태룡마트 분식회계 적발! 국세청 세무조사 실시!〉

한참 기사를 바라보던 태하는 주머니에서 휴대전화가 울리자 액정을 확인한 뒤 곧장 전화를 받았다.

-너, 이게 뭐하는 짓이야!

분노한 그가 소리를 질러 댔다. 오프라인 신문에 실린 것은 나름 고상한 것이었다. 지금쯤이면 인터넷은 태준과 관련된 연예인 성상납 문제로 아마 뜨거울 것이다.

태하는 눈을 깜빡이며 전광판을 보았다. 그러자 LA행 비행기 탑승이 시작되었다는 표시가 뜬다. 그가 옆에 세워 두었던 캐리어를 천천히 끌며 말했다.

"그 새끼가 저한테 한 일을 생각하면, 이 정도로도 모자랍니다. 그리고…… 이 일을 묵과한 아버지도 용서할 수가 없습니다."

-장태하!

"바닥까지 끌어내릴 겁니다. 날 기만한 사람들을 이참에 다 털어 내는 것도 좋겠죠."

-너, 지금 공항이지? 당장 본가로 들어와!

서릿발 선 그 말에도 태하는 피식 웃음을 내뱉었다. 어조에 다급함이 느껴진다. 이번 전쟁은 장 회장이 아닌 그의 승리로 확실히 기울었다.

"회장님, 제가 이겼습니다."

전화를 끊은 그는 곧장 출국장으로 걸어갔다.

곧이어 주머니에 들어 있던 그의 휴대전화가 띠릭띠릭 울렸다.

액정에 새겨진 것은 길지도 짧지도 않은 문자. 하지만 태하는 굳이 우진이 보내온 문자를 확인하지 않았다. 그저 눈가에 맺힌 눈물을 서둘러 털어 내며 출국장 안으로 모습을 감추었다.

[태룡전자, 건설, 마트, 백화점 주식 하락. 한 달 뒤까지 3%대 목표로 매입하겠습니다.]

왕좌에 앉은 것은 장태하, 그다. 하지만 그의 뒷모습은 승리에 도취된 모습이 아니었다.

홀로 앉은 식탁 앞. 태하는 가정부가 차려 준 거한 밥상을 무심하게 바라보며 천천히 젓가락질을 했다. 주말의 아침. 다른 이들이라면 가족과 함께 밥을 먹으며 조금 있으면 시작할 쇼프로그램을 기다리고 있을 그 시각. 태하는 감흥 없는 얼굴로 음식을 연신 입 안으로 옮기고 있었다. 그때 순간, 그의 젓가락질이 멈추었다.

"저와 결혼하시면 원하는 것들은 모두 드리죠. 가족을 원한다고 하셨습니까? 그까짓 가족, 그저 되어 드릴 수도 있습니다."

그녀에게 날카롭게 쏘아붙였던 말. 그리고 생사를 오가던 그녀에게 한 자신의 말.

"1년, 1년만 살아. 그 뒤엔 더 이상 붙잡지 않을 테니까. 네가 어디서 자살을 하든 사고를 당하고 죽든, 눈 하나 깜짝하지 않을 거야."

태하가 들고 있던 젓가락을 내려놓은 뒤 옆에 있는 물을 벌컥벌컥 마셨다.

그리고 예전이라면 그녀가 앉아 있을 맞은편 자리를 보며 피식 웃음을 내뱉었다.

"지금 이 풍경, 너무 좋네요."

"그때…… 나도 그렇게 생각했었던가."

누군가와 함께 맞이하는 아침. 그리고 마주 보며 먹는 음식. 그때는 별로 소중하게 생각하지 않았던 것들. 하지만 그녀는 그토록 원했던 것. 그때의 그는 그녀가 왜 그리 가족에 집착하는지 몰랐다.

있으면 더 걸리적거리고 짜증나기만 한 존재들.

아가리를 벌리고 침을 질질 흘리며 제 것을 빼앗아 가려는 존재들.

그게 그에게 가족이란 의미였는데…….

태하가 아무렇지도 않은 얼굴로 다시 젓가락을 들었다. 그러다가 갑자기 피식 웃으며 말했다.

"이제야 이해가 되는군."

왜 무조건적인 내 편이 필요하다던 그 여자의 말이 이제야 생각이 나는 것일까.

"난 참…… 나쁜 사람이었네."

2부
그들의 시간

프롤로그

하늘에선 비가 내렸다. 장마의 규모가 엄청난 것이어서 우산이
뒤집힐 정도였고, 해안가에 있는 사람들에게는 파도가 높을 테니
조심하라는 경보까지 따로 내려졌다. 게다가 강한 바람까지 동반하
고 있어, 지금이 여름인지 가을인지 모를 정도였다.

담은 이런 날 강원도 경포대를 찾았다. 물놀이를 즐기는 사람들
은 물론이고 개미 새끼 하나 보이지 않는 해변가를 천천히 걸으며
자신을 잡아먹을 듯 물결치는 파도에서 시선을 떼지 못하고 있었다.

"좋네."

그녀의 말과는 달리 하나도 좋을 것이 없는 날씨. 하지만 그녀는
정말 좋은지 바다에서 시선을 떼지 못하고 있었다. 격하고 거칠긴
했지만 꽉 막혀 있던 가슴속이 뻥 뚫리는 느낌이었다.

물기를 잔뜩 머금은 모래는 밟으면 푸스스 소리를 냈다. 아니,
그건 그녀의 착각일지도 모른다. 이곳에 오기 전 그녀의 기분은 이

모래처럼 푸스스 소리를 내며 위로 튀어 올랐다가 아래로 떨어지길 반복했다. 롤러코스터를 탄 것처럼.

그 사람과의 이별, 그리고 곧장 떠나오고 싶어 찾아온 바다. 아니, 바다가 보고 싶어 온 것이 아니다. 그의 집을 나온 이상, 더 이상 갈 곳이 없으니 훌쩍 떠날 장소로 바다가 적당하지 않을까, 라고 생각했을 뿐.

천천히 움직이던 걸음을 멈춘 담이 바다에 시선을 두었다. 허망하고 텅 빈 눈동자. 뭔가를 생각하듯 흔들리는 눈빛. 그녀는 한참이나 말없이 바라보다가 허리를 굽히며 버럭 소리를 질렀다.

"야!"

그녀의 목소리는 쩌렁쩌렁 컸다. 속의 이야기를 모두 뱉어 내듯이. 하지만 내리는 빗소리와 휘몰아치는 파도 소리엔 당해낼 재간이 없는지 곧이어 묻혔다. 상체를 펴 고개를 든 그녀가 허망한 눈으로 파도를 보았다. 그녀의 눈에 어느새 눈물이 맺혔다. 눈물의 크기는 크고 무거웠다. 하지만 이를 악물고, 눈을 부릅뜨며 떨어뜨리지 않으려 노력한다.

한참 바다를 노려보던 담이 소리쳤다.

"지지 않을 거야!"

철썩- 철썩-!

파도가 그녀의 발치까지 밀려 들어왔다가 스르르 밀려 나간다. 반복된 동작이었지만 어느 땐 그녀의 신발을 적실 정도로 힘껏 밀려오기도 했다. 하지만 그녀는 파도를 피하지 않았다. 맞서 싸워야 하는 상대처럼 한 치도 물러서지 않은 채 날카로운 눈을 부릅떴다.

"잘할 수 있어! 당신…… 장태하 씨 없어도 잘할 수 있을 거야!"

무게를 이기지 못한 눈물이 후두둑 떨어진다. 그러자 그녀가 모진 선택을 하고 난 뒤, 처음으로 찾아왔던 그의 모습이 눈앞을 스친다. 내 앞에서 눈물을 흘리던 남자. 내가…… 너무나 사랑했던 남자. 하지만 나에게 절망과 좌절 또한 동시에 줬던…… 남자.

그리고,

"미워! 장태하, 당신 너무 미워 죽겠어!"

나에게 단 한 번도 사랑을 주지 않은 그 남자.

담의 무릎이 꺾이고 바닥에 철푸덕 주저앉는다. 모래는 바닷물을 잔뜩 머금고 있었다. 축축하고 찝찝한 기분. 바다 특유의 비릿한 냄새. 하지만 담은 자리에서 벌떡 일어설 힘이 없었는지 잠시 그 자리에 주저앉아 있었다.

"미안해요…… 미안해……!"

21살. 미성숙하고 아이 같은 나이. 세상의 전부였던 어머니마저 모진 선택을 했던 그때.

그때의 그녀는 무모했고, 실수투성이였다. 결혼을 쉬이 생각했고, 자신의 잘못을 너무나 늦게 깨달아 그 남자에게 큰 상처를 주었다.

그저 무조건적으로 의지하려 하고, 그 사람을 진정으로 이해하려는 노력은 하지 못했다.

23살. 이제 그녀는 홀로 남았다.

그런 그녀가 무엇을 할 수 있을까?

담은 이제부터 홀로 그 질문에 대한 답을 찾아야 했다.

1화
구축

[1]

5년 후, 인사동 거리.

한국 사람보다 외국 관광객이 더 많이 찾는 곳이라고는 하나, 인사동 뒤의 작은 길가엔 아직 오랫동안 이곳을 지킨 사람들이 모여 사는 아주 작은 동네가 있었다. 대부분의 집은 그곳에 사는 주민들처럼 낡았지만 고풍스러운 멋이 있어 인사동 거리와 아주 잘 어울렸다.

인사동 거리와 그 마을 잇는 골목. 그곳은 유심히 봐야 보일 정도로 좁은 돌담길을 타고 들어가야 했다. 그리고 그 길의 가장 끝, 막힌 골목에 작은 가게가 있었다.

가게 앞에는 낮은 평상이 놓여 있었고 입간판이 하나 세워져 있었다. 입간판에는 동글동글한 글씨가 적혀 있었다.

〈우리 동네 쉼터. 맛있는 차와 그림 감상은 무료합니다.〉

가게는 간판도 없었다. 가게에서 제공되는 커피는 모두 무료, 벽에 걸려 있는 그림을 관람하는 것도 무료였다. 그림은 대부분 이 가게의 여주인이 잠시 다녔던 대학의 미대 학생들이 그린 것으로, 꽤나 새로운 반향을 일으켜 현재 젊은 화가 중 손꼽히는 사람도 이곳에서 전시회를 열었다가 후원자의 눈에 띄어 좀 더 편히 작업할 수 있었다고도 했다. 간혹 관람객들이 작은 그림을 구입하기도 했는데 가격은 대부분 2만 원~5만 원 사이로 형성이 되어 있었다. 처음 공간을 제공해 줄 때 돈을 받지 않는 대신 그림이 팔리면 금액의 10%를 주인이 받고 있었다.

이젠 인사동 거리에 하나의 명물로 자리 잡은 곳이었지만, 아직은 동네 주민인 할머니들이 더욱 많이 찾는 곳이기도 했다. 그리고 그런 어르신들을 위해 담은 아침부터 꽃을 사 가게 곳곳에 꽂고 커피 머신을 켰으며 어제 미루어 두었던 설거지를 했다.

긴 머리를 질끈 묶고 편안한 셔츠에 반바지 차림을 한 그녀의 얼굴엔 삶의 고단함보단 여유로움이 보였다.

"애기야, 커피 한 잔 줘!"

밖에서 커다란 목소리가 들려왔다. 서둘러 앞치마에 손을 닦은 그녀는 늘 앉는 평상에 두 노인이 자리하고 있는 것을 보며 씨익 웃었다.

"애정 씨랑 명숙 씨 오셨네요?"

담이 장난스럽게 말하자 흰 머리를 빠글빠글하게 파마한 명숙이 손을 공중에 휘휘 저으며 말했다.

"옛끼! 어디서 노인을 놀려?"

"어디 나만 놀리나? 명숙 씨도 맨날 저 놀리잖아요! 이 나이에 혼자라고."

"그건 놀리는 게 아니지, 걱정한 거지! 그러게 내가 손주 놈 소개시켜 준다니까 왜 싫다고 거절하고 그래? 진짜 숨겨 놓은 남자 있는 거 아니야?"

명숙이 눈을 게슴츠레 뜨더니 담을 떠보듯 말했다. 그러자 담은 더 이상 이야기하고 싶지 않다는 듯 몸을 휙 하니 돌려 가게로 쏙 들어갔다. 명숙의 눈에 보이는 건 공중에서 휘날리는 긴 머리카락 몇 개뿐이었다.

"애기, 너 설마 이 할미한테 비밀이라도 있는 거 아니야?"

"에이, 남자는 무슨 남자! 손주분이 판사라면서요? 판사한테 어떻게 돌싱을 찍어 붙여요, 붙이길."

담이 장난스럽게 말하며 잘 갈아 둔 원두로 커피를 내렸다. 이곳은 노인이라 하더라도 삶의 여유를 가진 사람들이 많아, 다방 커피보다는 아메리카노를 선호하는 사람들이 더 많았다. 처음 이곳에 정착했던 4년 전, 그 사실을 몰라 스틱커피만 잔뜩 준비했던 그녀가 커피 머신을 들여놓은 것은 그 후로 1년 뒤였다.

하얀 머그컵에 커피를 따른 그녀는 달달한 것을 좋아하는 애정의 잔에는 설탕 시럽을 넣고, 인생처럼 쓰디쓴 커피가 좋다는 명숙의 것에는 아무것도 넣지 않았다. 담은 제 몫은 커피까지 들고 가게 밖으로 나왔다.

"커피 대령이요."

담이 웃음기 섞인 목소리로 애정과 명숙에게 커피를 나누어 주었다. 그러자 조용하고 고상한 기운이 넘치는 애정이 입가에 잔잔한 미소를 띠었다.

"우리 담이 커피 정말 맛있다."

"그래요?"

"응, 설탕이 딱이야."

지난 4년 동안 애정의 커피를 전담하다시피 했으니 그녀의 입맛에 맞지 않는 게 더 이상할 수도 있었다. 하지만 담은 애정의 칭찬이 꽤나 마음에 들었던지 입술을 부드럽게 휘며 뜨거운 커피를 호로록 마셨다. 아니, 마시려고 했다. 뜨거운 커피를 입에 한 모금 머금는 순간 들려온 애정의 말에 그녀는 도로 커피를 뱉어 내야 했다.

"판사가 부담되면 회사원은 어때?"

윽! 입천장을 홀라당 덴 담이 미간을 찌푸렸다. 그러면서 입가에 묻은 커피를 소매로 닦으며 말했다.

"이애정 여사님, 회사원이라고 하면 한 회사에 소속되어 월급을 받는 사람이에요. 월급을 주는 사람은 CEO라고요. 전에 작은 회사 운영한다고 하셨던 거 다 기억한단 말이에요."

"에이, 안 속네?"

애정이 후후 웃음을 내뱉으며 호로록 커피를 마셨다. 젊을 적 한 미모 했다는 애정은 지금도 곱게 늙어 흰 머리를 가지런히 빗어 한쪽 어깨로만 내리고 있었다. 담은 새삼스러운 눈으로 애정을 보았다. 이 동네의 땅값을 생각하면, 전원주택에서 고고하게 삶을 즐기고 있는 애정과 명숙의 생활 수준은 여느 노인들과 달랐다. 두 사람은 나이도 비슷해 이십여 년 전부터 친자매처럼, 친구처럼 지내고 있다고는 하나 상반된 분위기를 가지고 있었다.

명숙은 남편이 고위 공직자로 퇴직을 하면서부터는 간혹 여행을 다니며 꽤나 쾌활한 삶을 살고 있었다. 하지만 그와 반대로 애정은 이곳, 담이 만들어 놓은 사랑방이 아니면 외출조차 잘 하지 않는 것 같았다. 2년 전 두 사람과 함께 담이 꽃놀이를 갔을 때 세상을 신기한 눈으로 바라보았던 애정의 모습을 아직도 기억하니까.

담은 쓸쓸한 얼굴로 가을이 되어 높아진 하늘을 올려다보는 애정의 옆얼굴을 보았다. 그녀는 세상 풍파란 풍파는 다 겪은 얼굴을 하고 있었다.

"그래도 그 아이도 많이 외로운데, 외로운 사람들끼리 만나서 오순도순 이야기하면서 살면 좋잖아."

애정은 자신의 외손주를 떠올리며 말했다. 나이테처럼 그려진 주름 위로 시린 감정이 내려앉는다. 그 모습을 옆에서 가만히 보고 있던 담이 팔을 뻗어 왜소한 애정의 어깨를 끌어안았다. 애정은 너무 말라 작은 담의 품에 쏙 들어올 정도로 작았다. 담은 코끝에 스치는 따스한 향에 눈을 감으며 웃었다.

"내가 왜 외로워요? 애정 할머니랑 명숙 할머니도 있고, 춤바람 난 정이 할머니도 있는데요."

자신의 몸을 끌어안고 있는 담의 팔을 애정이 토닥토닥 두드렸다. 그리고 곧이어 나오는 말에 부드럽게 미소 지으며 고개를 끄덕였다.

"그러니까 오래오래 사세요."

"그래, 그래야지."

사랑에 빠진 남녀처럼 꼭 끌어안고 있는 둘을 보며 명숙이 혀를 끌끌 찼다.

"두 사람, 지금 뭐하는 거야? 애정이 넌 새로운 할배 구하고, 애기 넌 새로운 님이나 구하라고! 에비, 징그러워! 떨어져!"

"어머, 지금 질투하시는 거죠?"

"내가 보기에도 그렇다."

담의 말에 애정이 장단을 맞춰 주자 자리에서 벌떡 일어난 명숙이 두 사람을 한껏 내리깔아 보더니 콧방귀를 흥 뀌었다.

"웃기시네, 내가 왜?"

의기양양한 명숙의 모습에 담이 속으로 킥킥 웃음을 내뱉었다. 명숙이 지금 이렇게 당당한 이유를 알고 있기 때문이다.

"요즘도 할아버님이랑 금슬 좋으시죠?"

"예끼! 일부러 알고 놀리는 거지?"

올해 74세가 된 명숙이 하기엔 너무나 소녀 같은 얼굴이었다. 19살에 결혼해 반백년 이상을 함께한 사람인데도 두 사람은 하루라도 얼굴을 못 보면 입에 가시가 돋는다는, 자칭 타칭 잉꼬부부였다. 식사를 하고 나서는 손을 꼬옥 잡고 동네를 한 바퀴 도는 부부니 그들의 금슬이 동네에 소문이 안 날 수가 없다.

하지만 담은 몸을 배배 꼬며 부끄러워하는 명숙의 모습을 보며 짐짓 아무것도 모르는 척 말했다.

"음? 뭘요?"

"새파란 게! 지금 노인네를 놀리는 거야?"

명숙의 언성이 점점 높아진다. 그러자 담은 헤헤 웃음을 내뱉은 뒤 고개를 저었다. 그 순간 담의 갈색 눈동자에 씁쓸한 기운이 머물렀다가 사라진다.

"부러워서 그렇죠."

"뭐가 부러워! 너도 네 짝 찾아!"

표정을 숨기는 일은, 그녀에게는 아주 익숙한 일이었다. 하지만 명숙과 애정의 표정이 그녀를 따라 변하는 것을 보면, 그녀보다 긴 인생을 산 그들을 속일 수는 없었나 보다. 담이 어색한 웃음을 지으며 아무 말도 하지 못하고 커피를 마시자, 명숙이 혀를 끌끌 차더니 자리에서 일어났다.

편안히 앉아 있느라 흐트러진 치마를 추스린 명숙은 애정을 바라보더니 툭 내뱉었다.

"어여 들어가. 그이 기다리겠어."

"음, 그럴까?"

애정까지 따라 일어서자 담도 자리에서 일어났다. 담은 오늘도 점심때가 되자 서둘러 자리를 일어나는 두 여인을 보며 웃었다.

"내일 또 봬요."

"그래, 내일은 내 저번에 너한테 잃은 판돈 가져갈 테니, 100원짜리 준비해 놔!"

흥, 콧방귀를 뀐 명숙이 먼저 길을 나서자 애정은 담에게 부드럽게 미소로 인사를 보낸 뒤 그 뒤를 따랐다. 네 사람만 나란히 걸어도 꽉 막히는 좁은 길을 걷던 명숙이 자리에서 멈춰 서더니 **빽** 하니 소리를 질렀다.

"애기가 올해 몇이랬지?"

"음, 스물여덟?"

명숙은 자신이 기억하는 것보다 훨씬 어린 나이에 혀를 끌끌 찼다. 담은 또래들보다 더 들어 보였다. 외모를 말하는 것은 아니었다. 뽀얀 얼굴과 비쩍 마른 몸매는 요즘 TV만 틀면 나오는 연예인들처럼 보였고, 기다란 머리카락도 청초해 보였다. 문제는 그 아이를 두르고 있는 분위기, 벽. 마치 모든 것을 경험해 보았다는 듯 앞을 내다보는 듯한 눈빛도 그 아이를 더욱 성숙하게 보이게 만들었다.

"쯧쯧, 인생에 동반자가 없으면 얼마나 외로운데."

명숙이 걱정스러운 목소리로 말했다. 처음 시집온 이후로 남편과 부부싸움을 한 것이 손에 꼽을 정도이니, 그녀가 보기엔 젊은 시절에 아직 짝도 못 만나고 그러고 있는 것이 불행해 보이기만 했다. 더욱이 몇 해 전, 가게 문을 죄다 닫아 놓고 만든 술자리에서 한 번 이혼했다는 그녀의 이야기를 들은 후 더욱 안쓰러운 마음이 들었다.

하지만 애정은 조금 다른 생각을 하는 것인지 고개를 저으며 말했다.

"……혼자 사는 것도 좋아."

"그건 네 이야기고!"

버럭 지른 명숙은 저 멀리 골목 끝에 서 있는 검은 양복의 사내를 보며 멈췄다. 사내는 골목 안을 살피는 듯하더니 곧이어 명숙과 눈이 마주치자 서둘러 걸음을 와다닥 옮겼다. 딱 보기에도 수상한 모습. 명숙이 눈살을 찌푸리며 골목 안에 있는 담의 가게를 보았다. 이 길의 끝엔 오직 담의 가게뿐이었다. 그렇다면 저 남자가 몰래 지켜보던 곳은…….

명숙은 도망가는 남자의 뒷모습을 보더니 애정의 옆구리를 쿡쿡 찌르며 말했다.

"저녁은 우리 집에서 먹어."

"응? 왜? 남편이랑 둘이 먹어야 더 좋지 않아?"

애정이 장난스럽게 말하자 명숙은 솥뚜껑 같은 손을 들어 그녀의 등을 짝 소리 나게 내려친 뒤 말했다.

"잔말 말고 와서 먹어! 애기도 데리고 와."

"음? 담이까지?"

"그래! 다섯 시까지 와!"

버럭 소리를 지른 명숙이 걸음을 옮겨 길 끝으로 꽁지가 빠져라 도망가는 남자의 뒷모습을 찌푸리며 바라보았다.

"뭐야? 노인네 마음 뒤숭숭하게."

담은 평상에 앉아 두둑하게 부푼 배를 손으로 통통 두드렸다. 명숙의 집에 저녁 식사 초대를 받는 건 익숙한 일이었으나 오늘처럼 본격적으로 마당에서 바비큐 파티를 한 것은 처음이었다.

명숙은 2층짜리 전원주택에서 살고 있었고, 마당 또한 잔디가 너르게 깔려 있는 곳이었다. 마당 한 켠에 세 들어 살고 있는 개 레오가 파티를 하는 내내 애절한 눈으로 바라보는 통에 사람들은 안타까운 마음이 들긴 했으나, 끈질기게 무시하며 준비한 고기를 모두 먹어 치웠다.

담은 뒷정리를 끝내고 남편의 손을 잡고 집 안으로 쪼로로 들어가는 명숙의 뒷모습을 보았다. 그에 옆에서 오렌지주스를 마시고 있는 애정을 바라보지도 않은 채 말했다.

"정 여사님은 참 금술이 좋은 것 같아요. 부러워요."

"음, 너도 그런 사람을 만나면 되잖니? 나야 너무 늦었다지만, 넌 아직 시간이 많아."

"……글쎄요. 결혼 생각은 없어요."

담은 고개를 돌려 애정을 보았다. 애정은 자신이 너무 늦었다고 말은 했으나 젊은 나이에 남편을 보낸 뒤 긴긴 과부 생활을 떠올리며 쓸쓸하게 웃었다.

"홀로 보내는 시간이 길어지면 사람은 죽기 마련이야. 함께 살아야지, 함께. 사람은 사람이랑 함께 살아야 한단다."

그 말에 담은 공감한다는 듯 고개를 끄덕였다. 그러다가 잠시 어느 날의 기억에 닿은 듯 담이 씁쓸하게 웃으며 말했다.

"제가 너무 바보 같아서…… 또다시 누군가를 상처 주는 게 너무 무서워요."

담의 이야기에 애정이 천천히 고개를 끄덕였다. 조금 떨어져 있는 현관문이 열리고, 명숙이 찻잔과 과일을 내어 오는 것이 보였다. 애정은 명숙이 오기 전에 담에게 일러 주기 위해 천천히 입을 열었다. 목소리는 힘이 없었으나, 그 말이 담고 있는 것엔 강한 힘이 실려 있었다.

"네가 널 사랑하기 전에, 아무도 널 사랑해 주지 않아."

"아……."

"난 그걸 너무 늦게 깨달아 버렸어. 하지만 담이 너는, 그러지 마."

명숙이 평상에 과일을 올려 둔 뒤 신발을 벗고 올라와 양반다리를 하고 앉았다. 그리고 앞에 놓여 있는 포크를 애정과 담에게 건네며 말했다.

"아, 거참. 저 양반은 나이가 들수록 힘이 좋아져."

명숙이 마음에 들지 않는다는 듯 혀를 끌끌 찼다. 빠글빠글하게 파마한 머리카락이 조금 흐트러져 있는 것을 보니, 안에서 또 한바탕 애정 행각이 일어난 듯했다. 담이 입을 가리며 쿡쿡 웃은 뒤 포크로 사과를 집어 입으로 가져왔다. 아삭, 소리와 함께 과즙이 터진다. 입안에 달달한 기운이 퍼지자 담의 입가에 부드러운 미소가 번져 갔다.

아삭아삭.

세 사람 사이에 사과를 먹는 소리만 들리길 얼마간. 명숙은 잊고 있었던 사실이 떠오른 듯 손뼉을 치더니 들고 있던 포크를 접시 위에 얹어 놓으며 담을 보았다.

"담아, 근데 너 요즘 수상한 사람이 지켜보는 느낌 없디?"

"네? 수상한 사람이요?"

담이 모르겠다는 듯 고개를 기울였다. 그러자 명숙은 젊은 것이 벌써부터 눈치가 없다며 한숨을 쉰 뒤 말했다.

"아까 보니까 검은 양복 입은 사람이 가게를 보고 있더라고. 이상하잖아? 들어갈 생각은 안 하고."

"으음, 그런가요?"

"그래! 이것아, 넌 어떻게 그렇게 조심성이 없어?"

"딱히 절 지켜볼 사람은…… 아."

담은 그제야 짐작 가는 사람이 있다는 듯 고개를 끄덕였다. 그러자 두 노인은 담에게 어서 아는 것을 다 털어놓으라는 듯 바라보았다. 하지만 제 속에 있는 이야기, 자신의 과거에 대해서는 잘 입을 열지 않는 담은 의문스러운 표정을 지으며 입을 꾹 다물어 버린다.

명숙과 애정은 잠시 서로를 바라보더니 한숨을 쉬며 어깨를 으쓱였다.

"말하고 싶지 않으면 안 해도 되지만, 그래도 조심해. 알았어?"

"아이고, 알았습니다. 명숙 씨. 명숙 씨는 날 너무 사랑해서 탈이야."

"이것이, 또또!"

버럭 소리를 지른 명숙이 솥뚜껑 같은 손으로 담의 등짝을 짝, 하고 내려쳤다. 그러더니 다시 한 번 신신당부하며 손녀 같은 아이가 혹 잘못되지 않을까 걱정하는 눈으로 한참 바라보았다.

"무슨 일 있으면 휴대폰으로 바로 연락하고!"

"알았어요, 알았어. 천하장사 정 여사님이 있는데 뭐가 그리 걱정이래요? 그 사람들도 우리 정 여사님 무서워서 내 앞에 못 나타날 거야."

장난스럽게 말한 담이 명숙의 주름진 손을 잡으며 말했다. 진심을 다해.

"고마워요."

[2]

남자는 뒷짐을 지고 아름다운 야경을 내려다보고 있었다. 야경은 휘황찬란한 빛을 머금고 그의 눈앞을 어지럽히고 있었으나, 그는 눈 하나 깜빡하지 않았다.

태하는 이제 태룡전자가 아닌 태룡 본사로 출근을 하고 있었다. 원래 장 회장이 사용했던 것들은 모두 빼내고 자신의 취향으로 가득 채워 놓은 회장실은 심플한 가구들로 가득했다. 무엇 하나 모난 것 없이 필요한 것들만 놓여 있는 거대한 공간. 그곳에 태하는 야차처럼 서 있다. 딱딱하게 굳은 얼굴로.

"그래서?"

태하의 짧은 물음에 어둠 속에 서 있던 남자가 허리를 굽히며 답했다.

"잘 지내고 있었습니다."

지난 5년간 지겹도록 들은 이야기다. 집을 나간 그녀는 곧장 여행길에 올랐다. 그리고 대한민국의 곳곳을 돌아보고 그녀가 다시 서울로 돌아온 것은 4년 전. 인사동의 한 곳에 자리를 잡은 그녀는 그곳에 자신의 세상을 구축하고 사람들을 하나둘씩 들여놓았다.

그의 곁에 있던 때와는 달리 족족 보고되는 사진에는 환하게 웃고 있는 모습이 대부분이고, 사람을 자신이 구축해 놓은 성으로 들이는 것에 그녀는 두려움을 느끼지 못하는 듯했다.

천천히 뒤돈 태하는 어둠 속에 있는 남자를 보며 답했다.

"그 여자 쪽은?"

"곧 움직일 것 같습니다. 여전히 정담 씨에게 사람을 붙여 놓은 상태고요."

"……그래. 접근하지 못하도록 해. 이번 일에 또다시 그 사람을 휘말리게 하고 싶지 않아."

차갑고 냉정한 어투로 말했지만 그 속에 담겨 있는 것은 진심이었다. 하지만 눈앞의 남자는 태하를 이상하게 보았다.

"왜 그렇게 봐?"

태하가 묻자 남자가 잠시 뜸을 들이더니 답했다.

"그냥 사장님이 잘 이해가 되지 않습니다."

"뭐가."

태하가 담담한 목소리로 말했다. 그러자 남자는 한 발자국 앞으로 걸어와 그에게 모습을 드러내며 말한다.

"정담 씨가 걱정이 되면 주식을 가져오면 되지 않습니까? 그럼 청담동 사모님도 더 이상 정담 씨에게 접근하는 일이 없지 않겠습니까."

그 말에 태하가 하하 웃었다. 그러면서 과거의 일에 대해 대충 눈치로만 아는 남자에게 한 걸음 다가섰다. 태하는 남자의 눈을 뚫어져라 보았다. 사내 또한 아주 키가 컸지만, 태하가 앞에 서자 조금은 시야가 아래에 있다. 태하는 검은 눈동자를 텅 비웠고, 얼굴근육은 마비가 된 사람처럼 딱딱하게 굳혔다.

"김찬영."

"네, 말씀하십시오."

"주제넘게 나에게 직언을 하나?"

"……."

태하의 말에 찬영은 순간 할 말을 잃고 입을 꾹 다물었다. 고개를 조금 숙이며 그에게 복종을 표시하기도 했다. 하지만 태하는 쉬이 화가 풀리지 않는지 턱을 굳히며 짧고 강하게 일갈했다.

"네 의견은 필요 없어. 그러니 잘 감시하도록 해."

짧게 말을 마친 태하가 뒤돌아선 뒤 방금 전까지 서 있던 창가로 향했다. 그는 가장 높은 곳에 있는 사람이었다. 그곳에서 아래를 한껏 내려다보며 모든 이를 발밑에 두었다. 어릴 적부터 그는 이곳에 올라오면 행복할 줄만 알았다. 언제나 사람들을 힘으로 내리찍어 누르는 장 회장의 밑에서 자라며 권력만이 최고인 줄 알았으니까.

하지만 그는 홀로 그 자리에 앉는 순간 깨달았다. 모든 것이 무의미하다는 것을.

흐드러지게 핀 꽃처럼 보이는 야경을 한참이나 바라보던 태하는 한숨을 내쉬었다. 그리고 뒤에서 느껴지는 인기척에 말했다.

"곧 파란이 일 거니까."

그렇게 말한 그가 뻑뻑한 눈을 깜빡였다. 찬영의 말이 틀리지 않다는 것을 알고 있다. 하지만 그녀에게 주식을 자신에게 팔라고 말할 수가 없다. 그 이야기를 꺼내는 순간…… 그녀가 그 시절로 돌아갈 것만 같아서.

작은 아파트는, 그에 맞게 거실이 아담했고 햇볕이 잘 들어와 가을이 성큼 다가온 날씨에도 따뜻한 기운이 가득했다. 아무리 작은 아파트라 하더라도 안방은 따로 있었으나 특이하게도 거실에 침대가 놓여 있었다. 그리고 직선 방향에는 누운 자리에서 잘 보일 수 있도록 텔레비전이 약간 틀어져 놓여 있었다.

혼자 살기에는 적당한 아파트. 하지만 그 안에 놓인 잡다한 물건들로 인해 원래의 평수보다 더 좁아 보였다. 바닥에 어지럽게 널려 있는 책들은 족히 수백 권은 되어 보였고, 그 옆에 한짝처럼 놓여 있는 꽃병에서는 제각기 다른 향을 가진 꽃들이 질서 없이 꽂혀 있었다. 이 집의 주인이 깔끔한 성격이 아니라는 것을 보여 주듯.

그때 침대 위에 동그랗게 솟아 있던 무언가가 꼼지락거렸다. 꿈틀꿈틀. 동그랗게 몸을 말고 일어날 시간이 훌쩍 지났음에도 침대에서 나오지 못하고 미적대고 있었다.

웅크린 자세로 폭신한 베개에 얼굴을 박고 있던 담이 끙 앓는 소리를 내며 발을 동동 굴렸다.

"으아앙, 일어나기 싫어……."

명숙의 집에서 함께 수다를 떠느라 평소보다 훨씬 늦은 시각에 집으로 돌아와야 했다. 거기서 그냥 씻고 잤으면 됐는데, 며칠 전에 서점에 들러 20만 원어치 책을 산 덕에 그걸 붙잡고 있느라 해가 뜨고 나서야 겨우 잠자리에 들었다. 덕분에 아침부터 일상이 뒤흔들린 담은 끙끙 앓으며 침대에 누워 있어야 했다.

띠링띠링, 문자가 울렸다. 손을 뻗어 베개 옆에 있던 휴대전화를 겨우 잡아챈 그녀가 액정을 확인하자 부재중 전화와 함께 문자가 남겨져 있었다.

[지금 가게야?]

조완이었다. 그녀가 최근 가장 많이 연락을 하고 있는 사람. 문자를 보자 번뜩 정신을 차린 담이 시계를 확인했다. 8시 20분. 평소 집을 나서는 시각이었다.

"윽!"

짧은 단말마를 내지른 담이 자리에서 벌떡 일어났다. 그리고 서둘러 입고 있던 티셔츠를 벗어 던지며 욕실 안으로 쏙 사라졌다.

밝은 빛의 청바지와 편안한 후드 티셔츠, 그리고 캡 모자는 그녀가 최근에 가장 즐기고 있는 스타일이었다. 가볍고 움직이기 편한 옷에 운동화를 신은 담이 씩씩하게 골목길을 걸어 가게로 향했다. 그러자 그녀가 잠시 통화했을 때 들었던 것처럼 조완이 평상에 앉아 그녀를 기다리고 있었다. 담이 서둘러 달려가 그의 앞에 섰다.

"늦잠 잤어요, 선배."

그러면서도 담은 미안하다는 말을 잊지 않았다. 하지만 조완은 자리에서 일어나 상큼하게 웃으며 고개를 저었다.

"전혀. 얼마 안 기다렸어."

"거짓말. 어서 들어와."

짧게 말한 담이 가게 문을 열고 안으로 들어갔다. 그러곤 서둘러 바 안으로 향하며 말했다.

"커피 한 잔 내릴게요."

"그럼 나야 좋지."

씨익 웃은 조완이 천천히 걸음을 옮겨 제 제자들의 그림을 천천히 둘러보았다. 군데군데 빈 공간을 보아하니 이번에도 역시나 이곳에 잠시 발걸음이 멈췄던 사람들이 기념처럼 하나씩 그림을 사 간 것 같았다.

"이번에는 그림이 꽤 많이 팔린 것 같다?"

바로 다가온 그가 높다란 의자에 앉자 담은 그를 보지도 않은 채 말했다.

"미나 작품들은 느낌이 참 좋잖아요."

원두를 내리던 담이 익숙한 손길로 잔에 커피를 따른 뒤 조완에게 내밀었다. 그러면서 부엌 한 켠에 밀어 두었던 의자를 끌어와 앉았다. 그리고 처음 장미나의 그림을 보았던 그날을 떠올렸다.

"마음을 따뜻하게 해 줘요, 미나의 그림은."

처음 학교 벽에 걸려 있는 미나의 그림을 본 순간 담은 왈칵 눈물이 쏟아져 한참이나 그 자리에 서서 울어야 했다. 장미나는 작년에 대학을 졸업한 학생으로, 유학 한 번 다녀오지 않았지만 빛을 참 잘 표현했다. 그리고 그녀가 자신의 젊음을 바쳐 그리는 그림들은 따뜻했고 우아했으며 아름다웠다.

어린 나이에도 모성을 잘 표현하여 어머니가 아이에게 젖을 물리는 그림이나 여인이 햇살을 받으며 누워 있는 그림은 자칫 외설스러워 보이기도 했다. 하지만 그림 공부를 대학에서 정식으로 일 년도 하지 않은 담은 그 그림들에 위로를 받았다. 그리고 자신이 구축해 놓은 세상에 미나의 그림을 처음으로 전시했었다.

"미나는 잘 지내요?"

"스폰서가 따로 연락은 안 해?"

그리고 그 뒤, 불우한 환경으로 더 이상 그림 활동을 펼치지 못하고 있는 그녀를 도운 것은 담이었다. 그리고 그 도움은 벌써 2년째 계속되고 있었다.

"어려운 스폰서보다는 잘생긴 교수님이 더 편하잖아요. 작업할 때 연락하는 걸 싫어하기도 하고."

후후, 웃은 담이 말하며 여유로운 미소를 짓고 있는 조완을 보았다.

조완은 그녀가 대학교 신입생 시절 복학한 선배였다. 자그마치 대학을 8년이나 다니고 있는. 그는 어디론가 떠나고 싶으면 휴학계를 내고 아르바이트를 하여 전 세계를 돌아다녔다. 발길이 닿는 곳이 자신의 집이고 자신의 삶의 터전이라 생각하고 지내던 그가 모교의 교수로 일하게 될 줄은 몰랐다.

그래서 우연히 다시 조완과 연락이 닿았을 때, 그녀는 처음 그를 보았을 때와는 180도 변한 모습에 깜짝 놀랐었다. 늘 추레한 모습으로 다녔던 그는 이젠 자유분방한 교수님의 모습으로 변신해 뭇 학생들의 가슴을 떨리게 하고 있었다.

조완은 커피를 호로록 마시는 담의 모습을 보았다. 새하얀 피부에는 늘 그랬던 것처럼 스킨, 로션만 바른 듯했다. 소탈했지만 그래서 더 빛나는 담은 이곳의 작은 가게처럼 밝은 분위기를 띠고 있었다.

담은 조완의 시선이 자신에게 닿는 것을 느끼며 어색하게 말했다.

"얼굴에 뭐 묻었어요?"

그 말에 조완은 작게 고개를 저었다. 그러곤 입가에 부드러운 미소를 짓더니 사르르 녹을 것처럼 달콤하게 웃었다. 그러자 담은 어색한 얼굴로 말했다. 입가가 파르르 떨리는 것을 보니 억지로 만들어 낸 웃음이었다.

"그럼 그렇게 그만 봐요, 선배."

"음? 싫으면 모델 서 주든가."

"모델은 무슨 모델. 내가 무슨."

담이 공중에 손을 저은 뒤 웃었다. 조완은 그녀를 처음 만났을 때부터 끈질기게 모델 요청을 하고 있었다. 최근이 아닌, 그녀의 대학 시절부터. 그리고 다시 만난 순간에도.

"어쩜 그렇게 끈질기게 거절할 수가 있어? 8년이나 부탁을 했으면 들어줄 법도 하지."

"말은 똑바로 합시다. 8년은 아니죠, 중간에 공백이 있는데."

그녀가 바로 뒷말을 바로 이었다.

"그리고 선배 때문에 미나도 저한테 요즘 모델 서 달라고 찡얼찡얼댄단 말이에요!"

억울하다는 듯이 담이 버럭 소리치자 조완은 턱을 괴며 말했다.

"담아, 담아."

"그렇게 부르지 말아요, 기분 나쁘니까."

입술을 뾰족하게 내민 담이 투덜거리더니 피식 웃음을 내뱉는다. 그는 서른 중반의 나이였지만 초롱초롱 빛나는 눈빛이나 어투 때문에 담 자신보다도 어리게 느껴졌다. 담은 피부를 건강하게 태운 조완이 도톰한 입술을 달싹이는 것을 보았다.

"너 충분히 예뻐. 그러니까 대작가님이신 이 몸의 모델에도 딱 적합하다는 거지."

"누누이 말하지만 대작가님은 대모델을 찾으셔요, 전 관심 없으니까."

새초롬하게 답한 담은 닫아 둔 문이 열리고 청명한 종소리가 울리자 자동으로 자리에서 일어났다. 몸에 밴 동작이었다.

"잠시만요."

짧게 조완에게 양해를 구한 담이 서둘러 명숙과 애정에게로 쪼로로 달려갔다. 담이 달려가 애정의 어깨를 와락 안았다. 신난 얼굴로 웃는 담의 모습을 보던 조완이 피식 웃음을 내뱉었다.

"재미있는 아이야, 정말."

애정과 명숙에게 커피를 전해 주고 오는 길. 가게를 새로 찾은 손님을 접대하느라 바를 살피지 못했던 담은 잔과 하얀 봉투만 덩그러니 놓여 있는 것을 보며 고개를 기울였다.

"응?"

한걸음에 다가간 담이 봉투를 집어 들었다. 돌아가겠다는 말도, 오늘 좀 보자고 말했던 이유도 설명하지 않은 조완은 인사도 없이 홀연히 사라져 버렸다. 빨간 스티커를 떼어 열어 본 담은 피식 웃으며 고개를 저었다.

— 나의 뮤즈를 초대합니다. —

"정말, 정신이 어떻게 된 게 틀림없어."

담은 낄낄 웃은 뒤 또다시 종소리가 울리자 자동적으로 고개를 돌리며 환하게 웃었다.

"어서 오세요, 차는 무엇으로 드릴까요?"

'익숙하지 않은 것에 대한 선의, 새로운 것에 대한 호의를 가져라' 라고 했던 니체의 명언이 떠올랐다. 미나를 보고 있으면 늘 그랬다. 그 아이는 섬세한 얼굴에 비쩍 마른 몸이었지만, 세상을 바라보는 눈은 늘 반짝였다. 호기심이 가득했고, 많은 것을 빠른 시간

안에 습득하려는 용기도 가상했다. 어두운 골방에 갇혀 살며 그림만 그리는 그림쟁이의 눈빛이라고는 생각하지 못할 정도다.

이 아이의 나이 때 난 어땠던가.

직선적이고 독선적이던 그날의 난, 떼쟁이였다.

나의 것은 아무것도 내어 주지 않고, 너의 모든 것을 내놓으라고 악을 써 댔었다.

그리고 스스로 유일한 줄을 놓아 절망하기도 했던 시간들.

이 아이처럼 나도 빛났었더라면, 그의 모습을 인정하고 받아들였었다면, 지금의 내 옆에 장태하 사장이 '옛'이 아닌 '현재'로 남아 있지 않았었을까…….

담은 쓸데없는 생각들이 문뜩문뜩 머릿속을 스치는 것을 느끼며 재빨리 고개를 저었다. 그리고 테이블 밑 서랍장을 열어 흰 봉투를 꺼내 그녀의 앞으로 내밀었다. 두꺼운 봉투에 미나는 활짝 웃으며 어린아이처럼 좋아했다.

"이번 달에는 캔버스를 마음껏 살 수 있겠어요. 물감도요."

"이번에는 좀 다른 것에 투자해 보는 건 어떨까? 물감이랑 캔버스는 내가 마음껏 사 줄 수 있으니까. 맛있는 것을 먹고, 거리를 정처 없이 돌아다니며 맛있는 티도 마시고 말이야."

담이 조언했다. 미나, 이 아이는 태하와 성별은 달랐지만 많은 것이 닮아 있었다. 가정 형편이 좋지 못한 이유는 미나가 어릴 적 집안의 기둥인 아비를 잃어서였다. 그 뒤로 미나는 하루도 손에서 4B연필을 놓지 않았다고 했다. 그것이 자신의 구원 줄이라도 되는 것처럼. 그리고 그건 지금도 마찬가지였다. 이 아이의 세상에는 오직 그림뿐이었다. 자신이 보통의 사람들과 다른 외톨이라는 것은 모르고 있었다.

"외출하는 건 싫어요."

"왜?"

"음……."

미나는 싫은 이유에 대해선 생각해 보지 못했다는 듯 미간을 찌푸렸다. 해답을 찾기 전까진 꼼짝없이 앉아 있을 모양이다, 이번에도 역시나.

담은 피식 웃음을 내뱉으며 찻잔에 코를 박았다. 코끝을 스치는 향긋한 국화향. 마음을 차분하게 가라앉혀 주는 향에 담은 여전히 답을 찾고 있는 미나를 보며 말했다.

"하기 싫으면 하지 않아도 돼. 하지만 왜 싫은지는 꼭 찾아봐."

"왜요?"

미나가 무심한 눈으로 툭 내뱉더니 앞에 놓여 있던 쿠키를 입으로 밀어 넣은 뒤 우적우적 씹어 댔다. 그러자 담은 '글쎄…….' 라고 말을 흐린 후에 천천히 고개를 끄덕이며 말했다.

"네 그림은 온통 집이 배경이잖아. 언제까지 창틀 속에 박힌 것들만 작업할 수는 없으니까."

"으응……."

작은 몸이 비틀리는 것을 보며 담은 후후 웃음을 내뱉었다. 아이처럼 어려 보이는 미나는 그녀의 말에 반박을 할까 말까 고민하는 모양새였다. 하지만 늘 그렇듯 제 속에 있는 것들을 너무나 솔직하게 털어놓는 그녀는 망설임 뒤에 고개를 저으며 말했다.

"외출은 이곳을 참는 거로도 충분해요."

"그래, 네가 그렇다면 하는 수 없지."

여유롭게 대답한 담은 가게 안을 눈으로 훑어보았다. 미나의 그림은 대부분 판매되었다. 이곳을 처음 찾는 손님들이 하나둘 호기심에 사 간 것도 상당하지만, 이젠 미나의 팬이 되어 버린 사람들이 구입해 간 것들도 많았다. 부모님의 담장 안에 있을 적, 그녀는 미나처럼 천재라는 이야기는 듣지 못했지만 제법 쓸모 있는 솜씨를 가지고 있으니 잘 갈고닦으라는 이야길 종종 들었다. 그래서 학교를 다녔던 기간에는 하루 종일 작업실에 박혀 손가락이 부들부들 떨릴 정도로 노력했다. 스트레스를 받을 때면, 같은 작업실을 사용하는 친구들과 신문지를 펴 놓고 삼겹살을 구워 먹었던 그 시절.

아직 10년도 지나지 않았다. 그런데도 왜 그때의 일이 그렇게 까마득하게 느껴지는지…….

추억 속에 빠져 있던 담을 미나가 멀뚱멀뚱한 눈으로 바라보았다. 그러다가 툭 말했다.

"모델 해 주세요."

"네 스승 닮아 가니? 싫다고 몇 번이나 말했잖아."

담이 웃으며 말하자 미나는 커다란 눈을 깜빡였다.

"전 교수님이랑은 달라요."

"음, 뭐가?"

담은 그녀가 지금 무슨 말을 하는지 모르겠다며 되물었다. 그러자 미나는 앞에 있던 스트로로 주스를 쪼로록 빨아 먹으며 심드렁한 목소리로 말했다.

"교수님은 언니를 좋아해서 그런거고, 전 그냥 단순히 그리고 싶을 뿐이에요."

담은 직설적인 말에 알게 모르게 미간을 찌푸렸다. 미나에게 몇 번이고 조완과 자신은 아무 사이가 아니라 했고, 그 사람 또한 후배에게 장난을 하는 것이라 설명했지만 믿지 않는 듯했다.

"선배와 난 정말 아무 사이도 아니야."

"아무 사이도 아니겠죠. 하지만 현재 진행형이잖아요."

"거기서 한 마디만 더 더하면 나 화낸다? 진심으로?"

"쳇, 알겠어요. 그리고 마침 모델도 알바비를 올려 달라고 벼룩의 배를 가르고 있고요. 언니가 서 주면 만사형통이란 말이죠."

미나가 자신을 화폭에 담고 싶은 이유는 마지막이 제일 큰 듯했다. 이에 담은 적당한 모델을 다시 찾으라 했지만 미나는 고개를 저었다. 그리고 밑에 가라앉아 있는 키위 씨에 인상을 쓴 뒤 담을 올려다보며 말했다.

"다른 모델들은 그리는 재미가 없어요. 그리고 이번에 미술 공모전에 참여할 거라 중요하기도 하고요."

"그래, 알았어. 한번 생각은 해 볼게, 됐지?"

"그 생각이 부디 긍정적이길 바라요."

"알았어, 고집쟁이!"

"누가 할 소리?"

담은 자신의 말에 곧장 답변하는 미나의 모습에 한숨을 뻑 내쉬었다. 그때, 문이 열리고 목장갑을 낀 사람들이 쏟아져 들어왔다. 시선이 그들에게 머문 잠깐 사이, 미나는 작업실로 돌아갈 준비했다.

한겨울에나 할 법한 목도리를 목에 칭칭 감고 모자까지 눌러쓴 미나가 '갈게요'라고 말하며 문 쪽으로 쪼로로 달려갔다. 그런 미나의 뒷모습에 담은 피식 웃음을 내뱉었다.

"부럽다."

자신만의 세계에 갇혀 있는 아이기는 했지만, 그래도 열정적으로 자신의 일에 몰두하는 모습은 정말 멋있어 보였다. 어릴 때 평생을 바칠 일을 찾을 수 있다니, 얼마나 멋진가?

담은 가게 바닥에 차곡차곡 쌓이는 그림을 보았다. 그곳에는 또 다른 학생의 열정이 담겨 있었다.

❖ ❖ ❖

남자의 골목 앞을 서성이는 발걸음은 은밀했고, 아무에게도 들키지 않으려는 것처럼 고개만 쏙 내민 채 안의 동태를 살피고 있었다. 그의 눈빛은 제법 진중했다. 아침이면 열어 두는 가게 문이 오늘은 꼭꼭 닫혀 있었기 때문이다.

"아, 거참, 어디 간다면 간다고 말하면 얼마나 좋아?"

뒤를 캐내고 쫓는 주제에 그는 모습을 비추지 않는 담이 마음에 들지 않는 것인지 한참이나 투덜대고 있었다. 찬영이 막 몸을 골목 안으로 들여놓으려고 할 때였다. 갑작스레 뒤에서 청아한 목소리가 들려온 것은. 그는 심장이 왈칵 쏟아지고 저승사자라도 만난 사람처럼 안색이 창백하게 굳었다.

"무슨 일이시죠?"

아침 이슬처럼 은은한 빛을 띠는 눈빛은 따뜻했다. 하지만 그 속에 담겨 있는 것은 의심이었고, 불안이었다. 찬영은 몸을 획 돌리며 담과 마주친 이 순간 어떠한 말을 해야 할지 몰라 잠시 당황했다. 장태하 사장이 절대 들키지 말라고 했는데! 눈물이 왈칵 날 지경이었다, 그의 불벼락을 생각하니.

"그, 그림을 사러 왔습니다."

"……장태하 사장님이 보내셨나요?"

제법 매서운 추리에 찬영의 입이 꾹 다물렸다. 그리고 곧 천천히 고개를 끄덕였다.

그러자 담은 한 발자국 뒤로 물러나 거칠게 머리를 쓸어 올렸다. 기다란 머리카락이 공중에서 흩날리고, 그녀의 기분을 여실히 보여 주듯 미간이 잔뜩 찌푸려져 있었다. 그녀는 무뚝뚝하게 자신을 바라보는 찬영을 보며 짜증을 내려다 말고 피식 웃었다. 그러면서 아주 천천히 느릿한 목소리로 말했다.

"그 사람한테 전해 주세요."

목소리엔 그 어떠한 감정도 실려 있지 않았다. 태하에게 배운 것. 자신의 감정을 상대에게 드러내는 순간 싸움에서 진다는 것을 그녀는 너무나 잘 알고 있었다. 어쩌면 순진했던 그 시절, 그녀가 태하에게 '좋아한다'는 말을 하지 않았다면 두 사람의 관계는 좀 더 순탄하게 흘러갔을지도 모른다.

그렇다면…… 그녀는 더욱 아팠겠지만, 태하가 자신의 앞에서 눈물을 보이는 일 따위, 없었을지도.

"다시는 내 앞에 나타나지 말아 주세요. 그건 그가 보낸 사람도 마찬가지예요."

"하지만……."

찬영이 인상을 굳혔다. 그녀에게 들킨 것도 모자라 이러한 이야기까지 전한다면 더욱더 큰 사단이 날 것이다. 하지만 담은 그를 신경 쓰지 않고 계속 말을 이었다.

"한 번만 더 나타나면…… 내 모든 걸 버리고서라도 세상 속에서 사라질 거예요. 그 사람의 손길이 닿지 않는 곳으로."

"……."

"확실히 전해 주시리라 믿습니다."

차갑고 냉랭한 얼굴로 말한 그녀가 획 돌아서서 골목 안으로 사라진다. 찬영은 그녀의 뒷모습만 멍하니 바라보며 한숨을 푹 내뱉었다.

"내가 비둘기냐? 소식이나 전하게?"

찬영은 편지를 옮기는 비둘기가 된 기분이었다. 그리고 그녀가 한 말을 매단 다리는 천근만근 무거워 태하에게 닿기도 전에 똑 하고 부러질 것 같았다.

"아, 젠장."

그가 거칠게 욕설을 내뱉었다.

콩닥콩닥.

담은 빠르고 아프게 뛰는 제 심장을 손으로 꾸욱 눌렀다. 미나의 그림 다음에 전시된 그림들은 모두 유화로 그려진 것이었는데, 거친 그림 표면처럼 거친 무언가가 그녀의 가슴을 연신 스크래치 내고 있는 느낌이다. 아니, 저것보다 더 거친 무언가 서걱서걱 비벼지는 느낌이다. 입자가 아주 작은 사포로 문질러지는 느낌이었다.

저릿하게 아파 오는 가슴을 손바닥으로 꾹 누르던 그녀가 크게 호흡을 들이마셨다가 내뱉었다. 홀로 지냈던 그 긴 시간 동안 그녀가 익힌 새로운 스킬. 가만히 눈을 감고 호흡을 내뱉으면 빠르게 뛰었던 심장도, 손끝의 저릿함도 사라지게 된다. 그리고 다시 평온한 그 마음 상태로 돌아가게 되었다.

얼마나 심호흡을 하고 있었을까. 담은 마음이 차분하게 가라앉자 그제야 눈을 떴다. 그리고 다른 생각을 할 겨를도 없이 빠르게 걸음을 옮겨 마른 천 조각을 들고 가게 이곳저곳을 닦기 시작했다. 어제 새로운 그림을 들여놓고 전체적으로 한 번 닦고 퇴근했으나, 천 조각에는 검은 먼지가 묻어 나왔다.

여기저기 분주하게 돌아다니던 담은 바 안으로 들어갔다. 그러곤 싱크대 안에 가득한 머그잔과 꽃병을 보며 한숨을 푹 내쉬었다.

"어제 다 치울걸."

그랬으면 아침부터 이렇게 기분이 다운되지 않을 것이다.

그래, 그 남자 때문이 아니야. 장태하 때문이 아니라고.

속으로 그렇게 생각하던 담이 고개를 푹 숙이며 빨간 고무장갑을 꼈다.

"미리 정리했으면 좋았을 뻔했잖아."

그녀가 우울한 목소리로 읊조렸다.

커다란 타원형의 테이블에는 고급스러운 양복을 입은 40대 중반부터 50대 중반까지의 사람들이 빼곡하게 자리 잡고 있었다. 그리고 그들의 중심에 앉아 있는 남자, 장태하는 자신보다 훨씬 높은 연배인 사람들을 서늘한 눈으로 쭉 훑었다.

"일들을 하고 싶지 않으신가 봅니다."

평온한 목소리. 하지만 그 목소리가 가지고 있는 힘은 크다. 태하는 자리에서 일어나 빔프로젝트 쪽으로 다가갔다.

장 회장이 병환으로 회사의 업무에서 손을 떼는 순간, 태하는 인척이나 인맥으로 자리를 차지하고 있는 사람 대부분을 쳐 냈다. 그리고 그곳엔 월급제 CEO를 임명해 최대한 빠르게 회사가 굴러 가도록 설계하고 태룡 전체를 장악해 나갔다. 말을 막 할 수 있을 때부터 전문적으로 후계자 수업을 받아 왔기에 가능한 일이었다. 그리고 그건 태하가 자신이 왕좌에 앉는 순간을 생각해 플랜을 완벽하게 세워 뒀기에 더더욱 가능한 일이었다.

태하는 사람들이 앉아 있는 의자 받침대를 일일이 손으로 짚어 가며 분위기를 조성했다. 카리스마가 넘치는 모습으로 사람들의 시선을 자신에게 100% 끌어 모으고 나서야 천천히 입술을 뗐다.

"태룡건설, 전자, 마트 매출은 전분기에 비해 매출이 하락했습니다."

태하가 이사진들을 날카로운 눈으로 보며, 그들에게 마지막이나 다름없는 경고를 늘어놓으려 할 때였다. 회의실 문이 똑똑 두들겨지고 문이 열렸다. 그리고 다급하게 들어온 사람들의 모습에 태하의 눈살이 찌푸려졌다. 앞서 들어온 사람 때문이 아니었다. 뒤에 들어온 사람 때문이었다.

"사장님, 지금……."

태하가 손을 들자 앞서 들어온 사람의 입이 꾹 다물렸다. 태하는 장 회장의 곁을 오랫동안 지킨 김 비서를 지나 찬영에게 다가갔다.

"왜 여기에 있어?"

둘만 들을 수 있을 정도로 아주 작은 목소리였다. 그러자 찬영 역시 목소리를 낮추며 속삭이듯 작은 목소리로 말했다.

"저…… 제 존재를 아시게 됐습니다. 다시는 찾아오지 말라고…… 하셨고요. 한 번만 더 찾아오면 찾을 수 없는 곳으로 숨어들겠다, 하셨습니다."

"……일 끝나면 널 처분할 테니, 대기해."

서늘한 목소리로 말한 태하가 뒤를 돌아 김 비서를 보았다. 김 비서의 눈동자가 붉어져 있었다.

"갑시다."

이사진 회의는 예상보다 짧게 끝났다.

평소보다 아침 일찍 일어난 담은 수건을 동그랗게 말아 머리를 올린 채 활짝 열린 옷장 안을 살펴보았다. 이혼 후, 그 집을 떠나오면서 그녀가 챙겨 온 것은 그렇게 많지 않았다. 그가 쥐여 준 것들을 대부분 들고 나오지 않았기 때문이다. 그저 최대한 가벼운 손으로 나왔다. 그래야 무거운 나의 마음 또한 가벼워질 것 같아서.

그래서 지금 그녀가 가지고 있는 옷들은 최대한 간편하고 활동성이 좋은 것으로, 조완의 전시회에 입고 가기엔 마땅치 않았다. 한참 고민하는 기색이 가득한 얼굴로 옷장을 바라보던 담이 한숨을 푹 내쉬었다. 그러다가 작년에 큰마음 먹고 구입한 코트를 꺼냈다.

"이 정도면 됐겠지?"

그렇게 생각하던 그녀는 녹색 원피스까지 침대 위에 놓아두고 나서야 화장대 앞으로 갔다. 정성스럽게 화장을 하고 머리까지 잘 세팅한 그녀는 입고 있던 잠옷을 훌훌 벗어 던지고 골라 둔 옷으로 갈아입었다. 전신 거울 앞에서 자신의 모습을 살펴보던 담이 활짝 웃는다.

"오늘따라 예쁜데, 정담?"

씨익 웃은 그녀는 시계를 보고 늦었다는 생각에 서둘러 핸드백을 들고 현관으로 향한다. 그러다가 현관 앞에 붙어 있는 거울을 보고 한 번 씨익 웃었다.

"오늘도 웃을 것!"

다짐하듯 외친 그녀가 서둘러 하이힐을 신고 밖으로 나갔다.

자동차에 오른 그녀는 능숙하게 시동을 켜고 부드럽게 핸들을 돌렸다. 그의 집에서 나오고 세상을 정처 없이 돌아다닐 때, 그녀가 가장 먼저 한 것이 운전면허를 따는 일이었다. 무언가 바뀌야 할 필요성을 느꼈을 때 한 일. 그리고 그때 했던 일들은 지금의 그녀에게 꽤나 도움이 되었다.

일주일에 한 권씩 꼬박꼬박 읽는 책들은 앞으로 인생을 어떻게 살아가야 할지 방향을 잡아 줬다. 현관 앞에 거울을 붙일 때 늘 밖에서 밝게 웃자던 다짐은 이젠 아주 익숙하게 웃을 수 있을 정도로 자신을 바꾸어 놓았다. 그리고 다른 사람들에게도 다가갈 수 있는 힘을 주었다.

담은 능숙하게 운전을 해 전시회장으로 향했다.

주차할 곳을 찾기 힘들 정도로 이른 아침인데도 차가 꽉꽉 들어차 있었다. 그녀는 간신히 구석의 빈 곳을 겨우 찾아 주차를 하고 나서야 전시회장 안으로 들어갈 수 있었다.

하지만 담은 평범한 전시회장과 달리 왁자지껄한 분위기에 걸음을 옮길 멈췄다. 그리고 그 순간, 붉은색 드레스를 입은 여성과 즐겁게 이야기를 나누던 조완과 눈이 마주치자 어색하게 웃었다.

그는 그녀에게 한달음에 다가왔다.

"빨리 왔네?"

"가게 문 열어야 하니까요."

담이 어색하게 웃으며 자신을 노려보는 여인에게도 눈인사를 했다. 저렇게 자신을 찢어 죽일 것처럼 보는 것을 보니, 아마도 조완에게 관심이 있는 듯했다.

조완은 한 걸음 물러서 담의 머리부터 발끝까지 쭉 훑어보았다. 그러더니 부러 깜짝 놀란 표정을 지어 보이며 '와우!'를 연발했다.

"오늘 우리 담이 너무 예쁜데?"

"오버하실 거면 그냥 갈 겁니다?"

입술을 뾰족하게 내민 담이 장난스럽게 외치더니 손에 들고 있던 꽃다발을 조완에게 건넸다. 그러곤 뾰로통한 표정을 지우고 입술을 부드럽게 휘며 말했다.

"축하드려요. 반응이 꽤 좋은데요?"

담은 회장을 가득 채운 사람들을 보며 말했다. 그들의 손에는 잔이 하나 들려 있었고, 즐거운 표정으로 그림을 관람하고 있었다. 여느 전시회장이랑은 확연히 다른 분위기였다.

"이 정도쯤이야."

어깨를 으쓱한 그가 담에게 무언가를 말하려 입술을 달싹일 때였다. 뒤에서 큐레이터로 보이는 여성이 그를 부르는 소리가 들린 건.

"선생님! 인터뷰 기자 왔어요."

"아, 곧 갈게요."

짧게 답한 조완이 담의 손을 잡아끌어 억지로 악수를 한 뒤 재빨리 말했다.

"오늘 즐겁게 놀다 가. 그리고 내가 제안한 거 잊지 말고."

그리고 그가 담의 손등에 쪽 하고 입을 맞춘 뒤 부드럽게 웃는다. 상대를 유혹하는 달콤한 얼굴이었으나 담은 어깨를 으쓱이는 것으로 그의 시답잖은 장난을 물리쳤다.

"나의 뮤즈."

"닭살 돋으니 그만하고 가 보시죠."

"연락할게."

멀어지는 조완의 뒷모습을 보던 담이 피식 웃음을 내뱉은 후 천천히 걸음을 옮겨 그림이 있는 쪽으로 향했다. 블랙의 벽에 걸려 있는 화려한 색상의 그림을 하나둘 눈에 담던 담은 가장 구석에 걸려 있는 그림을 잠시 멍하니 보았다. 그림 속에는 고양이처럼 눈이 쭉 찢어진 여자가 요염한 자태로 앉아 있었다. 여인은 실오라기 하나 걸치지 않은 모습이었으나 웅크리고 있어 외설스럽다기보단 자신을 보호하려는 듯한 느낌이 더욱 강했다. 방금 전 자신을 노려보던 그 여자였다.

"멍청한 남자."

담이 피식 웃으며 옆으로 걸음을 옮겼다. 아름다운 그림은 그의 뮤즈는 자신이 아닌 고양이 같은 그 여인이라는 것을 보여 주고 있었다. 특별히 그녀의 모습을 왜곡해 그린 것은 아니었으나 그림은 아름다웠고 현실의 것처럼 느껴지지가 않았다.

본인 또한 그걸 이미 알고 있을 터였다. 이 그림이 너무나 아름답다는 것을. 그리고 그가 표현하고자 하는 것을 완벽하게 표현해 주는 모델이라는 것을. 조완은 똑똑한 남자였으니까 분명 알 터다.

그녀가 막 다음 그림을 보고 있을 때였다. 기형학하다고 느껴질 정도로 어떤 모양인지 모를 그림을 바라보고 있던 그녀는 뒤에서 느껴지는 인기척에 고개를 돌렸다. 자신의 머리 위로 검은 그림자가 드리워진 것이 느껴질 만큼 큰 남자였다. 그리고 남자는 담에게도 익숙한 사람이었다.

"어……?"

담은 깜짝 놀라 소리를 냈고, 상대는 눈만 커다랗게 뜬 채였다. 그녀가 반가운 마음에 입술을 크게 늘리며 웃었다.

"오랜만이에요, 재권 씨."

"여긴 어떻게……?"

재권이 미처 말을 끝맺지 못하고 입을 꾹 다물었다. 당황해서 목이 컥 하고 메어 버렸기 때문이다. 그러다가 담의 굳었던 얼굴근육이 서서히 풀리는 것을 보며 제 긴장 또한 털어 내 버렸다. 의외의 장소에서 만난 의외의 사람은 부드럽게 웃음을 지었다.

"아, 이조완 화가가 제 대학 선배거든요."

그녀를 따라 재권 또한 부드럽게 미소 지었다. 살이 오른 얼굴이나 생기가 도는 눈빛, 활짝 펴진 어깨를 보니, 지난 5년간 자신의 마음속을 헤집던 것과는 달리 그녀의 인생이 꽤나 편안해 보였기 때문이다.

평온한 눈빛과 마주한 재권이 피식 웃음을 내뱉었다.

"이 작가랑 친굽니다. 고등학교 동창."

조완이랑 재권이 친구라는 이야기에 담이 눈을 깜빡였다. 엘리트인 재권과 탕아처럼 한 곳에 잘 정착하지 못하고 팔랑팔랑거리는 조완이 친구라는 것에 아이러니함을 느꼈기 때문이다. 하지만 이내 상극이어서 더 잘 지낼 수도 있다는 사실이 떠오르자 담이 고개를 끄덕였다.

그녀가 멍한 얼굴로 자신과 시선을 마주하자 재권이 웃는 얼굴로 말했다.

"잘 지내시는 것 같습니다."

"네, 아주 잘 지냈어요. 재권 씨는요?"

"저도…… 아주 잘 지냈습니다."

눈을 마주한 두 사람은 한참이나 서로를 바라보고 있었다. 그러다 문득 주위 사람들의 시선을 느꼈는지 재권이 말했다.

"나가서 커피 한 잔 하시겠습니까?"

이른 시각 카페를 찾는 사람은 많지 않았다. 텅 빈 카페 안. 가장 구석진 자리를 차지하고 앉은 두 사람 사이에 어색한 분위기가 흘렀다. 식어 가는 커피를 바라보던 담은 갑작스럽게 들려오는 목소리에 천천히 고개를 들었다.

"잘 지내셨습니까, 사모님?"

"이제 사모님이 아니잖아요. 편안하게 부르세요."

재권은 촉촉한 눈으로 담을 보고 있었다. 과거의 기억 속에 빠져 있는 그는 말갛게 빛나는 그녀의 모습을 천천히 살펴본 후 말했다.

"아…… 죄송합니다."

재권이 손을 들어 머리를 긁적였다. 그러면서 미처 깨닫지 못했다는 듯 읊조렸다.

"그렇군요…… 더 이상 사모님이 아니군요."

"네, 그 사람과 헤어진 지도 벌써 5년이 흘렀는걸요?"

그녀는 밝은 목소리로 말하면서도 화제를 다른 것으로 돌리기 위해 애썼다.

"어떻게 지내셨어요?"

"저야 별다를 것이 있겠습니까?"

재원의 말에 담이 미소 지으며 말했다.

"다음에 식사나 한번 해요. 갑작스럽게 헤어져서…… 그때 감사 인사도 못 했잖아요. 재권 씨한테는 늘…… 감사한 마음 가지고 살고 있어요. 과거도 그랬고, 지금도 그랬고요."

"네, 그럼 저야 좋지요."

예의 바르게 말한 그가 지갑에서 명함을 꺼내 담의 앞으로 밀어 두었다. 그리고 이미 꽤 시간이 흘러 있는 것이 걱정이 된 것인지 자리에서 일어나며 그녀에게 손을 내밀었다. 악수를 청하는 커다란 손을 담이 마주 잡자 재권이 천천히 위아래로 흔들었다.

"반갑습니다, 이렇게 잘 지내 주셔서 제 마음이 이제야 편해졌습니다."

"……."

"연락 주세요, 편하신 시간에."

그렇게 말한 그는 말없이 손을 놓은 뒤 작게 허리를 숙여 인사하고 카페를 벗어났다. 담은 다리에 힘이 풀린 듯 의자에 털썩 주저앉더니 재권이 주고 간 명함을 살펴보았다.

〈핑크 푸트 마케팅 팀장 이재권〉

"잘 지내고 있나 보네."

담이 지갑에 명함을 꽂아 넣었다. 그런 뒤 식어 버린 커피를 한 모금 마시며 달콤한 미소를 지었다.

사람들이 휩쓸고 지나간 전시회장 안에는 조명까지 모두 꺼두어 그런지 음산한 느낌이 가득했다. 낮에만 해도 화려한 조명, 다양한 차림의 사람들이 모여 생기가 넘쳤던 공간이어서 그런 것일까, 그러한 것들이 사라지자 더 쓸쓸하고 우울한 공간처럼 느껴졌다.

그 중심의 테이블 위에 마른안주를 펼쳐 둔 두 남자는 평소 즐기는 수입 맥주를 하나씩 마시며 잡담을 나누고 있었다.

"무슨 사이야? 우리 담이랑은."

"우리 담이라……."

담과 재권이 이야기를 나누던 모습을 본 것인지 조완이 아무렇지도 않은 척 물었다. 평소 여자에게 영 관심이 없었던 재권이 떨리는 눈동자로 읊조리는 모습에 조완이 병맥주를 테이블에 올려 두며 눈을 깜빡였다. 호기심이 가득한 얼굴이었다.

"좋아했었어."

"과거형이네?"

"음."

피식 웃은 재권이 병을 기울여 맥주를 마시자 조완의 고개가 옆으로 기울었다. 두 사람의 접점을 찾을 수 없었기 때문이다. 더욱이나 저 어정쩡한 답이라니. 현재형이라는 거야, 과거형이라는 거야?

속 시원히 답을 주지 않는 재권의 모습에 다시 한 번 물으려던 조완은 곧이어 나오는 말에 입을 꾹 다물어 버렸다.

"고백할 수 없는 사이랄까."

씁쓸하지만 답답한 그 답에 조완은 미간을 찌푸리며 뭔가 말을 하려다 입을 다물어 버렸다. 말을 해 줄 것이라면 진즉 말을 해 줬을 터다. 하지만 저렇게 입을 꾹 다물고 애매한 표정만 짓고 있자, 조완은 잘 세팅해 놓은 머리를 벅벅 긁는 것으로 말을 삼켜 버린다. 그리고 몇 년 전 갑자기 불쑥 대학을 찾아왔던 담의 모습을 떠올리며 한숨을 내뱉는다.

"뭐…… 예쁜 여자긴 하지."

한숨처럼 내뱉는 조완의 말에 병맥주를 향해 있던 재권의 시선이 들렸다. 조완은 자신에게 향하는 시선을 느끼며 피식 웃었다. 눈빛을 보니 굳이 묻지 않아도 답을 알 수 있을 것만 같았다. 재권의 마음이 여전히 현재 진행형이라는 것을.

조완은 짐짓 아무것도 모른 척 벽에 걸려 있는 그림 중 이지적인 색감의 파란 꽃을 보며 말했다.

"다시 만났을 때, 담이는 조화 같았거든."

"조화?"

"그래."

짧게 답한 조완이 턱을 괴며 실실 웃었다. 그리고 그날을 떠올렸다.

"향기가 없는 꽃 같은 모습이었거든."

조화(造花).

그때의 그녀를 그보다 더 잘 표현할 수 있는 단어가 무엇이 있을까.

재권은 여전히 제 기억 속에 남아 있는 그날의 담을 떠올리며 천천히 고개를 끄덕였다.

2화
운명의 중첩

[1]

햇볕이 잔잔히 들어오는 가게 안. 세상은 온통 빛으로 가득했으나 신문을 쥐고 있는 담의 얼굴까지는 그 빛이 닿지 못했는지 흙빛이었다. 담은 우울한 빛이 가득한 눈동자로 신문을 내려다보고 있었다.

〈태룡그룹 장준국 회장 향년 69세의 나이로 별세.〉
〈뒤늦은 비보, 3일간 무슨 일이 있었는가.〉

장 회장의 죽음을 왜 뒤늦게 알린 것인지에 대한 각가지 추측성 기사들, 그리고 3년 전부터 급격히 나빠진 그의 건강에 대해 알리는 기사들. 그리고 그런 기사보다 더 많은 태룡의 미래를 걱정하는 기사들.

글자를 하나둘 가슴속에 새기듯 보던 담이 바 위에 힘없이 신문을 내려놓았다. 복잡한 눈빛으로 바를 손바닥으로 쓸어내리던 담이 깊은 한숨을 내쉴 때였다.

문에 달아 놓은 종이 흔들리더니 맑은 소리와 함께 한 여성이 가게 안으로 불쑥 들어왔다. 자동적으로 미소를 지은 담이 밝게 인사를 건네려다 말고 얼굴을 구겼다.

"이렇게 보는 건 처음이구나?"

교양 있는 목소리와 몸의 동작. 이 여인을 본 것은 결혼식에서 뿐. 그럴 수밖에 없었다. 장태하 사장이 그녀와 만나지 말라 했으니까. 어떠한 이유에선지는 모르겠지만.

미현은 곧장 그녀에게 다가오더니 손수건을 꺼내 바 의자 위에 펴 둔 뒤 앉았다. 담은 요란한 동작 후에 자신을 올려다보는 여인을 보았다. 그 나이라고 생각할 수 없을 정도로 팽팽한 피부와 센스 넘치는 헤어스타일은 담보다 더 화려했다.

"서로 인사를 나눌 만큼 좋은 사이는 아니니, 인사는 생략하도록 하자."

"네, 그러죠."

"……뭐?"

"그 말에 동의한다고요. 인사는 생략하자는 거."

놀랐던 마음을 진정시키자 담은 미소 띤 얼굴로 답을 할 수 있었다. 맹랑한 그녀의 답에 미현이 잠시 말문이 막힌 듯 그녀를 바라보더니 이내 날카로운 목소리로 말한다.

"그래, 그럼 본론에 들어가도록 하자."

"네, 말씀하세요."

"내가 너한테 받고 싶은 게 있단다."

미현의 말에 담의 얼굴이 구겨졌다. 이렇게 갑자기 자신을 찾아온 것도 놀라운데, 받고 싶은 것까지 있다니. 이미 5년 전 태하와의 인연으로 태룡가의 사람들은 더 이상 만나지 않으리라 생각했던 담은 갑작스럽게 일어난 모든 일에 당황하면서도 짐짓 아무렇지도 않은 척 미현을 보았다.

"그게 뭔가요?"

미현은 당황한 기색 없이 자신을 또렷하게 바라보는 담의 눈빛에 속으로 한숨을 내뱉었다. 혹 태하 그 아이가 먼저 나설까 싶어 이리 나선 거긴 했으나 미현은 아직도 자신의 행동에 확신을 가지지 못하고 있었다.

이 아이는 과연 태하의 편인가. 아니면 그 아이에게서 등을 돌린 것인가.

미현은 연신 담의 간을 보더니 다리를 꼬며 도도하게 팔짱을 끼었다. 그러면서 담의 표정을 하나라도 놓치지 않기 위해 기다란 속눈썹을 말아 올린 눈을 부릅뜨며 천천히 말했다.

"너에게 태룡전자 주식 2%가 있다고 알고 있어."

"네……? 주식이요?"

담의 눈이 커다랗게 변하더니 눈동자가 흔들렸다. 아무것도 모르는 그녀의 모습에 미현은 입술을 비틀었다. 립스틱을 곱게 발라 놓은 입술이 형체를 알아보지 못할 정도로 일그러졌다.

"넌 아직도 아무것도 모르고 있구나?"

"……."

"그 주식을 나에게 넘겨주겠어? 태하, 그 아이 몰래. 그럼 널 배신한 그 아이를 이번에 끌어내릴 수가 있단다."

담이 아무 말도 하지 못한 채 눈을 깜빡였다.

"그 아이를 바닥까지 끌어내리고 싶지 않니?"

담은 가죽 백에서 흰 봉투를 꺼내는 미현의 모습을 복잡한 눈으로 바라보았다.

"우리의 편에 선다면 이것의 두 배를 후에 더 주마."

떨림과 분노, 흥분과 놀라움 사이. 그 사이에 선 감정으로 담은 돈 봉투를 내려다보았다. 봉투는 두둑했다. 돈이 궁하지 않는 그녀의 가슴이 뛸 정도로.

천천히 손을 뻗은 담이 봉투를 움켜쥐자 미현의 입술이 부드럽게 휘었다.

"그래, 그럴 줄 알았다."

미현의 목소리엔 확신이 서려 있었다.

식당 안. 재권은 새하얀 담의 얼굴에, 격랑이 이는 눈빛에 한숨을 내뱉으며 말했다.

"잘 모릅니다, 후의 일은."

"……왜 제게 주식이 와 있는지 알려면 누굴 만나야 하나요?"

재권은 담의 물음에 대한 답을 주기 위해 천천히 머리를 굴렸다. 그러다가 천천히 고개를 젓는다.

"사장님 곁에 있었던 분들 대부분이 떠났습니다. 법률 쪽은 차우진 변호사가 알아서 했지만…… 현재는 대전지법에서 국선으로 일하고 있다고 소식을 들었습니다."

"……그렇군요."

"신경 쓰지 마십시오. 사장님이 사모, 아니, 정담 씨에게 주식을 남긴 것은 단순한 변덕일 수도 있습니다. 찾아오신 청담동 사모님께 모두 넘기고, 이번 일에서 손 떼십시오. 더 이상 그 똥통에서 상처받지 말라는 말입니다."

재권은 이야기를 하면 할수록 거칠어지는 제 감정을 느꼈다. 그리고 그 감정만큼이나 거칠게 나가는 말도. 하지만 멈출 수가 없었다. 전시회장에서 만났던 때와 달리, 또다시 잔뜩 가라앉은 그녀를 보니 그렇게 말할 수밖에 없었다.

"주식 건은 모두 일임하세요."

강력한 힘을 담고 있는 그의 말에 담은 결국 고개를 숙여 그의 눈빛을 피할 수밖에 없었다. 자꾸만 자신의 속에 있는 무언가가, 5년 전 자신이 모르는 무언의 일이 있었던 것이라며 말하고 있었다. 그러자 두 가지의 마음이 서로 다투기 시작한다.

'손 떼. 더 이상 그곳에서 상처받지 마.'

그 말에 담은 속으로 고개를 끄덕였다. 더 이상 아프고 싶지 않았다. 장태하 사장을 다시 만나고 싶지도 않다. 그저 자신이 만들어 놓은 세상 속에서 편히 살고 싶은 마음이 크다. 하지만 불쑥 치고 나오는 마음.

'정담, 또 피할 거니? 그때 네가 그랬던 것처럼 또다시 방관하기만 할 거야?'

그러한 생각이 들자 담은 심장이 아릿하고 갈기갈기 찢어지는 느낌이 들기 시작했다. 입으로는 사랑한다 말하면서도 그와의 관계에 있어서는 끊임없이 방관하기만 했었던 어린 나. 그때의 난 그가 날 받아 주지 않으면 죽으면 그만, 이라는 멍청한 생각을 하고 있었다. 죽음으로 이 아픔을 모두 잊을 것이라는 멍청한 생각!

자신의 모든 것을 내어 준 거라 장담하며 그녀는 태하의 상처 따윈 돌아보지 않았다. 그의 상태가 어떠한지, 그의 마음이 어떠한지는 헤아려 주지 않았다.

이기적인 나. 이기적인 그때의 나!

담은 격해지는 감정에도 애써 마음을 다스렸다.

후우, 호흡을 내뱉으며 평온하게 가라앉힌 담이 고개를 들었다.
그리고 만들어진 웃음으로 재권을 보며 말했다.

"고마워요. 조언, 잘 새겨들을게요."

담의 웃는 모습에 재권은 안도한 듯 미소 지었다. 5년 뒤의 그녀
가, 사람과의 관계에서 상대를 더 잘 속일 수 있을 것이라고는 생
각하지 못한 채.

담은 변해 있었다.

가게를 찾은 이들은 대부분 짝을 이루고 있다. 담은 젊은 커플이
천천히 그림을 구경하며 걸음을 옮기는 것을 멍하니 바라보았다.
연인들은 그림을 보며 서로의 솔직한 감정을 말하고 있었다. 그리
고 사랑하면 닮는 것처럼 두 사람의 의견은 대부분 같았다.

두 개의 캔버스에 각각 오른쪽과 왼쪽의 그림을 그려 놓은 것에
서 한참 걸음을 멈추고 있던 커플이 말했다.

"두 그림이 이어져야 하나네?"

"예쁘다, 이거."

이십 대 중후반 남자의 말에 여자가 고개를 끄덕이며 말했다. 두
사람은 편안한 캐주얼에 백팩을 멘 차림으로, 아직은 대학교에 다
니는 학생처럼 보였다. 허술한 여자의 화장이나, 격식 없는 남자의
의상을 보면 그러한 그녀의 생각은 확신으로 굳었다. 담은 자신이

나서야 할 순간이라는 것을 알고 커플에게 다가가 커다란 모란꽃을 손으로 가리키며 웃었다.

"한국 미대 4학년 학생이 그린 그림이에요. 제목은 홀로 핀 두 개의 꽃이고, 꽃은 모란이죠."

"얼마예요?"

남자는 그림의 가격이 높지 않길 바라며 물었다. 한국에서의 미술이란 일부 사람의 문화라는 인식이 강했다. 그에 그림을 사는 것에 익숙하지 않은 사람들은 대부분 그림값에 겁부터 집어먹었다.

담은 이젠 익숙해진 웃음을 입가에 걸며 말했다.

"십만 원입니다. 그림의 수익은 학생에게 고스란히 돌아갑니다."

"음……."

남학생에게 십만 원이라는 돈은 큰돈인지 잠시 고민한다. 옆에 있는 여학생 또한 가격이 생각보다 높았던지 담의 눈치를 보았다. 담은 한 발자국 뒤로 물러서며 자신의 눈치를 보는 여학생의 눈을 보며 말했다.

"그림은 굳이 구입을 하여야 의미가 있는 것이 아니랍니다. 이 그림을 관람하고 느꼈던 감정을 후에 계속 떠올리면 구입하는 것보다 더 큰 의미를 가지죠."

"아……."

담의 웃으며 멀어지자 커플은 잠시 그녀의 눈치를 본 뒤 재빨리 가게를 나섰다. 두 사람의 모습을 보던 담은 바에 턱을 괴고 웃었다.

"예쁘다."

그들이 탐을 냈던 그림보다 더 예쁜 커플이었다. 함께 손을 잡으며 멀어지는 두 사람을 보던 담은 커플이 서 있던 자리에 걸려 있는 그림을 보며 씁쓸하게 웃었다.

"홀로는 완성되지 않는 그림이라……."

그녀의 읊조림이 공중에 공기처럼 흩어졌다.

그때 쿵쾅쿵쾅거리는 소리가 들려왔다. 유독 큰 발소리에 담은 누구인지 예상이라도 한 것처럼 문을 보았다. 그러자 요즘 한창 콜라택을 가느라 코빼기도 보이지 않았던 정이가 서 있었다.

"담아!"

버럭 소리를 지른 정이가 곧장 담에게 다가왔다. 그러면서 별꼴이라는 듯 문을 힐끗 보며 콧바람을 흥! 내뱉었다.

"내가 무섭게 생겼니?"

"네? 그게 무슨 말씀이세요?"

담이 웃음기 가득한 얼굴로 물었다. 그러자 정은 연신 씩씩거리며 잠시 욕지거리를 내뱉으며 말을 이었다.

"이런 우라질. 내 얼굴을 보자마자 도망가잖아! 지금 늙은 여자 봤다고 눈 버렸다는 거야, 뭐야?"

버럭 소리를 지른 정이가 씩씩거렸다. 그러자 담이 고개를 옆으로 기울이며 말했다.

"도망가요?"

"그래! 어느 젊은 놈이 가게 안을 보고 있길래 내가 가서 스윽 물어봤지! 안에 무슨 볼일이 있냐고. 우리 담이 만나러 왔냐고. 그러니까 냅따 줄행랑을 치잖아!"

"아……."

"나 참, 별놈 다 보겠네, 진짜!"

정이는 한동안 화를 참지 못하며 씩씩거렸다. 그러다 이곳에 온 이유가 퍼뜩 떠올랐는지 손뼉을 치며 말했다.

"아, 맞다! 담아, 큰일 났어!"

"네?"

"애정이 고것 드디어 사단을 냈다, 사단을 냈어!"

"네……? 무슨 사단이요?"

끊임없이 휘몰아치는 정이의 이야기에 담이 정신을 차리지 못하고 되물었다. 그러자 정이는 더 이상 말하고 있을 시간이 없다는 듯 담의 팔을 재빨리 이끌며 요란을 떨어 댔다.

"집 앞에 경찰차고, 119고 오고 난리가 났어! 어여 가자, 어여 가!"

담은 순간 자신의 뒤통수를 누군가 쾅 하고 후려치는 느낌이 들었다.

"왜 그러셨어요?"

담은 애정의 손을 붙잡으며 말했다. 그러자 애정은 입술을 비죽 내밀며 '고얀 사람들'이라고 말한 뒤 입을 꾹 다물었다. 애정은 흰 머리를 질끈 묶은 채였다. 뺨이고, 목덜미고 손톱에 긁힌 자국이 역력했고, 발목 또한 하얀 붕대로 감겨 있었다.

담은 형사 앞에서도 단 한 마디도 하지 않은 애정이 자신에게 속마음을 들려줄 것이라고는 생각하지 않았으나, 조개처럼 입을 다물고 있는 그녀의 모습에 답답함을 느꼈다. 갑자기 길거리를 지나가던 남자에게 빗자루를 휘둘렀다는 그녀는 그의 방어로 인해 여기저기 상처를 입었다. 젊은이들이라면 금방 나을 상처였으나 노년에 들어선 사람들은 작은 상처 또한 생명으로 직결되는 경우가 많왔다.

"정말 말씀 안 해 주실 거예요?"

"저 진짜 깍쟁이 같은 것! 어쩜 저렇게 입을 딱 다물고 있는지!"

담의 이야기에 애정이 고개를 홱 돌리자 뒤에 서 있던 정이가 버럭 소리를 질렀다. 그리고 그때, 문이 열리고 잠시 통화를 하러 나갔던 명숙이 병실 안으로 들어왔다. 명숙은 고개를 돌린 애정의 모습에 혀를 끌끌 차더니 여리여리한 그녀의 등짝을 솥뚜껑 같은 손바닥으로 내려쳤다. 짝, 꽤나 큰 소리가 났지만 애정이고 명숙이고 눈 하나 깜짝하지 않는다.

명숙은 다시 한 번 혀를 끌끌 차며 말했다.

"그쪽에서 합의해 준다는 걸 다행으로 알아!"

"합의 안 해 주면 지깟 것들이 어쩔 건데?"

들?

복수를 지칭하는 말에 담이 눈을 깜빡였다. 하지만 이 작은 사실을 눈치챈 것은 담, 그녀뿐인 것 같았다. 애정은 심통이 잔뜩 난 얼굴로 말을 이었다.

"다음에 또 찾아오면 소금을 한 움큼 뿌려 준다는 건 전했어?"

짝! 애정의 말에 또다시 명숙의 손이 날아들었다. 철없는 막내딸을 교육시키는 것처럼 엄한 목소리로 말했다.

"이애정, 애야? 억울한 일이 있으면 말을 해야 알지, 무조건 입 꾹 다물고 있으면서 이해해 달라고 하는 건 떼쓰는 것밖에 안 된단 말이야! 나이는 어디로 먹었어?"

"……."

"후, 그만하자. 기 빠져."

명숙이 툭 내뱉으며 병실을 나가자 애정을 보고 있던 정이 또한

361

뒤따라 나가 버린다. 담은 닫힌 문과 애정을 번갈아 보다가 한숨을 내뱉었다. 그리고 곁에 세워져 있던 의자를 끌어와 침대 옆에 앉았다. 갑작스런 날벼락이라 생각했는데 애정의 얼굴을 보자 오늘 갑작스럽게 일어난 사건이 아니라는 것을 알 수 있었다.

담은 여전히 고개를 팩 하고 돌리고 있는 애정을 보며 조심스럽게 말했다.

"이야기하고 싶지 않으시면 하지 않으셔도 돼요. 하지만…… 상대가 이해해 주길 바라면 솔직하게 터놓으셔야 해요. 이야기하지 않으면 아무도 이해해 주지 않을 거예요."

그녀의 말에도 애정은 한동안 말이 없었다. 담은 애정의 얼굴을 보며 한숨을 쉬었다. 가게 문을 열어 둔 채로 와 버렸으니 빨리 들어가 봐야 할 터였다.

담이 의자를 원래 있던 곳에 놓아 둔 뒤 병실을 나서려 하자 애정은 여전히 시선을 창밖에 둔 채 천천히 입술을 열었다.

"내…… 딸아이를 죽인 것들이 보낸 사람이었단 말이야."

"……네?"

담은 애정에게 딸이 있다는 사실만 알았지, 그 딸이 운명을 달리한 줄은 몰랐다. 애정은 자신의 속이야기를 잘 털어놓지 않는 사람이었다. 그런 사람이 담이에게 이해를 구하고 싶었던 건지 고개를 돌려 그녀와 눈을 마주했다.

"그 작자들이 다시 나타났단 말이야! 내 딸을 빼앗아 간 그 도적들이!"

애정의 눈동자엔 분노가 가득했다. 그리고 그와 상반된 절망도.

"내 딸을 사랑한다고 데려가 놓고서, 결국 내 품에 시체로 안겨 줬다고! 그런 놈들이 무슨 염치로 다시 내 앞에 나타나, 다시!"

비명과도 같은 절규에 담은 잠시 말을 잃을 수밖에 없었다. 끔찍한 과거로 돌아간 애정은 온몸을 파들파들 떨며 치를 떨었다.

"그 아이의 앞으로 남겨진 것까지 모두 빼앗으려 했단 말이야! 그 아이의 시체까지 그 사람들의 성에 가둬 놓았으면서! 여기서, 여기서 뭘 더 그 사람들한테 빼앗겨야 하는 건데!!"

그 사람들의 성······.

애정은 장례식장에서 마지막으로 딸을 품에 안아 보았다고 했다. 그녀는 딸의 마지막 길도 살피지 못했다 말했다. 그런 사람들이 다시 그녀의 앞에 나타났을 때, 애정은 빗자루부터 휘둘렀다고 했다. 아마 손에 칼이 들려 있었다면 칼을 휘둘렀을 거라고.

그녀는 잠시 어떠한 말을 해야 할지 몰라 입을 꾹 다물고 있었다. 마른 나뭇가지처럼 마른 몸을 파들파들 떨며 온몸으로 분노를 쏟아 내는 애정을 보자 그녀의 눈에 눈물이 차올랐다.

담은 세상 밖으로 태어나지 못하고 순식간에 사그라들어 간 아이의 존재를 떠올렸다. 아이의 이름조차 지어 주지 못했다. 아이는 성별조차 가지지 못했다. 심장이 뛰며 잠시 자신의 존재를 알렸을 뿐.

하지만 애정은 다 큰 딸아이를 갑작스레 놓아 버려야 했다. 시신조차도 어미의 곁으로 돌아오지 못했다.

얼마나 슬플까? 얼마나 아플까?

담은 자신도 모르게 자리에서 일어나 치를 떠는 애정을 품 안으로 끌어당겼다. 작은 몸이 담의 품 안으로 쏙 들어온다. 애정은 온몸을 떨며 눈물을 쏟아 내고, 지난 과거의 일들을 조금이라도 털어 내 보려 애를 쓰지만 쉽지가 않았다.

담의 어깨가 애정의 눈물로 흠뻑 젖어 갈 그때, 애정이 품에서 빠져나오며 고개를 들어 눈을 마주한다. 애정은 절망에 가득 찬 얼굴로 말했다.

"그놈들…… 태룡 놈들은…… 내 딸 아이를 놓아줄 생각이 없어. 과거에도 지금도. 나에게 푼돈 얼마만 쥐여 주고 평생 그 아이가 어떻게 죽어 갔는지…… 세상에 드러나길 바라지 않아."

"……."

"지독한 놈들! 살인자들!"

애정의 말에 담의 눈동자가 커다랗게 변한다.

파들파들 떨리고 흔들린다. 또다시 감정은 격랑을 만나 빠르게 흔들린다. 그리고 눈앞의 노년의 여성을 보며 숨을 삼킨다.

담은 병원 로비에 서서 먼 하늘을 보았다. 하늘은 그 어느 때보다 푸르렀고 예뻤다. 저곳으로 떠나간 아이의 존재를 떠올리며 잠시 우울한 기분에 빠져 있었을 때였다.

병원 로비 앞은 낮 시간대라 그런지 비교적 한산했다. 그래서일까, 담은 저 멀리서 자신을 바라보는 남자와 두 눈이 마주치자 거침없이 걸음을 옮겼다.

"오지 말라고 일렀을 텐데요."

담은 정이가 마주하자마자 꽁지가 빠져라 도망간 남자를 마주하며 말했다. 남자는 미처 도망가지 못한 자신의 다리를 저주하는 듯 미간을 찌푸리고 있었다.

이렇게 허술한 사람을 자신의 곁에 붙여 놓다니.

차라리 붙여 놓았다는 걸 들키지나 말든가.

담은 찬영을 한참이나 노려보고 있었고, 찬영은 땀을 삐질삐질 흘리며 담을 보고 있었다. 한 번만 더 그녀에게 흔적을 남긴다면 가만히 두지 않겠다는 태하의 경고가 떠올랐기 때문이다.

"저……."

찬영이 더듬거리며 팔짱을 끼고 도도하게 자신을 내려다보는 담을 보았다. 한때 부부였던 사람들답게 서릿발 서린 눈동자는 어찌나 똑 닮았는지. 담은 찬영에게 어디 한번 계속 말해 보라는 듯 보았고 찬영은 한숨처럼 말했다.

"오늘은 정담 씨 뒤를 쫓아서 온 게 아닙니다. ……이곳 지하에서 장준국 회장님의 장례식이 있습니다."

"……."

담이 눈을 뜨며 장례식 입구가 있는 곳을 향해 고개를 획— 하니 돌렸다. 그의 말은 거짓이 아닌지 벌써부터 낌새를 차린 기자들이 앞에 진을 치고 있었다. 그리고 그때 우연처럼 멈춰 선 커다란 자동차 한 대. 그곳에서 군더더기 없는 동작으로 내리는 남자의 모습에 담이 더듬더듬 뒤로 걸음을 물렸다.

"아……."

"그럼 전 이만 가 보겠습니다."

찬영이 허리를 숙였다. 그러면서 커다란 눈을 깜빡이는 담의 모습에 대고 말했다.

"오늘 제 업무는 정담 씨를 지키는 것이 아닌, 태룡그룹 장준국 회장의 장례식장에 가서 조의를 표하고, 몰려들 기자들을 포토라인 밖으로 밀어내는 거니까요."

"……지켜?"

담은 인사 뒤 멀어져 가는 찬영의 뒷모습을 보았다.

어느 누가 그랬던가.

인생은 우연이 점철되어 이루어진 것이라고.

그리고 그 우연이 겹치는 사람끼리는 헤어질 수 없는 것이라고.

담은 장례식장 아래로 사라지는 태하의 뒷모습에서 시선을 떼지 못한 채 한참이나 그곳에 서 있었다.

알 수 없는 눈물이 왈칵 하고 쏟아졌다.

[2]

창밖을 보던 담은 대전지법 방향에서 후다닥 뛰어나오는 왜소한 남자의 모습에 자신도 모르게 자리에서 벌떡 일어났다. 우진은 안 본 사이 꽤나 고생이 심했던 건지 살이 많이 빠져 있었다. 어디 그뿐인가. 그 나이에 비해 흰 머리가 많다 생각했는데, 이젠 거의 백발에 가까울 정도로 머리에 서리가 앉았다.

우진은 창가에 서 있는 담의 모습에 헐레벌떡 커피숍 안으로 뛰어 들어왔다.

"오랜만이에요."

담은 애써 웃는 얼굴로 우진을 맞이했다. 우진은 이마에 맺힌 땀을 닦고 숨까지 고른 뒤에야 그녀가 내민 손을 잡아 아래위로 흔들었다.

"잘 지내셨어요?"

"음, 잘 지냈습니다."

우진이 희미하게 웃으며 고개를 끄덕였다. 그러며 말을 이었다.

"예전보다 벌이는 못하지만 마음은 한결 편해졌습니다. 적당히 벌고 적당히 살고. 예전에는 그렇게 사는 사람들을 이해하지 못했는데, 이젠 알 것 같습니다."

담은 조잘조잘 이야기를 늘어놓는 우진을 보았다. 안 본 사이, 그는 수다쟁이가 되어 있었다.

"하하, 이거 너무 제 이야기만 했네요. 가까운 거리도 아닌데 여기까지 절 찾아온 이유가 궁금하군요. 통화로 하기엔 힘든 이야기니 여기까지 오신 거겠지요?"

"……네. 궁금한 이야기가 있어요. 그 답을 들으려고 왔어요."

우진은 천천히 이야기를 늘어놓는 담의 모습에 고개를 끄덕였다. 표정을 보아하니 뭔가 단단히 마음을 먹은 듯 보인다.

"뭐가 그렇게도 궁금하시죠?"

그가 물었다. 그러자 담은 냉랭하고 차가운 눈동자로 우진을 바라보았다, 답 대신. 우진은 울대가 크게 울렁일 만큼 침을 꼴깍 삼킨 뒤 그녀의 이야기를 기다렸다. 그러다 곧이어 들려오는 이야기에 '흠─' 하며 한숨을 내뱉었다.

"장태하 사장은…… 왜 나에게 주식을 남긴 건가요?"

"음, 그건 저도 잘 모릅니다. 다만 그건 사장님께서 남긴 것들 중 아주 일부입니다. 설마 주식을 남겼다는 사실을 이제야 아신 겁니까?"

"……그 집을 나오고 위자료에 대해선 자세히 보지 않았어요. 어차피 필요 없는 것들이라 생각했으니까."

"……정담 씨 앞으로 태룡전자 주식뿐만 아니라 빌딩과 땅도 있습니다. ……그리고 정담 씨가 부모님과 생전 함께 살던 집도 있고요."

"네……?"

담은 우진의 이야기를 들을수록 알 수 없는 표정을 지었다. 잠시 멍한 표정이 되기도 했고, 화가 나 얼굴을 붉히기도 했다. 우진은 신호등처럼 순식간에 혹혹 표정을 바꾸는 그녀의 모습에 깊은 한숨을 내쉬었다. 모두 그녀가 알고 있을 것이라 생각했다. 시간이 그만큼 지났으니. 하지만 그녀는 여전히 아무것도 모르는 표정이었다.

"좋아요. 그럼 그때, 저와 장태하 사장이 결혼 생활을 유지하고 있을 때 어떤 일들이 있었는지 자세히 말씀해 주실 수 있나요?"

"……설마 아무것도 모르시는 겁니까?"

우진이 깜짝 놀란 듯 눈을 깜빡이자 담이 눈을 개슴츠레 뜨며 그를 바라보았다. 그는 정말이지 놀란 얼굴이었다.

"이혼 후 장태하 사장님이랑 한 번도 만나신 적이 없으십니까?"

"물론이죠. 만날 일이 없었으니까."

담이 차갑게 툭— 하고 내뱉자 우진이 미간을 찌푸렸다. 겉으로는 꽤 괜찮은 결혼 생활을 유지하고 있다고 생각했었는데…….

우진은 지난 5년 전 자신이 저질렀던 만행들이 하나둘 떠오르자 가슴 한 켠이 묵직해지는 걸 느꼈다.

모두 자신의 죄.

그 죄를 스스로 낱낱이 피해자에게 밝히는 것은 생각보다 어려운 일.

하지만 그는 얼굴을 발갛게 붉힐 정도로 부끄러운 지난날의 일들을 천천히 입 밖으로 꺼내 놓았다.

"5년 전에 저는 정담 씨에게도, 그리고 사장님께도 큰 죄를 지었습니다. 그래서 지금 이 모양 이 꼴로 살고 있는 것이지요. 과한 것을 원했으니, 그만큼 잃었다고 보면 됩니다."

"……."

"정담 씨, 사장님께서는 지금 혼자 계십니다."

"무슨 이야긴지 알아들을 수 있게 이야기를 해 주세요."

담이 미간을 찌푸리며 말하자 우진은 천천히 이야기를 하나둘 풀어놓기 시작했다.

"사장님은 혼자 싸우고 계십니다. 믿었던 사람들은 모두 배신해서 떠났죠. 저도 그랬고…… 이재권 비서도 그랬습니다. 모두 사장님의 믿음 따윈 산산이 부서뜨리고 잔인하게 떠났죠. 그래서 사장님은 지금…… 홀로 그 자리에 서서 고군분투하고 계십니다."

"……."

"사람의 가장 취약한…… 의심이란 것이 생기는 순간, 관계가 깨지는 것을 저들은 너무나 잘 알았지요. 그래서 그걸 건든 겁니다."

"무슨…… 또, 똑바로……."

우진의 이야기가 이어질수록 담은 불길한 예감에 말문이 턱 하고 막히는 기분이었다. 그래서 말을 더듬어 버렸다. 마치 수수께끼를 내듯, 스무고개를 하듯 구는 우진의 모습에.

하지만 이 질문을 했을 때 이미 그녀는 모든 것을 예상하고 있었는지도 모른다.

담은 우진의 눈빛이 촉촉하게 젖는 것을 보며 고개를 뚝 떨어뜨려 버렸다.

담은 평안한 얼굴로 잠들어 있는 애정을 보다가 눈을 질끈 감았다.

"어떻게…… 어떻게…… 그렇게 하실 수가 있어요? 어쩜 사람이
그럴 수가 있냐고요!"

그녀가 내질렀던 비명이 이명처럼 귓가에서 울려 퍼진다. 그때는
경악하고 괴로워했는데, 조금의 시간이 지르고 애정의 손을 잡은
지금은 마음이 착 가라앉아 평온했다.

담은 애정의 눈꺼풀이 파르르 떨리는 것을 보며 잡고 있던 가녀
린 손을 더욱 힘주어 잡았다. 그러자 애정은 긴긴 잠에서 깨어나
힘없이 고개를 돌려 담을 올려다본다.

"우리 애정 씨, 이제 보니 잠꾸러기네요?"

"가게는 어쩌고……?"

일어나자마자 딴소리부터 하는 애정의 모습에 담은 후후 웃음을
내뱉었다. 그러면서 걱정하지 말라는 듯 작게 고개를 젓는다.

"괜찮아요. 며칠 못 열 것 같다고 어른들께 알려 뒀는걸."

그 말에 애정은 끙끙 소리를 내며 겨우 상체를 일으켰다. 그녀의
몸에 자리 잡은 상흔은 조금씩 사라져 간다. 하지만 오랫동안 많은
것을 봐 와 마치 천리를 내려다보는 것 같던 눈의 생기는 없었다.
담은 물컵에 물을 따라 애정에게 건넸다. 그러자 애정은 피식 웃음
을 내뱉으며 물을 잘도 꿀떡꿀떡 마셨다.

담은 빈 물컵을 받아 탁자 위에 올려 두었다. 그러자 애정이 이
제야 살 만하다는 듯 훅- 하고 숨을 내뱉었다.

애정은 제 곁을 지키고 있는 담을 보며 말했다.

"얼굴에 고민이 많아 보여."

"이 여사님은 속일 수가 없어."

담이 후후 웃음을 내뱉으며 애정의 손등을 천천히 쓸어내렸다.

그러자 애정의 눈동자에 서린 의아함은 점점 더 커져 간다. 담은 눈앞에 노년의 여성의 모습에 심장이 사각사각 갈려 나가는 것을 느꼈다.

사각사각.

그 소리는 마치 쥐가 딱딱한 무언가를 갉아먹는 것처럼 작은 소리였지만 큰 흔적을 남길 정도로 강한 힘을 가지고 있기도 했다.

담은 숨이 턱 막힘을 느꼈다.

아아, 아아아……

모든 퍼즐을 맞추자 그러한 소리가 입 밖으로 튀어나왔다.

"이 여사님."

"그래, 말을 해 보렴."

속으로 감추고 감추어 썩어 버린 감정. 곪아 터져 형태를 알아볼 수도 없는 그날의 기억들. 나의 마음. 그를 향한 그녀의 마음은 악취가 나고 태초에 어떠한 모습이었는지 알 수 없을 정도로 엉망이 되어 있었다.

하지만 담은 말해야 했다.

눈물이 비가 되어 내린다. 갑작스레 소나기처럼 쏟아지는 눈물은 과거와 현재, 미래를 달리고 있다. 왜 이러한 눈물이 나는 건지 모른다. 하지만 담은 가타부타 말없이 내뱉었다.

"도와주세요."

불이 꺼져 있는 집 안에는 음습한 기운이 가득하다. 한 치 앞도 보이지 않는 그곳에 앉아 있는 한 여인. 담은 어둠과 닮은 옷을 입

은 채 거울 속의 자신을 보고 있었다. 화장은 아주 옅었다. 한 듯 안 한 듯 한 화장은 담의 모습을 더욱 청초하게 만들어 준다. 하지만 담은 거울 속 자신의 모습이 마음에 들지 않는지 시간이 가는 줄도 모르고 한참이나 바라보고 있었다.

거울 속 자신과 눈을 마주하고 있던 담이 소리 없이 자리에서 일어났다. 그리고 며칠 전 미현에게 받았던 봉투를 핸드백 안에 넣은 뒤 곧장 현관으로 향했다.

오랜 시간 망설였던 것과는 달리 마음의 결정을 짓자 담은 거침이 없었다. 엘리베이터를 타고 곧장 1층으로 내려왔으며, 저녁에 세워 뒀던 차량의 위치를 정확히 찾은 뒤 운전석에 올랐다.

시동을 걸고 출발하기 전 라디오를 켠 담이 부드럽게 핸들을 돌려 주차장을 벗어났다.

[며칠 전 충격적인 소식이 있었죠? 대한민국에서 가장 영향력이 큰 태룡그룹의 장준국 회장의 사망 소식이 있었는데요. 이 일로 인해 대한민국의 경제에 어떤 변화가 있을지 사람들의 귀추가 주목되고 있습니다. 태룡 주식이 전체적으로 하락을 하고, 후에 후계 구도에 어떤 변화가 있을지부터 사람들의 각가지 추측이 이어지고 있는데요. 태룡 측에서는 최대한 간소하게 장례를 치르고 내부를 단속하기 위해 애를 쓰고 있기는 하지만, 어려울 듯 보입니다.]

우연히 틀어 놓은 방송은 경제에 대해 시민들과 대화를 주고받는 프로그램이었다. 정확한 발음으로 현 태룡그룹의 소식을 전하는 아나운서의 이야기를 들으면서 담은 집과 얼마 떨어져 있지 않은 곳으로 빠르게 향했다.

주차장은 인산인해를 이루었다. 조의를 하기 위해 온 사람들부터 시작해서 기자들까지. 담은 겨우 주차할 공간을 찾은 뒤 백미러로 마지막으로 제 모습을 살펴보고 차에서 내렸다.

그녀가 장례식장 안으로 들어가자 기자 몇 명이 관심을 보이긴 했으나, 태하의 아내로 살던 때 결혼 기사를 제외하곤 단 한 번도 언론에 공개된 적이 없었던지라 기자들의 관심은 금방 흩어졌다.

또각또각, 힐 소리를 내며 지하로 내려간 그녀는 장례식장을 가득 메우고 있는 사람들의 모습에 잠시 걸음을 멈췄다. 족히 수백은 모여 있는 장례식장 안에서 담은 단숨에 태하를 찾아냈다. 그는 야차처럼 그곳에 서 있었다. 지옥에 있는 사신이 이러한 모습이 아닐까, 라는 생각이 들 정도였다.

담은 태하의 짙은 눈동자와 마주하며 천천히 걸음을 옮겼다. 그리고 백에서 미현에게 받았던 흰 봉투를 꺼내 조의금을 넣는 곳에 그대로 넣어 버렸다. 그리고 방명록에 커다랗게 이름을 쓴 뒤 신발을 벗고 안으로 걸음을 옮겼다.

향을 피우고 잠시 고개를 숙여 명복을 빈 뒤 옆으로 돌아 고개를 들어 태하와 마주했다. 일렁이는 검은 눈동자는 처음 그를 만났을 때보다 더 어두운 빛으로 빛나고 있었다. 5년 만에 마주한 그였지만, 담은 마치 어제 만났던 사람처럼 아무렇지도 않은, 가벼운 어조로 말했다.

"잘 지냈어요?"

"여긴 어떻게 왔어."

태하의 물음에 담은 자신에게 향해 있는 많은 시선을 느꼈다. 그리고 그 시선 중에는 미현도 있었다. 손수건으로 눈물을 찍어 누르며 슬픔을 쏟아 내던 그녀는 담과 태하가 마주하고 있는 모습에 눈을 빛내고 있었다.

담은 많은 사람의 시선을 느끼며 웃었다.

"폭풍의 핵에 들어온 느낌이네요."

"여긴 왜 나타났냐고!"

그가 소리를 질렀다. 그의 눈은 붉어져 있었다. 슬픔에 가득 찬 모습이었다.

아비를 잃은 아들의 슬픔일까. 아니면 과거에 자신에게 상처를 준 여자가 눈앞에 나타난 분노인 것일까. 어느 쪽인 줄은 몰랐으나 담은 입꼬리를 부드럽게 휘며 말했다.

"글쎄요, 제가 왜 왔을까요?"

그렇게 말한 담은 고개를 돌려 붉은 눈으로 자신의 동태를 살피고 있는 미현을 보았다. 그녀를 향해 담은 앙 깨물면 사르르 녹을 정도로 달콤하게 웃어 보인다. 그러고 천천히 걸음을 옮겨 미현의 앞에 멈춰 선 뒤 허리를 숙여 인사를 건넸다.

"상심이 크시죠?"

"아가, 이 일을 어쩌면 좋으냐."

주위의 시선 때문일까. 아니면 자신의 쪽으로 넘어왔다 생각해서일까. 아니, 태하의 눈 때문일지도 모른다. 미현은 손수 자리에서 일어나 그녀의 손을 붙잡고 눈물을 찍어 냈다.

"괜찮으실 거예요, 다 잘될 거예요."

"그래그래, 고맙구나. 어려운 자린데, 이렇게 와 주고."

"그래야…… 저 남자도 긴장하지 않겠어요?"

씨익 웃은 담은 허리를 숙여 인사를 한 뒤, 태하 쪽은 쳐다보지도 않은 채 재빨리 걸음을 옮겨 장례식장을 빠져나갔다.

담의 뒷모습만 보고 있던 태하가 움직인 것은 그때였다. 담의 모습이 사라질 무렵, 정신을 놓고 그 자리에 못 박히듯 서 있던 그가 음울한 분위기를 뿜어내며 천천히 걸음을 옮겼다. 그의 발걸음을 붙잡은 것은 미현의 목소리였다. 어느새 가까이 다가온 미현은 태하의 팔을 붙잡으며 다른 이들은 들리지 않을 정도로 작은 목소리로 말했다.

"애야, 전쟁은 이제부터 시작이구나."

"……이번에는 정말 이제껏 누렸던 것들을 못 누리게 될 수도 있습니다."

"과연 그럴까? 장 회장님이 너에게 많은 것을 남겼겠니, 아니면 오랫동안 살 부비고 산 나에게 많은 것을 남겼겠니?"

태하의 시선은 미현에게서 태준에게로 옮겨졌다. 태준은 벌써부터 거나하게 취해 있었다. 친구들로 보이는 자들과 함께 술잔을 기울이고 있는 모습을 보던 태하가 입술을 비틀었다. 그리고 그는 쉽지 않을 것이라는 듯 말했다.

"어머, 그건 누가 할 말인데?"

"……."

"기대하거라. 이제 이 세상에 네 편은 없는 듯하구나."

웃음기가 가득 서린 이야기를 듣고 있던 태하는 천천히 걸음을 옮겨 장례식장을 벗어났다. 그리고 지상으로 올라온 순간, 담벼락 옆에 서 있는 담의 눈동자와 마주했다.

두 사람의 눈동자엔 흔들림이 없었다. 어디 그뿐인가. 시간은 물론이고 공기조차 멈춰 버린 듯하다.

"오랜만이에요."

담의 목소리에 태하의 눈이 질끈 감겼다.

가슴이 무너지는 기분이었다.

담은 흔들리는 눈빛으로 자신을 바라보는 태하의 모습에 심장이 움찔거리더니 급기야 조금씩 콩닥콩닥 뛰는 것을 느꼈다.

5년이란 시간.

길다면 길고 짧다면 짧은 시간.

하지만 한 번 잘못 끼워 맞춰진 운명은 그 애매한 시간 속에 두 사람을 던져 놓았다. 여전히 그때 그대로의 모습으로.

담은 태하에게로 향하려는 손을 힘껏 말아 쥐었다. 예전엔 이 무심한 눈에 상처받았던 때도 있었지. 하지만 이젠 아니다. 이젠 그를 조금이나마 이해할 수 있었다.

"늘…… 사장님, 아니, 태하…… 씨와 대화가 부족하다고 느꼈어요. 그건 그때도 마찬가지고 지금도 마찬가지예요."

"……하고 싶은 말이 뭐야. 왜 여기엔 나타난 거야?"

뾰족하게 나오는 말에 담은 잠시 한 걸음 뒤로 물러섰다. 전투적인 그의 눈빛이나 사나운 기운에도 담은 입술을 부드럽게 휘며 웃는 얼굴로 말했다.

"태하 씨가 솔직하게 모든 것을 말해 주기 전까지, 저도 말씀드리지 않을 생각이에요."

하지만 그 어조가 담고 있는 힘은 크다. 담은 5년 전의 일을 떠올릴 때마다 후회하고 또 후회했던 일을 또다시 되풀이하고 싶은 마음은 없었다. 인간은 배움의 동물이라 하지 않았던가. 마음을 걸고 커다란 인생 공부를 했던 그때의 가르침을 그녀는 잊을 생각도, 잊고 싶은 마음도 없었다.

"뭐?"

날카로운 그의 어투에도 담은 뒤로 물러서지 않은 채 그의 시선을 똑바로 마주했다. 분노로 점철된 눈동자는 당장이라도 자신을 찢어 죽일 것처럼 보인다.

"주식…… 일부러 남겨 주신 것 알아요, 어떤 의미로 남겨 준 건지 몰라서 그렇지. 아직도 태하 씨의 마음은 모르겠네요. 이게 당신에겐 큰 무기가 될 수도 있었을 텐데."

"……정답."

"알아요, 내 이름 정답인 거."

담이 피식 웃음을 내뱉었다. 입술 끝을 비틀어 웃었으나 조소처럼 보이지는 않았다. 담은 시려운 손을 맞잡아 온기를 나누었다. 그러면서도 그녀가 왜 이리 행동하는지 낱낱이 분석해 버릴 것처럼 보이는 그의 모습에 결국 고개를 숙여 그의 눈을 피해 버렸다.

"이야기하실 준비가 되면 찾아오세요. 기다릴게요."

태하는 땅속에 들어가 있는 고급스러운 관을 보며 눈을 감았다. 장 회장은 자신의 죽음을 예감했던 며칠 전, 태하를 따로 불러 앞으로의 이야기에 대해 한 적이 있었다.

장 회장은 푸르죽죽하게 변해 버린 얼굴로 힘겹게 손을 들어 공중에서 허우적거렸다. 그러면서 했던 그 말.

"미안하다."

죽는 순간, 그렇게 말해 버리면 모든 죄가 사해지던가. 그렇게 용서도, 사죄도 쉬운 것이던가. 그렇게 생각하던 태하가 미간을 찌푸렸다. 그리고 물었다.

"뭐가 말입니까?"
"다 미안하다."

무엇이 미안하고, 무에 그리 잘못을 했기에. 늘 불도저처럼 밀어붙이고 자신이 원하는 것을 얻기 위해선 앞뒤 가리지 않던 사람이었다. 그런 사람도 죽음 앞에서는 너무나 나약하게 변해 버렸다. 그리고 그 후로 장 회장은 잠시 아무 말 없이 태하를 보더니 볼이 움푹 파일 정도로 비쩍 마른 얼굴을 손으로 천천히 쓸어내리며 말했다.

"네 어미 얼굴을 어떻게 봐야 할지 모르겠구나."

생전 친모에 대해선 언급을 하지 않으셨던 분이다. 그런 사람이 뭐가 무서워 그런 말을 한 것일까. 태하는 아무런 말없이, 아무런 감정 없이 장 회장을 보았으나 그는 시간이 얼마 남지 않았다는 것을 알고 있었다. 그랬기에 마지막 힘을 내어 태하에게 말했다.

"모든 것을 바로 잡지는 못하나…… 힘은 내 보마."

그 말이 마지막이었다. 그날 이후, 태하는 장 회장을 보지 않았다. 그가 몇 번이고 자신을 찾는다며 오랫동안 장 회장 곁을 지켰던 김 비서가 뻔질나게 찾아왔으나, 태하는 일을 핑계로 만남을 피했다.

태하는 이제 아무런 말도 못 하는 망자의 마지막 모습을 눈에 담았다. 그리고 인부가 건네는 삽으로 흙을 한 덩어리 퍼 넣으며 조소를 지었다.

"잘 가십시오."

그의 마지막 인사를 짧았다. 하지만 그 짧은 인사에 진심인지 혹은 거짓인지 모를 울음소리가 여기저기서 터져 나왔다.

삽을 옆에 있던 인부에게 다시 건넨 그가 걸음을 뒤로 물렸다. 그러자 미현이 총알처럼 튀어나와 당장이라도 장 회장과 같이 묻힐 것처럼 공중에서 팔을 허우적거린다. 그러면 곁에서 태준이 자신의 어미의 몸을 붙잡고 그러지 마시라 외친다.

망자의 길. 망자가 마지막으로 떠나는 길.

깊은 슬픔이 머물렀으나 태하의 얼굴엔 그 어떠한 감정도 없다.

다만 지난 긴긴 시간, 장 회장과 있었던 수많은 일을 가슴속에 새기며 얼굴을 굳혔다.

생각을 하지 않도록 아침나절을 바쁘게 움직인 담은 흰 문을 활짝 열어 두고 손님을 기다렸다. 한동안 가게 문을 닫아 두어서 그런지 오늘은 한산했다.

아무도 없다는 생각이 들자 그녀는 오디오로 가 몇 해 전 구입했던 클래식 CD를 꺼내 음악을 틀었다. 어떠한 음악이든 상관없다 생각했으나 달콤한 쇼팽의 곡이 흘러나오자 그녀는 마음이 조금은 붕 뜨는 것을 느꼈다.

원두를 내려 습관적으로 찾는 커피를 입안에 한 모금 머금은 그
녀는 종소리와 함께 문이 열리자 고개를 돌려 손님을 보았다.

"오실 줄 알았어요."

마음이 짓무른다는 것이 이러한 느낌일까. 담은 무언가 결심이
선 얼굴로 서 있는 애정의 모습에 힘껏 미소 지어 보였다. 그녀는
담이 갑작스럽게 털어놓은 이야기들에 대해 조금만 생각할 시간을
달라 했다. 그리고 그 생각이 끝나면 그녀를 찾아가겠다고.

"다리는 괜찮으세요?"

"약간 삔 건데 뭐."

애정은 그렇게 말한 뒤 부러 보여 주듯 자리에서 콩콩 뛰어 보였
다. 그 모습에 담은 자신도 모르게 풋, 하고 웃음을 뱉었다. 그러자
애정 또한 심각했던 표정을 거두고 웃어 보인다.

조금 가벼워진 기분에 담이 의자를 뺀 뒤 애정을 부축해 앉히며
말했다.

"그러게 제가 간다니까요."

"노인네가 너무 귀찮게 하면 젊은이들이 싫어하는 법이야. 세상
천지 깔린 게 택신데 뭐 하러 병원까지 걸음을 하게 해? 괜찮아."

어제 저녁 퇴원이 결정된 애정에게 담이 계속 퇴원을 돕겠다 말
했지만 애정은 고개를 저었다. 자신 혼자 할 수 있으니 치맛바람
일으키는 어머니처럼 굴지 말라는 것이다. 애정의 고집에 결국 담
은 두 손 두 발 다 들고 알았다 했지만, 그래도 지난밤 내내 애정
에게 전화가 걸려 오길 기다렸던 걸 생각하면 병원에 가는 게 더
효율적이었을지도 모른다.

담은 늘 그랬던 것처럼 시럽을 넣은 커피를 애정의 앞으로 밀어

놓았다. 평소라면 커피를 맛보며 좋아할 그녀지만 오늘은 입도 대지 않은 채 생각에 잠긴 듯 담의 얼굴을 올려다보고만 있었다.

조금의 침묵. 그 뒤 애정이 힘겹게 입을 열었다.

"그래, 네가 말한 것들은 생각해 보았다."

"……외손주분이 장태하 씨 맞죠?"

"음, ……그래. 그 아이는 날 모르지만 말이다."

힘겹게 과거를 터놓는 애정의 모습에 담이 천천히 의자를 끌어다 앉았다. 이야기는 생각보다 길어질 것 같았다.

"태하…… 그 아이는 몰랐으면 해. 내 존재에 대해."

"그게 무슨 말씀……."

담이 힘겹게 말했다. 그러자 애정은 그녀가 채 이야기를 끝내기도 전에 말을 가르고 들어와 이야기를 시작했다.

"난…… 아직도 장례식 장에서 그 아이의 눈빛을 잊을 수가 없단다."

"……."

"채린이 죽던 날, 그 아이는 아주 많이 울었단다."

"아……."

"……장준국, 그 사람이 제 어미를 억지로 탐해 결혼을 하게 되었다는 걸 알게 되면 그 아이의 기분이 어떻겠어? 차라리 제 어미가 바람이 나, 외간 남자와 여행 중에 사고를 당해 죽었다고 알고 있는 것이 더 좋지 않겠니?"

텔레비전 브라운관에서 누구보다 빛났던 딸아이. 그 아이를 억지로 탐해 연인이 있던 그 아이를 억지로 그 견고하고 높은 성으로 끌고 갔던 장준국. 사랑이 없었던 채린은 점점 시들어 갔고, 주위에서 딴따라라며 손가락질을 할 때도 묵묵히 견뎌야 했다. 하지만 제 사랑이었던 남자가 눈앞에 나타나는 순간, 그녀는 장준국에게 이혼을 요구했다. ……그 남자는 그걸 받아들이지 않았지만.

"필요에 의해 결혼을 할 수밖에 없었단다. 아이가 생겼으니까, 장준국 그 사람도 참 난감 했겠지. 하지만 장철기 회장은 태하의 존재를 아는 순간, 두 사람의 결혼을 종용했어. 모든 것은 어쩔 수 없는 일이라고. 장철기 회장이 날 찾아와 무릎을 꿇고 빌었단다. 딸아이를 데려갈 때도, 딸아이가 죽을 때도. 모두 자식을 잘못 가르친 제 잘못이라며 빌었단다. 하지만 태하에게만큼은 사실대로 말하지 못하겠다 했어. 그 말엔 나도 동의했다."

"하지만…… 이혼을 해 주면 되잖아요? 왜…… 왜……?"

담이 이해하지 못하겠다는 듯 되물었다. 그러자 애정은 바들바들 떨리는 담의 손을 붙잡으며 말했다.

"그 당시엔 이혼이란 게 쉬운 게 아니었잖니. 시대가 그랬어. 그러다 보니 모든 것이 망가졌지만."

오랜 세월 풍파에 주름진 손을 내려다보았다, 담은. 그 손을 내려다보며 이 사람이 그 긴 세월 동안 견뎌 온 것들에 대해 수없이 생각하고 또 생각해 보았다. 하지만 아무리 생각해 보아도 어떻게 견뎌 냈을지에 대해선 감히 상상조차 할 수가 없다.

이상했다. 모든 것이 현실감각이 없었다. 그랬기에 담은 그 어떠한 위로의 말도 건네지 못한 채 고개를 숙이고만 있었다.

"며칠 전 사람들이 찾아와 장준국 그 사람이 나에게 얼마의 돈을 남겼다더구나. 제 죄가 얼마나 큰지 이제야 알았다며 사죄했단다. 하지만 말이다, 담아. 진정 사과를 원한다면 내 앞에 나타나 무릎을 꿇어야 했어. 그래도 내 화가 풀어지지 않을 판에, 그까짓 푼돈에 내 화가 풀리겠니?"

"……."

"태하, 그 아이에겐 평생 나설 마음이 없다. 내 삶도 그리 오래 남지 않았어. 이 모든 일들을 겪으며 내 몸도, 내 가슴도 다 내려앉았단다. 이제 난 죽을 날만 받아 놓았어. 그날이 빨리 오길 시간을 죽이며 살고 있단다. 그러니…… 담아. 너도 비밀로 해다오. 태하에게 이 사실을 알리지 말아 줘."

"……그럼 이 여사님은 왜 제게 이 모든 일을 털어놓으시는 건데요?"

담은 진정 궁금해서 그리 물었다. 그러자 애정은 부드럽게 미소 지었다.

"그 아이를…… 누군가는 지켜 줘야 하지 않겠니? 제 애미도, 제 애비도 가슴에 못만 박고 떠났는데……. 그 아이의 삶이 어떻겠어?"

내가 지켜 주지 못하니, 담이 네가 그 아이를 지켜 줄 수 없냐, 애정은 말하고 있었다. 그리 말하자 애정의 눈가가 붉게 타오른다. 애환이 어린 눈에 맺힌 눈물은 독약처럼 썼다.

"살아도 사는 게 아니었을 게다. 그 아이와 네 사이에 어떠한 일이 있었는지 나는 모른다. 하지만 담아, 네가 그 아이를 여전히 마음에 품고 있고, 그 아이 또한 널 여전히 마음에 품고 있다면…… 그때는 한 번쯤은 품어 주지 않으련?"

"이 여사님……."

담이 애정을 불렀다. 그러자 애정은 결국 눈가에 맺힌 눈물을 털어 내며 이야기의 끝을 맺었다.

"세상에 태어나…… 사랑이라곤 한 번도 받아 보지 못했을 게다."

담이 입을 꾹 닫았다. 손을 뻗어 뚝뚝 흐르는 애정의 눈물을 닦아 내어 본다. 하지만 눈물은 또다시 뺨을 적시고, 타고 아래로 후두둑 떨어진다. 애초에 눈물이 멈추지 않으면 아무리 닦아 봤자 소용이 없다. 그래서였을까. 담은 눈물을 닦길 멈추고 애정의 손을 꼭 부여잡았다.

조물조물, 힘을 주었다 풀며 애정의 손을 잡아 본다. 말랑말랑한 기분이 들었다. 비쩍 마른 두 손이 서로 마주하고 있었건만, 두 사람은 그 작은 체온으로도 서로의 마음을 점차 녹여 갔다.

어두운 밤거리. 태하는 늘 서 있던 그곳에 서서 세상을 내려다보았다. 뒤에 서 있는 남자가 연신 그에게 무어라 말을 늘어놓고 있었지만, 귓가에 닿지 못하고 흩어진다.

못 박힌 듯 서 있던 태하가 천천히 걸음을 옮겼다. 그리고 뒤에서 앵무새처럼 떠들고 있는 조 비서에게 걸음을 옮겼다. 그녀는 몇 년 사이 급격히 어두워진 태하의 표정을 살피더니 계속해 말을 이었다.

"비상 주주총회는 다음 주입니다. 그곳에서 유언장도 공개될 예정입니다. 장 회장님이 어떠한 것을 써 놓았는지, 아무도 알 수가 없습니다. 태룡가를 제외한 당사자들께는 이미 전달이 된 것으로 알고 있지만…… 그게 누군지……."

"태룡가를 제외한 당사자들이라……."

태하가 자신이 했던 말을 그대로 읊조리자 조 비서가 입을 꾹 다물었다. 그의 곁을 지킨 지 몇 해가 흘렀을까. 햇수로 하면 10년이

던가? 예전에도 차갑기 그지없는 그였지만 요즘처럼 이렇게 마음에
벽을 쌓은 사람처럼 군 적은 없었다. 이지적이라고 느낄 만큼 매사
합리적인 선택을 하던 사람이긴 하였으나, 요즘처럼 이렇게 감정을
들여다볼 수 없을 정도는 아니었는데…….

"예상되는 사람은?"

"김 비서의 말을 들어 보니 최근 옛 사모님의 뒤를 알아보고 다
니셨다고……."

조 비서는 채 말을 끝맺지 못하고 입을 다물었다. 태하의 날카로
운 눈빛이 자신에게 닿았기 때문이다. 망설이고 망설인 끝에 보고
를 한 것이었으나, 역시 하지 않는 것이 좋을 뻔했다.

"옛 사모님? 누굴 말하는 거야?"

"저…… 이채린 씨요."

"……."

"사, 사장님?"

"그 여자의 뒤는 갑자기 왜?"

"그, 그건 저도 잘……."

태하가 천천히 걸음을 옮긴다. 마치 사나운 맹수의 것처럼 느릿
느릿하고 소리 없는 걸음을. 태하가 자신의 앞에 멈춰 서는 것을
보던 조 비서가 자신도 모르게 고개를 숙여 버렸다. 머리부터 발끝
까지 검은 먹물을 부어 버린 듯한 모습. 장 회장의 장례가 끝난 지
얼마 되지 않아 당연한 모습이었지만, 조 비서는 그 모습이 마치
죽음의 신처럼 느껴져 두려움에 질려 버렸다.

"조사해 봐. 당장. 왜 조사를 했는지."

"네, 알겠습니다."

격동이 인다. 태룡가에. 전혀 예상할 수 없는 방향으로.

❖ ❖ ❖

어둠이 내리깔린 집 안. 사람의 온기조차 느껴지지 않는 곳. 사람이 사는 '집'이라는 느낌보다는 좋은 집이라는 것을 알리기 위해 만들어 놓은 '모델하우스'의 느낌이 더 강한 곳이었다. 현관문이 열리더니 센서등 불이 켜지고 순간 빛이 찾아온다. 피곤한 기색이 역력한 태하는 취해 있었다. 술이 떡이 되어 집을 찾은 그는 비틀비틀 걸음을 옮겨 소파에 털썩 주저앉는다.

"하아―"

그의 입에서 깊은 한숨이 터져 나왔다. 유리알처럼 투명한 눈동자가 멍하니 천장을 바라보고 있었다. 어그러진 마음은 그의 답답한 가슴을 비웃는 듯하다.

주머니를 뒤적여 휴대전화를 꺼낸 그는 액정을 바라보았다. 불빛이 들어온 액정엔 AM 02:13이라 쓰여 있었지만, 지금의 그는 아무래도 좋다는 듯 익숙한 번호를 눌렀다.

―이 번호는 없는 국번이오니 다시 확인하시고 전화 걸어 주시기 바랍니다.

뚜뚜뚜―

기계음의 딱딱한 여성의 말에도 태하는 천천히 입술을 떼 말했다.

"난 나쁜 놈이다. 예전에도 그랬고, 앞으로도 그럴 거야. 난 변하지 않아."

가족.

여전히 그녀가 원하는 것을 줄 수 없다.

그녀는 제 곁에서 충실히 약속을 지켰으나 자신은 그러지 못했다.

이채린. 오랜만에 들은 그 이름에 그는 으득 이를 갈았다. 그리고 새하얗게 질린 얼굴로 바닥을 보았다.

어떻게 줄 수 있겠는가? 그는 태어나서 한 번도 그 따스한 단어를 온전히 받아들인 적이 없는데.

바뀔 수 없다.

이렇게 태어났으니, 당연히 이 모습으로 죽을 것이다.

"내 앞에 나타나지 마. 그냥…… 거기에 있다는 것만 알려. 더이상 다가오지 말란 말이다."

그냥 네가 거기에 있어. 그냥 거기에만.

그는 제 속에서 꿈틀거리는 끔찍한 짐승을 느끼며 거칠게 말을 토해 냈다. 그러다가 휴대전화를 있는 힘껏 유리 벽장으로 던져 버렸다.

팅!

유리는 깨지는 대신 휴대전화를 튕겨 낸다. 바닥에 떨어져 망가진 것은 휴대전화였다. 액정이 깨진 것을 보던 태하가 자리에서 일어나 갑옷처럼 입고 있던 옷을 벗어 던진 뒤 곧장 욕실로 향했다.

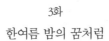

3화
한여름 밤의 꿈처럼

[1]

하얀 종이를 테이블 앞에 놓아둔 담은 손가락으로 테이블을 탁탁 두드리고 있었다. 종이 위에 적혀 있는 것은 위임장이란 글씨. 시선은 테이블을 향해 있으나 정신은 반쯤 어디론가 나간 상태였다. 평소 그녀답지 않은 모습에 명숙과 정이 고개를 갸웃거리더니 서로의 눈치를 본다.

"쟤 오늘 왜 저래?"

"글쎄, 다 산 노인네 같은 얼굴을 하고 있네?"

밖에서 자신의 눈치를 보며 속삭이는 목소리에도 담은 멍하니 그러고만 있었다. 아침나절부터 시작해 어둠이 찾아온 이 시각까지. 시간의 흐름도 잊은 채 말이다.

탁탁, 탁…….

손톱으로 유리 테이블을 연신 두드리던 담이 휴대전화를 힐끗 바라본 뒤 한숨을 쉬었다. 그는 아직도 자신과 이야기할 준비가 되지 않았는가? 담은 아픈 머리를 손바닥으로 꾹꾹 누른 뒤 자리에서 벌떡 일어났다. 그러자 괜스레 밖에 있던 정이와 명숙이 화들짝 놀라 자세를 바로잡으며 방금 전까지 거의 내팽개쳐 두듯 했던 고스톱 판으로 고개를 돌린다.

"아싸, 똥!"

"에이잉! 봐주면서 하라고!"

연기 또한 일품이다. 이미 어두워진 날에 패도 잘 보이지 않건만 두 사람은 주거니 받거니 하며 천리안을 내다보는 사람들마냥 어둠 속에서 패를 가려 가져간다.

담은 명숙과 정이를 지나쳐 곧장 골목으로 향했다. 망설임 없이 걸음을 옮긴 그녀는 당연하다는 듯이 자리를 지키고 있는 남자의 앞에서 걸음을 멈췄다. 찬영은 담배를 태우다가 미처 도망가지 못한 채 멀뚱멀뚱 그녀를 바라보고 있었다. 정신이 돌아온 것은 몇 초 뒤였다.

"그, 그게……!"

담배를 던진 찬영이 화들짝 놀라 자리에서 펄쩍 뛰어올랐다. 마치 뜨거운 물에 던져진 개구리처럼. 하지만 곧이어 나온 담의 말에 그는 두 번 놀랐다.

"당신 사장 지금 어디에 있어요?"

"왜, 왜 그러시는……."

그녀는 찬영이 채 말을 끝맺기도 전에 그의 앞에 손바닥을 펴 보였다. 그가 멀뚱멀뚱 자신의 손바닥만 내려다보고 있자 담은 또렷한 눈으로 그를 쏘아보며 말했다.

"휴대전화 줘요."

"네, 네?"

"주세요."

쉽게 내어 주지 않으면 너에 대한 처분이 더 심해질 수도 있다, 담은 눈빛으로 그리 경고하고 있었다. 강력한 그녀의 눈빛에 찬영은 주머니를 뒤적여 휴대전화를 그녀의 손바닥 위에 올려 주었다. 액정을 켜자 순간 비밀번호를 입력하라는 글귀가 뜬다. 담은 휴대전화를 그에게 내어 주지 않은 채 무심한 어조로 물었다.

"비밀번호가 뭐예요?"

"1234요."

"단순하네요."

휴대전화의 주인처럼 단순한 비밀번호였다. 담은 망설임 없이 비밀번호를 푼 뒤 전화번호부에서 〈장태하 사장님〉이란 이름을 검색하고 곧장 통화 버튼을 눌렀다.

띠리리, 띠리리-

아무리 통화음이 흘러도 상대는 전화를 받지 않는다. 담이 이맛살을 찌푸리며 찬영을 휙- 하니 노려보았다. 그러자 그는 지레 겁을 집어먹고 더듬더듬 말을 내뱉었다.

"오늘 출근을 안 하셨다고……."

"왜요?"

담은 정말 궁금해서 물었다. 그는 일 중독자였고, 매일매일 자신의 앞에 산처럼 쌓이는 일들을 처리하기 위해 아주 바쁘게 살았던 사람이니까. 그러자 찬영은 자신도 잘 모르겠다는 듯 고개를 저었다.

"회장님 장례식 끝나고 나서는 계속 친구분 바에서 사는 걸로 압니다."

"친구분 바? 거기가 어딘데요?"

"네?"

"거기가 어디냐고요."

찬영은 말을 해 주어야 하나 고민했다. 그러자 담은 찬영에게 도로 휴대전화를 건네준 뒤 망설임 없이 골목 안으로 걸음을 옮겼다.

"아니면 집으로 찾아가면 그만이죠. 아, 이사했으려나?"

"저 블루 바라고……!"

"블루요?"

애써 표정 관리를 한 담이 고개만 슬쩍 돌려 찬영을 보았다. 그러자 그는 여전히 떨떠름한 얼굴로 고개를 끄덕였다.

"네. 요즘은 댁에도 잘 안 들어가시는 걸로 알고 있습니다."

그의 답이 꽤나 마음에 들었던지 담이 고개를 끄덕였다. 그리곤 곧장 손목시계를 확인하더니 어쩔 줄을 몰라 당황하고 있는 찬영을 보며 말했다.

"그럼 준비하고 올 테니까 기다려요."

"네, 네?"

"가게 문 닫고 올테니 잠시만 기다리시라고요."

뻔뻔하게 말하고 곧장 골목을 걸어 들어가는 담의 뒷모습을 보며 찬영이 한숨을 푹 내뱉었다. 어쩐지…….

"잘못 걸린 거 같아."

그가 울먹이며 말했다.

"어쩌려고 그러냐? 왜 맨날 술이야?"

선우는 오늘도 역시나 바 블루에 출근 도장을 찍은 친구의 얼굴을 보며 서늘한 목소리로 말했다. 이렇게 잔소리를 늘어놓는다 하여도 말귀를 알아먹을 친구가 아니란 것을 그 또한 알고 있었다. 그리고 역시나 예상대로 태하는 빈 자신의 술잔을 채우며 조소를 흘렸다.

"잠이 안 와."

"술이랑 약, 같이 먹는 건 아니지?"

"음, 아직 죽고 싶지는 않으니까."

평온한 목소리로 말하는 것치고는 말이 가지는 의미가 무섭다. 선우는 이러다가 태하가 잘못되는 것은 아닐까 걱정스러운 눈빛으로 그를 보았다.

요즘의 장태하는…… 정말이지 위태로웠다.

"밥은?"

"먹어."

"그런 것치곤 너무 말랐다. 요즘 운동 안 해?"

"가끔 하긴 해."

꼬박꼬박 묻는 말에 답을 잘 하고는 있었지만, 선우는 지금 그가 하는 말 중 대부분이 거짓이라는 것을 알고 있었다. 하지만 태하를 몰아붙이진 않는다. 그는 자신의 감정 표현에 서툰 인간이고, 몰아붙이면 붙일수록 수면 아래로 가라앉는 인간이라는 것을 알기 때문이다.

선우 또한 말없이 자신의 잔에 술을 따라 마시길 한참. 바 안에 있는 술을 모두 마실 것처럼 굴고 있던 두 사람은 종소리와 함께 문이 열리자 고개를 돌려 들어온 이를 보았다. 그들처럼 다 죽어가는 얼굴로 태경이 들어오고 있었다.

그는 파카를 입어야 하는 날씨에 반팔 티셔츠에 편안한 추리닝 바지 차림으로 가게를 찾았다. 분명 그의 어린 꼬마 신부와 다투다 뛰어나온 것이 분명했다.

태경은 익숙하게 자리에 앉아 앞에 쌓여 있는 잔 중 하나를 고르고, 선우 앞에 놓여 있던 양주병을 채 가듯 가져왔다. 그리고 잔 가득 술을 따라 부은 뒤 숨도 쉬지 않고 입 속으로 콸콸 쏟아 냈다. 식도가 타들어 갈 정도로 끔찍한 고통이었으나 태경은 아무렇지도 않은 얼굴로 손도 안 댄 마른안주 중 땅콩 몇 알을 쥐어 입안으로 넣었다.

으적으적. 땅콩이 이에 의해 무참하게 깨지는 소리가 들렸다. 그 소리에 태하의 흐릿한 시선이 태경을 향했다.

"저 형, 저거저거 이미 취했고만."

태경이 태하의 얼굴에 혀를 끌끌 차며 또다시 잔을 채운 뒤 술을 숨처럼 삼켰다. 선우는 무작정 쳐들어와 술을 축내는 태경 쪽으로 몸을 틀어 잔소리처럼 말했다.

"넌 또 무슨 일이야?"

"형, 결혼이 다 이런 거야?"

태경의 말에 선우의 고개가 기울었다. 주어 없이 튀어나온 물음이었기 때문이다. 그러자 태경은 속사포처럼 최근 들어 사사건건 부딪히는 결혼 생활에 대해 한풀이를 늘어놓으려 했다. 하지만 태경은 제 속에 있는 것들을 한 마디도 풀어놓지 못했다. 쾅! 하는 소리와 함께 태하가 쓰러졌기 때문이다.

"후우, 이러다가 송장 치우는 거 아니야?"

"제발 죽기라도 했으면 좋겠다. 어찌나 끈질긴지."

태경의 한숨에 선우가 독설을 내뱉었다. 그러자 태경이 '어쩌면

친구 사이에 그럴 수가 있어?'라는 앙큼한 표정을 짓는다. 하지만
선우는 말없이 바닥에 떨어진 태하의 외투를 들어 어깨에 걸쳐 주
며 물었다.

"제수씨는?"

"제수씨라 하기 그렇지 않나? 이혼했으니까."

"감정이 끝나지 않으면 그건 이혼이 아니야. 현재 진행형이지."

씁쓸한 선우의 얼굴에 태경이 뭔가 한마디 덧붙이려다 입을 다
물었다. 그러다 문득 깨달았는지 자리에서 벌떡 일어났다.

선우가 눈빛으로 물었다.

'너 어디 가?'

그러자 태경은 찰떡같이 알아들으며 어깨를 으쓱였다.

"형들 보니까 마누라한테 잘해야 할 것 같아서. 나 이만 간다."

선우는 총총 사라지는 태경의 뒷모습을 보다가 고개를 돌려 테
이블에 쓰러져 있는 태하를 보았다. 태하는 자면서도 미간을 찌푸
리고 있었다. 어떤 악몽을 꾸는 것일까? 아마 그의 오래된 친구도
꿈속에서 제 아내를 멀리 떠나보내는 꿈을 꾸고 있는 건지도 모른
다.

피식, 웃음을 내뱉은 선우가 테이블 위에 있던 잔을 들어 술을
입술에 적시며 읊조리듯 말했다.

"놓기도…… 싫고, 놓을 수도 없을 땐…… 곁에 둬야 하는 거다.
멍청아."

선우가 거친 목소리로 말했다. 서늘했던 그의 눈빛도 어느새 조
금은 누그러져 있었다. 그러자 테이블에 엎어져 잠든 줄 알았던 태
하가 슬며시 눈을 떴다. 유리알처럼 투명한 눈동자에 어느새 습한
막이 덧씌워진 채다.

"내가 잡으면…… 또다시 망가질지도 몰라."

"언제부터 그렇게 착한 놈이었다고, 병신."

선우의 말에 태하는 한동안 낄낄거리며 경박한 웃음을 쏟아 냈다.

그의 웃음소리가 점차 슬픔으로 변질되어 간다.

마지막에는 들썩이던 그의 어깨가 간헐적으로 떨린다.

감정은 점차 변해 가는 것.

시간의 흐름에 따라 퇴색되고 바뀌어 가는 것.

하지만 왜…….

"세상에 변하지 않는 것도 있다."

나는 변하지 않는가.

"왜……."

그녀를 향한 마음은 변하지 않는 건가.

"그걸 이제야 깨달았을까."

그렇다면…… 그렇게 허무하게 놓아 버리지도 않았을 텐데.

Bar Blue.

담은 간판을 멍하니 올려다보고 있었다. 태하의 친구가 운영하는 곳이라고 해서 화려한 곳일 줄 알았건만 간판은 미적감각 하나 없는 이가 만든 것처럼 초라했고 작았다. 담은 뒤에서 안절부절못하고 있는 찬영을 향해 미심쩍은 목소리로 물었다.

"정말 여기가 맞아요?"

"네."

망설임 없이 들려온 답에 담은 지하로 내려가는 계단을 밟았다. 부드러운 카펫을 조심스레 밟고 아래로 내려간 담은 두터운 문 앞에 서서 잠시 심호흡을 뱉었다.

"스토커 같다고 뭐라 그러면 물어 버리지, 뭐."

후우, 다시 한 번 크게 쉼호흡을 뱉은 담이 바 문을 열고 안으로 들어갔다. 처음 바 안으로 들어간 담은 넓은 공간에 놀랐다. 그리고 의자들이 빼곡하게 쌓여 있는 점에 두 번 놀라고, 그곳에 있는 사람이 단둘뿐이라는 점에 더더욱 놀랐다.

담은 바에 엎드려 있는 등을 보았다. 뒷모습만 보아도 알 수 있었다. 힘없이 늘어져 있는 것이 태하라는 것을.

"누군지 알겠군."

담은 태하의 옆에 있던 남자가 자리에서 하는 말을 들었다. 그는 태하와 비슷한 분위기를 가진 사람이었다. 조금 다른 점이 있다면 편안하게 말아 올린 손목과 편안해 보이는 검은 차림. 그리고 찔러도 피 한 방울 안 나올 것 같은 냉혈한 분위기. 담은 뼛속까지 얼려 버릴 듯 차가운 목소리에 잠시 남자의 얼굴을 살펴보다가 허리를 숙여 인사했다. 그러자 그는 손을 들어 담의 인사를 막으며 의자에 걸쳐 두었던 외투를 챙겨 들었다.

그가 자신의 앞으로 다가와 서는 것을 바라보던 담이 멍한 표정을 지었다. 멀리서 보았을 때는 몰랐으나 가까이서 보자 남자는 미소 짓고 있었다. 얼음이 뚝뚝 떨어질 것 같은 얼굴에 미소라니. 그 아이러니함에 잠시 머릿속이 멍해졌다.

"정식 인사는 나중에 합시다."

그렇게 말한 남자가 곧장 문을 열고 나가 버린다. 그러자 바 안엔 질척한 침묵이 내려앉았다.

이젠 어쩌지?

무작정 고민 끝에 찾아오긴 했으나, 담은 쓰러져 있는 태하의 뒷모습에 인상을 찌푸렸다. 바에서 술에 취하는 것은 이상한 것이 아니나 그래도 잠시 망설여졌다.

문 앞에서 미적거리던 담이 용기를 내어 걸음을 옮긴 것은 조금의 시간이 흐른 후.

자리에 앉은 그녀는 여전히 깨어날 생각이 없는 태하의 모습을 잠시 바라보다가 그의 앞에 놓여 있는 잔을 들고 와 쓰디쓴 술을 삼켰다.

꿀꺽꿀꺽, 목울대가 크게 일렁이고 혈관 속으로 알코올이 스며들자 담은 그제야 답답한 기운을 조금 물리고 편안한 마음이 되었다.

울대가 찢어지는 기분이었다. 쩍쩍 갈라지고 피가 새어 나와 버릴 것만 같은 기분. 이러한 기분에 요즘 익숙해진 그는 고개를 들자마자 앞에 놓여 있는 술잔부터 집어 든 뒤 술을 마시려 했다. 손끝에 잔이 닿았다. 하지만 그가 잔을 집어 들기도 전, 옆에서 불쑥 나타난 손에 술잔을 빼앗기고 만다.

새하얗고 기다란 손가락엔 굳은살이 박여 있으나 매끈했다. 잘 정돈되어 있는 손톱에는 투명 매니큐어가 발려 있었지만 멋을 내기 위한 것은 아닌지 여기저기 벗겨져 방치해 놓았다.

태하는 이 손을 알고 있었다. 예전에 몇 번씩이나 자신의 몸을 더듬고 다정스레 터치를 하던 그 손. 고개를 들자 역시나 익숙한 환영이 그의 눈앞에 펼쳐졌다.

"환영이어도 꺼지고, 실체여도 꺼져."

새하얀 얼굴. 갈색의 눈동자. 조금 아래로 처져 있는 눈꼬리. 코끝은 뭉툭했으나 예뻤고, 입술 또한 분홍빛으로 빛났다. 그의 꿈에 나와 몇 번씩이나 괴롭혔던 얼굴. 손을 뻗어 잡으려고 하면 재가 되어 사라졌던 그 여자.

그때, 꿈에서는 한 마디도 하지 않으며 슬프게 웃던 그녀가 입술을 달싹인다.

"말이 너무 심하시네요."

아니, 아니다. 환영이 아니다. 환영 속의 그녀보다 눈앞에 있는 그녀는 조금 성숙해진 모습이었고 달콤한 목소리로 톡 쏘아붙이기도 했다. 태하는 깜짝 놀라 꾸부정하게 굽히고 있던 허리를 펴며 속삭이듯 작은 목소리로 그녀를 불러 보았다.

"……정담?"

"떡이 되셨네요."

담의 입술이 말려 올라간다. 비틀린 미소가 아닌 진정 웃는 얼굴. 꿈에서처럼 달콤한 음성으로.

꿈인가? 그래, 꿈이 아니라면 나한테 저렇게 달콤하게 웃어 줄 리가 없다. 현실의 그녀라면 저주를 퍼붓고 상처받은 얼굴로 그를 바라볼 터다.

그래서 그는 물었다.

"나한테 원하는 게 뭐야."

왜 자꾸 내 꿈에 나타나는 거야? 왜 나타나서 날 괴롭히는 거야? 태하는 손을 뻗어 환영이라도 만져 보고 싶었으나 그렇게 하질 못했다. 만지면 환영은 또다시 그를 비웃으며 사라질 거니까.

손가락이 뻣뻣하게 굳는 느낌이 들었다. 아니, 태하는 사지가 굳어 가는 느낌을 받았다. 그리고 그녀를 향해 있는 시선조차도.

"당신이 내게 원하는 건 뭔가요? 변태처럼 사람이나 붙여 놓고,

뒤에서 지켜보고."

"……."

톡 쏘아붙이는 그녀의 말에 태하의 얼굴이 일그러졌다. 그러자 담의 표정 또한 일그러진다.

태하의 시선이 아래로 뚝 떨어졌다. 마치 낙화하는 그의 마음과 같이. 그의 시선은 어느새 그녀의 팔목을 향해 있었다. 오른쪽이 아닌 왼쪽 팔목. 그곳엔 그와 그녀의 가슴에 새겨진 진한 흉터보단 옅으나 더 강력한 힘을 가지고 있는 흉터가 자리하고 있었다.

옅어진 상처. 하지만 마음의 상처는 저것처럼 옅어지지가 않는다. 오히려 아픔은 아픔을 더하고, 좌절과 끔찍한 고통은 자석의 N극과 S극처럼 서로를 끌어당겨 더욱 덩치를 불려 간다.

담이 옷소매를 내려 흉터를 가린다. 그러며 읊조린다.

"후회해요."

"뭐가."

"많은 것이요."

너무나 많아 그 수를 헤아릴 수 없을 만큼.

태하와 담의 눈동자가 마주했다.

격랑이 이는 갈색의 눈동자는 마치 갈대밭처럼 보였다.

작은 바람에도 흔들리고 춤을 춘다.

그와는 반대로 덤덤한 검은 눈동자.

그것은 어떠한 색을 섞듯 표도 나지 않는 칠흑의 색과 같다.

담은 그러한 눈동자와 마주했다. 오랜만에 마주한 그 눈동자에 담은 눈물이 날 것만 같았다.

"후회해요?"

"그래, 후회해."

그의 답에는 망설임이 없었다. 그래서 담은 눈물이 났다. 조금의 움직임도 없는 눈동자는 아무것도 담고 있지 않았다.

"……처음부터 끝까지 다 후회해. 너와 결혼한 그 순간부터, 아니, 너의 존재를 알아낸 순간부터……!"

태하는 아무 말 없이 자신을 바라보는 담에게 손을 뻗었다. 손가락 끝이 그녀의 몸에 닿는다. 꿈에선 늘 사라졌던 그녀가 오늘은 사라지지 않는다. 환영이 아닌가? 그렇게 생각하기엔 이미 늦은 뒤였다.

태하는 담의 연약한 어깨를 부여잡았다. 깨뜨릴 것처럼 움켜쥐고 어두운 시선으로 그녀를 바라보았다. 숨이 할딱할딱 넘어갈 것처럼 차올랐다. 하지만 태하는 숨을 내뱉지도, 마시지도 않았다. 그저 뚫어져라 담을 보며 크르릉, 낮은 신음을 내뱉었다.

"그러니 내 앞에 더 이상 나타나지 마. 더 이상 날 흔들지 마."

널 어떻게 해 버리기 전에 당장.

"내 앞에서 사라져."

제발.

"그게 당신이 원하는 건가요?"

얼마의 침묵이 흐른 후 담이 말했다. 또렷한 시선으로 그를 바라보며. 한 치도 뒤로 물러서지 않는 눈빛에 태하는 아무 말도 하지 못했다. 입을 꾹 다물고 고집스레 담을 바라보는 검은 눈동자에 천천히 균열이 간다.

그는 끝끝내 아무 말도 하지 못했다.

담은 자리에서 일어났다. 그리고 자신의 움직임을 따라 시선을 옮기는 태하를 보았다.

"좋아요. 지금이라면 각자의 길을 가기엔 늦지 않았겠죠."

그녀의 말에 태하의 눈동자가 사정없이 흔들린다. 마치 거대한 폭풍을 만난 연약한 촛불 같았다. 하지만 담은 입술을 크게 늘어뜨리며 웃었다.

"행복해요."

담은 망설임 없이 뒤돌아섰다. 앞으로 나아갈 수 없는 관계라면 여기까지 하는 게 맞았다. 그녀는 더 이상 21살의 철없는 정담이 아니었다. 남자를 선택하면서 자신의 인생 전체가 뒤흔들리면 본인의 인생이 얼마나 우울해지고 힘겨워지는지 잘 아는 20대 후반의 여성이었다.

예전으로 고스란히 돌아가게 된다면, 그의 손을 놓는 것이 맞았다. 나 홀로 괴로워하는 것도 힘들지만…… 그의 인생 또한 뒤틀리는 것을 알았기에 서로를 위해 여기까지 하는 것이 맞다. 서로가 망가져 가는 모습을 보며 더 이상 괴로워하고 싶지는 않았다.

담은 망설임 없이 뒤돌아서서 걸음을 옮겼다. 가슴 한 켠이 저몄다. 누군가가 양쪽을 쥐고 걸레를 짜듯 비트는 느낌이 들었다. 무릎이 꺾이고, 앞으로 고꾸라질 것 같았지만 힘차게 걸음을 옮겼다.

지금은 앞으로 나가야 할 때였다.

저 멀리 보이는 문이 천리길처럼 멀어져 보일 때, 담은 자신의 옷자락이 팽팽하게 당겨지는 것을 느꼈다.

담의 걸음이 멈췄다.

그리고 뒤에서 애잔한 목소리가 들려온다.

"……가지 마."

"방금 전까진 가라면서요."

"가지 말라면 가지 마."

두 사람이 빠르게 말을 주고받았다. 마치 말싸움을 하는 사람들처럼.

담은 차마 돌아보지 못해 못 박힌 듯 서 있었다. 숨이 멎었다. 가슴이 저릿하게 아파 왔다.

"왜요? 내가 가겠다는데 왜요? 이곳에 있고 싶지 않아요."

꺽꺽, 숨이 넘어갈 것 같은 느낌에 담이 손을 들어 목을 만졌다. 아니, 긁었다.

벅…… 벅벅. 사각사각. 벅벅……!

그녀의 손목을 잡는 단단한 손길과 턱을 치켜 올리는 강압적인 힘에 소리는 더 커진다.

사각사각, 사각!

작은 생명체가 심장을 갉아먹는 것만 같았다. 그리고 작은 생명체의 존재는 그와 눈이 마주치자 더욱 의기양양해 이곳저곳을 돌아다니며 그녀를 괴롭힌다.

"명령이야, 가지 마."

담은 멍하니 그를 올려다보았다. 강압적인 목소리와는 달리 붉어진 눈. 길을 잃은 아이처럼 이리저리 흔들리는 눈동자.

아아…… 아아아!

작은 생명체가 비명을 지른다.

불꽃처럼 타오르는 그의 눈동자에 맺혀 있던 불꽃의 결정이 아래로 후두둑, 후두둑 떨어져 내렸다.

담은 그의 손에 붙잡혀 있는 손을 빼내었다. 그리고 팔을 들어 그의 뺨을 쓰다듬었다. 그녀의 손이 뺨에 닿자 태하의 눈에 맺혔던 슬픔이 무게를 이기지 못하고 아래로 후두둑 떨어져 내렸다.

"……그렇게 말하면 갈 수가 없잖아요."

담이 양팔을 들어 그의 뺨을 감싼 뒤 아래로 끌어내렸다. 그러자 그가 힘없이 아래로 딸려 내려온다.

담은 그의 붉은 입술에 입을 맞췄다. 눈물 맛이 나는 키스. 그와 하나로 이어졌다 생각하면 웃어야 하는데 왜 이렇게 눈물이 나는 것일까.

담은 연신 뺨을 타고 내려 입술에서 만나는 두 사람의 짭쪼롬한 습기에 결국 소리 내어 울고 말았다.

"사랑해요……."

"……."

"사랑해요, 태하 씨……."

흐윽, 흑…….

가슴이 저미며 온몸에 소름이 돋는다. 담이 팔을 힘없이 아래로 떨구고 고개까지 숙였다. 그러자 태하가 양팔을 벌려 담의 몸을 끌어안았다.

"진짜야?"

정말 너야?

그의 물음에 담은 넓고 안락한 그의 품에 안겨 천천히 고개를 끄덕였다.

"사랑해 주세요. 나도 당신을 힘껏 사랑할 거니까."

그리고 조르듯 말했다. 그에 대한 자신의 마음을 처음 깨달았던 그날처럼.

그러자 태하는 담의 말에 답을 해 주듯 그녀의 고개를 들어 입을 맞추었다.

나도.

따스한 그의 입술이 드디어 그녀의 마음에 화답했다.

❖　❖　❖

두 사람의 뜨거운 입술이 하나로 마주한다. 실오라기 하나 걸치지 않은 두 사람의 몸이 따스하게 마주했고, 커다란 손은 피아노 건반을 두들기듯 그녀의 몸 위를 거닌다.

"아아!"

담의 눈에 눈물이 차오른다. 격정에 차오른 그녀는 작은 침대에 누워 그가 거는 마법에 빠져 정신을 차리지 못하고 비명을 질렀다. 괴로움에 허벅지가 파르르 떨릴 지경이었다. 그가 주는 감각은 그녀의 몸을 차고 흘러 더욱 괴로운 감정을 심어 주었지만, 담은 더욱 그를 갈구하고 애원했다.

"더요, 더……!"

그가 천천히 그녀의 몸 안을 파고들자 그녀가 외쳤다.

더, 더 빨리요. 더 빨리요!

담이 그렇게 외치자 태하는 그녀의 부름에, 애원에, 감각에 화답하듯 엉덩이에 힘을 주며 안으로 더욱 깊숙이 파고들어 거칠게 휘저었다.

"아아악!"

담이 절정으로 타오를수록 태하의 얼굴에 맺힌 땀방울은 더욱 큰 크기로 더해 간다.

"으응. 으으응……!"

"윽!"

그리고 두 사람은 질척한 소리를 내며 서로가 주는 환락에 빠져들어 긴긴밤을 하얗게 불태우고 있었다.

묵직하게 몸을 찍어 누르는 피곤함에 태하는 작게 신음을 내뱉은 후 게슴츠레 눈을 떴다.

"윽."

도대체 어젠 얼마나 마신 거야?

찌릿, 바늘로 머리를 콕콕 찌르는 고통에 머리를 부여잡았다. 블루에서 술을 마신 것까진 기억이 났으나 그 뒤의 기억은 필름이 뚝뚝 잘려 나간 듯 뜨문뜨문 기억이 났다.

술을 마시다가 중간에 정신을 잃고 쓰러진 기억이 났다. 그러다가 눈을 떴더니 담이 눈앞에 앉아 있었다. 언제나 그를 괴롭히는 환영. 그 환영은 늘 그랬던 것과는 달리 자신의 앞에서 달콤하게 웃어 주었고, 만져도 사라지지 않았다. 그러다가 사랑의 밀어를 속삭였고…….

"아!"

거기까지 생각하던 태하가 눈을 번뜩 떴다. 그러면서 지금 자신이 누워 있는 곳이 어디인지 파악하기 위해 재빨리 주위를 살폈다. 눈앞에 보이는 것은 텔레비전이었다. 그리고 아기자기한 소품이 여기저기 놓여 있었고 생기를 머금고 있는 생화 또한 이곳의 싱그러움을 더했다. 바닥에는 각종 서적이 놓여 있는데 그 양이 가히 이 집에 살고 있는 사람이 활자중독은 아닐까, 의심이 될 정도였다. 멀리서도 보이는 몇 개의 책은 장르도 각기 달라 많은 것을 습득하는 잡식 취향의 사람이라는 것도 알 수 있다.

태하가 빠르게 시선을 옮겨 부엌에서 바쁘게 움직이는 뒷모습을 보았다.

그의 머릿속에 박힌 모습.

하지만 저 모습을 잃어버린 지는 꽤 되었다.

그가…… 좋다고 생각했던 그 풍경.

그리고 보니 코끝에 고소한 참기름 냄새가 진동했다.

그는 순간 가슴이 묵직해짐을 느꼈다.

"어? 일어났어요? 마침 식사 준비 다 끝났어요."

태하는 자신을 향해 환하게 웃어 주는 담의 모습에 얼떨떨한 표정을 지었다. 꿈인가 생신가, 헷갈려 하는 모습이었다. 그럼에도 담은 설명해 줄 마음이 없다는 듯 작은 식탁 위에 국과 아침부터 일어나 지은 밥을 올려 두었다.

"뭐 하세요? 국 식어요."

"아아, 어."

자리에서 벌떡 일어난 태하가 빠르게 걸음을 옮겨 부엌으로 향한다. 그리고 간소하게 차려진 음식들을 멍한 얼굴로 내려다보았다.

한때는 이것들이 당연하게 받아들여질 때도 있었다.

그리고 이것들을 잃는 순간, 그는 짙은 상실감에 괴로워하였다.

하지만, 이미 잃어버린 뒤.

유리 조각처럼 깨져 버린 관계.

되돌리기엔 이미 너무나 늦었던 그때, 그는 멍하니 서 있을 수밖에 없었다.

텅 빈 식탁. 그녀가 설거지 후 뒤집어 놓은 그릇 위에 쌓인 먼지에.

그렇게, 그렇게, 얼마나 좌절하였던가.

지난날에는 그러했었다.

하지만 그는,

"앉아요."

담의 말에 태하가 로봇처럼 그녀의 맞은편에 앉더니 그녀가 건네는 수저를 받아 들고는 멍하니 따스한 밥을 바라보았다.

"설마 떠먹여 주기까지 해야 하는 건 아니죠?"

후후, 웃고 있는 그녀.

갑작스럽게 찾아온 그리움의 향기에 그가 말문을 닫고 모락모락 김이 나는 밥을 내려다보았다. 그러길 한참. 그는 숟가락을 들어 밥을 크게 한술 떠 입안에 넣었다. 천장이 홀라당 댈 정도로 뜨거웠으나 그는 갓 한 국 또한 떠먹었다. 시원한 동태국은 가슴까지 매콤하게 만들어 버릴 정도였으나 좋았다.

둘은 말없이 밥을 먹었다. 아니, 태하가 열심히 밥을 먹는 모습을 담은 숟가락을 내려놓고 말없이 지켜보았다.

가난한 남자. 아침에 얼마 준비하지 않은 음식을 맛있게 먹어 주면서도 어찌 표현해야 할지 몰라 항상 냉랭한 모습을 보이던 남자.

그는 여전히 '맛있다', '수고했어', '오늘은 무슨 일을 해' 따위의 말은 하지 않았으나 묵묵히 그릇을 비우는 것으로 그녀를 만족하게 만든다.

정답이 없는 관계였다.

다시 예전으로 돌아갔으나, 두 사람 역시 그때의 풍경 그대로이나, 담은 지금은 이것으로 좋지 않을까, 생각했다.

그는…… 부족한 사람이었으니까.

담은 그가 그릇을 싹싹 비워 내자 자리에서 일어나 그를 욕실 쪽으로 이끌었다. 새 수건과 새 칫솔을 내어 준 뒤 피식 웃었다.

"쓴 건 칫솔꽂이에 꽂아 두세요."

그렇게 말하며 욕실을 빠져나온 그녀는 뒤로 와 닿는 그의 시선을 느꼈으나 말없이 부엌으로 향했다. 그리고 쌀알 한 톨 남기지 않은 그의 그릇을 보며 웃었다.

"어쩔 수 없지."

어린아이를 가르치는 진득한 마음으로 그녀는 바라보기로 했다.

나의 결정을, 이젠 후회하지 않으리라.

그렇게 생각하며 담은 어느새 말끔한 모습으로 나온 태하에게 싱긋 웃어 보였다.

"댁에 가셨다가 출근하시려면 지금 출발하셔야 해요."

"음."

짧게 답한 그는 어서 나가라는 소리로 들었는지 빠르게 걸음을 옮겨 현관으로 향했다. 구두를 꿰어 신은 그가 현관까지 배웅 나온 담의 모습을 잠시 멀뚱히 바라보았다. 그녀는 지나치다고 느낄 정도로 가까이 다가와 느슨하게 풀려 있는 넥타이를 풀어 능숙하게 다시 매어 주었다. 마치 그날로 돌아간 것처럼.

"저에게 주식을 남겨 준 이유를 물어도 될까요?"

담은 곱게 매듭지어진 넥타이를 바라본 뒤 고개를 들어 그를 보았다. 그러자 검은 눈동자가 마주한다. 그는 조금 당황한 기색이었다. 하지만 담의 이야기에 그는 무심한 어조로 답해 주었다.

"그래야 널 또 볼 수 있으니까. 그리고……."

"그리고요?"

"그래야…… 그 여자가 널 건들지 않을 테니까."

아마도 김미현 여사를 말하는 것이리라.

담은 고개를 끄덕이며 그에게서 한 발자국 물러섰다. 혼란스러운 빛이 가득한 그의 눈동자와 마주하며, 그녀는 웃었다.

"그렇게도 가지고 싶었던 회사니…… 잘 지켜 내세요."

다음에 또 오라, 그러한 말은 없었다. 다음을 기약하지 않는 관계.

그랬기에 담은 웃을 수 있었다.

그는 또다시 이곳으로 걸음을 옮길 테니까.

이젠,

제발 또 와 줘요.

그렇게 말하지 않아도 되니까.

[2]

미나의 작업실은 오만 가지의 감정이 뒤섞인 곳이다.

희노애락(喜怒哀樂).

복잡한 감정의 소용돌이에 휘말린 듯 담은 뒤에서 풀이 죽어 있는 아이의 기척을 느끼고 있음에도 그림에서 시선을 떼지 못하고 있었다. 담은 낮은 곳에 있는 그림을 보기 위해 자리에 주저앉았다. 엉덩이로 차가운 기운이 스며든다. 하지만 그녀는 그림에서 시선을 떼지 못하고 있었다.

"모델을 굳이 해 주지 않아도 됐네. 이건 언제 그린 거야?"

그곳엔 담, 그녀가 그려져 있었다. 아주 평범한 옷을 입고. 아주 평범한 배경으로. 손에는 커피가, 배경을 온통 하얗게 처리한 것을 보면 그녀가 자신의 세상을 만든 가게를 배경으로 한 것처럼 보였다. 뭐, 아니면 그만이고.

"그건 제가 상상해서 그린 거예요."

"그런 것치곤 너무 정교한데?"

"정교하지 않아요."

담은 뒤에서 우물쭈물 답하는 목소리에 자리에서 일어나 구석진 자리를 보았다. 빛 한 점 스며들지 않는 습한 공간에서 미나는 양 무릎을 움켜쥐고 우울한 빛을 드리운 채 앉아 있었다. 저 아이가 따스한 빛을 내는 그림을 그린다는 것이 믿겨지지 않을 정도로 우울한 모습이었다.

천천히 걸음을 옮긴 담은 곁에 있던 의자를 끌어와 앉았다. 미나는 바닥에 앉아 있었으나, 담은 도도하게 다리까지 꼬운 채 들고 있던 머그컵의 커피를 후루룩 마시며 말했다.

"나보다 예쁜 사람은 많아."

"하지만 그 사람 누구도 언니처럼 모락모락한 색채를 가지고 있진 않아요."

"뭐?"

"모락모락!"

담이 미나의 세계를 이해하지 못해 되물었지만, 그녀는 그것도 모르냐며 빽 소리를 질렀다. 그리고 허공에 뭉게뭉게 요상한 형태를 손으로 그리며 말했다.

"말로 설명하긴 힘든데…… 구름 같은 거예요."

"구름? 하얀색?"

그녀의 말에 또다시 미나가 획 노려보더니 따발총처럼 빠르게 말을 다다다 내뱉었다.

"무채색! 형태가 없는!"

"뭐?"

"아무것도 없어요! 아무것도!"

이건 또 무슨 돌아이 같은 소리란 말인가. 그녀의 정신세계가 독특하다는 생각은 누누이 해 왔으나 오늘처럼 난감한 마음이 든 것은 처음이었다. 자신을 무채색의 이미지라며 모델을 서 달라고 하는데, 어찌 그렇지 않을 수가 있는가.

담이 인상을 와작 찌푸린 채 자신을 보자 미나는 자리에서 벌떡 일어나 갑자기 정좌를 취하더니 양 무릎 위에 손을 얹으며 말했다.

"부탁입니다."

무릎에 자신의 이마를 박으며 간절하게 부탁하는 미나의 말에 담의 입에서 결국 참던 한숨이 흘러나왔다.

미나는 공모전을 준비하고 있었다. 이번 공모전으로 이 아이의 재능이 활짝 꽃처럼 피어날지도 모를 일이었다. 하지만 이제껏 다른 모델로도 잘 그려 오던 그녀가 이번에는 그림이 그려지지 않는다며 담에게 요청하고 있었다. 모델이 되어 달라며.

조완에게서 모델이 되어 달라는 이야기는 몇 번이고 들었다. 장난스럽게 했던 그 요청들은 모두 거절했던 그녀지만 이번만은 쉬이 거절할 수가 없었다. 부탁에 진심이 묻어났기 때문이다.

하지만 담은 단호하게 고개를 저었다. 그러자 미나가 빽 소리를 질렀다.

"왜요!"

마치 병아리처럼 느껴졌다.

삐약삐약.

"왜요왜요!"

절레절레 고개를 젓는 그녀의 행동에 맞춰 소리를 지르는 미나였다. 담은 한숨을 푹 내쉬며 머그컵을 탁자 위에 올려 두었다. 그러곤 의자에서 내려와 미나의 앞에 앉아 날카로운 눈과 마주했다.

진지하게 청을 하니, 진지하게 거절을 해야 할 터다.

"미나야."

"제발요, 응? 제발 들어줘요."

"넌 외출하는 게 싫지?"

갑작스러운 물음에 미나가 눈을 동그랗게 뜨더니 미간을 찌푸렸다. 또 어떠한 썰로 자신을 설득시키려는 건지, 벌써부터 경계하는 눈치였다.

담은 거짓 하나 없는 순수한 눈빛으로 미나를 보았다. 그리고 부탁조로 말했다.

"내가 네 그림을 처음 보았을 때 말이야."

"네, 말씀하셨잖아요."

미나가 말할 틈을 주지 않고 치고 들어오자 담이 고개를 끄덕였다. 오랜만에 대학 캠퍼스를 찾아 눈물을 한 바가지 쏟아 냈던 날을 떠올리며 그녀가 입가에 희미한 웃음을 띠었다.

"울었어. 왜 울었는 줄 알아?"

"……"

미나가 해답을 찾지 못하고 고개를 젓자 담은 천천히, 아주 천천히 말했다.

"너무 순수해서."

"뭐가요?"

"네 그림이. 그리고 네가 사물을 바라보는 눈빛이. 그게 너무 순수해서 눈물이 났어. 너무 정확하게 짚어 보잖아. 어떠한 사람이든 똑같은 감정을 느끼게 할 수 있도록."

"그런데요? 지금 언니는 내 그림 칭찬하는 거잖아요! 그런데 왜 거절해요? 진짜 예쁘게 그릴 수 있어요! 언니 예뻐요!"

미나는 초등학생 아이처럼 외쳤다. 하지만 간절한 바람은 담에게 닿지 않았는지 그녀는 확고하고 이미 답이 내려져 있는 문제를 설명하듯 단호하게 말했다.

"그래서 무서워. 네 눈에 비친 나는 어떨까."

"네……?"

전혀 의외의 말이었던지 미나가 눈을 깜빡였다. 그러자 담은 웃었다. 이 아이가 그리는 그림은 너무 좋았지만 피사체가 되고 싶은 마음은 없었다.

"넌, 거짓말을 못 하잖아?"

"……."

"내 불행이 그 그림에 담기면…… 그게 진실일 것 같아서 아직은 두려워."

"모르겠어요, 전. 언니가 무슨 말을 하는지. 제 눈에 언니는 돈도 많고, 어엿한 가게도 가지고 있고, 좋은 일도 많이 하고 있고, 잘 웃고……!"

미나가 빠르게 말을 토해 냈다. 그러자 담은 속닥거리듯 작은 목소리로 말했다.

"응, 하지만…… 그게 의식적으로 내가 만들어 내는 거짓일까 봐 무서워."

담은 웃으며 말했다. 호를 그린 입술은 부드러웠고, 강아지처럼 축 처져 있는 눈은 순수하고 순한 빛을 담고 있었다. 하지만 미나는 알았다. 그녀의 말이 어떠한 뜻인지.

"그렇게 웃지 말아요, 언니."

"음? 왜?"

"언니 말이 무슨 뜻인지 알겠으니까, 그렇게 웃지 말라고요."

미나는 입술을 뾰족하게 내밀고 말하자, 담의 입가에 머물러 있던 웃음이 순식간에 사라졌다. 하지만 담은 여전히 눈만은 웃으며 미나에게 말했다.

"그것 봐, 역시 거짓말은 못 하잖아."

짧게 말한 담이 자리에서 일어났다. 그리고 창가로 천천히 걸음을 옮겨 푸른 하늘을 올려다보았다.

하늘은 청아한 빛을 띠고 있다. 그녀의 마음과는 달리.

담은 고개를 돌려 테이블 위에 있는 휴대전화로 시선을 돌렸다.

곧 연락이 올 텐데…….

울리지 않는 휴대전화를 보는 그녀의 눈빛이 조금 슬픈 빛을 띠었다.

"긴급 주주총회를 시작하겠습니다."

사회자의 말에 사람들은 빠르게 의자에 나누어 앉는다. 회의장 안에는 족히 수백 명의 사람들이 자리하고 있었다. 비밀 주주총회였으나, 대한민국을 떠받치고 있다고 할 정도로 여러 분야에 파고든 태룡의 긴급 주주총회였다. 그만큼 수많은 사람이 자리할 수밖에.

전자를 시작하여 시멘트, 건설, 마트, 백화점, 카드, 보험, 엔터테이먼트, 놀이공원 및 문화시설, 의류, 화학, 섬유 등등. 국민들의 생활 전반에까지 파고든 태룡은 이제 태룡 왕국이라 불릴 정도로 많은 곳에 손을 뻗친 상태였다. 물론 그중에선 매년 적자를 기록하는 곳도 있었으나, 어찌 되었든 대부분 엄청난 흑자를 자랑하고 있었으니 오늘 이 자리에서 대한민국 자본주의 사회의 주인이 결정된다 해도 과언이 아니었다.

태하는 가장 앞자리를 차지하고 앉아 있었다. 어떠한 운명의 장난인지는 몰랐으나 장준국 회장은 대부분의 주식을 태하에게 물려주고 떠났다. 하지만 그의 능력주의 인사는 애초에 밥그릇을 쥔 사람들에게는 마음에 들지 않는 것이니, 자신 혹은 자식이 부를 대물림하기 바라는 사람들의 대부분이 태준의 쪽으로 돌아섰다. 자신들이 누리고 살아왔던 것들을 쉬이 놓을 수 있는 사람은 이 세상에 없었다. 자신 쪽으로 떡고물이 더 떨어질 쪽을 선택하다 보니 능력보다는 자신들이 마음대로 주무를 수 있는 이의 뒤에 선 것이다.

그는 옆자리에 앉은 태준에게서 맡아지는 짙은 알코올향에 미간을 찌푸렸다. 자신에게도 나는 것이니 인상을 구겨서는 안 된다는 것을 알면서도 역한 냄새는 견디기 힘들 정도였다.

"형, 이걸 어쩌나? 내 쪽으로 다 기울어진 것 같은데."

태준이 빈정거렸다. 입을 여니 술 냄새는 더욱 강하게 느껴졌다. 요즘 룸에 계집들을 잔뜩 모아 놓고 파티를 즐긴다는 이야기가 들리더니, 아직도 그 불장난에 몸을 태우는 모양이었다. 몇 해 전 더러운 사생활로 큰코다쳤음에도 불구하고.

멍청한 녀석.

태하는 욕지거리가 나오려는 입을 꾹 다물며 시선을 정면에서 거두지 않았다. 그의 모습에 더 기분이 상한 것인지 태준이 더욱 빈정거리기 시작했다. 모든 것이 자신의 쪽으로 기울어졌다며. 대주주와 태준 쪽이 가진 주식은 무효와 기권을 제외하고서 39%였다. 태하가 가진 것은 37%.

태준은 자신의 승리를 예상했다. 더 이상 태하 쪽에서 참석 의사를 밝힌 주주는 없었으니까.

"더 이상 의견을 행사하실 분이 없다고 생각하며 긴급 주주총회 결과를 말씀드리겠습니다."

마이크 앞에 선 사람이 막 결과를 선포하려 할 때였다. 갑자기 두터운 철문이 열리더니 조막만 하지만 단단한 몸을 가진 남자가 안으로 들어선 것은.

남자는 곧장 수많은 사람을 지나쳐 앞으로 걸어 들어왔다. 사회자는 남자의 모습에 마이크에 입을 가져다 대며 말했다.

"누구십니까."

"대리인으로 참석했습니다. 차우진입니다."

사람들은 쑥떡거리기 시작했고, 미현은 자리에서 벌떡 일어나 곱게 칠해 놓은 입술을 비틀며 외쳤다.

"감히! 여기가 어디라고!!"

벼락같은 그녀의 음성에 사람들 사이에 혼란이 인다. 그들은 불안한 눈동자로 우진을 보았지만, 그는 걸음을 멈추지 않은 채 곧장 앞줄까지 걸어와 태하의 앞에서 허리를 숙여 인사했다. 태하는 그가 왜 이곳에 왔는지 알고 있다는 듯 숨을 삼켰다.

역시나…….

"잘 지내셨습니까?"

"……차 변호사님은 잘 못 지낸 것처럼 보입니다."

"잘 못 지내기 위해 사장님 곁을 떠난 것인데요."

그렇게 말한 우진은 연설대를 쾅쾅 내려치며 소란스러운 장내를 조용히 시켰다.

"긴급 주주총회가 끝나면 정식으로 인사 올리겠습니다."

다시 한 번 고개를 숙여 인사한 우진은 몸을 돌려 사회자를 보았다.

"신변 보호 요청을 하신 분의 주식 1%와 정담 씨의 주식 2%에 대한 권리를 행사하러 왔습니다."

웅성웅성.

사람들의 소란은 더욱 커진다. 하지만 미현은 혼란스러운 얼굴이었다. 차우진은 마지막 자신의 뒤통수를 치고 떠난 인사다. 그런 인사가 자신의 편이라 생각했던 정담의 주식을 행사하기 위해 이곳에 왔다고 하자 감이 서질 않았기 때문이다. 하지만 곧이어 나오는 우진의 말에 그녀는 다리에 힘이 풀린 듯 털썩 주저앉았다.

"두 분 모두 장태하 사장을 지지한다 말씀하셨습니다."

이로써 장태하의 편에 서 준 이는 40%. 과반수를 넘기지 못한 프로테이지였으나 거의 절반에 가까운 것이었다. 하지만 태준의 편에 선 인사들도 상당히 많았다. 앞으로 이 오합지졸을 모아야 하는 것은 장태하, 그가 앞으로 해야 할 일이었다.

자리에서 일어난 태하는 곁에서 부들부들 몸을 떨고 있는 태준을 내리깔아 보았다. 태하의 눈빛엔 어둠만 가득했다.

"두 번은 봐주지 않겠다 말했어."

"……젠장."

태준이 작게 욕설을 내뱉자 태하의 입술이 비틀렸다. 그때 뒤에서 우당탕 소리와 함께 의자가 넘어가는 소리가 들린다. 귀가 따가울 정도로 고음의 목소리와 함께 울분을 토해 내는 말들이 날아들었지만, 태하는 눈 하나 깜짝하지 않은 채 소리가 나는 쪽으로 고개를 돌렸다. 그러자 옆사람의 부축을 받으며 겨우 서 있는 미현이 보였다.

"장태하! 언젠가 널 거기서 끌어내리고 말 거야! 언젠가 널……! 널……!! 처절하게! 처절하게!!"

늘 고상한 모습으로 교양 있게 말하던 그녀다. 얼굴은 탐욕으로 인해 심술이 가득했지만, 겉으로는 최상류층의 아우라를 유지했던 그녀다. 하지만 공식석상에서 아들에게 손가락질하며 발악하는 모습은 동네 왈패처럼 보였다.

태하는 자신을 향해 날아드는 욕설에도 여유로운 모습으로 웃었다. 그러자 미현은 자신의 팔을 붙잡고 있던 손길을 털어 내며 악을 내질렀다.

"그 아이도 가만히 두지 않을 게야! 감히 날 농락해? 날 농락한 대가는 그 아이가 치러 왔던 그 어떠한 고통보다 끔찍한 것으로 되돌려 줄⋯⋯!"

미현의 이야기를 가만히 듣고 있던 태하가 빠르게 걸음을 옮겼다. 잠자코 패자의 악다구니 따위 모두 들어 줄 마음이 있었으나, 그건 그가 관련된 일에 한해서였다. 여기에 정담, 그 사람이 언급되는 것은 미현이 했던 그 어떠한 행동 중에서도 가장 최악의 패였다. 빠르게 걸음을 옮긴 태하가 미현의 앞에 섰다. 그리고 그녀의 어깨를 향해 손을 뻗었다.

"악!"

강하게 움켜쥔 것은 아니었으나, 그의 기에 눌려 미현은 연신 신음을 내뱉었다. 태하의 검은 눈동자가 빛난다. 마치 파괴의 신이라도 되는 것처럼 살기등등한 얼굴로 미현을 내려다보던 그는 음울하고 낮은 목소리로 읊조렸다.

"한 번만 더 그녀에게 접근하면 그때는 당신을 사창가에 팔아넘길 겁니다."

"뭐, 뭐?!"

미현이 경악하며 소리쳤다. 그 누구에게도 이러한 대접을 받아본 적이 없는 그녀였다. 하지만 그의 낮은 목소리는 경고하고 있었다. 결코 말로만 끝나지 않을 것이라며.

몸을 낮춘 그가 흑진주처럼 반짝이는 시선을 아래로 내리깔았다. 그리고 바들바들 떠는 그녀의 귓가에 속삭이듯 작게 말했다.

"몸으로 그 자리를 차지하지 않으셨습니까. 나의 어머니를 몰아내고, 죽음으로 몰아넣으셨잖습니까. 그 하찮은 몸으로. 이젠 그 죗값을 치를 때도 되지 않으셨습니까?"

바들바들, 몸의 떨림이 커진다. 미현의 동공이 확장되었다. 이 아이가 어떻게 그 사실을 알고 있는 거지? 어떻게 이 아이가……!

"그, 그걸 어……."

"일곱 살 아이도 머리라는 게 있습니다. 그리고 어릴 적 기억이 더 생생할 때도 있죠."

허리를 편 그는 주위의 시선이 자신에게 닿아 있는 것을 느꼈다. 그러자 예의 그 의식적인 미소를 지으며 창백하게 질린 미현의 얼굴을 보았다.

"당신과 어울리는 곳에서 사십시오. 더 이상 태룡엔 한 발자국도 못 디디게 할 겁니다."

그의 말은 경고가 아니다. 꼭 그렇게 하리라는 사실만 담고 있다.

띠리리-

창가에 서 있던 담은 휴대전화가 울리는 소리에 몸을 돌렸다. 미나는 어느새 작업대 위에 양반다리를 하고 앉아 붓을 들고 있었다. 오늘 아침에만 해도 밑그림 작업을 하는 중이었는데……. 미간을 찌푸린 담이 손목시계를 보자 어느새 시간은 다섯 시간이나 훌쩍 지나 있었다.

아, 어쩐지 다리가 아프다 했더니.

자신도 모르게 오랫동안 사색에 잠겨 있었다는 생각이 듦과 동시에 휴대전화의 존재가 떠올랐다. 걸음을 성큼성큼 옮긴 담이 휴대전화를 받아 들었다.

"여보세요?"

―음.

그는 짧은 소리로 인사를 대신 전한다. 하지만 그가 이 시각에 전화를 한다는 것은 오늘 있은 주주총회를 잘 마쳤다는 소리가 된다. 자신이 보낸 선물 또한 잘 도착했을 터다.

"제가 보낸 선물은 어땠어요?"

―서프라이즈하진 않았어.

"어머, 그 소리 되게 기분 나쁜 거 알죠? 고맙다고 인사는 해요. 그쪽에서 두 배 쳐 준다고 하는 걸 거절한 거니까."

담은 즐거운 기색이 역력한 목소리로 말했다. 조금은 안심한 듯 굳어 있던 얼굴근육 또한 힘을 잃고 말랑말랑해졌다. 담은 조금 더 그를 골려 줄까 하다가 고개를 저었다. 딱딱한 양반이 먼저 전화까지 걸어 주었으니 큰 용기를 낸 것일 터다.

그래, 여기까지만 하자. 오늘만 날인 것도 아니고.

그녀가 막 다른 주제로 돌리려고 하던 찰나, 수화기를 통해 부드러운 목소리가 들려왔다.

―고마워.

"……."

―고맙다, 정담.

감미로운 목소리는 마치 노랫가락처럼 달콤하게 들렸다.

"별말씀을요."

―음.

두 사람 사이에 짧은 침묵이 흐른다. 순식간에 어색한 게 바뀐 기류. 예전이라면 그에게 말을 걸어 어서 이 어색함을 물려야 한다고 생각했었겠지만 지금은 아니다. 담은 수화기를 통해 들려오는 그의 부드러운 숨소리에 눈을 지그시 감았다.

마치 자장가 같다. 그의 숨소리는.

예전 그가 이렇게 편안히 내뱉는 이 소리가 너무 좋았다. 물론 지금도 좋지만.

-배고파.

그가 겨우 힘겹게 찾아낸 것은 이 한마디.

담은 너무나 뜬금없는 말에 까르르 소녀처럼 웃음을 터뜨린 뒤 말했다.

"좋아요. 오늘 저녁 어때요? 바쁘지 않아요?"

-안 바빠. 좋아.

그의 입에서 처음으로 나온 안 바쁘다는 말.

담은 가슴 한 켠이 따뜻해지는 걸 느끼며 피식 웃음을 내뱉었다.

"알았어요. 일 끝나면 연락 줘요. 같이 가요."

-그래.

끊긴 전화를 보던 담은 여전히 남아 있는 여운을 느끼며 부드럽게 웃었다. 그러다 갑자기 뒤에서 느껴지는 날카로운 시선에 담의 고개가 휙- 하니 돌아갔다. 미나가 나쁜 짓이라도 하다가 걸린 아이처럼 화들짝 놀라는 것이 보였다.

"응? 왜?"

"……거짓말쟁이!"

"뭐?"

"거짓말쟁이! 완전 속았어!"

버럭 소리를 지른 미나가 자리에서 벌떡 일어나 발까지 굴려 댄다. 담은 갑자기 떼쓰는 아이 모드로 돌아간 미나의 모습에 고개를 기울이다 곧이어 들려오는 말에 서둘러 바닥에 내려 두었던 가방을 챙겨 들었다.

"모델 해 줘요!"

현관으로 빠르게 향하는 담의 모습에 미나 또한 서둘러 뒤따라가 보았다. 하지만 어디 쉽게 잡힐 정담이던가. 그녀는 낮은 단화를 꿰어 신은 뒤 어느새 앞까지 따라온 미나의 머리를 손으로 부비적거리며 싱긋 웃는다.

"그럼 언니 이만 간다."

"거짓말쟁이!!"

그녀의 뒤로 연신 미나가 악을 써 댔지만 담은 너무나 쿨하게 현관문을 열고 작업실을 빠져나갔다.

"왜 가게를 하시나! 연기자 하면 대성할 텐데! 나빠!!"

차가운 바람이 뺨과 머리카락을 동시에 스치고 지나가더니 곧이어 그녀의 몸을 감싼다. 머리카락이 살랑살랑 흔들리며 그녀의 뺨을 연신 때리다가 가닥가닥 흩어졌으나, 그녀는 여전히 평상에 앉아 하늘을 향해 있는 시선을 옮기지 않았다.

하늘엔 별이 총총 떠 있다. 아니, 별처럼 보이는 무언가가 떠 있다. 인공위성이든 막 그녀의 시야에 잡힌 비행기 불빛이든 간에, 그녀는 별로 생각하기로 했다.

오늘 하루 종일 반쯤 정신이 나간 상태로 가게를 지켜야 했다.

어떤 것이 좋을까, 고민하기도 했고 집에 적당한 식재료가 있는지도 생각을 하며. 그녀는 저녁 시간이 오길 손꼽아 기다렸다. 처음 그의 곁을 떠났을 때 시간을 죽이며 하루하루가 빨리 지나가길 바랐던 것과는 달랐다.

"후우-"

숨을 내뱉은 담은 저 멀리서 다가오는 인영에 자리에서 일어났다. 어둠이 내려앉은 거리. 길게 내려앉은 그림자. 가로등 불빛에 잠시 비췄다 사라지는 반듯한 얼굴.

담은 여전히 평상에 앉은 채로 그를 맞이했다.

"먹고 싶은 거 있어요?"

"글쎄."

태하가 그녀의 앞에 멈췄다. 그녀는 일어날 생각도 없이 고개를 들어 태하를 올려다보았다. 눈빛엔 생기가 돈다. 반들반들 투명하게 빛나는 눈동자를 바라보던 태하가 고개를 기울였다.

"그 표정은 뭐야."

언젠가 그가 담에게 말했다.

그렇게 보지 마. 뭔가 바라는 표정으로 보지 마.

자신이 어떠한 표정을 짓고 있는지 몰라 의아한 마음에 제 얼굴을 거울에 들여다보았던 그때. 하지만 지금은 다르다. 그녀는 자신이 그를 어떻게 올려다보는지 알고 있다. 그리고 어리숙했던 그때와는 달리 그녀는 자신이 원하는 것을 정확히 말할 줄 알고, 행동으로 옮길 줄 아는 성인이었다.

담이 눈을 스르르 감자, 태하가 멀뚱멀뚱 그녀의 얼굴을 내려다보았다. 늘 자신을 향하던 눈동자는 눈꺼풀에 의해 가려져 있다. 하지만 하얀 얼굴 위로 그림자가 진 기다란 속눈썹, 오똑하게 솟아 있는 코, 그리고 투명한 립글로즈가 발려 있는 입술을 보자 그는 자신도 모르게 허리를 숙여 눈에 한 번, 그리고 예쁜 콧등에 한 번, 그리고 도톰한 입술에 한 번 입을 맞춘 후 그녀의 입을 살짝 벌려 입 속으로 공기를 불어 넣는다.

탁, 하고 가슴에 막혀 있던 무언가가 아래로 쑥 내려가는 기분.

몸이 떨어져 있으면 마음까지 멀어진다는 당연한 이치를 비웃듯 두 사람의 입술이 닿았다. 그녀의 몸에도, 마음에도 상처는 남아 있다. 그건 그 또한 마찬가지다. 하지만 서로를 따스하게 위로해 주는 입술과 체온, 그 향기에 그 모든 것들은 깨끗하게 잊혀져 간다.

그의 입술이 떨어져 나가자 담이 서서히 눈을 떴다. 그리고 여전히 자신의 앞에 있는 반듯하고 아름다운 그의 얼굴을 보며 그녀가 말했다.

"나 듣고 싶은 말이 있는데…… 뭘까요?"

그녀가 물었다.

그러자 태하는 오랫동안 생각하고 또 생각했던 이야기를 천천히, 그리고 담담하게 꺼내 놓는다.

"연애할까?"

4화

결혼과 연애, 그 사이 어디쯤

[1]

하늘에 총총 떠 있는 별. 그리고 그의 눈에도 떠 있는 아름다운 은하수. 그 밑에서 따스한 키스를 하며 담은 뜨겁게 달아오르는 체온을 느낀다.

"연애할까?"

두근두근.

심장이 뛰었다. 가슴이 저릿하게 아플 정도다. 행복감에 뛸 때와 슬픔에 뛸 때의 심장은 똑같은 반응을 보인다. 아픔도 비슷하다. 하지만 그 속도를, 그 아픔을 느끼는 당사자의 감정이 어떠한 것이냐에 따라 그것은 슬픔이 되기도 하고 기쁨이 되기도 한다.

지끈—

담은 심장의 속도를 느끼며 자신에게서 떨어질 줄 모르는 그의 눈동자를 보았다.

"선 결혼, 후 연애라면서요."

그녀의 부드러운 말에 태하는 한참이나 말이 없었다. 그리고 그녀는 그의 입에서 답이 나오길 끈질기게 기다린다.

아주 오랜 시간을 공들여 그가 말한 것은 짧은 한마디.

"생각이 바뀌었어."

"……?"

"정말 찐한 연애가 하고 싶어졌다."

그때와 같았던 검은 하늘을 보는 담의 눈빛이 영롱한 빛을 띠었다. 사랑에 빠진 소녀가 아름답듯 여인의 것 또한 조금은 더 진한 색이나 아름답다. 식어 버린 커피 잔을 들고 있던 담은 쿡 하고 짧게 웃음을 내뱉었다.

"능구렁이."

그리고 이젠 자신에게 감정을 거침없이 표현하던 그의 생각을 접은 뒤 바 위에 잔을 올려 두었다.

가게 문을 닫을 시각이 훌쩍 지나 있었다. 하나둘 생각을 더하다 보니 걷잡을 수 없이 빠르게 덩치를 불려 시간을 잡아먹어 버렸다. 며칠 동안 많은 일이 있어 제대로 정리하지 못한 집을 오늘은 꼭 치우고 말리라 생각하며 담은 퇴근 준비를 서둘렀다. 밤이 늦은 시각이라 청소기를 돌리지 못할 테니, 걸레질만으로 집을 치우려면 훨씬 많은 시간이 소요될 터다. 갑자기 그녀의 마음이 급해졌다.

문을 꼭 닫고 밖으로 나온 담은 코끝을 스치는 차가운 기운에 몸을 움츠렸다가 폈다. 이젠 겨울이다. 차가운 겨울. 하지만 자신의 곁에 있는 이에게 더 감사함을 느끼는 계절. 발을 동동 구르며 좁은 길목을 걷던 그녀는 그 끝에 서 있는 커다란 그림자에 화들짝 놀라 걸음을 멈췄다. 오늘 하루 종일 그녀의 머릿속을 어지럽힌 존재였다. 태하는 그녀가 나오길 오랫동안 기다린 것인지 코가 루돌프처럼 빨갛게 변해 있었다. 빠르게 태하에게 다가간 그녀가 팔을 뻗어 그의 팔을 붙잡았다. 손바닥 밑으로 느껴지는 옷자락조차 얼음장처럼 차갑다.

얼마나 기다린 것일까?

그러한 생각이 들기도 전, 먼저 든 생각은 그에 대한 걱정이었다.

"언제부터 기다린 거예요?"

"음, 얼마 안 기다렸어."

"거짓말하지 마세요. 이렇게 차가운데!"

빽 병아리처럼 소리를 지른 담은 아래로 뚝 떨어져 있는 태하의 양손을 끌어와 감싸 쥐었다. 자신의 손으로 감싸기엔 턱 없이 큰 손. 하지만 담은 최대한 틈이 없도록 감싸 잡은 뒤 후우- 뜨거운 입김을 불어 본다. 그 모습을 가만히 보고 있던 태하가 피식 웃음을 내뱉으며 말했다.

"그래서 언 손이 녹겠어?"

"녹길 진심으로 바라고 있어요."

툭 내뱉은 담이 또다시 호호, 입바람을 불었다.

고집스러운 행동에 태하가 제 손을 빼내며 담을 제 품 안으로 끌어당겼다. 그의 코트 안에 폭 파묻힌 담이 눈을 깜빡였다. 갑작스러운 그의 행동에 놀란 담이 눈을 크게 뜬 뒤 이 상황을 이해하려 애썼다. 그리고 그에게 항의하기도 전에 선수를 빼앗겨 붕어처럼 입만 뻐끔거리다 닫아야 했다.

"좀 걸을까?"

그의 뒤에는 잘빠진 세단 하나가 세워져 있다. 그의 수많은 차 중 하나였다. 주로 업무를 볼 때 사용하는 차량. 하지만 태하는 창백해진 얼굴로 그녀에게 말했고, 담은 걱정스러운 표정으로 잠시 그를 올려다본 뒤 고개를 끄덕였다.

"그래요."

허락의 의미였으나 그 속에 숨어 있는 것은 '괜찮아요?'라는 걱정. 하지만 태하는 그녀의 손을 움켜쥔 뒤 기다란 다리로 성큼성큼 걸음을 옮겼다.

길거리엔 많은 사람이 있었다. 금발의 외국인도 있었고, 한국어가 아닌 다른 언어를 사용하는 아시아인들도 있었다. 하지만 이 거리를 채우는 이들은 대부분 한국인. 늘 사람들의 시선에 노출되는 것을 꺼리는 그였지만 오늘은 무슨 바람이 불어서였을까. 사람들 사이를 파고드는 것도, 그들과 어깨를 부딪치는 것도 개의치 않으며 앞으로 나아간다.

담은 눈동자만 굴려 그의 옆모습을 보았다. 빨갛게 변한 코끝과 입술을 제외하곤 백지장처럼 새하얀 얼굴. 그리고 검은 어둠이 내려앉은 눈 밑. 그는 피곤해 보였고, 아파 보였다. 쉼없이 자신의 한계를 시험하는 사람이긴 했으나 건강 관리 또한 누구보다 철저한 사람이었다. 그의 건강 하나에 그룹 전체가 휘청거리는 위치에 있으니 당연한 처사였다. 하지만 오늘의 그는 달랐다. 사람들과 섞여 길거리를 종횡무진하는 것처럼 안색 또한 좋지 않았다.

담은 걱정스런 기색이 가득한 목소리로 물었다.

"많이 바빠요?"

"조금."

그렇게 답을 하면서도 태하는 그녀가 다른 사람과 부딪칠 뻔하
자 작은 몸을 제 품으로 끌어당겼다. 갑작스레 태하의 품에 안긴
담이 눈을 깜빡인다. 그녀의 시선이 자신에게 닿아 있는 것을 뻔히
알면서도 태하는 정면을 바라본 채 여전한 속도로 걸으며 말했다.

"다음 달이면 괜찮아질 거야."

거짓말쟁이. 이제 회장 자리에 올랐으니, 그는 앞으로 더욱 바빠
질 것이다. 아마 예전 이른 아침에만 잠시 얼굴을 마주할 수 있었
던 그날보다 더 바빠질지도 모른다. 그는 세계 어디라도 돌아다니
며 일이 어떻게 돌아가는지 직접 보아야만 하는 성미를 지녔고, 행
동하길 무서워하지도 두려워하지도 않는 이였다. 그녀가 바빠 일주
일 정도 연락을 못 하고 통화했을 때, 그는 지구 저편까지 가 있을
위인이었으니까.

하지만 담은 이 모든 생각을 뒤로 미루기로 했다. 그녀가 아무리
달달거려 봤자 변하는 것은 없다. 그가 바쁘게 살며 자신의 인생을
만들어 가는 것만큼 그녀 또한 인생을 개척해 나가면 그만이다.

"얼굴이 많이 안 좋아요. 식사는 잘 하고 다니는 거죠?"

그녀의 물음에 드디어 앞만 향하던 그의 걸음이 멈추어졌다. 그
는 고개를 살짝 내려 담과 눈을 마주하며 말했다.

"그렇게 걱정되면 해 주든가."

"뭐가 드시고 싶은데요?"

담의 물음에 태하는 잔뜩 고민하는 얼굴로 잠시 생각에 잠기더
니 이내 피식 웃으며 지난날의 기억 한 자락을 꺼내 놓는다.

"김밥. 김밥이 먹고 싶어."

그렇게 말한 태하가 다시 손을 잡아당긴다. 천천히 걸음을 옮기

며 인파 속으로 들어간 두 사람은 간혹 태하를 알아본 사람들이 힐끗거리는 것도 상관하지 않은 채 말했다.

"그때 해 준 거 있잖아. 직접 싼 거."

"하루 날 잡고 솜씨 발휘할게요."

"기대되는데?"

소소한 대화를 하며 체온을 나눈다. 담은 자신의 손을 꼭 잡고 있는 태하의 손을 내려다보다가 고개를 들어 그와 눈을 마주하고 씨익 웃었다.

"기대해도 좋아요."

그의 옷자락을 스치며 수많은 사람이 지나간다. 그 광경에 담은 순간 자신들의 시간만 멈춘 것 같은 착각에 빠져들었다.

천천히 발맞춰 걷던 두 사람의 걸음이 멈춘 것은 까만 피부의 외국인 앞이었다. 싸구려 장식품을 팔고 있는 곳이었다. 작은 가판대 위에 깔려 있는 것을 보던 담은 가운데 놓여 있는 하얀 비즈 장식을 쥐어 들었다.

"예쁘다."

그녀가 말할 때였다. 태하는 주머니에서 지폐 하나를 꺼내 흑인에게 내밀었고, 그는 그들의 마음이 바뀔세라 서둘러 거스름돈을 거슬러 주었다. 담이 눈을 동그랗게 뜨며 그를 바라보았다.

"충동구매는 좋지 않아요."

그에게는 아주 사소한 금액이다. 아니, 사소하지도 않은 금액. 하지만 태하는 그녀의 손에 들려 있던 팔찌를 낚아채듯 가져와 왼팔을 잡아 들었다. 그곳에 남겨져 있는 흉터에 담도, 태하도 아무런 말을 하지 못했다. 희미한 흔적은 일자로 그어져 있었다. 그날의 기억에 두 사람은 잠시 말을 잃었으나, 곧 태하가 팔찌의 매듭 부분을 풀어 그녀의 팔에 걸어 주자 무거운 침묵은 사라졌다. 태하는 새하얀 팔목에 걸려 있는 하얀 비즈 장식을 보았다. 그리고 천천히 팔을 끌어와 그녀의 흉터에 입을 맞추었다.

"아."

담은 작게 신음을 내뱉었지만 태하는 여전히 조금은 젖은 눈으로 그녀를 내려다보며 말했다.

"없어지진 않겠지만⋯⋯."

"⋯⋯."

"늘 이 상흔을 보며 반성하고 노력할게."

"⋯⋯."

"⋯⋯울지 마."

천천히 이어진 태하의 고백에 담의 눈에 금세 눈물이 맺혔다. 태하는 손을 들어 그녀의 눈가를 엄지손가락으로 문질렀다. 하지만 또다시 눈물이 새어 나와 눈물길을 만든다.

"울지 말라니까?"

"행복해서 우는 거예요, 행복해서."

"뭐?"

태하가 눈을 크게 뜨자, 담은 그의 눈앞에 하얀 팔찌를 보여 주며 피식 웃음을 내뱉었다.

"너무 예쁘잖아요. 예뻐서 눈물이 나는 거예요."

5,000원도 하지 않은 선물에 눈물을 보이는 모습. 예전에 그는 이것보다 더 화려하고 값비싼 선물들을 잔뜩 했었다. 아니, 선물이란 이름으로 그녀의 취향은 생각하지도 않은 채 그녀의 품에 많은 것을 안겨 주었다. 그때의 그녀는 단 한 번도 감정의 동요를 보이지 않았다. 그저 화장대 밑 서랍장이 원래의 자리였다는 것처럼 그

곳에 잔뜩 넣어 뒀을 뿐.

하지만 오늘은 그녀는 진정 그 싸구려 팔찌가 마음에 든다는 듯 길을 걷는 와중에도 제 손으로 만지작거렸다. 그 모습을 내려다보던 태하는 별말 없이 시선을 앞으로 돌려 그녀와 같은 웃음을 지었다.

작은 평수로 구성된 아파트 단지 앞에 멋들어진 세단이 멈춰 섰다. 차에서 먼저 내린 태하는 뒷좌석 문을 열고 담에게 손을 내밀었다. 자연스런 에스코트를 받은 담은 그의 커다란 손을 잡고 차에서 내린 뒤 아쉬움에 그의 허리에 팔을 둘러 꼭 껴안았다.

"집에 가서 푹 쉬어요."

넓은 가슴에 뺨을 부빈 담이 아쉬움이 뚝뚝 떨어지는 목소리로 말했다. 그러자 태하가 평소의 그 무심한 눈빛이 아닌 흔들리고 격한 그의 감정과 같은 눈동자로 그녀를 내려다보았다.

"자고 가도 돼?"

그 물음에 담이 서둘러 그의 품에서 빠져나와 그를 올려다본다. 검은 눈동자를 바라보던 담이 고개를 저었다. 망설임 없는 단호한 거절이었다.

"안 돼요."

왜? 왜 안 되는데?

태하가 눈빛으로 그리 물었다. 그러자 담은 고개를 저으며 뭐 그리 당연한 걸 묻냐는 듯 말했다.

"우린 이제 부부가 아니라 연인이니까요. 연인은 집 앞에서 아쉬운 이별 키스를 나누고 각자의 집으로 돌아가야죠."

말을 마친 담은 그의 어깨를 양손으로 짚은 뒤 발뒤꿈치를 들어 태하의 입술에 쪽 소리 나게 입을 맞췄다. 그리고 별처럼 반짝이는 눈으로 그를 올려다보며 말했다.

"굿 나잇."

기나긴 밤이 지나고 아침이 찾아왔다. 또 하루를 시작해야 하는 담은 밤에 잠을 설쳐 평소보다 조금은 늦은 시각에 새로운 아침을 맞이했다. 하지만 그럼에도 담은 여전히 침대 속에서 빠져나오지 못한 채 이불로 몸을 만 뒤 데굴데굴 굴러다녔다.

일어나야 하는데…….

그렇게 생각하는 와중에도 몸은 여전히 침대 위에 착 달라붙어 있었다.

딩동—

"음?"

그때, 아침부터 초인종이 울리자 담이 상체를 벌떡 일으켰다. 택배 기사인가? 지난주에 우연히 홈쇼핑에서 본 고등어를 주문했던 담이 드디어 침대에서 일어나 밖으로 총총 뛰어나갔다.

"누구세요?"

그렇게 말하며 상대를 확인하지도 않은 채 문을 연 담은 멀끔한 차림의 태하가 집 앞에 서 있자 눈을 깜빡였다.

"아침부터 무슨 일이세요……?"

"이제 일어났나 봐?"

서로 다른 물음이 흘러나왔다. 태하의 말에 담은 고개를 끄덕이다 말고 손을 들어 제 얼굴을 가려 버렸다.

헉, 못 씻었는데……!

담의 뺨이 잘 여문 꽃봉오리처럼 붉어지자 태하가 어깨를 으쓱이며 말했다.

"뭘 새삼스레 그래?"

태하가 그녀의 곁을 지나 집 안으로 쏙 들어가 버린다. 신발을 가지런히 벗으며 정리되지 않은 담의 침대에 앉은 그는 여전히 현관문 앞에 서 있는 담을 힐끗 보며 말했다.

"내가 당신이라면 얼른 씻겠어. 계속 부끄러워할 바엔."

윽, 짧게 신음을 뱉은 담은 욕실 쪽으로 쪼로로 달려갔다.

"금방 씻고 나올 테니, 기다려요."

쾅!

거친 소리와 함께 닫힌 욕실 문을 보던 그는 피식 웃음을 내뱉은 뒤 여전히 체온이 느껴지는 침대에 벌러덩 누워 피곤한 눈을 감았다. 왠지 모르게 곤한 잠에 빠져들 것만 같은 느낌이 들었다.

촉촉하게 젖은 머리카락을 툴툴 털며 밖으로 나온 담은 침대에 누워 잠들어 있는 태하를 보았다. 그는 정장이 구겨진다는 생각도 하지 못한 채 곤한 잠에 빠져들어 있었다. 평소 옷이 구겨지는 것을 못마땅하게 여기는 그다. 늘 빳빳한 셔츠와 주름 하나 없는 슈트 차림으로 아침부터 밤까지 같은 모습을 유지하는 그였다. 하지만 그는 외투 하나 벗지 않은 채 그대로 잠들어 있었다.

피식, 웃음을 내뱉은 담은 얼굴에 아무렇게나 흩어져 있는 머리카락을 정리해 준 뒤 부엌으로 향했다.

부산스럽게 움직이며 토스트를 만든 담은 커다란 접시에 잔뜩 쌓은 뒤 식탁에 내려놓고 다시 태하에게로 향했다.

태하는 여전히 잠에 포옥 빠져 있었다. 깨우기가 미안할 정도로. 하지만 그도, 그리고 그녀도 일터로 가야 할 터다. 담은 조심스러운 손길로 그를 흔들며 말했다.

"이봐요, 잠꾸러기 양반. 일어날 시간이에요."

"음……?"

그가 여전히 잠이 가득한 얼굴로 한쪽 눈을 게슴츠레 떴다. 여전히 잠이 가득한 얼굴에선 피곤이 뚝뚝 떨어지고 있었다. 하지만 담은 침대 앞을 손으로 짚은 뒤 그의 입술에 짧게 입을 맞추고 씨익 웃었다.

"밥 먹어요."

담은 멀어지는 차를 향해 손을 저은 뒤 뒤돌아섰다. 그러다가 자신을 향해 있는 여섯 개의 눈동자에 화들짝 놀라 몸을 떨었다.

"어, 어?"

골목 앞에는 명숙과 애정, 정이가 서로 손을 붙잡으며 눈을 깜빡이고 있었다. 차에서 내릴 때까지도 몰랐던 존재들이다. 하지만 그들은 두 눈으로 똑똑히 모든 것을 보았는지 담을 향해 성큼성큼 걸음을 옮겼다.

"누구야, 누구?"

정이의 물음에 담이 미처 답을 하기도 전에 또 다른 물음이 날아들었다.

"그새 남자라도 생긴 거야?"

명숙이었다. 그녀의 말은 왜 미리 알리지 않았냐는 의미로 까칠

했으나 얼굴에는 왠지 모를 기쁨이 서려 있었다. 홀로 살고 있는 담을 안쓰러워했으니.

두 사람이 호기심 가득한 얼굴로 눈을 반짝이는 것과는 달리 애정은 멍한 눈으로 담을 보고 있었다. 담은 물음을 던진 두 사람이 아닌 애정을 보고 있었다.

"응? 누군데!"

결국 담의 대답을 기다리다 못해 조급증이 도진 정이 버럭 소리를 질렀다. 그제야 담의 시선이 애정에게서 정이에게로 향한다. 담은 조금은 어색한 얼굴로 더듬더듬 답했다.

"전남편이에요."

"뭐? 전남편? 다시 붙기로 한 거야?"

명숙이 빽 소리를 질렀다. 전남편이라니. 구세대인 명숙이 이해하지 못하는 눈으로 담을 보았지만, 그녀는 예쁘게 웃으며 고개를 끄덕였다.

"차근차근 다시 시작하기로 했어요."

처음 보는 달콤한 담의 웃음에 명숙과 정이는 한마디 늘어놓으려다 말고 입을 꾹 다물었다.

그러다 당사자들이 좋으면 됐다는 생각을 한 것인지 명숙이 피식 웃으며 담의 손을 끌어다 잡으며 말했다.

"행복하니?"

"네."

"그래, 그러면 됐다."

담은 어둠이 내려앉은 낮은 단독주택을 보며 망설였다. 초인종을 누를까 말까, 몇 번을 고민했던가. 담은 초인종을 향하려던 손을 또다시 동그랗게 말아 쥐며 한숨을 내뱉었다.

오지랖 넓게 구는 것은 아닐까?

그렇게 생각하던 담이 한숨을 내뱉을 때였다. 갑자기 띵- 소리와 함께 문이 열린 것은.

"어?"

분명 그녀는 초인종을 누르지 않았으나, 안에 있는 사람은 그녀의 존재를 알고 있었던 것인지 문을 열어 주며 안으로 들어오라 종용했다. 더듬더듬 안으로 걸음을 옮긴 담은 잘 정돈된 마당을 지나 안으로 들어갔다. 현관문 앞에 멈춰 선 그녀가 크게 심호흡을 내뱉고 문손잡이를 돌리자, 집 안으로 바로 연결되는 문 또한 열렸다.

"왔니?"

애정은 현관 앞에서 그녀를 기다리고 있었다. 숄로 제 몸을 감싸고 있는 그녀는 평소보다 더 작아 보이고 연약해 보였다.

"어떻게 아셨어요?"

담은 자신이 와 있는 것을 어떻게 알았냐고 물었다. 그러자 애정은 마당이 훤히 보이는 거실 창문을 고갯짓으로 가리키며 말했다.

"여기서 훤히 다 보인단다."

"아……."

"나에게 할 이야기가 있어서 온 거지? 들어오거라."

담은 대답 대신 신발을 벗고 안으로 들어가는 것으로 답을 대신했다. 담이 어색한 얼굴로 소파에 앉자 애정은 곧장 부엌으로 향하며 물었다.

"차는 어떤 게 좋겠니?"

"따뜻한 거요."

종류 대신, 밖에서 오랫동안 서 있느라 얼어 버린 몸을 녹여 줄 그 무엇이라면 괜찮다는 듯 그녀가 말했다.

"그래, 그러면 홍차가 좋겠구나. 마침 향이 좋은 것을 구했거든."

달그락달그락. 유리와 유리가 부딪치는 소리가 들려왔다. 작은 소음들을 듣던 담은 부엌을 향해 있던 시선을 옮겨 애정의 집을 두 눈에 담았다. 예전에 찾아왔을 때는 아기자기한 소품이 가득한 이 공간에서 따스함을 느꼈던 그녀다. 하지만 애정의 일을 모두 알게 된 지금 집 안에 수를 헤아릴 수 없을 정도로 많은 화분과 작은 장식은 그녀의 외로움을 대변해 주는 소품처럼 보였다.

담, 그녀의 집과 닮아 있었다.

많은 것을 놓았으나 다른 이들과의 추억을 되새길 수 있는 작은 액자 하나 없는 공간.

외로운 공간에 담은 순간 울컥 화를 내는 심장을 느꼈다.

담의 감정이 끊임없는 어둠으로 가라앉을 때다. 애정이 귀여운 잔을 들고 거실로 온 것은.

애정은 노란색의 찻잔을 담에게 건네며 말했다.

"이 늦은 시간에 어쩐 일이야?"

"……."

"말하기 힘들어하는 것을 보니, 낮에 있었던 일 때문이구나."

애정은 자신의 찻잔을 들며 말했다. 달콤한 원유향이 코끝을 스친다. 평소 달콤한 것들을 좋아하는 애정의 취향에 100% 맞는 것이었다.

담은 차 맛을 보며 부드럽게 미소 짓고 있는 애정을 보았다. 무슨 말을 해야 할지 고민하던 그녀는, 들고 있던 찻잔을 테이블 위에 내려놓은 뒤 무릎 위에서 두 손을 맞잡았다. 자신의 이야기를 그녀가 어떻게 받아들일지 몰라, 한참을 망설이고 또 망설였다.

그녀가 용기를 낸 것은 차가 식고, 시간이 꽤나 흐른 뒤다. 담은 무거운 시선으로 찻잔을 꼼지락꼼지락 쓰다듬는 애정을 보며 말했다.

"밝힐…… 생각은 없으세요?"

"글쎄다……."

담의 물음에 애정은 말끝을 흐렸다. 그러다가 생각이 끝에 닿았던지 천천히 말을 이었다.

"원랜…… 절대 나설 생각이 없었단다. 그 아이가 알아봤자 좋은 일은 아니니까. 결국 제 어미는 그렇게 떠나 버렸지만…… 태어날 때는 두 사람이 사랑해서 널 낳은 것이라고. 그렇게 생각해 주길 바랐단다."

"그런데요?"

애정의 고개가 위로 들렸다. 눈동자는 풍랑을 만나 흔들린다. 거친 소용돌이 속에 휘말린 그녀의 모습에 담은 가슴 한 켠이 지릿지릿하게 아파 옴을 느꼈다.

"그 아이를 실제로 만나니…… 계속 욕심이 드는구나."

"……."

"한 번이라도…… 안아 봤으면……. 그랬으면 소원이 없겠어. 하지만 이 또한 나의 욕심이겠지."

애정의 눈이 붉게 달아올랐다. 그와 함께 담의 눈 또한 같은 색으로 변한다. 천천히 제 생각을 내뱉던 애정이 눈을 질끈 감으며 말했다.

"그 아이는…… 지금 행복하지?"

"……네."

"그럼 됐어. 행복을 깨뜨리는 난…… 그 아이 앞에 나타나면 안 돼."

하지만 그 사람에겐 가족이 없어요. 홀로 남아 있단 말이에요. 이 여사님이 그 사람의 가족이 될 수 없나요?

그렇게 말하고 싶었으나 담은 끝끝내 말하지 못했다.

그녀가 나설 수 없는 문제였다.

❖　◈　❖

홀로 커다란 책상 위에 놓여 있는 결재 서류들 사이에 파묻혀 있던 그가 '끙' 앓는 소리를 내뱉었다. 해도 해도 그 끝이 보이지 않는다. 마치 거대한 모래사장에서 모래를 파헤치면 또 다른 모래들이 쏟아져 내리는 느낌이었다.

피곤한 기색이 역력한 얼굴로 빠르게 서명한 그가 다음 서류를 끌어왔다. 이번 서류는 '태룡그룹 70주년 기념행사'에 관한 서류였다. 언론마케팅 팀에서 올린 서류에는 그날 파티에 참석할 명단과 함께 언론인의 이름이 쭈욱 적혀 있었다. 500명이 조금 넘는 사람들의 이름을 눈으로 훑던 그가 마지막 명단까지 확인한 뒤 결재란에 빠르게 서명하고 한쪽에 쌓아 두었다.

그가 빠르게 서류를 살펴보고 있을 때 노크 소리가 들렸다. 모두 퇴근했으리라는 생각과는 달리 회장실 문을 열고 들어온 것은 조비서였다.

"사장님, 이만 퇴근하시죠?"

"뭐?"

"집에 있는 제 아들이 가장 싫어하는 게 뭔지 아십니까?"

뜬금없는 물음에 태하는 하루 종일 들고 있던 만년필을 곁에 놓아두었다. 그러며 어디 말해 보라는 듯 조 비서를 보자, 그녀는 콧잔등에 작게 주름을 만들며 말했다.

"바로 태룡입니다. 사장님이 퇴근을 안 하시니, 저도 이러고 있지 않습니까."

"이만 퇴근해."

태하가 웃음기가 묻어나는 목소리로 말하자 그녀는 아직 제 말이 끝나지 않았다는 듯 말을 이었다.

"그리고 다시 돌아오신 정담 씨도 아마 태룡그룹이 가장 싫을 겁니다."

담의 이야기까지 끌어다 말하자 태하가 팔짱을 끼며 입가에 부드럽게 미소를 걸었다.

"그래서?"

"그러니 이만 퇴근하시고, 사랑하는 낭군님을 기다릴 정담 씨에게 가시는 것이 어떻겠습니까? 요즘 너무 무리하고 계십니다."

"……음. 좋은 생각인데?"

그렇게 말한 태하가 자리에서 일어나자 조 비서가 부드럽게 미소 지으며 허리를 숙였다.

"그럼 전 이만 퇴근하겠습니다."

1202호.

담이 새로이 둥지를 튼 집 앞이다. 이곳까지 올 때만 해도 들뜬 마음이던 그였지만 지금은 미간을 찌푸리며 문이 뚫어져라 노려보고 있었다.

딩동—

초인종을 몇 번이나 눌렀던가. 하지만 안에서는 여전히 반응이 없었다. 도어록을 노려보던 그가 한숨을 쉬며 휴대전화를 들었다. 휴대전화는 따끈따끈했다. 전화를 받지 않는 그녀를 원망하며 다시 한 번 전화를 건 그는 틱, 소리와 함께 통화가 연결되자 화를 억누르며 딱딱한 목소리로 말했다.

"어디야?"

고저 없는 목소리엔 그가 미처 숨기지 못한 화가 묻어 있었다. 하지만 곧이어 들려온 담의 목소리에 차갑게 굳었던 마음이 눈 녹듯 사라졌다.

—무슨 일 있어요? 무슨 전화를 이렇게 많이 했어요.

중증이군. 그는 그녀의 목소리에 얼굴근육이 풀리는 것을 느끼며 생각했다. 목소리를 듣는 것만으로도 이렇게 좋으니 앞으로 이 여자 하나로 인해 자신이 얼마나 뒤흔들릴지 뻔했다.

"당신 집 앞이야."

—지금이요?

"그래."

짧은 태하의 답에 상대는 곤란한 듯 말을 멈췄다. 그러자 태하의 눈썹이 하늘을 향해 치켜 올라간다. 곧이어 들려온 그녀의 말에는 종잇장처럼 얼굴이 구겨졌다.

—어쩌죠? 저 오늘은 밖에서 잘 건데.

"외박을 한단 말이야, 지금?"

—네, 아는 분 집에 놀러 왔는데…… 여튼 미안해요. 내일 연락할게요.

태하는 자신의 답을 듣기도 전에 끊긴 휴대전화를 노려보았다. 지금 말만 한 여자가 외박을 한단 말인가?

그는 화가 잔뜩 난 얼굴로 현관문을 노려보다가 발길을 돌려야 했다. 내일 만난다면 당장 비밀번호를 물어봐야겠다고 생각하며.

[2]

타닥, 딱, 딱.

손톱으로 유리 테이블을 톡톡 두드리는 태하는 어딘가 정신이 나간 모습이었다. 조 비서는 자신이 들어온 것도 모른 채 생각에 잠겨 있는 태하의 모습에 고개를 기울였다. 어딘가로 정신을 빼놓고 있는 그의 모습은 어려운 난제를 만난 철학가 혹은 수학자처럼 보였다. 잔뜩 고심하는 모습에 조 비서는 찻잔을 책상 위에 내려놓으며 말했다.

"무슨 일 있으세요?"

"아? 아, 아니."

그제야 그녀가 회장실 안으로 들어온 것을 발견한 그가 서둘러 고개를 저었다. 아무 일도 없다고 말한 그였지만, 결혼 12년 차 주부의 눈은 속일 수가 없었다.

일에 있어서만은 막힘없이 완벽하게 처리하는 그다. 오랫동안 경영수업과 함께 전문적인 교육을 받은 그는 오랫동안 현장에서 일한 사람과 비등하게 의견을 주고받을 수 있을 정도였다. 그런 그가 책상에 앉아 고민이라니. 그렇다면 일이 아닌 다른 것으로 고민하고 있을 확률이 높았다.

조 비서가 웃으며 알 만하다는 듯 쟁반을 끌어안으며 말했다.

"여자는 서프라이즈한 것에 약해요."

태하가 관심을 가지며 자신을 바라보자 그녀는 좀 더 확신이 어린 어조로 말했다.

"꽃다발이 쓰레기라고 말하는 여자들도 갑작스러운 꽃과 데이트 신청에는 가슴이 흔들리는 법이거든요."

"음."

얼굴이 와자작 구겨졌다. 어떻게 그런 낯간지러운 일을 할 수 있냐는 얼굴이다. 하지만 조 비서는 자신의 말이 틀림없다며 말했다.

"결혼 12년 차 주부가 말하는 거니 한번 믿어 보세요."

"아⋯⋯."

"때마침 오늘은 미팅이 없네요? 회의도 없고. 이런 날에 회장님이 회사에 없어야지 직원들도 숨통이 트인다고요. 어디 직원들뿐인가? 요즘 이사진들도 늙은 내가 이렇게까지 일해야 하냐고 다들 투덜거리시는데. 그러니 오늘은 땡땡이치세요."

"⋯⋯."

"꽃다발은 강남 사거리에 있는 영란 꽃집이 참 잘한답니다."

쉼 없이 흘러나오는 말에 태하가 정신을 차리지 못하고 멍한 표정을 지었다. 그러자 조 비서가 혀를 끌끌 차더니 그의 앞에 방금 전에 놓았던 잔을 빼앗아 가며 일갈했다.

"어서요."

"아, 아, 응."

어정쩡하게 자리에서 일어난 그가 외투까지 챙겨 들자 조 비서가 그제야 들고 있던 잔과 쟁반을 내려놓은 뒤 말했다.

"용기 있는 남자가 미녀를 쟁취해요. 힘내세요!"

파이팅! 소리를 지르는 그녀의 모습에 태하의 미간이 찌푸려졌다.

아줌마의 말에 농락당하는 기분이었으나 그는 쫓기듯 회장실을 빠져나와 엘리베이터에 올라야 했다.

❖　❖　❖

밖의 추운 날과는 달리 가게 안은 훈훈한 히터 바람으로 인해 얇은 외투만 걸치고 있어도 따뜻했다. 담은 커피 대신 따뜻하게 데운 우유를 홀짝이며 모란 그림 앞으로 걸음을 옮겼다. 두 개가 만나야 하나가 되는 그림. 이 그림을 그린 최수인은 스물여덟 살에 꿈을 그리기 위해 다시 학교로 돌아온 고학생이었다. 스물둘에 갑자기 아이가 들어서는 바람에 결혼을 한 뒤로 붓을 놓았다는 그녀는 아이가 말을 하고 걸어 다니면서부터 주위의 비웃음에도 불구하고 남편의 전폭적인 지지로 학교로 돌아왔다.

담은 이 그림을 그린 나이 많은 학생을 떠올리며 천천히 걸음을 옮겼다. 테이블 위에 올려져 있는 젖병과 그 아래 놓여 있는 쪽쪽이. 따스한 수채화로 그려낸 그림들은 대부분 그녀의 일상이 담겨 있었다. 따스한 그림들에 담은 우유를 마시며 웃음 지었다.

세상으로 걸어 나온 어머니의 그림은 온통 아이를 향해 있었다. 그녀의 세상이 아이가 된 것처럼.

담이 막 빈 잔을 바 위에 올려놓으려 할 때였다. 맑은 종소리와 함께 슈트 차림의 남자가 안으로 들어온 것은. 담은 태하의 손에 들려 있는 하얀 장미 꽃다발에 눈을 깜빡였다. 의외의 시간에 의외의 물건을 들고 나타난 그는 곧장 담에게 다가와 커다란 꽃다발을 안겨 주며 말했다.

"데이트 신청할 거야, 지금부터."

"네?"

"바쁘겠지만 용기 낸 남자에게 시간 좀 내 줘."

고저 없는 목소리는 감정이 담겨 있지 않았다. 하지만 눈빛과 손끝은 지금 그가 얼마나 떨고 있는지 보여 주었다. 멍한 시선으로 태하를 보던 그녀는 시선을 내려 제 품에 안겨 있는 꽃다발을 보았다.

"누가 말해 준 거예요?"

"뭐?"

"꽃다발 선물이요. 태하 씨 머리에서 나올 수 없는 종류의 것이니까 분명 일러 준 사람이 있을 거 아니에요."

확신에 찬 어조에 태하가 미간을 찌푸렸다. 조 비서나 정담이나. 두 사람에게 놀림을 당하는 기분이었다. 하지만 태하는 곧 얼굴을 펴며 능청스럽게 말했다.

"내 머리에서 나온 거 맞아. 그러니 마음껏 감동해."

"……네, 좋아요."

고개를 끄덕인 담이 꽃다발에 코를 박고 힘껏 숨을 들이마셨다. 달콤한 장미향에 온몸이 나른해지는 기분이었다. 기분을 좋게 하는 꽃향은 그녀를 웃게 만든다. 그리고 꽃집에서 한참 꽃들을 보며 고민했을 그를 떠올리면 더욱 행복해지는 기분이었다. 갑작스런 그의 서프라이즈 이벤트는 그녀의 마음을 들뜨게 만들었다. 담은 꽃다발에서 시선을 떼고 태하를 보았다. 그는 담을 내려다보며 어쩔 줄을 몰라 눈동자만 데굴데굴 굴리고 있었다.

그 순간, 담이 장난스럽게 말했다.

"그럼 이다음 일정은 뭔가요?"

"음?"

"데이트 신청하신다면서요. 생각해 두신 것들이 있을 거 아니에요."

"⋯⋯."

담은 자신의 말에 아무런 말도 하지 못하는 태하를 보자 피식 웃음이 나왔다.

늘 완벽하리라 생각했던 남자. 하지만 연애에 대해서는 갑갑하리만치 답답한 그의 모습에 기쁘기만 했다. 담이 피식 웃음을 내뱉었다.

"답답한 남자."

"뭐?"

항의하듯 그가 말했다. 그럼에도 담은 어깨를 으쓱였다.

"보고 싶은 영화가 있어요. 우리 영화 보러 가요."

"극장에? 한 번도 안 가 봤는데⋯⋯."

태하가 말하자 담은 잘됐다는 듯 씨익 웃었다.

"잘됐네요. 그 첫 경험, 저랑 해 봐요."

평일 낮 시간에 영화를 보러 오는 사람은 많지 않았다. 영화 브로슈어를 보며 같이 영화를 골랐고, 팝콘을 샀으며, 극장 안으로 들어가 영화를 보았다. 그는 기본적으로 연기를 잘하는 사람이었다. 모두 처음해 보는 것이었으나 마치 익숙한 사람처럼 굴었고, 그건 영화관 안에 들어가서도 마찬가지였다.

영화가 시작하기 전, 이번에 태룽전자에서 새로 선보이는 디지털 카메라 선전이 나왔다. 아이돌로 활동을 하다가 최근 연기를 시작하며 떠오르고 있는 여가수가 하얀색 카메라를 들고 셀카를 찍는 모습에 담이 태하의 팔꿈치를 툭툭 두드리며 말했다.

"레이나 예쁘죠?"

"레이나?"

"저 사람이요."

담은 막 자리에서 빙그르르 도는 레이나를 손가락으로 가리켰다. 많은 움직임에도 선명하게 찍히는 사진들이 파바박 화면 위로 쌓이듯 떠오르고 있었다.

태하는 이제 막 20살이 된 모델을 보며 미간을 찌푸렸다. 레이나는 그 나이처럼 어렸고 밝았으며 예뻤다. 하지만 그는 기대감에 반짝이는 담의 얼굴을 보며 고개를 저었다.

"네가 더 예뻐."

"거짓말."

"거짓말 아니야. 네가 더 예뻐."

현명하게 입바른 소리를 하는 태하를 담은 흘겨보았지만, 입가에 떠오른 미소는 숨길 수가 없었다.

"정말이죠?"

"그래."

다시 한 번 확답을 받아 낸 담은, 퉁명스럽게 물었던 것과는 달리 입가에 잔잔한 미소를 짓고 있었다.

광고 몇 편이 연이어 나온 뒤 영화가 시작되었다. 로맨틱 코미디는 가슴이 뻥 뚫릴 만큼 시원한 웃음을 터뜨리게 해 주었다. 담은 자신의 영화 고르는 센스가 탁월하다며 으쓱했다. 그러자 태하는 말없이 그녀의 머리를 쓰다듬어 주었다.

젊은이들이 많이 찾는 떡볶이집을 가 재료를 골라 맛있는 떡볶이를 먹었고, 밥까지 비벼 바닥까지 싹싹 긁어 먹었다. 처음 보는 비주얼에 태하는 망설이긴 했으나, 맛있게 먹는 담의 모습에 따라 먹었고 그 후로는 땀까지 뻘뻘 흘리며 맛있게 먹었다.

그날의 데이트는 그랬다. 평범하게 함께 길거리를 걷고 영화를 보았으며 밥을 먹었다. 그리고 당연하다는 듯이 마지막엔 담의 집까지 걸어온 두 사람은 현관 앞에서 마주 보고 서 있었다. 담은 자신의 손을 붙잡고 있는 커다란 손을 내려다보며 말했다.

"오늘 즐거웠어요."

"나도 즐거웠어."

달콤한 키스를 나눈 두 사람은 아쉬운 이별을 했다. 집 안으로 쏙 사라진 담의 뒷모습에 태하는 한참이나 단단한 현관문을 바라보았다.

"후."

그의 깊은 한숨에 답답증이 가득했다. 갈수록 헤어짐이 힘들어지고 있었다. 여기서 발걸음을 돌려 집으로 가야 한다는 것을 알고 있었으나, 태하는 쉬이 걸음을 옮길 수가 없었다.

뚫어져라 문을 노려보던 그가 걸음을 옮겼다. 엘리베이터가 아닌 현관문 쪽으로. 결심을 한 것인지 손을 내밀어 초인종을 누른 그는, 곧 문이 열리고 의아한 얼굴로 나오는 담에게 단호한 목소리로 말했다.

"집에 가기 싫다."

"태하 씨."

"들어가고 싶어."

허락해 줘.

간절한 그 음색에 담은 고민하는 모습이 역력했다. 그의 목울대가 크게 움직이는 것을 보던 담이 현관문 앞을 가로막으며 그가 안으로 들어올 수 없도록 한 뒤 말했다.

"안 돼요."

"왜 안 되는데?"

태하가 항의하듯 외쳤다. 그들은 한땐 부부였고, 한땐 이별을 맛보았으며, 지금은 다시 새로운 시작을 하는 연인이었다. 이미 수없이 입을 맞췄고 몸을 나눴으며 숨결을 나누었다. 그는 다시 그녀를 안고 싶어 손이 달달 떨릴 지경인데 그녀는 아무렇지도 않나 보다. 그는 내일 당장이라도 잠에서 깨어나자마자 그녀의 얼굴을 보고 싶은데, 그녀는 아닌가 보다.

태하는 조금 억울한 마음으로 담을 보았다. 애석한 마음이 들어 굳은 시선으로 담을 보자 그녀는 입술을 달싹이며 낮고 조용한 목소리로 말했다.

"저도 태하 씨와 함께 있고 싶어요."

"그런데?"

"……익숙해지는 게 무서워요."

"……뭐?"

태하가 놀라움에 눈을 커다랗게 뜨며 말했다. 하지만 담은 여전히 우울하고 씁쓸한 표정으로 말했다.

"헤어졌을 때…… 아니. 혼자 있게 되면서부터…… 혼자서 잠을 자고 일어나는 생활이 견딜 수가 없더라고요."

"……."

"그런데…… 태하 씨와 또다시 함께 자고 일어나는 생활이 익숙해지면 힘들어질 것 같아요."

솔직히 제 생각을 터놓는 그녀의 모습에 태하는 잠시 할 말을 잃었다. 그래서였을까. 담은 다시 입술을 달싹이며 천천히 말을 이었다.

"또…… 홀로 맞는 아침이 무서워지면 어떻게 해요."

그녀의 말끝에 결국 울음이 맺힌다. 떨리는 그녀의 눈망울에 눈물이 맺히고, 슬픔은 아래로 후둑후둑 떨어져 내렸다.

말없이 서 있던 태하가 천천히 손을 뻗어 그녀의 어깨를 잡아 제품으로 끌어당겼다. 따스하게 마주한 심장은 같은 속도로 뛰고 있었다.

콩닥콩닥.

저릿할 정도로 빠르게 뛰는 심장에 태하가 그녀의 정수리에 입술을 내렸다.

"난 지금이 무서워."

"……뭐가요? 왜요?"

담이 느리게 물었다. 그의 입에서 나올 말이 무섭다는 듯이.

"네가 또다시 내 곁을 떠날까 봐. 그래서 계속 옆에 잡아 두고 싶어져."

애절한 말에 담의 고개가 아래로 뚝 떨어졌다. 그러자 태하는 손을 들어 양손으로 그녀의 고개를 위로 들었다. 태하는 그녀의 눈빛을 보며 제 마음속 깊은 곳에 머물러 있는 말을 조심스럽게 꺼내 놓았다.

"……사랑한다."

"태하 씨……."

"영원이란 말, 믿지 않아. 하지만…… 너와는 가능하지 않을까……. 그런 생각을 해."

담은 말없이 그를 올려다보았다. 입을 뻐끔거려 그녀 또한 사랑한다 말하고 싶었으나 목소리가 나오지 않았다.

아팠다. 심장이, 아프다.

너무나…… 기뻐 아프다.

태하는 그녀의 뺨을 조심스레 쓰다듬으며 말했다.

"들어가도 돼?"

망설이지 않는 목소리. 직선적인 그 말.

더 이상 거절을 할 수 없었던 담이 천천히 고개를 끄덕였다.

네, 들어오세요.

내 마음 속으로.

내 인생으로.

담이 허락하자 태하는 더 이상 망설이지 않는다. 그녀를 현관 벽으로 밀어붙인 그는 고개를 옆으로 틀어 담의 도톰한 입술을 깨물었다. 아랫입술을 핥으며 제 호흡을 그녀의 입안으로 훅 불어넣었다.

"이제 절대 밖으로 안 나가."

"하아……."

후우, 한숨처럼 그녀가 숨을 내뱉었다. 촉촉하게 젖은 얼굴로 자신을 올려다보는 그녀의 모습에 태하가 이를 악물며 거칠게 말했다.

"나가라고 해도 안 나가."

짧게 일갈한 그가 그녀의 무릎 뒤로 팔을 찔러 넣어 단숨에 담을 번쩍 안았다. 태하의 목에 팔을 둘러 착 달라붙은 담은 그의 목덜미에 거친 숨을 내뱉었다. 하악하악.

단숨에 침대맡까지 걸어온 그는 담을 조심스레 침대 위에 내려놓았다.

"나 떨려요. 심장 터질 것 같아."

"나도 마찬가지야."

처음도 아닌데 두 사람은 마치 처음으로 몸을 합하는 사람처럼 굴었다. 태하는 믿지 못하겠다는 듯 담이 자신을 보자 그녀의 손을 끌어와 제 가슴 위에 올려 두었다. 빠르게 내달리는 심장박동에 담이 눈을 크게 뜨자 그는 한쪽 입꼬리만 끌어 올려 웃었다. 자신이 한심해 미치겠다는 표정이었다.

"믿겨?"

끄덕끄덕, 담이 고개를 위아래로 끄덕인다. 그러자 태하는 피식 웃음을 내뱉은 뒤 말했다.

"난 안 믿겨."

내가 이렇게 변했다는 것에.

웃음처럼 그렇게 말한 태하가 그녀에게서 시선을 떼지 않으며 빠르게 외투를 벗어 던졌다. 셔츠 단추도 빠르게 끌러 벗어 낸 그는 단단한 상체를 아래로 내렸다. 담은 마치 조각칼로 판 것처럼 정확하게 갈라진 그의 근육을 뚫어지게 바라보다가 시선을 끌어 올려 그의 얼굴을 보았다.

태하는 긴장감에 굳어진 얼굴로 그녀를 내려다보았다. 청초하게 빛나는 담은 아름다웠고 예뻤다. 그런 그녀를 통해 자극만 찾던 때도 있었다. 그녀가 주는 극감의 쾌감을 느끼며 정신을 빼놓고 살았던 시절. 그때는 왜 그녀가 주는 감각이, 닿는 살결이 그렇게도 좋은지 알지 못했다. 그저 남녀 간의 단순한 섹스라고 생각했던 적도 있다. 하지만 이젠 안다. 단순히 몸의 합이 맞았던 것이 아니라는 것을.

조심스레 담의 옷 안으로 손을 찔러 넣은 그는 손바닥에 만져지는 브래지어에 신음을 삼켰다. 안달이 났으나 서두르면 안 됐다. 늘 자신의 속도에 맞췄으니 오늘은 완벽히 그녀의 속도에 맞출 생각이었다.

평범한 티셔츠를 끌어 올려 움푹 들어간 배꼽에 입을 맞춘 그는 혀를 꼿꼿하게 세워 배꼽 안으로 찔러 넣었다. 담이 당황하며 허리를 튕겼으나, 그는 단단한 손으로 얇은 허리를 붙잡고 그녀가 움직이지 못하도록 만들었다.

"뭐, 뭐하는 거예요?"

"기분 좋은 짓."

짧게 말한 그는 입술을 그녀의 살결에 댄 채 천천히 움직였다. 한눈에도 그녀의 몸 위로 닭살이 오소소 오르는 것이 보였다. 부드러운 입술은 손으로 만지는 것보다 더욱 강력한 자극을 주었고, 금세 그녀의 실크 팬티가 촉촉하게 젖을 정도로 뜨거운 애액을 토해 냈다. 하지만 태하는 서두르지 않고 천천히 입술을 움직여 브래지어 와이어 밑의 살을 혀로 핥았다. 혀를 힘껏 빼내어 핥은 그는 이번엔 이를 박아 쪽 하고 빨아들였다. 그러자 그곳에 붉은 흔적이 남았다.

"으응!"

그녀는 벌써부터 뜨거운 신음을 뱉어 내고 있었다. 피부는 흥분해 뜨거웠고, 허벅지는 힘이 들어가지 않는 것인지 부들부들 떨다가 옆으로 힘없이 뚝 떨어졌다.

담은 자신의 위에서 느껴지는 묵직한 느낌에 눈물을 흘렸다. 그는 달콤한 감각을 계속 일깨우며 그녀를 울게 만들었다.

행복해, 행복하구나.

사랑하는 사람과 몸을 섞는 일이 이토록 행복한 일인지 담은 알지 못했었다. 하지만 눈물 젖은 얼굴에 입을 맞추고 눈물을 핥는 그의 자극적인 행동에 그녀는 오열을 할 것처럼 꺽꺽거렸다.

"왜 울어?"

"미칠 것 같아요."

태하의 물음에 담은 거친 목소리로 말을 토해 냈다. 온몸을 파들파들 떨며 하는 그 말에 태하는 자신 또한 눈시울이 뜨거워지는 것을 느꼈다.

"행복해서 미칠 것 같아요. 당신이 너무 그리웠어요."

기나긴 이별. 그 긴 이별은 그들에게 독이 아닌 약이 되어 주었다. 서로를 그리워했던 마음. 그리고 그 마음만큼 사랑이 단단해진 느낌이었다.

담은 어느새 눈물을 토해 내고 있는 태하의 눈가로 손을 뻗었다. 손가락 끝이 차갑다. 마치 동상에 걸린 것만 같았다. 하지만 그의 눈물과 손끝이 닿자, 화르륵 타오를 것처럼 뜨거워진다. 담은 조심스레 눈물을 닦아 내었다. 그러자 태하는 허, 하며 슬픔이 섞인 한숨을 내뱉으며 말했다.

"……사랑해."

짧은 말. 하지만 그 속에 담긴 것은 짧지도, 작지도 않다. 태하는 조심스레 그녀의 바지를 벗긴 뒤 애액에 흠뻑 젖은 팬티까지 단번에 벗겼다. 그리고 여성의 숲을 가르고 그녀가 충분히 준비를 마쳤는지 확인한 뒤에야 조심스럽게 안으로 들어갔다.

"으읏!"

그녀의 신음과 함께 그의 작은 신음도 하모니를 이루어 집 안 가득 울린다. 담의 침대는 두 사람이 움직일 수 있을 정도로 넓은 것이 아니었다. 좁고 작아서 태하는 그녀의 안으로 파고든 뒤 자세를 바꾸지 않은 채 그녀를 꼭 끌어안았다.

"조, 좋아요……."

태하는 자신의 품에 꼭 안겨 있던 담은 공기가 모자란지 숨을 헐떡이며 말을 이었다.

"다시는 놓고 싶지 않아요."

"……나도 그래. 절대 놓지 않을 거야."

결국 담이 또다시 눈물을 쏟아 낸다. 그의 어깨가 흠뻑 젖을 정도로. 체온을 나누고 사랑을 나누는 이 순간에 담은 감동의 눈물을 쏟아 내며 읊조리듯 작은 목소리로 말했다.

"고마워요."

그녀가 늘 습관처럼 하던 말. 예전에는 그 말이 답답하게 느껴졌던 때도 있었다. 하지만 그는 지금 이 순간 그 어떠한 미사여구보다 '고맙다'는 말이 더욱 달콤하고 애잔하게 들려 그녀의 머리카락에 얼굴을 박으며 천천히 허리를 움직였다.

부드럽게 빨아들였다가 내뱉는 여성을 느끼며 그가 눈을 감았다.

좋다.

그 생각만이 머리를 가득 메웠다.

스르르, 태하는 잠에서 깨어나며 오랜만에 푹 잤다는 생각을 하였다. 숙면을 취해서일까. 머릿속은 맑았고, 그녀의 체취로 가득한 공간은 아침부터 그의 마음을 들뜨게 했다. 그는 피가 통하지 않아 저릿한 오른팔 쪽으로 고개를 돌렸다. 그러자 애기처럼 입안에 손가락을 넣은 채로 잠들어 있는 담이 보인다.

"귀여워."

난생처음 해 본 말. 그는 변한 자신의 모습이 웃긴 것인지 키득 키득 웃음을 내뱉은 뒤 그녀에게 목베개를 해 주고 있던 팔을 끌었다. 품속으로 그녀를 끌어당긴 태하는 꼼지락거리며 잠에서 깨어나는 그녀를 느끼며 피식 웃음을 내뱉었다.

"이거 놔줘요."

담은 여전히 잠이 그득한 목소리로 웅얼거렸다. 그러자 태하가 장난스럽게 눈썹을 치켜 올리며 말했다.

"싫다."

"숨 못 쉬겠어요. 답답해요."

그녀가 항의하듯 말했다. 그럼에도 태하는 고개를 젓는 것으로 그녀를 제 품에서 떼어 놓는 걸 거부했다. 그러자 심통이 난 것인지 그의 가슴에 거친 숨이 닿는다.

그 순간, 담은 입을 벌려 조그맣고 앙증맞은 그의 젖꼭지를 입에 물었다. 그가 했던 것처럼 사탕을 핥듯 쪽쪽 빤 그녀는 그의 팔에 소름이 오소소 돋고 몸이 뻣뻣하게 굳는 것을 느끼며 몸을 퍼득 뺐다. 상체를 일으키자 놀란 개구리처럼 커다랗게 눈을 뜬 태하와 눈이 마주쳤다.

"흥, 진즉에 풀어 줬으면…… 끼악!"

그녀가 미처 말을 끝맺기도 전에 태하는 얇고 새하얀 팔을 잡아당겨 그녀를 침대에 눕혔다. 양팔 사이 그녀를 가둔 태하가 읊조리듯 말했다.

"다음에 또 그러면 침대에서 죽을 각오를 해야 할 거야."

"뭐, 뭐라고요?"

"이번엔 처음이니까 봐주는 거다."

크르릉, 크릉!

성난 짐승처럼 말하는 태하는 툭 건드리기만 해도 와르르 무너질 것처럼 굳은 얼굴로 그녀를 바라보았다. 처음에는 깜짝 놀라 아무런 말도 하지 못하던 그녀가 헤헤 웃음을 내뱉었다. 제발 한 번만 봐 달라는 얼굴이었다.

똥 마려운 강아지처럼 눈가를 아래로 축 늘어뜨린 그녀를 뚫어져라 바라보던 태하는 피식 웃으며 상체를 일으켰다. 그리고 누워서 여전히 자신을 바라보는 담을 보며 가벼운 어조로 툭 내뱉는다.

"굿모닝."

"좋은 아침이에요."

장난스럽게 건넨 인사.

두 사람은 새로운 아침을 같이 맞이하고 있었다.

5화
결혼합시다

[1]

고풍스런 가죽 소파에 앉아 있던 태하는 조 비서가 건네는 파일을 받았다. 내일 있을 '태룡그룹 70주년 기념행사' 준비 책임자들과 언론마케팅 팀, 그리고 파티가 있을 태룡호텔 사장까지 한자리에 모여 있었다. 각종 재계인사는 물론 언론인과 과거 태룡에서 일했던 이사진들까지 한자리에 모일 예정이었다.

준비에 만반을 기해야 하는 중요한 순간, 태하는 바짝 신경에 날을 세우며 말했다.

"준비는?"

"완벽하게 마쳤습니다. 초대장 발부는 모두 끝났습니다."

"주주들은?"

"주주 참석자 명단은 따로 정리해 뒀습니다."

마케팅 이사가 건네는 서류를 받아 든 태하가 눈으로 쭉 훑어 내린 뒤 마지막 이름에서 잠시 시선을 떼지 못했다.

이애정.

"이분은 참석하신답니까?"

마지막에 있는 애정의 이름을 손가락으로 가리킨 태하가 눈썹을 찌푸렸다. 그러자 마케팅 이사가 애정의 이름을 보더니 화들짝 놀란 얼굴로 다른 서류를 내밀었다.

"아, 죄송합니다. 이 서류입니다. 그 서류는 연락이 되지 않는 분들을 정리해 둔 것입니다."

"그래요."

평소 작은 실수라도 용서하지 않는 그다. 하지만 웬일인지 이번에는 쉽게 넘어가는 그의 모습에 마케팅 이사가 안도의 한숨을 내뱉었다.

"흐음."

모두가 나가고 태하와 조 비서 둘만 남은 회장실.

태하는 테이블 위에 어지럽게 널린 서류 중 몇 개를 집어 들어 다시 한 번 살핀 뒤 마른세수를 했다. 눈이 따끔거리고 피곤함에 몸이 축축 늘어졌으나 아직도 살펴야 할 것들은 산더미였다.

쉬고 싶다.

그 생각을 하던 태하는 갑자기 뒤에서 들려오는 목소리에 굽히고 있던 허리를 곧게 폈다.

"이번에는 공식석상에 유부녀 대동 안 하셔도 되겠네요? 좋으시겠어요."

유부녀라 함은 조 비서 본인을 가리키는 말이었다. 그녀의 말에 태하는 미처 생각하지 못했던 문제를 들은 사람처럼 눈을 동그랗게 떴다.

"아……."

"그 표정은 뭐예요, 회장님? 설마 정담 씨에게 줄 예쁜 드레스도, 화려한 보석도, 의미가 깊은 구두도, 하나도 구입 안 하신 건 아니죠?"

태하가 아무 말도 하지 못하고 입을 꾸욱 다물었다. 그러자 설마 설마하며 말하던 조 비서가 깜짝 놀라 태하를 마치 벌레 보듯 보았다.

이러니까 이혼을 당하지, 쯧쯧.

혀를 차던 조 비서가 벽에 걸린 시계를 보았다. 5시, 고급 샵들이 곧 문을 닫을 시각이었다. 조 비서는 얼른 고급 살롱 전화번호를 찾아 전화를 걸었다.

"네, 조은하입니다. 네, 오늘 회장님께서 방문하실 예정이에요. 네네. 내일까지 준비되죠? 사이즈는 미리 말씀드릴게요. 네네. 알겠습니다."

태하가 시키지도 않았으나 스케줄까지 모두 확인한 그녀는 멍하니 자신을 올려다보는 태하를 보며 혀를 끌끌 찼다.

"대기하고 있겠대요. 얼른 가 보세요."

"아, 감사합니다."

"인사는 다시 결혼하시면 휴가로 받을게요. 이번엔 제발 일주일 정도는 꼭 자리 비워 주세요. 그래야 하루라도 쉴 수 있으니까요."

자리에서 일어난 태하는 양복 밑단을 잡아당기며 피식 웃었다.

"저와 같이 휴가 가는 걸로 하시죠."

그러면서 태하가 곧장 걸음을 옮겼다.

"설마 신혼여행까지 따라오라는 말씀은……."

가죽의 형태를 고스란히 가지고 있던 신발이 문으로 향하다 말고 멈췄다. 그는 뒤돌아서서 후덜덜 몸을 떨고 있는 조 비서를 보며 피식 웃음을 내뱉었다.

"설마요."

위이이잉–

뜨거운 드라이어 바람에 머리카락을 툴툴 털며 말리던 담은 거울 속에 보이는 자신의 모습에 피식 웃음을 내뱉었다. 영양크림을 발라 반들반들 윤기가 나는 피부에 그녀는 격세지감을 느꼈다. 스킨로션도 잘 안 발랐던 시절도 있었는데. 이제는 크림이란 크림은 죄다 얼굴에 찍어 바르고부터 보았다.

머리카락 끝까지 완전히 마르고 나서야 드라이기를 끈 그녀는 코드를 뽑아 원래 있던 자리에 넣어 둔 뒤, 곧장 손가락으로 얼굴을 톡톡 두드리며 거실로 나왔다. 그리고 이틀 전에 간 침대 시트 위에 사뿐히 앉으며 헤헤 웃었다.

요즘은 자신도 모르게 웃음이 나올 때가 많았다. 아침에 일어날 때도 웃음이 나고, 밥을 먹을 때도 웃음이 나고, 하루를 마무리하는 때도 웃음이 나왔다. 이불을 걷어 안으로 들어가 눕던 담은 울리는 초인종 소리에 눈을 깜빡였다. 휴대전화 시계를 확인하자 11시가 훌쩍 지나간 시간이었다.

"누구지?"

의아한 마음 반, 궁금한 마음 반.

담은 발걸음을 옮겨 인터폰을 들어 상대를 확인했다.

"누구세요?"

"나."

"태하 씨?"

화면에는 어깨밖에 보이지 않았으나 목소리만으로도 태하라는 것을 알 수 있었다. 문을 열자 짐을 잔뜩 든 태하가 서 있었다. 커다란 상자와 종이가방을 들고 있는 그의 모습에 담이 서둘러 가방 몇 개를 들어 주며 말했다. 종이가방은 사이즈가 다양했다.

"무슨 일이에요?"

"일단 들어가면 안 될까?"

피식 웃는 태하의 모습에 담이 말을 더듬으며 안으로 들어오라 말했다.

거실로 들어온 그는 상자를 내려 두며 뒤에서 멀뚱멀뚱 서 있는 담에게 손짓했다. 그러자 담이 쪼르르 다가와 태하가 팡팡 내려치고 있는 침대에 걸터앉았다.

"이게 다 뭐예요?"

담이 눈을 깜빡였다. 그러자 태하는 커다란 상자는 옆으로 밀어 두고 커다란 종이백부터 집어 들었다. 종이가방 안에는 직사각형의 상자가 들어 있었다. 뚜껑을 열자 은색의 큐빅과 루비 장식이 박혀 있는 구두가 한 켤레 들어 있었다.

"구두? 웬 구두예요?"

태하는 담의 물음에 답을 해 주는 대신 그녀의 작은 발을 끌어다가 구두를 신겨 주었다. 잠옷 바지 밑으로 보이는 화려한 하이힐에 담이 눈을 깜빡였다. 오밤중에 나타난 그가 갑자기 왜 이러나, 의아한 마음이 들었기 때문이다.

그가 작은 상자를 열었다. 그러자 꽃의 형태를 한 귀걸이 한 쌍과 목걸이가 놓여 있었다. 담의 눈이 또다시 커졌으나 그는 목걸이를 들고 자리에서 일어나 그녀의 뒤로 다가갔다. 복슬복슬한 잠옷 위로 내려앉은 목걸이에 담이 손을 들어 만지작거려 보았다. 손바닥 밑으로 다이아몬드 컷팅의 뾰족한 부분이 닿았다.

담은 도저히 태하의 생각을 이해할 수가 없었다. 갑작스럽게 집에 나타난 그는 말없이 구두를 신겨 주고 목에 화려한 주얼리를 걸어 주었다. 그러면서도 또다시 가타부타 말없이 그녀를 일으켜 세운 그는 종이가방에서 검은색 드레스를 꺼내 그녀를 이끌고 현관 앞에 세워져 있는 전신 거울 앞으로 다가갔다.

담은 거울 앞에서 자신의 모습을 보았다. 잠옷과 하이힐은 아이러니했고, 이상했다. 하지만 곧 태하가 뒤에서 자신의 몸 위에 기다란 검은 시폰 드레스를 대 주는 것에 눈을 깜빡였다.

태하는 거울 속에서 마주친 그녀의 눈을 똑바로 주시하며 말했다.

"내일 태룡그룹 70주년 파티가 있어."

"내일이요?"

뉴스에서 연신 떠들어 대는 이야기였으나 텔레비전도, 신문도 보지 못했던 담은 처음 듣는 이야기에 입을 꾹 다물었다. 그러자 태하가 말을 이었다.

"내일 나와 함께 파티에 가 줄래?"

"네⋯⋯?"

"내 여자로 사람들 앞에 설 수 있냐, 묻는 거야. 함께 파티에 참

석하면 뒤에서 이야기하길 좋아하는 사람들이 떠들어 댈 수도 있으
니까."

"아……."

"왜…… 싫어?"

눈을 깜빡이며 아무 말도 하지 못하는 담의 모습에 태하가 조심
스레 물었다. 그러자 그녀는 잠시 어떠한 말을 해야 할지 몰라 당
황하다가 뒤돌아 태하의 목에 팔을 두른 뒤 입을 쪽 맞췄다.

"좋아요."

태하가 팔을 들어 그녀의 머릿속으로 손가락을 박아 넣으며 고
개를 내려 그녀가 했던 것처럼 부드럽게 입을 맞췄다.

태룡호텔 파티 홀은 3층에 위치해 있는데, 대규모 파티가 있을
때만 사용하고 있었다. 홀의 중심에서는 피아노, 바이올린과 첼로
연주자가 연주를 하고 있었다.

은은한 캐논이 울려 퍼지고 있는 홀 안엔 슈트 차림의 남성들과
색색의 드레스를 입은 여성들이 짝을 이뤄 이야기를 나누고 있었
다.

그렇게 파티가 어느 정도 무르익을 때였다. 커다란 문이 열리더
니 바닥에 질질 끌릴 만큼 기다란 드레스를 입은 담과 그녀를 에스
코트하고 있는 태하가 안으로 들어섰다. 수많은 사람의 시선이 순
식간에 그들에게 모여들었고, 저들끼리 모여 속삭였다.

이 자리에 모인 사람들 대부분이 태룡의 깊숙한 곳까지 알고 있
는지라, 태하의 옆에 서 있는 사람이 그와 이혼한 여자라는 것을

모를 리 없었다.

담은 파티장에 들어오자마자 자신에게 모여드는 관심에 마른침을 삼켰다. 태하는 그런 그녀의 작은 손을 힘주어 잡았다.

"괜찮아?"

"물론이에요. 막 롤러코스터를 타는 것처럼 심장이 뛰긴 하지만요."

태하는 자신에게 다가오는 사람들을 보며 작은 목소리로 속삭였다.

"여기 있는 그 누구보다 아름다우니까 자신 있게 웃어."

쏴아아ー

쏟아지는 물줄기에 손을 씻던 담의 시선이 자신의 왼팔에서 찰랑이는 하얀색 팔찌로 향했다. 화려한 드레스와는 어울리지 않는 팔찌였지만 담은 태하에게 선물을 받고 난 뒤 단 한 번도 팔찌를 팔에서 풀어낸 적이 없었다. 값비싼 선물보다 길거리에서 산 그 싸구려 팔찌가 그녀에겐 더욱 소중하고 값비싼 물건이 되었다. 휴지를 뽑아 손을 닦은 뒤 다시 이사진들과 함께 있는 태하에게 돌아가려던 담은 화장실 안으로 들어오던 여자와 눈이 마주치자 걸음을 멈췄다.

"오랜만이네요?"

서희 또한 담과의 만남이 꽤나 갑작스러웠는지 잠시 놀랐다가 손을 뻗어 악수를 청했다. 화려한 이목구비와 함께 볼륨을 잘 드러내는 드레스를 입고 있는 그녀는 여전히 아름다웠다. 아니, 5년이 지난 지금은 예전보다 원숙미를 더해 더 섹시하게 느껴졌다.

하지만 담은 서희를 피하지 않고 손을 마주 잡았다.

"네, 김서희 씨. 잘 지내셨나요?"

"음, 잘 지내기도 했고 못 지내기도 했죠."

서희가 희미하게 웃었다. 붉은빛으로 칠해져 있던 입술이 부드럽게 휘는 것을 보던 담은 그녀의 손을 놓으며 한 발자국 물러섰다.

"그럼 전 태하 씨가 기다리고 있어서 이만 들어가 봐야 할 것 같아요."

즐거운 시간 되세요.

그렇게 말한 담이 화장실을 벗어나려고 할 때였다. 뒤에서 그녀를 붙잡는 목소리가 들려온 것은.

"정담 씨."

"네?"

담이 상체만 살짝 틀어 서희를 보았다. 그녀는 담을 향해 희미하게 웃으며 말했다.

"미안했어요. 그때 일, 들었어요."

성격만큼이나 시원시원한 사과였다. 그녀가 잘못한 것이 아님에도.

담은 일그러져 있는 서희의 입술을 보았다. 그러다가 몸을 완전히 뒤돌려 서희를 향해 천천히 걸음을 옮겼다.

또각, 또각, 또각.

정확히 세 발자국을 걸은 뒤 서희 앞에 멈춰 선 담은 그녀에게 손을 내밀어 악수를 청했다. 서희가 얼떨결에 자신의 손을 맞잡자 무표정한 얼굴에 웃음을 꽃피우며 말했다.

"고마워요."

담의 말에 서희가 한쪽 눈을 찌푸렸다. 그러며 말한다.

"무슨 꿍꿍이예요?"

"음, 제가 지금 이래야 서희 씨가 앞으로 더 미안해할 것 같아서요."

"뭐요?"

당황한 서희가 이상하게 소리를 빽 질러 버린다. 그러자 담은 하하하, 커다랗게 웃음을 내뱉더니 이내 여전히 웃음이 가득한 얼굴로 그녀를 보며 말했다.

"앞으로는 웃으면서 봤으면 좋겠어요."

"하!"

헛바람을 훅 내뱉은 서희는 여전히 생글생글 웃고 있는 담을 바라보다가 기가 찬 듯 고개를 돌려 버린다. 그러다가 문득 장태하가 왜 이 여자에게 미친 듯이 목을 매게 되었는지 알 만하다는 듯 고개를 끄덕였다.

"웃지 말아요, 정들겠어요."

차갑게 툭 내뱉은 서희의 입가에도 담과 비슷한 미소가 머물렀다.

[2]

다음 날 인터넷은 장태하 회장의 핑크빛 로맨스 기사로 도배가 되었다. 담의 얼굴은 그의 요청 때문인지 모자이크로 처리되어 나갔지만 부드럽게 휘어 있는 입가만은 선명하게 잘 보였다.

⟨장태하, 전부인과 재결합?⟩
⟨함께 나타난 두 사람!⟩
⟨세기의 신데렐라? 장태하 사장의 피앙세는 일반인!⟩

태하는 '세기의 신데렐라'라고 표현되어 있는 기사의 댓글을 꾹 눌러 보았다. 악플들이 빼곡하게 적혀 있었다.

-헐, 13살 차이?
-28살 여자가 미쳤다고 40살 남자를 만나냐? 여자 돈 보고 결혼한 거네.
-원조교제 수준 아니냐?

"뭐? 원조교제??"
마지막 댓글에 화가 난 태하는 자리에서 벌떡 일어나 소리를 빽 하니 질러 버렸다. 두 사람의 나이 차에 대부분 욕을 하는 글들이 었다.
"전부 다 고소해 버릴 거야."
크르릉 낮게 화를 쏟아 내던 태하는 문이 열리고 조 비서가 들어와 허리를 굽혀 인사하자 붉어진 눈으로 그녀를 쏘아보며 외쳤다.
"당장 악플 단 놈들 잡아내서……!"
"악플이요?"
조 비서는 들어오자마자 태하가 버럭버럭 화부터 내자 깜짝 놀라며 물었다. 그러자 태하는 지금 자신을 완전 분노하게 만든 댓글 내용을 말했다.
"원조교제래! 원조교제! 이게 말이 돼?"
"음…… 뭐. 솔직한 답을 원하세요, 아님 회장님을 위로할 대답을 원하세요?"

이 아줌마가 또 무슨 소리를 하려고.

태하는 눈썹을 꿈틀거리며 보다가 씩씩 내뱉던 호흡을 편안히 만들며 의자에 털썩 앉았다. 팔짱을 낀 그가 고갯짓을 하며 말했다.

"솔직한 대답."

"그럼 아주 솔직한 대답을 하겠습니다."

선전포고하듯 말한 조 비서가 따발총처럼 빠르게 말을 내뱉었다.

"저도 처음 정담 씨를 보았을 때 나이가 너무 어리다고 생각했었습니다. 그리고 뒤에서 회장님 욕을 엄청 했지요. 역시 남자들은 어린 여자만 좋아한다, 회장님도 역시 남자였다고요. 그리고 어릴 때 홀라당 집어 가서 결혼부터 한다고 흉도 했었습니다."

"그거 지금 커밍아웃이야?"

태하가 느릿하고 여유로운 어조로 말했다. 하지만 눈빛만큼은 어두운 빛을 머금고 있었다.

"아니요. 하지만 회장님이 담 씨를 만났을 때, 그리고 두 분이 사이가 좋지 않았을 때, 길게 헤어져 있을 때…… 그리고 다시 만났을 때. 그 모습들을 옆에서 모두 지켜보며 알았습니다."

"뭘?"

짧게 물었으나 태하는 조 비서의 답이 궁금한 것인지 잠자코 그녀가 말하길 기다렸다. 그러자 그녀는 만면에 미소를 걸며 말했다.

"정담 씨께 감사해야겠다고요. 제가 회장님께 지금 이런 이야기를 할 수 있는 것도 다 그분 덕분이니까요. 그리고 그런 댓글에 화내실 시간에 저 같으면 사랑스럽고 연인 연인에게 전화를 드리겠습니다."

"흐음."

그녀의 직언에도 태하는 기분 나쁜 기색 대신 희미한 웃음을 걸며 고개를 끄덕인 뒤 조 비서를 보았다. 예전 같으면 건방진 말에 크게 화를 냈을 것이나 요즘처럼 사랑으로 점철되어 평온한 기온이 흐르는 그에겐 이 정도의 직언쯤은 기쁘게 받아들일 마음의 준비가 충분히 되어 있었다.

태하는 웃고 있는 조 비서를 보며 입가에 미소를 띠었다.

"음, 충고 감사하군."

"그렇게 생각해 주시면 제가 더 감사합니다."

"그럼 부하직원이 상사에게 좋은 의견을 내 준 상으로 휴가를 줘야겠군."

"네?"

방금 전까지 당황했던 것은 그였다. 하지만 그가 꺼낸 달콤한 카드에 조 비서가 화들짝 놀라 눈을 깜빡였다. 그러자 태하는 진심이라는 듯 고개를 끄덕이며 말을 이었다.

"이틀이면 아이들과 충분히 추억을 쌓을 시간은 되겠지?"

"아……."

"양평에 있는 태룡 리조트에도 연락해 두지. 아이들과 썰매라도 타고 와."

"회장님……."

조 비서는 그 어느 때보다 높은 충성심을 보이며 허리를 숙였다.

"고맙습니다."

깍듯하게 허리를 숙여 인사한 뒤 조 비서가 밖으로 나가자, 그는 그녀가 충고한 대로 휴대전화를 꺼내 담에게 연락했다. 몇 번의 통화음이 흐른 뒤 담이 밝은 어조로 전화를 받자 그는 가타부타 인사 없이 말했다.

"사랑해."

ㅡ뭐예요, 갑자기 전화해 놓고선.

담은 투덜대는 어투로 말했으나 목소리엔 기쁨이 가득했다. 그녀의 목소리를 노랫소리처럼 듣던 태하가 말했다.

"그럼 5년 전 약속을 지킬까 하는데, 지금 시간 돼?"

담은 창밖 너머로 찰랑이는 에메랄드빛 바다를 멍한 눈으로 보았다. 그 눈빛은 마치 '여긴 어디? 나는 누구?'라고 말하는 것처럼 보였다. 담은 거울로 그가 다가오는 모습을 보았다. 가운을 걸친 그는 촉촉하게 젖은 머리를 툴툴 털고 있었다.

치골로 또르르 흘러내리는 물방울을 멍하니 보던 담이 속삭이듯 말했다.

"이게 어떻게 된 일이죠?"

"음. 5년 전에 제주도 가기로 했었잖아."

"그렇기야 했었죠. 근데 진짜 올 줄은 몰랐어요."

오늘 하루 종일 고된 노동에 시달리던 담은 태하의 차에 올라타자마자 곤한 잠에 빠져들었다.

가게를 비우는 일이 생각보다 잦아져서 싹싹한 아르바이트생을 한 명 뽑았고, 그림이 대부분 팔려 새로운 학생의 그림을 거느라 낮 시간 내내 동동 발을 굴러야 했다. 가게가 정리되고 난 뒤로는 미나의 작업실을 찾아 무얼 그려야 할지 모르겠다는 그녀를 다독여야 했다. 말로 다독이는 것으로 끝나면 좋았으련만 낮 시간부터 각종 술을 들이붓고 나서 취기에 미나의 작업실 침대를 빌려 잠시 잠을 청해야 했다. 그 뒤로는 다시 가게를 찾아 낮 시간에 손님이 들이닥쳐 가득 쌓인 컵들과 접시들을 닦느라 시간을 보냈고, 집에 돌아오자마자 잔뜩 진이 빠져 곧바로 잠에 빠져들려고 했었다. 태하의 전화를 받기 전까진.

담은 현실로 돌아와 자신의 어깨를 붙잡아 돌리는 태하의 손길을 느끼며 눈을 깜빡였다. 깨끗이 씻고 나온 태하에게선 향긋한 냄새가 났다. 늘 나는 쿨한 향은 아니었지만. 그녀는 자신의 입술에 닿았다가 떨어지는 입술을 아쉽다는 듯 바라보았다. 하지만 태하는 뒤의 스케줄이 더 남았다는 듯 침대 위에 올려 두었던 종이 가방에서 캐주얼한 외투와 니트티, 바지와 운동화를 꺼내며 말했다.

"나갈까? 배고프지?"

"뭐 사 주실 건데요?"

태하는 티셔츠를 입으며 시익 웃었다.

"단골집이 있어."

"근사한 레스토랑?"

"가 보면 알아."

그는 더 이상 힌트를 줄 마음이 없다는 듯이 빠르게 나머지 옷을 입었다.

우도로 향하는 선착장에서 가까운 위치에 있는 흑돼지구이집은 맛집으로 유명한 곳은 아니었다. 가게 안 또한 허름했고, 듬성듬성 앉아 있는 사람들 또한 제주도 토박이인 듯 알아들을 수 없는 사투리를 사용하는 나이 많은 사람이 대부분이었다. 하지만 불판 위에서 지글지글 구워지고 있는 흑돼지 고기는 그 어디에서 맛볼 수 없는 맛이었다. 왜 외지의 사람들이 흑돼지, 흑돼지 하는지 알 수 있는 그 맛!

담은 붉어진 얼굴로 소주를 꼴딱꼴딱 넘긴 뒤 잽싸게 고기를 집어 소금에 찍어 날름 입안으로 넣었다. 고기는 씹지 않아도 될 정도로 야들야들했고 입안에서 사르르 녹았다. 담은 고기 맛에 감탄하며 외쳤다.

"너무너무 맛있어요!"

그렇게 말한 담은 자신의 앞에서 소주를 들이켜는 태하를 보며 말을 이었다.

"이렇게 맛있는 곳은 어떻게 알았데요?"

"이 근처에 태룡 리조트가 있어. 건설에서 일할 때 공사 현장을 자주 찾아갔었거든. 그때 인부가 소개시켜 주더군. 토박이들은 다 이곳에서 먹는다고."

"으음, 숨은 맛집이라는 거네요? 좋아요. 다른 일반 사람들은 모르는 이런 집들. 마치 내가 특권을 누리는 것 같거든요."

몇 잔의 술로 인해 담의 피부색이 시뻘겋게 변해 있었다. 하지만 기분 좋은 알딸딸함인지 그녀는 조잘조잘 이야기를 늘어놓으며 연신 밝은 어조로 말하고 있었다.

"무지무지 좋아."

"이건 아닌데……."

태하가 당황한 듯 머리를 긁적였다. 그러자 담은 눈동자를 도르르 굴리며 물었다.

"뭐가요?"

"지금 네가 취하면 곤란하다고."

"왜요? 왜요? 왜요?"

한창 호기심이 왕성해지는 아이처럼 담이 조잘조잘 물어 댔다. 그러자 태하가 한숨을 뻑 내쉬며 주머니에서 반지 케이스를 하나 꺼냈다. 자줏빛의 케이스는 담에게도 익숙한 것이었다. 결혼했을 때 식장에서 처음 보았던 결혼반지. 담은 그 반지를 몇 번 끼워 보지 않았고, 이혼과 함께 집에서 나오면서 놓아두고 나왔다. 자신의 것이 아니라는 생각을 했으니까.

담은 껌뻑껌뻑 눈을 떴다 감으며 불판 옆에 놓여 있는 반지 케이스를 보았다.

"내일 기억 안 난다고 하면 당신 목을 비틀지도 몰라."

"네?"

"다시는 이야기 못 할 거 같으니까 잘 들어."

협박처럼 말한 그가 날카로운 빛으로 담을 쏘아보았다. 그러자 담은 잔뜩 겁을 집어먹은 얼굴로 숨을 들이켜더니 빠르게 고개를 끄덕였다. 빨리 답을 하지 않으면 그가 지금이라도 목을 비틀 것만 같았다.

그러자 태하는 후, 하고 짧게 숨을 뱉더니 빠르지도 느리지도 않은 어투로 말했다.

"다정한 남편이 되어 준다는 약속은 못 해. 그건 거짓말이니까. 어쩌면 내가 아무리 노력을 해도 당신이 만족하지 못할 수도 있어. 하지만 난 당신과 함께 있는 시간이 좋아. 함께 맞는 아침이 좋고, 당신이 차려 준 음식을 먹고 출근하면 그렇게 든든할 수가 없어. 아침에 홀로 매는 넥타이는 견딜 수가 없어. 일을 하다가도 간혹 떠오르는 당신의 모습이 늘 미소 띤 얼굴이 되도록 노력할게."

"……."

태하의 말이 이어질수록 담의 눈가에 눈물이 맺혔다.

"당신이 그렇게도 원하던 가족…… 솔직히 그게 뭔지 아직도 잘 모르겠어. 하지만 내가 당신과 함께하고 싶은 것들이…… 가족과 비슷한 거겠지. 그렇게 생각하기로 했어."

"……."

가족…… 그녀가 그렇게도 원했던 것.

무조건 내 편인 사람. 사소한 대화를 나누는 것도, 일상 자체가 당연한 것처럼 받아들여지는 존재들. 삶의 일부이자 전부인 것.

담은 5년 전 그것을 무엇보다도 원했다. 그걸 태하에게 달라고 졸랐었다. 그는 정작 가족의 존재가 무엇인지도 몰랐는데.

"……그때의 난 너무나 약해서, 힘이 없어서…… 당신에게 달라고만 했어요. 정작 난 주려고 노력도 안 했으면서. 하지만 지금은…… 꽤나 강해졌다고 자부해요."

그렇게 말한 담은 고요한 그의 눈에서 시선을 내려 바들바들 떨리는 손을 보았다.

긴장하고 있구나, 이 남자가.

그 사실을 깨달은 그녀는 피식 웃으며 다시 시선을 올려 그의 눈을 보았다.

"하지만 당신과 지금 당장 재결합하고 싶지는 않아요."

"뭐?"

왜, 왜, 왜!

그의 눈빛이 그렇게 물었다. 그러자 담은 어깨를 으쓱인 뒤 주위를 휘 둘러보며 말했다.

"고기 냄새로 진탕인 곳에서 프러포즈를 받았는데, 어떤 여자가 좋아요, Yes를 외치겠어요? 나도 평범한 여자라고요."

태하의 눈썹이 꿈틀거렸다. 불만이 가득한 표정. 그는 담의 곁에 놓여 있는 소주병을 노려보더니 이를 악물었다. 그런 뒤 입술을 짓이기며 말한다.

"공원을 한 바퀴 돌고 호텔 직원들에게 부탁해 둔 작은 불꽃 쇼를 본 뒤에 바다를 보면서 당신에게 말할 생각이었어. 이 모든 계획을 망친 것은 저 망할 녹색 병 하나고."

그가 불만 가득한 목소리로 빠르게 말을 내뱉었다. 그럴수록 담의 얼굴에 놀라운 기색이 어린다.

"이렇게 맛있는 고기를 먹으면서 소주를 안 마시는 건 죄악이라고요."

담이 젓가락을 들어 소주병을 탁탁 두드리며 말했다. 그러자 태하가 황망하다는 얼굴로 툭 내뱉는다.

"그건 무슨 알코올중독자 코스프레지?"

"코스프레? 코스프레라는 말도 알아요?"

"그걸 모르겠어? 나도 인터넷은 해!"

둘 사이에 잠시 소모전이 있었다. 의미 없는 말싸움이 이어질수록 불판 위의 고기는 까맣게 타들어 갔으나 두 사람 모두 평범한 연인처럼 투닥거렸다.

얼마의 시간이 흘렀을까. 주인이 다가와 불판을 뺄 때까지도 싸우던 두 사람 중 먼저 정신이 돌아온 것은 태하였다. 그는 근본적인 문제로 돌아가며 외쳤다.

"그래서! 나랑 다시 결합할 거야, 안 할 거야?"

"할 거예요! 하지만 정식으로 프러포즈는 다시 해요! 평생에 한 번이니까!"

버럭 소리친 담은 씩씩거리며 어깨를 들썩였다. 그는 붉어진 얼

굴로 화를 내고 있는 담의 모습에 큭큭 웃음을 터뜨렸고, 담 또한
따라 웃었다.

"웃고 넘길 생각하지 말아요."

마지막 경고는 잊지 않은 채.

6화

가족의 의미

[1]

태하는 늘 넓은 침대만을 고집한다. 숙면과 다음 날 낮 시간 업무의 효율이 비례하다 생각하는 그였기에 좋은 매트리스를 구입하는 데에도 주저함이 없다. 물론 그가 부자라서 보통 사람이라면 덜덜 떨며 구입할 것들도 쉽게 사들이는 것인지는 모르겠지만.

담은 제주도에서 돌아온 다음 날 반지를 끼고 다니란 그의 말에 '이 반지를 끼고 다니면 누군가가 분명 내 손가락을 잘라 갈 거다'라고 말을 했었다. 장난스럽게 던진 말이었지만 부담스러운 크기의 다이아몬드를 보았을 때 은연중에 그녀의 생각이 내포되어 있었던 것 같았다. 그 말에 태하는 꽤나 고민스러운 얼굴로 담을 보았고, 김포공항에 도착하자마자 강남에 있는 태룡 백화점에 가 적당한 크기의 다이아몬드가 박혀 있는 반지를 사 주었다. 그리고 그의 손에도 그녀와 디자인은 같지만 조금 작은 다이아몬드 반지가 반짝이고 있었고.

담은 요즘만 같으면 얼마나 좋을까, 라는 생각을 간혹 하고는 한
다. 너무 행복한 시간들이었고, 눈물이 날 정도로 꿈같은 시간들이
었다. 그는 훌륭하고 다정한 남편은 되어 주지 못하겠다고 했지만
최대한 그녀에게 맞추려 노력했고, 처음 결혼을 했던 7년 전과는
180도 다른 남자가 되어 매번 그녀를 만족시켜 주었다.

아직은 멋진 프러포즈를 받지 못했지만.

침대에서 뒹굴뒹굴거리던 담은 화장실 문이 열리고 곧 양치를
마치고 나온 태하의 모습에 자리에서 벌떡 일어났다. 오늘은 그와
함께 '맨 오브 라만차' 뮤지컬을 보러 가기로 한 날이었고, 미리
출발하여 근사한 레스토랑에서 식사까지 하기로 했으니 서둘러야
할 터였다. 일정을 머릿속으로 떠올리며 담이 밝은 얼굴로 그에게
다가갔다.

"가요."

담이 먼저 그에게 손을 내밀었다. 그녀의 손에는 영원을 상징하
는 다이아몬드가 영롱하게 반짝이고 있다. 작고 새하얀 손을 보던
태하가 그녀의 손을 맞잡는다. 그러자 그곳에도 역시 담의 것과 똑
닮아 있는 반지가 끼워져 있다.

담은 손가락 사이에서 느껴지는 금속물질에 입술을 크게 늘어뜨
리며 웃었다.

"점심 먹기 전에 공원에서 산책했으면 좋겠어요."

"산책?"

"음, 날씨가 많이 좋아졌으니까요. 함께 걷고 싶어요."

그와 느긋한 산책을 즐기는 것은 요즘 들어 그녀에게 또 다른 재
미를 주었다. 늘 자동차로 이동하며 남에게 제 모습을 들킬까, 어울

리지 않는 두 사람의 모습에 사람들이 손가락질을 하지는 않을까, 걱정하던 예전과는 다르다.

다른 이들이 자신들의 모습을 봐 주었으면 하고, 다른 이들이 부러워했으면 한다. 그녀도 어쩔 수 없는 여자라 멋진 남자를 액세서리처럼 달고 다니며 자랑하고 싶었으니까.

태하는 담의 제안이 마음에 들었던 것인지 고개를 끄덕이자, 그녀는 태하를 머리부터 발끝까지 쭈욱 훑어본 뒤 시익 웃었다.

"태하 씨, 오늘 멋있는데요?"

늘 딱딱하고 자로 잰 듯한 모습과는 달리 오늘 그는 편안한 캐주얼 차림이었다. 늘 잘 빗어 넘기던 머리 또한 편안하게 빗어 놓기만 해서 제 나이 또래보단 훨씬 젊어 보이는 모습이었고, 기다란 다리를 잘 감싸고 있는 바지 또한 통이 작은 것이어서 그의 몸매를 좀 더 매끈하게 보여 주었다.

태하는 장난스런 그녀의 말에 커다란 손을 들어 담의 머리카락을 흩뜨려 놓는다. 마치 어린아이를 대하는 것처럼 몇 번이고 머리를 쓰다듬던 그는 담의 머리카락이 부하게 떠오르자 입가에 미소를 머금으며 말했다.

"당신은 오늘도 예뻐."

두 사람은 손을 잡고 발걸음을 맞춰 함께 공원을 걸었다. 주말 낮 시간이어서 그런지 가족 단위로 따스한 햇살을 즐기거나 아이들과 공을 차는 부모들이 대부분이었고, 간혹 담과 태하처럼 연인들이 잔디밭에 앉아 도담도담 대화를 나누고 있기도 했다.

다른 이들을 보며 희미한 웃음을 입가에 걸고 있는 담을 내려다보던 태하가 다시 정면으로 시선을 돌려 그녀의 시선 끝에 있는 가족을 보았다. 가족은 세 명이었다. 부모와 5살 정도 되어 보이는 여자아이.

"예전에 기억나요?"

"뭐가?"

"제가 아이를 가졌을 때요. 그때 일."

두 사람 모두에게 좋지 못한 기억이다. 하지만 좋지 못한 기억일수록 오래 남는 법이다. 태하는 그때의 일을 떠올리자마자 심장 한켠이 아릿하게 아파 오는 것을 느끼며 말했다.

"미안해."

과거의 일을 떠올리면 대부분 그의 입에서 나올 말들은 '미안하다'라는 사과. 하지만 담은 사과를 받으려 그에게 이 말을 꺼낸 것이 아닌지 살짝 고개를 저은 뒤 말을 이었다.

"그때의 전…… 세상에 태하 씨밖에 없었거든요. 그런데 태하 씨가 날 밀어내고, 거부하고, 당신의 아이라는 것을 알면서도 현실이 믿기지 않아 그렇게 말하는 건 줄 알았어요."

"……"

"이혼을 하고 5년이 지나고…… 그리고 차우진 변호사를 찾아갔어요. 그리고 그제야 그때 어떠한 일이 있었는지 모두 알게 되었죠."

"……"

담의 시선이 태하에게로 옮겨졌다. 그때 그 일을 떠올리면 두 사람 모두 만신창이가 되고 만다. 상처가 났던 곳은 아물어 이젠 거의 흔적조차 사라져 갔지만 아픔만은 여전히 그 자리에 남겨져 있다.

그래서 누구 하나 먼저 꺼내지 못했던 이야기. 하지만 두 사람 모두 앞으로 나아가기 위해선 그때의 일을 정확히 짚고 넘어가야 했다.

그랬기에 담은 용기를 냈다. 그가 자신에게 '사랑한다' 속삭이며 용기를 내었던 것처럼.

"그때…… 제가 그렇게 나쁜 선택을 한 건 세상을 모두 잃은 느낌 때문이었어요. 태하 씨도 잃고, 아이도 잃고. 제 곁에 아무도 없는 것 같았어요. 그때의 전, 애정결핍이어서 누군가 곁에서 날 잡아 주지 않으면 도저히 살아갈 수가 없을 것 같았거든요. 그런데 시간이 지나고…… 태하 씨가 그때 왜 저에게 그렇게 모질게 굴었는지 알게 된 이후로는…… 생각이 바뀌었어요."

"……어떻게?"

태하가 한 박자 늦게 물었다. 그러자 담은 걸음을 멈추고 그와 마주 본 뒤 커다란 두 손을 맞잡았다. 그의 얼굴을 보자 이젠 웃음부터 나온다. 예전엔 그를 보면 조급증부터 들었었는데.

그건 그만큼 그녀가 그를 신뢰하게 되었다는 뜻. 눈앞에 있는 남자가 자신을 사랑하는 것에 한 치의 의심도 하지 않게 되었다는 뜻.

"태하 씨 곁에도…… 아무도 없었구나. 그래서 날…… 믿지 못했구나. 그때의 태하 씨는 그 누구도 믿을 수 없던 사람이었으니까."

"담아……."

"가족이 무엇인지 모르겠다고 하셨죠? 왜 그걸 달라고 하는지 비웃기도 하셨고요. 태하 씨와 헤어지고 나서 가족이 무엇인지 나도 곰곰이 생각해 보았어요. 훗날 다시 만났을 때 가족이란 말의 정의를 당신에게 일러 줘야 할 것 같았거든요."

"……."

"제가 생각하는 가족은…… 믿을 수 있는 사람이에요. 전 지금 태하 씨를 믿을 수 있어요. 그걸로…… 우린 한 가족이 될 수 있지 않을까……. 요즘은 그렇게 생각해요."

말을 마친 담이 희미하게 웃으며 태하를 바라보았다. 눈가엔 어느새 촉촉하게 눈물이 맺혀 있다. 요즘 담은 태하와 이야기할 때면 이렇게 눈물을 터뜨릴 것처럼 굴었다. 그 모습에 늘 당황하는 태하였지만 오늘의 그는 달랐다. 그는 그녀의 손에서 제 손을 빼내어 팔을 양쪽으로 벌렸다. 어서 제 품으로 뛰어들라며.

그러자 담은 주저 없이 그의 품에 안긴 뒤, 깊이 파고들었다.

태하는 그녀의 귓가에 입술을 묻고 속삭이듯 말했다.

"고맙다."

"음, 뭐가요?"

"……믿어 줘서."

가족이 되어 주어서.

봄이 찾아온 어느 따스한 봄날.

두 사람은 지나가는 사람들이 자신들을 힐끗 쳐다보는 것도 모른 채 한참이고 그렇게 꼭 껴안고 있었다.

맨 오브 라만차는 성공적인 선택이었다. 뮤지컬이 처음인 그녀에게도 익숙한 돈키호테의 이야기였기에 더욱 집중해서 볼 수 있었던 건지도 모른다. 담은 후식으로 나온 아이스크림을 입에 넣으며 오물오물 혀를 굴렸다. 그러면서 턱을 괴고 자신을 바라보고 있는 태하의 눈빛을 느끼며 후후 웃음을 내뱉었다.

"왜 웃어?"

"당신만 보면 웃음이 나와요."

"왜?"

태하가 손을 들어 제 얼굴을 만지며 물었다. 무심한 눈초리와는 달리 멍한 표정이 아이러니하게 느껴져 웃음이 나왔다. 눈초리는 연인에게 보내는 것이라고 하기엔 여전히 나쁘다. 하지만 이젠 고저 없는 목소리와 무심한 눈빛에서 그의 감정을 읽어 낼 수 있기에 담은 더 이상 그것들에게서 상처받지 않는다.

담은 웃음이 가득한 목소리로 말했다.

"좋아서요."

그 말에 태하 또한 따라 웃었다.

태하는 앞에 놓여 있는 커피를 마신 뒤 잔을 다시 제자리에 놓았다. 달그락, 받침대와 잔이 부딪히는 소리가 맑게 울린다. 그러자 담이 의아한 듯 그를 보았다.

그는 늘 소리 없이 움직이는 사람이었고, 식사 예절을 무엇보다 중시하는 사람이었다. 밥을 먹을 때도 소리 없이, 그 어려운 한식 예절 또한 정확히 지켰고, 그것이 몸에 밴 사람이었다. 그런 그가 지금은 뭔가에 쫓기듯 손끝을 떨더니 이내 말아 쥐었다.

왜지? 왜 그가 긴장하지?

담이 눈을 깜빡이자 태하는 크게 헛기침을 내뱉더니 곧 가방 안에서 하얀 봉투를 꺼내 담의 앞으로 내밀었다. 모양 하나 없는 밋밋한 하얀 봉투. 다양한 용도로 사용되는 이 봉투는 축의금을 낼 때도 쓰이고 조의금을 낼 때도 쓰이는 것이다. 하지만 지금 이 순간 이런 재미없는 봉투에 그가 내밀 만한 것을 담은 떠올릴 수가 없었다.

"펴 봐."

짧은 태하의 말에 담은 봉투를 가져와 안을 열어 보았다. 한 장

의 종이가 들어 있었고, 평범한 A4용지였다. 담이 미간을 찌푸리며
종이를 꺼내 펼쳐 보았다.

혼인신고서

담은 순간 그 다섯 글자의 의미를 정확하게 이해하지 못한 사람
처럼 물었다.

"이게 뭐예요?"

혼인신고서가 무엇이겠는가. 두 사람이 하나의 가정을 꾸리고 부
부가 되었음을 나라에 알리는 것이다. 하지만 담은 갑자기 그가 이
종이를 내민 것을 이해하지 못하겠다는 듯 바라보았다. 처음 그들
이 결혼을 했을 때 혼인신고서는 태룡 법무팀에서 작성해 나라에
신고를 했었다.

"뭐긴 뭐야."

태하가 짧게 말하자 담이 다시 시선을 내려 혼인신고서를 보았
다. 남자 쪽에는 이미 태하의 이름과 한자 이름, 주민등록번호까지
빼곡하게 채워져 있는 상태였다. 그리고 그녀의 쪽에는 아무것도
적혀 있지 않은 상태였고.

담이 혼란스러운 얼굴로 종이만 내려다보고 있자 태하가 목소리
를 가다듬더니 말을 이었다.

"어떤 프러포즈가 좋을지 생각해 봤어. 하지만 적당한 게 떠오르
지 않았어."

"그래서 무작정 혼인신고서부터 들이민 거예요?"

웃음기가 묻어나는 목소리로 말하던 담이 종이를 테이블 위에
올려 둔 뒤 팔짱을 꼈다. 그리고 긴장한 기색이 역력한 태하를 보

며 콧방귀를 '흥!' 하고 뀐다.

"이번에는 주식 팔라는 이야기는 안 하시네요?"

"담아, 그러니까……."

태하가 당황해서 어쩔 줄 몰라 하자 그녀가 이번엔 팔을 그의 앞으로 내밀며 말했다.

"직접 찍으시죠?"

"……."

그녀의 나쁜 장난질에 결국 그가 할 말을 잃고 입을 꾹 다물었다. 시무룩한 그의 모습은 처음 보는 것이었다. 태하가 어쩔 줄을 몰라 하자 담은 심각한 척 굳혔던 얼굴을 부드럽게 풀어 냈다. 그리고 여전히 뻣뻣하기만 한 그의 모습에 턱을 괸 뒤 여전히 심통이 난 척 말했다.

"인주 주세요."

"어?"

태하가 눈을 크게 떴다. 동그란 눈은 마치 놀란 고양이처럼 동공이 커져 있다. 담은 예전의 그처럼 '나 인내심 없다' 표정을 지으며 쏘아붙이듯 말했다.

"인주 달라고요."

지금 여기서 어떻게 인주를 구하겠냐마는, 장태하 그가 누구인가. 그의 최대 장점을 꼽자면 꼼꼼함이 아닌가. 가방에서 인주와 검은 볼펜을 꺼낸 그가 담의 앞에 놓아두자 그녀는 역시 그럴 줄 알았다며 볼펜부터 들었다.

그의 것과 마찬가지로 이름과 주민등록번호를 적어 내려가던 그녀는 마지막엔 인주에 자신의 엄지손가락을 쿡 찍은 뒤 망설임 없이 서명란에 거침없이 손가락을 찍었다. 지문까지 선명하게 나온 것을 만족스럽게 보던 담이 태하의 앞에 종이를 밀어 둔 뒤 티슈로 손가락을 닦았다.

담은 멍하니 혼인신고서를 내려다보는 태하를 향해 툭 말을 내뱉었다.

"이젠 장태하 씨에게 무리한 부탁을 하지 않을 생각이에요. 이제 나도 어른이니까."

"음?"

"하지만 앞으로 두고두고 갚아야 할 거예요. 오늘 이런 멋없는 프러포즈에 대한 대가로."

그녀가 도도하게 말하자 방금 전까지만 해도 멍했던 그의 눈에 생기가 돌아온다. 그리고 예의 그 모습으로 돌아가 고저 없는 목소리로 말한다.

"무르기 없다, 이제."

"뭐, 뭐예요? 잡은 물고기는 밥 안 준다는 거예요?"

담이 당황해 빽 소리를 질렀다. 하지만 태하는 입술을 부드럽게 휘며 그녀를 재미있는 듯 말했다.

"난 내가 키우는 것들은 뚱뚱한 게 좋아. 통통하게 살이 올라야 뭐든 잡아먹을 맛이 나지."

"예, 예?"

담은 앉은 자세에서 더듬더듬 몸을 뒤로 물렸다.

당황한 그녀의 모습을 보자 태하의 입술에 걸린 미소가 더욱 진해진다.

"축하해, 앞으로 우린 부부군."

언젠가 그에게 들었던 말.

담은 그의 매혹적인 목소리와 달콤한 표정에 멍하니 눈을 깜빡였다.

어쩌지? 뭔가 된통 당한 것 같은 기분이야!

"얼굴 좋아 보인다."

똑똑, 노크 소리와 동시에 들려온 말에 태하는 서류를 보던 시선을 그대로 올려 문 앞에 서 있는 매끈한 여자를 보았다. 그녀는 자신의 얼굴을 보지 않았음에도 안 봐도 다 안다는 듯 말하고 있었다.

"너도 좋아 보이는데."

무심하게 말한 태하가 들고 있던 만년필을 옆에 놓아둔 뒤 자리에서 일어났다. 그제야 서희가 또각또각 하이힐 소리를 내며 그에게 다가왔다.

태하의 말처럼 서희는 어딘가 후련한 모습이었다. 늘 그랬던 것처럼 화려한 화장과 의상을 입고 있어 변한 것은 없었지만, 시원시원하게 웃고 있는 표정이나 흘러나오는 분위기가 그러했다. 태하가 먼저 소파에 앉자 서희 또한 맞은편에 앉는다. 서희를 뒤따라 헐레벌떡 들어온 조 비서에게 차를 내어 오라 말하자 그녀는 눈치껏 향 좋은 차를 내어 와 두 사람 앞에 내려놓은 뒤 문을 닫고 사라졌다.

태하는 마스카라로 잘 말아 올린 속눈썹을 연신 깜빡이며 차를 음미하는 서희를 보았다. 그녀가 낮부터 왜 자신을 찾아왔는지는 알아맞히려 하는 표정이 역력했다. 하지만 커다란 잔에 가려진 그녀의 얼굴을 볼 수가 없었다.

"무슨 일이야?"

"작별 인사하려고."

서희의 말에 태하의 눈썹이 꿈틀거렸다. '이게 무슨 말이지?' 그 다음에 생각한 것은 그녀의 얼굴이 너무나 평온해 보인다는 것이다. 지난 5년, 그의 시간이 지옥이었던 것처럼 그녀의 시간도 지옥이었다.

태룡그룹이 국회의원들에게 비자금을 상납했다는 기사가 뜬 순간, 나라에서는 어쩔 수 없이 대대적인 수사를 해야 했다. 어찌 되었든 그들을 찍어 뽑아 올린 것은 국민이었으니까. 그때 서희의 아버지 김명진 의원 또한 걸려 들어가 한동안 홍역을 치러야 했고, 결국 재작년에 당의 선택을 받지 못해 선거에 나가지도 못했다.

그리고 요즘, 김명진 의원이 다시 예전의 명성을 찾기 위해 딸을 팔아 권력을 쥐려고 악을 쓰고 있다는 소문이 이 바닥에 자자했다. 하지만 5년 전, 미현이 의도적으로 낸 기사로 인해 이미 태하와 안 좋은 소문에 휩싸인 그녀를 며느리로 받아들이려는 집안은 없었다.

"이번에 미국으로 다시 들어가. 시집 못 간 과년한 딸은 보고 싶지 않다고 하셔, 아버지가."

"미안하다. 본의 아니게."

본의 아니게 그로 인해 그녀 또한 피해를 보았으니 태하가 사과했다. 그러자 서희는 그의 사과가 꽤나 의외였던지 눈을 커다랗게 뜬 뒤 입술을 삐끔거렸다.

"장태하가 사과도 할 줄 아네. 그것도 아주 자연스럽게."

"나도 사람이야."

"설마. 난 네가 로봇인 줄 알았다."

어릴 적부터 그를 보아 온 서희는 거짓 하나 담기지 않은 눈빛으로 그리 말했다. 그러자 태하가 눈살을 찌푸리며 장난은 그만하라 경고했다.

서희가 숨을 깊게 들이마셨다가 내뱉었다. 그러면서 순식간에 바뀌어 버린 태하를 보며 웃었다.

"그 여자 성격 장난 아니더라. 너 잡혀 살 것 같아."

"잡혀 주고 싶은 마음이 굴뚝같다."

그의 말에는 진심이 묻어났다. 마누라에게 잡혀 사는 장태하라, 예전엔 꿈에서도 생각하지 못했던 일. 하지만 그렇게 말하는 태하는 정말 행복해 보였다. 그녀가 샘이 날 정도로.

쳇, 배알 꼴려서!

입술을 뾰족하게 내민 서희가 자리에서 벌떡 일어났다. 조심성 없는 모습에 그녀의 짧은 미니스커트가 위로 말려 올라가 허벅지가 드러났다. 하지만 그는 눈길조차 주지 않은 채 그녀를 따라 일어섰다. 서희는 입술을 뾰족하게 내민 채 제 인연이 아니었던 남자에게 쿨하게 마지막 인사를 건넸다.

"잘 살아, 장태하."

"너도."

태하는 회장실 문을 열고 사라지는 서희의 뒷모습을 보다가 다시 제 자리로 돌아가 쌓여 있는 일감 중 하나를 끌어왔다. 그러며 지금쯤 담은 무슨 일을 하고 있을까, 떠올렸다.

"흐음, 보고 싶은데."

목소리라도 들을까? 하는 생각과 동시에 그는 벌써부터 휴대전화를 들어 담의 번호를 누르고 있었다. 통화 버튼을 누르기도 전에 조 비서가 들어와 잔소리를 한 바가지 늘어놓은 것은 조금 뒤의 일이다.

[2]

담은 아침부터 제 일상이 평소와는 다르게 꼬여 가는 것을 느꼈다. 태하가 회사로부터 갑작스레 연락을 받아 새벽에 나간 것과 그후부터 잠을 이루지 못한 것. 물 한 잔 넘길 수 없을 정도로 속이 울렁거리는 것은 둘째 치더라도, 머리가 어질하여 아침부터 두통약을 찾은 것 또한 담을 괴롭게 했다. 마치 그의 곁을 떠나고, 수면제가 없인 한동안 잠을 이루지 못했던 그때와 같았다. 속에서 신물이 올라올 정도로 배가 고플 때도 음식은 무조건 거부하고 봤던 그때.

하지만 돌보아야 하는 가게가 있는 지금, 그녀는 편히 쉬지도 못한 채 창백한 얼굴로 가게에 나와야 했다. 아르바이트생은 점심시간 이후로 출근을 했기에 가게 문을 열고 배달 온 꽃을 꽃병에 꽂아야 했고, 창문을 활짝 열어 환기까지 시키자 다리가 후들후들 거릴 정도로 상태가 좋지 않아 잠시 자리에 주저앉아 머리를 부여잡고 있어야 했다.

"후."

깊은 한숨을 내쉰 담은 홀로 평상에 앉아 있는 애정을 보았다. 손에는 늘 그랬던 것처럼 커피가 들려 있었다. 애정의 아침 커피를 챙겨 주는 것은 4년간 그녀가 빼놓지 않고 했던 일이었다. 그런데 오늘은 그 일도 버거웠다. 하지만 담은 애써 웃는 얼굴로 애정에게 다가간 뒤 찻잔을 애정에게 건네려 했다.

"너 얼굴이 많이 안 좋아. 어디 아파?"

"아침부터 머리랑 속이 조금……."

말을 하던 담은 순간 또다시 머리가 어지럽고 세상이 뒤집히는 것 같은 느낌이 들었다. 서둘러 허공에 팔을 허우적거리며 힘이 들어가지 않는 다리 대신 제 몸을 지탱해 줄 것을 찾으려 했으나, 그녀의 손에 닿는 것은 아무것도 없었다.

와장창!

손에 들려 있던 컵이 산산조각 나고 담의 몸이 기우뚱 기울더니 아래로 낙화하는 꽃마냥 스러진다.

"담아!!"

깜짝 놀란 애정이 자리에서 벌떡 일어나 자신에게 다가오는 것이 보였다. 하지만 담은 애정에게 '괜찮다'라고 말하려는 순간 까무룩 세상이 어두워지는 것을 느끼며 온몸을 축 늘어뜨린다.

새벽에 갑자기 회사로 불려 나온 그는 긴급 이사진 회의를 소집해야 했다.

"그래서, 피해 규모는 얼마나 됩니까?"

그는 오자마자 임원 하나를 붙잡고 물었다. 태룡전자 인천 공장을 책임지는 책임자로, 그 역시 새벽에 떨어진 날벼락에 당황한 기색이 역력했다.

"현재 화재는 진압 중이고, 공장 내부에 근로자가 이백 명 정도 잔업을 하고 있었다고 합니다. 이백 명 중 대부분은 대피를 하였으나 기술자 네 명은 아직 구조되지 못했다고……."

쾅!

태하가 하얗게 질릴 정도로 힘껏 말아 쥔 손으로 책상을 내려쳤다. 그러자 임원이 몸을 움츠리며 변명부터 늘어놓았다.

"그, 그게…… 화재 원인은 알아봐야겠지만……."

그가 미처 말을 끝맺기도 전이었다. 태하는 손을 들어 그의 말을 막은 뒤 좌중을 눈으로 훑으며 말했다.

"사망자가 생기는 즉시 비상회의 소집 다시 할 겁니다. 부상자 가족들에겐 태룡병원에서 의료적인 지원을 모두 무상으로 하겠다고 약속하시고, 부상 치료 후 다시 회사로 복귀할 수 있다고도 설명하십시오. 공장 피해는 어느 정도 됩니까?"

"현재 건물 한 동이 완전 소실되었고, 옆 동으로 불이 옮겨 붙었는데……."

회의는 길어졌다. 그리고 태하는 휴대전화에 신경 쓰지도 못한 채 다섯 시간을 회의실에 꼼짝 없이 붙어 있어야 했다. 아침이 되자 이 사실이 긴급속보로 사람들에게 알려지고 있었고, 마케팅 부서에서는 기사 스크랩과 동시에 언론에 각 태룡의 생각을 알리기 위해 발바닥에 땀이 나도록 뛰어야 했다.

그리고 비서진들은 병원으로, 그리고 현장으로, 거침없는 행보를 보이는 태하 때문에 스케줄을 조정하느라 쉼 없이 움직여야 했다. 발빠른 초기 대응에 사람들의 반응이 긍정적으로 돌아선 것을 확인한 그는 늦은 점심을 대충 해결한 뒤 꺼 둔 휴대전화를 그제야 켰다. 그러자 부재중 전화가 여덟 통이나 와 있었다. 대부분 그가 모르는 번호로 와 있는 것이었다.

"뭐지?"

태하는 아침녘에 걸려 온 담의 전화에 미간을 찌푸렸다. 그녀는 태하가 혹 일을 하는 중일까 싶어 먼저 전화를 하는 경우가 거의 없었다. 더욱 텔레비전이고 신문이고 연신 태룡의 기사를 실어 나르느라 바빴기에 그녀 또한 태하가 지금 연락을 받을 수 없는 상태라는 것을 알고 있을 것이다. 그런 그녀가 아침부터 전화를 했다는 것은 분명 일이 생겼다는 뜻일 터.

태하가 서둘러 전화를 걸자 담은 전화를 받지 않았다. 그의 불안은 더욱 커져 그의 심장을 좀먹는다.

"여보세요? 전화하셨던데요."

태하는 담의 전화 뒤로 연이어 같은 번호가 찍혀 있자 그곳으로 전화했다. 왠지 이곳과 담이 관계 있을 것이라는 생각에.

-아, 혹시 정담 씨 보호자세요?

"그렇습니다만."

-여긴 대한병원입니다. 정담 씨께서 낮에 쓰러지셔서 실려 오셨는데…… 지금 다른 분께서 보호자로 수속을 마치긴 하셨는데, 와 주셔야겠어요.

상대의 이야기가 이어질수록 휴대전화를 쥔 손이 부들부들 떨렸다.

"지, 지금, 지금 가겠습니다."

더듬더듬 말을 내뱉은 태하가 자리에서 벌떡 일어났다. 붉게 타오른 눈으로 그가 서둘러 외투를 들고 회장실을 벗어났다. 그의 책상 위엔 편의점에서 사 온 도시락만 덜렁 놓여 있었다.

"산모분이 혈압이 너무 높습니다. 임신 중독 초기인 것 같기는 한데, 검사는 좀 더 진행해 봐야 압니다."

"아……."

"그리고…… 음, 이런 말 뒤에 하는 건 죄송하지만 산모분께서 임신 12주십니다. 산모분께선 모르고 있는 눈치시더라고요. 가끔 둔한 산모분들도 계세요."

태하는 여의사가 하는 이야기를 들으며 연신 고개를 끄덕였다. 하지만 말 잘 듣는 아이처럼 고개를 끄덕이는 모습은, 그가 여의사의 이야기를 듣고 있는 건지 감이 서지 않을 정도로 멍한 모습이었다.

여의사는 태하의 표정을 살피며 천천히 말했다.

"앞으로 많이 신경 써 주셔야 할 것 같아요. 아시겠지만 임신은 초기가 가장 위험하거든요. 운동도 꾸준히 하고 음식 조절도 해야 하고요. 남편분께서 옆에서 신경 써 주세요."

"네, 알겠습니다."

태하는 꼬박꼬박 답을 한 뒤 자리에서 일어나 여의사에게 인사한 뒤 진료실을 벗어났다. 그리고 잠시 몸에 힘이 풀린 듯 벽에 등을 기대고 뻑뻑한 눈을 손으로 문질렀다.

"하아……."

병원까지 무슨 정신에 달려왔는지 모른다. 도착을 해서 의사에게 그녀의 상태에 대해 들었으나 역시 무슨 정신에 들었는지 모른다. 지금도 머릿속은 멍하고 심장은 격하게 뛰어 이러다간 자신도 그녀와 함께 입원하는 것은 아닐까, 생각이 들 정도였다.

하지만 어서 그녀가 입원해 있는 병실로 가 얼굴을 보아야 했다. 그래야 그녀가 안심할 것이고, 그 또한 안심할 것이다. 그리고 그녀의 입원 수속을 도와준 그 사람에게도 인사를 해야 했다.

비척비척 걸음을 옮긴 태하는 이제야 긴장이 풀리는 것인지 눈시울이 붉어지는 것을 느낀다. 그 여자 때문에 울보가 되어 버린 느낌이다. 자주 우는 모습을 보았더니 그의 눈물샘도 고장이 난 듯

했다.

진료실이 있는 2층을 벗어나 입원실이 모여 있는 6층으로 올라갔다. 담의 병실은 602호였다. 잠시 본 그녀의 얼굴이 너무나 파리해 병실 문을 열고 안으로 들어가기조차 무서웠다. 마치 죽어 가던 그날의 그녀처럼. 그가 손가락을 뻗어 코밑에 가져다 대며 숨을 쉬는지 확인했을 정도로 그녀는 시체처럼 보였다.

태하가 막 문손잡이를 돌리려던 찰나, 문이 열리고 작은 여인이 나왔다. 그녀는 갑작스레 만난 태하의 존재에 놀라운 듯 걸음을 멈추고 그를 올려다보았다.

"이애정 씨……십니까?"

그가 물었다. 그러자 애정이 고개를 끄덕이며 서둘러 치마를 정리해 옆으로 비켜섰다.

"네, 담이 일어났어요. 안으로 들어가 보세요."

애정이 서둘러 걸음을 옮기자 태하는 열려 있던 문을 손으로 잡은 뒤 애정을 바라보았다. 병실 안에 있던 담이 자신을 보는 것이 느껴진다. 그녀 또한 이 상황이 꽤나 당황스러운 듯 보였다.

다 알고 있군.

그는 순간 그 생각을 했다. 정담, 그녀가 모든 것을 알고 있다는 것을.

그래서 그는 서둘러 사라지려는 애정을 말로 붙잡았다.

"어머니 묘는…… 정리해서 보내 드리겠습니다."

우뚝. 빠르게 걷던 애정의 걸음이 멈춘다. 그리고 천천히 뒤돌아 태하를 바라본다. 그는 희미하게 웃으며 병실 안으로 사라졌고, 애정은 한동안 그 자리에 서 있어야 했다.

"어떻게…… 어떻게……!"

부들부들 몸을 떨던 애정이 팔을 뻗어 벽을 손으로 짚었다. 그 뒤 숨이 턱턱 막혀 오는 것인지 가슴을 손톱으로 긁으며 답답한 가슴을 뚫어보려고 했으나 쉽지 않았다.

애정의 눈이 담의 병실로 향한다. 주름진 눈가로 눈물이 비집고 들어가더니 얼굴을 온통 물바다로 만들어 버렸다.

"알고…… 있었어요?"

"당신이야말로 알고 있었네."

태하는 곁에 있던 의자를 끌어와 앉으며 아무렇지도 않게 말했다. 그 뒤 창백하게 질린 담의 얼굴을 걱정이 뚝뚝 떨어지는 눈으로 보았다.

"어떻게 여태껏 몰랐어?"

"그냥…… 생리가 좀 불규칙한 편이어서. ……당신, 괜찮아요?"

담이 물었다. 하지만 태하는 그녀의 물음의 의미를 몰라 눈만 깜빡이고 있었다. 요즘 가끔 두 사람은 서로의 대화 포인트가 어긋나 있다는 것을 느낀다. 그리고 그걸 느낄 때마다 태하는 자신이 갑자기 멍청이가 된 느낌이 들었다.

"뭐가?"

"저…… 아이요. 원하지 않으셨잖아요."

담의 말에 태하의 얼굴이 종잇장처럼 구겨졌다. 다정하게 잡고 있던 손은 여전히 놓치 않았으나 얼굴에는 시베리아 한파보다 더한 차가운 바람이 분다. 그는 냉랭한 눈빛으로 담을 쏘아보며 말했다.

"뭐야?"

"……전에 그래서……."

미처 말을 끝맺지 못하고 입을 꾹 다무는 그녀의 모습에 태하는 더한 화를 느꼈다. 하지만 그는 이 화를 그녀에게 푸는 대신 속으로 억눌렀다. 그녀에게 이러한 생각을 심어 준 것은 그였고, 그가 뿌린 씨앗이니까.

그는 화를 억누르고 천천히 말했다. 최대한 다정한 목소리를 내려고 노력하며.

"아이는 지금도 원치 않아."

아······. 그녀의 입에서 작은 신음이 흘러나왔다. 슬픔을 가득 머금은 그녀의 눈망울에 태하는 곧이어 바로 말을 잇는다.

"하지만 너와 닮은 아이라면 좋아. 보고 싶어졌어."

"태하 씨······"

"그래서 일부러 다시 수술을 하지 않은 거야. 넌 아이를 원하니까. 그리고 나도 그 아이가 보고 싶어졌으니까."

"······."

"그러니까 제발 나쁜 생각은 하지 마. 12주면 하나의 생명체라고 봐도 되잖아. 아이가 들으면 슬퍼해."

"흑······."

"울지도 마. 울고 싶은 건 나니까."

속삭이듯 말한 태하가 담의 허리에 팔을 두르며 배에 귀를 가져다 댄다.

"고마워."

"태하 씨······."

"고맙다."

태하는 볼록하게 나온 담의 배에 귀를 가져다 대며 말했다.

"내 말 들을 수 있을까?"

"네, 알아들을 수 있어요."

그녀의 답에 태하는 신기하다는 듯 담을 올려다본 뒤 피식 웃었다. 그 뒤 여전히 웃음이 가득한 얼굴로 말했다.

"그럼 미리 우리 공주님한테 립 서비스 좀 해야겠군."

"설마 나보다 우리 땅콩을 더 사랑한다, 뭐 이런 건 아니겠죠?"

담이 입술을 뾰족하게 내민 뒤 항의했다. 그러자 태하는 설마 그럴 리가 있겠냐는 듯 눈을 깜빡이더니 흠흠 목소리를 가다듬으며 말했다.

"너의 존재는 나에게 가장 큰 선물이야. 너로 인해 바뀌어 가는 내가 정말 무서울 정도로. 빨리 보고 싶다, 우리 아가."

진솔한 그의 목소리에 담은 또다시 눈시울을 붉힌다. 아이를 임신한 뒤 담은 더욱 울보가 되었다. 하지만 그 눈물의 대부분은 기쁨의 눈물이다. 요즘은 그가 자신을 얼마나 사랑하는지를 느끼며 감동으로 가슴을 적신다. 그의 변화를 옆에서 보는 것은 소소한 즐거움이며, 매일 저녁마다 그가 그녀를 생각해 주섬주섬 사 들고 오는 과일은 그녀의 크나큰 기쁨이다. 과일은 최고로 좋은 것들을 직접 골라 사 왔다.

조 비서는, 요즘 그의 얼굴에서 웃음이 떠날 날이 없으며, 그가 결혼한 여자들을 위해 회사 내에 놀이방 등을 만들며 복지에도 힘쓰고 있다는 이야기를 전해 주었다. 그러면서 담에게 감사하다는 인사도 빼놓지 않았다.

담은 연신 부드러운 목소리로 제 배에 속삭이는 태하를 보며 부드럽게 미소 지었다. 그리고 눈을 감으며 생각했다.

　고마워, 고마워요.

　태하는 몇 시간째 켜져 있는 '분만 중'이란 글자를 노려보다가
빠르게 걸음을 옮겼다. 평소 뜯지도 않던 손톱을 딱딱 뜯으며 바닥
이 맨질맨질 빛이 날 정도로 걸음을 옮기던 그가 답답함에 한숨을
퍽 내쉬었다.

　"왜 이리 안 나와?"

　그가 병원을 도착한 것이 3시간 전이다. 분만에 들어갔다고 한
것도 그때 즈음이었다. 창백하게 질린 얼굴로 태하를 올려다보던
담은 정신을 반쯤 놓은 상태에서도 웃었다.

　"떼쟁이 공주님이 아직은 아니래요."

　온몸이 쪼개지는 고통에도 담은 웃고 있었다. 곧 만날 아이를 떠
올리며.

　아이의 존재에 대해 누구보다 감사하던 사람이 태하였다. 하지만
제 어미를 이렇게 고생시키고도 성이 풀리지 않는 것인지 아직 나
오지 않는 딸아이를 잠시 원망할 때, 자동문이 열리더니 녹색 수술
복을 입은 간호사가 쪼로로 달려왔다.

　"보호자분, 들어오세요."

　"네, 네!"

　태하가 급히 간호사를 따라갔다. 하지만, 옷을 갈아입고 장갑을

끼고 머리카락 한 톨 나오지 않게 머리에 천 조각을 뒤집어쓰고서야 분만실 안으로 들어갈 수 있었다.

"남편분 왜 이렇게 늦게 오셨어요?"

분만실 안으로 들어오자마자 태하는 의사의 타박을 들어야 했다. 그녀의 팔에는 그가 준비하는 사이 나온 것인지 빨간 핏덩어리가 안겨 있었다. 태하가 무슨 말도 하지 못한 채 멍하니 그 모습을 보았다. 명치가 찌르찌르 울기 시작했다.

"이리로 오세요. 탯줄 끊으셔야죠."

옆에서 간호사가 건네는 가위를 받아 든 태하가 더듬더듬 걸음을 옮겨 담의 곁으로 다가갔다. 기진맥진한 얼굴로 아이를 보던 그녀는 제 남편의 모습에 희미하게 웃음을 띠었다.

"왔⋯⋯어요?"

눈물로 젖어 있는 그녀의 얼굴에 태하가 가위를 든 손에 힘을 주었다. 집에서 몇 번이고 담과 함께 탯줄 자르는 연습을 했다. 하지만 막상 실전이 닥치자 어떻게 가위질을 하는 것인지, 가장 기본적인 것부터 잊어버렸다. 하얗게 변한 얼굴로 가위를 움직여 탯줄을 자른 그는 아이가 빽 하니 울음을 터뜨리는 소리를 들었다. 그렇게 만나고 싶었던 아이였으나, 지금 이 순간 그의 눈에 들어오는 것은 진이 빠진 듯 힘없이 늘어져 있는 담뿐이다.

그는 담에게 다가가 그녀의 머리를 쓰다듬었다. 주위로 부산스러운 소리가 들렸으나, 그들만의 세상에 빠져 있는 둘은 마주 보고 행복하게 웃었다.

"수고⋯⋯했어."

새로운 생명, 그 탄생의 순간.

둘은 하나였다.

앞으로 그들이 만들어 갈 가족은 셋. 아니, 혹은 넷.

태하는 자신에게 그 어떠한 가치로도 매길 수 없는 선물을 준 그녀에게 성스러운 입맞춤을 하며 행복해했다.

—The end

에필로그

태하는 아이들과 함께 곤히 잠든 담의 모습을 바라보다가 슬며시 방을 빠져나갔다. 그러자 호텔 룸 밖, 그를 기다리고 있었던 것인지 깔끔한 정장 차림의 여자 두 명이 허리를 숙이며 그를 반겼다.

"준비는요?"

"아이들 드레스와 신부님 드레스는 1층 에메랄드 홀에 준비되어 있습니다. 하객분들은 몇 명이라고 하셨죠?"

"일곱 명입니다."

"네, 그럼 본식이 시작되기 세 시간 전에 신부님 깨워서 1층으로 와 주세요."

시계를 본 태하가 고개를 끄덕였다. 10시 10분. 셋째 아이가 들어서면서부터 잠꾸러기가 된 담은 주말이면 아이들과 침대에서 하루 종일 잠을 자는 것을 삶의 낙 중 하나로 삼았다. 첫째 딸 소진이는 제 어미의 모든 것을 닮으려는 것인지 담과 함께 끝까지 침대를 지켰으나 올해 다섯 살이 된 둘째 소명이는 태하를 닮아 아침 일찍 일어나 담에게 놀아 달라 하기 일쑤였으니, 둘째 아이를 달래는 것은 항상 태하의 몫이었다.

문을 열고 룸 안으로 들어간 태하는 역시나 오늘도 두 잠꾸러기 공주님보다 일찍 일어난 소명을 보았다. 아이는 제 나이답지 않게 의젓하게 의자에 앉아 창밖을 보며 사색을 즐기고 있었다. 그 모습을 기가 차다는 듯 보던 태하가 소명에게 다가가며 작은 목소리로 말했다.

"일어났어?"

"음. 엄마, 누나는 안 일어났어."

소명은 무심한 눈으로 침대를 보더니 '흥' 하며 콧방귀를 뀌었다. 아직 일어나지 않은 제 어미가 야속하다는 듯.

태하가 작게 웃음을 터뜨리더니 소명을 번쩍 안아 들고 침대맡으로 향했다. 세 시간 전에 깨워서 내려보내 달라 했으니 지금쯤 깨워야 했다. 태하는 아이를 침대에 내려놓고 무릎을 굽혀 담의 입술에 짧게 입을 맞췄다. 그리고 잠자는 숲속의 공주 동화책에서 왕자가 된 기분으로 말했다.

"언제까지 잘 거야? 잠꾸러기."

"으음."

"지금 당장 안 일어나면 무슨 일이 일어날지 몰라."

그의 짧은 경고에 담이 눈을 번뜩 뜨더니 앓는 소리를 냈다.

"왜요…… . 여행까지 왔는데 조금 더 자면 안 될까요?"

"안 돼. 오늘은 할 일이 많아."

다시 재결합을 한 지 햇수로 8년. 막상 결혼을 하였을 땐 기사로만 세상에 알렸을 뿐 결혼식을 따로 올리진 않았다. 이미 한 번 한 결혼인데 유난 떨 것이 뭐가 있냐는 담의 말 때문이었다. 사실 그녀 또한 새로 시작하는 마음으로 결혼식을 올리고 싶어 하는 마음이 보였으나, 그 당시 태룡전자 부품을 만드는 공장에 큰불이 나 2년 동안은 잠시의 시간도 뺄 수 없었기 때문이다.

공장 일이 정리가 되자 그 후로는 아이가 너무 어려 여행은 엄두도 내지 못했었고, 첫째가 어느 정도 자랐을 때는 둘째가 태어나는 바람에 또 미루어졌다.

그렇게 보낸 시간이 8년. 담도 어느새 30대 중반을 훌쩍 넘긴 나이였다. 두 사람 사이에 예전처럼 뜨거운 사랑은 조금 식어 있었으나, 나이가 먹고 가족끼리 추억이 쌓이는 만큼 마음은 돈독하게 변해 갔다.

그리고 오늘은 그녀를 위해 특별히 준비한 리마인드 웨딩식 날.

태하는 미적미적 욕실로 들어가는 담의 뒷모습을 본 뒤 욕실 문 앞에 쪼로로 서 있는 두 아이에게 다가갔다.

"오늘은 아빠랑 씻을까?"

"싫어. 아빠는 너무 아프게 해."

소진이 입술을 뾰족하게 내밀며 투덜거렸다. 그러자 욕실 안에서 들은 것인지 담이 고개만 쏘옥 빼내더니 입에 물고 있던 칫솔을 빼며 말했다.

"소진이는 제가 씻길 테니 소명이 좀 씻겨 줘요, 여보."

"음, 알았어."

태하가 소명을 번쩍 안아 올리며 방 안에 있는 작은 욕실로 걸음을 옮겼다.

"이…… 이게 다 뭐예요?"

담은 에메랄드 홀을 들어오자마자 눈앞에 펼쳐지는 순백의 웨딩 드레스에 화들짝 놀라 눈을 깜빡였다. 아이들은 제 옷인 줄 알고 와르르 달려가 귀여운 턱시도와 핑크색의 미니드레스를 연신 만지작거리고 있었다.

태하는 담의 뒤로 다가가 가녀린 어깨에 손을 얹은 뒤 말했다.

"작은 결혼식을 열 생각이야. 주인공은 당연히 당신이지. 하객이 적은 결혼식이겠지만 내 친구들과 특별한 손님을 한 분 모셨어. 오늘 이곳에서 우리는 다시 부부가 될 거야. 서로에게 서운했던 점은 훌훌 털고. 신혼여행까지 함께 묶어서 하고 싶었는데, 곧 태어날 새로운 가족 때문에 그럴 수는 없었어."

태하는 아이에게 동화책을 읽어 주듯 나긋나긋한 목소리로 말했다. 담은 그의 목소리가 마치 꿈결처럼 귓가에 닿았다가 흩어지는 느낌이었다.

"세상에……."

담이 믿기지 않는다는 듯 말했다. 그러자 태하는 '정말이야, 꿈 아니니까 당장 정신 차려'라는 멋없는 말을 내뱉은 뒤 그녀에게서 한 발자국 떨어졌다.

"이곳에 있는 분들이 당신을 세상에서 가장 아름다운 신부로 만들어 줄 예정이야. 그러니 프로들의 솜씨를 믿고 맡겨. 그럼 난 손님맞이하고 올게."

"자, 잠시만……."

담은 무정하게 자신을 버리고 홀을 빠져나가는 태하의 뒷모습을 보았다. 갑작스러운 상황에 어쩔 줄을 몰라 발을 동동 굴리던 담은 자신에게 다가와 허리를 숙여 인사하는 두 명의 여성을 보며 어색하게 웃었다. 그러자 그녀들은 예의 바른 미소로 말했다.

"신부님, 저희를 따라오시면 됩니다."

매니저로 보이는 30대 중반 여성의 말에 담이 침을 꼴깍 삼키더니 고개를 끄덕였다. 그리고 순종적인 사람 모드로 돌아가 그녀들이 안내하는 곳으로 걸음을 옮긴다.

이상한 나라의 앨리스가 이상한 나라로 떨어졌을 때 이러한 기분이었을까? 담은 자그마치 세 시간 동안이나 스타일리스트에게 붙잡혀 얼굴을 내어 주어야 했다. 예전에야 이런 걸 익숙하게 받아들였지만 지금은 두 아이가 있는 아줌마였고, 가게와 아이들 육아에 살림까지 도맡느라 몸이 두 개라도 모자랄 지경이었으니 매일 간단한 화장만으로 외출을 하곤 했다. 그랬던 그녀가 오랫동안 정성스레 화장을 받고 예쁘게 머리를 틀어 올려 티아라를 올리고, 거기에 마치 새신부처럼 몸에 착 달라붙는 기다란 웨딩드레스까지 입자 이 모든 일들이 꿈처럼 느껴졌다.

"어떠세요? 마음에 드세요?"

담은 커다란 거울에 보이는 제 모습에 멍하니 고개를 끄덕였다. 그러자 매니저가 다행이라는 듯 가슴을 쓸어내렸다. 그때 작은 방에서 옷을 갈아입고 나온 소명이 재빠르게 달려와 놀라운 얼굴로 담을 올려다보았다.

"엄마, 공주님 같아!"

"응, 진짜 예쁘다!"

어느새 다가온 소진 또한 그렇게 말한다. 담은 드레스 자락을 잘 여며 자리에 주저앉아 아이들과 눈을 맞췄다. 드레스가 구겨진다는 생각도 하지 못하는 모습이었다. 그저 평소처럼 아이들과 시선을 맞추기 위해 그리 행동하고 있었다.

"소명이는 멋진 왕자님 같고, 소진이는 예쁜 공주님 같네?"

피식 웃음을 내뱉은 담이 예쁘게 묶어 놓은 소명의 머리끝을 만지작거릴 때였다. 뒤에서 홀 문이 열리는 소리와 함께 태하가 안으로 들어왔다. 그는 자리에서 스르르 일어나는 담의 모습을 놀랍다는 듯 바라보더니 이내 성큼성큼 걸음을 옮겨 그녀의 앞에 섰다. 태하는 그녀의 양 볼을 손으로 감싼 뒤 입에 부드럽게 입을 맞추었다.

"너무 예쁘다."

"태하 씨는 아주 멋있어요."

두 사람은 서로 마주 본 뒤 웃었다. 그 뒤, 뒤에서 대기하고 있던 홀 직원의 안내를 받고 야외에 준비된 식장으로 향했다.

버진로드 위에 두 사람이 섰다. 일곱 명밖에 안 되는 하객이었지만 그들은 진심을 다해 박수를 쳐 주었다. 태하의 오랜 친구 선우와 그 옆에 서 있는 재권. 재권은 그녀가 예전, 선물해 주었던 넥타이를 하고서 씁쓸하게 웃고 있었다. 어떻게 그가 이곳에 있는 것일까. 놀란 눈으로 태하를 올려다보자 그는 아무렇지도 않은 얼굴로 '내 친구니까'라며 짧게 답을 해 주었다. 담이 그 말에 저도 모르게 웃음을 내뱉었다.

질투에 사로잡힌 얼굴이라니. 가슴이 뻥! 하고 터질 것만 같은 기분이 들었다.

재권에게서 시선을 옮긴 담은 태경과 그의 아름다운 어린 신부

진영을 보았다. 그리고 그들의 뒤에 서 있는 뜻밖의 인물.

담은 아이들이 뿌려 주는 꽃길 위를 걸으며 태경에게 작게 속삭였다.

"이 여사님은 어떻게……."

"보고 싶어 하실 것 같아서."

태하는 아무렇지도 않은 듯 무심한 어조로 짧게 말했다. 하지만 애정을 부르기 위해 그가 냈을 용기를 생각하면, 담은 엉덩이라도 팡팡 두들겨 주고 싶은 마음이었다.

아직 그는 자신의 어미를 용서하지 않았다. 그리고 자신이 부모의 사랑 아래 태어나지 않았다는 사실에 간혹 괴로워하기도 했다.

하지만 그는 담과 함께 힘껏 용기 내어 발을 디뎠고, 아름다운 가정을 꾸렸다.

그래, 그거면 되지 않을까.

과거가 어떻게 되었든. 자신의 존재가 사랑이 아닌 탐욕으로 인해 태어난 것이라 하더라도 태하는 좋았다. 아버지의 욕심에 자신이 태어난 것이지만, 이렇게 태어나 담을 만날 수 있었으니까.

그래, 행복하면 된다.

행복하면 그뿐.

아버지의 전철을 밟지만 않으면, 그것이면 되었다.

담과 태하의 머리 위로 꽃비가 후두둑 흩어져 내린다. 아름다운 야외 예식장. 그리고 축복해 주는 지인들. 그 속에서 담과 태하는 뜨거운 키스를 나누며 영원을 약속하였다.

작가 후기

첫 시작, 그 떨림.

그 후로 계속된 것은 떨림과 비슷한 느낌의 불안이란 감정이었습니다.

이 글이 세상 밖으로 나오기까지 도움 주신 분들께 감사합니다.

추운 겨울, 스탠드 앞에서 키보드를 두드린 것은 저이지만 많은 분의 도움이 있었기에 여기까지 올 수 있었습니다. 용기 낼 수 있도록 도움 주신 몇몇 분들에게 진정으로 감사함을 느낍니다.

다음에는 글도, 그리고 저란 사람도 한 뼘 더 성장해 있길.

진심으로 바랍니다.

정이연 올림.

쇼윈도 부부

1판 1쇄 찍음 2013년 12월 27일
1판 1쇄 펴냄 2014년 1월 3일

지은이 | 정이연
펴낸이 | 정 필
펴낸곳 | 도서출판 **뿔미디어**

편집장 | 이재권
기획 · 편집 | 주종숙
편집디자인 | 이진선

출판등록 | 2002년 9월 11일 (제1081-1-132호)
주소 | 경기도 부천시 원미구 상동로 117번길 49(상동) 503호
전화 | 032)651-6513 / 팩스 032)651-6094
E-mail | scarlets2012@hanmail.net
블로그 | http://blog.naver.com/dahyangs
홈페이지 | http://bbulmedia.com

값 9,800원

ISBN 978-89-6775-979-7 03810

Scarlet

스칼렛

Scarlet

스칼렛